ULLSTEIN

Das Buch

Hexen und Magier, Wahrsagerinnen und Giftmischer, schwarze Messen und Teufelsbeschwörungen – im Paris des Sonnenkönigs brodelt es unter der glänzenden Oberfläche. Es herrscht ein ständiger Kampf um Geld und Gunst der Einflußreichen. Für die mißgestaltete Geneviève besteht keine Hoffnung auf eine vorteilhafte Eheschließung, die ihrer ehrgeizigen Mutter zum begehrten gesellschaftlichen Aufstieg verhelfen könnte. Von ihrer Familie gedemütigt und verstoßen, will sich die 15jährige in die Seine stürzen, wird jedoch im letzten Moment davor bewahrt – durch eine der berühmtesten Frauen der Stadt: Cathérine Montvoisin, eine der Hexen von Paris, genannt die »Schattenkönigin«. Sie weiß um Genevièves seherische Fähigkeiten, und sie hat Großes mit ihr vor ...
Ein farbenprächtiger und spannender Roman über das schillernde Paris des 17. Jahrhunderts, der auf dem authentischen Skandal um die »Affaire des Poisons« beruht.

Die Autorin

Judith Merkle Riley lebt in Südkalifornien. Sie ist Dozentin für Politikwissenschaft am Claremont McKenna College und an der Claremont Graduate School of California. Judith Merkle Riley ist verheiratet und zweifache Mutter. Alle ihre historischen Romane wurden Weltbestseller.

Von Judith Merkle Riley sind in unserem Hause bereits erschienen:

Die Stimme
Die Vision

Judith Merkle Riley

Die Hexe von Paris

Roman

Aus dem Englischen
von Margarete Längsfeld

Ullstein

Besuchen Sie uns im Internet:
www.ullstein-taschenbuch.de

Umwelthinweis:
Dieses Buch wurde auf chlor- und säurefreiem Papier gedruckt.

Ullstein Verlag
Ullstein ist ein Verlag des Verlagshauses Ullstein Heyne List GmbH & Co. KG.
1. Auflage Oktober 2003

Titel der amerikanischen Originalausgabe: *The Oracle Glass* (Viking Press, New York)
Übersetzung: Margarete Längsfeld
Umschlaggestaltung: Cordula Schmidt, Hamburg
Titelabbildung: ZEFA
Druck und Bindearbeiten: Ebner & Spiegel, Ulm
Printed in Germany
ISBN 3-548-25719-4

Kapitel I

Bei meinem Eintritt in die Welt schien ich über kein besonderes Talent zu verfügen. Schon gar nicht über jenes ungewöhnliche, das mich in das geheime Reich führte, dessen größte Zierde ich einmal werden sollte. Meine ersten Schreie ertönten an einem grauen Wintermorgen zu Beginn des Jahres 1659 in Paris. Meine Mutter hatte zuvor einen Tag und eine Nacht in den Wehen gelegen, ohne den exzellenten Rat der beiden ärztlichen Gehilfen zu befolgen, die sie ermahnten: »Pressen, Madame, pressen!« Dabei drückten sie ihre Schultern auf die schmale Bettstelle, die man vor das Feuer gerückt hatte. Der berühmte Auguste-Philippe Brunet, Heilkundiger und Angehöriger der medizinischen Fakultät des Collège Saint-Côme, hatte bereits den langen Haken aus seinem Etui genommen, um damit wenigstens die Mutter zu retten. Da stieß die Hebamme, die ihm zur Seite stand, einen Schrei aus und zog doch noch mit ihrer Hand das schrumpelige Ergebnis der vorangegangenen Wehen hervor. Und als sie erschrocken das Blut betrachtete, das sich auf die Laken ergoß, rettete der berühmte Heilkundige meiner Mutter ein zweites Mal das Leben: Nachdem er ein kleines Schaf in das Schlafgemach hatte bringen lassen, gab er Befehl, sie in das frisch abgebalgte Fell zu hüllen. Auf diese Weise wurde ich ein Kind der modernen Wissenschaft, und alle jubelten, mit Ausnahme des Schafes.

»Madame Pasquier, es ist ein gesundes Mädchen«, verkündete der Heilkundige, die winzige Ursache seiner Bemühungen beäugend, als die Hebamme mich, frisch gewaschen, meiner Mutter zur Begutachtung übergab.

»Ach Gott, sie ist häßlich«, erwiderte meine Mutter, und damit drehte sie ihr hübsches Gesicht zur Wand und weinte vor Enttäuschung zwei Tage lang. Und so wurde ich noch in derselben Woche mit einer Fuhre brüllender neugeborener Pariser Erdenbürger fortgeschafft, um auf dem Lande bei Fontenay-aux-Roses aufgezogen zu werden. In den nächsten fünf Jahren sollte ich nicht zurückkehren. Ich war gerade lange genug zu Hause geblieben, um meinem Vater die Feststellung zu ermöglichen, daß meine Augen grau waren. Grau, die Farbe des Winterhimmels über den spitzen Schieferdächern der Stadt.

Wie ich an jenem Morgen zwischen den Sternbildern des Schützen und des Steinbocks geboren wurde, so stand ich auch just an der Konjunktion der Welten von Licht und Dunkel. Auserkoren zur Wanderung zwischen ebendiesen Welten von demselben Schicksal, das meinen Augen die Macht verlieh, das Orakelglas zu lesen. Und auf meinen Wanderungen zwischen der Welt der Vernunft und der uralten Welt der Mysterien und des Wahns begegnete ich Prinzen, Narren und Ungeheuern, zuweilen wahrhaftig alle in ein und derselben Menschengestalt vereint. Keine aber war größer als die strahlende und gefährliche Frau, die Paris aus dem Schatten beherrschte und die Mächte der Erde verhöhnte. Sie war es, die mein Leben veränderte, im Guten wie im Bösen, es zu dem machte, was es heute ist. Während ich schreibe, steht ihr Talisman auf meinem Pult, ein kleines Katzengesicht aus Bernstein. Wenn ich vom Blatt aufblicke, höre ich den Widerhall ihres hämischen Gelächters: »So, so, du schreibst über mich, kleines Närrchen? Dann schreibe recht.« Wer war sie, die Königin der Schatten? Keine, von der Ihr je gehört habt. Nur die größte Hexe, die je ein Königreich in ihrer Hand hielt.

Ich schmeichle mir nicht, wenn ich sage, daß ich ein vorzügliches Gedächtnis habe und schon in ganz jungen Jahren mehr begriff als die meisten Menschen, was mich zu einem wunderlichen, ernsten Kinde machte. Zum Beispiel sah ich rasch, daß Geld die Triebfeder fast aller menschlichen Handlungen ist, ungeachtet dessen, was einer behaupten mag. Und ich erkannte, daß manche Kinder sich verdienen müssen, was anderen durch ihre Geburt zusteht. Ich konnte nur hoffen, die Duldung meiner lebenslustigen, geistreichen Mutter mittels Gelehrigkeit, Aufgewecktheit und Nützlichkeit zu erringen. Denn sie, die Häßlichkeit in jeder Form verachtete, konnte es kaum ertragen, mit mir in ein und demselben Raum gesehen zu werden.

Mère Jeannot, die mich aufzog, schärfte mir ein, daß jeder eine schöne Seele haben könne. Doch dies widersprach der Tatsache, daß die anderen Dorfkinder sich sehr wenig darum scherten, wie das Innere beschaffen war; die Entstellung des Äußeren hatte in ihrem Urteil beträchtlich mehr Gewicht. Wenn dann die alte Frau zu ihrem Stock griff, um sie mir vom Leibe zu halten, wurde mir klar, daß, wenn es an Schönheit und Liebreiz gebrach, Gewalt einer schönen Seele überlegen war. Mère Jeannot war freilich zu derlei Erkenntnissen nicht fähig. Sie war vollkommen ungebildet, brachte Ursache und Wirkung oft durcheinander und mißverstand das Prinzip, daß Geld die Triebfeder menschlichen Handelns ist, vollkommen. Wenn sie daher die Sprößlinge anderer Leute in Pflege nahm, machte sie ihnen nicht, wie unter Säuglingshüterinnen üblich, einfach den Garaus, um sich so die Mühe des Fütterns zu ersparen, sondern zog sie wie ihre eigenen auf. Das freilich war ihr Untergang.

»Brav sein und Gott lieben«, so ihre Devise, »dann geht alles gut.« Doch ich beobachtete, daß trotz ihrer schönen Seele bei ihr nie etwas gutging. Die Kinder aßen so viel, daß das hohe Strohdach ihrer Lehmhütte alt und leck wurde und die Ratten einzogen. Dann wurde ihr Ehemann krank, der Steuereintreiber holte die Betten ab, und ihr unnützer Neffe stahl das Geld aus Paris, das sie im Kästchen unter dem Bett verwahrte. Für ihre immense Brut von Pfleglingen gab es nur noch eine Mahlzeit am Tag, und zwar Hafergrütze. Ich aber gedieh trotz alledem, denn, wie Mutter mir oftmals sagte, Unkraut gedeiht am besten, und die schönsten Blumen gedeihen nur im Glashaus. Manchmal, wenn ich mich an die wogende Weide im Frühling hinter Mère Jeannots Häuschen erinnere, an die wildwachsenden, blühenden Kräuter, die die Erde mit Farben überzogen, dann denke ich, daß man Unkraut niemals unterschätzen soll.

Als ich gerade fünf geworden war, fuhr eine große, glänzendschwarze Kalesche mit goldenen Verzierungen und hohen roten Rädern in Fontenay-aux-Roses vor. In jenen Tagen, als Kaleschen sogar in Paris noch selten waren, hätte ein Elefant in dem kleinen Dorf nicht mehr Aufsehen erregen können. In allen Fenstern tauchten Köpfe auf, selbst der Dorfpriester kam herbeigelaufen. Die Kutsche wurde von zwei großen Braunen in messingbeschlagenem Geschirr gezogen. Auf dem Bock ein Kutscher mit einer langen Peitsche, dahinter drei Männer in blauer Livree mit blanken Messingknöpfen, eine Hausmagd mit schneeweißer Haube und Schürze sowie mein Vater, graugesichtig und sorgengebeugt. Er war gekommen, um mich heimzuholen. Er erkannte mich sogleich an meinem schlimmen Fuß und zeigte mit seinem Spazierstock auf mich, als ich zwischen den hüpfenden Kindern einherschlurfte, um wie sie die fremde Kutsche zu bewundern. Daraufhin sprang die Hausmagd heraus, wusch mich und zog mir feine Kleider an, und mein Vater gab der weinenden Mère Jeannot einen Beutel voller Geldstücke. Das letzte, was ich von ihr sah, war ihr tränenfleckiges Gesicht, als sie neben der Kalesche im Staub rannte und rief: »Lebe wohl, kleine Geneviève, vergiß nicht, sei brav!«

In der Kalesche war es heiß und unbequem. Die Ledersitze waren rutschig, die feinen Kleider steif, kratzig und eng. Meine Füße, die mein ganzes kurzes Leben unbeschuht gewesen waren, schmerzten nun furchtbar in den fest geschnürten neuen Schuhen. Und Mère Jeannot war fort. Der Herr in dem altmodischen grauen Reisehabit mit dem breiten Federhut saß mir ganz allein gegenüber und sah mich an. Seine Augen waren voller Tränen, und ich meinte damals, daß auch er Mère Jeannot vermißte. Schließlich sprach er.

»Und mir haben sie gesagt, du seist tot.« Er schüttelte bedächtig den Kopf, als könne er es nicht glauben. Ich betrachtete seine meergrauen Augen. Er trug sein eigenes Haar, denn Perücken waren noch nicht in Mode. Seine Haare waren dunkel, schulterlang, graumeliert. Mein Kopf dagegen, der noch vom Striegeln mit der ungewohnten Haarbürste kribbelte, war voller unbändiger schwarzer Locken. Vorsichtig befühlte ich meine Haare. Sie waren ganz gewiß kein bißchen grau. Meine kindliche, schon damals scharfe Logik zog daraus den Schluß, daß er sich geirrt und das falsche Kind ausgesucht hatte.

»Ich bin dein Vater, Geneviève. Kennst du mich denn nicht?«

»Ich kenne Euch«, erwiderte ich. »Ihr seid der gütigste Vater auf der ganzen Welt. Das hat Mère Jeannot mir gesagt.« Darauf liefen ihm die Tränen übers Gesicht, und er umarmte mich, selbst auf die Gefahr hin, die schöne Stickerei auf seiner langärmeligen Weste zu ruinieren. Und so entdeckte ich aufs neue, daß Geld das Geheimnis ist, das alles bewegt. Denn hätte Mère Jeannots unnützer Neffe nicht das Geld aus dem Kästchen verbraucht, wäre er auch nicht auf den Gedanken verfallen, einen Brief an meines Vaters Bankier in Paris zu schreiben mit der Forderung, mein Vater möge mehr Geld für meinen Unterhalt schicken. Und so erst erfuhr mein Vater, daß ich nicht vor fünf Jahren auf dem Weg nach Fontenay-aux-Roses gestorben war.

»Ein kaltherziges kleines Ding habt Ihr mir da gebracht«, sagte Mutter. Sie saß im Lehnstuhl in ihrem Empfangssalon, angetan mit einem Gewand aus gelber Seide, und prüfte Stoffmuster ihres Damenschneiders. Ich stand auf der anderen Seite des Zim-

Suhrkamp BasisBibliothek

Text und Kommentar
in einem Band

Leitfaden für die Benutzung der Suhrkamp BasisBibliothek

[*] Die mit einem Stern markierten Wörter im Text (Eigennamen, Begriffe, fremdsprachige Wendungen sowie sprachlich ungeläufige Formen) werden in der Marginalspalte am Außenrand kurz erläutert.

[⌜ ⌝] Zu den mit Häkchen gekennzeichneten Textpassagen finden sich die jeweiligen Wort- und Sacherklärungen im Kommentarteil.

[Innenrand] Im Innenrand läuft eine Zeilenzählung, die das Auffinden von Textstellen erleichtert.

[Fußzeile] Die Fußzeile zeigt dem Leser an, in welchem Textabschnitt oder in welchem Teil des Kommentars er sich gerade befindet.

»›Text und Kommentar‹ versprechen die bunten Taschenbücher, mit denen ich in der Schule glücklich gewesen wäre.« Rolf Michaelis, Die Zeit

mers und sah sie lange an. Sie war sehr hübsch, aber ich erinnere mich, daß ich nicht den Wunsch hatte, sie zu berühren. Es brannte kein Feuer, und es war kühl in dem hohen, blau und weiß getäfelten Raum. Erst nach Jahren, als ich darauf hingewiesen wurde, bemerkte ich die helle Fläche im Parkettfußboden, wo der Teppich entfernt worden war, und die hellen Vierecke an der Wand, wo die Gemälde von Vouet und Le Sueur nicht mehr hingen.

Das Haus, in das mein Vater mich gebracht hatte, war ein mittelalterliches Herrschaftshaus im Quartier de la Cité, im Herzen von Paris. Im Stockwerk über dem Empfangssalon und dem Speisezimmer, die nach heutigem Geschmack neu gestaltet waren, drängten sich die engen, altmodischen Zimmer um einen Hof mit einem Turm an einer Ecke und einem Brunnen in der Mitte. Im Erdgeschoß gelangte man von Küche und Stall in den Hof. Dort streckten César und Brutus, die braunen Hengste, ihre langen Gesichter in die Sonne. Katzen und Hunde rekelten sich im Schlamm und suchten nach Abfällen, und die Köchin beschimpfte das Küchenmädchen, das schmutziges Wasser auf die Kopfsteine schüttete. Oben lag die elegante Etage, die Decke mit Nymphen bemalt, und von dort war Violinmusik zu hören, wenn Mutter Gäste hatte. Was dahinter lag, war mittelalterlich und planlos, eigentümliche Zimmer unterschiedlicher Größe, die nahezu willkürlich in Wendeltreppen übergingen, ein Irrgarten aus verbundenen Kammern, die man fast alle durchqueren mußte, um in einen bestimmten Raum zu gelangen.

Die Straßenfront des Hauses – ein breiter, niedriger gotischer Bogen und eine schwere Türe – verriet wenig vom vielfältigen Leben im Inneren: Mägde auf den Knien, um die schweren Möbel abzustauben, während meine Mutter die mit Silber beladenen Buffets verschloß; der Hausdiener, der den Lüster herabließ, um ihn mit frischen Kerzen zu bestücken; meine ältere Schwester am Klavichord; Vaters Leibdiener, der mit einer Tasse Schokolade hinaufeilte; und hoch droben Großmutters trippelnder, kreischender Papagei, während die alte Dame in der »Gazette de France« die Gerichtsnachrichten las. Über der alles verbergenden Türe waren kleine gotische Grotesken, *marmousets* genannt, in den steinernen Bogen geschlagen, und diese hatten nicht nur dem Hause seinen Namen gegeben, sondern auch der schmalen gewundenen Straße, die von der Rue de la Juiverie direkt zum Kreuzgang von Notre-Dame führte und Rue des Marmousets hieß. Diese Straße hatte einen sonderbaren Ruf, und der Bäckerlehrling, die Köchin, die Mägde und unser Stalljunge schworen alle, daß dort Geister aus lange vergangenen Zeiten spukten. Es hieß, in einem florierenden Laden habe man Pasteten verkauft, die aus unseligen auswärtigen Besuchern hergestellt waren. Doch ich suchte vergebens nach der seltsamen Prozession von Männern in veralteter Kleidung, mit aufgeschlitzten Kehlen und hohlen Augen, die angeblich in mondlosen Nächten durch die Mauer wandelten. Zu meinem großen Bedauern sah die Straße für mich stets ganz alltäglich aus, und enttäuscht mußte ich erfahren, daß das Anwesen mit dem berühmten Laden nun von dem überaus respektablen Haus der Advokatenfamilie Belut eingenommen wurde.

Auch Vater gehörte zu den Neureichen. Er, der arme Sohn einer einstmals vornehmen Richterfamilie, war *financier* geworden, einer von denen, die vom Einziehen von Steuern und von Beteiligungen an der Schatzkammer lebten. Er war unter der Protektion von Nicholas Fouquet, dem *surintendant des finances*, rasch aufgestiegen, hatte privates Vermögen angehäuft und meine Mutter geehelicht, die schöne Tochter einer untergegangenen Aristokratenfamilie. Als Fouquet aber an jenem schicksalhaften Tag im Jahre 1661 als Opfer seines Todfeindes Colbert, des *contrôleur-général des finances*, festgenommen wurde, befand sich unter den vielen belastenden Dokumenten im berühmten versiegelten Koffer des ruinierten *surintendant* auch ein Brief, der meinen Vater hinreichend kompromittierte: Vaters Gesicht wies noch die Blässe von der Bastille auf. Er ward gezwungen, seine Anteile zu verkaufen – ein bloßer Mangel an Beweisen hatte ihn nicht gerettet. Doch ihm blieb eine kleine Leibrente, und er konnte das vom Vater ererbte Haus behalten, ebenso die meisten Möbel, indem er sie auf den Namen seiner Mutter überschrieb.

Mutter ließ mehrere Horoskope erstellen, die auf die Rückkehr eines großen Vermögens hindeuteten, doch kehrte es ihr nicht rasch genug zurück. Es verdroß sie noch immer, daß das königliche Pardon Vaters Vermögen nicht wiedergebracht hatte; es war vom Rachen des stets gierigen Colbert verschlungen worden. Der König, meinte sie, hätte in Betracht ziehen müssen, daß sie mütterlicherseits beinahe eine Matignon sei, und ihr eine Zuwendung aussetzen sollen.

»Immerhin«, verkündete sie, »ist es unvorstellbar, daß eine Familie wie meine, und sei sie auch noch so in Not, meine Heirat mit einem *armen* Mann Eures Namens arrangiert hätte, und nun hat mich Eure Mißwirtschaft in eine höchst unangemessene Lage gebracht. Es ist geradezu ungehörig für eine Matignon, so zu leben. Überdies habt Ihr mir meinen Mittwoch verdorben.«

»Was ist ein Mittwoch?« fragte ich die Küchenmagd Suzanne nicht lange nach meiner Ankunft. Die alten steinernen Küchenwände waren feucht vom stets vor sich hinköchelnden Suppentopf, der in einer Ecke der enormen Feuerstelle hing. In einem Käfig gackerten und kreischten zum Abendessen bestimmte Hühner. An der offenen Küchentüre auf den sonnigen Treppenstufen döste ein Diener, der dort postiert war, um die Hungrigen fernzuhalten.

»Ein Mittwoch?« entgegnete Suzanne, die immer mit mir sprach wie mit einer Erwachsenen. »Oh, hier, hilf mir mal halten – ja, so ist's recht –« Sie richtete das Gestell mit den Schnüren über dem Talg aus, aus dem bald Kerzen entstehen würden. »Ja, Mittwoch ist, wenn die vielen feinen Herren kommen, um Lügen zu erzählen und Karten zu spielen. Sie speisen und trinken zuviel! Wein – viel zuviel, meine ich. Doch wer fragt mich schon? Aber ich muß sagen, sie sind etwas seltener geworden, seit – du weißt schon –«

Ich kletterte die Stiege von der Küche zu Großmutters Stube hinauf. Sie war immer da. Nie verließ sie das große Bett mit den schweren grünen Vorhängen. Dort »empfing« sie einmal in der Woche. Dann fand sich eine Prozession uralter Verehrer aus vergangenen Zeiten ein, zitternde Herren und Damen, die ihren verstorbenen Gatten gekannt hatten, und ihr Wundarzt, der regelmäßig kam, um den Zustand ihrer Gedärme zu untersuchen. Sie vertrat die Theorie, wenn die Tätigkeit der Gedärme erhalten werde, könne das Leben bis in die Unendlichkeit verlängert werden. Folglich verbrachte sie viel Zeit damit, diese wichtige innere Tätigkeit entweder zu erwarten oder zu analysieren. Nur skandalöse Neuigkeiten in geschmuggelten Flug- und Schmähschriften, *libelles* genannt, interessierten sie ebensosehr wie die Neuigkeiten vom Nachtstuhl. Wenn ich an die Türe klopfte, wiederholte Großmutters Papagei ihr »Herein!«, trippelte mit seinen gelben Füßen auf der Stange hin und her und sah mich über seinen krustigen gelben Schnabel hinweg mit schwarzen Äugelchen an. Mit einem rosa Gesicht statt eines grünen und mit einem Häubchen auf dem Kopf hätte er Großmutter nicht unähnlich gesehen.

»Ah, bringst du mir mein Zichorienwasser? Komm her, setz dich aufs Bett und erzähle mir, was unten vorgeht.« Die Wände des Zimmers waren in altmodischer Manier bemalt, dunkelrot, in der Farbe von getrocknetem Blut, die Umrandungen in geometrischen Mustern in Gold gehalten. Die Fenstervorhänge waren stets zugezogen; Großmutter hielt die Sonne für ungesund.

»Großmutter, was ist ein Mittwoch?«

»›Mittwoch‹, ha! Das ist der Nachmittag, an dem meine verhurte Schwiegertochter ihren Busen vor aller Welt zur Schau stellt und mit Fremden liebäugelt. Sie nennt es ihren ›Salon‹ und verlangt, daß man sie mit ›Amérinte‹ anredet statt mit ihrem Taufnamen. So ein vornehmes Getue – nichts wie Karten und Hofklatsch, und dann und wann ein schlechter Poet, der sich an einem besseren Ort keinen Namen machen kann. Oh, der unselige Tag, als diese mit Armut geschlagene Parasitenfamilie sich an meinen Sohn heftete! Gib mir die Bibel von der Nachtkonsole, Geneviève, dann lese ich dir von Isebel, und was mit verruchten Weibern geschieht.« Und ich hörte etwas sehr Interessantes, Schauerliches aus der Bibel, von den Hunden, die Isebel auffraßen bis auf ihre Hände und Füße. Großmutter war nämlich Hugenottin gewesen, bis ihre Familie zur Konvertierung gezwungen wurde, und zum Ärgernis der restlichen Familie behielt sie den protestantischen Brauch des Bibellesens bei.

Auf dem Rückweg nach unten durchquerte ich das Zimmer, in dem Onkel schlief, und sah nicht einen, sondern zwei Köpfe unter der Bettdecke hervorlugen. Onkels Gesicht war aufgedunsen, seine Augen waren gerötet; das Gesicht des Mädchens war völlig von ihren Haaren bedeckt, und sie hatte keine Nachtmütze auf. Onkel wurde von vielen als gutaussehend bezeichnet, aber sein schmales, fuchsartiges Gesicht und die überheblichen, hellen Augen über schrägen Wangenknochen hatten etwas, das mir nicht gefiel. Er besaß eine lasterhafte Zunge, die als witzig galt, und überdeckte mangelhaften Verstand, indem er jede Situation mit Redensarten würzte. Sein Lieblingssprichwort lautete: »Sofort handeln, nur Feiglinge müssen überlegen.« Die Frauen fanden ihn verwegen.

Onkel erblickte mich, als er sich aus einer Karaffe auf seiner Nachtkonsole Branntwein einschenkte. Er wandte sich an seine Gefährtin und sagte laut: »Siehst du das? Häßliche Mädchen haben keinen Grund zu leben.« Und das Mädchen lachte, als er sie küßte. Mir war nicht danach zumute, ihn nach einem Mittwoch zu fragen. Onkel, der Bruder meiner Mutter, Jean-Baptiste de Saint-Laurent, nannte sich Chevalier de Saint-Laurent. Großmutter sagte, der Titel sei so falsch wie er selbst, aber was könne man schon von einem Wurm erwarten, der seinen Unterhalt durch Sündigen an den Spieltischen und Geldleihen bei Frauen bestritt. Er kehrte aus der Schlacht zurück und zog im Hause ein, während Vater in der Bastille war, und jetzt war es unmöglich, ihn wieder hinauszuwerfen. Er machte das Haus zu seinem Hauptquartier, wo Männer von zweifelhaftem, dem seinen gleichenden Charakter ihm ihre Aufwartung machten.

So spähte ich mittwochs hinein, in der Hoffnung, etwas interessantes Sündiges wie Isebel mit den Händen und Füßen zu sehen, aber ich sah nur Erwachsene, die sich mit anmaßenden Namen anredeten, einander hitzige Dinge sagten und aus den guten Gläsern tranken, während Mutter ihr silbriges kleines Lachen lachte, das sie dem Mittwoch vorbehielt. Sie trug ihr enges Kleid aus violetter Seide, vorne sehr tief ausgeschnitten, und ihre goldenen Armbänder mit Diamanten. Es war dies die Zeit, da sie die Herren unter ihren Wimpern hervor von der Seite ansah; die Herren priesen ihre grünen Augen und rezitierten einen improvisierten Vers, der ihre Nase oder ihre Lippen verherrlichte. Es waren wenige Damen zugegen, keine so hübsch wie sie selbst, und zahlreiche Herren, die sich wie mein Oheim in Pluderhosen mit Spitzengeriesel an den Schienbeinen, bestickte Wämser und kurze Röcke ganz aus Seide kleideten. Sie redeten viel vom Glück beim *bassette* oder *hoca* – und darüber, wen der König am vergangenen Freitag angeblickt hatte. Sie gaben vor, von Mutter betört zu sein, bis auf ein Zeichen von ihr meine große Schwester Marie-Angélique errötend hereinschwebte. Fortan war sie die einzige, die sie ansahen. Alle wußten, daß sie aus der Klosterschule nach Hause kommen mußte, als Vater kein Geld mehr hatte – oder es vielmehr sparen mußte, damit mein Bruder am Collège de Clermont bleiben und Advokat werden konnte, um die Familie wieder reich zu machen. Aber Marie-Angélique war so schön, daß alle sagten, Mutter werde sie ohne Mitgift vermählen.

»Zurschaustellung der Ware« nannte Vater das, wenn er sich mittwochs in seinem Studierzimmer einschloß und über die Römer las. Das tat er fast immer, wenn er zu Hause war. Dabei schnupfte er Tabak aus einem Silberdöschen, das Monsieur Fouquet ihm einst geschenkt hatte. Eigentlich wollte er nie mit jemandem reden, höchstens zuweilen mit mir.

»Warum die Römer, Vater?« fragte ich ihn eines Nachmittags.

»Weil sie, mein Kind, uns lehren, Leid in einer ungerechten Welt zu erdulden, wo aller Glaube tot ist«, erwiderte er. »Siehst du, hier? Epictetus zeigt, daß Vernunft die Welt regiert, da sie mit Gott identisch ist.« Er zeigte auf eine Stelle in dem Buch, das er las.

»Ich kann das nicht lesen, Vater.«

»Ach ja, natürlich«, erwiderte er auf seine geistesabwesende Art. »Niemand hat sich um deine Bildung gekümmert. Ich werde wohl selbst dafür sorgen müssen. Die moderne Erziehung ist ohnehin nichts als Geschwätz und taugt nur dazu, den Geist zu versklaven. Sieh dir nur deine Schwester an – ein hohlköpfiger Fratz. Sie stickt, klimpert ein wenig auf dem Klavichord und weiß zwei Dutzend Gebete auswendig. Ihr Verstand ist ausschließlich durch das Lesen von Romanzen geformt. Und dein Bruder prägt sich juristische Präzedenzfälle ein. Er lernt Präzedenzen statt Logik und Gesetze statt Tugenden. Nein, da ist es viel besser, von den Römern zu lernen.« Und so wurde ich nach dem ausgeklügelten Plan meines Vaters von einer Reihe hungerleidender Abbés und mittelloser Studenten unterwiesen, die mit Mahlzeiten entgolten wurden, bis ich über genügend Wissen verfügte, um mit ihm über die Römer und insbesondere über seine geliebten Stoiker zu diskutieren. Die meisten meiner Tutoren verliebten sich in meine Schwester und waren nur unter großen Mühen von ihr fernzuhalten, aber davon merkte Vater nichts.

Bald schon gestalteten sich meine Tage zu einem angenehmen, wenngleich für ein Kind ungewöhnlichen Verlauf. Vormittags studierte ich, was immer meinen gegenwärtigen Tutor interessierte: Bruchstücke von Descartes, der sagte, unser Denken müsse methodisch sein, die Beweisfrage in der Geographie, die

Vorstellung der Epikureer, daß wir immer das Glück anstreben sollen, oder die Idee, Gott habe die Welt präzise wie eine Uhr geschaffen, dann sei er fortgegangen und habe sie vergessen.

Nachmittags schmeichelte ich mich bei meiner Mutter ein, indem ich vertrauliche Botengänge für sie besorgte. Sie schenkte mir drei Unterkleider, aus denen meine Schwester herausgewachsen war, einen alten Kamm sowie das Versprechen eines neuen Kleides zu Weihnachten, wenn ich ihre Geheimnisse für mich behielt. Bei meinen nachmittäglichen Besorgungen erfuhr ich, daß unsere Köchin bei dem Parfümeur, der die Faltensalbe meiner Mutter zusammenrührte, Liebestränke kaufte. Ich entdeckte, daß das Gold in Mutters Haar aus einem grünen Fläschchen stammte und daß sie heimlich mit dicken wächsernen Petschaften versehene Briefe empfing. Ich fand heraus, wo es die besten verbotenen Flugschriften für Großmutter zu kaufen gab und wie man falsche von echten Münzen unterschied. Ich lernte Wechselgeld zählen und mir den Weg durch das Maraisviertel zu bahnen, ohne von Kutschen zermalmt zu werden, und mich in der Menge unsichtbar zu machen, so daß ich nicht verfolgt werden konnte. Es war keineswegs eine Erziehung, wie sie einer jungen Dame aus guter Familie anstand, die außer Haus niemals ohne Begleitung gesehen werden sollte. Aber mein mißgestaltetes Äußeres und meine ungezügelten Manieren nahmen mich von allen Regeln aus, so wie sie mich auch nicht in den Genuß der Vergünstigungen meiner Geburt kommen ließen.

Abends, wenn Mutter den ergötzlichen Monsieur Courville oder den göttlichen Marquis de Livorno, den charmanten Chevalier de la Rivière oder einen anderen Wichtigtuer zu Gast hatte, diskutierte ich mit Vater über die Römer. Ich liebte es, wie er mit seiner ruhigen, tiefen Stimme vorlas und dann über seine kleine Lesebrille lugte, um eine Bemerkung über den Text zu machen. Danach zeigte ich ihm das wenige, was ich am Vormittag gelernt hatte, und wurde mit seinem schmallippigen, ironischen Lächeln belohnt. Es war ein wunderbarer Tageslauf; ich wollte kein anderes Leben.

Kapitel II

»Mademoiselle, hast du das Fläschchen aus der Galerie auf meine Frisiertoilette gestellt?« Mutter hielt ihren Morgenempfang. Nichts Großartiges nach höfischem Ermessen, denke ich, dennoch warteten ihr heute mehrere Bediente in ihrem Schlafgemach auf, dazu mein neuester Tutor sowie ein Mann, den sie beauftragt hatte, Marie-Angéliques Porträt en miniature zu malen. Ich erinnere mich gut an diesen Tag. Es war einer der ersten sonnigen Tage im Frühjahr 1671; ich war im Winter gerade zwölf geworden.

»Ja, Mutter, ganz hinten, beim Spiegel. Seht Ihr es?« Mutter sah argwöhnisch zu der Stelle hin und drehte sich so plötzlich um, daß die Zofe, die ihr die Haare bürstete, die Bürste fallen ließ.

»Und das Wechselgeld? Hast du alles mitgebracht?« Ich gab es ihr, und sie zählte es sorgfältig nach, bevor sie es in der Schublade ihrer Frisiertoilette verschloß. Ich sagte ihr nicht, daß ich das Parfüm gestern nachmittag auf dem Heimweg ausprobiert hatte. Längst konnte ich eine Phiole wieder so versiegeln, daß man nicht erkannte, daß sie geöffnet worden war. Mutter würde »Affenhände« sagen, wenn sie es gewußt hätte. Die Frau in der Parfümerie der Galerie du Palais führte alle möglichen Utensilien, die Mutter benötigte: Haarfarbe, Wangenrot und nun einen neuen Duft mit einer besonderen Ingredienz, die im Zusammenhang mit Beschwörungsformeln die Trägerin unwiderstehlich machen sollte. An wem ließe sich das besser erproben als an mir, dachte ich. Es braucht nicht viel, um eine hübsche Person unwiderstehlich zu machen, aber ein häßliches Mädchen, das nicht richtig gehen kann und dürr und klein ist wie ein Affe – da könnte es seine Wirksamkeit beweisen. Also hatte ich mich damit besprengt und mich den Rest des Tages vor meiner Mutter versteckt.

Zunächst war ich ins Turmzimmer gegangen, wo alte Kleider, von Mäusen zerfressene Kissen und reparaturbedürftige Möbel aufbewahrt werden, und hatte mein geheimes Buch hervorgeholt. Ich trug das Datum ein: 18. April 1671, und daneben: *Unwiderstehliches Parfüm – Erprobung Numero 1.* Danach schlüpfte ich für den Nachmittag aus dem Haus, was meiner Schwester niemals gestattet wurde; aber Vater bemerkte meine Abwesenheit nie, bis es an der Zeit war, über die Römer zu diskutieren. Und Mutter fragte nie nach mir; ich glaube gar, sie hoffte insgeheim, daß mir etwas zustoßen und ich nie zurückkommen würde. Für mich aber bedeutete die Vernachlässigung eine gewisse glückliche Freiheit, und durch mein ungezügeltes Aufwachsen mit den Dienstbotenkindern und verwahrlosten Lehrbuben, von denen es in der Nachbarschaft und im Hofe des Hauses Marmousets wimmelte, hatte ich gelernt, den Gassenjargon der unteren Klassen von Paris ebenso fließend zu sprechen wie die vornehme Sprache, deren meine Mutter und meine Schwester sich im Salon bedienten.

Ich betrat die Rue des Marmousets, wie man in einen Fluß steigt. Ich ließ mich treiben und tauchte auf und ab in der Menge der Kaufleute und Straßenbengel, den kleinen Gruppen achtbarer Frauen, die, gefolgt von ihren beladenen Bedienten, Einkäufe machten, dem vereinzelten Advokaten oder Notar, der mit seiner Ledermappe unter dem Arm dem Palais de Justice zu eilte. Hier und da schaukelte eine Sänfte im Strom, deren Insasse über die schwitzenden Rücken der Träger hinweg ins Weite starrte. Der Fluß vereinte sich mit der Hauptströmung, die sich in Richtung Pont-Neuf ergoß, und ich schlich unbemerkt, ein blasses, buckliges kleines Mädchen, das seitwärts humpelte wie ein Krebs, zwischen den Menschenmassen. Es war ein guter Tag für einen wissenschaftlichen Versuch; auf der Brücke drängten sich Bettler, Spieler, Straßenverkäufer um kleine Buden, wo billiger Tand und verbotene Schriften feilgeboten wurden.

Als erstes erstand ich bei einem Verkäufer von frommen Traktaten, der die besten Sachen unter seinem Umhang verborgen hielt, eine höchst befriedigende *libelle* für Großmutter, ein Gelegenheitskauf, frisch aus Holland eingeschmuggelt, wo man die besten verbotenen Pamphlete druckte: »Das skandalöse Leben von Ludwig, König der Franzosen«, worin erklärt wurde, es sei nur natürlich, daß der König wiederholt das heilige Band der Ehe zerriß, sei er doch tatsächlich der natürliche Sohn des Kardinals Mazarin, der eine Affäre mit der Königin gehabt habe. Ich versteckte es natürlich, denn die Lektüre war nahezu so gesetzwidrig wie die Veröffentlichung oder der Verkauf, und gesellte mich zu der Menge der Zuschauer und Taschendiebe um eine improvisierte Bühne. Mehrere Schauspieler mit Masken plärrten schmutzige Witze, während ein Mann, der den Liebhaber der Ehefrau darstellte, dem gehörnten Ehemann eine Lederkeule über den Schädel hieb. Ich ging weiter, als Geld gesammelt wurde, denn ich hatte keins mehr. Ein Scharlatan mit einem zerbeulten Filzhut pries singend den Inhalt einer Kiste mit Arzneien:

»Pocken, Schüttelfrost und Pest
kurier' ich euch aufs allerbest'.
Leute kauft, seid klug und weise,
daß lange währ' des Lebens Reise.«

Er hatte ein Äffchen an einer Leine, in Satin gekleidet wie ein kleiner Mann. Es kam zu mir, berührte mit seiner braunen Hand die meine und sah mich mit seinen traurigen, glitzernden Augen an.

Fazit Numero 1: Das unwiderstehliche Parfüm zieht Affen an.

Ich spürte ein Zupfen hinten an meinem Umhang. Ich zog ihn so eng um mich, daß die große Hand des Diebes mich wahrhaftig in die Luft hob. Aber ich ließ nicht los; ich schrie: »Hilfe, Mörder, Räuber!«

»Gemach, gemach.« Ein junger Stutzer in einem kurzen Umhang mit mindestens einem Dutzend Bänderschleifen und einem breiten grauen Hut mit weißer Feder stieß sein Schwert gegen das Wams des Räubers. Der Grobian ließ mich fallen und floh mit der Drohung, mit seinen Freunden zurückzukommen.

Fazit Numero 2: Das unwiderstehliche Parfüm zieht Räuber an.

»Was tut ein kleines Mädchen wie du ohne Begleitung hier? Weißt du nicht, daß du getötet werden könntest? Komm, ich bringe dich nach Hause. Habe ich dich nicht aus der Maison des Marmousets kommen sehen?«

Fazit Numero 3: Das unwiderstehliche Parfüm zieht Mitgiftjäger an.

»Hihi«, lachte der blinde Bettler am Ende der Brücke. »Ich habe alles gesehen, sehr komisch, wirklich sehr komisch, Monsieur Lamotte.«

Fazit Numero 4: Das unwiderstehliche Parfüm macht Blinde sehend.

Vater hatte mir erklärt, daß ein disziplinierter Geist das Wichtigste ist, was ein Mensch besitzen kann. An diesem Abend ruhten wir von den Stoikern aus und lasen Descartes' Abhandlung über die Methode des richtigen Vernunftgebrauchs.

»Beginne, wo wir aufgehört haben, im vierten Kapitel«, sagte Vater, »und dann erkläre, was gemeint ist.«

»›Alsbald aber machte ich die Beobachtung, daß, während ich so denken wollte, alles sei falsch, doch notwendig *ich*, der das dachte, irgend etwas sein müsse, und da ich bemerkte, daß diese Wahrheit *ich denke, also bin ich* so fest und sicher wäre, daß auch die überspanntesten Annahmen der Skeptiker sie nicht zu erschüttern vermöchten, so konnte ich sie meinem Dafürhalten nach als das erste Prinzip der Philosophie, die ich suchte, annehmen‹«, las ich. »Das bedeutet«, sagte ich, »daß im Einklang mit der geometrischen Beweismethode –«

»Schnf, schnf – was ist das für ein abscheulicher Geruch? Hier drinnen riecht es wie in einem Hurenhaus.«

»Ich habe keine Ahnung, Vater.«

Fazit Numero 5: Das unwiderstehliche Parfüm hat keine Wirkung auf Menschen mit klarem Verstand.

Ich beendete den Eintrag in mein geheimes Buch beim Licht eines Kerzenstummels. *Dieses Parfüm eignet sich gut für Mutter, aber ich werde es nicht wieder benutzen.* Am nächsten Morgen diskutierte ich mit meinem neuesten Tutor, einem hungerleidenden Studenten der Medizin, der in meine Schwester verliebt war, über die neue Theorie des Engländers Harvey: Das Blut werde vom Herzen, in Wirklichkeit schlicht eine Pumpe und keineswegs der Sitz der Gefühle, durch den Körper bewegt. Das zog sich bis zum Nachmittag hin, als Mutter die Zofe entließ – ein untrügliches Zeichen für einen weiteren vertraulichen Botengang.

»Meine Liebe, ich weiß, daß ich dir vertrauen kann.« Mutter wischte eine Träne fort, die auf ihrer Wimper zitterte.

»O ja, natürlich, Mutter.« Es war sichtlich ernst. Gewöhnlich verschwendete sie keine solche Zuneigung an mich.

»Kennst du den Damenschneider in der Rue Courtauvilain?« O ja, das ist der, bei dem eine Frau mit zuwenig Bargeld ein Darlehen auf ein Seidenkleid bekommen kann. Ein weiter Weg.

»Ich habe befohlen, die Pferde anzuschirren. Du wirst die Kutsche nehmen, und falls jemand fragt, du bringst diese Kleidermuster zurück. Ich möchte, daß du dies hier in dein Kleid steckst, wo es niemand sieht.« Sie hielt acht silberne Löffel vom Buffet in die Höhe – Großmutters Löffel. »Ich wünsche, daß du sie beleihst und mir das Geld so rasch wie möglich bringst. Der gute Hauptmann Legrand muß zu seinem Regiment zurück, und an wen könnte er sich wenden?« Wieder eine Träne. »Dein Vater war in alten Zeiten ein großzügiger Mann. Er hätte einen Edelmann niemals abschlägig beschieden. Aber heutzutage achtet er so scharf auf meine wohltätigen Ausgaben – dieser gräßliche Leibdiener –, du verstehst, wenn er es wüßte, es würde ihm das Herz brechen. Wir dürfen ihn nicht an seine Tragödie erinnern. Kein Wort, verstehst du?« Ihre Stimme gemahnte an den stählernen Klang eines Rapiers, das aus der Scheide gezogen wird.

Ich verstand. So begab ich mich in die Rue Courtauvilain zum Geschäft des Damenschneiders Mathurin Vigoreux, wo ich im Hinterzimmer mit seiner Frau wegen der Löffel verhandelte.

»Ich bringe sie zu Jeanne in der Rue Montmartre, gegen zweiundzwanzig Francs; sie kann das Geld abholen lassen«, sagte La Vigoreux, indem sie die Löffel an ihrer Schürze rieb und ins Licht hielt.

»Sie braucht das Geld sofort.«

»In diesem Fall muß ich damit zu jemand anders, und ich kann nicht soviel bieten«, sagte sie, wog die Löffel abermals in ihrer Hand und legte sie dann auf die schmierige Schürze über ihrem ungeheuer geräumigen Schoß. Als ich nach einem kleinen Disput das Geld weggesteckt hatte, sah sie mich an und sagte: »Du bist ein merkwürdiges Mädchen. Genau wie ein altes Weib. Soll ich dir wahrsagen? Deine Mutter wird die paar Sous nicht vermissen.«

»Ich glaube nicht an Wahrsagerei«, erwiderte ich.

»Nein? Glaubst du denn nicht, daß Gott für jedermann Pläne hat? Möchtest du sie nicht erfahren?« Ihr Ton war schmeichelnd, als spreche sie zu einem dummen Kind und nicht zu einer etwas klein geratenen Philosophin.

»Gott ist, um genau zu sein, nicht an einzelnen Fällen interessiert. Er ist der *primum mobile*, der die Naturgesetze schuf. Er erlaubt diesen Gesetzen, alleine zu wirken. Die Entdeckung der Abfolge von Ereignissen ist somit der geometrischen Analyse unterworfen. Gemäß des Engländers Harvey Entdeckung vom Kreislauf des Blutes –«

»Mein Gott, du bist ein kleines Ungeheuer. Dann glaubst du wohl auch nicht an den Teufel?«

»Natürlich nicht. Der Teufel ist eine Phantasiegestalt, die Priester erfunden haben, um die Unwissenden zu ängstigen.« Wie mein Vater verachtete ich abergläubische Weiber.

La Vigoreux lachte. »Nicht lange, Kleine, und du wirst etwas anderes entdecken.«

Hiernach schien es mir nur recht und billig, zwei Francs als meinen Anteil an den Löffeln, die Großmutter mir vererbt haben würde, einzubehalten. Als die Kutsche eingestellt war, ging ich zur Galerie du Palais, nicht weit von unserem Haus, und kaufte am Stand eines Schreibwarenhändlers ein weiteres kleines rotes Notizbuch. Er verkaufte mir zudem aus einer gut versteckten Schachtel eine vorzügliche *libelle*, für ihr Geld recht umfangreich, mit dem Titel »Die schauerlichen Geheimnisse der päpstlichen Giftmischer«. Hier waren im Detail sämtliche Methoden aufgezählt, deren sich die ehrgeizigen Italiener in alten Zeiten bedienten, um sich ihrer Rivalen zu entledigen, und es wurde erklärt, wie die italienische Königin sie nach Frankreich gebracht hatte. In Holland gedruckt, allerbeste Qualität. Ich kaufte sie für Großmutter.

An diesem Abend schrieb ich in mein Büchlein:

Aufwendung für Gedanken = 0
Aufwendung für das Ausdrücken von Gedanken = 17 Sous (ein Notizbuch)
Aufwendung für vorübergehende Unterbindung von Hauptmann Legrands Scharwenzelei = 18 Francs
Schlußfolgerung: Nichts ist umsonst, nicht einmal die Liebe.
Frage: Ist die Liebe mehr wert als Gedanken, da sie offenbar mehr kostet? Später lösen. Preisliste erstellen.

Im Laufe des Sommers wurde Mutter immer unruhiger. Ihre Haare wurden gelblich, oft ging sie mit einer Schmiere von seltsamer Farbe im Gesicht zu Bett. Vater ging häufig zum Palais de Justice, und das nicht nur, um Luft zu schnappen. Wenn er zurückkam, mochte er nicht einmal über die Römer sprechen. Onkel brummte und wütete und verschwand wochenlang in den

Spielsälen der Palais im Marais. Mutters Mittwoch wurde spärlicher besucht, ungeachtet der Reize von Marie-Angélique, die von Schäferinnen handelnde beliebte Weisen darbot. Nur Großmutter war glücklich; sie saß im Bett und las wieder einmal von der Zerstörung von Sodom und Gomorrha.

»Vergiß nicht, Geneviève, so werden die Ruchlosen bestraft. Mit Feuer und Schwefel.« Ihre kleinen schwarzen Augen blitzten vor Vergnügen, ihr Papagei krächzte: »Feuer! Feuer! Feuer und Schwefel!« und wippte mit seinem grünen Kopf.

Nachdem Mutter die zuversichtlichen Verheißungen der kleinen Hutmacherin, die ihre Horoskope erstellte, erschöpft hatte, beschloß sie endlich, eine Spezialistin zu konsultieren. Sie verschaffte sich bei dem Parfümeur in der Galerie du Palais eine Referenz für die vornehmste Wahrsagerin von Paris. Und an einem heißen Augusttag in meinem zwölften Lebensjahr ließ sie die Pferde anschirren und fuhr mit uns beiden über den Pont-Neuf, an den Hallen und dem Cimetière des Innocents vorbei, an den äußersten Rand von Paris, unmittelbar unter den Festungswällen bei der Porte St. Denis. Wir gelangten in ein Viertel namens Villeneuve-sur-les-Gravois, das hauptsächlich aus anmutigen, von großen Gärten umgebenen Villen bestand. Ungeachtet des schönen Ambientes lagen nahebei berüchtigte Bordelle und Spielsäle, die den Ruf der Nachbarschaft verunglimpften. Mutter hieß den Kutscher in der Rue Beauregard anhalten, wo wir eine maskierte Dame beobachteten, die aus einem Haus zu einer wartenden Kutsche schlich. Acht Pferde, Bedienstete in voller Livree. Die Malerei auf dem Wagenschlag sah von weitem wie ein herzogliches Wappen aus. Die Dame erteilte Befehle, und die Kutsche fuhr mit hoher Geschwindigkeit davon, um ein Haar eine Gruppe lungernder Träger verfehlend, die neben zwei leeren Sänften auf weitere Kundinnen der Wahrsagerin warteten. Mutter blickte selbstzufrieden drein: Sie liebte es, zur eleganten Kundschaft zu gehören. Und so überschritt sie, ohne sich dessen bewußt zu sein, die unsichtbare Grenze zum Reich der Schatten.

Nach kurzer Wartezeit in einem Vorzimmer, wo Mutter in der Hitze saß und sich fächelte, während das Gelb aus ihren feuchten Haaren an ihrem Hals hinunterrann, wurden wir von einem gutgekleideten Stubenmädchen in das Empfangszimmer der Wahrsagerin geführt. Wände und Decke waren schwarz gestrichen; flackernde Kerzen vor einer Gruppe von Gipsheiligen in einer

Ecke gaben ein trübes Licht. Die Blendläden waren geschlossen, um die Hitze abzuhalten, aber die schwarzen Vorhänge waren zurückgezogen. In einer anderen Ecke stand eine Statue der Madonna im blauen Gewand. Vor ihr brannte eine dicke Kerze, und von einer Vase mit Blumen ging ein süßlicher Geruch aus. In einer offenen Vitrine neben einem Schrank stand eine Reihe verschiedener Porzellanengel. Das trübe Licht ließ ihre Gesichter bedrohlich aussehen. Ein dicker Teppich bedeckte den Fußboden. In der Mitte des Raumes stand ein kleiner, erlesen geschnitzter Tisch mit einem Lehnstuhl für die Wahrsagerin auf der einen Seite und einem gepolsterten Schemel für die Klientin auf der anderen. Wir setzten uns erwartungsvoll auf Stühle, die unter den Porzellanengeln angeordnet waren.

»Sie wird eine Vettel sein«, flüsterte Marie-Angélique mir zu. Ihre blauen Augen waren geweitet, ihr hochaufgetürmtes goldenes Haar bildete einen schimmernden Heiligenschein über ihrem schönen Antlitz. »Ganz bestimmt. Und ach, was soll ich Père Laporte sagen? Er heißt Wahrsagerei nicht gut.« Und ich heiße nicht gut, einen Beichtvater zu haben statt eines Gewissens. Ich war sehr stolz auf mein Gewissen, das durch die Entdeckung der Gesetze der Tugend anhand des Vernunftgebrauchs geprägt worden war.

Doch die Frau, die das Stubenmädchen durch die Innentüre führte, war ganz und gar nicht, was Marie-Angélique erwartet hatte. Sie sah wie eine Dame aus, in smaragdgrüner Seide über einem schwarzen, bestickten Unterkleid. Ihr schwarzes Haar war nach der neuesten höfischen Mode zu Locken frisiert und mit Brillanten geschmückt. Ihr Gesicht war blaß und edel, mit breiter Stirn, langer, klassischer Nase und einem schmalen, zierlichen Kinn. Sie hatte ein seltsames, schmallippiges Lächeln, spitz zulaufend wie ein V. Ich spürte, daß ihre Erscheinung Mutter und Marie-Angélique zusagte. Sie verdient viel Geld in diesem Gewerbe, dachte ich.

Ich betrachtete sie sehr genau, als sie Platz nahm, denn einer meiner Tutoren hatte mir erklärt, daß man als gebildeter Mensch den Charakter von Personen aus ihren Gesichtszügen und ihrer Haltung herauslesen könne. Die Hellseherin war wohl an die dreißig Jahre alt, ihre Miene war selbstsicher, und ihre ernsten, schwarzen Augen schienen allwissend. Ihre gesamte Erscheinung hatte eine kraftvolle Aura, und als sie sich auf ihren mit

Brokat gepolsterten Lehnstuhl setzte, war ihre Haltung majestätisch, als sei sie die Königin dieser geheimen Welt, die ab und an Bittsteller von einem geringeren Ort einließ. Wir wollen sehen, was sie zu sagen hat, dachte ich. Wir werden sehen, wie klug sie ist.

»Guten Tag, Madame Pasquier. Ihr seid gekommen, um zu erfahren, welches Eheglück Euren Töchtern beschieden sein wird.« Mutter schien beeindruckt. Ihr Fächer hielt in der Bewegung inne. Ein logischer Schluß, wenn eine Frau mit zwei Töchtern im Schlepptau daherkommt, dachte ich. Die Frau ist gerissen. Nach Austausch einer Reihe von Schmeicheleien und Artigkeiten wurde Marie-Angélique vorgeschoben, um am Tisch unmittelbar gegenüber der Wahrsagerin Platz zu nehmen. Die berühmteste Hellseherin von Paris nahm ihre Hand.

»Eure Familie hat Unbilden erlitten«, sagte sie, während ihre Finger über den Handteller meiner Schwester fuhren. »Ihr seid nach Hause geholt worden, aus – ah, ja –, aus einer Klosterschule, aus Geldmangel. Die Mitgift ist – ah – geschwunden. Aber Ihr werdet den größten Traum Eurer Mutter erfüllen. Ein Liebhaber von höchstem Stand – ein Vermögen. Aber hütet Euch vor dem Mann im himmelblauen Rock. Vor dem, der eine blonde Perücke trägt.« Bravo, gut gemacht. Die Hälfte der elegantesten Herren von Paris dürfte einen himmelblauen Rock und eine blonde Perücke haben.

Mutter lächelte triumphierend, doch Marie-Angélique brach in Tränen aus. »Seht Ihr keine Heirat für mich, keine Kinder? Ihr müßt besser hinsehen, oh, seht noch einmal hin!« Schlau, dachte ich. Zuerst diejenige zufriedenstellen, die bezahlt. Aber wie will sie dieses Problem umgehen?

»Ich sehe nicht immer das vollständige Bild«, sagte die Wahrsagerin mit einschmeichelnder Stimme. »Ein Kind? Ja. Ich denke schon. Und nach dem Mann im himmelblauen Rock könnte es eine Hochzeit geben. Aber ich kann nicht über ihn hinaussehen. Vielleicht solltet Ihr mich in ein paar Monaten noch einmal konsultieren, wenn die fernere Zukunft deutlicher wird.« Sehr gerissen. Marie-Angélique würde vor Weihnachten heimlich wieder kommen, mit jedem Sou, den sie erbetteln oder borgen konnte, ungeachtet aller Ermahnungen von Père Laporte.

Mutter war jetzt so ungeduldig, ihr eigenes Schicksal zu erfahren, daß sie Marie-Angélique beinahe von ihrem Sitz stieß. In vertraulichem Ton flüsterte die Hellseherin, was eigentlich nicht für meine Ohren bestimmt war. »Euer Gemahl versteht Euch nicht. Ihr ergreift tausend Sparmaßnahmen für sein Glück, und er erkennt nicht eine an. Er ist ohne Ehrgeiz und weigert sich, bei Hofe um die Gunst zu ersuchen, welche Euer Glück erneuern könnte. Fürchtet Euch nicht, Euch lachen neue Freuden.« Ein freudiger Ausdruck huschte über Mutters Gesicht. »Wenn Ihr dieses Glück beschleunigen wollt«, die Wahrsagerin dämpfte die Stimme, »jugendlicher –«, verstand ich und sah sie eine kleine Phiole aus der Tischschublade nehmen. Mutter verbarg sie in ihrem Korsett. Ausgezeichnet, dachte ich. Wann hatte Mutter je ein Mittel zurückgewiesen, das die Wiedererlangung ihrer schwindenden Jugend verhieß? Wenn all diese Salben tatsächlich wirkten, müßte, gemessen an der Anzahl Leute, die sie verkauften, ganz Paris Gesichter haben, so glatt wie Kinderpopos. »Wenn er hart und gleichgültig bleibt – bringt mir sein Hemd – eine Messe für Sankt Rabboni –« Faszinierend. Ein einziger Besuch vervielfacht sich zu mehreren, mit der entsprechenden Vergütung.

»Und nun zu meinem Kreuz, das ich täglich zu tragen habe«, sagte Mutter. Damit stand sie auf und schob mich nach vorn. »Sagt uns, was aus einem Mädchen wird, dessen Herz so entstellt ist wie sein Körper. Versichert mir, daß sie in der Salpêtrière enden wird.« Mutter stieß ein leises Lachen aus, um zu zeigen, daß dies ein Scherz von ihr sei. Es war aber kein Scherz. Sie sagte mir ständig, daß ich dort enden würde. Zuweilen hatte ich sogar Alpträume, denn sie hatte mich zur Warnung einmal mitgenommen, damit ich eine Fuhre mit eingekerkerten kahlgeschorenen Prostituierten sähe. Es war ein abstoßendes Gebäude, ein »Spital«, wo Bettler, Diebe und weibliche Irre eingesperrt wurden, um die Straßen sauberzuhalten. Und nach Aussage eines meiner klatschsüchtigen Tutoren statteten sonntags Geistliche mit glitzernden Augen den Insassen Besuche ab, um sie zur Rückkehr in ein tugendhaftes Leben zu ermahnen. Nicht gerade das, was mir für meine Tochter vorschweben würde, wenn ich eine hätte.

Die Hellseherin betrachtete zuerst Mutter, dann mich mit abschätzendem Blick. »Was Ihr wirklich wissen wollt«, äußerte sie kühl, »ist, ob das Kind Geld erben wird – im Ausland verstecktes Geld.« Das hatte ich nicht erwartet. Ich sah der Wahrsagerin ins Gesicht. Sie musterte mich eindringlich, als ob sie Maß nähme.

Dann inspizierten ihre dunklen Augen meinen schwitzenden Handteller.

»Das ist ungewöhnlich«, sagte sie, und Mutter und Marie-Angélique rückten näher, um es zu sehen. »Seht Ihr die Linie, die hier aus Sternen gebildet ist? Einer bedeutet Vermögen. Drei – das ist ganz außergewöhnlich. Es ist ein sehr machtvolles Zeichen.« Selbst die Wahrsagerin schien beeindruckt. Es war sehr erfreulich.

»Ein Vermögen, ein ungeheures Vermögen«, zischte Mutter. »Ich habe es gewußt. Aber ich muß es genau wissen. Erbt sie es? Aus dem Ausland?«

»Sternengebilde auf dem Handteller lassen nie die Art des Vermögens erkennen, nur daß es große Veränderungen mit sich bringt und daß am Ende alles gut wird. Ihr benötigt eine genauere Weissagung, um Eure Frage zu beantworten – eine Weissagung durch Wasser. Für die Bereitung des Wassers wird eine Extragebühr erhoben.« Mutters Mund schloß sich fest wie ein Portemonnaie. »Nun gut«, sagte sie mit gereizter Miene. Die Wahrsagerin klingelte mit einem Glöckchen, und als das Stubenmädchen erschien, beriet sie sich mit ihr. »Die Gabe der Wasserweissagung ist sehr selten und gewöhnlich nur bei jungfräulichen Mädchen zu finden – und daher währt sie in dieser verruchten Welt nicht lange, nicht wahr?« Ihr sarkastisches Lachen wurde von Mutters silbrigem »Salon«-Lachen ergänzt. Ich wünschte, wir könnten jetzt gehen. Ich hatte genug.

Das Stubenmädchen kehrte mit einem gläsernen Rührstab und einer mit Wasser gefüllten runden Kristallvase auf einem Tablett zurück. Sie wurde von einem adrett gekleideten Mädchen in meinem Alter begleitet, mit streng zurückgekämmten braunen Haaren und mürrischer Miene. Die Tochter des Hauses.

Die Wahrsagerin rührte das Wasser mit dem Stab, wobei sie etwas sang, das wie »Mana, hoca, nama, nama« klang. Dann sagte sie zu mir: »Leg deine Hände um das Glas – nein, nicht so. Ja, gut. Jetzt nimm sie fort.« Das kleine Mädchen spähte in die von meinen Handabdrücken verschmierte Vase, und das Wasser wurde wieder ruhig.

Sie hatten etwas sehr Interessantes mit dem Wasser angestellt. Ein winziges Bild schien sich aus der Tiefe zu lösen, deutlich und hell wie das Spiegelbild eines unsichtbaren Gegenstandes. Es war ein Gesicht. Das liebreizende Gesicht eines Mädchens von etwa zwanzig Jahren. Graue Augen starrten mich an, schwarze Haare umwehten ein blasses Antlitz, der Wind peitschte einen dicken grauen Umhang, den das Mädchen eng um sich raffte. Es lehnte an der Reling eines Schiffes, das auf einem unsichtbaren Meer schaukelte.

Die Wahrsagerin sprach zu ihrer Tochter: »Nun, Marie-Marguerite, was siehst du?«

»Das Meer, Mutter.«

»Wie habt Ihr das gemacht, daß das kleine Gesicht erschien?« fragte ich, ohne zu überlegen. Die unergründlichen Augen der Wahrsagerin betrachteten mich eine Ewigkeit, wie mich dünkte.

»Das Vermögen kommt aus dem Ausland«, wandte sich die Wahrsagerin an Mutter. »Aber erst in vielen Jahren.«

»Aber was bedeutet das Gesicht?« unterbrach Marie-Angélique.

»Nichts. Sie hat nur ihr Spiegelbild gesehen, weiter nichts«, sagte die Wahrsagerin unwirsch.

»In vielen Jahren?« erklang Mutters silbriges Lachen. »Ich werde es gewiß viel früher aus ihr herauspressen. Liebes kleines Tröpfchen«, setzte sie bedachtsam hinzu und versetzte mir mit ihrem Fächer einen spielerischen Klaps, damit jeder wisse, daß alles nur Scherz war.

Spät am Abend schrieb ich in mein Büchlein:

12. August 1671. Cathérine Montvoisin, Rue Beauregard, Wahrsagerin, Versuch Numero 1.

Marie-Angélique – ein reicher Liebhaber, Achtung vor Mann in himmelblauem Rock und blonder Perücke, vielleicht ein Kind.

Mutter – Jugendsalbe. Linien über die nächsten drei Wochen beobachten. Bald große Freude.

Ich – Geld im Ausland.

Ein Gedanke: Schöne Frauen fürchten das Alter mehr als häßliche. Wenn ich alt bin, kaufe ich Bücher, keine Faltensalbe.

Nachdem ich am Abend mit Vater über Seneca diskutiert hatte, fragte ich ihn, was er von Wahrsagerinnen halte.

»Meine liebe Kleine, sie sind die Zuflucht der Leichtgläubigen und Abergläubischen. Ich würde gerne sagen, der Frauen, aber es laufen auch viele Männer zu ihnen. Sie alle sind Dummköpfe.«

»Das meine ich auch, Vater.« Er nickte erfreut. »Aber sagt

mir, ist es möglich, Bilder im Wasser zu sehen, wie es beschrieben wird?«

»O nein. Es sind nur Spiegelbilder. Manchmal können sie es mit Hilfe von Spiegeln so aussehen lassen, als würden sie aus dem Wasser oder einer Kristallkugel oder was auch immer hervorscheinen. Wahrsagerei ist fast nur Geschicklichkeit mit den Händen, wie bei den Zauberern auf dem Pont-Neuf.«

»Ja, das leuchtet ein. Es überrascht mich, daß die Menschen so leichtgläubig sind. Aber wie kommt es, daß sie die Geheimnisse und die Handschrift der Leute zu kennen scheinen?«

»Es klingt, als hättest du gut nachgedacht. Es freut mich, daß du das Licht der Vernunft auf das Dunkel von Schurkerei und Aberglauben richtest. Doch als Antwort sollst du wissen, daß Wahrsagerinnen eine verschlagene Brut sind. Sie unterhalten ein Netz von Zuträgern, so daß sie über das Kommen und Gehen ihrer Kundschaft unterrichtet sind. Damit setzen sie die Einfältigen in Erstaunen.«

»Das erklärt alles, Vater. Aber ich habe noch eine Frage, die ich mit Hilfe der Römer zu lösen versucht habe. Ist es besser, klug zu sein oder schön?« Vater sah mich lange an.

»Klug natürlich, meine Tochter, denn Schönheit vergeht geschwind, und ihr Besitz lohnt nicht. Die Römer glaubten, daß eine tugendhafte Frau keine andere Zierde nötig hat.«

»Aber Vater, so hieß es von Cornelia, deren Söhne ihre Edelsteine waren; denkt Ihr denn nicht, sie mußte wenigstens ein bißchen hübsch sein, um überhaupt zu heiraten und die Söhne zu bekommen? Ich meine, bleibt Tugend bei einem unansehnlichen Mädchen nicht ziemlich unerkannt?«

»Mein liebes, liebes Kind, vergleichst du dich wieder mit deiner Schwester? Sei versichert, für mich bist du viel schöner. Deine Gesichtszüge sind wie die meinen, der einzige Beweis, den ich für meine Vaterschaft habe.« Die Verbitterung in seinem Gesicht erschütterte mich.

Doch noch Tage danach sang mein Herz: »Nicht hübsch, aber etwas Besonderes. Vater hat mich von allen am liebsten.« Mein Geheimnis. Nichts konnte es mir nehmen. Ich mußte es nicht einmal in mein Büchlein schreiben.

Kapitel III

»Komm her, Geneviève, schau, da draußen steht er wieder.« Marie-Angélique hob den Vorhang in ihrer Schlafkammer und winkte mich herbei. Ich legte meinen Skizzenblock beiseite, und gemeinsam spähten wir in den dunstigen Frühlingsmorgen hinaus. Gegenüber hoben Obstbäume mit dicken Knospen, kurz vor der Blüte, ihre Äste über die Gartenmauer. Und dort, in einem Torweg auf der anderen Straßenseite, erblickte der Mann unsere Gesichter und starrte hinauf, als wolle er sich die Szene einprägen. »Er kommt jeden Tag. Was glaubst du, was er will?« Marie-Angéliques Gesicht war freudig gerötet. Ich sollte aussprechen, was sie längst dachte.

»Er ist wohl in dich verliebt.« Der Ärmste. Hunderte kamen vor ihm. Der schwere Duft der Narzissen in der Vase an Marie-Angéliques Bett füllte das Zimmer mit Frühlingsahnung. Neben der Vase lag auf der kleinen Nachtkonsole ein Exemplar von »Clélie« mit einem bestickten Lesezeichen. Marie-Angélique liebte Romanzen. Sie waren der Maßstab ihres Lebens; eine Szene in der Wirklichkeit wurde danach beurteilt, wieweit sie jener Szene entsprach, in der Aronce Clélie seine Liebe erklärt oder Cyrus Mandane auf sein Luxusschiff entführt. »Angenommen, Marie-Angélique, Cyrus hatte ein schäbiges kleines Boot, was würdest du dann denken?« hatte ich sie einmal gefragt. »Ach, Geneviève«, erwiderte sie, »Mademoiselle Scudéry hätte sich so etwas Unpoetisches nicht einmal *vorstellen* können.« Sie hatte mißbilligend geschaut, und dann hatten ihre Züge sich aufgehellt. »Es sei denn natürlich, er war nur verkleidet und gab sich dann in seinem sagenhaften Juwelenpalast zu erkennen, so wie sie vorher erklärt hatte, sie werde ihn niemals lieben, weil ihr Herz Cyrus allein gehöre. O ja, das wäre auch wundervoll.« Arme Wirklichkeit – sie kam immer zu kurz im Vergleich mit den albernen Sachen, die Marie-Angélique las. Ich las damals mit meinem Vater Herodotos.

»Oh, glaubst du wirklich, er ist verliebt?« fragte sie entzückt. »Wie lange steht er schon da? Drei Tage?«

»Nein, fast eine Woche.«

»Oh, das ist schrecklich poetisch. Sag, sieht er nicht nett aus?«

Das muß der Frühling sein, dachte ich. Im Frühling verliebt sich jedermann in Marie-Angélique. Ich spähte abermals für sie hinaus. Er trug hohe Stiefel, ein kurzes, mit Bändern geschmücktes Wams, einen Degen mit einem bestickten Gehänge und einen kurzen Umhang, den er theatralisch zurückgeschlagen hatte. Sein Hut saß im kecken Winkel über seinem hageren Gesicht, aber sein Schnurrbart sah trotz der stark gewichsten Spitzen aus, als sei er der allererste, der ihm je gewachsen war. Er hatte zuvor älter ausgesehen, an dem Tag, als er mich nach Hause begleitet hatte und ich Mutters Parfüm trug. Heute aber schien er meinem erfahrenen fünfzehnjährigen Auge allerhöchstens neunzehn zu sein. Der Mitgiftjäger. Stutzerhaft wie eh und je, nun aber hoffnungslos verliebt.

»Wer mag es wohl sein?« fragte Marie-Angélique verträumt. »Er trägt gar keine Spitzen – oh, sehe ich da einen Ring? Nein – aber vielleicht hat er sich verkleidet.« Marie-Angélique war stets zuversichtlich.

»Ich habe ihn einmal gesehen, als ich mit Vater im Jardin du Luxembourg war. Er hat gelesen«, sagte ich.

»Ach, ein Student.« Marie-Angélique klang enttäuscht. »Aber vielleicht ist er ein Prinz, der Verantwortung zu tragen lernt, bevor er sein Amt antritt.«

»Ich glaube, sein Name ist Lamotte.«

»O nein«, erwiderte Marie-Angélique. »Laß den Vorhang lieber sogleich herunter, Geneviève. Mutter leidet es nicht, wenn wir fremde Männer anstarren.« Ich ließ den Vorhang fallen und griff zu meinem Skizzenblock. Und zwischen die pflichtschuldigst kopierten Blumen, die mir mein Zeichenlehrer aufgegeben hatte, zeichnete ich Lamottes junges Profil. Darunter schrieb ich: »Du sollst keine fremden Männer ansehen«, und zeigte es Marie-Angélique, die in Lachen ausbrach.

»Schwester, was soll ich nur mit dir machen? Du wirst niemals Anstand und Schicklichkeit lernen!« Ich lächelte, weil ich sie so fröhlich sah.

»Kommt, kommt, Mesdemoiselles, worauf wartet ihr?« Mutter eilte in ihrem Umhang herbei, einen Korb mit Kuchen, Obst und kleinen Törtchen am Arm. »Ich habe schon nach einer Kutsche geschickt, sie muß gleich hiersein. Ihr seid keine Kinder mehr – es wird höchste Zeit, daß ihr christliche Verantwortung lernt.«

Nein, wir waren keine Kinder mehr; es war das Frühjahr 1674. Ich war fünfzehn geworden, und Marie-Angélique war neunzehn, alt genug zu heiraten, wenn sie eine anständige Mitgift hätte. Mutter sah geschäftig aus. Wohltätigkeit war ihre neueste Marotte. Nun stattete sie den armen Kranken im Hôtel-Dieu, dem Wohlfahrtsspital am Platz nahe der Kathedrale Notre-Dame, allwöchentlich Besuche ab und brachte ihnen Almosen. Dies war der letzte Schrei, und Mutter liebte es, mit der Mode zu gehen. Zudem konnte man Damen der höchsten Stände begegnen, die in den Steinsälen des Hôtel-Dieu Wunden verbanden und Süßigkeiten verteilten; es kam beinahe einem Besuch in St. Germain oder Versailles gleich und war weitaus bequemer.

Die Wohltätigkeitsmarotte war aufgekommen, kurz nachdem Vaters Gläubiger sich unserer Kutsche und Pferde bemächtigt hatten. Anfangs schien es mir gar nicht zu Mutter zu passen, die über Bettler die Nase rümpfte und sehr spärliche Trinkgelder gab. Doch schließlich war es große Mode, und sie ging ihre Wohltätigkeitsmissionen mit derselben energischen Hartnäckigkeit an, die sie in ihrem Salon walten ließ. Um die Gerüchte von einem schwindenden Vermögen zum Schweigen zu bringen, wollte sie nicht zu Fuß angetroffen werden, und sie achtete darauf, daß die Damen der Familie Pasquier gut gekleidet, mit vollgepackten Körben, Segenswünsche murmelnd, von Bett zu Bett gehend, mit den anderen aristokratischen Engeln der Barmherzigkeit gesehen wurden.

Jede von uns fand etwas Lohnendes in diesen Ausflügen. Noch Tage später ergötzte sich Marie-Angélique in Gedanken an die schönen Bänder der Marquise von Soundso oder der neuen Frisur der Comtesse Von-und-zu, und ich machte Einträge in mein Büchlein. Ich überprüfte zu jener Zeit die Gültigkeit der Religion durch Anwendung der geometrischen Methode, um die Wirksamkeit von Gebeten zu bewerten. Zuerst schrieb ich die Krankheiten derer auf, die wir besuchten, sowie die Wahrscheinlichkeit ihrer Genesung. Dann versuchte ich anhand eingehender Befragungen zu ermitteln, wie viele Gebete in jedem Fall verrichtet worden waren. Dies tat ich, indem ich die Anzahl der Verwandten mit einer Zahl zwischen eins und fünf multiplizierte, je nachdem, wie beliebt die Person bei ihrer Familie war. Danach schrieb ich auf, ob die Person die Voraussage überlebte oder nicht. Das Unterfangen befriedigte mich vollkommen. Schließlich ist der

Gebrauch des geordneten Denkens zur Entdeckung der Wahrheit die erhabenste Beschäftigung der Menschheit.

Es tat Mutter gut, wohltätig zu sein; es machte sie ruhiger. An dem Tag, als uns die Kutsche genommen wurde, war sie kreischend durchs Haus gerast, hatte gegen die offene Türe von Vaters Studierstube geschlagen, wo er und ich über Epictetus diskutierten, und ihn mit Beschimpfungen überhäuft. Er sah zu ihr auf, wie sie vor seinem Lehnstuhl stand, und seine Augen bewegten sich sehr, sehr langsam, mit einem Blick, den ich nie vergessen werde.

»Madame, ich überlasse Euch Euren Treulosigkeiten, überlaßt Ihr mich meinen Philosophen.«

»Eure – Eure Dummheiten, Euer Mangel an Ehrgeiz, Eure Weigerung, Euch bei Hofe sehen zu lassen, meine Petitionen vorzutragen – Eure *Römer* haben mich erniedrigt. Sie haben mich in *diese* Lage gebracht, das ist mehr, als ich ertragen kann.«

Vater sprach mit äußerster Ruhe: »Der Tag, an dem ich bei Hofe erscheine, wird der sein, an dem ich den König ersuche, Euch für Euer skandalöses Leben in ein Kloster zu sperren. Geht, Madame, und stört mich nicht länger.« Er schlug Epictetus an der Stelle wieder auf, die er mit seinem Lesezeichen markiert hatte.

Mutter stand still, ganz weiß, die Augen halb geschlossen. »Ihr *langweilt* mich ungemein«, sagte sie kalt und entfernte sich, die Schleppe ihres blaßgrünen seidenen Morgenrocks mit der Hand anhebend.

Danach fuhr sie für den Rest des Tages in einer Mietsänfte davon. Doch nicht lange danach entdeckte sie die Wohltätigkeit, und alles war wieder ruhig. Nur ihr Mittwoch schien noch ausgelassener denn je. Und Marie-Angélique war dort jetzt der Mittelpunkt. Manchmal spielte sie auf dem Klavichord, und manchmal beteiligte sie sich am Gespräch, während die Herren ihr Komplimente zollten. Einmal erspähte Mutter mich an der offenen Türe, als ich Marie-Angélique beim Spielen zuhörte, und wies mit ihrem geschlossenen Fächer auf mich.

»Mein lieber Chevalier«, hörte ich Mutter sagen, als sie charmant den Kopf neigte, »manche Männer halten Hunde; mein Ehemann aber hält sich einen Affen.« Und ihr silbriges Lachen erklang hell über dem tiefen männlichen Gelächter. Ich hatte gedacht, jemand in meinem Alter könne über dergleichen nicht mehr weinen, aber das war ein Irrtum. Zum Glück war Großmutter wach, und sie las mir von den Leiden der Jungfrau vor, die mit meinem Fall nicht viel gemein hatten, aber zumindest eine Ablenkung waren.

Doch ich muß auf unseren Spitalbesuch zurückkommen. Der junge Mann mit dem Schnurrbart und den Bändern schwenkte mit theatralischer Gebärde vor meiner Schwester den Hut, als wir die kleine Mietkutsche bestiegen.

»Nicke ihm nicht zu«, sagte meine Mutter mit abgewandtem Gesicht. »Er hat kein Vermögen. Ich wünsche nicht, daß du solche Leute ermutigst.« Doch als die Kutsche in die Rue de St. Pierre-aux-Bœufs einbog, drehte ich mich nach ihm um. Er hielt den Hut vor sein Herz, einen sehnsüchtigen Ausdruck im Gesicht. Als er aber entdeckte, daß ich mich nach ihm umsah, grinste er, und ich glaubte ihn mit den Augen zwinkern zu sehen. Die Kutsche hielt im Vorhof der Kathedrale, dem Parvis de Notre-Dame, vor dem niedrigen gotischen Eingang des Hôtel-Dieu, und Mutter schickte den murrenden Kutscher ohne Trinkgeld fort. Nachdem sie ihren großen Auftritt zwischen den Kaleschen der Reichen gehabt hatte, pflegte Mutter auf dem Rückweg Sparsamkeit zu üben. Sie verließ das Spital und überquerte den Parvis de Notre-Dame, um die Kathedrale zu betreten, wo man sie mit ihren Töchtern im innigen Gebet für die armen Unglücklichen sehen konnte, die sie soeben besucht hatte. Wenn dann in der Mittagszeit niemand mehr auf den Straßen war, auf den es ankam, gingen wir zur Seitenkapelle St. Jean le Rond hinaus und zu Fuß die kurze Strecke zur Rue des Marmousets.

Als wir aus der Kutsche stiegen, lenkte mich ein Tumult von dem Palaver ab, das der erzürnte Kutscher veranstaltete. »Fort, ihr schmutzigen Hunde!« schrie ein Priester und jagte eine Horde streunender Köter aus der Vorhalle der Kirche.

»Oh, sieh nicht hin«, rief Marie-Angélique und hielt mir zu meinem großen Verdruß die Augen zu, so daß ich beinahe gestrauchelt wäre. Überdies hatte ich schon gesehen, daß die Hunde einen Säugling, der auf der Kirchentreppe ausgesetzt worden war, teilweise gefressen hatten. Es war nicht das Schlimmste, was ich auf den Straßen zu sehen bekam – Marie-Angélique ging eben nicht viel aus. Immerzu fand man Säuglinge im Unrat, Säuglinge im Fluß und Säuglinge auf Kirchentreppen – es sei denn, die Hunde oder Schweine fanden sie zuerst. Nein, das Schlimmste waren nicht die Toten: Einmal hatte ich in einer Gasse einen Mann gesehen, der ein kleines Kind zum Krüppel machte, um es zum Betteln anzustellen. Ich hatte einen Gendarmen gerufen, aber es hatte nichts geholfen, weil der Mann das Kind einer korrupten Pflegerin im Hôpital des Enfants Trouvés für einen Taler abgekauft hatte, so daß es sein Eigentum war und die Polizei nichts machen konnte. So lernte ich, mich nicht einzumischen, wie das alle anständigen Bürger von Paris früher oder später lernten.

»Das arme kleine Waisenkind«, seufzte Marie-Angélique händeringend. »Der gute Priester hat es nicht rechtzeitig gefunden.« Mutter warf dem Priester einen kalten Blick zu, als er das, was übrig war, aufsammelte.

»Waisenkind, wahrhaftig«, sagte sie. »Ein Bastard weniger, der von der öffentlichen Wohlfahrt zehrt. Er hätte es nicht weit gebracht, bei einer Mutter, die so dumm ist, ihn auf der Treppe statt im Innern der Kirche auszusetzen.«

»Ach, das arme verirrte Mädchen. Sie hat die Verdammnis gefürchtet. Wie hätte sie hineingehen können, da sie so befleckt von Sünde war?«

»Hmpf«, erwiderte Mutter. »Marie-Angélique, bewahre dir deine Rührseligkeit für würdigere Gegenstände. Ah, sehe ich dort nicht die Comtesse d'Armagnac ankommen? Gehe etwas langsamer, Marie-Angélique, damit wir sie grüßen können, wenn sie vorbeikommt.«

Ein Novize ging uns in der langgestreckten Salle St. Thomas voraus und beantwortete Fragen, wenn wir an jedem der mit Vorhängen versehenen Betten stehenblieben, um den Leidenden Beistand zu leisten. Am Ende des Saales war schon Madame la Présidente Le Bailleul in schlichter Gewandung und großer Schürze zu sehen. Das enorme Kruzifix an ihrem Hals baumelte bedenklich nahe über dem Becken, in dem sie Verbände auswusch.

»Mein lieber Bruder Étienne, in Nummer achtzig sind heute nur vier Männer. Was ist aus dem lieben alten Herrn mit der Fistel geworden, dem ich vorige Woche die köstliche Pastete gebracht habe?« Mutters Stimme war leise und süßlich fromm.

»Bedauerlicherweise, Madame, ist er trotz größter wissenschaftlicher Sorgfalt während der Operation gestorben.«

Interessant, dachte ich. Vier Söhne, fünfzehn Enkelkinder und eine Ehefrau. Eine große Zahl Gebete.

»Ich vermisse den geduldigen Leidenden in Nummer sechsundachtzig, Monsieur Duclos hieß er, nicht wahr? Dem meine Küchlein so gut mundeten. Und schaut, ich habe ihm seine Lieblingsküchlein mitgebracht –« Mutters frömmelnder Ton ließ nur eine kleine Spur Enttäuschung erkennen.

»Bedauerlicherweise, Madame Pasquier, hatten seine Leiden bald nach Eurem letzten Besuch ein Ende.« Duclos. Kein einziger Verwandter auf der Welt. Deswegen war er hier. Er hatte nur so lange ausgehalten wie der andere mit den vielen Gebeten, und er hatte nicht einmal Wundärzte, die ihm in die nächste Welt halfen.

»Ah, möge sein Ende friedlich gewesen sein.« Der Novize schüttelte den Kopf. »Krämpfe, Madame. Die Wundärzte haben ihn ein dutzendmal geschröpft, aber es war zu spät, es hat ihm nicht mehr geholfen.« Ich sah Mutter kurz mit dem Kopf nicken, die Lippen geschürzt, als habe sie soeben bei einem schwierigen Händler günstig Strümpfe erstanden. Dann sprach sie mit ihrer sanften, süßen Stimme und sah den Novizen unter flatternden Wimpern an.

»Ich werde ihn vermissen, er hatte einen wunderbaren Humor, sogar im Leiden.« Mutter betupfte sich die Augen mit ihrem Taschentuch und ging weiter, die zweite Bettenreihe entlang, spendete Kuchen, aufmunternde Worte und hier und da ein Gebet. Ich prägte mir alles ein. Tage des Siechtums, geschätzte Anzahl der Gebete. Bislang war Beten der Verlierer. Es könnte sich freilich ein Problem ergeben, falls Beten sich als wirksam erwiese, da ich selbst die Ausübung der Frömmigkeit recht lasch gehandhabt hatte. Aber, sagte ich mir, eigentlich brauchte ich mich nicht zu sorgen. Marie-Angélique verrichtete jederzeit genug Gebete für mich und ein halbes Dutzend Leute mit. Vielleicht gab es ein Problem mit meinen Berechnungen. War es richtig, eine große Familie in jedem Falle gleich zu werten? Angenommen, die Angehörigen waren dem Leidenden nicht zugetan, sondern warteten munter auf die Erbschaft, beteten vielleicht gar darum? Ich mußte dieses Problem in mein Notizbuch schreiben, um es später zu beurteilen.

Neue Formel: Multipliziere die Anzahl der Familienmitglieder mit der Anzahl der Gebete auf einer angenommenen Innigkeitsskala von eins bis fünf. (Eins für pro-forma-Gebete, fünf für ernste Gebete, die von Herzen kommen.) Subtrahiere von dieser Zahl die geschätzte Größe der Erbschaft auf einer angenommenen Skala bis drei, wobei drei die größte ist. Vergleichsberechnungen entsprechend revidieren.

Es gab sehr vieles zu behalten, und so blieb mein Geist rege, insbesondere seit Marie-Angélique meine Gedanken unterbrach, wenn sie unter den Besucherinnen eine besonders elegante Dame erspähte. Da die meisten Leute zum Sterben ins Hôtel-Dieu eingelassen werden, ist die eigentliche Frage, wie lange es dauert, und ich mußte mir jeden Einzelfall für mein Büchlein merken. Nun hatte ich einmal einen Tutor, der sein System von Gedächtnishilfen an mir ausprobierte. Er klassifizierte alle Gedanken aufgrund einer Tabelle von dreihundert mythischen Tieren, komplett mit Bildern, was das Ganze nach seinem Dafürhalten sehr erleichterte. Aber ich habe ihn leider hintergangen. Das System war sehr kompliziert, und ich wollte meinen Verstand nicht damit befrachten, ist er doch wie ein Schrank. Wenn er voll ist, ist er voll, und man bekommt nichts Neues mehr hinein. Deswegen präge ich mir nichts ein, was ich mir nicht einprägen will. Da ich aber, wenn ich die Augen schließe, alles vor mir sehe, woran ich mich erinnern will, bestand ich alle seine Prüfungen, und er befand sein System für erfolgreich und zog triumphierend von dannen.

Als ich ging, hatte ich mir zehn Fälle eingeprägt. Zwei Patienten, die Mutter überhaupt nicht beachtet hatte, ging es besser. Von den übrigen acht waren fünf trotz einer reichlichen Dosis an Gebeten und Mutters Pastetchen gestorben, und zwei weitere hatten diese interessante graue Farbe angenommen, die dem Tod vorausgeht. Einer hatte sich gelb verfärbt. Er war wochenlang dahingesiecht und hatte derart gestöhnt, daß es einem im Innersten weh tat. An diesem Abend erleichterte mir das Schreiben in mein Buch das Herz. Wenn ich eine Tochter hätte, würde ich sie nicht in Spitäler mitnehmen.

Während wir uns im Spital aufhielten, hatte sich der Parvis de Notre-Dame belebt. Als wir uns durch das Gedränge schoben, zupften Bettler ohne Beine an unseren Röcken und riefen: »Helft einem alten Soldaten, vergeßt die Armen nicht.« Marie-Angélique wich vor ihnen zurück, aber Mutters Miene verhärtete sich, und sie schob sich an ihnen vorbei ins Dunkel der Kathedrale. Sie blieb nur ganz kurz vorne stehen, um sich zu bekreuzigen. Aber als meine Augen sich an das trübe Licht gewöhnten, bemerkte ich etwas Seltsames. Mutters Augen schienen größer als gewöhnlich, sie sahen merkwürdig naß aus und rollten in kleinen Zukkungen von einer Seite zur anderen. Sie befeuchtete ihre Lippen mit der Zungenspitze, bevor sie sich zum Beten anschickte.

»Laßt uns gehen«, sagte sie unvermittelt und packte Marie-Angélique am Handgelenk, um sie von ihrem Rosenkranz loszureißen. Als wir durch die Kapelle St. Jean le Rond hasteten, wirkte Mutter plötzlich furchterregend, hart, monströs. Nein, Geneviève, sagte ich mir, erschrocken über Mutters flüchtigen, fremdartigen Anblick. Deine Mutter ist fromm und fürnehm. Sie ist beinahe eine Matignon und macht alles, wie es sich ziemt. Nein, nein, Geneviève ist es, die hartherzig ist, die kleine Kalkulatorin, bei der Logik an der Stelle sitzt, wo ihr Herz sein sollte. Einen Augenblick wirbelte die Welt durcheinander, und ich meinte wahnsinnig zu werden. Doch dann ordnete sie sich, ich wurde wieder klein und häßlich, und Mutter groß und schön.

»Ei, wohin des Weges, so ganz allein?« Ich war mit einem Korb, in dem die Überbleibsel des Spitalessens waren, zu unserer Hintertüre und zum Gartentor herausgekommen.

»Zur Rue de la Licorne, wo Mutter eine bedürftige Familie kennt.«

»Denk nur, bis heute morgen hatte ich keine Ahnung, daß du eine Tochter des Hauses bist. Ich dachte – hm, na –, du weißt schon, so wie du ganz alleine ausgehst und alles –« Der mitgiftjagende Kavalier lungerte immer noch auf der Straße. Ich ging an ihm vorbei, gekränkt, weil er mich für eine Dienstmagd gehalten hatte.

»Ihr dachtet wohl, ich sei eine bezahlte Gesellschafterin?«

»Warte, das kannst du nicht tragen. Ich begleite dich.« Er besaß einen gewissen windigen Charme. Den haben Mitgiftjäger oft, sogar empfindsame junge. Ich hielt den Korb fest, als er versuchte, ihn mir abzunehmen.

»Daß ich nicht richtig gehen kann, heißt nicht, daß ich schwach bin«, sagte ich. »Überdies möchte ich Euch gleich aufklären, daß meine Schwester und ich keine Erbschaft haben, auch wenn das Haus noch so grandios ist. Verwendet Eure Anstrengungen lieber auf eine, bei der es sich lohnt.« Er lachte.

»Was du nicht sagst, Kleine, aber kannst du Ritterlichkeit nicht einmal dann annehmen, wenn sie gut gemeint ist?« Er griff sich den Korb, aber ich tat so, als wisse ich nicht, daß er mir folgte, als ich vor den Ladenfronten Käse betrachtete und den Stiefelmachern zusah. Als ich einen großen Bogen um die Schenke »Zu den drei Trichtern« machte, nahm er meinen Arm, obwohl ich ihn nicht dazu aufgefordert hatte. Kein anständiges Mädchen sollte dicht an so einem vulgären Ort vorbeigehen, wo niemand aus gutem Hause je einen Fuß hineinsetzen würde und die Zecher den Passanten zuweilen Zoten zurufen.

In der Rue de la Licorne fragten wir nach dem Haus der Familie Dubois. »Gleich da vorne die Gasse hinunter«, sagte der alte Fuhrmann, den wir angehalten hatten. »Aber Ihr solltet dort nicht hineingehen. Das Haus ist voller Blattern.«

»Soso, mein liebes kleines Ding, deine Mutter hat dich zu einem Haus geschickt, das von Blattern verseucht ist?« Der Kavalier sah mich fragend an.

»Warum nicht? Ich werde oft in solche Häuser geschickt, um Mutters gute Taten zu besorgen. Und ich bin kein kleines Ding. Mein Name ist Geneviève Pasquier, und ich bin im Winter fünfzehn geworden.«

»Mademoiselle Pasquier, wenn ich mir eine vielleicht etwas dreiste Bemerkung erlauben darf, Eure Mutter scheint mir keineswegs mütterlich besorgt zu sein.«

»Aber sehr vernünftig. Blattern können ein unansehnliches Mädchen wie mich kaum noch mehr verunstalten. Außerdem bin ich zu dem Schluß gelangt, daß ich sie nicht bekommen kann. Ich bin auf dem Lande groß geworden, und das härtet ab.«

»Die Haut einer Melkerin, wie? Ich an Eurer Stelle würde mich nicht darauf verlassen. Ihr müßt Eure Haut schützen, wenn Ihr später einen Ehemann ergattern wollt. Ich rate Euch, der Wohltätigkeit ist Genüge getan, wenn ich den Klopfer zweimal bediene und Ihr den Korb auf der Türschwelle zurücklaßt.«

Nachdem ich der Wohltätigkeit hinreichend gedient hatte, wandte ich mich ihm zu und sagte grimmig: »Nun, Monsieur Lamotte, sagt mir, weshalb Ihr mich verfolgt.« Er machte einen Kratzfuß, mitten im Schlamm der Gasse, und schwenkte seinen

Hut mit einer großen Geste, die des Palastes von St. Germain würdig gewesen wäre.

»Mademoiselle Pasquier, ich, André Lamotte, von poetischem Gemüt und sanften Manieren, bin Euch zu Diensten. Ich verfolge Euch nicht, sondern begleite Euch. Und dies tue ich, um mich bei der Schwester des göttlichen Engels vom oberen Fenster einzuschmeicheln.«

»Das habe ich mir gedacht«, fauchte ich und hinkte ihm voraus, ohne zurückzublicken. Er überholte mich geschwind, und bevor ich die Ecke erreichte, verstellte er mir den Weg, verbeugte sich abermals und schwenkte seinen Hut. Die Leute gafften. Ich war gedemütigt.

»Mademoiselle, ich werde Euch auf ewig den Weg verstellen, wenn Ihr mir nicht Eure Gunst gewährt.« Eine mit gerupften Hühnern und Gänsen beladene Frau kam aus einem Geschäft. Sie lachte.

»Unsinn«, schnaubte ich. Ich starrte sie beide an und floh in die entgegengesetzte Richtung. Er folgte mir, seinen Hut ans Herz drückend, mit großen Sprüngen, um mich an der nächsten Ecke zu stellen.

»Haltet ein!« schrie ich. Er setzte seinen Hut wieder auf. Eine schnatternde Schar kleiner Buben hielt im Ballspiel inne, um zuzusehen. Er machte ein entsetztes Gesicht und hob beide Hände wie Klauen.

»Nun denn, Ihr zwingt mich, Gewalt anzuwenden. Ich muß bekennen, ich bin in Wirklichkeit ein Menschenfresser und werde Euch in meine Höhle tragen und fressen, wenn Ihr nicht tut, was ich will.«

»Wen kümmert's?« sagte ich und versuchte, mich durch die zusammenlaufende Menge an ihm vorbeizuschieben.

»Wen's kümmert? Es bräche mir das Herz, wenn Ihr gefressen würdet. Sagt ja, oder ich werde vor Kummer auf der Straße ohnmächtig.«

»Wenn Ihr das tut, stinken Eure Kleider auf ewig nach Kot.«

»Meine schönen Kleider?« Er griff in gespieltem Schrecken nach seinem Wams. »Dann sterbe ich, Mademoiselle, und es ist allein Eure Schuld.«

»Tu es, tu es!« rief eine Frauenstimme.

»Ja, tu es! Er ist sehr stattlich!« rief eine andere. Alsbald vervielfachte sich der Ruf. »Tu es, du hartherzige Maid! Ja! Also, ich würde es tun!«

»Wenn Ihr auf der Straße sterbt, stinkt Euer Leichnam, und Eure Familie wird gedemütigt«, erklärte ich und versuchte, nicht auf die Menge zu achten.

»Ach, aber ich habe keine Familie – nur meine arme alte Mutter.« Er tat, als wische er eine Träne fort. »Und meinen armen alten Vater«, und er beugte sich vor, als stütze er sich auf einen imaginären Stock. »Ja, ja«, schrie die Menge, von der Pantomime entzückt. »– und meine armen Brüder –«

»Hört auf, mich zu verspotten, Monsieur«, rief ich und stampfte mit dem Fuß, da ich spürte, wie mein Gesicht sich erhitzte.

»– und meine armen Schwestern, und meine armen Tanten und Onkel, und meine armen Cousins und Cousinen –«

»Haltet ein. Bringt mich nach Hause.« Ich brach in Tränen der Wut aus.

»Ja, ja, bringt sie nach Hause!« jubelte die Menge.

»Nun gut, wenn Ihr darauf besteht«, sagte er und nahm mit einer umsichtigen Geste meinen Arm, als sei ich eine elegante Dame und nicht ein mißgestaltetes Ding. Und beim Lärm der Hochrufe brachte er mich schleunigst in ein Seitengäßchen, um den ausgelassenen Gassenkindern zu entkommen, die entschlossen schienen, uns bis zu meiner Schwelle zu folgen.

Wir machten einen Umweg um die Île de la Cité, aber die Gassenkinder gaben nicht auf. Ich überlegte mir gerade eine scharfe Bemerkung, als ich ein Geschrei vernahm: »Da ist er! Der große Cyrus an der Spitze seiner Truppen!« Es kam aus der offenen Türe vom »Pomme de Pin«, dem berüchtigten Treffpunkt von Möchtegern-Stückeschreibern und Verfassern satirischer Pamphlete. Es wurde oft von der Polizei nach den Urhebern verbotener Werke durchkämmt, da solche Leute keine feste Bleibe haben. Kurz, eine Schreiberhöhle, eine Schenke, die bei anständigen Leuten übel beleumundet war. Die Gassenkinder scharten sich hinter meinen Begleiter, als er stehenblieb, um sich an die Stimme im Innern zu wenden.

»Und wie Cyrus trage ich den Preis davon.«

»Ha«, sagte ein untersetzter, dunkelhaariger junger Mann, der mit einem Freund aus dem mysteriösen Loch hervortrat. »Nicht auszudenken, daß ich bis zu diesem Augenblick dachte, der unbekannte Engel sei blond.«

»Wahrlich, die Liebe ist ein solcher Wahn, daß sie die Haarfarbe der Angebeteten verändert«, sagte der große, schäbig gekleidete Bursche, der neben dem ersten Mann erschien.

»Ihre Schwester«, verkündete mein Begleiter mit großer Geste, »das Tor zu der Angebeteten, der Kunstschmied meines Glückes – oder meiner Verzweiflung. Mademoiselle Geneviève, gestattet, daß ich Euch mit zwei Gefährten auf meiner Lebensreise bekannt mache: Dieser ehrbar aussehende Bursche mit dem fadenscheinigen Mantel ist Jean-Baptiste Gillet, besser bekannt unter seinem Drucker-Imprimatur Griffon, der Greif. Der dunkel Gekleidete neben ihm ist weder Witwer noch jansenistischer Geistlicher, sondern Florent d'Urbec, auch Cato der Zensor genannt. Er versteht alles und billigt nichts.« Der dunkelhäutige junge Mann in dem provinziellen Anzug verbeugte sich tief, schwenkte zugleich seinen schmucklosen Hut und gaffte mich unverschämt an, ein sinnliches Lächeln auf den Lippen. Er gefiel mir nicht. Dennoch war ich von ihm gefesselt. Er hatte das Löwenhaupt, die Adlernase und die hochmütige Haltung, die in meiner Vorstellung die alten Römer besaßen. Etwas an ihm schien mir bekannt, und dann fiel es mir ein.

»Oh, Ihr seid Cato?« wandte ich mich an ihn, »der Verfasser von ›Betrachtungen zur Gesundheit des Staatskörpers‹? Ich hatte mir Euch als gichtkranken alten Herrn vorgestellt.«

»Mademoiselle, es ist bezeichnend für diese leichtfertigen Zeiten, daß Ihr Euch nur die Älteren mit der Fähigkeit zu ernsthaften Absichten begabt vorstellen könnt«, sagte er, indes seine dunklen Augen mich eindringlich musterten. Warum bereitete sein Blick mir Unbehagen?

»Aber«, sagte ich, »haltet Ihr es wirklich für angemessen, den Körper so unbeirrbar in Analogie zu einer so ganz anders komponierten Ganzheit wie dem Staat zu setzen? Zum Beispiel die Funktionen des Herzens, wie sie Harvey entdeckte –« Monsieur Lamotte fuhr zurück und starrte mich an, als hätte er eine Natter unter seinem Kopfkissen entdeckt.

»Ha, Lamotte, hast du schon wieder eine gelehrte Dame gefunden. Ich dachte, du hättest genug von *précieuses*«, warf Griffon ein.

»Monsieur Gillet, ich bin keine *précieuse*, denn ich nenne alles bei seinem richtigen Namen und benutze keine blumigen Verschleierungen, Monsieur Drucker von unflätigen Pamphleten.«

»Ich bitte Euch, Mademoiselle, Ihr habt mich gekränkt – ich verbreite Erleuchtung.« Griffon legte eine Hand auf seine Brust.

»Unter dem Zeichen des lesenden Greifs? Vermutlich in Den Haag gedruckt? ›Die abscheulichen Untaten des Abbés Mariette‹? ›Die unsäglichen Taten der besessenen Schwestern von Loudon‹? Und ›La Putaine Errante‹? Das nennt Ihr Erleuchtung? Dann seid allerdings Ihr der *précieux*.« D'Urbec betrachtete mich mit neuen Augen, dann sah er seinen Freund an und lachte.

»Gillet, nun mußt du ›touché!‹ rufen. Sie hat sauber pariert, die belesene kleine Dame!« rief er aus und schlug Griffon auf die Schulter. »Und du, armer Freund, dir sehe ich an den Augen an, du fürchtest, die gottesgelehrte Schwester könnte ebenfalls von einem Geist besessen und somit verderbt sein. Bedenke, mein Freund, aufrichtige Rede ist löblich bei einer Frau, ist sie doch die seltenste unter den weiblichen Tugenden.« Ich funkelte den widerwärtigen jungen Mann böse an. Er sah mein Funkeln und lachte abermals. »Mademoiselle, ich muß Euch zur Kenntnis bringen, daß eine intelligente Frau den Schlüssel zu meinem Herzen besitzt. Insbesondere eine, die freiwillig meine Abhandlung über die Rettung des Staates durch eine Fiskalreform gelesen hat. Wäre es nicht so matschig, würde ich vor Euch niederknien und mich Euch erklären, o scharfsichtige, grauäugige Athena.«

»Ihr seid alle Spötter, ich gehe nach Hause. Meine Mutter würde Eure Bekanntschaft gewiß nicht gutheißen.« Ich wandte mich zum Gehen. Die Gassenkinder hatten aufgegeben und sich getrollt.

»Dann begleiten wir Euch, um unserem guten Freund Lamotte zu helfen, seinen Fall voranzutreiben – und auch, um Euch vor dem Gesindel zu schützen, das in Schenken anzutreffen ist«, verkündete Griffon.

»Zurück, Griffon, du behinderst mich«, brummte Lamotte.

»Dann erwarte nicht, daß ich deinen nächsten Band Sonette drucke«, gab Gillet zurück.

»Wenn meine Stücke berühmt sind, lasse ich einen anderen Drucker die Gesamtausgabe veröffentlichen und mache ihn an deiner Stelle reich«, schnaubte Lamotte.

»Immer mit der Ruhe, Messieurs. Ihr seid in eine Sackgasse geraten, wo nur die Philosophie Eure Differenzen lösen kann.« Cato holte die zankende Gruppe ein, die mir auf dem Fuße folgte.

»Politische Philosophie? Wann haben es politische Philosophen je verabsäumt, Scherereien und Aufruhr zu entfachen? Wegen der politischen Philosophie wurden Kriege geführt«, hielt Griffon ihm entgegen.

Ich bog so geschwind um die Ecke in die Rue des Marmousets ein, daß sie Mühe hatten, mit mir Schritt zu halten, zumal sie dermaßen in ihren Streit vertieft waren. Dann trat Cato gewandt vor mich hin, nahm eine klassische Positur ein, eine Hand auf dem Herzen und die andere ausgestreckt wie zu einer Rede.

»Ich appelliere an Euch, Athena. Man hat mich tief verletzt. Seht,wie sie die Königin der Wissenschaften beleidigen. Verteidigt mich, einen armen Philosophen, und meine Werke.« Wir hatten die kleine Pforte neben dem Kutschentor erreicht, die in unseren Hof führte.

»Ihr bringt mich auf meiner Schwelle in Verlegenheit. Guten Tag, Messieurs.«

»Oje«, sagte Griffon, indes er unser Haus von oben bis unten betrachtete. »Dies ist das Palais Pasquier. Man ist hier sehr reich. Petronius, du hast keine Chance. Du kannst schreiben, was du willst, du wirst nicht einmal eine Einladung bekommen, deine Nase zur Türe hereinzustecken.« Natürlich, Petronius. Wie wollte ein Bursche wie dieser, mit lauter Bändern und auffälligen Knöpfen, sich anders nennen als nach dem *arbiter elegantiae,* dem Schiedsrichter des guten Geschmacks? Doch der schnurrbärtige Kavalier hatte einen Brief aus seiner Hemdbrust gezogen, den er mir in die Hand drückte.

»Mademoiselle, ich bitte Euch, bei allem, was heilig ist, übermittelt diese Botschaft an den geliebten Engel von oben.«

»An Marie-Angélique?«

»Marie-Angélique – oh, ich habe immer gewußt, daß sie ein Engel ist. Sagt ihr, ich vergehe.«

»Das sagen sie alle.«

»Alle? Ich habe einen Rivalen? Wer ist es?«

»Der letzte war mein Tutor. Er schmachtete beträchtlich.«

»Mit welchem Ergebnis?« rief Petronius, plötzlich ergrimmt.

»Er wurde in gegenseitigem Einvernehmen fortgeschickt, um mit dem Verkauf eines Schemas für die Schulung des Gedächtnisses sein Glück zu machen.«

»Gebrochenen Herzens, vermute ich?« Er hatte seinen leichten Ton wiedergefunden.

»Oh, es ist anzunehmen. Aber jetzt unterweist er die Bastarde eines Landgrafen und macht der Schauspielerin Mademoiselle Du Parc den Hof.«

»Dann war er ihrer nicht würdig. Ich dagegen bin zutiefst würdig. Nehmt meinen Brief, ich bitte –«

»Das wird Euch etwas kosten.« Es war nur gerecht, daß ich für die öffentlichen Peinlichkeiten entschädigt wurde.

»Ist die Liebe nicht mehr wert als bloßes Geld?«

»Das hatte ich nicht im Sinn, Monsieur Petronius. Ich bin Euch gefällig – auf nicht ganz schickliche Weise –, und daher solltet Ihr mir auch gefällig sein. Und ich wünsche mir schon lange ein Exemplar von Eurem ›Satyricon‹. Es wäre doch nur recht und billig –«

»Oho, Ihr seid ein schlimmes Mädchen, Mademoiselle. Jeder, der beim Erwerb der französischen Übersetzung ertappt wird, muß eine lange Strafe im Châtelet absitzen«, sagte Griffon.

»Ich hatte an die lateinische Version gedacht. Ich kann sie nicht selbst erwerben, wie Ihr wißt. Ich werde es Euch auch entgelten.«

Cato hatte mich inzwischen eindringlich betrachtet. »Und ich nehme an, Ihr lest ebenso Griechisch, Athena?«

»Ein wenig. Mein letzter Tutor ist zu früh gegangen.«

»Dann haltet dafür, daß Ihr als Gegenleistung unserem Petronius dankbar Eure Hilfe anbietet, andernfalls er auf Eurer Schwelle verschmachtet und stirbt. Ich werde Euch Euer unflätiges Buch beschaffen, aber es kann ein Weilchen dauern.«

Ich nehme an, der Umstand, daß ich Athena genannt wurde, besiegelte die Sache. Sein sardonisches Lächeln verstörte mich. Hinter seinen dunklen Augen sah ich eine flammende Intelligenz, die, einem Rapier gleich, Heuchelei und Selbsttäuschung durchstach. Der Mann bekommt, was er will, dachte ich. Ein Gesellschaftspirat. Ein Mann von Nirgendwo, der Paris zu entern gedenkt wie eine Galeone. Ich schnappte den Brief und schlug im selben Moment die Pforte hinter mir zu.

Kapitel IV

»Oh, was ist das?« Marie-Angélique nahm den Brief überrascht entgegen.

»Wieder ein Liebesbrief, dünkt mich.«

»So, trägst jetzt sogar du sie mir zu. Ist er von dem reizenden jungen Mann, der mich aus seiner Kutsche gegrüßt hat?«

»Nein, von dem mit den Bändern und den Stiefeln, der vor der Türe steht.«

»Ach der.« Marie-Angélique überflog den Brief, dann legte sie ihn zu ihren anderen Trophäen in die Schublade ihrer Frisiertoilette. »Sag mir, Geneviève, wie hört sich das an, eine Herzogin zu sein?«

»Hm, es hört sich sehr gut an. Wer ist die Herzogin?«

»Mademoiselle de la Vallière ist Herzogin geworden, weil sie die Favoritin des Königs ist und ihm Kinder geboren hat.«

»Die Römer hielten die Tugend für die größte Zierde einer Frau. Die edle Lucretia hat sich lieber das Leben genommen, als den Makel der Entehrung zu erleiden.«

»Aber wir sind keine alten Römerinnen, Geneviève. Die sind alle tot. Wir sind Französinnen. In unseren modernen Zeiten sehen die Dinge anders aus.«

»Das ist allerdings wahr. Wer setzt dir so etwas in den Kopf? Onkel?«

»Ich meine, es ist eigentlich nicht sehr sündig, oder? Rang und Reichtum statt Armut und niederer Stand. Ihre Familie war ihr dankbar. Sie hat ihnen zu Titeln, Ämtern und Wohlstand verholfen. Und überdies geht der König regelmäßig zur Kommunion, da kann es selbst der liebe Gott so übel nicht finden.«

»Ich hoffe, du denkst dabei nicht an dich, Marie-Angélique.«

»Ich? Niemals. Das ist lächerlich. Ich könnte dem König ja nicht einmal vorgestellt werden. Die Einführung bei Hofe kostet so viel. Ich dachte nur so allgemein –« Sie blickte recht verträumt drein, wie sie so an ihrer Frisiertoilette saß und ihr Gesicht im Spiegel betrachtete. »Denk nur, Geneviève, würde es dir nicht gefallen, einen schönen Diamantanhänger zu tragen oder ein Paar erlesen gearbeitete Ohrringe, statt der kleinen Halskette aus Korallenperlen, die Großmutter dir geschenkt hat?«

»Geschmeide sieht an mir lächerlich aus. Ich trage die Kette nur aus Achtung für Großmutter – ihre Freude überwiegt meine Abneigung, mich zu schmücken.«

Marie-Angélique lachte. »Ach, Geneviève, du bist so weltfremd.«

»Ich gefalle mir so. Ich habe weniger Sorgen.«

»Hast du denn nie von der Liebe geträumt?«

»Liebe? Wer würde mich schon wollen? Nein, ich bleibe hier und lese Philosophie und kümmere mich um Vater. Und wenn ich alt bin, verbringe ich meine Zeit mit Stöbern bei den Buchhändlern und gebe kleine Soireen für aufstrebende Schriftsteller und Künstler.«

»Ach, Schwesterchen, befolge meinen Rat. Du bist viel zu jung, um Exzentrikerin werden zu wollen. Träume von einer großen Zukunft. Beten kann Wünsche wahr werden lassen.«

»Träume sind nur Wolken, Marie-Angélique. Wir gestalten unsere Zukunft durch rationales Denken und realistisches Planen. Ich will mich nicht mit albernen Träumen blenden.« Insgeheim verbannte ich die Phantasievorstellung aus meinem Inneren, daß der schöne André Lamotte käme und unter meinem Fenster auf der Gitarre spielte. Unansehnliche Mädchen können sich keine Gedanken an eine Romanze leisten.

Zu dieser Zeit war es, daß Vater zu kränkeln begann. Es war etwas Geringfügiges – eine Verdauungsstörung. Der Doktor bezeichnete es als eine gichtige Beschwerde und verordnete ein Klistier. Als Vater dann bettlägerig wurde, kam der Doktor wieder und verkündete, ein Zuviel an Gallenflüssigkeit mache eine unverzügliche Behandlung erforderlich. Nach mehrmaligem Aderlassen und Schröpfen fühlte Vater sich soweit genesen, daß er aufsitzen konnte. Mit einem Morgenrock und einer bestickten persischen Kappe angetan, saß er auf Kissen gestützt in seinem Lieblingslehnstuhl und las Tacitus. Die Familie verschwor sich, Großmutter nichts zu sagen, denn sie schien uns in letzter Zeit etwas gebrechlicher, und wir wollten sie nicht unnötig beunruhigen.

Mutter war überaus besorgt. Sie bereitete mit eigener Hand eine besondere Brühe, aber Vater war bald zu schwach, um sein Bett zu verlassen. Um ihn aufzuheitern und seine Genesung voranzutreiben, las ich ihm täglich viele Stunden vor. Zuweilen glaubte ich, daß er gar nicht zuhörte, doch dann wandte er den Kopf und sagte: »Tochter, deine Anwesenheit ist mir eine Stütze und ein Trost. Beginne noch einmal mit dem zehnten Kapitel; sage mir, wie definiert Aristoteles das wahre Glück?«

»Vater, er sagt uns, das wahre Glück finden wir in der Betrachtung, wohingegen an den Höfen der Tyrannen die allgemeine Vorstellung vom Glück als amüsantes Pläsier hochgehalten wird.«

»Tochter, du lernst flink; lies weiter.« So fuhr ich denn fort, aus der Nichomachischen Ethik zu lesen, die von der Begründung des Glücks in tugendhaften Taten handelte. Er nickte beifällig, wann immer ich an einen Passus kam, den er besonders liebte, und lächelte sein ironisches Lächeln, wenn ich las, daß Sklaven körperliche Freuden genießen konnten, aber nicht glücklich zu nennen waren. In jenen Tagen wußte ich nicht ganz, was gemeint war, doch heute, da ich älter bin, weiß ich nur zu gut, wie klar seine Weltsicht war.

Ich ging nicht mehr aus, um Botengänge für Mutter zu verrichten. Sie verlangte es gar nicht. Sie war zu sehr mit Vaters Pflege beschäftigt. Sie wusch eigenhändig seine Bettlaken und Nachthemden und auch sein Verbandszeug, als die Wunden auf seiner Haut aufgingen. Der Wundarzt kam wieder, dieses Mal mit einem Gehilfen, und runzelte die Stirn, als er das neueste Symptom sah. »Die italienische Krankheit«, murmelte er und führte Mutter in eine Ecke, um ihr zu eröffnen, daß Vater sie sich in einem Bordell geholt haben müsse. Sie flüsterte nur mit ihrer frommen Stimme, daß sie dies nicht anfechte, sie wünsche lediglich, sich Vaters vollständiger Genesung zu widmen. »Madame Pasquier, Ihr seid eine Heilige«, erklärte der Wundarzt, und er verabreichte Vater Quecksilber, das ihn noch kränker machte.

Mutter trug jetzt nur düstere Farben unter ihrer Schürze, und sie legte ihr gesamtes Geschmeide ab, bis auf ein Kruzifix aus Silber und Onyx. Sie empfing fromme Witwen, die ihre Hand ergriffen, und diverse Priester, die ihr sagten, sie sei das Musterbeispiel einer ergebenen Gattin. Als ein Abbé – ich glaube, es war Monsieur Lamet – ihre Hand drückte und dabei leise sagte: »Wie bedauerlich, daß Euer Gemahl sein Vermögen ins Ausland gebracht hat, indes seine ergebene Gemahlin sich sehnt, mit frommen Werken seine Seele zu retten«, da sah Mutter rasch in meine Ecke hinüber, wo ich las, aber ich stellte mich, als hätte ich nichts gehört.

Onkel war jetzt selten zu Hause. Er lief leidenschaftlich einer albernen Marquise hinterher, die ihm etliche kostspielige Geschenke gemacht hatte, darunter eine Schnupftabaksdose mit ihrem eingelegten Porträt und eine beträchtliche Summe Geldes, um seine Spielschulden zu begleichen. Wenn er erschien, besprach er sich leise mit Mutter, und wann immer er meiner ansichtig wurde, kniff er seine Fuchsaugen dergestalt zusammen, daß sein Gesicht einen durch und durch unfreundlichen Ausdruck annahm.

»So, *ma petite*, was geht da draußen vor? Mein Sohn müßte unterdessen auf dem Wege der Besserung sein.« Großmutter schien in den letzten Wochen merklich geschrumpft, wie ein Apfel, der allmählich vertrocknet. Der Herbstregen schlug ans Fenster ihrer Kammer, und die geschlossenen Vorhänge rochen muffig, obwohl ein Feuer entfacht war, um die Kälte fernzuhalten. Sie legte ihre Bibel auf das Bett. Sie hatte in der Offenbarung gelesen.

»Großmutter, es geht ihm keineswegs besser, obgleich Mutter seine Pflege übernommen hat und alles für ihn tut. Der Wundarzt hat ihm vorige Woche ein Dutzend Klistiere verabreicht und nur schwarzes klebriges Zeug hervorgebracht. Nicht einmal die Römer vermögen ihn mehr so aufzuheitern wie früher.«

»Sie persönlich? Die Hure von Babylon pflegt meinen Sohn? Kann der Leopard seine Flecken wechseln, oder der Neger seine Haut? Erzähle mir, worin diese Pflege besteht.«

»Sie tut alles, Großmutter, sie hat sich vollkommen geändert.«

»Alles?« Die alte Dame setzte plötzlich eine verschlagene Miene auf. »Sage mir, wäscht sie seine Hemden mit eigener Hand?«

»Aber ja, natürlich, Großmutter – und auch seine Bettlaken und seine Verbände.«

»Verbände? Niemand hat mir gesagt, daß er verbunden werden muß; sie haben gesagt, es ginge ihm besser.«

»O nein. Seine Wunden würden Euch das Herz brechen, Großmutter.« Großmutters weißes, runzliges Gesicht wurde noch weißer, dann blitzten ihre schwarzen Äuglein unter ihrer Haube. Mühsam setzte sie sich im Bett auf.

»Hole mir meinen Stock, Geneviève, und mein bestes schwarzes Kleid, dort, im Schrank. Dann hilf mir, mich anzukleiden. Ich stehe auf.« Ich hätte nicht erstaunter sein können, wenn sie verkündet hätte, daß das Wasser der Seine sich in Wein verwandelt hatte. Ich brachte ihr ihren Stock und zog sie hoch, bis sie auf der Bettkante saß. Sie stöhnte, als sie sich erhob, dann verkniff sie den Mund. Großmutter kleidete sich nach der alten Mode Ludwigs XIII., ohne Korsett, in schwere schwarze Witwenkleider, alle mit schwarzem Garn und Jettperlen bestickt. Ihre Füße waren winzig – das letzte Überbleibsel ihrer einstmals berühmten Schönheit, und sie lächelte, als ich die schwarzen Pantöffelchen über ihre schwarzen Wollstrümpfe streifte. Als sie angekleidet war, wankte sie, schwer auf meinen Arm gestützt, zu ihrem alten Lehnstuhl und setzte sich keuchend nieder.

»Und nun«, sagte sie, »hole mir Feder und Tinte. Ich muß etwas schreiben. Du mußt eine Mietkutsche besorgen, ohne es einer Menschenseele zu sagen. Denke daran, zu niemandem ein Wort, und kehre so geschwind wie möglich zurück.« Ich rückte ihr kleines Schreibpult vor den Lehnstuhl und legte Feder, Tinte, Papier und Sand vor sie hin.

Als ich die Türe von Großmutters Kammer öffnete, glaubte ich das Rascheln von Kleidern und flinke, leise Schritte zu hören, und ich fuhr erschrocken zusammen. Der Gedanke an Großmutters seltsame Bitte, dazu das ewige Warten und die Krankheit im Hause zerrten an meinen Nerven. Großmutter dünkte mich so fremd, wie sie so in ihrem Stuhl lehnte, schrumpelig und gebrechlich, aber mit einem eigentümlichen Leuchten in den Augen, indes sie eifrig schrieb und ihre Feder flink über das Papier kratzte. Hörte ich mein Herz klopfen, als ich durch die Empfangsräume stürmte, oder waren es Onkels schwere Schritte, die die Stiege erklommen? Ich rief Jacques, der auf einer Leiter die Kerzen im Lüster erneuerte, und hieß ihn zum Droschkenstand gehen, da ich für Mutter etwas zu besorgen hätte. Etwas, etwas dünkte mich verkehrt, ich mußte zu Großmutter. Ich stürmte die Stiege hinauf, mein Herz war von schlimmen Vorahnungen erfüllt. Ich stieß die Türe zu Großmutters Kammer auf.

»Geschwind herbei, geschwind!« schrie ich. »Großmutter hat einen Krampf!« Ihr Kopf war zurückgeworfen, ihr Körper verzerrt. Das kleine Pult war umgekippt, und das Tintenfaß kullerte unverstöpselt über den Fußboden und verspritzte seinen Inhalt in einem schwarzen Halbkreis auf dem mit Sand bestreuten Teppich. Der Papagei flog kreischend auf die Vorhangstange. Dienstboten polterten herein. Mutter kam, ein Schnupftuch in der Hand und entsetzte Schreie ausstoßend, Marie-Angélique mit bleichem Gesicht.

»Was geht hier vor?« rief Onkel gebieterisch, als er sich in den niedrigen Türrahmen zwängte. »Ich verlange auf der Stelle eine Erklärung, Geneviève!«

»Großmutter, o Großmutter!« schrie ich und nahm Wasser aus dem Krug auf der Nachtkonsole, um ihr das sich rasch schwärzende Gesicht zu netzen.

»Wer hat ihr aufgeholfen? Wer hat sie angekleidet? Wer immer es war, er hat sie getötet. Die Anstrengung hat ihr das Herz gebrochen.« Mutters anklagende Stimme übertönte das Geplapper, und sie starrte mich an. Großmutters Fäuste waren geballt, ihr Rücken war in einer Krümmung erstarrt. Onkel befahl dem Gesinde, sie aufs Bett zu heben. Ich warf mich auf Großmutters steifen Leib. Der Vogel flog auf den Baldachin des Bettes und kreischte: »Trinkt, trinkt! Ach! Feuer und Schwefel!«

»Um Gottes willen, erwürgt das abscheuliche Ding!« rief Mutter, und das Gesinde vermehrte das Tohuwabohu, indem sie ihm im Zimmer nachjagten. Er schlug über ihnen wild mit den Flügeln, und Marie-Angélique jammerte händeringend: »Nicht! Der liebe, süße Vogel! Er weiß es nicht besser!«

»Großmutter, Großmutter, nicht sterben – o bitte, stirb nicht. Ich bin es, Geneviève. Du kannst nicht, du darfst nicht sterben!« Ich spürte, wie Großmutters Körper eiskalt und schlaff wurde, als ich sie umarmte. Ihr Mund ging auf, sie verdrehte die Augen.

»Welch rührende Szene«, sagte Onkel mit einer Stimme, die so kalt war wie Eis.

»Ruft den Priester, wir müssen die notwendigen Vorkehrungen treffen.« Mutters Stimme war hart und entschlossen. »Und was dich angeht, Mademoiselle, glaube nicht, daß Tränen deine Schuld verdecken können.« Sie ließen mich allein in der dunklen Kammer, die nach Tod roch, und ich hielt Großmutters Leichnam umklammert, der in den Staat vergangener Zeiten gehüllt war.

Ich weiß nicht, wie lange ich dort allein blieb und in Großmutters eiskalten Busen weinte, ohne etwas zu hören außer dem Regen, der an die Fenster prasselte. Dann setzte ich mich auf, nahm die kalte Hand und starrte in das versteinerte Gesicht, als wollte ich es mir für immer einprägen. Im Tode waren ihre Züge entspannter, milder geworden, und die Ähnlichkeit mit meinem Vater trat wieder deutlich zutage. Die breite, hohe Stirn, die weißen, im Ansatz spitz zulaufenden Haare unter dem Spitzenhäubchen. Die feine Adlernase, der meinen nicht unähnlich. Das schmale, aber energische Kinn. Ich hörte ein leises »krk, krk« vom Betthimmel und blickte hoch. Der Papagei, triumphierend, weil er nicht eingefangen worden war, hangelte sich mit den Klauen am Baldachin entlang. Ich sah auf Großmutters Hand hinab. Als sie erschlaffte, schob sich ein zerknülltes Stück Papier in meine. Ich nahm es und strich es glatt. Der Brief, den sie geschrieben hatte. Er war zerrissen, ein Stückchen war in ihrer Hand geblieben. Ich drehte den Schnipsel um. Ein Name stand darauf – ein fremder Name, »Monsieur de la Reynie«. Weiter nichts. Aber wo war der Rest des Briefes? Ich suchte rund um ihren Stuhl, wo er hätte hingefallen sein können. Ihr leeres Glas, aus dem sie Likör zu trinken pflegte, rollte an einen vergoldeten Klauenfuß, aber da war kein Brief. Ich stellte das Glas auf die Nachtkonsole, neben die kleine Kristallkaraffe. Hätte ich ihr nur nicht aufgeholfen. Meine Schuld, meine ganz allein. Sie war zu schwach, um aufzustehen. Ich würde alles darum geben, das blaue Antlitz wieder rosig zu sehen, gegen die Kissen gelehnt, die schwarzen Augen glitzernd, während sie aus der Offenbarung las und verkündete, daß am Ende der Welt mit allen Sünden abgerechnet werde. »Wie steht es um das Ende meiner Welt, Großmutter?« fragte ich den schwarz gekleideten Leichnam auf dem Bett.

Aber an der Türe war Mutter mit dem Priester und den Männern, die gekommen waren, um den Leichnam aufzubahren.

»Du bist noch hier?« sagte Mutter mit ihrer kalten Stimme. »Du solltest dich schämen.« Ich stürzte weinend hinaus.

Als ich Großmutters Kammer verließ, sah ich, daß man meinen Bruder für Großmutters Begräbnis vom Collège herbeigerufen hatte. Er war klein und gedrungen, die selbstgefällig geblähten Wangen und die kalten Fischaugen ließen schon an einen Magistraten denken. Er besaß weder Mutters Schönheit noch Vaters ironisches, kluges Gesicht. Seine glatten, braunen Haare reichten bis zum Kragen seines Studentenrockes. Er hatte kaum einen Gruß für mich übrig, seine Miene war hart. Mutter mußte ihn bereits ins Bild gesetzt haben. Er hatte gehört, daß alles meine Schuld war; ich konnte es in seinen Augen lesen. Da stand er, steif und aufgeblasen, der künftige Erbe des Hauses Pasquier, und verdammte mich mit seinem Blick. Ein angehender Advokat. Vielleicht, wenn ihm in Großmutters Letztem Willen genug zufiel, der Erwerber eines kleinen Amtes – der erste Schritt auf der Leiter. Eine stille kleine Ehefrau mit großer Mitgift. Das Palais Pasquier in einem gediegeneren Stil neu eingerichtet. Ich sah alles vor mir. Er würde kein Narr, kein Spekulant, kein Verlierer sein wie Vater.

»Geneviève, ich weiß, daß es nicht wirklich deine Schuld war.« Marie-Angélique umarmte mich. »Es kümmert mich nicht, was Mutter sagt.« Sie schob mich an eines der mit Brokat drapierten Fenster in Mutters Empfangssalon. »Du darfst nicht so weinen. Großmutter war alt, und sie war plötzlich wirr im Kopf, deswegen wollte sie aufstehen. Ich habe die anderen reden hören. Weißt du, sie war so seltsam, auch wenn du es nie bemerkt hast. Du bist zu jung, um zu wissen, daß es ihr schaden konnte. Und überdies war es deine Pflicht, ihre Wünsche zu erfüllen. Du siehst also, dich trifft keine Schuld. Großmutter wäre ohnehin gestorben. Du darfst dich nicht grämen, es macht Großmutter im Himmel traurig.«

Sie zog ihr Schnupftuch aus dem Ärmel und trocknete mein Gesicht. Sie sah bekümmert drein. »Überdies«, setzte sie hinzu, »mußt du an Vater denken. Du mußt für ihn heiter sein, damit er gesund wird. Du kannst mit ihm über all die Dinge reden, die er liest. Dann wird es ihm bessergehen.«

»Besser? Aber – aber angenommen, Marie-Angélique, es geht ihm nicht besser?«

»Oh, das darf nicht sein. Es darf einfach nicht sein.« Marie-Angélique sah blaß und verstört aus. Sie hatte Ringe unter den Augen. »Ohne Vater habe ich nicht die geringsten Aussichten. Es ist nichts geblieben, für keine von uns. Man wird uns die Möbel fortnehmen, das Haus – was wird aus uns? Tantchen kann uns nicht zu sich nehmen, Onkel würde gar nicht daran denken, und Vaters Angehörige sind tot. Étienne hat seine Ausbildung noch nicht beendet. Aber Vater kann uns retten, Geneviève, wenn es ihm erst bessergeht. Heitere ihn auf, Geneviève, mache ihn gesund.« Ihre Stimme sank zu dem verschwörerischen Flüstern, das alle Leute annehmen, wenn sie von Kranken sprechen. »Wir haben beschlossen, ihm nichts von Großmutter zu erzählen, bis es ihm bessergeht und er es verkraften kann.«

Alles, alles wurde mir aufgehalst. Aber ich konnte Marie-Angélique nicht erzählen, daß ich die unheimliche gelbbraune Farbe in Vaters Antlitz hatte kriechen sehen und jeden Tag, wenn ich bei ihm saß und ihm vorlas, nach dem tödlichen Grau Ausschau hielt. Das war der Nachteil, daß ich im Hôtel-Dieu auf die Kranken geschaut hatte, statt auf die Kleidung der eleganten Besucherinnen. Eine Frage für mein Notizbuch an diesem Abend:

Ist Wahrheit immer gut? Eine Methode entwickeln, um die vorübergehende, von wohlmeinender Falschheit geschenkte Freude gegen die Erschütterung durch schlechte Botschaft, auf die man spärlich vorbereitet ist, abzuwägen.

»O schau, Geneviève, der lächerliche junge Mann steht wieder drüben auf der Straße. Und er hat einen Freund mitgebracht. Es schickt sich wirklich nicht für Männer, ein Haus so kurz nach einem Begräbnis zu begaffen. Und überdies kleidet Schwarz mich nicht.« In den Tagen nach Großmutters Begräbnis bemühte sich Marie-Angélique, die Schwere, die auf dem Haus lastete, zu erleichtern, indem sie sich von mir »Célinte« vorlesen ließ, während sie ihre Kleider durch Applizieren von Borten und gerafften Bändern schmückte. Und um ihre Augen nicht zu überanstrengen, wie sie sagte, hatte sie die Vorhänge in ihrem Zimmer weit aufgezogen, um das schwache Spätherbstlicht einzulassen. In Wahrheit aber haßte sie die Düsternis, das Kommen und Gehen von Trauernden, die verdunkelten Zimmer und gedämpften Stimmen. Und manchmal, obwohl ich mich schäme, es zu sagen, waren der Geruch von Krankheit und die Wolken düsteren Kummers und Trauerns in Vaters Krankenstube mehr, als ich ertragen konnte. Wir waren beide jung und suchten die Freude wie Motten das Licht.

»Meine Güte, was für wunderbare Gefühle drückt Mademoiselle de Scudéry in dieser Passage aus. Wie herrlich, so zu lieben«, seufzte Marie-Angélique.

»Es überrascht mich nicht, daß es dir gefällt – denn es hat dir ebenso gefallen, als sie dieselbe Passage in ›Clélie‹ verwendete, wenn ich mich nicht irre. Mich dünkt, sie erspart sich die Mühe, hier etwas Neues zu schreiben.«

»O Schwester, du irrst dich gewiß. Die Charaktere sind vollkommen verschieden.«

»Das schon«, erwiderte ich und fuhr fort, ihr das lange Gespräch in Cléonimes palastartiger Villa vorzulesen. Darin befindet die Gesellschaft, daß das Laster, Briefe anderer Leute heimlich zu öffnen, unweigerlich dazu führe, mit Karten zu betrügen, um schließlich in dem verderbten Wunsch zu enden, die Zukunft zu kennen.

»Mademoiselle de Scudéry ist sehr überheblich.« Marie-Angélique sah verärgert drein. »Schließlich ist es nur natürlich, die Zukunft kennen zu wollen. Und ich betrüge nie mit Karten. Warum sie wohl da draußen stehen? Sieh hinaus, Schwester, aber laß es sie nicht merken – oh, du bist sehr unachtsam.«

Ich hatte meine Stelle im Buch markiert und dann geradewegs aus dem Fenster geschaut. Der Himmel, schwer und dunkel von Regenwolken, schien die schmalen Häuserfronten auf der Straße gegenüber zu berühren. Dort stand, in einen langen Mantel gehüllt, André Lamotte, alias Petronius, und tat, als sei er in ein Gespräch mit Florent d'Urbec, dem Zensor Cato, vertieft. Letzterer, in seinem weiten Überzieher, den schwarzen Hut auf dem Kopf, nickte als Antwort auf Petronius' ausladende Gebärden und sah dann jedesmal zum Fenster hinauf. Der Überzieher hatte große Taschen. Groß genug für ein Buch, dachte ich, fing seinen Blick auf und winkte. Er zupfte Petronius am Ärmel und deutete zum Fenster. Da zog er das Buch aus seiner Tasche, und beide zeigten darauf, als er es in die Höhe schwenkte. Ich gestikulierte schweigend zurück und wies in Richtung des Hoftores.

»Schwester, du wirst gewiß nicht hingehen und mit ihnen sprechen.« Marie-Angélique legte ihr Nähzeug hin und sah mich mißbilligend an.

»Aber natürlich. Sie haben ein Buch mitgebracht über – römische Philosophie –, das Vater aufheitern wird«, flüsterte ich verschwörerisch. »Erzähle also niemandem, daß ich so ungehörig war, es ist für eine gute Sache.« Und nachdem Marie-Angélique Schweigen gelobt hatte, eilte ich die Stiege hinab und hinkte flugs über das unebene Kopfsteinpflaster des Hofes. Suzette, die Wasser aus dem Brunnen schöpfte, hielt in ihrem Tun inne und warf mir einen verständigen Blick zu. Ich traf die beiden, die sehr selbstzufrieden dreinblickten, außerhalb der schmalen Pforte an dem großen verriegelten Kutschentor.

Lamotte, den Schnurrbart verwegen gewichst und die Stiefel geputzt, wies mit großer Geste auf seinen dunkelhäutigen, finsteren Freund.

»Wir haben es hier«, verkündete er wichtigtuerisch. »Unter unsäglichen Kosten und Mühen erworben, seltener noch als die goldenen Äpfel der Hesperiden.«

»So wie Hippomenes Atlanta in Versuchung führte, so werfe ich es Euch zu Füßen«, verkündete d'Urbec mit diesem verwirrenden, wissenden Blick.

»O nein, nicht hinwerfen, um Himmels willen!« Ich hatte für nichts Augen als für das Buch.

»Ich? Ein Buch hinwerfen? Respektiert meine Floskeln der Redekunst, aber denkt so etwas nicht von mir, ich bitte Euch.« Ich wüßte gern, welche Bücher er sonst noch hat, dachte ich. Dann errötete ich, als ich sein kleines Halblächeln sah. Er hatte mich durchschaut. Ich verspürte einen schrecklichen Drang, ihm das Buch zu entreißen und fortzulaufen.

»Ah, nein, habgierige Schwester der göttlichen Marie-Angélique. Zuerst ein Brief«, verkündete Lamotte, zog ein gefaltetes, versiegeltes Blatt aus seiner Hemdbrust und drückte es mir in die Hände.

»Ihr übervorteilt mich, Monsieur Lamotte.«

»Aber gewiß hat Eure großmütige Gunst – oh, pardon, war ich zu unziemlich in Eurer Stunde des Grams? Ich sehe, Ihr seid in Trauer. Meine glühende Flamme hat mich blind gemacht für die gesellschaftlichen Schicklichkeiten. Ich hoffe, Euer Vater hat nicht allzusehr gelitten.«

»Es ist nicht Vater, es ist Großmutter. Wir haben sie gestern begraben. Doch woher wißt Ihr, daß Vater krank ist?«

»Es ist mir ein Anliegen, alles zu wissen, was im Hause meines lieben Engels vorgeht.«

Ich wandte mich ihm erzürnt zu. »Wen von den Dienern habt Ihr bezahlt?« fragte ich. Er errötete. »Ah, Ihr habt nicht bezahlt – ich hätte es mir denken können. Es ist eine Frau, die Ihr mit Schmeicheleien beschwatzt habt. Suzette?«

»Das verrate ich nicht.« Er lachte – dann aber sah er zum Haus hinauf, und sein Gesicht wurde blaß. »Könnt Ihr mir nicht sagen, ob ich hoffen darf? Mag sie nicht einmal mit mir sprechen?« rief er mit gequälter Stimme.

»Ihr kennt die Antwort. Mutter hat Euren Namen gehört. Sie hat Erkundigungen eingeholt.«

»Und sie hat – alles erfahren?«

»Genug, um Euch die Türe zu verschließen. Ihr könnt hier nicht empfangen werden, Monsieur Lamotte.« Lamotte schien verzweifelt. D'Urbec, der sich stets in der Gewalt hatte, nahm den Arm seines Freundes.

»Kopf hoch, Lamotte. Der Tag wird kommen, da du überall empfangen wirst.« Da ich überall empfangen werde, meinte er wohl. Ich wollte ihm antworten, Monsieur Provinzler, erkennt die Wahrheit: Die Gesellschaft steckt uns in kleine Schubladen, aus denen wir nicht herauskönnen. Ihr könnt im Hause Pasquier sowenig empfangen werden wie ein Pasquier in Marly. Daß Ihr alles wißt, bedeutet nicht, daß Ihr es ändern könnt.

»Und so bläst der Drache, der das mysteriöse Pasquiersche Vermögen bewacht, seinen Feueratem auf den unerschrockenen Prinzen, von dessen wahrer Natur er nichts weiß –«

»Wenn Ihr auf ein Vermögen aus seid, sucht Ihr besser woanders. Das einzige Vermögen, das dieses Haus hat, ist ein Vermögen an Schulden.«

»Seid Ihr gewiß? Ihr scherzet nicht, nein?« Er sah mich eindringlich an.

»Keineswegs.«

»Hast du das gehört, d'Urbec? Keine heimliche Mitgift in Amsterdam, keine Geheimverhandlungen mit einer muffigen Familie von Rechtsgelehrten.« Er klopfte seinen Freund auf den Rükken. D'Urbec fuhr zusammen. »Ich habe Hoffnung! Mein armer goldhaariger Engel! Ich bin es, ich, André Lamotte, der Euch vor Eurem grausamen Geschick erretten wird.«

»Ihr scheint mir zu jung, um wahnsinnig zu sein, Monsieur Lamotte«, sagte ich.

»Verrückt, o ja. Verrückt aus Liebe. Tausend, tausend Dank!« Er begann mitten auf der Straße herumzutollen wie ein Geisteskranker.

»Hat er das öfter, Monsieur d'Urbec?«

»Nur wenn er sich einem Paar unerreichbarer blauer Augen gegenübersieht, Mademoiselle«, entgegnete d'Urbec. »Was mich angeht, der ich es noch nicht zu Berühmtheit und Wohlstand gebracht habe, vermeide ich Kummer, indem ich davon absehe, etwas zu erstreben, das meine Mittel übersteigt.« Aber wie alles, was er sagte, schien auch dies eine doppelte Bedeutung zu haben. Ich wechselte das Thema.

»Das Buch, ist es wirklich das ›Satyricon‹?«

»Das ist es fürwahr, und laßt Euch von mir sagen, Ihr habt einen sehr ungehörigen Geschmack, auch wenn Ihr Latein lest.« Ich fühlte mein Gesicht über und über heiß werden.

»So ungehörig ist es gar nicht, nicht wahr? Ich war einfach neugierig, versteht Ihr.«

»Neugierde. Ein großes Laster. Sie führt zum Öffnen von Briefen, von dort zum In-die-Karten-Schauen und sodann zu den Astrologen«, sagte er, indes er das Buch in meine begierigen Hände legte.

»Ein Philosoph sollte sich gewiß nicht so weit erniedrigen, einen Schundroman wie ›Célinte‹ zu lesen«, bemerkte ich.

»Es ist die Pflicht der Philosophen, alles zu kennen. Das gilt insbesondere für Philosophen, die damit aufgewachsen sind, älteren weiblichen Verwandten vorzulesen. Aber ich muß Euch sagen, Mademoiselle, Ihr errötet sehr hübsch.« Er wandte sich unversehens ab, und mit gesenktem Kopf, die Hände in die Taschen geschoben, folgte er seinem verrückt tanzenden Freund durch die enge Straße.

Kapitel V

»Was haben sie dir gegeben?« Marie-Angélique, die mich am Fuße der Hoftreppe erwartete, sah sich um, um sicherzugehen, daß niemand mithörte.

»Einen Brief für dich und ein Buch auf lateinisch, das Vater vielleicht freut. Komm heute mit mir und hilf mir vorlesen. Es wird zuweilen recht lang, und meine Stimme ermüdet.« Ich gab ihr den Brief, und sie knüllte ihn in ihr Mieder.

»Es ist viel zu bedrückend, bei Vater zu sitzen, und ich mache es gewiß schlecht. Ich kann ihn nicht aufheitern. Nicht halb so gut wie du, Geneviève. Überdies ist der Geruch so grauenhaft. Wenn du ihm vorgelesen hast, willst du dann nicht zu mir kommen und mir beistehen, mich zu zerstreuen? In dem Geschäft unter dem Bogen in der Galerie ist ein niedlicher kleiner Spitzenkragen, sein Anblick macht mich gleich fröhlicher. Wenn ich nicht mehr Trauer tragen muß, könnte ich mir das Mieder meines Kleides nach der neuen Mode ändern lassen, und dazu würde er prächtig passen. Chevalier de la Rivière bewundert mich in Spitzen. Mutter hat gewiß nichts dagegen, daß ich Jean meine Schleppe tragen lasse.«

»Dann lasse dich von Jean begleiten, Marie-Angélique. Der Anblick von Spitzenkragen und Silberschnallen vermag mich in diesen Tagen keineswegs aufzuheitern.«

Vaters Zimmer roch nach Arzneien und Krankheit. Die Fenster waren geschlossen und die Vorhänge zugezogen, um die schädliche Luft abzuhalten. Selbst die dunkelgrüne Farbe der Wände gemahnte an eine Medizinflasche, und das große dunkle Bett mit den zurückgezogenen Vorhängen wirkte wie das Gerippe eines Riesentieres. Da lag er in Hemd und Nachtmütze, zu schwach sogar für seinen Schlafrock. Auf der Frisiertoilette saßen seine Gesellschafts- und Alltagsperücken auf einer Reihe Holzständer wie körperlose, gesichtslose Köpfe, Zeugen seines qualvollen Kampfes, von der Erde zu scheiden. Die Türe seines Bücherschrankes neben dem Bett stand offen. Ich schlich auf Zehenspitzen hin und griff nach Seneca, dann setzte ich mich auf den Stuhl mit der geraden Rückenlehne, um vorzulesen. Doch schon nach wenigen Worten schien Vater zu schwach, um zuzuhören. Er langte nach meiner Hand. Er konnte den Kopf nicht von den Kissen heben.

»Geneviève, bevor wir sterben, müssen wir beichten und Abbitte tun. Ich habe dir einen schlechten Dienst erwiesen.«

»Niemals, Vater, ich wüßte nicht, inwiefern.«

»Ich habe dich in meinem Sinne erzogen, Geneviève, und nicht, wie es sich für die Welt geziemt. Es war selbstsüchtig von mir, das erkenne ich jetzt.«

»Aber nein, Vater. Ihr seid der beste, gütigste Vater auf der Welt.«

»Aber ein törichter. Verstehst du, Geneviève? Ich habe nie ans Sterben gedacht. Ich dachte, ich könnte mich deiner Gesellschaft und Unterhaltung noch viel länger erfreuen. Was war ich nur für ein selbstsüchtiger Mensch! Aber jetzt – jetzt erkenne ich alles. Ich habe dich nicht auf das Kloster vorbereitet, meine Tochter. Ich habe dich die Wahrheit gelehrt statt Aberglauben. Naturwissenschaft, Geometrie, das neue Denken. Was wird nun aus dir werden? Ich bitte dich um Vergebung, meine Tochter.«

»Vater«, entgegnete ich, bemüht, das Brennen in meinen Augen zu ignorieren, »es gibt nichts zu vergeben. Ihr gabt mir ein Heim, Eure Zuwendung, und ich verdanke Euch meinen Verstand, meinen allergrößten Schatz.«

»Ja, der allergrößte Schatz. Wenngleich vollkommen ungeeignet, um sich zu ernähren oder zu kleiden oder um den Regen abzuhalten, meine Tochter.« Sein altes listiges Lächeln flackerte auf und verging. »Ja, der allergrößte Schatz, und seltener, als du ahnst.«

»Ich muß unterbrechen.« Mutter war lautlos durch die offene Türe eingetreten, ein frisches Nachthemd und Verbandszeug auf dem Arm, und stand, unsichtbar im trüben Licht, in der Ecke. Vater stöhnte, und sie verrichtete ihre Pflichten. Dann fiel er, vom Wechseln der Wäsche erschöpft, in einen unruhigen Schlaf. Nachdem sie ihm aufgewartet hatte, wusch sie sich in der großen Porzellanschüssel auf der Nachtkonsole die Hände und übergoß sie mit frischem Wasser aus dem Krug, um die Seife zu entfernen. Sie wandte sich gleichmütig an mich: »Geneviève, es ist Zeit, den Priester zu holen. Er wird die Nacht nicht überstehen.«

Während der nächsten Stunden verfiel Vater zusehends. Ich führte den Priester herein, der den ersten Schnee des Winters von seinem Barett klopfte. Mutter, Onkel und mein Bruder standen am Kopfende des Totenbettes, die Dienstboten weinend zu Füßen, indes ich Marie-Angélique beistand, die vor Gram in einem hysterischen Krampf zusammengebrochen war. Mir selbst wollte nicht eine Träne kommen. Wie Vaters Römer konnte ich den Tod ohne Gemütsbewegungen sehen, aber mein Körper fühlte sich an wie Eis. Ich suchte Trost bei Descartes, aber es war schwierig, Vater als eine Maschine zu betrachten, deren Räderwerk und Getriebe stillstanden und aus der allein die Seele entflohen war. Mich dünkte, daß Vaters Seele weitgehend ein Teil seines Leibes war; wie konnte die Seele dieselbe bleiben, ohne den listigen Blick seiner jetzt geschlossenen Augen, ohne das schiefe Lächeln auf den nun grausig geschwärzten Lippen? War der Leib nur ein Kostüm, das er im Tode abgelegt hatte, oder war er seine Ganzheit, die nur einen trostlosen, wesenlosen Wisch emporfliegen ließ? Beraubt, kalt, verlassen. Vater war nicht mehr. Draußen fielen die weißen Flocken leise vom grauen Himmel; drinnen wurden Gebete gemurmelt. Ich konnte Vaters spöttisches Gelächter hören, das Lachen eines Freidenkers, der das Universum jenseits des Leibes entdeckte. Hörte Mutter es auch? Sie verdrehte plötzlich die Augen zur Decke, wurde bleich und verkrampfte die Hände, bis sie ihre Fassung wiedererlangte. Oh, Descartes, Ihr habt nicht auf alles eine Antwort.

»Ein geordneter Geist vermag alle Probleme zu lösen«, hörte ich in meinem Kopf Vaters Stimme geduldig wiederholen. Mein Büchlein, du hast ein neues Problem. Als der Priester sich entfernt hatte, schrieb ich unter *Monsieur de la Reynie:*

Der Leib, der Geist, die Seele – wie verbunden? Methode zur Erprobung; ist zu entdecken.

»Und nun, Mademoiselle, wirst du uns sagen, wo es ist.« Es war Mitternacht. Vaters Leichnam war noch im Nebenzimmer auf dem Bett aufgebahrt, Kerzen brannten am Kopf- und Fußende, wie um die ewige Finsternis zu verscheuchen. Man hatte mich aus dem Bett geholt und im Nachthemd in den fensterlosen inneren Winkel von meines Vaters Studierstube gestoßen. Alle Schubladen seines Pultes standen offen, die Bücher lagen zuhauf auf der Erde, nachdem man sie gründlich nach Papierschnipseln zwischen den Seiten durchsucht hatte. Ein Kistchen lag umgekippt und leer auf einem Bücherbord. Mein Onkel klopfte die

Wandtäfelung und die Möbel nach einem hohlen Geräusch ab, das ein Geheimfach verraten könnte. Vor mir stand meine Mutter, hinter ihr mein Bruder. Sie blickten grimmig drein.

»Wo was ist?«

»Spiele nicht das Unschuldslamm.« Mutters Stimme war hart. »Du weißt, wo das ausländische Vermögen ist. Das Geld, das er vor Colbert und dem König versteckt hat. Er hat dir gesagt, wo sich der Schatz befindet, bevor er starb. Ich hörte ihn mit dir flüstern: Er sagte ›Schatz‹. – Glaube nicht, daß du das Erbe meines Sohnes zu deinem Vorteil verbergen kannst. Sage es jetzt, oder du wirst es nicht erleben, in seinen Genuß zu kommen.«

»Er hat mir nichts Derartiges gesagt. Es gibt nichts dergleichen.«

»Mein Bruder, sie ist störrisch, wie ich vorausgesagt habe.« Onkel ließ von der Verwüstung von Vaters Bibliothek ab und richtete seine kleinen Fuchsaugen auf mich.

»Ich habe Eure Erlaubnis, Monsieur?« Er wandte sich meinem Bruder zu, dem neuen Oberhaupt des Hauses Pasquier. Mein Bruder, den seine neue Würde unerschütterlich und alt wirken ließ, nickte ernst. Da sah ich meinen Onkel nach dem langen Schürhaken greifen.

Stunden später lag ich auf dem Fußboden des verschlossenen Turmzimmers, zitternd vom Weinen und von der bis ins Mark dringenden Kälte. Die folgenden Tage verbrachte ich ohne Nahrung in der Gesellschaft der Mäuse; die einzige Abwechslung waren die Verhöre, die mein Onkel durchführte, während meine Mutter eine brennende Kerze hielt und mein älterer Bruder wie eine Statue im Schatten stand. Am meisten aber schmerzte mich meine Überzeugung, die ganze Nachbarschaft wisse unterdessen, daß der selige Monsieur Pasquier seiner Tochter gesagt habe, wo er im Ausland, bei den Feinden Frankreichs, ein geheimes Vermögen, vor dem Zugriff Colberts sicher, versteckt hatte. Wäre ich schön gewesen, so hätten alle vor Mitleid geweint, und es wäre eine Tragödie gewesen: Cendrillon und ihre niederträchtige Familie. Ein reizendes Mädchen, ihres Vaters Liebling, die es verdiente, sich des ihr zugefallenen Schatzes zu erfreuen. Vielleicht würde ein Prinz zu ihrer Rettung kommen. Ich aber war häßlich, ein Zwerg, eine Mißgeburt, ein Affe, und ich hielt das rechtmäßige Erbe einer Familie versteckt. Der Stoff für eine Straßenkomödie: Prügelt sie, bis sie quiekt. Aha! Eine lustige

Wendung! Es gibt kein Vermögen. Ein Irrtum! Verheiratet sie mit dem Gärtner, und wir haben alle etwas zu lachen.

Sie schickten Marie-Angélique, um durch die Türe zu flüstern: »Geneviève, Schwester, wir sind immer Freundinnen gewesen, nicht wahr? Sage es ihnen doch, und alles wird wieder gut.« Aber ich konnte Onkels schwere Stiefel hinter ihr auf der Stiege hören.

»Schwester, da ist nichts. Vater sagte zu mir, er vermache mir den Schatz der Philosophie.«

»Ach Schwester, dann gibt es keine Hoffnung«, vernahm ich ihre geschluchzte Antwort.

Eines Abends dann, als ich Tag und Nacht schon nicht mehr zählte, wurde die Türe aufgestoßen. Mein Oheim, seinen Spazierstock unter dem Arm, eine Kerze in der erhobenen Hand. Sein Hemd hing lose aus seinem offenen Wams. Sein Atem war schwer vom Wein. Seine Augen glühten drohend.

»Sage es mir«, drängte er mit schwerer, vertraulicher Stimme. »Du tust klug daran, es für dich zu behalten. Was hat deine Mutter je für dich getan? Ich war es – ich bin dein Freund. Mir verdankst du alles, was du hast. Warum, glaubst du, lebst du in diesem Hause? Wer, glaubst du, hat für dich die Gebühr in Fontenay bezahlt? Hast du dich jemals gefragt, wer dich am Leben hielt, als sie dich tot wünschte? Alles verdankst du mir; ich wußte, daß du eines Tages nützlich sein würdest. Ich habe dich gerettet, weil sie eine Närrin ist, die nicht weiter sehen kann als bis zu ihrer Nasenspitze. Jetzt kannst du es mir entgelten.« Ich wollte mich verstecken; ich kämpfte, ich flehte, aber er schlug auf mich ein und schrie: »Sage es mir, sage es mir! Was kann dir das Geheimnis nützen?« Als er endlich erkannte, daß nichts da war, kein Geheimnis, entlud sich sein Zorn. Er riß an meinem Kleid, er kreischte und weinte: »Nichts, nichts! Es ist wahrhaftig nichts da!« Dann tat er das, worüber ich bis zum heutigen Tage nicht sprechen kann. Und als er sich erhob, sah er auf mich herab, die ich noch auf dem Fußboden lag, und sagte: »Hör auf zu greinen. Du solltest mir danken. Wer sonst würde eine Mißgeburt wie dich wohl nehmen?« Weinend, mein zerrissenes Kleid um mich raffend, fand ich wenig Trost bei den Römern.

»Aufstehen.« Ich öffnete im kalten grauen Licht eines anbrechenden Wintermorgens die Augen und sah Mutter in der geöffneten Türe stehen. Leichter Schnee war auf die hohen Spitzdächer der Rue des Marmousets gerieselt, so daß sie durch die Turmfenster wie spitze, mit Staubzucker bedeckte Kuchen aussahen. Die Straße unten lag still und weiß unter dem grauen Himmel; die ersten Spuren des Morgens durchschnitten das Weiß bis auf den schwarzen, gefrorenen Schlamm darunter. »Ich wünsche, daß du hier verschwindest. Sofort.« Sie blickte seltsam drein. Sie hielt mir meinen Umhang hin. »Anziehen. Hinaus«, sagte sie. Sie wandte sich ab und starrte in die Luft auf etwas Unsichtbares. Ihre Augen rollten unheimlich zuckend seitwärts. Ich zog meinen Umhang an, holte meine Notizbüchlein aus ihrem Versteck und stopfte sie in die Fetzen meines Kleides. Sie schien es nicht wahrzunehmen. Ihr Gesicht war mir zugewandt, aber ihre Augen bewegten sich immer noch in seltsamen Zuckungen und sahen etwas, das nicht da war. Meine Büchlein, was nutzten sie mir jetzt? Nur als Andenken an Vater. Ich hatte die Vorstellung von einem geordneten Geist aufgegeben. Mein Gesicht war geschwollen, mein Haar wirr wie bei einer Irren. Ich wollte sterben.

»Wohin soll ich gehen?« fragte ich. Meine Zunge war so dick, daß die Worte sich auf ihr verhaspelten.

»Das schert mich nicht, nur fort mit dir, du häßliches, undankbares, hinterhältiges Ungeheuer.« Das Weiße ihrer zuckenden Augen schien gelb, von der Farbe alten Elfenbeins. Ihre Zunge schnellte aus einem Mundwinkel wie bei einer Schlange. »In die Salpêtrière – dort gehören solche wie du hin, Häßliche, Arme – niemand will eine häßliche Frau, nicht einmal die –« Ihre Stimme verlor sich. »Der Fluß –« setzte sie kräftiger wieder an. »Für dich ist der Fluß das beste.« Sie reckte das Kinn, eine Karikatur ihrer alten hochfahrenden Geste. Wer schaut ihr zu, dachte ich. Sie führt sich auf, als trete sie in einem Stück auf – aber sie hat ihren Text vergessen. Sie ist nervös. Auf der engen Wendeltreppe hinter ihr war aber niemand, der ihr zuschaute.

»Nun fort mit dir, du schmutziges, faules, unnützes Ding, sonst ist es aus mit dir.« Auf dem Weg zur Türe starrte ich Mutter über die Schulter an. Aber Mutter sah mich nicht. Ihre Augen zuckten noch immer durchs Zimmer, als suchten sie etwas im Schatten.

Ich humpelte die Stiege hinunter, fühllos, das irre Wesen, das ich geworden war. Durch Marie-Angéliques kleine Kammer, in der sie, unter dem Durcheinander ihrer Laken, in tiefem Schlafe lag, um die Ecke und hinab, durch Großmutters hohes rotes Gemach, wo der Papagei im zugedeckten Käfig Trübsal blies. Wieder um eine Ecke, durch eine Gesindekammer, dann durch eine Türe, an Vaters leerem Bett vorbei. Durch Onkels Zimmer und durch Mutters, treppab, und durch das Speisezimmer und den hohen Empfangssalon, der jetzt kalt war und still. Adieu, adieu. Unterhalb der Stiege hörte man Lärm aus der Küche, das Klappern von Tiegeln. Mutter wies stumm auf die Türe zur Straße. Ich hinkte, ganz vornübergekrümmt, zur Eingangstüre. Den Riegel angehoben, hinaus auf die eisige Straße. Adieu. Adieu, Straße, adieu, Gespenster, adieu, Monsieur Beluts achtbares Haus. Die Leute haben sich geirrt, wißt ihr. Die Menschenfresser müssen in der Maison des Marmousets gelebt haben. Sie haben es des Geldes wegen getan. Schließlich, welcher Pariser Schankwirt möchte nicht gerne einen kleinen Extraverdienst aus Fremden herausholen? Schickt sie in das Haus an der Ecke, wo sie die berühmten, oh, die so überaus delikaten *pâtés* zubereiten.

Bei der Rue de la Lanterne um die Ecke. Ah, da ist er. Der alte Freund. Der Pont-Neuf, über den kalter Wind pfiff, während darunter Eisschollen im kalten Wasser trieben. Die Possenspieler waren fort, der Scharlatan mit dem Affen, die tragbaren Buden mit den hübschen Sächelchen, die Quacksalber, die Pamphletverkäufer. Die ersten Bettler waren schon da. Fehlende Beine. Fehlende Arme. Eine Frau mit einem verkrüppelten Kind. Veteranen. Eine alte Frau humpelte über die matschigen Spuren der ersten Kutschen. Schreie. Mit Feuerholz beladene Fuhrwerke überquerten die Brücke. Platz da, Alte!

Ich stand lange Zeit am Brückengeländer. Die Sonne stieg höher, eine blasse weiße Scheibe am schiefergrauen Himmel. Dunkel und kalt sah er aus, der Fluß. Die Römer verstanden es besser, dachte ich. Ein heißes, parfümiertes Bad. Eine Ader aufschneiden. Und wenn das Rot das Wasser färbte, zurücklehnen und langsam zur einlullenden Harfenmusik entschlafen. Wir sind noch nicht so kultiviert wie die Römer.

Das Rattern einer nahenden Kutsche drang kaum in meine Träume. Ich zitterte entsetzlich. Es gab keinen anderen Weg. Überdies war ich nichts als ein Häufchen unordentlich montierter Rädchen und Getriebe. Mein Leben, es war ein einziger Irrtum – aber der Schrei des Kutschers, das Geräusch stampfender

Hufe brachen wie Eissplitter in meine Gedanken. Und dann vernahm ich hinter mir vom Kutschenfenster her eine Stimme: »Er ist kalt, der Fluß. Ich möchte meinen, ein kluges Mädchen wie du wüßte etwas Besseres zu tun.«

Es war die Schattenkönigin.

Kapitel VI

»Steig ein«, sagte die Wahrsagerin aus der Rue Beauregard, »oder möchtest du dein Vorhaben lieber zu Ende führen?« Ihr Lakai hatte den Schlag der Kutsche geöffnet, ein unauffälliges schwarzes Gefährt mit rotgoldener Umrandung. Zwei hübsche Braune mit messingbesetztem Geschirr bliesen Atemwölkchen in die eisige Luft. Ich konnte sie drinnen sitzen sehen, in einem schweren, mit Seidenkordeln eingefaßten Umhang und einem breiten Hut über einem wollenen Schal, der ihre Haare fast verdeckte. Eine pelzgefütterte Kniedecke war zurückgeschlagen und enthüllte ihre Füße, die in roten Lederstiefeln auf einem kleinen, mit warmen Kohlen gefüllten Metallkasten ruhten. Sie wies auf den Sitz ihr gegenüber, wo eine ähnliche Decke lag. »Ich will es mir angelegen sein lassen, dein Glück zu machen, wenn du es wünschest – es sei denn, du bist von dem tiefen Verlangen besessen, den anderen im Keller des Châtelet ausgestellten Wasserleichen Gesellschaft zu leisten. Überaus feucht und unansehnlich.«

»Ich verdiene es nicht zu leben.« Meine Stimme klang matt.

»Nicht mehr und nicht weniger als alle anderen in dieser Stadt«, sagte sie leichthin. »Was ist es diesmal? Mord? Vergewaltigung? Erpressung? Inzest? Lappalien – das Gewöhnlichste vom Gewöhnlichen in dieser großen Stadt. Was bringt dich auf den Gedanken, dich über alle anderen erheben, die Hände ringen und ein insgesamt gutes Leben in einen gräßlichen, kalten Fluß werfen zu können?« Ich starrte auf das mit Brokat ausgeschlagene Innere der Kutsche. Es sah behaglich und warm aus. Dann blickte ich wieder über das schneebedeckte Brückengeländer. »Wer bist du, dich zu richten?« fuhr sie schmeichelnd fort. »Gott hat uns allen das Leben geschenkt, und an ihm ist es, zu richten. Ich aber bin es, die dir zu Vermögen und Glück verhelfen wird, wenn du einsteigst und hörst, was ich zu sagen habe.« Sie beugte sich vor, als könne sie an meiner zerzausten Erscheinung alles ablesen, was geschehen war. Dann machte sie eine ungeduldige Gebärde. »Entscheide dich, und zwar flugs. Du läßt die Kälte herein. Ich kann Schwächlinge nicht leiden, die sich nicht entscheiden können. Spring oder steig ein.«

Ich stieg ein.

»Nun«, sagte sie versöhnlich, als die Kutsche durch das Gewirr aus schmalen Häusern hinter dem Quai de Gêvres ratterte, »ist es nicht eine glückliche Fügung des Schicksals, die uns zusammengeführt hat? Ich habe dir einen ausgezeichneten geschäftlichen Vorschlag zu machen.« Fügung, fürwahr, dachte ich, denn meine Gewohnheit, logisch zu denken, war stark. Aber wie konnte jemand von den Stunden des Wahnsinns wissen, die über die Maison des Marmousets hereingebrochen waren, oder die genaue Zeit kennen, zu der ich auf der Brücke erscheinen würde? Ich war offensichtlich wahnsinnig geworden. Die Vorstellung, daß ich mich in irgendeiner Weise geschäftlich betätigen könnte, bestätigte es. Es war ein Wahn. Allerdings ein solider Wahn, gewiß. Die Hellseherin sah mich an und sprach wieder: »Du bist Geneviève Pasquier, das kleine Mädchen, das in Wassergläsern liest und in großen Worten und gelehrten Redewendungen spricht wie ein altes Männchen.«

»Ich habe mit meinem Vater Philosophie studiert.«

»Aber, aber, welch befremdliches Tun für ein kleines Mädchen. Du warst damals kleiner, aber ansonsten bist du noch dieselbe. Das Hinken. Der nach vorn gekrümmte und seitlich verrenkte Buckel. Wie alt bist du jetzt? An die Fünfzehn? Ja, will mir scheinen.« Ihre berechnenden schwarzen Augen musterten mich. »Und, o ja, mein Beileid wegen deines Vaters. Das war sehr traurig.«

Sie lächelte unheimlich lieb, aber mit seltsam zugespitzten Lippen. Ich sah sie verständnislos an. Nichts ergab einen Sinn.

»Nun«, sagte sie mit ihrem Lächeln und dem kleinen stählernen Stachel darin, »ich mutmaße, du denkst, daß meine Worte keinen Sinn ergeben. Aber ich bin Geschäftsfrau, und alles, was ich sage und tue, hat einen Sinn.« Die Kutsche war immer langsamer geworden und fast zum Stehen gekommen, als der Kutscher sich mühte, seinen Weg durch die Menge der mit Körben beladenen Marktfrauen und schweren Fuhrwerke zu bahnen, die die Gegend rings um Les Halles fast unpassierbar machten.

»Ich verstehe nichts von Geschäften.«

»Sieh nur hinaus«, sagte sie und hob den Vorhang der Kutsche an. »Das ist Geschäft, kaufen und verkaufen. Die Leute wollen Waren; wenn du ihnen verkaufst, was sie haben wollen, wirst du reich. Wenn du darauf beharrst, ihnen Dinge zu verkaufen, die sie nicht wollen, wirst du hungern. Merke dir das; höre auf die

Leute da draußen, und du wirst dir genau wie ich ein Vermögen schaffen, angefangen bei nichts. Die Leute da draußen haben eines gemeinsam – sie wollen alle wissen, was aus ihnen wird. Sie würden auch gerne wissen, warum sie leben – ihnen das zu sagen ist Aufgabe der Kirche. Aber über ihre Zukunft kann ihnen die Kirche nur sagen, daß sie sterben werden – und das ist ein Quentchen Wissen, für das niemand einen Sou bezahlen wird. Ich jedoch liefere ihnen dank meiner Kenntnisse der Kunst der Physiognomie, der Chiromantie, des Stellens von Horoskopen weitaus befriedigendere Antworten. Zum Lohn dafür bin ich reich geworden. Und nun möchte ich dir ebenfalls zu Reichtum verhelfen.« Aus einem Säckchen, das sie unter ihrer Kniedecke versteckt hatte, zog sie einen durchsichtigen, zugestöpselten Krug mit Wasser. »Nun, meine kleine Philosophin, sage mir, was du hier siehst.«

Die glitzernden Farben ihrer Kleider und das Innere der Kutsche spiegelten sich verzerrt in dem Krug.

»Ich sehe nur Spiegelbilder – das ist alles, was man sehen kann.« Mit fester Stimme sagte ich: »Das Vorgeben, in Wasser, Spiegeln und Karten die Zukunft zu lesen, ist Aberglaube. Die Entfaltung der Naturgesetze folgt den Gesetzen der Logik; wie Descartes sagt –«

»Oje«, unterbrach sie, »bist du ganz sicher, daß das alles ist, was du siehst? Du meine Güte, wenn das der Fall ist, wird unsere Fahrt gewiß kürzer als erwartet. Versuche es noch einmal, meine Liebe.« Sie ließ die Kutsche unmittelbar hinter dem Cimetière des Innocents anhalten, um die Schwingungen im Wasser zur Ruhe zu bringen. »Nun«, sagte sie, »nimm es zwischen deine Hände – ja, so –, sieh durch das Wasser hinab – jetzt –« Sie sang die seltsamen Worte, deren ich mich erinnerte. »Sage mir, was du von mir im Wasser siehst.« Sie sprach sehr leise und langsam. »Sage es mir, sage es mir – laß das Bild im Wasser emporsteigen wie eine Blase.« Ich fühlte etwas Schwaches, Warmes durch mich hindurchziehen, und mir wurde übel im Magen, als ich die kleinen Gestalten sich formen sah, die an den Rändern zerflossen.

»Ich sehe – ich sehe eine gutgekleidete Frau mit dunklen Haaren, die eine Maske trägt, zu Euch kommen. Ihr tragt ein grünes Kleid mit einem roten gesteppten Unterkleid und einem Spitzenkragen. Ihr führt sie in ein höchst merkwürdiges Kabinett – es ist ganz mit vergoldeten Intarsienschränken möbliert und hat in der Ecke ein kleines Fenster mit winzigen Glasscheiben und einem Sitz darunter. Ihr öffnet die Türe eines Schrankes, und darin sind Fächer – Ihr nehmt eine grüne Glasflasche heraus und gebt sie ihr.«

»Ja, das habe ich mir gedacht«, sagte sie ruhig. »Du siehst zuviel.« Dann nahm ihre Stimme einen energischen Ton an, und sie wurde ganz geschäftsmäßig. »Es ist dein Glück, daß du mir in die Hände gefallen bist. Andere hätten dich vielleicht ausgebeutet, anstatt dir zu helfen. Fahre weiter, Joseph – ja, wo war ich? O ja. Was ist eine Begabung ohne Übung? Nichts! Gold in einem Felsblock im Wald. Die Kunstfertigkeit ist es, meine Liebe, die Kunstfertigkeit, die ein schimmerndes Juwel schafft. Merke dir das.«

»Ich verstehe noch immer nicht.«

»Oje, bist du heute schwer von Begriff, trotz all deiner Studiererei. So wisse denn, Geneviève Pasquier, es ist mir ein Anliegen, Menschen zu helfen. Insbesondere Frauen.«

Ihre Stimme war warm und schmeichelnd. Ich sah ihr ins Gesicht und versuchte ihre Absicht zu ergründen. Aber ihre Züge waren rätselhaft.

»Schließlich«, fuhr sie fort, »was kann eine rechtschaffene Frau in schweren Zeiten tun? Eine junge Witwe – die einzige Stütze für eine Brut von Kleinen. Wasch- und Flickarbeiten, sogar Prostitution würden nicht genug einbringen, um die kleinen Mägen zu stopfen. Aber sie bereitet liebliches Rosenwasser, sie weiß Lippenrot nach einem alten Familienrezept zu mischen. Ich höre von ihr – ich zahle ihre Miete, kaufe ihren Kindern ein köstliches Mahl, und dann pachte ich ihr einen hübschen kleinen Stand in der Galerie, oder vielleicht ein kleines Geschäft auf dem Pont Notre-Dame, ich arrangiere ein paar Dinge mit den zuständigen Mächten, und *voilà*!, sie ist eine gesuchte Parfümeuse oder eine Verkäuferin von eleganten, parfümierten Handschuhen aus Italien, und nicht mehr arm. Sie entgilt es mir mit Zinsen, hilft mir ein wenig aus – aus Dankbarkeit, verstehst du. Wir profitieren beide.«

Sie wies aus dem Kutschenfenster auf eine Gruppe von Bettlern, die bibbernd im Schnee standen. Unter ihnen waren eine blinde Frau und eine, die mit schauerlichen Schwären bedeckt war. »Siehst du all diese Leute? So geschieht es dir, wenn du nicht das Geschick hast, dir ein anständiges Auskommen zu sichern. Die Polizei wird sie alsbald aufgreifen.« Sie schüttelte den Kopf. »Vor langer Zeit teilte Sankt Martin seinen Mantel mit einem Bettler. Aber die Heiligen sind ausgestorben. Wir leben in modernen Zeiten, und niemand hat Gefallen an Bettlern, die die Straßen verstopfen. Bald schon werden sie im Gefängnisspital liegen oder an ein Ruder der Galeeren Seiner Majestät gekettet sein.«

Ich schauderte. Das könnte ich sein, die dort in Lumpen stand. Und unterdessen war mir die Courage für den Fluß vergangen.

»Aber du siehst«, fuhr sie fort, nachdem die Kutsche über holprige Furchen geruckelt war und wir uns festhalten mußten, »ich biete mehr als der König. Ich biete Wohlstand, Unabhängigkeit, Glück. Sieh mich nicht so an, ich bin nicht blöde – du meine Güte. Ich kaufe hübsche kleine Häuser, miete Zimmer, verschaffe niedlichen Waisenmädchen Stellungen als Zofen oder, wenn sie wohlgeboren sind, als Gesellschafterinnen bei Damen des allerhöchsten Adels. Und alle, alle sind sie meine Freundinnen und Helferinnen. Ich bin eine Philanthropin der Frauen. Ich mache sie alle wohlhabend, während ich mich selbst wohlhabend mache. Und ich kann auch dich wohlhabend machen.«

Ich war mehr denn je überzeugt, vollkommen verrückt zu sein und obendrein dem irren Gerede einer Wahnsinnigen zuzuhören. Ich muß sie wieder auf die Erde holen, dachte ich. Ich werde ihre eigenen Argumente benutzen, um sie in die Wirklichkeit zurückzuholen.

»Aber Ihr habt soeben gesagt, die Menschen kaufen nur, was sie wollen. Obwohl mein Vater mir den Schatz der Philosophie hinterließ, will ihn aber niemand kaufen – er läßt sich nicht einmal verschenken. Und überdies verstehe ich nichts von Geschäften –«

»Ah, aber meine Liebe, du hast Talent! Und – ein Glück für dich! – so wie du aussiehst, wirst du zweifellos auf immer Jungfrau bleiben, und wir werden zusammen ganz wunderbare Geschäfte machen, nicht wie die dumme Marie-Marguerite, die ihre Zukunft bereits verwirkt hat –« Sie brach ab und sah mich eindringlich an. Ich muß sehr merkwürdig dreingeschaut haben, denn ich dachte an Onkel. »Sage mir«, forderte sie mich auf, indem sie mich von oben bis unten musterte, »du *bist* doch noch Jungfrau, nicht wahr?«

»Nicht mehr«, sagte ich wütend. Sie tätschelte meine Hand. Ihr Mitgefühl hatte etwas Unangenehmes, nahezu Geschäftsmäßiges.

»Hm, nun – das ist sehr interessant. Um so besser. Ja, entschieden besser. Du und ich, wir werden lange Zeit im Geschäft sein. Ich bringe dir alles bei, was du wissen mußt, ich werde dich etablieren, und dann werden wir einen Vergeltungsplan ausarbeiten. Du wirst bald wohlhabend sein – edle Weine, schöne Gewänder, eine eigene Kutsche –«

»Was nützt Geld einer wie mir? Ich will all diese Dinge nicht! Ich will – ich will – ich weiß nicht, was ich will –« Ich strengte grimmig meine Augen an, um die aufsteigenden Tränen zu unterdrücken. Da wollte sie eine Lebensmüde mit einem neuen Kleid trösten. Und es war kaum zu ertragen, wie sie meine Intelligenz beleidigte. Hielt sie mich für ein gewöhnliches, idiotisches Frauenzimmer, das sich mit einem Spitzenkragen oder einer Perlenschnur kaufen ließ? Der Ausdruck ihrer dunklen Augen wechselte, als sie wieder sprach, wobei sie sich vorbeugte, um mein Knie zu berühren.

»Glaube mir, meine Liebe. Sage ja, und ich kann dir geben, wovon du träumst: Schönheit –«

Ich blickte auf. Ihr Gesicht sah beim Sprechen vollkommen normal aus. Ihre Augen blickten etwas stechend, aber nicht irre. Seht mich an, seid Ihr blind? dachte ich. Ihr könnt mich nicht mit dem Unmöglichen verlocken.

»Unmöglich? Nicht für mich«, beantwortete sie meinen Gedanken. »Ich kann dich neu erschaffen, dich begehrenswert machen für jeden Mann, von dem du träumst –«

Wahnsinn. Wer würde mich wollen? Mir fiel der Kavalier vom Fenster ein. Und das Leuchten in seinen Augen, als er meine Schwester erblickte. Ich will keine Männer, dachte ich, sie sind nicht besser als Ziegenböcke, alle miteinander.

»– und wenn dir der Gedanke an Männer nicht behagt, kann ich dir etwas viel Besseres schenken, das Beste von allem –« Ihre Augen funkelten, ihre Stimme sank zu einem Flüstern. »Ich kann dir *Rache* schenken«, sagte sie, und das Wort machte mich schaudern. Ich fühlte, wie es in mir Feuer fing. Das Zimmer im Turm. Onkel, der, nach Wein stinkend, sein Hemd wieder in seine Beinkleider stopfte. Ja. Ich wollte Rache.

»Ihr könnt mir Rache versprechen?« Ich wollte sichergehen. Ruhig, Vater, selbst die Römer suchten in tierischen Eingeweiden nach günstigen Vorzeichen. Dummköpfen, die es so wollen, wahrsagen heißt noch lange nicht, selbst daran zu glauben. Und Rache – das ist sehr römisch und erheblich befriedigender als Selbstmord.

»Verbinde dich mit mir, und du wirst Rache bekommen: blutig, befriedigend, überreich. Glaube mir, fast nichts ist so beglükkend im Leben wie die Vernichtung eines Feindes.« Gut, ich werde mit Onkel beginnen, dachte ich.

»Gebt mir Rache, und ich bin die Eure. Unterweist mich und macht mich reich. Ich habe einen Feind. Einen Mann, den ich hasse. Ich wünsche seinen Ruin. Ich wünsche seinen Tod.«

»Gut«, sagte sie und lehnte sich zurück. Wir waren an der Porte St. Denis angelangt, jener unermeßlichen Nachahmung eines römischen Triumphbogens aus gelbem Stein, dem Ruhme Ludwigs des Großen gewidmet. »Jetzt verstehen wir uns.« Die Kutsche bog links in die langen, schmalen Straßen von Villeneuve ein und dann in die Rue Beauregard. Die Straße war gesäumt von meist zweistöckigen Villen, weiträumig, mit hohen Mauern, über die kahle Äste aus versteckten Gärten lugten. Große Torbögen deuteten darauf hin, daß sich hinter den Mauern Remisen und Stallungen befanden. Mägde stießen die schweren Blendläden der vorderen Zimmer auf, und die ersten hoffnungsvollen Straßenverkäufer waren erschienen. Ein schäbiger Mann mit einem zerbeulten Hut und zerlumpten Gamaschen rief: »Feuersteine und Schleifstahl, Feuersteine und Schleifstahl.« Ein anderer zeigte tote Ratten, mit den Schwänzen an einen Stock gebunden, und bot sein Rattengift mit dem Ruf feil: »Tod den Ratten! Tod den Ratten!«

Die Hellseherin betrachtete ihn und schnaubte mit einem kurzen, leisen Lachen: »Der macht hier kein Geschäft.« Auf meinen verwunderten Blick erwiderte sie: »Oh, das hat nichts zu bedeuten. Nur ein Scherz unter uns Nachbarn.«

Wir hielten im Schnee, der schon zu Matsch wurde, und der Lakai sprang von der Kutsche, um das Einfahrtstor zum Innenhof der Gartenvilla zu öffnen.

»Siehst du dieses Haus und den eleganten Garten hinter den Mauern? Jetzt ist er eisig und kahl, aber im Sommer ist er wunderhübsch – so grün, und ich veranstalte kleine Feste beim Pavillon, und für die Erfrischungen werden gestreifte Zelte aufgestellt. Ich denke daran, für meinen Brunnen ein paar wonnige Putten aus Italien zu bestellen. Wäre das nicht exquisit?« Auf den matschigen Stufen zum Eingang wäre ich beinahe ausgeglitten, aber sie nahm meinen Arm und geleitete mich zur Türe, die hinter dem Empfangssalon in die Wohnräume ihres Hauses führte. Dort blieb sie stehen, kramte in einer Innentasche ihres Umhangs nach dem Schlüssel und streifte sich den Matsch von den Stiefeln.

»Da wir nun Freundinnen sind, meine Liebe – betrachte mich als Freundin, ja? Gönnerin und Schützling hört sich so nüchtern an –, wirst du an einigen meiner winterlichen Abendmahlzeiten mit Violinmusik teilnehmen, sobald du ein wenig *geschliffen* bist. Ich habe geistreiche Leute aus den besten Kreisen zu Gast.«

Sie steckte den verzierten Schlüssel ins Schloß der hohen, geschnitzten Eichentüre, stieß sie auf und führte mich hinein. Eine Zofe in adretter Haube und Schürze kam herbei, ihr den Umhang abzunehmen.

»Und würdest du je vermuten, daß mein Gemahl zweimal geschäftlich versagt hat?« fuhr sie fort, als wir ein hübsches Kabinett betraten. »Er hat zwei Juwelengeschäfte verloren. Schuldturm – Ruin. Oh, ich habe das Schlimmste erlebt. Was sollte ich tun? Schließlich habe ich ein Faible für hübsche Dinge. Doch dank der Künste, die ich von meiner Mutter gelernt habe, ernähre ich eine Familie mit zehn Mäulern und tue, was mir beliebt.«

Die Räume hinter dem dunkel drapierten Empfangssalon waren keineswegs geheimnisvoll, sondern gemütlich und komfortabel. Der Wohnraum wurde von einem lodernden Feuer in einem großen Kamin mit geschnitztem Marmorsims erwärmt. Den Fußboden bedeckte ein behaglicher Orientteppich. Mitten im Raum stand ein schwerer Tisch mit geschnitzten Beinen, auf dem eine lange Brokatdecke lag, umringt von einer beträchtlichen Anzahl hoher reichverzierter Stühle mit dunklen Samtsitzen. Zwischen den wuchtigen Schränken an den Wänden befanden sich prachtvolle Wandbehänge. Zwei kleine Kinder, wenig mehr als ein Jahr auseinander, spielten mit ihrer Kinderfrau auf dem Teppich, und ich konnte das Geschrei anderer Kinder hinter der Türe hören. Mehrere große Katzen lagen schläfrig auf der Kaminplatte. In einem Sessel daneben lag ebenso schläfrig Antoine Montvoisin, ihr zweiter Ehemann – ein blasser, abgehärmter Mensch mit einem Tuch um den Kopf, in Schlafrock und Pantoffeln. Er wünschte nicht vorgestellt zu werden.

Aus der Küche drangen Wohlgerüche, und plötzlich fiel mir ein, daß ich halb verhungert sein mußte. Ich erinnere mich, daß ich dachte: Dies ist ein Hauswesen mit Geld. Erst geraume Zeit später kannte ich meine Gönnerin gut genug, um ihre Einkünfte annähernd zu schätzen. Sie waren ungefähr so hoch wie die eines Staatsministers. Das Mädchen, an das ich mich erinnerte, die Tochter ihres Gemahls aus einer früheren Ehe, jetzt größer als ich, kreuzte unseren Weg mit einer Tasse Schokolade für ihren Vater. In diesem Augenblick hätte ich für eine Tasse Schokolade meine Seele verschrieben. Madame Montvoisin, deren scharfen Augen nichts entging, lächelte nur.

Wortlos führte sie mich in ihr Kabinett, und ich erkannte das kleine Gemach, das ich im Glas gesehen hatte: verschlossene Schränke, schwere rote Vorhänge, das kleine Fenster weiß von Eisblumen, ein warmes Feuerchen hinter einem Paar rußgeschwärzter Kaminböcke in Katzengestalt. Ein verziertes Schreibpult in einer Ecke war mit eigentümlichen Gegenständen bedeckt: ein halbfertiges Horoskop, eine kleine, aus Silber gefertigte Hand, ein Tintenfaß in Form eines Satyrs, ein in Bernstein geschnitztes Katzengesicht, das zu glühen schien.

»Setz dich hierher.« Sie deutete auf einen gepolsterten Schemel neben dem Schreibtisch, und ich hoffte nur, daß sie meinen Magen nicht knurren hörte. Einen derart dramatischen Augenblick sollte ein so ordinäres Geräusch nicht verderben. »Wir müssen zu einer Einigung gelangen, bevor wir beginnen.« Gut. Sie hatte es nicht gehört. »Im ersten Jahr stelle ich dir Bett und Verpflegung, Kleidung, Unterweisung und ein kleines Taschengeld zur Verfügung. Du wirst mir alles abliefern, was du verdienst.« Sie nahm ein Schlüsselchen aus ihrem Mieder und schloß einen der hohen Schränke auf. Ich erblickte eine Reihe grüner Hauptbücher, ein jedes mit einem Buchstaben gekennzeichnet. Sie nahm das mit P markierte Hauptbuch sowie eine mit einer Kordel zusammengebundene Mappe heraus, auf der »Kontrakte« stand.

»Wenn du dich nach dem Lehrjahr als genügend begabt erweist, werde ich dir ein kleines eigenes Etablissement einrichten, für das du mich während der nächsten fünf Jahre aus deinen Einkünften entgelten wirst, zuzüglich fünfundzwanzig Prozent von deinem Gesamteinkommen.« Sie nahm ein Blatt Papier aus der »Kontrakte«-Mappe und legte es auf den Tisch. Es war bereits von rechtskundiger Hand ausgefüllt, mit Zwischenräumen für zweckdienliche Fakten. Ich war von ihrer Voraussicht und Organisation beeindruckt. Wenn sie sich auch mit Aberglauben befaßte, tat sie dies wie ein Rechtsgelehrter oder ein bedeutender Kaufmann, nicht wie ein altes Weib in einem Dachstübchen.

»Du wirst mir zudem gewisse kleine... berufliche Referenzdienste erweisen, gelegentlich Botschaften oder Päckchen überbringen. Danach wird unsere Partnerschaft ausschließlich Referenzarbeit beinhalten – ich biete dir meine Standardvereinbarung, eine Vergütung, die einem bestimmten Prozentsatz des Honorars von einer empfohlenen Kundin entspricht. Und selbstverständlich werde ich dir weiterhin jedwede Hilfe und Beratung bieten, deren du bedarfst, ganz umsonst.« Sie setzte sich nieder, griff zu einer Feder, entkorkte das Satyrtintenfaß und fragte: »Dein vollständiger Taufnahme, meine Liebe?« Leicht blinzelnd füllte sie die erste freie Stelle in dem Kontrakt aus. Dann sah sie mich an, als sei ihr soeben etwas eingefallen. Später wurde mir klar, daß sie nie etwas vergaß.

»Ach ja«, sagte sie, »bevor wir weitermachen, mußt du schwören, unsere Übereinkunft sowie alles, was du in diesem Hause und während deiner Lehrzeit hörst, geheimzuhalten.« Ich war sehr hungrig. Mir zitterten die Hände, und ich fühlte das Blut aus meinem Gesicht weichen.

»Ängstlich?« fragte sie lachend. »Du denkst wohl, du mußt den Kontrakt mit Blut unterzeichnen? Nein, ängstigen mußtest du dich auf der Brücke. Wolltest du wirklich, daß dein Leichnam im Keller des Châtelet zur Identifizierung ausgestellt und dann an den Beinen am Galgen aufgehängt würde, bis nichts als Knochen übrig wären? Dann ein Selbstmördergrab in einer ungeweihten Grube. Also, das würde *mich* ängstigen. Statt dessen wirst du zu meiner Geheimfamilie gehören.« Sie blätterte das Hauptbuch durch, bis sie eine Reihe leerer Seiten fand. Oben auf die erste schrieb sie meinen Namen und das Datum: 10. Dezember 1674. Dann beugte sie sich vertraulich vor.

»Eine Familie erfordert Loyalität, Dankbarkeit, Diskretion. Und in unserem Gewerbe hören wir so viele Geheimnisse – es ist so etwas wie eine Beichte; wir sind beinahe wie Priester. Die

Leute kommen mit ihren kleinen Tragödien zu uns – oft wollen mehrere Leute dasselbe, und wir dürfen es nicht verraten. Vertrauen, mußt du wissen, gehört zum Gewerbe der Wahrsagerin –« Ich war drauf und dran, vom Schemel zu sacken. Sie betrachtete mich mit neuem Interesse.

»Oje, ich glaube, du mußt hungrig sein. Sieh nur, wie deine Hände zittern, und du bist ganz blaß geworden. Laß uns jetzt den Schwur tun, und dann feiern wir es mit ein paar Kleinigkeiten.« Ich war so hungrig, ich hätte geschworen, den Papst zu ermorden, sofern ich ihn auch hätte verzehren dürfen. Der Geheimhaltungsschwur ging sehr dramatisch vonstatten, mit ein bißchen Blut – wie es abergläubische Leute bevorzugen. Wäre ich nicht so hungrig gewesen, hätte ich diesen farbenfrohen Beginn meines Rachefeldzuges weit mehr genossen.

Sie kramte in einem Schrank und brachte eine große Schachtel Marzipan in bizarren Formen, eine Flasche süßen Wein und zwei Gläser zum Vorschein. »Du weißt, wie das ist«, entschuldigte sie sich, »ich muß es hier drinnen vor den Kindern verschließen, sonst bliebe mir rein gar nichts. Aber, aber, nicht so hastig, sonst wird dir übel. Vier Stück sind vollkommen genug.« Und während sie mir nachschenkte, nahm sie die Schachtel fort und schloß sie wieder ein. Der Wein war wie flüssiges Feuer in mein Inneres gerieselt, und ich konnte jetzt alles doppelt sehen. Die beiden La Voisins hoben ihre Gläser zu einem Trinkspruch; ich hob meine beiden ebenfalls. Wir tranken auf die uralte Kunst der Wahrsagerei.

»Die Kunst der Wahrsagerei!« rief sie aus. »Erfreulich, einträglich und vollkommen rechtmäßig. Ah, hast du ein Glück. Es gab eine Zeit, da war die Handlesekunst nahezu so gefährlich wie die Lektüre eines Buches von Calvin. Hunderte von uns, bei lebendigem Leibe verbrannt. Doch unsere Welt ist eine Welt der Wissenschaft, des Rechts, der Vernunft. Daher gestatten wir Frauen ihre kleinen... Verfehlungen, da sie zu einfältig sind, um ohne sie zurechtzukommen.« Sie stand auf und stellte Flasche und Gläser in den anderen Schrank. Dabei konnte ich sehen, daß die Fächer mit seltsamen Glasphiolen bestückt waren, alle fein säuberlich etikettiert. Sie verschloß den Schrank wieder, dann drehte sie sich zu mir um. Sie betrachtete mich kopfschüttelnd, beinahe gerührt.

»Als ich eine junge Frau war«, sagte sie, »und soeben mit meinem Gewerbe begann, befand die Gesellschaft des Heiligen Sakramentes, die es müde war, abtrünnige Geistliche und gewitzte Freidenker zu verfolgen, daß meine Arbeit sehr wohl ketzerisch sein könnte. Ich beschloß, meine Künste unmittelbar vor den Größen der Sorbonne zu verteidigen, diesen unermüdlichen Verfolgern der Ketzerei. Kühnheit, sagte ich, Kühnheit ist alles.« Sie hielt inne, um ein Schlückchen Wein zu trinken, dann blickte sie in die Ferne und lächelte in Erinnerung an ihr jüngeres Ich.

»Madame Léferon, die Gattin des Parlamentspräsidenten, der ich mit meinen Künsten viele Male geholfen hatte, lieh mir ihre Kalesche. Ich kleidete mich in Muttergottes-Blau mit weißer Spitze und nur einer Spur dunkelblauer Stickerei. Und was hatte ich in jenen Tagen für eine Figur, bevor ich die vielen Kinder bekam! Sie hatten natürlich ein altes Weib erwartet, aber ich war jung und liebreizend. Ich hatte mein Haar mit entzückenden kleinen Perlenkämmen frisiert; ich sprach gewandt: Wie könnten sie bei einer Frau die Astrologie verwerfen, da sie doch die Hauptstütze der an der Universität ausgebildeten Heilkundigen sei? Die alten Herren erklärten meine Künste für vollkommen frei vom Makel der Ketzerei und ihre Ausübung für rechtmäßig. Heute verkehre ich bei dem Rektor der Universität persönlich. Und was für eine Tafel er aufdeckt! Ein reizender Herr. Merke dir, was ich sage, Feiglinge machen kein Vermögen!«

Sie griff in ihr Pult, zog den Kontrakt hervor und wies auf die Stelle, wo ich unterzeichnen sollte. Ich konnte ihn kaum lesen, er wackelte so sehr, aber es gelang mir, ihn lange genug festzuhalten, um die Feder ins Tintenfaß zu tauchen und meine Unterschrift zu klecksen. Sie nahm das Papier und lachte.

»Ich sehe eine glänzende Zukunft für dich«, sagte sie. »Wasserwahrsagerinnen sind im Augenblick die große Mode, und sie verkehren in den besten Kreisen. Die Bilder allein sind freilich nicht viel wert; du mußt bei mir die Kunst der Deutung lernen, das Studium der Physiognomie, die orakelhafte Verkündigung. Aber mit deiner gebildeten Redeweise wirst du imstande sein, überallhin zu gehen. Und ich liebe eine elegante Kundschaft, sie bezahlt uns um so besser.« Sie erhob sich und schürte das Feuer. Ich wünschte inbrünstig, sie möge einen Weg vor sich sehen, der sie zum Öffnen des Schrankes mit dem Marzipan führte. Aber das geschah nicht.

»Du wirst im Verlaufe deiner Arbeit sehr traurige Geschichten hören: ein grausamer, gefühlloser Gatte, ein Kleines – wie peinlich – unterwegs von dem gänzlich falschen Vater, das Begehren eines Geliebten, der gleichgültig ist. Diese Frauen wirst du zu mir schicken. Dein Glas wird enthüllen, daß sie in der Rue Beauregard Beistand für ihre Schwierigkeiten finden. Glück bei den Karten, Vergrößerung des Busens, Heilmittel für die Krankheiten der Liebe, die Bewahrung des Leibes vor Verwundungen auf dem Schlachtfeld. Ich biete eine Anzahl vertraulicher kleiner Dienste, ohne die die Welt der Eleganz, der Kultur, nicht gedeihen könnte.«

»Oh, ich verstehe«, sagte ich, um höflich zu sein, aber mein Verstand war genauso verschwommen wie mein Blick, und ich hatte nichts begriffen.

»Das bezweifle ich im Augenblick«, kicherte sie. »Tu nur, was ich sage, und wir werden miteinander sehr glücklich sein. So, hier ist das Zeichen, an dem du als eine von uns zu erkennen sein wirst – bringst du es zustande, oder muß ich es dir später noch einmal zeigen? Merke dir, du bist weit entfernt davon, in unsere eigentlichen Geheimnisse eingeweiht zu werden, also werde ja nicht eingebildet – und versuche nicht, mich zu überlisten. Und jetzt nehme ich deinen Arm, und wir lassen das Mahl auftragen. Nein, die Türe ist da drüben, erinnerst du dich?« Und so wurde ich an einem einzigen Morgen in eine geheime Welt geweht, von deren Existenz ich kaum etwas geahnt hatte.

An diesem Tage kümmerte sie sich um alles. Sie entwaffnete mich mit einem reichlichen, vorzüglichen Mittagsmahl und ließ mein Kleid flicken, das sie für viel zu hübsch befand, um es auszurangieren. Es war ein recht kleidsames leichtes Trauergewand aus grauer Wolle, über und über mit schwarzen Seidenbändern besetzt. Den Nachmittag verbrachte ich, schläfrig vom Essen, träge im Unterkleid in einem ihrer Schlafgemächer und wartete auf die Rückgabe meines Kleides. Es waren die Stunden, in denen sie ihre Kundinnen empfing, und ich durfte in ihrem Haus nicht gesehen werden. Ich blätterte ein fades frommes Buch durch, das auffällig auf der Nachtkonsole plaziert war, »Réflections sur la miséricorde de Dieu«, sodann durchsuchte ich ziemlich wagemutig die Schubfächer und wurde mit einem interessanteren Folianten mit dem Titel »Les amours du Palais Royal« belohnt. Sodann fand ich eine Phiole mit etwas, das ich für ein Schlafmittel hielt, eine Anzahl seltsamer Eisengerätschaften, die wie lange Nadeln oder Haken geformt waren, sowie eine dicke stählerne Spritze mit einer schmalen Spitze. Außerdem sah ich einen Stapel saubere, gefaltete Leintücher und ein Knäuel Schafswolle. Ich konnte mir nicht denken, wozu das alles diente, und wollte mich soeben in das vorzügliche Buch vertiefen, als ein Geräusch mich zusammenfahren ließ und ich schleunigst alles dorthin zurücklegte, wo es gewesen war.

Ich beruhigte mich, als ich sah, daß es wieder nur eine von den allgegenwärtigen Katzen meiner Gastgeberin war, ein großer getigerter Kater, der hoch oben von einem Schrank anmutig auf das riesige, mit Vorhängen versehene Bett sprang, auf dem ich saß. Schnurrend seinen Kopf an meiner Hand reibend, verlangte er gestreichelt zu werden. Als ich mit der Katze spielte, konnte ich nicht umhin zu bemerken, wie warm es an diesem kalten Winternachmittag im Zimmer war, obwohl im Kamin kein Feuer brannte. Irgendwo mußte eine versteckte Wärmequelle sein. Welch geschickte Art, ein gewöhnlich so kaltes Schlafgemach behaglich zu machen! Ich stand auf und sah mich im Zimmer um, untersuchte die schweren, dunklen Möbel. Ich hob die üppigen grünen Draperien an und spähte in den kahlen Garten hinaus. Mehrere Reihen akkurat gepflanzter, winterkahler Bäume ragten aus dem Schnee, und in der Mitte bildete eine klassische Grotte mit griechischen Säulen und einer von Nymphen gehaltenen Fontäne eine Eisskulptur, weiß auf weiß in der frostigen Landschaft. Unpassenderweise erhob sich hinter der Grotte ein schmaler Schornstein. Sogar Madame Montvoisins Gartenmarotte war mit allem Komfort ausgestattet.

Ich gab meine Suche auf und wollte zu dem interessanten Buch auf der Nachtkonsole zurückkehren, als ich einen seltsamen Geruch wahrnahm. Hinter einem Wandbehang war ein kleiner Eisenofen in die steinerne Mauer eingelassen und strahlte noch etwas Wärme aus. Komische Stelle für einen Ofen, dachte ich und ließ den Behang fallen, da ich ein Klopfen an der Türe hörte. Es war Marie-Marguerite, die Stieftochter der Wahrsagerin, so alt wie ich, aber viel größer, aufrechter und auch hübscher, wie ich bekümmert feststellte. Sie brachte ein Tablett mit Plätzchen und Schokolade.

»Ich bin im Augenblick lieber hier als unten«, sagte sie munter und schleckte sich das Braun aus den Mundwinkeln, bereit, das nächste Plätzchen zu verzehren. »Die vielen faden maskierten Damen – ›sagt mir dies, sagt mir das‹ –, wenn ich Jean-Baptiste heirate, werden wir über seiner *pâtisserie* wohnen, und ich werde den lieben langen Tag nichts tun außer Kakao trinken und mit meinen Kleinen spielen. *Mich* wird man nicht inkognito durch die Gegend reisen und Fremde in mein Haus einlassen sehen! Ich werde so leben, wie es sich für eine richtige Frau geziemt, mit einem Mann, der für mich sorgt.«

»Ein schönes Leben, wenn man es sich aussuchen kann«, erwiderte ich, verdrossen über ihre hübschen braunen Locken.

»Ach, gräme dich nicht. Du kannst es nicht ändern, wenn die Männer nichts an dir finden. Dafür verstehst du dich darauf, in Wassergläsern zu lesen. Aber für mich wäre das schrecklich langweilig. Wollen wir Karten spielen?« Sie zog ein Päckchen stark abgegriffener Spielkarten aus ihrer Schürzentasche. »Hier«, sagte sie und verteilte sie in einem exakten, sternförmigen Muster zwischen uns auf dem Bett. Solche Karten hatte ich noch nie gesehen. Sie waren nicht mit Herzen und Kreuzen bemalt, sondern mit Schwertern, Türmen, Sonnengesichtern, Eremiten, Königen und Königinnen. »Oho, das ist ja sehr schön!« rief sie aus.

»Schön, was ist schön? Wie wird das Spiel gespielt?«

»Das ist kein Spiel, Dummchen, das ist dein Schicksal. Siehst du hier die Sonne? Sie bedeutet Glück. Und diese hier bedeutet Geld in nächster Zeit. So, und wen nehmen wir jetzt?«

»Wie wäre es mit der Katze?« Sie lachte und verteilte die Karten aufs neue. »O Mieze, ein Totenkopf für dich, altes Ding. Geh am besten nicht nach draußen, sonst macht die Familie des Hilfsgärtners Haschee aus dir!« So verbrachten wir den verbleibenden Nachmittag höchst angenehm, legten für alle möglichen Familienmitglieder und für erlauchte Angehörige des Hofes die Karten. »Nur für den König darf man es nicht tun«, warnte sie. »Das ist Verrat, und dafür wird man auf der Place de Grève gestreckt und gevierteilt.« Das Reichwerden im Gewerbe der Wahrsagerei barg offensichtlich mehr Fallgruben, als ihre Stiefmutter zu verstehen gegeben hatte.

Kapitel VII

Meine Seele heilte, während ich verwöhnt und umsorgt wurde. Zudem freute sich meine Gastgeberin über die Fortschritte, die ich in nur wenigen Stunden beim Erlernen der Tarot-Symbole erzielte, und sie erklärte, daß Marie-Marguerite mich nun weiter in dieser Kunst unterweisen könne, während sie selbst mir ein Astrologiebuch zum Studieren leihen wolle.

»Ich dachte, ich soll im Wasser lesen«, sagte ich ein wenig verwundert.

»Das wirst du auch, meine Liebe, aber unter all den dilettantischen Astrologen und Kartenleserinnen wirst du bei den Adligen niemals als Expertin gelten, solange du nicht verständig über die anderen Methoden der Weissagung zu diskutieren weißt. Graphologie, Handlesekunst, Wachsgießen, Physiognomie, Astrologie – von alledem mußt du etwas verstehen – und noch mehr. Keine Angst, du bist ein kluges Mädchen, du wirst dich bald recht kenntnisreich auszudrücken wissen.«

In ein, zwei Tagen, wenn meine Lebensgeister vollends wiederhergestellt seien, werde nach dem Abendmahl ein Fest stattfinden, verkündete La Voisin, eine Tauffeier.

»Aber Eure Kinder sind doch gewiß schon getauft«, sagte ich.

»Die Feier ist für dich, meine Liebe. Du denkst doch wohl nicht, daß du unter dem Namen Geneviève Pasquier eine Wahrsagerin der Gesellschaft werden kannst? Nein, meine Liebe, du mußt wiedergeboren werden! Heute abend kommt mein guter Freund Le Sage eigens hierher, um über die Einzelheiten deiner Transformation zu beraten. Was hast du doch für ein Glück, was für Möglichkeiten!« rief sie aus, und damit eilte sie von dannen, um das Füttern ihrer jüngsten Kinder zu überwachen, deren kleinstes, ein Knabe, noch in Kleidchen und Gängelband war.

So unglücklich ich mit meiner alten Identität gewesen war, ich konnte mir nicht vorstellen, daß eine neue vieles bessern würde. Und so stieg ich nach dem Abendessen ziemlich beklommen die Treppe hinab. Unten saß ein Fremder mit rötlicher Perücke und einem Rock aus grauer, grobgewebter Wolle mit meiner Gastgeberin und ihren ältesten Kindern am Tisch.

»Ah, da ist sie! Willkommen, unser neues Wunderkind! Mademoiselle Geneviève, dies ist mein lieber Freund Le Sage, ein Magier, doch dient er keinen bösen Mächten. Er wird dich in die Salons einführen, wenn du bereit bist.« Als die Magd in der anbrechenden Dämmerung die Kerzen anzündete und Wein und Gläser auf ein Tablett stellte, brachte Le Sage, ein mißgestalter Mann in den Vierzigern, ein Päckchen Karten zum Vorschein und führte zu meinem Erstaunen seine Kunststücke vor. Er hatte überaus zart geformte, zierliche Hände, die anmutig und flink mit den Karten hantierten. Ich sah genau hin, wie er teilte, wendete und abermals wendete, so daß der Packen, scheinbar gemischt, seine ursprüngliche Anordnung beibehielt. Sehr schön. Die Kinder applaudierten und jubelten, wenn er die Karten zog, die sie sich insgeheim gemerkt hatten. Manchmal vermochte nicht einmal ich zu sagen, wie er es anstellte. Danach probierte er etwas anderes. Nachdem ich ein geheimes Wort auf ein Stück Papier geschrieben hatte, knüllte er es in ein Wachskügelchen und verbrannte es, um es dann der erstaunten Gesellschaft unversehrt zu präsentieren. Monsieur Montvoisin hielt in seinem Sessel ein Verdauungsnickerchen, doch Kinder, Gesinde und sogar La Voisin klatschten verblüfft in die Hände.

»Euer geheimes Wort, Mademoiselle, lautet ›Vernunft‹«, verkündete er mit großer Geste. Und mein geheimer Gedanke lautete: ein Scharlatan. Ein Pont-Neuf-Taschenspieler, herausgeputzt für die bessere Gesellschaft; es gehört nicht viel dazu, zwei Wachskugeln zu haben und zu vertauschen. Warum halten die Leute mich beharrlich für so dumm, mich von so etwas blenden zu lassen? Alle übrigen aber schienen es ganz wunderbar zu finden.

12. Dezember 1674. Es heißt, halb Paris halte Le Sage für einen echten Magier mit übernatürlichen Kräften, die ihm der Teufel gewährt. Der große Platon aber sagt, die Masse eigne sich aufgrund ihrer Leichtgläubigkeit nicht zum Herrschen. Was aber sollen wir dann von Frankreichs Aristokraten sagen, die ebenso leichtgläubig sind? Ach, ich wünschte, ich könnte mit Vater darüber diskutieren.

»Und nun zu Eurer Zukunft, meine Liebe, Ihr werdet entzückt sein«, verkündete Le Sage hochtrabend, schlich sodann, mit dem Weinglas in der Hand, um mich herum und inspizierte mich von allen Seiten. »O ja, ausgezeichnet! Die Art, wie sie redet, mit geschürzten Lippen, in spitzen Tönen, und diese großen Worte! Und der Ausdruck in ihren Augen, so schlau und kritisch! Ich sehe ein Häubchen vor mir – ein Witwengewand – schwarze Seide.«

»Ich bin aber keine Witwe«, begehrte ich auf. Meine Gastgeberin lächelte gütig, trank noch ein Schlückchen aus ihrem frisch gefüllten Glas und warf Le Sage einen bewundernden Blick zu.

»Einhundert, oder zweihundert, was denkt Ihr, Le Sage?«

»Einigen wir uns auf einhundertfünfzig – schließlich verkaufe ich nur eine Jugendsalbe, kein Lebenselixier. Überdies, das Buch, das wir für sie zum Studieren haben, ist nicht alt genug.« Und so wurde die Sache besiegelt, wenngleich ich zugeben muß, daß mich der Gedanke, mich für soviel älter auszugeben, zunächst abstieß. Doch abgesehen davon, daß mir das Geheimnisvolle und die Eleganz der mir zugedachten Rolle behagten, gab die erfreuliche Aussicht, ein kompliziertes Spiel zu spielen, um die Leichtgläubigen hinters Licht zu führen, den Ausschlag. La Voisin hatte bei Bouchet, dem geschicktesten Mann Frankreichs auf diesem Gebiet, eine gefälschte Ahnentafel erworben. Bouchet hatte listig ein ausgelöschtes Geschlecht für meine Dienste eingespannt und mich mit einem Federstrich zur Marquise de Morville gemacht.

»Du bist eine gelehrige Schülerin; nachdem du den Stammbaum auswendig gelernt hast – Le Sage, habt Ihr das Buch? Ausgezeichnet. Siehst du hier, Madame la Marquise? Ein Anstandsbuch aus der Zeit des guten Königs Heinrich. Du mußt dich danach formen. Denke daran, die Künste der Alchimie haben dich wunderbarerweise erhalten. Ich sage dir, du wirst ungeheuren Erfolg haben. Trinke zur Feier des Tages noch ein Glas Wein.« Mein Glas wurde abermals gefüllt, ein weiterer Trinkspruch ausgebracht.

»Meine liebe Cathérine, welchen neuen Taufnamen soll Madame la Marquise erhalten? Henriette klingt angemessen altertümlich.«

»Ja, entzückend. Und so aristokratisch. Henriette ist vorzüglich.« La Voisins Antlitz hatte sich rosig gefärbt. Sie summte ein Trinklied. Antoine Montvoisin, der sich lange genug belebt hatte, um erneut dem Trunk zuzusprechen, war wieder still in die Tiefen seines Lehnstuhls versunken. Der Wein machte Le

Sage gesprächig. Ich gewahrte, daß sich das Zimmer auf interessante Weise bewegte, indem die Wände sich blähten und wellten, als bestünden sie aus gefärbtem Segeltuch.

»Euer Glas, meine liebe Marquise, Ihr müßt austrinken und Euch aufs neue einschenken lassen.« In meines Vaters Haus hatte ich nie mehr als ein paar Schlückchen Wein zur Abendmahlzeit getrunken. Er schmeckte gut, ich war unerfahren, und überdies wollte ich entgegenkommend sein, daher leerte ich das Glas und hielt es abermals hin. Ich wollte mich erheben, vermochte es aber nicht. Ich hörte kaum, was gesagt wurde, als Le Sage die Flasche über meinen Kopf hielt und ein wenig verschüttete, bevor er den Rest selbst trank und mich »Henriette, mein kleiner Goldschatz« titulierte.

»*Euer* Schatz?« hörte ich La Voisins erhobene Stimme. »Ich war es, die sie fand, ich habe sie hierhergebracht.«

»Aber Ihr braucht mich, um sie in der Gesellschaft einzuführen. Meine Verbindungen sind unentbehrlich für Euch. Und ich rechne mit dem Geld aus ihren Verkäufen.«

»Den Verkäufen, ja, aber nicht den Referenzen. Das ist meins. Ich habe ein Anrecht darauf –«

»Ein Hoch auf alle«, murmelte ich beschwipst, »vive Madame la Marquise.« Selbst in diesem Zustand wußte ich den delikaten Witz der Sache auszukosten. Aristokratenhäuser, die den *financier* Pasquier niemals empfangen hätten, nicht einmal in seinen guten Tagen, würden sich gegenseitig die Gunst einer neuartigen Wahrsagerin streitig machen, um die bittere Langeweile des Reichtums zu vertreiben. Es war köstlich. Am Ende wurde ich, verwirrt vom Wein und von der ungeheuren Komik der ganzen Geschichte, in einer Kutsche an einen versteckten Ort verbracht, wo ich mich wie eine Raupe in ihrem Kokon regenerieren durfte, bevor ich über eine staunende Welt hereinbrach.

Ich erwachte in einem fremden Land. Winterlicht schien durch die geöffneten Fensterläden einer engen kleinen Kammer und bildete leuchtende Muster auf dem Holzfußboden vor dem Bett. Gleichförmige, mit Schablonen aufgemalte Blumenbouquets hellten die gelb gestrichenen Wände unter dem schrägen Dachfirst auf, und die winzige Mansardenstube roch nach frischem Leinzeug. Das Kissen fühlte sich an, als sei es mit Wackersteinen gefüllt. Das Federbett wog tausend Pfund. Ich hatte fürchterliches Kopfweh. Meine Kleider hingen an einem Haken, meine Notizbücher waren säuberlich neben meinen Schuhen gestapelt. Jemand hatte mir ein Nachthemd übergezogen und mich zu Bett gebracht. Nun, solange ich meinen Kopf nicht bewege, ist das Gewerbe der Wahrsagerei bislang nicht übel, dachte ich. Es klopfte an der Türe, und mit dem Eintreten einer geschäftigen, drallen jungen Frau in Haube und Schürze strömte der Geruch nach Schokolade herein. Ich stöhnte.

»So, endlich aufgewacht? Wie fühlt man sich mit hundertfünfzig Jahren?«

»Genau wie mit fünfzehn. Aber ich habe entsetzliches Kopfweh.«

»Das war nicht anders zu erwarten. Ich habe noch keinen betrunkeneren Menschen gesehen als dich, als man dich gestern abend hier ablieferte. Ich habe dir ein Kopfwehpulver gebracht. Ich mische die Pulver selbst, sie sind vorzüglich. Hier, trinke das und kleide dich an. Du hast einen arbeitsreichen Tag vor dir. Du wirst dich heute mit Monsieur Lemaire beraten und dir beim Schneider Maß für ein neues Kleid nehmen lassen. Auf, auf! Ja, du mußt es trinken. Und laß dir dies eine Lehre sein. Wenn du eine große Wahrsagerin werden willst, darfst du dich nie wieder gehenlassen. Laß ab vom Wein, sonst verrätst du dich in Gesellschaft.«

Ich betrachtete das widerwärtige Gebräu in dem Kelch. Grund genug, vom Wein abzulassen, wenn dies das Heilmittel war. Ich trank. Es schmeckte abscheulich wie etwas, das man im Sommer vom Grunde des Flusses gekratzt hatte.

»Ah, fein. Geschafft. Wenn ich ihm nur einen besseren Geschmack geben könnte, würde ich mein Glück machen«, verkündete die Frau. »Komm herunter, wenn du fertig bist. Wir haben dir zu Ehren Kakao gemacht.«

Das Kopfweh verging bereits. Ich stand auf, betastete vorsichtig meine Gliedmaßen und fand sie noch mit mir verbunden, kleidete mich an und ging die schmale Stiege hinunter. Der große Raum unten war höchst erstaunlich, teils Küche, teils Apothekerladen; dergleichen hatte ich noch nie gesehen. In die breite Ziegelmauer der enormen Feuerstelle war ein Herd eingelassen, daneben ein hoher, seltsam anmutender Ofen mit einem Holzkohle-Turm, der so geschickt konstruiert war, daß das Feuer im Ofen wohl tagelang genährt werden konnte. An der Wand standen lange Werkbänke, darauf seltsame Glasgeschirre und versiegelte Gefäße. Zwei kleine Mädchen, dem Aussehen nach etwa zehn und zwölf Jahre alt, füllten mit einem Trichter und einer Kelle ganze Reihen kleiner grüner Glasphiolen. Sie wurden von einer großen älteren Frau beaufsichtigt, die ein Kupfergefäß mit geheimnisvollem Inhalt in der Hand hielt. Eine Küchenmagd in Schürze und Haube, die zuvor in einem Tiegelchen neben dem großen Suppenkessel auf dem Herd ein schaurig süß riechendes Gebräu gerührt hatte, legte jetzt Holz im Ofen nach. Von diesem Ofen ging ein merkwürdiger, säuerlicher Geruch aus, der sich mit dem verlockenden Duft nach Schokolade vermischte. In den Ecken waren Kisten und Ballen mit wer weiß was gestapelt, und auf Borden reihte sich eine Ansammlung von eigentümlichen, kugelig zusammengefalteten Tieren, in Gläsern verwahrt wie Eingemachtes. Über allem hing von der Decke ein phantastisches Erzeugnis der Kunst des Präparators, eine behaarte Schöpfung mit vier Beinen, jedes in einem gewaltigen Storchenfuß endend. Das Geschöpf mit seinen ausgebreiteten gefiederten Schwingen hatte eine Art Menschengesicht aus Gips und, wie mir scheinen wollte, Ziegenhaar. Auf dem seltsamen Ofen war ein Tiegel mit Kakao warm gestellt, und daneben stand auf einem kleinen Bord ein schwerer irdener Teller mit frischen Brötchen, mit einer Serviette zugedeckt.

»Ah, sie gefällt dir, unsere Harpyie. Hübsch, nicht wahr?« Die große Frau hatte sich mir zugewandt. Sie wirkte wie Ende Vierzig, mit ergrauendem Haar, das in einem Häubchen über ihrem blassen Gesicht steckte. Sie blickte pfiffig drein, als hätte sie viel erlebt und das Beste daraus gemacht. Sie sei die Witwe Cathérine Trianon, bei den Leuten als La Trianon bekannt. Die kleinen Mädchen legten den Trichter hin. »Und nun«, mahnte sie, »müßt ihr euch die Hände waschen, bevor ihr eßt. Das gehört sich so, wann werdet ihr endlich lernen, euch zu benehmen.« Töchter? Lehrmädchen? Ich vermochte es nicht zu sagen. Die Mädchen hüpften davon, um eine Schüssel unter den Zapfhahn eines riesigen Wasserbehälters zu stellen.

»Woher wißt Ihr, daß es ein weibliches Wesen ist?« fragte ich und starrte weiter zu dem undefinierbaren Geschöpf hinauf. Der Präparator hatte den Bauch des Objektes mit schillernden Entenfedern ausgestattet.

»Weil alles im Hause weiblich ist. Etwas anderes würden wir

nicht dulden.« Die kleinere, hübsche Frau, die ich zuvor oben gesehen hatte und die La Dodée genannt wurde, hatte Becher von einem Bord genommen und auf einem leeren Arbeitstisch angerichtet.

»Psst, still jetzt«, warnte ihre ältere Gefährtin, »ich würde nicht so bereitwillig schwatzen, bevor ich das Zeichen gesehen hätte.« Sie wandte sich an mich. »Bist du eine von uns?« Ich machte das Zeichen, das man mir gezeigt hatte. »Eine von uns, und keine von uns. Wann hast du die andere Welt verlassen?« Irgendwie wußte ich, was sie meinte.

»Vor drei Tagen«, sagte ich.

»Meiner Treu, welch eine Veränderung. Was hast du gemacht, bevor alles anfing?« fragte La Trianon.

»Ich wollte mich ertränken, aber statt dessen bin ich hier«, sagte ich in gelassenem Ton. Sie wirkten beileibe nicht so erschüttert, wie es wohl die meisten anderen Leute gewesen wären. Die Schokolade schmeckte sehr gut. In einer Welt, in der es Schokolade gibt, kann es nicht ganz schlecht zugehen.

»War es ein Mann?« fragte die kleinere Frau namens La Dodée. »Meistens ist es einer. Du bist doch nicht etwa schwanger?« Plötzlich kam mir ein entsetzlicher Gedanke. Die Frau sah die Furcht in meinen Augen. »Keine Angst. Du bist jetzt bei uns. Das ist in unserer Welt kein Problem, wenngleich die Männer alles daransetzen, uns das Leben schwerzumachen. Sie können den Gedanken nicht ertragen, daß Frauen ein so erfolgreiches Gewerbe betreiben. ›Wo ist Eure Konzession? Wem gehört das Haus? Beherbergt Ihr hier Bösewichter oder entwichene Sträflinge? Ihr lebt doch gewiß nicht gänzlich ohne Männer!‹ ›Aber gewiß doch, Herr Gendarm, und unsere Papiere sind alle in Ordnung. Wir sind ehrbare Witwen, wir betreiben das Gewerbe weiter, das unsere guten verstorbenen Männer uns hinterließen; wir destillieren Parfüms und Arzneien.‹ Wir wischen uns eine Träne aus den Augen. Wir offerieren ein wenig Rosenwasser für die Gattin oder Freundin. ›Trinkt auf unser Wohl, Herr Gendarm, wir wissen, Ihr tut nur Eure Pflicht.‹ Und natürlich ist Einfluß von Nutzen. Der Einfluß von La Voisin. Wir können leben, wie es uns beliebt. Ohne Männer.«

»Sie sagt, du bist eine Studierte«, unterbrach die erste Frau. »Als sie uns bat, dir beizustehen, sagten wir, ›gut, wenn sie lesen und rechnen kann, dann kann sie uns helfen, unsere Bücher in

Ordnung zu bringen‹.« Ich betrachtete ringsum die unordentlichen Papierberge und war verärgert. Dies war alles andere als ein Kokon, der auf das Schlüpfen eines prachtvollen Schmetterlings wartet. La Trianon fuhr fort: »Das Geschäft ist uns in letzter Zeit etwas über den Kopf gewachsen – wir waren so erfolgreich, siehst du, Lieferungen nach ganz Europa. Denn wir garantieren Qualität, und wir hatten noch keinen einzigen enttäuschten Kunden. Ich wußte, du würdest uns helfen. Wir nehmen uns deiner an, du nimmst dich unserer an, La Voisin nimmt sich unser aller an. Wir sind beinahe eine philanthropische Gesellschaft. Ja, willkommen in unserer Gesellschaft. Tuet Gutes, und es wird euch allzeit wohlergehen, wie meine Mutter zu sagen pflegte.«

Wieder die Philanthropie. Ich war sicher, in meinem ganzen Leben nicht so vielen wohltätigen Seelen begegnet zu sein wie in den letzten beiden Tagen. Wir wurden vom silbrigen Klingeln einer Glocke aus dem angrenzenden Zimmer unterbrochen, das in Wirklichkeit ein Laden war, ausgestattet als Okkultistensalon, mit astrologischen Zeichen dekoriert. La Dodée eilte durch den Salon zur Eingangstüre. »Oh, das muß Monsieur Jordain sein, der Apotheker, mit seiner Lieferung«, hörte ich sie rufen. »Gottlob, wir sind vollkommen ausverkauft, und wir haben so viele Bestellungen.«

Sie kam zurück und geleitete einen gütig dreinblickenden älteren Herrn herein. Er trug mehrere hellrote, mit Zwirn zugebundene Gefäße, die er auf den größten der Arbeitstische stellte.

»Hier, meine Damen, noch frisch und lebendig. Was rieche ich denn da, ist das Schokolade?«

»Keine mehr da«, beschied ihn La Trianon barsch, schnitt den Zwirn auf und lugte argwöhnisch in eines der Gefäße, um die Qualität der Ware zu beurteilen. Ich konnte nicht umhin, meinerseits einen Blick hineinzuwerfen.

Die Gefäße waren mit lebenden Kröten gefüllt.

Oben, beim Aushängeschild mit der Violine über den an der Porte St. Denis gelegenen modischen kleinen Etablissements der Coiffeusen und Blumenmädchen, seufzte Maître Alphonse Lemaire den Seufzer eines Elefanten, als er sich auf die Bank am Ende des großen, blanken Raumes setzte. Seinen Stock hatte er resigniert neben sich gelehnt. Schmierige alte Spitzen, zweifellos aus zweiter Hand erworben, umgaben sein Doppelkinn und seine plumpen Hände. Erschlaffte Bänder baumelten triste an seinen Rockärmeln und bauschigen Beinkleidern. Noch bevor er sprach, sah ich ihm an, daß er an mir verzweifelte.

»Barmherziger Gott, womit habe ich, Alphonse Lemaire, das verdient? Verwandelt sie, Maestro, sagt sie – nun, meine Liebe, geht noch einmal durch den Raum. Das starke künstlerische Empfinden von Alphonse Lemaire muß den Kern des Problems erfassen. Also noch einmal. Gehen.« Und er gestikulierte mit der geistesabwesenden Eleganz des Ballettmeisters. Im Gehen konnte ich ihn murmeln hören: »Hoffnungslos, hoffnungslos. Und ich, einst Maître de Ballet in den Häusern von Grafen und Herzögen, bin so weit erniedrigt –« Plötzlich erhob er sich aufgeregt von der Bank.

»Aha! Das ist es!« Er wirbelte auf seinen hohen, rothackigen Schuhen durch den Raum. Trotz seiner Leibesfülle und der enormen, mottenzerfressenen blonden Perücke, die wie eine alte Decke um seine Schultern lag, bewegte er sich mit behender Anmut. Wenn seine Hände zur Ruhe kamen, dann nur in einer kunstvoll ersonnenen Pose. »Nicht der Rücken, sondern die Beine. Setzt Euch auf die Bank, meine Liebe, und streckt die Füße. Ja, ja, so. Ganz fest. Seht her – der Fuß ist verformt und verdreht, aber das ist nicht das Problem. Nein, ganz eindeutig ist ein Bein, das linke, kürzer als das andere, und zwar erheblich. O ja, ich bin ein Genie. Habe ich Euch schon gesagt, daß ich ein Genie bin?«

»In der letzten halben Stunde nicht.«

»In der letzten halben – ah! Mademoiselle hat Witz. Aber Witz ist nicht genug. Nicht dasselbe wie Genie. Da geht Ihr jahrelang auf dem Bein und habt nie gemerkt, daß es verkürzt ist.«

»Ich habe es sehr wohl gemerkt.« Mir war jämmerlich zumute. Es behagt mir nicht, wenn man mir beim Gehen zusieht.

»Nun wohl – aber habt Ihr denn nicht erkannt, daß, wenn das Fundament eines Turmes schief ist, der ganze Turm schief sein muß? Das Rückgrat ist ein Turm, Mademoiselle. Kleine Knochen, wie Bauklötze aufeinandergetürmt.« Er gestikulierte mit einer Hand, als sei er ein Kind, das einen Turm aus Holzklötzen baut.

»Nun«, sagte er und zeigte anmutig auf seinen hochhackigen Schuh, »ich werde einen aufgebauten Schuh kreieren, ganz ähnlich dem, mit welchem ich die Anmut der jüngsten Tochter des Comte wiederhergestellt habe, nachdem ihr Bein infolge einer langen Krankheit zusammengeschrumpft war. ›Monsieur le Comte‹, habe ich zu ihm gesagt, ›während Eure Tochter zugegebenermaßen am Hofe Gegenstand des Neides ist, dieweil sie sich die fürnehmste aller Krankheiten zuzog, welche den jungen Duc du Maine höchstselbst befallen hat, wäre es dennoch nicht ratsam, ein junges unschuldiges Mädchen zur Kur zu schicken, angesichts der Gesellschaft, welche dort anzutreffen ist. Ich empfehle diesen Schuh, um sie vollkommen wiederherzustellen.‹ ›Lemaire, Ihr seid ein Genie!‹ erwiderte er. Hätte ich nur davon Abstand genommen, auch die Comtesse wiederherzustellen, so wäre ich nicht dermaßen erniedrigt – ah, aber wir müssen aus allem das Beste machen.« Er seufzte schwer und ließ sich wieder auf der Bank nieder.

»Zumindest kann ich *ihr* garantieren, daß Ihr nicht zu erkennen sein werdet. Schließlich, wenn ein Mädchen dermaßen verwachsen ist wie Ihr, wer nimmt dann noch etwas anderes wahr?« Ich blickte ihn finster an.

»Glaubt nicht, es wäre ein Vergnügen für mich, scharfzüngiges kleines Ding. Hätte *sie* nicht meine Gattin so vorzüglich etabliert, gar nicht zu reden davon, daß sie meine Entlassung aus dem Gefängnis bewirkte, ich würde auf der Straße nicht meinen Hut vor Euch ziehen. Und nun – über die Hintertreppe hinaus!« Er klatschte gebieterisch in seine schmutzigen Hände. »Ich habe im Marais zu unterrichten, und *sie* hat eigens befohlen, daß Ihr hier nicht gesehen werden dürft.«

Am Fuße der langen Außentreppe öffnete eine Gehilfin der Bouquetière die Hintertüre des Ladens, und ich trat in eine geschäftige Werkstatt, die erfüllt war von schwerem Parfümduft. Hier wurden künstliche Blumen aus Bändern und Seide angefertigt, wie sie im Winter angeboten werden. Die schmucke, aufrechte kleine Frau, die mich dort empfing, besah mich mit der Mißbilligung der Eleganten gegenüber denen, die ihr Herz nicht unbedingt an materielle Dinge hängen. Man sah meinem Kleid an, daß es geflickt war. Denn es läßt sich schwer verbergen, daß ein Kleid bis zur Taille aufgerissen war, auch wenn der schwarze Bänderbesatz noch so geschickt auf dem Flickwerk sitzt. Oder vielleicht waren es meine Haare, meine Haltung, mein Gesicht, meine Fingernägel. Ich fühlte mich vollkommen unzulänglich.

Die Herrin des Geschäftes hatte solche Probleme nicht. Ihr Tageskleid war aus hübschem Musselin, mit Rüschen besetzt und von einem frischen weißen Leinenfichu gekrönt. Ihre gestärkten Unterkleider raschelten, ihr Haar war untadelig frisiert, ihr Geschmeide aus echtem Gold. Als wir das Geheimzeichen austauschten, bemerkte ich, daß einer ihrer Ringe wie eine Schlange geformt war.

Wir kamen an dem großen Werktisch vorbei, wo Gehilfinnen an einem Kranz arbeiteten, einer Sonderanfertigung. »Reizend«, sagte sie in einem Ton, der bedeutete, zu langsam. »Aber da muß mehr Jasminduft hinein, das ist ein schwereres Aroma als das Orangenblütenwasser.« In diesem Augenblick bemerkte ich neben dem Duftflakon eine Glasphiole aus La Trianons kleiner Werkstatt. Interessant, dachte ich. Alles hängt miteinander zusammen. Es würde mich nicht wundern, wenn das Gebinde außer mit Parfüm noch mit einem Liebestrank besprengt würde. Wofür die Leute Geld ausgeben! Wie schade, daß Philosophen nicht wie Wahrsagerinnen ein Geschäft aufmachen und die Weisheit stückweise verkaufen können. »Ein Rat, der Euch davor bewahrt, Geld für Liebestränke zu verschwenden: zwei Sous.«

Es wäre ein feines Geschäft: In einer Ecke ein Porträt von Descartes mit einer brennenden Kerze davor. An der Wand ein großformatiges Diagramm von Harveys Blutkreislauf, das Herz als Pumpe dargestellt. Eine Büste von Galilei neben einer von Seneca, Blumenvasen davor. Und an einem Schreibpult ein Philosoph in schlichtem grauem Habit, der seine kleinen Augengläser aufsetzen, in ein Buch von seinem Bord sehen und sagen würde: »Madame, die Liebe hat nichts mit dem Herzen zu tun. Sie ist in Eurem Geist. Was die Menschen von den Tieren unterscheidet, ist der Wille. Beherrscht Euren Geist und erhebt Euch über die brünftigen Tiere. Dann werdet Ihr glücklich in der menschlichen Gemeinschaft leben. Zwei Sous, bitte.« Aber die Welt ist für diese Art von Handel nicht bereit.

»Deine Mutter hat dich nie in Korsetts gesteckt.« Die mißbilligende Stimme der Bouquetière rief mich aus meinen Träumen.

»Nein, sie sagte, ich sei zu bucklig.« Von allem, was Marie-Angélique besaß, hatte ich einzig ihre Korsetts nicht begehrt. Auch Großmutter trug keine. Sie sagte, das sei neumodisches Zeug und würde einen verkrüppeln, und zu *ihrer* Zeit hätten

Mädchen dergleichen nicht getragen. Sie verurteilte die Frauen von heute, die keine zwanzig Schritte gehen konnten, ohne nach einer Sänfte zu schicken. Mutter aber sagte mit einem bedeutsamen Blick auf Großmutter, *dies* seien Damen. »Metze«, murmelte Großmutter dann leise.

»Kein Mädchen kann ohne Korsett eine höfische Haltung erlangen«, verkündete die schreckliche kleine Frau. »Du bist nicht nur seitwärts verrenkt, du krümmst dich auch noch auf unverzeihliche Weise nach vorne. Die Kundinnen meines Mannes werden täglich geschnürt. Und auch nachts, wenn sie das geringste Anzeichen eines Buckels aufweisen. Deine Sprechweise mag elegant sein, aber deine Haltung, meine Liebe, ist die einer alten Bauersfrau.« Ich funkelte sie böse an.

»Du kannst die Wahrheit nicht fortfunkeln, Mademoiselle. Man hat uns bezahlt, um dich so zu verwandeln, daß deine eigene Mutter dich nicht erkennen würde, und das werden wir tun. Im Sitzen bist du beinahe aufrecht. Es ist eine schlechte Angewohnheit von dir, verursacht durch Mangel an Disziplin. Du bist noch jung genug – die Knochen sind noch biegsam.« Und schon beauftragte sie eine Gehilfin, den Korsettmacher zu holen und meine Verabredung zum Maßnehmen beim Damenschneider zu verschieben, bis der richtige Grundstock gelegt sei.

Der Korsettmacher, ein behender kleiner Mann, der am nächsten Tag erschien, machte so viele unschöne Bemerkungen zu meiner Person, daß mich der Wunsch befiel, König zu sein und die Gildegesetze zu ändern. Denn sie waren es, die das Korsettgewerbe den Händen der geschwätzigen Herren der Tuchhändlergilde überließen und nicht den diskreten und privaten *maîtresses-couturières,* die meine Unterkleider zugeschnitten und meine neue *robe de chambre* angefertigt hatten. Nach Beratung mit der hassenswerten scharfäugigen Herrin des Blumengeschäftes entwarf er eine ungeheuerliche Konstruktion, in der Stahl die Fischstäbchen ersetzte. Und statt an den Schulterblättern zu enden wie Marie-Angéliques Korsetts, hatte dieses Folterinstrument Stahlstangen, die an meinem Rückgrat hinauf zu den Schultern verliefen.

»So«, erklärte Madame Lemaire wenige Tage darauf, nachdem sie mich am Rücken so fest hatte einschnüren lassen, daß ich weinte. »Komm nächste Woche wieder, dann machen wir es enger.«

»Aber wie lege ich es in der Zwischenzeit ab?« fragte ich mit angstvollem Blick.

»Gar nicht«, herrschte sie mich an. Sie verknotete die Schnüre und nähte die Enden fest. »Hast du nie das alte Sprichwort gehört: ›Wer schön sein will, muß leiden‹? Du hast einen weiten Weg vor dir. Deine Augenbrauen zum Beispiel wachsen wie Kraut und Rüben quer über deinen Nasenrücken. Setz dich hier auf den Schemel, die nehmen wir uns als nächstes vor – ah, der Schuh. Strecke deinen Fuß aus, Mademoiselle, Françoise wird ihn zuschnüren. Nein, nicht so, sonst kippst du hintenüber. Immerhin, wenigstens hast du eine schöne Haut. Keine Pockennarben; bei einem Mann allerdings gelten ein paar Narben als vornehm. Der König zum Beispiel ist pockennarbig, und er ist das *Vorbild* an Eleganz.« Das ergab einen gewissen bizarren Sinn. Das dunkle spanische Aussehen und die vernarbte Haut von Ludwig XIV., das Hinken des kleinen Duc du Maine oder von La Vallière, die teigige weiße Schminke, welche die Pockennarben der Hofschönen verdeckte, die Sitte, schlechte Zähne hinter einem Fächer zu verstecken, all das wurde zu Merkmalen von Eleganz und Schönheit, wenn die betroffene Person nur von hohem Stande war. Leute, die mächtig genug sind, können Schönheit neu definieren.

Wie viele Frauen sind so schön wie meine Schwester? Nicht so viele, wie man denken könnte, wenn man die Gedichte von Verehrern reicher Frauen liest. Dies beweist, daß, vorausgesetzt man ist nicht außergewöhnlich häßlich, Schönheit erschaffen werden kann. Ich werde ein neues Sprichwort über die Schönheit kreieren: »Das wirksamste Schönheitsmittel ist das Geld.« Ich werde schön sein, komme, was da wolle. Ich werde Schönheit schaffen, wo keine ist. Es kümmert mich nicht, ob mein Rücken schmerzt oder ob ich nie wieder gehen werde. Ich werde schön sein, ich schwöre es.

Vor dem Geschäft entstand Bewegung. Eine Gehilfin eilte herein und flüsterte ihrer Herrin etwas ins Ohr. »Besonderer Kunde«, war alles, was ich verstehen konnte. In einem Wirbel aus gestärkten Unterkleidern erteilte die kleine Frau mit dem Schlangenring Befehle und verschwand. Die Türe zwischen dem Hinterzimmer und dem vorderen Bereich des Geschäftes ließ sie angelehnt.

Eine Männerstimme, einschmeichelnd und fest, drang durch die offene Türe. »– ein Abschiedsbouquet. Erlesen, mit einem weißen Band, zu einer Liebesschleife gebunden, zu liefern an –« Ich kannte die Stimme; sie machte mich schaudern. Onkel.

»Oh, ein Gedicht! Welch poetisches Flair, Chevalier! ›Liebreizende Phyllis, Euer Verehrer muß Euch ein tausendfaches süßes Adieu entbieten...‹«

»Françoise, wer ist dieser Mann?« flüsterte ich. »Kommt er oft hierher?« Das Mädchen, das mir den hohen Schuh schnürte, blickte von ihrem komplizierten Tun auf.

»Oh, das ist Chevalier de Saint-Laurent, dessen Gunst bei Hofe täglich steigt. Erst vorige Woche hat er hier eine entzükkende kleine Lackschachtel mit getrockneten Rosen- und Jasminblüten bestellt – ein besonderer Auftrag für seine neue Gönnerin. Er soll mit der neuen Schönen verwandt sein, La Pasquier, von der gegenwärtig Duc de Vivonne höchstselbst sehr angetan ist. Aber alle Welt weiß, daß der König sie erst letzte Woche angeblickt hat, als er eine Vorstellung der Oper in St. Germain verließ, und Ihr wißt, was *das* bedeutet. Daher ist natürlich jeder, der mit ihr verwandt ist, in den Augen der Gesellschaft aufgestiegen. Die Tage von La Montespan sind gezählt.«

Das Mädchen beugte sich noch näher zu mir und flüsterte vertraulich: »Man sagt, sie wird fett vom zu vielen Kinderkriegen, und der König ist ihrer zänkischen Wutanfälle überdrüssig. Oh, wäre ich nur dort! Alle sagen, ich habe so ein liebes Wesen und eine hübsche Taille. La Montespan hielt ihn von Abwegen ab, indem sie ihm eine ihrer Damen opferte – diese Des Œillets. Ich habe sie hier im Laden gesehen, sie ist überhaupt nicht hübsch! Aber oh, sie trägt die Nase hoch, weil sie dem König ein Kind geboren hat. Ja, seine Beachtung geht auf Wanderschaft – nicht lange, und eine wird sehr, sehr großes Glück haben.«

»Ihr habt hier eine elegante Kundschaft«, sagte ich so ruhig wie möglich. Ein Schauder erfaßte mich. Es war also Onkel, der eine Kleinigkeit für eine Freundin in Auftrag gab. Aber als ich sah, wie kunstvoll die kleine Liebesgabe zusammengestellt wurde, fragte ich mich, warum sie so sorgsam mit dem Inhalt einer grünen Liebestrankphiole besprengt werden mußte, wenn sie doch von einem Abschiedsgedicht begleitet wurde? Wenn ich jetzt, da ich dies schreibe, an jene Tage zurückdenke, kann ich meine Unwissenheit nur damit entschuldigen, daß ich Bücher weit besser verstand als die Gepflogenheiten der Welt.

Dieselbe klapprige kleine Mietdroschke, im Schneckentempo von einem knochigen alten Klepper gezogen, brachte mich am späten Nachmittag dieses merkwürdigen Tages zu La Trianons Etablissement zurück. Ich hatte mich daran gewöhnt, daß der Kutscher, ein einäugiger Mann in einem abgetragenen Rock, nie Bezahlung verlangte. Aber heute nachmittag zögerte er, mir in die kleine Kutsche zu helfen; er betrachtete mich blinzelnd von oben bis unten wie eine Fremde. Meine alten Kleider schlotterten über dem neuen Korsett; mein neu gestaltetes Gesicht war weiß und angespannt vor Schmerz unter den rosigen Rougetupfern, die meine Wangenknochen zierten. Meine wilden schwarzen Locken waren in der Mitte gescheitelt und an den Seiten mit Bändern zusammengefaßt, der Rest am Hinterkopf geknotet, eine Haartracht, wie sie jetzt bei Ladenmädchen und Bürgersfrauen beliebt war, nachdem sie bei Hofe aus der Mode geraten war.

»Nanu, nanu«, gackerte der alte Kutscher. »Dieselben Kleider, muß wohl dasselbe Mädchen sein. Sieht beträchtlich weniger wie ein grauslicher Wasserspeier aus, aber mir persönlich ist eine Dicke mit ein bißchen mehr was zum Drücken dran lieber.« Als der alte Gaul loszockelte, verbarg ich mich in den Tiefen der Kutsche und weinte vor Wut und Schmerz, wenn die Droschke auf der schmalen Straße über eine Furche holperte.

Aber als die Straße breiter wurde, mußten wir plötzlich auf den Ruf des Kutschers einer erlesen bemalten und vergoldeten schweren Kalesche anhalten, die, in geschwindem Trab von sechs Pferden gezogen, die Fußgänger beiseite springen ließ und alles, was in der Nähe war, mit Schlamm bespritzte.

»Platz da! Platz da!« Wir hörten weitere Stimmen aus der entgegengesetzten Richtung, als eine zweite Equipage, von vier schweren Braunen gezogen, in voller Fahrt aus den schmalen Straßen des Marais hervorstob. Man hörte Pferde wiehern, wilde Flüche und ein knirschendes Geräusch, als die Räder der sausenden Kaleschen blockierten und die Lakaien einer jeden Equipage ausschwärmten, um die Kränkung zu rächen, die der Ehre ihres Herrn zugefügt worden war. Der Rang war es schließlich, der bestimmte, welche Kalesche zuerst fuhr, und nach der Karambolage mußte der Vorrang nun mit dem Schwert entschieden werden. Zeugen erschienen an den Fenstern und strömten aus den

Gassen zusammen. Die, deren Kleider beschmutzt worden waren, blieben schadenfroh stehen.

»Na, so ein Spaß«, brummte mein Kutscher. »Wir sitzen hier fest, bis sie die Straße räumen.«

Die livrierten Lakaien hatten ihre Schwerter gezogen, und wir konnten sie schreien hören: »Du Esel, du hast meinen Herrn beleidigt, den Marquis de Paulmy.«

»Gemeiner Straßenkehricht, du hast die Kutsche des Milord Anglais demoliert.«

»Meinem Herrn gebührt der Vorrang, kannst du nicht zählen? Sein Rang gestattet ihm sechs Pferde, und nicht nur vier.«

»Meinem edlen Herrn gebührt der Vorrang. Er wurde vom König berufen. Ihr hättet weichen müssen.«

Die Zuschauer feuerten die Beteiligten an. Rauhe Zurufe für den kleinen Burschen in Blau oder den großen Lakai in Grün vermischten sich mit dem Fluchen und Stöhnen der Verletzten. Ein Hochruf ertönte, als der Herr der ersten Kalesche, ungeachtet des Schadens, den seine Seidenstrümpfe und feinen Schuhe nahmen, aus seinem Gefährt sprang, den Wagenschlag der zweiten Equipage gewaltsam öffnete und ihren Insassen herauszerrte, um ihm mit seinem Spazierstock eine gehörige Tracht Prügel zu verabreichen.

»Narr, das werdet Ihr büßen. Ich bin der englische Gesandte«, keuchte der zweite Mann.

»Dann nehmt dies, verräterischer Engländer«, hörten wir den ersten Mann schreien.

»O mein Gott, die Polizei«, sagte mein Kutscher. »Und wir sind hier eingekeilt. Zieht den Vorhang zu.« Der Kutscher verkroch sich in seinen Rock und zog seinen breitkrempigen Hut tief ins Gesicht. Hinter dem Vorhang erspähte ich wahrhaftig die bauschigen blauen Uniformen und mit weißen Federn verzierten Hüte der Pariser Gendarmen. Ihr Oberst, an seinen roten Strümpfen zu erkennen, lief hinter ihnen drein. Als sie sich einen Weg zu den Trümmern bahnten, begab sich ein sehniger Mann von mittlerer Größe mit scharfem Profil, der das dezente Habit eines gutsituierten Bourgeois trug, mit gebieterischem Gehabe zu den Kaleschen. Er lüftete höflich den Hut und verbeugte sich tief vor den zankenden Herren, deren einer in seinem fremdländisch geschnittenen Wams und dem teuer, jedoch provinziell wirkenden Überrock sehr mitgenommen aussah. Wie bei solchen Zankereien üblich, wandten sich beide dem Neuankömmling zu und bedrohten ihn. Der sehnige Herr trat hastig den Rückzug an, indem er sich rückwärts gehend verbeugte, und überließ es seinen Gendarmen, sich die Lakaien vorzunehmen.

»Um *die* muß einem nicht bange sein!« brummte mein Kutscher. »Die bei hohen Herrschaften arbeiten, kommen immer davon. Ansonsten würden sie die ganze Bagage als Bedrohung der öffentlichen Ordnung aufhängen.«

»Kutscher, Kutscher, bist du frei?« erkundigte sich ein Mann aus der Menge. Es war der Polizeioberst. Ich ließ den Vorhang sinken.

»Ich habe Kundschaft.«

»Soll zu Fuß nach Hause gehen. Desgrez von der Polizei bedarf deiner Dienste.«

»Es ist eine Dame«, sagte der Kutscher.

»Oho, eine Dame, Latour?« Der Polizist hatte meinen Kutscher erkannt. Ich hatte nicht einmal seinen Namen gewußt. »Seit wann kutschierst du ›Damen‹?«

»Alle möglichen Leute benötigen meine Dienste. Ich weise keine Kundschaft ab. Ich bin ein armer, ehrlich arbeitender Mann –«

»Schon gut, schon gut. Deine ›Dame‹ hat gewiß nichts gegen einen Umweg am Châtelet vorbei einzuwenden, oder?«

»Nicht, wenn Ihr bezahlt.« Die klapprige kleine Kutsche schwankte, als er einstieg.

»Ah, ja, eine Dame, wahrhaftig; eine recht hübsche kleine Dame noch dazu. Nicht von deinem üblichen Schlag, eh, Latour, nach ihrem Erröten zu urteilen. Mademoiselle, gestattet, daß ich mich vorstelle, Hauptmann Desgrez von der Pariser Polizei. Ich hoffe, es wird kein allzu großer Umweg für Euch. Wohin führt Euer Weg?«

Ich hatte mich von meiner Verwirrung erholt und wußte, daß ich dem unverfänglichen Klang der Frage nicht trauen durfte. Ich lieferte ihm die zuvor abgesprochene Geschichte im Jargon der Pariser Ladenmädchen. »Ich bin auf dem Rückweg zu meiner Dienstherrin, Madame Callet. Die kennt Ihr doch, oder? Feines Leinen für feine Leute? Ich hab' gerade eine Lieferung zum Palais Tubeuf gebracht.« Als die Droschke sich mit einem Ruck in Bewegung setzte, zog er ein Notizbuch hervor und begann zu schreiben. Ich starrte ihn an, als sei ich des Schreibens unkundig.

»Ihr schreibt doch nicht über mich, wie? Sagt meiner Herrin, ich bin ein braves Mädchen und hab' keine Zeit verschwendet.«

»Nein, mein Kind, ich schreibe nicht über dich. Ich mache mir Notizen für einen Bericht an den Vorgesetzten. Jeder Vorfall mit einem ausländischen Gesandten betrifft den König; er wird einen vollständigen Bericht verlangen.« Ich ließ ihn in Ruhe zu Ende schreiben.

»Das ist ein recht hübsches Kleid für das Lehrmädchen einer *lingère*«, bemerkte er gleichmütig.

»Ja, ist es nicht fein? Ich habe es an einem Stand für gebrauchte Kleider in den Hallen erstanden.« Ich war nicht dumm. Ich wußte, wo die Dienstboten und die Armen von Paris ihre getragenen und nicht zusammenpassenden Sachen bekamen.

»Weißt du noch, bei welchem Trödler?« Die ruhige Stimme klang unheilvoll.

»Ja, bei dem an der Säule, mit dem Zeichen des Affen mit dem Spiegel.« Er sah mir lange ins Gesicht. Ich riß die Augen weit auf und erwiderte seinen Blick.

»Könnte stimmen«, hörte ich ihn murmeln. »Scheint nicht besonders gut zu sitzen. Dennoch, leichtes Trauergewand, grau mit schwarzen und grauen Seidenbändern –« Er betrachtete das Kleid sorgfältig, den langen geflickten Riß bis zur Taille, wo die Bänder und der Besatz versetzt worden waren. Wir näherten uns dem Gerichtsbereich der Gefängnisfestung auf dem Weg über die Rue Pierre-à-Poisson, wo die langen, vor der Festungsmauer aufgestellten Tische der Fischhändler mit Tausenden von Gründlingen, Karpfen und anderen Flußfischen bedeckt waren. Der Gestank war unerträglich. Verrottende Fischabfälle lagen zuhauf unter den Tischen, und Ratten tummelten sich unbekümmert in den ekligen Abfallbergen.

»Sage mir, Mademoiselle, als du es kauftest, hatte es da Anzeichen, daß es naß geworden war?«

»Naß? O nein. Knochentrocken. Seht Ihr? Die Bänder sind kein bißchen ausgelaufen, und die Wolle hat keine Flecken.« Ich hielt ihm einen Ärmel hin. Mein Gott, dachte ich. Man hat der Polizei meine Beschreibung gegeben, als ich verschwand. Familie Pasquier – bedeutend genug, daß sich die Polizei eines Skandals erinnert. Aber in meinem Innern frohlockte eine Stimme: Er erkennt mich nicht, ich sehe anders aus, er nannte mich hübsch.

»Hmm. Interessant...«, sagte er, als die kleine Kutsche in dem großen Innenhof des Châtelet zum Stehen kam.

»Stimmt etwas nicht mit meinem Kleid?« fragte ich mit erschrocken klingender Stimme.

»Da stimmt einiges nicht. Ich glaube, ich bin einem neuen Fall von faulem Spiel auf der Spur.«

»Hat jemand beim Kartenspielen betrogen?« fragte ich. Ich hörte mich so dumm an, wie er mich einschätzte.

»Stimmt genau. Au revoir, kleine *lingère*. Komm gut nach Hause. Und sage deiner Herrin, ich stehe für die Zeit gerade, die du versäumt hast.«

Kapitel VIII

»Mein Gott, Ihr habt die Ruhe weg«, sagte mein Kutscher, als er mir aus der Droschke half und mich zur Türe von La Trianons kleinem Laboratorium geleitete. »Wie Ihr ihn kurzerhand von diesem Haus abgelenkt habt! Habt Euch sogar genau angehört wie'n kleines Mädchen aus'm Wäschegeschäft in der Rue Aubrey-le-Boucher. Jetzt weiß ich, was *sie* an Euch findet. Nur weiter so, und Ihr seid eines Tages selbst Königin.«

Die Neuigkeiten behagten meinen Betreuerinnen nicht. Sie rangen die Hände. »Man muß es *ihr* erzählen, sie muß unverzüglich fort von hier«, lamentierte La Dodée. »Sie hätte uns geradewegs zu – großer Gott, zu Desgrez persönlich bringen können!«

»Psst. Nicht mehr als nötig«, flüsterte La Trianon grimmig mit einem Blick auf mich.

»Beruhigt euch, ich sage euch, sie hat ihn abgelenkt. Er hielt sie für das Lehrmädchen einer *lingerie*, das schwöre ich beim heiligen Kreuz. Sie ist gerissen, die da.«

»Wir werden seinem Wort wohl glauben müssen«, sagte La Trianon an diesem Abend bedrückt bei einem kalten Mahl.

»In wenigen Tagen werden wir es wissen. La Reynie schiebt nie etwas auf die lange Bank. Sie können vielleicht schon morgen hiersein. Wißt ihr noch, wie er mit den Mysterienspielern kurzen Prozeß gemacht hat? In der Minute, als er den Befehl erhielt, fiel er über sie her wie ein Wolf. Brandzeichen, Verbannung, Exekutionen, die Galeeren. Ausgelöscht, nachdem sie jahrhundertelang am selben Platz gewesen waren. Wer hätte das gedacht?«

Der Name auf dem Schnipsel in Großmutters toter Hand, den ich in mein Notizbuch geschrieben hatte: La Reynie. »Wer ist La Reynie?« fragte ich.

La Trianon sah mich lange an, ehe sie erwiderte: »Gabriel Nicholas de la Reynie, der königliche Verweser von Paris, dem es obliegt, die Straßen von Gesindel zu säubern, auch bekannt als Präfekt der Pariser Polizei. Er erhält seine Befehle direkt von Louvois, dem Staatsminister, der allein dem König verantwortlich ist. Er allein in dieser Stadt ist unbestechlich. Wir können nur froh sein, daß er mehr Aufgaben hat, als er wahrnehmen kann.«

Meine Gedanken rasten in mehrere Richtungen auf einmal. Großmutter hatte den Brief geschrieben. Sie hatte an den Präfekt der Pariser Polizei geschrieben, und der Brief war ihr aus der Hand gerissen und vernichtet worden. Und mehr noch, meine Betreuerinnen mußten sich mit weitaus mehr befassen als mit dem Brauen von Liebestränken und mit Wahrsagerei. Ich mußte wissen, was es war, da die Gefahren offensichtlich auch mich bedrohten.

»– kein Mensch könnte in dieser Stadt auf ehrliche Weise seinen Unterhalt verdienen«, beschwerte sich La Dodée. »Du brauchst Geschick, um zu betteln. Die Bettler haben ihre eigene Vereinigung, ganz so wie eine Gilde. Natürlich, wie er gerade den ersten Trupp zusammengetrieben und auf die Galeeren geschickt hat, da bricht auf dem Lande eine neue Hungersnot aus, und alle strömen in die Stadt, um zu betteln, also muß er auch *sie* loswerden, und so weiter. Dies und die Einkerkerung von Prostituierten hält ihn zu sehr beschäftigt, um sich mit *uns* zu befassen. Aber dennoch, warum einem Mädchen den Kopf kahlscheren und sie für genau dasselbe einsperren, was die großen Damen tun, die dafür auch noch belohnt werden? Die Hure des Königs lebt in Saus und Braus, und alle ihre Kinder haben Titel. Was gibt ihm das Recht, Hüter der Moral der Nation zu sein?«

So hatte ich das noch nie betrachtet.

Jedermann wußte, daß der König als Vater Frankreichs der Hüter der Familienmoral war. Auf Bitten eines gekränkten Ehemannes oder enttäuschter Eltern versandte er wohl ein *lettre de cachet*, und die abtrünnige Gattin oder der liederliche Sohn kam ohne Prozeß lebenslänglich hinter Gitter. Das gehörte zur Bewahrung des moralischen Niveaus des Königreiches. Natürlich waren, wie in jeder zivilisierten Gesellschaft, sofern man über die richtigen Verbindungen verfügte, Ausnahmen möglich.

»Seien wir dankbar für seine Familie«, kicherte La Trianon. »Insbesondere Monsieur.« Monsieur, Duc d'Orléans, des Königs jüngerer Bruder. Dank Großmutters Förderung meiner Leseneigung wußte ich alles über ihn, direkt aus den Skandalblättern aus Holland. Seine beiden männlichen Geliebten hatten seine erste Gemahlin vergiftet, die englische Prinzessin. Daraufhin hatte der König ihm eine deutsche Gemahlin verschafft, der man nachsagte, so grauenhaft häßlich zu sein, daß sie bei dem Chevalier de Lorraine und dem Marquis d'Effiat keine Eifersucht erregte. Es hieß, er trage Rouge und Schönheitspflästerchen und besuche in Frauenkleidern Bälle. Das konnte freilich alles erfunden sein, da die Holländer Ludwig XIV. nicht sehr gewogen waren. Ich war den betreffenden Personen nie begegnet, und es widerstrebt mir, in solchen Fällen zu urteilen. Dennoch, Monsieurs Neigungen hatten Gleichgesinnte beschützt. Der König wagte es nicht, durch Ausführung der vom Gesetz befohlenen Exekutionen Fragen aufkommen zu lassen. Der Hinweis genügte. Ich betrachtete meine Betreuerinnen mit anderen Augen. Es war wirklich enttäuschend, daß sie so gewöhnlich waren. Man hätte erwarten können, daß sie grün seien oder Bärte hätten oder sich merkwürdig kleideten.

»Ihr seid – hm –?«

»Brave Mädchen wissen nichts von solchen Dingen. Ich dachte, du seist besser erzogen«, sagte La Trianon naserümpfend.

»Ich wurde nicht zu einem braven Mädchen erzogen. Ihr denkt an meine Schwester, die hübsch ist und blond.«

»Ist es nicht immer dieselbe Geschichte?« sagte La Dodée. »Du machst wahrlich ein komisches Gesicht. Möchtest du uns vielleicht etwas fragen?«

»Tja, hm – ah – ist es wahr, daß – nun ja, ihr wißt schon, daß ihr Kinder bekommen könnt ohne, na ja, ohne Mann?« Die beiden Frauen brachen in schallendes Gelächter aus.

»Das hat nur die Heilige Jungfrau Maria zustande gebracht«, sagte La Dodée.

»Ja, du mußt wissen, das sind lauter Lügen. Sie wollen die Leute abschrecken, deswegen nennen sie uns Hermaphroditen. Dabei sind wir doch nur Frauen, die ohne Männer auskommen können, und das ärgert sie! Nimm noch ein gekochtes Ei. Du siehst ziemlich bleich aus, obwohl diese Leute am anderen Ende der Stadt dich geschminkt haben.«

»Das kommt von dem Korsett, in das sie mich eingenäht haben. Mein Rücken brennt wie Feuer. Und ich bin so steif, ich fürchte, ich werde stürzen und mir die Knochen brechen.«

»Er sieht schon viel gerader aus. Entschieden eine Verbesserung«, sagte La Trianon.

»Ja, wir hätten es längst gesagt, aber wir wollten nicht, daß es dir zu Kopfe steigt«, setzte La Dodée hinzu.

»Sie haben gesagt, ich muß darin schlafen, und ich habe es geschworen. Ich würde alles tun, um hübsch zu sein wie andere Mädchen, aber jetzt tut es so weh, ich wünschte, ihr würdet mich herausschneiden.« Es war ein harter Tag gewesen, und mir rannen die Tränen übers Gesicht.

»Aber nicht doch. Gib dir Mühe. Wir machen dir etwas, das dir gleich Schlaf bringen wird. Versprich nur, daß du es nicht tagsüber nimmst. *Sie* würde es uns nie verzeihen, wenn es dich deiner Gabe zum Wasserlesen beraubte.« La Dodée schien stets mitfühlend.

»Sage mir – du hast eine Frage gestellt, nun habe ich eine. Du befleißigst dich einer so wohlgesetzten Sprache, du mußt aus guter Familie sein. Warum bist du alleine hier, was läßt dich wünschen, Leid und Schande zu ertragen, um in eine Welt einzutreten, von der du nichts weißt? Du könntest deinem alten Vater vorlesen oder in einem behaglichen Kloster für reiche Mädchen sticken –« La Trianons Worte ließen alles wiederaufleben, und ich konnte zunächst nicht sprechen. Dann sah ich sie an, ihr starres, schmales Gesicht, die unter die weiße Haube geschobenen Haare und ihre dunklen, zu alten Augen.

»Rache«, sagte ich. »Es gibt einen Mann, den ich hasse. *Sie* hat mir versprochen, mich stark genug zu machen, um ihn zu vernichten.«

»Nur einen?« bemerkte La Trianon. »Meiner Seel, du bist jung.«

Nach dem Abendessen mischten sie etwas aus mehreren Flaschen von den Borden zusammen und gossen es in ein Likörglas. Als ich im kleinen Empfangssalon unter den astrologischen Tabellen saß, spürte ich die Wirkung des Gebräus. Eine köstliche Schlaffheit beschlich Geist und Körper; meine Gedanken wurden langsam und verschwommen. Der Schmerz verging, als sei alles nur Einbildung gewesen.

»Wie fühlst du dich jetzt?« fragten sie.

»Wunderbar. Was war in dem Gebräu?«

»Ach, dies und das. Aber hauptsächlich Opium. Denke daran, nicht tagsüber.«

»Es ist mir vorher nicht aufgefallen – der Salon ist so hübsch. Seht, wie die Kerzenflammen einen kleinen Lichtkreis um sich bilden – beinahe wie Gesichter –«

»Und das ist das Mädchen, das Desgrez davon abgelenkt hat, ihm nach Hause zu folgen. Sie scheint jetzt eine ganz andere.«

»Desgrez. Wer ist er wirklich?«

»Wirklich? Der gefährlichste Mann von Paris. Das Oberhaupt des Wachdienstes und La Reynies rechte Hand, aber La Reynie befaßt sich nicht mit niederen Kreisen. La Reynie erteilt die Befehle, Desgrez nimmt die Verhaftungen vor. Dieser Mensch, Desgrez, ist unermüdlich. Er verkleidet sich, er taucht überall auf. Hüte dich vor ihm, wenn du ihn jemals wiedersiehst. Freilich, er könnte ganz anders aussehen.« La Trianons Gesicht war ernst.

»Seht nur, wie der Rauch aufsteigt, wie ein dünner blauer Faden. Die Kerzen könnten hängen – man müßte den Salon mit Girlanden schmücken. Sie würden festlich aussehen – Schwarz ist so schlicht.«

»Es ist nicht die Aufgabe unseres Gewerbes, festlich auszusehen. Hier drinnen soll es mysteriös sein. Das läßt die Kunden wiederkommen. Dieser kleine Schauder der Angst, daß sie in eine andere Welt eintreten, die Welt des Okkulten. Was wir wirklich brauchen, ist ein Totenschädel. Oder vielleicht ein Skelett. Es würde das Geschäft unendlich beleben.« La Dodée blickte nachdenklich in eine etwas kahle Ecke neben einer kleinen Nische.

»Sagt mir«, bat ich; mein Inneres fühlte sich ganz warm und träge an. »Ist La Voisin auch eine – ein Hermaphrodit?«

»Sie? Kaum«, wieherte La Dodée. »Die hat jeden Tag ein neues Mannsbild. Liest sie auf wie Melonen auf dem Markt und stolziert mit ihnen nach Hause, vor den Augen ihres lächerlichen alten Gemahls. Im Moment liebt sie Magier, aber eine Zeitlang waren es Alchimisten – und dann hat sie noch eine Affäre mit dem Scharfrichter, aber ich nehme an, das zählt zum Geschäft –«

»Du solltest mehr Respekt zeigen«, unterbrach La Trianon. »Ihre Ohren sind überall.« Sie sah mich an und schien zufrieden mit dem, was sie in meinem Gesicht las, was immer das sein mochte. »So du es nicht schon weißt, wirst du es bald genug wissen. Cathérine Montvoisin ist die mächtigste Hexenmeisterin in Europa.«

»Eine Hexenmeisterin? Ihr meint, sie hat sich der Magie verschrieben? Ich dachte, sie sei eine Wahrsagerin.«

Die beiden Frauen sahen mich ernsthaft an. Dann sprach La Trianon: »Cathérine Montvoisin ist die Größte unter uns Hexen. Sie ist unsere Königin.«

In dieser Nacht hatte ich einen merkwürdigen Traum. Mir träumte, ein gesichtsloser Mann verfolgte mich. Mutter kam auch darin vor, aber sie war riesengroß und abscheulich geworden. Die Straßen von Paris waren ein endloser Irrgarten, und ich raste hindurch auf der Suche nach etwas Kostbarem, das ich verloren hatte. Der gesichtslose Mann war mir dicht auf den Fersen, um es mir zu rauben, wenn ich es fände. Gerade als es da war – was war es? Ein Haus? –, drehte ich mich um und sah den gesichtslosen Mann drohend über mir, ein Messer in der Hand. Als ich schauderte und meine Augen aufschlug, um ins Dunkel zu starren, merkte ich, daß ich fest eingeschnürt auf Eisenstangen lag. Der Schmerz sickerte wie Säure durch meine gequetschten Knochen. Ich tastete neben dem Bett nach der halbvollen Flasche, die man mir dagelassen hatte, und glitt zurück in das Meer der unheimlichen Träume.

Ein Problem in der Logik: Wie erlangt man Rache für den Diebstahl einer Sache, die nicht zurückgegeben werden kann? Man muß etwas von gleichem Wert nehmen, das ebenfalls nicht wiederbeschafft werden kann.

Am nächsten Tag wurde ich in La Voisins eigener Kutsche bei einer neuen Adresse abgeliefert, wo ich ungefähr eine Woche bleiben sollte, bis meine Gönnerin sicher wäre, daß Desgrez von der Fährte abgelassen hatte.

»Immerhin, meine Liebe«, sagte La Dodée, als sie meine Notizbücher mit einem reichlich bemessenen Krug des Schlafsirups zusammenschnürte, »bist du noch nicht wirklich eine von uns. *Wir* haben einen Blutschwur getan und uns gegen Folterungen gefeit, so daß wir einander nicht verraten werden. Aber *du* erträgst nicht einmal ein eng geschnürtes Korsett.« Wie recht sie hatte. Der dumpfe Schmerz breitete sich in meinem Körper aus, ob ich saß oder stand. Der hohe Schuh bildete Blasen an meinem verdrehten Fuß, und meine Beinmuskeln brannten, da sie an die neue Art der Balance nicht gewöhnt waren.

Die neue Bleibe war ein Zimmer unter dem Dachfirst eines großen alten Hauses im Faubourg St. Antoine. Dort sollte ich bei einer Frau namens La Lepère wohnen, deren Gewerbe mir unklar war; es hing mit den Vorgängen im Erdgeschoß zusammen. Den einäugigen Kutscher sah ich nie wieder. Später hörte ich, daß man ihn aus der Stadt geschickt und mit einer Konzession für Mietsänften in Rouen versehen hatte. Eine Näherin kam mit einem getragenen Kleid aus flaschengrüner Wolle mit vulgärem gelbem Satinbesatz, das besser für die italienische Komödie als für die Straße geeignet war. Ich haßte es über die Maßen. Sie änderte es für mich, und das verräterische graue Kleid verschwand. La Lepère, die alles beobachtete, sagte: »Meiner Seel, sie setzt auf dieses Wagnis, Madame Hochmut! Treibt ihr Spiel mit den feinen Herrschaften. Hochgestellte Kundschaft will sie; mehr, mehr, mehr! Und ich, ich arbeite so schwer und verdiene keinen Sou daran. Ich sprech' 'n Gebet für die alle, zahl' dem Totengräber 'n bißchen was, damit er sie anständig in einer Ecke vom Kirchhof begräbt. Aber sie – was sie anfaßt, verwandelt sich in Geld!« Sie blinzelte mich an, während die Näherin mir zu Füßen kniete und ankreidete, wie weit der Saum des häßlichen Kleides gekürzt werden mußte. »Wenigstens bezahlt sie mich anständig für *deine* Unterkunft, unbekannte Maid! Woher bist du, daß du so erhaben redest und so niedrig aussiehst?«

»Von außerhalb der Stadt«, sagte ich verärgert.

»Das sagen sie alle. Wüßte nicht, wieso du anders sein solltest, wenn ich's recht bedenke.«

In der klammen kleinen Stube eingeschlossen, wo mir sogar verboten war, aus dem Fenster auf die Straße zu spähen, wäre ich wohl vor Langeweile vergangen, hätte La Lepère nicht die Gewohnheit gehabt, skandalöse verbotene Flugschriften, Pamphlete und *libelles* zu lesen. Jeden Tag verschwand sie zu dem mysteriösen Gewerbe, das ihr kein Geld einbrachte, und ich ließ mich mit einem freudigen Seufzer auf ihrem Bett nieder, um ihre Sammlung zu verschlingen wie eine Schachtel Bonbons. Die Schriften, eine wahre Quelle der Perversion, waren ungeheuer fesselnd. Geschichten vom »italienischen Laster« bei Hofe, von Vergiftungen, von Affären, von heimlich geborenen und für immer fortgeschmuggelten Säuglingen, von Verrat und Intrigen. Alles gar schauerlich, vorzüglich dazu angetan, die Langeweile zu vertreiben.

Zuweilen überließ ich mich der wirksamen Arznei und schlummerte in einer Welt phantastischer, von den bizarren Berichten in den *libelles* bunt gefärbter Alpträume. Dann wieder trotzte ich den stets präsenten Schmerzen, um in meine Notizbücher zu schreiben. Mir war da ein interessanter Gedanke gekommen, daß es nämlich möglich sein könne, mittels eines geometrischen Schlusses die Existenz oder Nichtexistenz Gottes endgültig zu beweisen. Es war ein verzwicktes Problem, und wenn ich dachte, es gelöst zu haben, tauchte stets ein neuer Aspekt auf, der eine Neuberechnung des Ganzen notwendig machte. Das hielt mich tagelang beschäftigt, doch am Ende war ich der Lösung nicht näher gekommen.

Oft wurden meine Berechnungen von den Stimmen betrunkener Männer draußen vor der Türe gestört. Von Neugierde getrieben, ersann ich eine Methode, aus dem Spalt zwischen den geschlossenen Fensterläden zu sehen, indem ich in den kleinen Spiegelscherben blickte, der gewöhnlich auf La Lepères Frisiertoilette lehnte. Keine Bewegung verriet, daß eine Menschenseele sich in der Stube aufhielt, und ich konnte ehrlich sagen, daß ich mein Versprechen hielt, da ich ja in einen Spiegel sah, nicht aus dem Fenster. Aus dem Kommen und Gehen schloß ich, daß sich unten entweder ein Spielsaal, ein Haus von übler Reputation oder beides befinden mußte, wenngleich mir La Lepères Verbindung dazu nach wie vor unklar war. Manchmal glaubte ich Leute aus meiner Mutter Salon zu erkennen; einmal glaubte ich gar Onkel zu sehen, doch konnte ich mich geirrt haben.

Einmal vernahm ich einen Knall und durchdringende Schreie, und La Lepère wurde hastig von dem kalten Abendessen fortgerufen, das sie für uns beide hatte kommen lassen. Sie kam kopfschüttelnd zurück und sagte: »Diese Herren schrecken vor nichts zurück. Sie haben das Geld aufs Bett geworfen und sich lachend davongemacht. Kannst du dir das vorstellen? Ein Feuerwerkskörper, das Schwein, und keiner konnte ihnen Einhalt gebieten.« Sie saß eine Weile auf dem Bett, den Kopf in die Hände gestützt. Dann erhob sie sich zum Gehen. »So, Mademoiselle, wir mußten nach dem Priester und der Polizei schicken. Du wirst also keinen Fuß auf den Boden setzen, bis ich zurückkomme. Ich wünsche, daß sie unten nichts hören. Sie dürfen nicht ahnen, daß noch jemand hier in der Stube ist.«

»Natürlich«, erwiderte ich. Denn unterdessen hatte ich begriffen, daß die Polizei denen dicht auf der Spur bleibt, die in den Armenvierteln gemietete Zimmer bewohnen. Auf diese Weise machen sie Ketzer, Verfasser von Flugschriften und Anstifter von Straßenkrawallen dingfest. La Lepère entfernte sich kopfschüttelnd und murmelte: »– nicht daß die Polizei etwas tun wird, bewahre; diesen arroganten jungen Herren ist nicht beizukommen. Dennoch, La Reynies Hunde müssen überall wühlen, und sie lieben ein ordentliches Protokoll. Berichte, Berichte. Heutzutage kann eine Frau nicht mal ihren Unterhalt verdienen –« Erst als sie gegangen war, wurde mir bewußt, daß ich auf ihrer Schürze Blutspritzer gesehen hatte.

Daraufhin traf ich einen wichtigen Entschluß. Die Vorstellung, daß die Polizei das Haus durchsuchte, ließ mich endlich erkennen, daß ich meine Notizbüchlein verschlüsselt führen mußte. Griechisch hätte genügt, aber ich konnte es nur ein wenig lesen, mich aber nicht darin ausdrücken. Daher begnügte ich mich damit, französisch im griechischen Alphabet zu schreiben, stark mit griechischen und lateinischen Worten sowie zahlreichen Abkürzungen durchsetzt. Das reichte, um einen ungebildeten Polizeioberst an der Entzifferung meiner Gedanken zu hindern, welche bei gewöhnlichen Geistern als ketzerisch hätten gelten können. An diesem Abend wurde mir endgültig bewußt, daß ich die Welt der Kultur und der feinen Gesellschaft, wo ein Lakai einem naseweisen Staatsbediensteten die Türe weisen konnte, hinter mir gelassen hatte. Ich war eingetreten in die Welt der rücksichtslosen polizeilichen Durchsuchungen, der Informanten, der *question préleable* – eine hübsche Bezeichnung für die Folterung derer, die auf Verdacht aufgegriffen wurden –, der ordnungsliebenden Magistraten und raschen Exekutionen. Mein einziger Vorteil als Frau war, daß ich nicht dazu verurteilt werden konnte, mein Leben rudernd auf den Galeeren der königlichen Flotte zu beschließen. Das Rütteln des Winterwindes an den Fensterläden lenkte meine Gedanken auf etwas anderes; mir fiel ein, daß bald Weihnachten war, und ich hatte kein Heim. Ich dachte, das Herz würde mir brechen.

22. Dezember 1674. Was bin ich jetzt anderes als ein Geist, der vertraute Szenen mit anderen Augen sieht, unsichtbar die Stätten durchstreifend, wo ich einst gelebt habe, sehend, ohne gesehen zu werden? Vater hat nicht an Geister geglaubt, ich aber glaube an sie, da ich nun zu ihnen gehöre. Was bewahrt einen Geist vor dem Wahnsinn, wenn er verdammt ist, alles aufzusuchen, was ihn einst im Leben erfreute, und weiß, daß er nie zurückkehren kann? Arbeit und nur Arbeit. Arbeit und Rache.

Es war eine große Erleichterung, wieder draußen zu sein unter dem hohen, klaren Dezemberhimmel, in einer *portechaise*, das unsägliche grün-gelbe Kleid unter einem alten Umhang aus grobgewebter Wolle versteckt. Der kalte Wind pfiff zwischen den Häusern auf der schmalen Straße und rüttelte an den Schornsteinen. Mit einer Hand umklammerte ich ein Bündel mit meiner spärlichen Habe, mit der anderen hielt ich einen unförmigen Hut fest, der, mitsamt einem dicken Umschlagtuch, in das mein Gesicht eingemummelt war, genügte, um meine Anonymität zu wahren. Der Mann zwischen den Tragstangen der *portechaise* hatte die einzigen Schuhe der Familie an; seine Frau, die von hinten schob, die Röcke um die kräftigen Waden gerafft, hatte ihre Füße in Lumpen gewickelt. Bettler, die über die vereisten Kopfsteine taumelten, um ihre Hände auszustrecken, schreckte sie mit Salven bissiger Kränkungen ab, die stets mit »Warum versuchst du's nicht mal mit Arbeit, du Straßenlaus!« endeten. In den Straßen drängelten sich Frauen mit Körben und Diener in Livree; es galt Festessen vorzubereiten, Kerzen und Holz zu kaufen, Botschaften und Einladungen zu überbringen. Dann und wann drängte eine Kutsche alle an die Mauern, denn auf den schmalen Straßen war kein Platz, um gefahrlos zu spazieren. Sänften waren in dieser Jahreszeit beliebt, da die Träger sie die Treppen hinauf und in die Häuser tragen konnten, so daß Besucher ihre Satinpantoffeln nicht dem eisigen Schlamm aussetzen mußten.

Als wir an St. Nicholas des Champs vorüberkamen, sah ich einen Mann in pelzverbrämtem Habit aus der Kirche treten. Er verfolgte eine Dame in scharlachrotem Umhang und weißem Pelzmuff. Eine Kutsche fuhr vor, und die Dame ließ sich, ohne einen Blick zurück, hineinhelfen. Als die Kutsche sich entfernte, erkannte ich die hohen Backenknochen und das dünkelhafte Profil des Chevalier de Saint-Laurent. Er machte auf dem Absatz kehrt, und für einen Moment ruhte sein verächtlicher Blick auf der *portechaise*. Ich wandte den Kopf ab, doch sekundenlang trafen sich unsere Blicke, und ich empfand Furcht und Demütigung. Nicht doch, sagte ich mir grimmig. Er erkennt dich nicht. Er kann dich nicht erkennen. Als ich mich wieder umschaute, war er verschwunden.

»So, so, Madame Pasquiers Tochter, das kleine Mädchen, das nicht an den Teufel glaubt; groß ist sie geworden. Was bringt so ein Mädchen dazu, sich auf La Voisins Kosten ein Kleid machen zu lassen, hm?« La Vigoreux, die Frau des Schneiders, hatte mich nach Austauschen des Geheimzeichens in das Etablissement in der Rue Courtauvilain geführt, das ich in guter Erinnerung hatte. Ein Feuer züngelte im Kamin in der Werkstatt, die sich hinter der Haustüre befand. Ein Lehrling nähte Roßhaar in den Saum eines weiten Gewandes aus burgunderrotem Satin. Maßbänder, Nadelkissen und Scheren lagen auf dem riesigen Zuschneidetisch.

»Ich lerne, mir meinen Unterhalt zu verdienen«, antwortete ich, als sie mir aus meinem Umhang half und ihn an einen Haken hängte. Beim Anblick des abscheulichen Kleides brach sie in Lachen aus.

»Nicht *darin*, will ich hoffen, es sei denn, sie plant, daß du am Foire St. Germain eine Komödiantenbude eröffnest.«

»Meinem eigenen Kleid ist ein Mißgeschick zugestoßen«, sagte ich unwirsch.

»Ja, das kann ich mir denken, denn als die Tochter des seligen Monsieur Pasquier ausgerechnet um die Zeit verschwand, als der Inhalt seines Letzten Willens bekannt wurde, kam die Polizei hierher und ließ sich eine vollständige Beschreibung ihres Trauerkleides geben. Ich war erleichtert, als sie ihren Leichnam im Leichenschauhaus im Châtelet identifizierten. Damit schien die Sache abgetan. Selbstmord aus Verzweiflung, hieß es. Sie liebte ihn innig. Gut, sagte ich, die Polizei wird sich nicht weiter damit befassen. Aber dann kamen sie wieder. Schlimmer als die Ratten in der Küche! Das Kleid wurde offenbar nicht unter den Kleidungsstücken der Opfer gefunden, die über den Leichen an Haken hängen. Nachdem sie die Stoffreste sahen, die ich zu einem kleinen Reticule verarbeitet hatte, kamen sie zu dem Schluß, das Kleid sei einfach zu kostbar gewesen, und jemand habe es aus dem Châtelet gestohlen.« Sie sah mich nachdenklich an. »Du siehst anders aus als letztes Mal, als du hier warst. Dünner. Älter. Aufrechter. Sie hat etwas mit deinem Gesicht angestellt. Ich habe dich im ersten Moment beinahe nicht erkannt. Was ist ihr Plan? Sie würde sich nicht solche Mühe machen, wenn du nicht einem... Zweck dientest.«

»Ich werde ein Gewerbe betreiben«, sagte ich, sorgsam darauf bedacht, nicht zuviel zu enthüllen.

»Und aus deiner liebevollen Familie verschwinden, wie? Gewiß, du bist ein Mädchen, das das Leben liebt – und viel klüger als die meisten. Sage mir, welche Art Gewerbe? Du wirst doch gewiß nicht Rosenwasser destillieren – in einem Kleid aus schwarzer Seide, das tausend Écus kostet.«

Sie schien bereits eine Menge zu wissen. Daher antwortete ich: »Ich werde mich mit Wahrsagerei befassen. Ich kann Wasser lesen.«

Ihr Gelächter schallte durch die Werkstatt, und der Lehrling, ein häßlicher Jüngling mit schlimmen Pockennarben, blickte auf. »Ausgerechnet du, die du nicht einmal daran glaubst«, sagte sie und sah mich grüblerisch an. »Das kleine Mädchen, das mir in die Augen blickte und sagte, alle Wahrsagerei sei falsch. Das ist ein toller Scherz – auf unser aller Kosten.« Sie trat nahe zu mir, legte ihren Arm um mich und sprach sehr leise, damit der Lehrling es nicht hören konnte. »Laß mich vertraulich mit dir reden«, sagte sie. »Du hast ein sehr seltenes Talent. Ich habe keine Ahnung, wie sie es erkannt hat, da ich es doch bin, die dich am häufigsten sah. Ich habe dich aufwachsen sehen.« Ihr Ton wurde eindringlicher. »Hör zu. La Voisin ist sehr anspruchsvoll. Ehrgeizig. Sie handhabt die Dinge nicht auf die wahre, erprobte Art und Weise, und sie fordert das Schicksal heraus. Sie kann eine strenge Dienstherrin sein – sie nimmt zuviel von deinen Einkünften. Wenn du ihrer überdrüssig bist, und das wirst du irgendwann, dann denke an mich. Meine Herrin, La Bosse, handhabt die Dinge auf traditionelle Weise. Sie ist vorsichtig, bedachtsam. Deswegen wird sie zur Seite gedrängt. La Bosse besitzt die Weisheit des Alters. Sie ist nicht habgierig und eitel. Eines Tages wird die Königin zu weit gehen, und es wird eine neue Königin geben. An diesem Tag wäre es gut, mit La Bosse verbündet zu sein.« Sie hatte mich immer weiter von dem Lehrling fortgezogen, näher ans Feuer. Die Flammen fleckten die schwarzen Kaminböcke mit tanzenden orangegelben Lichtern. »Merke dir«, flüsterte sie, »dies ist unser kleines Geheimnis. Ein kluges Mädchen wie du sollte sich mehrere Möglichkeiten offenhalten. Lerne dein Handwerk und schweige. Wenn du eine von uns bist, denke daran, La Bosse hat Ideale und denkt nicht nur ans Portemonnaie.«

Ich hatte vieles zu bedenken, während man mir Maß nahm und Stoffe zur Begutachtung vorlegte. Selbst die Skizze des altmodischen Kleides mit seiner spanischen Krinoline und der kleinen Halskrause lenkte mich kaum von meinen sorgenvollen Gedanken ab.

Wenn man der Unlogik gegenübersteht, muß man die Sphäre der Logik erweitern, um die Regeln der Logik auf das anzuwenden, was nicht logisch ist. Dies ist die einzige Möglichkeit in einer Welt, die nach den Regeln der Vernunft funktioniert.

»So, nun sieh in den Spiegel. Wie gefällst du dir?« La Voisins Stimme klang vergnügt, überschwenglich. Es war am Nachmittag des Heiligen Abends. Die verlockenden Düfte aus der Küche trieben mich zum Wahnsinn, denn wir hatten unser Fasten zur Vorbereitung auf die Kommunion in der Mitternachtsmesse begonnen. In jenen korrupten Zeiten, als Wüstlinge nur auf dem Totenbett beichteten und Soldaten und Freidenker fast nie, waren die Hexen von Paris fromme Kirchgängerinnen. Nur der König und sein Gefolge taten es ihnen in dieser Beziehung gleich. Auch am Hof war man der Heiligen Schrift unkundig und glaubte mehr an den Teufel als an Gott. Doch da es ohne Gott keinen Teufel gibt, zollten die Hexen dem »Wesen dort droben« regelmäßig seinen Tribut, während sie im Hinblick auf ihren Lebensunterhalt auf das »Wesen dort drunten« setzten.

Wir hatten alle schon bei Pater Davot von der kleinen Kirche Bonne Nouvelle an der Ecke Rue Beauregard und Rue Bonne Nouvelle gebeichtet. Später würde sich der wackere Herr zu uns gesellen, wenn wir nach der Christmette über die köstlichen Speisen herfielen. Inzwischen war mein neues Kleid geliefert worden. Zeitweise hatten drei Gehilfinnen und eine der bekanntesten Stickerinnen der Stadt daran gearbeitet. So war mir nach allem doch noch weihnachtlich zumute.

»Nicht übel, wirklich nicht übel«, befand La Trianon, als ich vor dem rechteckigen Spiegel im Schlafgemach stand. Der Spiegel hatte einen Rahmen wie ein Bild, und ich entstieg dem Helldunkel wie das Porträt der Witwe eines Edelmannes aus vergangener Zeit. Ich war ganz in Schwarz gekleidet; das Gewand hatte einen Samtbesatz und war über und über mit schwarzem Seidengarn und Jettperlen bestickt. Unter der kleinen gestärkten Halskrause hob sich ein schweres silbernes Kruzifix – nur geliehen, bis ich mir den Erwerb eines eigenen leisten könnte – von dem schwarzen Untergrund ab. Mein Haar war nach einem Portrait von Maria de Medici frisiert. Den leicht durchsichtigen Schleier an meinem perlenbestickten Häubchen hatte ich zurückgeschlagen, um mein Gesicht besser zu sehen. Bleich und angespannt vor Schmerzen von dem schweren Korsett unter dem Kleid, schwebte es im Halbdunkel wie eine unheimliche Maske. Es war ein fremdes Gesicht, das ich unter dem weißen Puder und den hohen, kunstvoll gewölbten Augenbrauen kaum erkannte: uralt, verborgen unter der Maske der Jugend. Schön auf seine Art, und völlig unerwartet. Mein Rücken, der sich noch gegen die langen Eisenstäbe krümmte, die ihn kaum aufrecht hielten, sah altersgebeugt aus. Ein langer Spazierstock aus Ebenholz, fast so hoch wie ich, mit einem silbernen Ring und einem Büschel schwarzer Bänder verziert, vervollständigte das Bild und diente zugleich dazu, meine Balance zu halten und die letzten Spuren meines Hinkens zu verschleiern. Es war, als sei ich tatsächlich einem früheren Jahrhundert entstiegen, eine alte Frau, konserviert von schauerlichen Geheimkünsten, die ihr den Anschein ewiger Jugend verliehen hatten. Ich war von der dramatischen Wirkung hingerissen. Eine geheimnisvolle Frau. Ein neuer Mensch.

»Unglaublich«, sagte Le Sage kopfschüttelnd. Die schwarzen Augen der Hexenmeisterin leuchteten, als sie ihre Schöpfung begutachtete.

»Ich habe es gewußt. Ich habe es von Anfang an gesehen. Jetzt ist es vollkommen. Habt Ihr die Vorkehrungen getroffen?«

»Ja, ich habe gestern beim Comte de Bachimont vorgesprochen. Ich habe ihm erzählt, ich hätte sie als Kostgängerin in einem winzigen Dachstübchen im Ursulinenkloster entdeckt – nahezu verhungert natürlich. Er sagte, ich müsse sie unverzüglich zu ihm bringen, sonst würdet Ihr sie Euch gewiß schnappen, auf daß sie Eurer Reputation förderlich sei. Er ist hoffnungslos verschuldet und möchte sich ihrer bedienen, um Eintritt in Kreise zu erlangen, bei denen er noch nichts geborgt hat.«

»Ausgezeichnet. Und nicht vergessen«, wandte sie sich an mich, »kein Wort zu dem Comte oder der Comtesse von deiner Verbindung zu mir. Sie sind dem Chevalier de Vanens und seiner Clique verbunden. Alchimisten, mit einem Laboratorium in Lyon. Möglicherweise auch Falschmünzer, wenn meine Mutmaßungen stimmen. Sobald sie dich in die besseren Kreise eingeführt haben, läßt du sie fallen – aber sachte. Du darfst keinen Verdacht erregen –«

Die kleine Beratung wurde von einem Krawall aus dem Erdgeschoß unterbrochen. »Verdammt soll er sein, er ist schon wieder dran!« rief La Voisin und stürmte die Stiege hinunter, dicht gefolgt von Le Sage. »Nicht!« hörte ich Margot kreischen. Quengelnde Kinder waren zu hören, Krach und Poltern. La Trianon und La Dodée folgten die schmale Stiege hinab, und ich hinkte vorsichtig hinterdrein, denn Treppen bildeten die größte Gefahr für mein neues Gleichgewicht. Als ich unten ankam, war der Streit in vollem Gange. Die Schranktüren des kleinen Kabinetts der Hexe standen offen, die Schlösser waren gewaltsam geöffnet worden. Bücher mit merkwürdigen Diagrammen waren verstreut, verstöpselte Flaschen kullerten am Boden. Antoine Montvoisin, der noch mehrere Bücher an seine magere Brust gedrückt hielt, wurde erbarmungslos von Le Sage verprügelt, während Marie-Marguerite Le Sage von ihrem Vater fortzuziehen suchte.

»Was tut Ihr da, wenn ich fragen darf?« kreischte La Voisin zornesbleich.

»Ich verbrenne sie. Verbrenne das schmutzige Zeug. Ich habe dieses dreckige Gewerbe satt. Lieber eine Brotkruste in Ehren als ein Festmahl, das geradewegs vom Teufel kommt.«

»Ihr verzehrt das Festmahl nur zu begierig, wenn jemand anders dafür aufkommt. Wer hat Euch aus dem Schuldturm geholt, jammerndes Kind? Ich stopfe zehn Mäuler, und das größte davon ist Eures. Was habt Ihr je für mich getan, außer im Geschäft zu versagen? Und nun, da ich mit meinem Gewerbe Erfolg habe, wollt Ihr es nicht dulden. Stellt meine Zauberbücher zurück, oder ich schwöre, Ihr werdet den morgigen Tag nicht erleben.«

»Ihr denkt wohl, ich weiß nicht, was Ihr treibt, Ihr mit Eurem feinen Gerede und Euren vornehmen Freunden? Der Ofen hinter dem Wandteppich? Der gespenstische Pavillon im Garten? Wenn sie zu Euren Gartenfesten kommen, tanzen sie auf Leichen, diese Damen der Gesellschaft. Und sie sind vergoldete Ungeheuer, genau wie Ihr.«

»Stellt sie zurück«, sagte La Voisin eisig, mit funkelnden Augen über ihm aufragend, als er sich auf den Fußboden kniete. Der kleine Mann im schmutzigen Schlafrock kroch auf dem Boden herum und sammelte die verstreuten Bücher auf. Seine Tochter wandte die Augen ab. Plötzlich drehte La Voisin sich um und sah mich in der offenen Türe stehen.

»Was hast du gehört?«

»Nichts«, erwiderte ich. Wie ungemein ärgerlich. Ich hatte einen wahnsinnigen Haushalt mit einem anderen vertauscht. Lebte denn niemand anständig in dieser umnachteten Stadt? Wenn man bei der größten Hexe von Paris beschäftigt ist, erwartet man schließlich etwas Besseres. Eleganz. Etwas Geheimnisvolles. Keinen gemeinen Hauskrach.

»Gut«, antwortete sie. »Du lernst sehr schnell. Margot, kümmere dich um das Essen. Ich lasse mir meinen wunderschönen Abend nicht von einem *Mann* verderben.« Sie sah ihren Gatten verächtlich an, der sich mit dem Ärmel seines Schlafrocks die Nase putzte.

Viel später bin ich gefragt worden, wie eine Mahlzeit unter Hexen beschaffen ist. Tun sie sich an Menschenfleisch gütlich? Kommen sie auf Besenstielen angeritten? Dies sind die Vorurteile der Uneingeweihten. Die Hexen kamen zu Fuß, in eleganten Kleidern, Umhängen, Kapuzen von der Christmette in Notre-Dame de Bonne Nouvelle den kurzen Weg zu La Voisins eleganter kleiner Villa herübergeschlendert. Die Gesellschaft, die sich dort den Hexen anschloß, war kultiviert und vornehm – Advokaten, ein Baumeister und etliche Priester und Abbés, mit und ohne Kutte. Pater Davot, der Familienbeichtvater von Notre-Dame de Bonne Nouvelle, leistete uns ebenso Gesellschaft wie Le Sage, der Magier.

Auf dem reichgedeckten Tisch brannten unzählige Kerzen – weiße, nicht schwarze – in hübschen silbernen Kandelabern. Es gab Schinken, mit Anis geräuchert, Kapaune und Enten in würziger Sauce, reichhaltige Suppen und Pasteten, und Süßigkeiten von erlesener Köstlichkeit. Die Servierschüsseln waren aus Silber, mit Ausnahme etlicher großer Terrinen aus exquisit bemaltem Porzellan. Es gab freilich ein kleines Mißgeschick während des Suppengangs, als Margot gerade dann gegen Monsieur Montvoisins Arm rempelte, als er seinen Löffel zum Mund führen wollte, worauf er das schöne weiße Tischtuch bekleckerte. Seine Frau funkelte ihn böse an; er aber wies die Magd mit einem Blick auf die Pfütze auf dem Tischtuch an, den Suppenteller abzuräumen, ohne daß er davon gekostet hatte. »Dann stelle ich ihn eben für die Ratten in die Küche«, sagte Margot schnippisch.

Davon abgesehen verlief der Abend exzellent. Pater Davot aß von allem eine zweite Portion, und Le Sage trank zuviel Wein und begann zu singen. Ich als Ehrengast in meiner neuen Rolle kostete von dem mit Austern gefüllten Kapaun in Kapernsauce und erklärte das Gericht für »zu neumodisch«, verglichen mit den einfachen, gesunden Speisen, die man zur Zeit Heinrichs IV. auftischte, als alles in einem Kessel gekocht wurde. Ich beklagte den Niedergang der Zeiten mit einer Glut, die meine Großmutter entzückt hätte. Ich probierte veraltete Gesten und Redewendungen aus, die bei Tisch mit Ehrfurcht und Beifall aufgenommen wurden. Es war wohltuend, Gegenstand der Bewunderung zu sein, ich, die ich einst nur als Zielscheibe grausamer Witzeleien getaugt hatte. Und während ich sprach, erinnerte ich mich an Großmutter, ja, ich wurde Großmutter. Ich nahm sie gleichsam in mich auf, und sie tröstete mich durch ihre Gegenwart. Ich werde mir bei der ersten Gelegenheit einen Papagei kaufen, nahm ich mir vor. Dem Wein sprach ich natürlich nur mäßig zu. Denn sollte er mir jemals die Zunge lösen, könnte er alles verderben.

Dieser Abend war mein erster Triumph. Erst in der Stunde vor dem Morgengrauen waren die Kerzen niedergebrannt, war das letzte Lied gesungen, die letzte Flasche geleert. Die Sterne waren verblaßt, und rosenfarbenes Licht vertrieb die Schwärze über der Porte St. Denis, als ich in einer Sänfte aufbrach. Ein neuer Tag. Ich war unsagbar zufrieden, als ein verirrter Passant, noch betrunken von der vergangenen Nacht, stehenblieb, um voller Ehrfurcht die mysteriöse verschleierte Dame in Schwarz zu bestaunen.

Kapitel IX

War mein früheres Dasein arm an Festlichkeiten, so wurde ich durch das neue Leben in der Gesellschaft reichlich entschädigt. Eine schauerliche bunte Welt aus mittellosen Marquisen und Chevaliers, Abbés und Grafen, größtenteils mit zweifelhaften oder gar vollends falschen Titeln, bevölkerte die Randbezirke des Hofes; alle bewirteten sich gegenseitig und waren bestrebt, vorwärtszukommen. Ein Amt, eine Pension, eine Einladung oder auch nur ein Blick waren die Reichswährung; alles war verkäuflich, nichts ungeeignet, zum persönlichen Vorteil auf dem Markt gehandelt zu werden. Die Glücklichsten trieben Steuern ein oder machten reichen Erbinnen den Hof, die weniger Glücklichen verkauften ihren Besitz oder informierten die Polizei gegen Bezahlung, während sie auf bessere Zeiten warteten. Gute Manieren und vornehmes Gehabe waren die Eintrittskarte, aber um in dem Spiel voranzukommen, bedurfte es weiterer Dinge. Eine gute Figur oder ein hübsches Profil galten zwar als Vorteil, aber nur als ein geringer; Gerüchte von einer Erbschaft oder einer Glückssträhne beim Spiel waren schon besser. Eine Verbindung zum König, und sei sie noch so fadenscheinig, war das Allerbeste. In diesem Kampf, in dem es darum ging, gesehen zu werden, etwas vorzuweisen, über das sich wenigstens fünf Minuten zu klatschen lohnte, war es ein großer Vorteil, eine hundertfünfzigjährige Frau zu sein, die die Zukunft in Wassergläsern las und sich überreden ließ, sich von einem Tiegel ihrer Jugend schenkenden Hautsalbe zu trennen.

»Sie ist ein furchtbarer Fluch, die ewige Jugend. Ich wünsche sie keinem Menschen«, sagte ich über den Resten des Ragouts zur Comtesse de Bachimont, während ihre Magd, zugleich Köchin, Haushälterin und Vermittlerin für den Pfandleiher, das Geschirr abräumte, um den nächsten Gang aufzutragen. »Überdies wurde die Rezeptur vor über hundert Jahren erstellt – ich weiß nicht, ob sie noch wirkt.«

»Aber Eure Haut – so faltenlos, so blaß –« Sie konnte nicht widerstehen, mir mit der Hand über die Wange zu streichen.

»Es ist die Blässe des Grabes, Madame. Ich habe meine Zeit überlebt. Es ist nur gut, daß mein lieber Gemahl, der Marquis, die Korruption dieses Zeitalters nicht mehr erleben mußte.« Ich betupfte meine Augen, aber vorsichtig, um die rußige Färbung nicht zu verwischen, die sie so faszinierend eingesunken aussehen ließ. Die Comtesse kaufte einen Tiegel.

»Ihr lest die Zukunft in Wassergläsern, wie ich höre«, dröhnte Comte de Bachimont, als die Kerzen niederbrannten und der letzte Gang des Abendessens abgetragen wurde. Das trübe Licht verbarg die seltsame Kahlheit der gemieteten Räume. Ich rechnete mir aus, daß sie bei der Geschwindigkeit, mit der die Möbel verkauft wurden, vor der Jahreswende wieder in Lyon sein würden. Ich mußte rasch handeln. Monsieur le Comte versuchte bei Tisch seine Hand unter meinen Rock zu schieben. *So* rasch mußte ich nun auch wieder nicht handeln.

»Meine liebe Marquise –« ein anderer Gast, der Heilkundige Doktor Rabel, beugte sich über den Tisch, »– ist diese Gabe nicht – äh – gewöhnlich jungen Mädchen vorbehalten?«

»Mein lieber Doktor Rabel, wer die Neunzig überschritten hat, verliert jegliches Interesse an der Erotik – ganz und gar –« ich stieß die Hand des Comte fort, »– und wird gleichsam wieder jungfräulich. Erst danach zeigte sich die Gabe.«

»Hmm«, sagte er in gelehrtem Ton, »ja, entschieden. Das dürfte die Sache erklären. Doch sagt mir, hat die Rezeptur nicht einheitlich gewirkt – will sagen, seid Ihr nicht – hm – überall jugendlich? Will sagen, als der Abbé die Rezeptur von Nicholas Flamel erwarb, habt Ihr sie da getrunken, sobald sie zusammengerührt war?«

»Es bereitet mir Kummer, eine Sünde zu gestehen, für die ich vor so langer Zeit Absolution erlangte, aber die Rezeptur war eine Salbe. Der Abbé hat das meiste davon für sich verbraucht; war er doch zu selbstsüchtig, um zuerst an mich zu denken, obgleich er unsterbliche Liebe geschworen und ich meine Hoffnung auf das Paradies für ihn geopfert hatte. Als er mich mit dem Rest der Rezeptur einrieb, fing er oben an, aber es reichte nicht für unterhalb der Taille –« ich betupfte abermals meine Augen, »– und der zweite Auftrag war bei weitem nicht so stark wie der erste. Etwas stimmte nicht ganz – nur die Oberfläche –« Ich war mit der künstlerischen Ausschmückung meiner Geschichte von der Hautsalbe zufrieden. Kreativität ist schließlich die größte Befriedigung des menschlichen Geistes. Ich trug eine tragische Miene zur Schau.

Die Anwesenden schnalzten mitfühlend. So ein selbstsüchtiges Mannsbild, läßt einem netten Mädchen nur die halbe ewige Jugend! Ich werde diesen Teil der Geschichte ausbauen, dachte ich, das bietet eine gute Erklärung für mein leichtes Hinken. Da unterbrach mich Rabel mit der Bitte um eine Lesung. Die Zeit war gekommen. Mein Herz hüpfte vor Freude. Ich war in meinem Element. »Ich brauche absolute Ruhe«, erklärte ich mit orakelhafter Stimme. »Die Kerzen müssen in gleichen Abständen um die Vase gruppiert werden, um das Bild nicht zu stören.« Ich trug ihnen eilends kleine Verrichtungen auf, hieß sie das Tischtuch glätten, den kleinen schwarzen Beutel mit meinen Utensilien holen. Mit der heiteren Zuversicht der Jugend wußte ich, daß ich gar kein Bild benötigte, um eine ausgezeichnete Lesung zu liefern. La Voisins Nachrichtennetz und die Unterweisung in der Wissenschaft der Physiognomie, die sie mir hatte zuteil werden lassen, genügten vollkommen. Sollte das Bild emporsteigen, so war dies eine Zugabe, um meine Kreation auszuschmücken.

Ich breitete ein blutrotes, mit kabbalistischen Mustern bedecktes Tuch unter die kugelförmige Vase. Ich verlangte »absolut reines« Wasser, um sie zu füllen, und die Köchin seihte das Wasser ehrfürchtig durch fünf Lagen Mull. Dann erst goß ich es durch einen verzierten Trichter, der wie massives Silber aussah, in das magische Gefäß. Ich brauchte lange, um den richtigen Rührstab zu wählen – den gläsernen? Das Drachenhaupt? Die Schlange? Gespannte Blicke ruhten auf mir, auf Geneviève, der Zukurzgekommenen, der Unerwünschten, der Vergessenen – auf Geneviève, der Häßlichen, von der die Leute einst mitleidig die Augen abwandten. Es wärmte mich durch und durch.

Ich sang, ich rührte, und dann spürte ich, eigenartig wie jedesmal, die unheimliche Entspannung, das seltsame Gefühl, als ob die Körpernerven verschwänden, und ein Bild stieg empor. Der Comte im Kerker, die Beine in Fußschellen. Er war schon eine Weile dort, denn ihm war ein langer Bart gewachsen, und seine Kleider hingen ihm in Fetzen am Leibe. »Monsieur le Comte«, sagte ich, »Ihr befaßt euch gegenwärtig mit Geschäften, welche die Aufmerksamkeit der Gesetzeshüter erregen werden. Ihr müßt allergrößte Vorsicht walten lassen, damit es nicht böse endet.« Früher hätte ich es ihm ganz unverblümt gesagt, doch dank La Voisins Unterweisungen wußte ich nun ein schlimmes

Schicksal zu versüßen, um die Vergütung einzustreichen – und Aufträge für weitere Lesungen. Die Anwesenden atmeten alle gleichzeitig ein.

»Noch eine Lesung«, bat Chevalier de Vanens. »Ich muß es wissen.« Ich vollzog alles noch einmal, und wieder stieg mühelos ein Bild empor.

»Das ist sehr interessant, Monsieur de Vanens. Ihr seid hier zusammen mit Monsieur de Bachimont. Ihr seid beide sehr gut gekleidet. Ihr verkauft etwas – ah, es sieht wie ein Silberbarren aus – an einen Beamten der Krone. Hmm, jetzt unterzeichnet er ein Papier.«

»Es ist gelungen«, flüsterte die Comtesse und beugte sich so weit vor, daß sie das Glas trübte.

»Erfolg, bei Gott, Erfolg. Die Münze«, sagte Chevalier de Vanens. Aha, sie waren tatsächlich Falschmünzer. Das Silber war vermutlich so echt wie das Zeug, aus dem mein Trichter gemacht war. Und meine persönliche Vermutung war, daß die ganze Bagage für ein hübsches Weilchen in den Kerker kommen würde. Das war das Problem mit den kleinen Bildern. Sie schimmerten nicht bequem etikettiert oder in chronologischer Reihenfolge aus dem Wasser hervor. Sie waren etwa so nützlich wie Träume, kleine unzusammenhängende Bilder, die eine verschwommene Verbindung mit der Zukunft hatten. Es war wie der Blick durch ein Fenster in einen Raum, in dem Leute kamen und gingen und für den Beobachter unhörbar redeten. Was sagten sie? Was war zuvor geschehen? Was bedeutete es? Interpretation war alles. Die Leute meinen, es sei leicht, die Zukunft zu sehen, man erfährt alles, gewinnt Wetten, entfernt sich, bevor das Haus niederbrennt. Aber sie verstehen nicht einmal die Gegenwart. Warum sollten sie die Zukunft begreifen?

An diesem Abend saß ich allein bei einer Kerze und ordnete die neuesten Bilder entsprechend dem Datum des Sehens, den beteiligten Personen und der geschätzten Zeit der Erfüllung. Auch Visionen erfordern eine vernünftige Analyse.

Die Bilder ergeben ein interessantes Problem. Wie präzise beziehen sie sich auf die Zukunft? Entweder (I) sie repräsentieren die tatsächliche Zukunft, welche absolut und unveränderlich ist, oder (II) sie repräsentieren eine mutmaßliche Zukunft, sofern die Ereignisse sich so weiterentwickeln wie bisher. Trifft (I) zu, dann haben Calvins Anhänger recht, und alles ist vorherbestimmt, Gott hat die Zukunft der Welt von Anfang an festgelegt, und es gibt keinen freien Willen.

Ich hielt inne und betrachtete, was ich geschrieben hatte. Es machte sich hübsch auf dem Papier, alles vernunftgemäß dargestellt wie Euklids Geometrie. Ordnung und Logik bezwingen das Unbekannte. Sinn entsteht aus wirbelndem Wahn.

Umkehrschluß (I A): Gott mag die Welt erschaffen und dann sich selbst überlassen haben wie ein Uhrwerk.
(I A i): Wenn Gott nicht in die Welt eingreifen kann, dann ist Gott nicht allmächtig. Aber Gott ist per Definition allmächtig, und daher gibt es, wenn (I) wahr ist, gemäß (I A i a) unserer gegenwärtigen Auffassung und Definition des Begriffes keinen Gott. Wenn Gott existiert, aber beschließt, nicht einzugreifen (I A ii), dann ist (I A i a) tatsächlich ebenfalls wahr.
Wenn (II) zutrifft, dann erlaubt Gott dem freien Willen, i.e. der Entscheidung des Menschen, die Zukunft umzugestalten. Dies geschieht entweder, weil Gott nicht allmächtig ist (I A i), woraus sich das übrige ergibt, oder weil (II B) Gnade existiert, und damit Gott.

Diese Schlußfolgerung war mir ein großes Rätsel, weil die Vernunft uns leiten sollte, zur Wahrheit zu gelangen. Ich entschied mich für die einzige vernünftige Erprobung, die ich beobachten und einordnen konnte:

Erprobung:
1. *Das Bild meiner persönlichen Zukunft hervorbringen.*
2. *Durch den freien Willen Handlungen erzeugen, welche das Bild verändern.*
3. *Sehen, ob und wieweit das Bild verändert wird.*

Aber sosehr ich mich bemühte, ich konnte kein Bild hervorbringen, das sich auf meine eigene Zukunft bezog.

In dieser Zeit meiner ersten Erfolge bewohnte ich ein möbliertes Zimmer in der Pension der Witwe Bailly in der Rue du Pont-aux-Choux. Die Herrin dieses bescheidenen, aber höchst respektablen Wohnsitzes war überzeugt, daß ich soeben als Kostgängerin aus dem entschieden zu strengen Ursulinenkloster geschieden war, nachdem ich eine kleine Erbschaft gemacht hatte. Die Brillanz ihrer Köchin und die vorzüglichen Federbetten sprachen für den Wechsel. Mein gesellschaftlicher Rang und eine Lesung, in der es um die Heirat ihrer älteren Tochter ging, hatten sie mit Ehrfurcht erfüllt. Seither galt ich ihr mehr als ihr bisheriger ranghöchster Kostgänger, ein Tabak schnupfender Abbé mit traurigen braunen Spanielaugen, der sein spärliches Einkommen mit Übersetzungen italienischer pornographischer Werke aufbesserte.

Gegen ein geringes Aufgeld war mir gestattet, in ihrem kleinen Salon Besucher und Kundschaft zu empfangen. Ich tat dies hinter einem Wandschirm, den die zweite Tochter – die nicht zu verheiraten war – mit unbeholfener Hand bemalt hatte. Meine Hauswirtin strich einen weiteren kleinen Betrag ein, indem sie meine Anwesenheit der Polizei meldete. Mein Gewerbe wurde überprüft und für ehrlich befunden, zumindest insofern, als die Täuschung der Leichtgläubigen legal, wenn auch nicht löblich ist.

Jahre später bekam ich den Bericht zu sehen: »Die Marquise ist eine Frau von unbestimmbarem Alter und gutem Verstande, welche den Törichten und Dummen gegen eine bescheidene Gebühr kluge Ratschläge erteilt. Sie verkauft weder Liebespulver, noch handelt sie mit unter dem Kelche erzeugten Substanzen oder gibt Empfehlungen für andere ungesetzliche Betätigungen. Sie ist nicht aus dieser Stadt. Harmlos.«

Als könnte ich einen Gendarmen nicht mit geschlossenen Augen im Dunkeln erkennen, sogar ohne seinen Hut mit der weißen Feder. Dieser war als Kunde voll auf seine Kosten gekommen, auch wenn ich mich geweigert hatte, einen Hehler für die silbernen Löffel zu empfehlen, die er zu »versetzen« wünschte.

Die vornehmeren Kunden besuchte ich in ihren Häusern; ich gab dem kleinen Küchenjungen der Witwe ein Trinkgeld, damit er mir, je nach Entfernung und Witterung, von einem Mietstand eine Sänfte oder Droschke herbeiholte. Nach kaum mehr als einer Woche war ich in drei unbedeutenden Salons gewesen und hatte zwei Damen mit untreuen Liebhabern sowie einen Mann auf der Suche nach einem vergrabenen Schatz an La Voisin weiterempfohlen. Ich war nach und nach imstande, die Vorzüge der Küchen etlicher feiner Häuser zu vergleichen. Ich fühlte mich ganz als stadtbekannte Frau.

Aber der Winter war kalt, und nicht alle waren so erfolgreich wie ich. Krankheiten beschlichen die Schwachen, die Hungrigen und die Alten, was meinem Gewerbe abträglich war und zudem meine Gedanken mit unerfreulichen Bildern erfüllte. Doch der Anflug von Furcht beflügelte meinen Ehrgeiz. Die Straße wartete stets auf Versager. Manchmal machten meine Träger in einer eisigen Gasse auf dem Weg zu einem vornehmen Haus einen Bogen um einen Leichnam. Zuweilen erhöhte ich ihr Trinkgeld und forderte sie auf, sich in einer Schenke aufzuwärmen, bevor sie sich wieder auf den Weg machten; denn es waren arme Kriegsveteranen, die sich ihr Brot sauer verdienten.

Eines frühen Morgens kam ich auf dem Weg zu einer Lesung durch ein Arbeiterviertel im Faubourg St. Germain und sah einen zugedeckten Karren, der im Schutze der Nacht von Versailles in die Stadt gefahren worden war. Zarte Schneeflocken bestäubten Schultern und Hüte der Wachen. Der weißgefleckte Karren war von Wachmännern umringt, und hinter ihnen versammelte sich eine Menschenmenge, schreiende, stöhnende arme Frauen und Männer in Holzschuhen und grauen, unförmigen Kleidern. Ich hieß meinen Kutscher seinen knochendürren kleinen Gaul anhalten, damit wir uns nicht in der Menge verkeilten.

Eine Frau drohte den Männern, die den Karren bewachten, mit geballter Faust: »Abscheulicher König! Wie lange willst du unsere Söhne für diesen verruchten Palast des Lasters opfern! Was hast du gegen den Louvre einzuwenden, das Heim deiner Vorfahren, daß du einen Palast aus Blut und Knochen errichten mußt? Hast du nicht schon genug Stätten zum Tanzen, ohne mir meinen Sohn zu nehmen und ihn zu töten? Wo sind die tapferen Männer in diesem Königreich?«

»Ergreift das Weib«, riefen die Wachen, und in dem folgenden Tumult wurde die Leinwand vom Karren gerissen. Er war beladen mit notdürftig eingehüllten Leichen von Arbeitern, gestapelt wie Klafterholz. Tote Zimmerleute, tote Maler, tote Stukkateure, Opfer schlechter Ernährung und Überarbeitung. Eine der Hüllen hatte sich geöffnet, und man sah einen jungen Mann mit klaffendem Mund wie ein toter Fisch auf dem Markt. Wie viele solcher Karren, fragte ich mich, kamen jeden Monat von dem eiligst errichteten Bau in Versailles?

»Alte, es gibt noch brave Männer in diesem Königreich! Ein Heer von tapferen, mutigen Ravaillacs –« Bei der Erwähnung des Mörders von Heinrich IV. schritten die Wächter in die Menge, ohne auf die kreischende Frau zu achten, und entrissen einen alten Mann von über sechzig Jahren den schützenden Armen.

»Zurück, zurück, oder euch ereilt dasselbe Schicksal!« riefen die Wachen und hieben auf die Menge ein.

»Mein Mann, mein Mann ist dort!« hörte ich eine verzweifelte Stimme rufen.

»Dann reicht auf dem üblichen Wege ein Gesuch ein. Führt Ihr verräterische Reden, werdet Ihr Eure Zunge verlieren wie der Alte dort –« Der Karren setzte seinen Weg auf dem matschig gestampften Schnee der schmalen Straße fort. An diesem Morgen war ich in Gedanken verloren, und es war mir unmöglich, ein Bild emporsteigen zu lassen. Glücklicherweise war die Kundin, eine kleine verheiratete Bürgerin, die sich in einen Flötenspieler vergafft hatte, ein Dummchen, und einen guten Rat erteilte ich ihr allemal.

Bis Ende Januar hatte ich den beachtlichen Betrag von achtunddreißig Écus eingenommen, wirklich nicht übel für eine Anfängerin. Und so machte ich mich an einem kühlen, nebligen Sonntag morgen Anfang Februar auf, um La Voisin nach der Messe zu treffen und ihr die Erlöse und die Abrechnung meiner ersten bezahlten Arbeit zu übergeben.

Die kalte Sonne war eben durch den dichten Morgennebel gebrochen, und die Glocken hallten noch durch die schmalen Straßen von Villeneuve, als das bescheidene Portal von Notre-Dame de Bonne Nouvelle sich auftat, um einen Strom von drängelnden, schwatzenden Kirchgängern zu entlassen. Als ich mir einen Weg durch die sich zerstreuende Menge bahnte, bemerkte ich eine boshaft aussehende, schwerfällige alte Frau in einem wallenden schwarzen Umhang und einem übertrieben verzierten Hut. Sie verschaffte sich Platz, indem sie die Langsamen oder Unachtsamen mit einem dicken, goldgeschmückten Stock stieß. Meine Gönnerin, elegant in pelzverbrämter Kapuze und einer eng taillierten Jacke, hatte ihren bestickten Umhang zurückgeschlagen, als sie vor dem Kirchenportal stehenblieb, um ihre parfümierten Glacéhandschuhe anzuziehen. Sie sah auf und erblickte die herausgeputzte Alte, die sich ihr wie eine Galeone unter vollen Segeln näherte; ein Ausdruck äußerster Verärgerung huschte über ihr Gesicht. Die dick geschminkte Visage der Alten verzog sich zu einem wissenden Grinsen.

»Und wie befindet sich La Voisin heute?« hörte ich sie fragen. »Gut, darf ich annehmen? Und wie befindet sich der Herr Gemahl? Noch unter den Lebenden?« Die alte Frau gackerte schrill, als La Voisin angewidert die Lippen schürzte und sich rasch entfernte, ohne etwas zu erwidern. Als sie mich erspähte, tat sie mir mit einer hastigen kleinen Geste kund, ich möge sie um die Ecke treffen, abseits von der Menge der Kirchgänger.

»Ein gräßliches Weib. Ich wünsche, daß du ihr aus dem Weg gehst. Was um alles in der Welt führt dich um diese Zeit hierher?«

»Ich bin mit der Abrechnung gekommen, Ihr sagtet –«

»Einerlei, was ich gesagt habe. Geh zu mir nach Hause und nimm den Nebeneingang. Wie um alles in der Welt hast du dir das gedacht – willst du gesehen werden, wie du mir auf der Straße Geld gibst?«

»Ich bitte um Vergebung. Aber ich habe so gut verdient –«

»Gut oder nicht gut, du bist das wirrköpfigste Mädchen, dessen ich mich jemals angenommen habe. Zuviel Gelehrsamkeit und zuwenig Verstand. Jetzt geh, bevor ich mich noch mehr über dich ärgere.«

Niedergeschlagen ging ich die kurze Strecke zu ihrem Haus, wo mir ihr Gatte, wie üblich in seinem alten Schlafrock, die Türe öffnete. Er schien der einzige im ganzen Haus, der nicht zur Spätmesse gegangen war.

»Tretet ein«, sagte er und schlurfte mir voran ins Haus zurück, gefolgt von einer orangegelben Katze und ihren beiden fast ausgewachsenen Jungen. »Ich nehme an, Ihr möchtet Platz nehmen«, fügte er hinzu, als er sich in seinen gewohnten Lehnstuhl setzte und eine Katze auf seinen Schoß sprang. Eine zweite ließ sich auf seiner Schulter nieder.

»Ihr schaut gut aus«, sagte er nach langem Schweigen. Er musterte mich, als ich mich auf den kleinen geradlehnigen Stuhl setzte. »Erfolgreich. Nicht mehr wie eine ertrunkene Ratte wie am ersten Tag, als ich Euch sah.« Ich sagte nichts. Ich war gekränkt. Geneviève Pasquier konnte niemals wie eine ertrunkene Ratte ausgesehen haben.

»Freilich, als ich *ihr* zum ersten Mal begegnete, war sie die schönste Frau der Welt. Ich war wahnsinnig verliebt. Könnt Ihr Euch das vorstellen? Wahnsinnig verliebt.« Er starrte lange Zeit die Wand an, als könne die Tapisserie antworten. Ich konnte es mir nicht vorstellen. Hager und gebrechlich, wie er war, sah er nicht wie ein Liebender aus, ein Mann, der Artigkeiten zu flüstern oder zum Klange von Mandolinen zu singen verstand.

»Ich ließ einen Ring anfertigen – aus Smaragden und Perlen. Wie ihre schwarzen Augen glitzerten, als sie ihn sah! Sie war dazu geschaffen, Smaragde zu tragen. Das macht ihr Teint. Ihr – Ihr solltet keine tragen. Sie würden Eure Haut fahl wirken lassen. Nein – für Euch – ein Collier aus Saphiren. Saphire und Diamanten. Eure Haut wird aussehen wie Schnee. Die Augen werden die Farbe aufnehmen – das Grau wird einen bläulichen Schimmer erhalten.«

Dies alles hatte etwas Abstoßendes. Es war, als wäre er halb im Schlaf und redete im Traum. Ein Stockwerk höher konnte ich Geplapper und Kindergeschrei hören. »Die Gläubiger – sie haben die Kinder auf die Straße gesetzt –«, fuhr er mit derselben träumerischen Stimme fort, wie ein Schlafwandler. »Als sie mich in den Kerker brachten, sahen sie den Ring an ihrer Hand. ›Her damit‹, sagten sie und rissen ihn ihr vom Finger. Ihre Augen glitzerten wie Giftbrunnen, wie nächtliche Gewitterwolken, die den tödlichen Blitz in sich bergen. ›Das werde ich Euch heimzahlen‹, zischte sie. Sie lachten. Jetzt sind sie alle tot, Mademoiselle. Alle tot. Und sie hat meinen Lebenssaft ausgesaugt. Ich bin vertrocknet. Ein welkes Blatt. Ein verschrumpelter Apfel –« Krachend flog die Haustüre auf, und La Voisin trat durch den hinteren Salon ein. Zur gleichen Zeit kamen Margot, die Köchin, und etliche Lakaien an der Rückseite des Hauses zur Küchentüre herein.

»Antoine, ich wünsche nicht, daß Ihr die kleine Marquise langweilt. Komm in mein Kabinett, Mademoiselle. Hast du eine vollständige Abrechnung mitgebracht?«

»Natürlich, Madame«, erwiderte ich. Das Feuer war ausgegangen; sie behielt ihren dicken Umhang an, streifte aber die italienischen Handschuhe ab, Finger für Finger. Sie waren von erlesener dunkelblauer Färbung. Ihr Duft erfüllte den kalten kleinen Raum.

»Dieser Antoine. So unnütz wie mein alter Kater. Kann keine Ratten fangen, kann keine Kätzchen zeugen. Und ich behalte sie beide, obgleich ich nicht recht weiß, warum –« Sie schloß die Schranktüre auf, wühlte in ihren Hauptbüchern und nahm das mit P bezeichnete heraus.

»Achtunddreißig Écus«, sagte sie. Ihre schwarzen Augen leuchteten beim Anblick des Goldes. »Meine Güte, wie rasch du gut verdienst.« Sie starrte mich plötzlich an, ihre Augen suchten mich zu durchbohren. »Du hast doch nichts zurückbehalten, nein?«

»Nein, Madame. Hier ist die Abrechnung. Papier, Feder und Tinte, Geld für Droschken und für ein Paar dicke Strümpfe, weil der Schuh mir Blasen gemacht hat.« Die Arglosigkeit in meinen Augen schien sie zu entwaffnen.

»Und was ist dies für eine Zahlung an La Trianon?«

»Ein Schlaftrunk. Das Korsett ist schmerzhaft.«

»Schmerzhaft? Natürlich ist es schmerzhaft. Du brauchst die Schmerzen. Sie werden dich in deinem Entschluß bestärken, reich zu werden. Laß ab vom Opium. Es wird dich langsam zugrunde richten.« Sie strich diesen Posten mit ihrer Feder durch. Ich beschloß, einen Teil meiner nächsten Gebühr zurückzubehalten und meinen Kauf zu unterschlagen. Soviel würde La Dodée gewiß für mich tun. Ich war unterdessen eine gute Kundin. Meine Gönnerin sah zu mir auf, denn ich stand vor ihr, während sie die Eintragungen ins Hauptbuch vornahm. Ihre Stimme war berechnend und ihr Lächeln falsch, als sie sagte: »Eine Dame wie du sollte nicht ohne Zofe sein. Wer schnürt dich jetzt? Eine Magd dieser dummen Witwe?«

»Ihre jüngste Tochter hilft mir beim Ankleiden.«

»Zeig mir die Stangen. Hmm. Du bist noch bucklig. Das Mädchen ist nicht stark genug, um es richtig fest zu schnüren. Du behältst es beim Schlafen noch an, ja?«

»Wenn ich das nicht täte, hätte ich den Schlaftrunk nicht gebraucht«, entgegnete ich trotzig. Sie lächelte übers ganze Gesicht, zeigte aber zu viele Zähne.

»Nun sei ein tapferes Mädchen, und bald wirst du es nachts ablegen können. Ich glaube, ich weiß genau die richtige Zofe für dich –« Diese Wendung behagte mir nicht. Eine Spionin, um mich im Auge zu behalten. Ich wechselte das Thema.

»Die Frau, die Euch gegrüßt hat«, fragte ich, »wer ist sie? Eine von uns?«

»Eine von uns, vermute ich, im weiteren Sinne«, sagte La Voisin verächtlich. »Das ist Marie Bosse. Sie wird nicht nach deinem Geschmack sein. Vollkommen ungebildet, sie addiert mit den Fingern. Sie hat kein Talent zum Geschäft. Überdies war sie mit einem *Pferdehändler* verheiratet.« La Voisins Stimme bebte vor Überheblichkeit. »Sie war wegen Falschmünzerei im Kerker. Oh, sie hat natürlich Gefährtinnen, aber das sind zum größten Teil kleine Fische. Leute mit wenig Talent. Sie legen Karten, erteilen schlechte Ratschläge. Meistens sind sie nur imstande, das wenige aufzubessern, das ihre Ehemänner heimbringen. Leute, die sich mit *ihr* abgeben, lernen nie, wie man reich wird. Ich lasse ihnen ab und an ein kleines Geschäft zukommen.« Sie klappte ihr Hauptbuch zu und verschloß es in ihrem vergoldeten Buffet. »Sie beneidet mich natürlich – nein, nicht hinsetzen, ich habe dich nicht dazu aufgefordert, oder? –, aber sie wird es zu nichts bringen, weil sie nichts von – Philanthropie versteht. So ergeht es denen, die darauf beharren, alles nach alter Art zu machen. Wir leben in einer neuen Zeit. Um im Geschäft erfolgreich zu sein, muß man das begreifen.«

Sie setzte sich auf den Lehnstuhl hinter ihr Schreibpult und musterte mich eingehend. Ich war jetzt gut gekleidet, mit einem mit Litzen besetzten Kapuzenumhang und einem pelzverbrämten Winterkleid, an dessen Taille ein Pelzmuff an einer Kordel hing. Ganz in Schwarz natürlich, im Hinblick auf meine jüngst erworbene Witwenschaft, und alles von meinem eigenen Verdienst erstanden. Sie betrachtete mich wohlwollend, wie ein Künstler ein Gemälde begutachtet, das er für besonders gelungen hält. In diesem Augenblick durchzuckte mich die Erkenntnis, daß sie mehr war als eine kluge Frau. Sie war brillant. Sie unterschied sich so sehr von La Bosse wie ein General von einem gemeinen Soldaten, durch ihren Weitblick, die Fähigkeit, ungeheure Pläne im Kopf zu erarbeiten, durch eine nahezu übermenschliche Willenskraft. »Du mußt dich vor La Bosse hüten«, fuhr sie fort. »Sie wird dich haben wollen, wenn sie sieht, wie erfolgreich du bist. Aber sie wird keinen großen Nutzen aus dir ziehen, und sie hat ein loses Mundwerk – binnen kurzem wird sie neidisch werden und dich zu Fall bringen, nur um zu zeigen, daß sie es kann. Denke daran, es ist in meinem Interesse, dich aufsteigen zu sehen, und meine Interessen sind mir stets wichtiger als meine Passionen. Deswegen herrsche ich, und andere können sich nur von meinen Brosamen nähren. Denke daran und sei loyal.«

Interessant. Wie viele Anwärterinnen auf die Krone gab es noch? Wie gefestigt war La Voisins Herrschaft über ihr eigenes unermeßliches Netz? Hatte ihr grenzenloser Ehrgeiz sich bereits übernommen und mächtige Rivalinnen und Feindinnen auf den Plan gerufen? Ich sollte mich lieber sputen und mich selbständig machen. Mir war gewiß nicht daran gelegen, mich mit der vulgären Witwe eines *Pferdehändlers* zu verbünden.

17. Februar 1675. Marie Bosse war heute hier und bot mir ein erkleckliches Honorar, wenn ich im Wasser lesen und ihr sagen könne, wo sie einen verlorenen Ring fände. Ich sagte es ihr genau, und sie nickte, als hätte sie es schon gewußt. Sie erwähnte La Vigoreux, des Schneiders Gattin, daraus schließe ich, daß sie gekommen ist, um meine Kräfte auf die Probe zu stellen. Sie tat sehr freundlich und sagte, sie hoffe, mich öfter zu sehen. Ich traue ihr nicht. Sie dünkt mich ungehobelt und verschlagen.

»Madame sollte nicht ewig um den vor so langer Zeit verstorbenen Gatten trauern. Um wieviel jugendlicher würdet Ihr aussehen, meine liebe Marquise, würdet Ihr Euch in die frischen Farben des Frühlings kleiden.« Der Tabak schnupfende provenzalische Abbé brachte sein Gesicht beim Sprechen so dicht an meines, daß ich seinen Atem auf meinem Hals spürte. Auf der anderen Seite des Tisches hielt die Witwe Bailly abrupt beim Austeilen der Suppe inne und sah ihn mißbilligend an.

»Ich bin zu alt, um mich mit den Eitelkeiten dieser Welt zu befassen«, entgegnete ich naserümpfend. Doch ich hatte den Frühling im Herzen und wünschte mir ein neues Kleid. Ein hübsches.

»Gilt das auch für die Eitelkeiten der Leute, die sich in immer größerer Zahl täglich hinter jenem Wandschirm einfinden?« Die Stimme des Abbés war träge und weise. Ein gräßlicher Mann. Die Provenzalen lassen nie von der Jagd auf Frauen ab. Das ist ihnen angeboren. Noch auf dem Sterbebett machen sie ihren Krankenschwestern unsittliche Anträge.

»Da geht es um wohltätige Werke, Monsieur. Ich verbringe meine Tage damit, anderen zu helfen.« Ich tat, als sei ich ganz davon in Anspruch genommen, ein Brötchen zu brechen.

»Madame la Marquise ist eine Wundertäterin, eine Wundertäterin. Ein Tuchhändler mit eigenem Geschäft und Gehilfen. So ein Glück für meine Amélie. Und es ist alles genau so eingetreten, wie sie gesagt hat«, eilte Madame zu meiner Verteidigung. Amélie blickte auf den Tisch und errötete beim Gedanken an ihre bevorstehende Heirat. Brigitte, ihre jüngere Schwester, ohne Mitgift, mürrisch und mit pickeligem Gesicht, sah sie grollend an. Die übrigen Kostgänger, eine Schar mittelloser Ausländer und Provinzler, zeigten sich über die Unterbrechung des Mahles erbost.

»Dem Wort einer so reizenden Gastgeberin muß ich wohl Glauben schenken«, flötete der Abbé. Madame Bailly errötete erfreut und machte sich wieder ans Austeilen der Suppe. Das gleichmäßige Klicken der Suppenlöffel setzte wieder ein. Monsieur Dulac, der Schreiber, fuhr mit seiner Erzählung von dem Skandal auf der Foire St. Germain fort.

»– und als wir in die Rue de Lingerie kamen, war alles in Aufruhr, Buden waren zertrümmert, und einer Limonadeverkäuferin war der Arm gebrochen, ich schwöre es, und ihre ganze Ware auf der Erde verschüttet. Es waren ein junger Vicomte und sein Begleiter, sturzbetrunken. Sie sind mit ihren Pferden auf den Jahrmarkt geprescht und in vollem Galopp durch die Gassen geritten, haben ihre Schwerter geschwenkt und die Buden umgeworfen. Ich wäre um ein Haar getötet worden, *getötet*, nicht auszudenken!«

»Monsieur Dulac, Ihr solltet Euch auf den Abend beschränken, wenn die *Vornehmen* den Jahrmarkt besuchen, nach der Oper«, bemerkte Madame Bailly, während ihr Mädchen für alles die Suppenteller abtrug.

»Als ob *Ihr* das wüßtet«, flüsterte Brigitte gehässig.

»Aber dann werden die Preise verdoppelt, Madame Bailly«, erwiderte der Schreiber, »und ich müßte mich aufs Herumschauen beschränken. Wohingegen ich heute für nur zwei Sous ein höchst sonderbares Geschöpf zu sehen bekam. Eine Rarität aus dem fernen Indien – einen Waschbären.«

»Oh, wie sah er aus, wie ein Drache?« fragte Amélie.

»Nein, er war über und über behaart wie ein Wolf und hatte einen großen Schwanz, ganz gestreift. Sie sollen so giftig sein wie Schlangen. Aber Indien ist ja auch ein äußerst gefährliches Land. Es soll dort fleischfressende Kletterpflanzen geben, die einen

Menschen erwürgen können und mit ihren langen, hohlen Ranken sein Blut trinken.« Die Anwesenden schauderten.

»Uuh!« rief Brigitte. »Haben sie so eine auch ausgestellt? Es müßte aufregend sein, sie zur Fütterungszeit zu sehen!«

Und so ruhten wir nicht eher, als bis wir eine Gruppe zusammen hatten, die noch am selben Abend sowohl den Waschbären als auch die feinen Leute besichtigen wollte. Und zwar in einer Mietdroschke, spendiert von der großzügigen Marquise de Morville, deren wohltätige Werke ihr einen stetig wachsenden Erfolg bescherten.

»Oh, ich liebe es, in einer richtigen Kutsche zu fahren!« schwärmte Amélie, als wir in der Abenddämmerung zu dem Gelände der weitläufigen Abtei St. Germain am linken Ufer der Seine aufbrachen. Brigitte warf ihr einen vernichtenden Blick zu.

Der Tuchhändler, ein gewichtiges Mannsbild mittleren Alters, eingezwängt zwischen seiner Verlobten und ihrer Schwester, verkündete: »Wenn wir vermählt sind, soll Euch stets eine Kutsche zur Verfügung stehen, Mademoiselle Bailly. Eure zierlichen Füße sollen die Erde nicht berühren.«

Ihre Mutter seufzte. »Welch rührende, fürnehme Ergebenheit! O Monsieur Leroux, Ihr seid so galant!«

»Wie könnte es anders sein, bei einer so reizenden jungen Dame?« sagte der Abbé, der, zwischen die Witwe Bailly und mich gequetscht, sich noch nicht entschieden hatte, hinter wessen Taille seine Hand gleiten sollte. Auf meiner Seite begegnete er Eiseskälte und hartem Stahl, auf ihrer Quietschen und Gekicher. Er rutschte auf die gewogenere Seite.

»Oh, seht, sie zünden die Straßenlaternen an!« Amélie wies auf einen Mann auf einer Leiter an der Ecke neben der polizeilichen Absperrung.

»Monsieur de la Reynies beste Erfindung«, ließ sich der Tuchhändler vernehmen. »Bald wird ganz Paris bei Nacht so sicher sein wie Ihr Schlafgemach, Mesdames. Er hat die Wachen vermehrt und wird bald den allerletzten Bettler und Dieb hinweggefegt haben, die unserer herrlichen Stadt Schande machen. Wir leben in einem Zeitalter der Wunder –«

Unsere Kutsche hatte angehalten, um an der Wegkreuzung eine elegante Equipage passieren zu lassen. Ihr Wappenschild war übermalt, und sie war mit maskierten Damen und Herren auf dem Weg zum Jahrmarkt beladen. Die Oper war zu Ende.

Unter der eben angezündeten Laterne sah ich eine öffentliche Bekanntmachung, frisch über mehrere alte angeschlagen. Die neuesten polizeilich verbotenen Bücher. Es war verboten, sie zu besitzen oder zu drucken, zu kaufen oder zu verkaufen, bei strengster Bestrafung etc. Mein skandalsüchtiges Auge suchte nach etwas Interessantem: »La Défense de la Réformation« – fader Protestantismus. »Philosophische Betrachtungen über die Gnade« – noch faderer Jansenismus. »Betrachtungen über die Gesundheit des Staatskörpers«, Verfasser unbekannt, Pseudonym »Cato«. Sogleich wurde die Erinnerung an einen hitzigen jungen Mann wach, in fadenscheinigem Schwarz wie ein notleidender Geistlicher. Ein dunkelhäutiger junger Mann mit entschlossenem Kinn und ehrgeizigem Blick, bereit, Paris im Sturm zu erobern. So, Monsieur Cato, Eure Laufbahn wird nicht in den Salons enden, sondern in der Bastille. Und Griffon. Hatte die Polizei das Tor aufgebrochen und die Presse zertrümmert? Hatten Brechstangen die Druckvorlagen zerschlagen? Wie lange standet ihr wegen Druckens des bösen Wortes am Pranger? Und Lamotte. Ach, Lamotte. Er würde entkommen, der Poet, der Stückeschreiber. Weil ich es wollte. Alles andere wäre zu schrecklich.

»Verbotene Bücher sind die begehrtesten Sammlerexemplare, Madame la Marquise«, bemerkte der Abbé beiläufig und betrachtete die Stelle, auf die mein Blick gefallen war.

»Wer derartige Dinge besitzt, ist nicht besser als ein Verräter, der die Sicherheit des Staates untergräbt«, erklärte Monsieur Leroux, der Tuchhändler.

»Vorige Woche haben sie einen Verräter auf der Place de Grève bei Fackelschein aufs Rad gebunden«, warf Brigitte ein. »Alle sagen, es war himmlisch, aber Mutter wollte mich nicht hingehen lassen.«

»Es schickt sich nicht für ein Mädchen, unbegleitet zu nächtlichen Exekutionen zu gehen«, erklärte ihre Mutter.

»Eine Frau von Stand sollte stets in Begleitung zu Exekutionen gehen. Ich würde meine Gemahlin selbstverständlich stets persönlich zu solchen löblichen Zurschaustellungen der Moral begleiten«, sagte Monsieur Leroux und umfaßte Amélies Hand.

»Freilich, mit verbotenen Büchern ist eine Menge Geld zu verdienen«, ließ sich der Abbé listig vernehmen; er hatte den Tuchhändler während der Fahrt genau beobachtet und taxiert.

»Geld?« Monsieur Leroux' Interesse war erwacht. »Aber doch gewiß nicht sehr viel«, setzte er hastig hinzu.

»Oh, als ›Le Colloque amoureux‹ verboten wurde, stieg der Preis von zwanzig Sous auf zwanzig Livres. Und jetzt ist nirgends auch nur ein einziges Exemplar mehr zu haben. Es könnte gut und gerne dreißig Livres oder mehr erzielen, wenn man eines beschaffen könnte.« Ein ironisches Lächeln huschte über das Antlitz des Abbés.

»Zwanzig, dreißig Livres? Das ist wirklich erstaunlich. Als Kapitalanlage –« Der Tuchhändler verlor sich in Berechnungen.

»Und man denke an Père Dupré, der an die Polizei schrieb und seine eigene Abhandlung denunzierte, worin er die Jansenisten angriff. Ein fades, wenig originelles Werk; er hatte nicht ein einziges Exemplar verkaufen können. Binnen eines Monats war die gesamte Auflage zum Zehnfachen des ursprünglichen Preises verkauft.«

»Ein Skandal!« rief der Tuchhändler aus. »Dennoch beweist es ein gewisses löbliches Bestreben. Weitaus besser als die Schande, ein Versager zu sein.« Monsieur Leroux blickte selbstzufrieden drein.

Wir hatten unterdessen den Pont-Neuf wohlbehalten überquert, vorbei an einem Bader, der auf einem Podest bei Fackelschein Zähne zog. Unsere Kutsche stand nun mit vielen anderen außerhalb der Jahrmarktgefilde, und wir waren das Dutzend Stufen in die überdachten Gassen hinuntergestiegen. Das Gelände war so alt, daß es unter Bodenhöhe abgesunken war, als hätten es Millionen von Füßen im Laufe der Jahrhunderte niedergetrampelt. Budenreihen, von abertausend Kerzen erhellt, leuchteten einladend in den langen Gassen, die »Straßen« hießen und nach den darin verkauften Waren benannt waren. Verkäufer von Limonade, wäßriger Schokolade und Bonbons priesen lauthals ihre Waren an. Einladender Duft gekochter Gerichte wehte von den Buden herüber, wo Speisen verkauft wurden. Viele dieser Buden, für die eleganteren abendlichen Jahrmarktbesucher frisch hergerichtet, hatten Tische mit weißen Leinendecken und schönen Kandelabern.

Wir schlenderten durch die Rue de Mercerie, um Möbel und seltene Porzellanwaren aus Asien und Indien anzuschauen. Amélie äußerte in entzückten Rufen, was sie gerne in ihrem Hause hätte, sobald sie vermählt sei. Auf Anschlägen war ein *pièce à écriteaux* angekündigt: So umgingen Komödianten auf dem Jahrmarkt das offizielle alleinige Recht der Pariser Theater auf das gesprochene Wort. Den stummen Darstellern konnte nicht angelastet werden, ein einziges Wort zu sprechen, denn der Dialog wurde in jeder Szene auf großen Schildern gezeigt. Wir blieben stehen, um zwei elegant gekleideten Herren in zartfarbener Seide zuzusehen, die um eine Vase feilschten. Dann schlenderten wir weiter, bewunderten Schmuckstücke, Spitzen, Silber, Berge von bunten Bonbons und Apfelsinen, alles unglaublich teuer.

In dieser Saison wurden auf dem Jahrmarkt mehrere *pièces à jargon* gegeben. Jedermann konnte verstehen, was die Schauspieler mit fremdländisch klingender Zunge sprachen. Und dennoch entging die Truppe der Verfolgung wegen Verletzung des Alleinrechts der Theater. Männer in bizarren Kostümen priesen die Vorzüge diverser Spielhöllen, und in all dem Lärm konnten wir aus einem Theater gedämpften Gesang vernehmen, von einem Klavichord und Flöten begleitet. Ein Anschlag verkündete, daß eine der beliebtesten neuen Opern von beinahe lebensgroßen Marionetten aufgeführt wurde.

»Oh, laßt uns hineingehen, lieber Monsieur Leroux«, rief Amélie.

»Die Oper ist kaum ein respektabler Ort, an dem sich eine unverheiratete Frau aus guter Familie sehen lassen kann«, erklärte Monsieur Leroux, »auch wenn es sich um eine Oper mit Marionetten handelt.« Aus seiner Stimme konnte ich den Ton des Geldzählens heraushören.

»Dann kann ich es kaum erwarten, verheiratet zu sein!« rief Amélie, und ihre jüngere Schwester schnitt ihr heimlich eine Grimasse.

»Das, meine liebe Mademoiselle Bailly, ist gänzlich angemessen«, erklärte ihr Zukünftiger.

Ein gutgekleideter Herr, gefolgt von vier livrierten Dienern, bahnte sich einen Weg durch die Menge.

»Wahrlich«, flüsterte der Abbé mir zu, »der Abend fördert die besseren Klassen zutage. Selbst die Taschendiebe scheinen der Oberschicht anzugehören.« Ich sah genau hin, und wahrhaftig, eine bleiche Hand schob sich blitzschnell aus ihrem spitzengeschmückten Ärmel in die Tasche eines gewichtigen Herrn, der zwei ältere Damen begleitete.

Wir bogen in die Rue des Orfèvreries ein, wo Geschmeide aller Art zur Schau gestellt war. Maskierte Damen in elegantem Inkognito schlenderten mit ihren Kavalieren und deuteten mit behandschuhter Hand auf dies und das.

»Mein lieber Freund, was für eine entzückende Brosche«, ertönte die hohe, kultivierte Stimme einer Hofdame.

»Meine Liebe, sie gehört Euch«, und der Galan erstand den begehrten Gegenstand und überreichte ihn seiner Angebeteten mit schwungvoller Gebärde.

»Ah, welche Wonne; oh, mein Freund, ich bin ermüdet.«

»Gestattet mir, Euch eine Erfrischung anzubieten. Nach Aussage des Duc de Vivonne soll das neue Getränk im türkischen Pavillon die Sinne wunderbar beleben.«

»O Monsieur Leroux«, rief Amélie, »laßt uns auch hier einkehren!«

Und ihr Verlobter, der es müde war, Andeutungen über »zu allerliebste« kleine Stickereien in der Rue de la Lingerie zu überhören, stimmte eilends zu.

Wir folgten dem maskierten Paar in den türkischen Pavillon, wo man uns in der Nähe der Türe an einen mit weißem Leinen gedeckten Tisch führte. Über uns erstreckte sich eine ausladende, wenngleich unbeholfen gestaltete Decke mit glitzernden Kronleuchtern. Kellner in riesigen wattierten Turbanen und bauschigen Beinkleidern trugen fremdartige Messingtabletts mit emaillierten Metalltäßchen. Ein merkwürdiger Geruch nach verbranntem Kork erfüllte den Raum – zweifellos das türkische Getränk –, aber es war zu spät, um mit Anstand hinauszugehen.

»Aber, mein Lieber«, hörte ich die helle Stimme der maskierten Dame, »man hätte uns gewiß nicht so nahe bei solchen *Niemanden* plazieren sollen.« Madame Bailly und ihre Töchter waren zu sehr damit beschäftigt, sich über die Spitzen und Frisuren der Besucher an den Nachbartischen zu verwundern, um es zu hören, doch der Abbé warf mir einen amüsierten Blick zu.

Wieder war die Stimme der maskierten Dame zu vernehmen: »Die Frau da drüben zum Beispiel kann niemand anders sein als Mademoiselle de Brie, die Komödiantin vom Théâtre de la Rue Guénégaud. Ich bin sicher, daß ich das vulgäre Kleid und diesen gräßlichen Umhang mit der Schleppe kenne – ich glaube, sie gehören der Truppe, oder vielleicht hat sie sie aus zweiter Hand gekauft.«

Ich ließ meinen Blick zu dem betreffenden Tisch gleiten und sah eine große Frau mit schwarzer Samtmaske, erlesen gekleidet, die Kapuze zurückgeschlagen, um ein Meisterwerk aus Locken und Brillanten zu offenbaren. Sie befand sich in lebhaftem Gespräch mit einem Kavalier, der uns den Rücken zukehrte. Sein Federhut saß in keckem Winkel auf seinen schulterlangen Lokken; sein blausamtener Umhang war lässig über eine Schulter drapiert, so daß das karmesinrote Satinfutter zu sehen war. Die Frau schien angeregt und fasziniert. Mochte ihre Figur ihre Blütezeit auch überschritten haben, ihre Maske konnte die Spuren einstiger Schönheit nicht ganz verdecken.

»Mein Meisterwerk, eigens geschrieben, um Eure Schönheit und Euer Talent zur Geltung zu bringen –«, hörte ich den Kavalier sagen. Eine echte Komödiantin und ein Stückeschreiber. Ich war hingerissen.

Der türkische Kaffee war gekommen. Wir blickten in die prächtigen Täßchen und sahen eine dicke, schwarze Flüssigkeit, wie Teer auf weißer Emaille. Alles andere als einladend. Niemand wollte so unfein sein und aussprechen, daß wir hinters Licht geführt worden waren. Schließlich hatten wir schon den Waschbären gesehen, der leider gestorben und durch eine Zeichnung ersetzt worden war, und den zweiköpfigen Mann, dessen einer Kopf aus Holz war.

Monsieur Leroux hob das Täßchen an seine Lippen, während Amélie vernarrt zusah. »Äußerst bemerkenswert«, verkündete er. »Ein wenig wie verbranntes Caramel«, und er nahm noch ein winziges Schlückchen.

Amélie hob das Täßchen auf die elegante Art, die sie der Dame abgeschaut hatte. »Wahrhaftig, Monsieur Leroux, Ihr habt es vorzüglich ausgedrückt. Es ist bemerkenswert.« Aber sie verzog das Gesicht.

»– ich sehe hier niemanden von Rang. Wie könnt Ihr es vornehm nennen? Monsieur le Duc hat gewiß einen anderen Pavillon gemeint –«, wehte die Stimme der Dame zu uns herüber. »Nun ja, die verschleierte Dame in Schwarz neben dem Abbé, sie könnte jemand sein, säße sie nicht mit diesen *unmöglich* bourgoisen Leuten zusammen –«

Ich trank meinen ersten Schluck aus dem winzigen Täßchen. Selbst der Zucker, der das Getränk dick wie Sirup machte, vermochte den bitteren Geschmack nicht zu überdecken.

»Kommt, meine Liebe«, sagte der Stückeschreiber, und seine Stimme troff von Widerwillen, »der Landadel aus der Provinz hat den gesamten Hofadel aus dieser Stätte gedrängt. Hier ist niemand mehr von wahrer Vornehmheit zu sehen.« Und mit einer umsichtigen Geste nahm er den Arm der Komödiantin. Sie raffte mit ihrer behandschuhten Hand ihre Schleppe, und gemeinsam stolzierten sie an der maskierten Dame, sodann an uns vorbei zur Türe hinaus. Ich kannte den Mann, von seinem gewichsten Schnurrbart bis zu den langen braunen Locken, die über seinen Spitzenkragen wallten. Es war der schöne Kavalier von der Rue des Marmousets, zu Wohlstand gelangt. Es war André Lamotte.

»Meiner Seel, so ein stattlicher Mann«, bemerkte Brigitte, »aber *sie* ist viel zu alt für ihn.«

»Das ist André Lamotte, der Stückeschreiber«, sagte ich. War es das schwarze Getränk, das meine Nerven so in meinem Leib kribbeln ließ?

»Meine Güte, sich so in der Gesellschaft auszukennen«, seufzte Madame Bailly.

»Lamotte, Lamotte«, sagte der Abbé, »den Namen kenne ich. Ich war vor Weihnachten im Théâtre de la Rue Guénégaud und habe ein Stück gesehen – wie hieß es doch gleich? Wochenlang waren alle ganz versessen darauf. Ach, ja, ›Osmin‹. Es handelte von einem türkischen Prinzen, der aus Liebe zu einem Christenmädchen stirbt, deren Gesicht er nur in einem Fenster gesehen hat –« Er brach ab, um mir einen leidenschaftlichen Blick zu schenken. »Männer sterben aus Liebe«, setzte er hinzu und versuchte, seine Hand auf mein Knie zu legen. Ich schob sie fort.

»Oh, wie poetisch«, seufzte Amélie.

»Sie war vermutlich blond und hatte einen makellosen Teint«, meinte Brigitte sauertöpfisch. »So sind sie alle, diese Geschichten. Keiner stirbt für ein Mädchen mit Pickeln.«

Ich schlürfte den Rest des bitteren Trankes. Ein köstliches Getränk, dachte ich. Ich muß herausfinden, wie ich öfter in seinen Genuß kommen kann. Kein besonderer Geschmack, aber diese wunderbare Wirkung! Ein Monat in einem Kurbad könnte meinem Körper nicht diese Kraft, meinen Gedanken nicht diese Klarheit verleihen. Und dann, während meine Gedanken davonpreschten wie Pferde in vollem Galopp, wurde mir bewußt, was ich mir zuvor nicht zu denken gestattet hatte. Ich begehrte André Lamotte.

Kapitel X

In der folgenden Woche hatte ich großes Glück. Monsieur Rabel, der Heilkundige, kam heimlich zu einer Lesung in das kleine Haus in der Rue du Pont-aux-Choux. Das erste Bild, das ich im Glas emporsteigen lassen konnte, zeigte ihn, wie er einen Patienten mit einer undefinierbaren Arznei tötete. Das nächste war schlimmer: Es zeigte ihn in einem Verlies, wo er von einem Mann mit brauner Vollperücke verhört wurde, während Schreiber die Aussage protokollierten. Rabel wurde bleich, als ich es ihm sagte; mir dagegen erschien das alles ziemlich übertrieben für etwas, das Heilkundige jeden Tag tun. »Ich kann das nur so deuten, Monsieur Rabel, daß die Obrigkeit glaubt, es habe sich bei dieser Arznei um Gift gehandelt.«

»Was – was seht Ihr sonst noch. Sagt es mir.« Er beugte sich vor, so daß sein Atem die Kugelvase trübte.

»Ihr liegt ausgestreckt auf einer Matratze, und der Schreiber beugt sich zu Eurem Mund, um Euch zu verstehen.«

»Mein Gott. Ist es die Folter?« flüsterte er. Ich hatte in den letzten Monaten eine Menge über moderne Polizeimethoden erfahren. In Paris wurden Folterungen jetzt unter wissenschaftlicher Leitung durchgeführt, und sie waren auf drei zugelassene Formen beschränkt: die Streckbank, die Wasserfolter und den spanischen Stiefel. Es war mir gelungen, alle drei Arten im Glas zu sehen, und ich machte mir keine Illusionen über die Ausführung. Stets war ein Wundarzt zugegen, um zu verhindern, daß der Tod dem Folterknecht ein Schnippchen schlug; der Gefangene wurde zwischen den »Sitzungen« auf eine Matratze gelegt, um den Tod aufzuhalten. Es war ein System bewundernswerter Regelmäßigkeit und Ordnung, und La Reynie, der tüchtige Administrator, kümmerte sich persönlich um die Vollstreckung.

»Ihr seid nicht unbekleidet«, bemerkte ich mit einem Blick auf die Gestalt im Glas.

»Dann kann es nicht die Wasserfolter sein. Wie sehen meine Beine aus?«

»Sie sind heil. Kein Blut, keine Knochen, nichts an ihnen als Strümpfe mit Löchern – keine Schuhe –«

»Dann kann es auch nicht der spanische Stiefel sein. Könnt Ihr weiter in den Raum sehen?«

»Nicht ganz. Ich sehe einen Wundarzt, aber nicht den Gehilfen des Folterknechts. Ich denke, Ihr seid vielleicht nur krank, und es ist nicht die Folterpause.«

»Noch ein Bild. Ich muß es wissen.«

»Ich bin ermattet, Monsieur. Fieber beschleicht mich. Ich werde zu schwach.«

»Koste es, was es wolle, ich muß es wissen.«

»Noch einmal zehn Écus.«

»Um jeden Preis.«

»Marie«, rief ich und klingelte mit einem silbernen Glöckchen, das neben mir auf dem Schreibpult stand. »Bereite mir frisches Wasser, ich muß noch eine Lesung machen.« Und als sie von dannen eilte, bot ich dem Heilkundigen ein Glas Likör an, damit er die Erschütterung und ich die unheimliche Erschöpfung verkraftete, die mich nach anstrengenden wiederholten Lesungen jedesmal befiel.

»Müssen die Bilder Wahrheit werden, oder kann man es verhüten?« fragte Rabel und fächelte sich kraftlos mit einer Hand.

»Das würde ich selber gerne ergründen. Bislang sind sie wahr geworden, aber es hat ja auch noch niemand ernsthafte Anstrengungen unternommen, die Ereignisse, die das Wasser zeigt, zu verhindern. Wenn aber das Schicksal unabwendbar ist, dann würde Gott nicht von uns verlangen, die Wahl zwischen Gut und Böse zu treffen, da Er doch ohnehin weiß, wie es ausgeht.«

»Ihr seid eine weise Frau, Marquise. Ich würde Euch nicht für jünger als eineinhalb Jahrhunderte halten. Dennoch, Ihr habt den Verstand eines Mannes. Das ist ein großer Widerspruch: Wenn wir uns den Bildern anheimgeben, können wir alles tun, was uns beliebt, denn uns trifft keine Verantwortung. Suchen wir sie aber zu verändern, so kann uns dies nur gelingen, wenn wir tatsächlich die freie Wahl haben. In diesem Falle hat Gott uns gestattet, zwischen Gut und Böse zu wählen.« Er seufzte. »Wenn es so ist, müssen wir das Gute wählen, oder wir sind des Teufels.«

»Nur, wenn es Gott gibt, Monsieur Rabel.«

»Aber wenn es Ihn nicht gibt, dann sind wir in ein verfallendes Universum gestürzt, in ein unaussprechliches Chaos, denn weder Gut noch Böse würde vergolten. Wo ist dann die Ordnung? Wozu sind wir hier? Habe ich umsonst gelitten, nicht für den

Himmel, nicht für die Hölle?« Er schien außer sich vor Verzweiflung.

»Diese Fragen sind zu schwer für mich, selbst nach hundertfünfzig Jahren. Kommt, Eure dritte Lesung.« Als das Wasser sich beruhigt hatte, sah ich ein neues Bild. Rabel beriet einen offenbar sagenhaft reichen Ausländer in einem Palastgemach. Als ich das Bild genauer beschrieb, begannen sich Rabels Züge zu glätten, und seine Sorgen über die Natur des Universums verflüchtigten sich. »Ihr werdet reich und berühmt sein, Doktor Rabel, sobald ihr die Schwierigkeiten der vorhergehenden Bilder überwunden habt. Aber das wird nicht in Paris sein –« Seine Zuckungen hörten auf. Seine Welt war wieder in Ordnung. Rabel im Zentrum, alles andere existierte nur, um ihn ins Glück emporzuheben.

»Ja, ja. Ich weiß, wer das ist – ich erkenne die Beschreibung. Es ist der König von England. Meine Belohnung – ha! Oh, ich Glücklicher!« Er rieb sich die Hände. Wieder ein Kunde, der das Bild um nichts in der Welt verändern wollte. Wie konnte ich je meinen Beweis erbringen, wenn niemand bereit war, das Schicksal herauszufordern? Plötzlich sah er mich wieder an. Diesmal mit neuem Respekt.

»Und Ihr. Es ist bewiesen. Der Teufel wirkt wahrhaftig auf der Welt, und Ihr seid mit ihm im Bunde. Warum würdet Ihr sonst in meinem Leben erscheinen, so düster, so mysteriös, um mir den Lohn für meine – meine Taten zu verkünden?« Ihr meint üble Taten, dachte ich. Andernfalls hättet Ihr nicht gezögert. Ihr verabreicht Gift als Arznei. Wer bezahlt Euch? Die Erben? Ein Rivale? Ein Fremder, der einen Groll hegt? Ich betrachtete die verräterische Kugel. Grauenhafte Bilder. Wann werdet ihr etwas anderes enthüllen als die geheime Bosheit der Menschheit? Ich trug eine Miene zur Schau, die, wie ich hoffte, würdevoll aussah. »Der Teufel –«, fuhr er sinnend fort, »wann seid Ihr ihm begegnet? Könnt Ihr ihn mir zeigen? Mußtet Ihr ihm Eure Seele verschreiben?« Ich fand sein Geschwätz allmählich widerwärtig.

»Nicht daß ich wüßte«, sagte ich leichthin. »Ich bin schlicht das unglückliche Produkt der alchimistischen Wissenschaft. Eine gewöhnliche Frau aus guter Familie – von der Liebe betrogen – ein mißglücktes Experiment. Wenn Ihr hundertfünfzig Jahre gelebt hättet, würdet auch Ihr zweifellos der Gabe des Lesens teilhaftig werden. Sie stellt sich mit dem Alter ein.« Er wirkte erschrocken. Er wird gehen, dachte ich. Ich darf ihn nicht vollends entmutigen. »Natürlich«, fuhr ich fort, »kann ich nicht behaupten, daß mein ehemaliger Geliebter, der Abbé, welcher sich in diesem Augenblick zweifellos mit anderen, jüngeren Frauen vergnügt, nicht mit dem Teufel im Bunde war, als er die Salbe herstellte.«

»Natürlich, natürlich«, murmelte er. »Die meisten Abbés sind mit ihm im Bunde. Das klingt plausibel. Was weiß denn eine Frau? Wir müssen den Abbé finden – er kann überall sein. Verdammt!« Dann sah er mich an und lächelte liebenswürdig, wie man einem Kind zulächelt, das man mit einem Bonbon zu bestechen sucht. »Wie bedauerlich, meine Liebe, daß Ihr den Teufel nicht selbst herbeiholen könnt. Dennoch, Ihr seid ein Phänomen! Warum sollen diese habgierigen Bachimonts die Ehre haben? Selbst ein Teufel aus zweiter Hand ist jedermann weit voraus – ja, dem Duc – meine liebe Marquise, Ihr müßt mir gestatten, Euch in einen Kreis einzuführen – einen Kreis von Leuten, die sehr interessant sein werden – ha! Ihr und ich – ich werde die Welt in Erstaunen setzen!« Das Geschäft wurde von Mal zu Mal komplizierter. Nur gut, dachte ich, daß eine Frau mit Erfahrung mich berät. Ich muß mich baldmöglichst mit La Voisin besprechen. Ich möchte wahrlich nicht als Opfer einer lächerlichen teuflischen Zeremonie enden.

5. März 1675. Warum beharren die Menschen darauf, sich mit dem Teufel einzulassen? Wenn es keinen Gott gibt, dann gibt es auch keinen Teufel, und alles ist vergebens und töricht. Wenn es Gott gibt, warum will dann irgendwer, der seine fünf Sinne beisammenhat, mit einem zweitrangigen Wesen wie dem Teufel zu schaffen haben? Das widerspricht nicht nur der Logik, es ist schlechter Geschmack. Den Rest der Seite füllte ich mit Zeichnungen von Lamottes Gesicht.

»Ich würde mir da keinerlei Sorgen machen, meine Liebe«, erklärte meine Beraterin und streichelte den kleinen Bernsteinkatzenkopf. Ein kühler Frühjahrsnebel wirbelte vor dem Fenster, doch das züngelnde Feuer auf den beiden Eisenkatzen machte das Zimmer fast zu warm. Ich fühlte den Schweiß im Rücken hinabrinnen, als ich vor ihrem Schreibpult stand. Sie blickte zu mir auf, als sei ich irgendwie schwierig. »In einer schwarzen Messe ist meist ein Kind das Opfer, und oftmals genügt ein Tier oder ein wenig Menschenblut. Du bist entschieden zu alt. Man könnte dich allerhöchstens bitten, als Altar zu dienen, doch um den Teufel herbeizurufen, wird eine Jungfrau bevorzugt. Wird die Messe zugunsten einer Frau gelesen, so wird sie meistens aufgefordert, selbst als Altar zu dienen. Für einen Mann freilich ist eine Frau vonnöten, die als Altar dient. Aber es ist vollkommen freiwillig – wie wollte sonst der Kelch geschlossen bleiben?«

Kichernd starrte sie an mir vorbei ins Feuer. Dann sah sie mich nachsichtig an, mit dem merkwürdigen kleinen V-Lächeln. »Nein, du brauchst dir überhaupt keine Sorgen zu machen. Was immer sie tun, gib dich gelangweilt, als hättest du es schon besser ausgeführt gesehen. Das Niveau deines Geschäftes wird erheblich steigen. Teufelskult ist heutzutage in den höchsten Kreisen die große Mode. Unsere Aristokraten sind des Tanzens, des Glückspiels und des Kriegführens müde. Nur Neuheiten zählen.« Sie legte den Katzenkopf aus der Hand. Dies war das Zeichen, daß die Unterredung beendet war. Meine Gönnerin erhob sich und wandte sich von ihrem vollgestopften Schreibpult ab. Die Bernsteinkatze blinzelte mich von einem Stapel in Vorbereitung befindlicher Horoskope an. Eine Anzahl bunter Fläschchen und eines von La Voisins Hauptbüchern machten sich mit dem vulgären kleinen Satyr, der ihre Tinte enthielt, den Platz streitig. An der Türe blieb sie stehen und sah mich über die Schulter an. »Ach«, sagte sie, als sei ihr gerade etwas eingefallen, »und wenn du Père Guibourg siehst, erinnere ihn daran, daß seine letzte Zahlung überfällig ist.«

Und so wurde ich, bestens gewappnet, in der folgenden Woche von dem berühmten Doktor in die luxuriöse Residenz des Duc de Nevers eingeführt, Mitglied der einflußreichen Familie Mancini und Neffe des verstorbenen Kardinals Mazarin. Der Duc, hatte ich erfahren, war ein Amateurmagier, der sich nichts sehnlicher wünschte, als dem Teufel persönlich zu begegnen. Selbst unter den Adligen war er eine Berühmtheit. Schließlich trifft man nicht alle Tage einen Mann, der ein Schwein getauft hat. Es war eine kleine, aber interessante Gesellschaft zugegen. Unter den Gästen war der Duc de Brissac, ein Adept, der viel Zeit mit Gesprächen über Paracelsus und »La clavicule de Salomon« verbrachte. Von Rabel erfuhr ich, daß Brissac sein gesamtes Vermögen für Glücksspiel und Ausschweifungen verschwendet hatte und nun gezwungen war, als Hausgast des Duc de Nevers zu leben. Schläfrig vor Langeweile, saß ich neben Rabel und dem plappernden Brissac im Salon und hörte zu, wie Duc de Nevers einen italienischen Wahrsager – einen Mann namens Visconti, der ein Günstling des Königs war – über Dämonenbesessenheit in Italien ausfragte.

»– dort sind außergewöhnliche Dinge zu sehen, Dinge, die man in Paris niemals zu sehen bekommt. In Italien ist man dem Teufel näher – sagt mir, lohnt sich heutzutage eine Reise nach Rom?«

»Es ist einfach so, daß Italien der Inquisition näher ist, nicht dem Teufel«, entgegnete der Italiener kühl. »Die Inquisition hält es für angebracht, jedweder phantastischen Geschichte Glauben zu schenken. Und dank der allgemeinen Einfalt der Menschheit glauben die Italiener alles, was die Inquisition akzeptiert. So werden Reputationen gemacht. Nein, Monsieur le Duc, wenn Ihr den Teufel zu sehen wünscht, könnt Ihr ihn ebenso wahrscheinlich in Paris finden.«

»Aber ich habe Euch etliche Wunder zu zeigen. Ich wünsche Eure Meinung zu hören. Eure Meinung gilt mir sehr viel. Zumal Ihr Seiner Majestät letzten Sieg über die Holländer so präzise vorausgesagt habt! Ich habe hier, in meinem eigenen Haus, ein Phänomen, die Tochter einer Wahrsagerin, die Eure geheimen Gedanken in einem Spiegel geschrieben sehen kann! Und ich habe ein noch größeres Wunder entdeckt – die alte Dame dort in Schwarz –« Er senkte die Stimme zu einem Flüsterton, als er über mich sprach. Der kühle Blick des Italieners fiel auf mich. Er war schlank, mit olivenfarbener Haut, ungefähr fünfundzwanzig, überaus elegant gekleidet. Ich war froh, daß mein Schleier und eine dicke Schicht Reispuder meine Züge verbargen. Das ist es also, dachte ich mit der Zuversicht der Jugend. Ich werde ihn übertreffen. Lauter Toren, diese abergläubischen Leute. Selbst der Italiener.

Die Gesellschaft rückte eng zusammen, als ein hübsches Mädchen von etwa zwölf Jahren herbeigebracht und vor einen Spiegel gesetzt wurde. Doch nach einer Anzahl Beschwörungen und mehreren fehlgeschlagenen Versuchen, im Spiegel das Wort zu lesen, das einige der hochwohlgeborenen Zuschauer im Sinn hatten, brach das Mädchen in Tränen aus.

»Ihr hättet wissen müssen, daß der Versuch scheitern wird«,

sagte der Italiener, »da nur Jungfrauen in Spiegeln lesen können, und das Mädchen ist in Eurem Hause verderbt worden.« Er sah Monsieur le Duc geradewegs ins Gesicht. Der blinzelte nicht einmal.

»Aber bedenkt das Phänomen der Re-Virginisation, die sich im hohen Alter vollzieht«, warf Rabel mit gelehrter Stimme ein.

»Re-Virginisation?« Der Italiener lachte. »Das ist ein Geheimnis, das die Hälfte der Bräute in Paris gerne kennen würde.« Hochmütiger italienischer Wahrsager, dachte ich. Euch werde ich's zeigen.

»Laßt mich Euch die Marquise de Morville vorstellen, von dem gelehrten Doktor Rabel in Armut lebend als Kostgängerin im Ursulinenkloster aufgefunden. Über ein Jahrhundert alt, das Opfer eines grauenhaften alchimistischen Fehlschlags.« Duc de Nevers beugte sich vertraulich zu dem Italiener vor. »Sagt mir, was Ihr denkt.«

»Madame la Marquise, Euer Diener«, sagte der Italiener mit einer übertriebenen Verbeugung.

»Es ist mir ein Vergnügen, Monsieur Visconti, die Bekanntschaft eines so hervorragenden Gelehrten zu machen«, sagte ich, seinen Gruß auf die altmodische Weise entgegennehmend, in der meine Großmutter ihre alten Verehrer zu empfangen pflegte.

»Ihr habt die Stimme einer jungen Frau«, sagte er, »wenn Ihr den Schleier lüften wolltet –« Mein Augenblick war gekommen. Langsam und dramatisch hob ich den Schleier und wappnete mich gegen den ironischen Blick des Italieners. Die Gesellschaft hielt vor Staunen den Atem an. Selbst Viscontis Ironie schlug in Bewunderung um. Ich hatte weißen Puder und einen Tupfer unkleidsames blaulila Lippenrot aufgetragen. Es war ein ausgezeichneter Effekt. Ich sah aus, als sei ich soeben dem Grabe entstiegen. Und dank der Anstrengungen der sadistischen Madame Lemaire mit ihrer Pinzette und La Voisins Friseuse mit ihrer Brennschere hatte mein lange verachtetes Gesicht einen düsteren, dramatischen Zug angenommen, der nicht ohne Reiz war.

»Euer Antlitz ist – jung – und schön«, sagte der Italiener leise, »wenngleich Euer Gang und Eure Redeweise hochbetagt wirken.« Ich konnte nicht umhin, jemanden gern zu haben, der mich schön fand. Unsere Blicke trafen sich. »Aber die Augen – die Augen sind uralt«, stellte er fest.

»Nun?« unterbrach Duc de Nevers.

»Sie ist eine Fälschung«, sagte Visconti. Erstaunte Rufe wurden laut. Ich verhärtete mein Herz. Ihr steht auf meiner Liste, Italiener. Das werdet Ihr mir heimzahlen. »Sie ist nicht so alt, wie sie behauptet. Was immer das für ein Fehlschlag war, der ihr Gesicht erhalten hat, sie ist nicht mehr als neunzig, allerhöchstens hundert Jahre alt.« Gut. Erste Runde unentschieden. Nun zur zweiten.

»Ihre Lesungen sind ganz außergewöhnlich«, verkündete Rabel. Ich verlangte fünfmal geläutertes Wasser. Destilliertes Wasser, in einem Haushalt von Adepten unschwer zu erlangen, war im voraus präpariert worden. Duc de Nevers läutete, und ein Diener brachte einen großen Krug. Ich setzte mich an ein Tischchen im Salon und breitete meine Utensilien aus, wobei ich jeden dramatischen Moment auf das trefflichste ausschmückte. Ich spürte Viscontis Blick auf meinem Nacken.

»Und nun, Monsieur Visconti, werde ich Euch wahrsagen.« Ich sang, ich rührte, ich warf finstere, bedeutsame Blicke in die versammelte Gesellschaft. Das kleine Bild stieg fast unverzüglich auf: das dunkle Innere einer Kirche. Eine maskierte Frau trat, hastig hinter sich blickend, von der Straße ein. Sie nahm ihre Maske ab und blieb kurz stehen, um ihre Finger ins Weihwasser zu tauchen. Sie konnte den jungen Italiener, der sich im Schatten versteckt hielt, nicht sehen; sein Gesicht war die Verkörperung des Verlangens.

Zum Glück erkannte ich die Kirche. »Ihr liebt eine schöne Frau, die Ihr in der Kapelle im Südschiff von St. Eustache beten saht. Ihr wollt ihr dort auflauern, in der Hoffnung, einen Blick auf sie zu erhaschen. Sie ist vermählt, und Ihr verfolgt sie ungebührlich.« Nun war es an ihm, betroffen zu sein. Ich blickte wieder auf das Glas hinunter. Etwas ganz Merkwürdiges war geschehen. Das kleine Bild hatte sich ohne mein Geheiß verändert. Seltsam, dachte ich. So sollte es sich nicht vollziehen. Ich betrachtete das Bild genauer und fand es ungemein amüsant. Als ich aufblickte, sah ich mich von der Gesellschaft umdrängt.

»Seht Euch vor, Monsieur Visconti«, sagte ich und bewegte in gespielter Warnung meinen Finger vor seinem erschrockenen Gesicht. »Sie wird ein Stelldichein in den Tuilerien verabreden und Euch ihre Zofe in ihren Kleidern schicken.« Der junge Mann errötete heftig beim Gelächter der Gesellschaft.

»Sehr gut, Primi«, lachte Monsieur le Duc de Brissac. »Ihr müßt zugeben, sie hat ins Schwarze getroffen.« Als ich aber seinen Gesichtsausdruck sah, dachte ich, daß ich keinen Feind bei Hofe gebrauchen könne.

»Monsieur Visconti, es ist nur billig und recht, Euch zu bitten, als Gegenleistung mir wahrzusagen und Euer Können zu beweisen.«

»Wohlan, zunächst bestimme ich anhand der Wissenschaft der Graphologie Euren Charakter, dann sage ich Euch wahr anhand der Kunst der Physiognomie, in welcher ich Meister bin.«

»Oh, das ist wahr«, murmelte eine Dame. »Als ich bei der Comtesse de Soisson war, sagte er dem Chevalier de Rohan, ihm stehe das Schafott im Gesicht geschrieben. Madame de Lionne, die in ihn verliebt war, widersprach, er habe das galanteste Antlitz der Welt, aber Visconti hatte recht.«

Auf ein Stück Papier, das man mir für eine Handschriftenprobe gab, schrieb ich: »Die Vernunft ist die Königin aller Geisteskünste.«

Visconti sah amüsiert drein. »Madame la Marquise besitzt Schlagfertigkeit und hat ihren Geist mit eingehender Lektüre der Philosophie geschärft –«

»Wahr, nur zu wahr«, seufzte ich. »Wenn die Menschen nur begreifen würden, welchen Verdruß es bereitet, hundertfünfzig Jahre zu leben, würden sie sich die Mühe nicht machen. Ich hatte ganze *Jahrzehnte* nichts zu lesen.«

»Für eine fromme alte Dame, die so lange Kostgängerin im Kloster war, geht sie äußerst selten zur Messe.« Jetzt war es an mir, verärgert zu sein.

»Fahrt fort«, sagte ich. Er betrachtete mein Gesicht aus verschiedenen Winkeln.

»Die Stirn«, sagte er weise nickend, »ist breit und kündet von Intelligenz. Die Nase zeigt Entschlossenheit und Stolz. Es ist die Nase von Eroberern, von Caesaren – in diesem Fall würde ich sagen, von altem Geschlecht, der *noblesse de l'épée*. Das Kinn allerdings ist zu schmal – eine verletzliche Stelle. Sentimentalität, meine liebe Marquise, wird Euer Untergang sein. Das Antlitz als Ganzes – herzförmig. Die Marquise war für die Liebe geschaffen, aber der Stolz hält sie zurück. Ich vermute, Ihr verkauft die Salbe, die Eure Schönheit über das Grab hinaus bewahrt hat?«

»Nicht an Euch, Monsieur Visconti. Ihr braucht Eurer jugendlichen Kühnheit nichts hinzuzufügen«, sagte ich in meiner schönsten Manier einer alten Dame.

»Weiteres«, erklärte er, »werde ich Euch im Vertrauen sagen, da es mir nicht obliegt, ehrwürdige Damen in Verlegenheit zu bringen. Aber ich will Euch eine Warnung erteilen, Madame la Marquise: Hütet Euch vor der Gesellschaft, in der Ihr verkehrt.«

»Ah«, seufzten die Zuschauer tief beeindruckt.

»Und gebt acht, wenn Ihr Speis und Trank von Fremden annehmt.« Nun ja, das ist ziemlich allgemein, dachte ich. Ein Triumph für Visconti. Jetzt wird er mir nicht zürnen. Dann stand er auf, beugte sich über das Tischchen und flüsterte mir ins Ohr: »Kleines Biest, ich habe nicht das Herz, dich zu verraten. Ich glaube, ich bin schon halb in dich verliebt. Dabei bevorzuge ich in der Regel große, goldhaarige Frauen. Aber du – du bist ein kleines Mädchen, kühn wie je ein Kavalier, der einen Thron einzunehmen suchte.«

Ich fühlte, wie die Röte sich unter meinem Puder ausbreitete, und hörte das Gelächter der Anwesenden, die dachten, er habe mir einen unsittlichen Antrag gemacht.

»Die Welt von heute ist verrucht, eine Welt der Sünde«, rief ich aus und drohte Visconti mit meinem langen Spazierstock.

»Warum sind alte Leute nur so mißlaunig?« fragte er mit einem müden Lächeln. »Was nützt ein alchimistisches Mittel für die Haut, wenn es keines gegen schlechte Laune gibt?«

Ich sagte an diesem Abend etliche Male wahr. Der Mutter eines Mädchens, das kurz vor der Verlobung mit dem Mann, den die Familie ausgesucht hatte, von ihrem Geliebten geschwängert worden war, empfahl ich eine Beratung mit La Voisin. Was meine Gönnerin in solchen Fällen genau unternahm, wußte ich nicht, aber es war wohl mehr als das Verteilen von Talismanen und die Verabreichung von Pulvern aus getrockneten Schweineherzen. Am Ende des Abends drängte Duc de Nevers mir in Anerkennung meiner Dienste einen Beutel mit Silberstücken auf. Der Diener, der ihn mir überreichte, wollte seinen Teil davon, ebenso Rabel, aber es blieb dennoch ein hübsches Sümmchen übrig, zumal ich die Hälfte fortgesteckt hatte, bevor er es zählte. Ich war nicht im mindesten erstaunt, als ich eine Woche später ein Billett mit der Aufforderung erhielt, mich zu Madame la Maréchale de Clérambaut in das Palais Royal zu begeben. Sie war die Gouvernante der Kinder des jüngeren Bruders des Königs.

Ich habe genug von Schwarz, dachte ich an diesem Abend vor dem winzigen rechteckigen Spiegel auf meiner Frisiertoilette. Genug davon, eine alte Dame zu sein, genug davon, in ein Wasserglas zu starren, bis meine Augen schmerzen, genug davon, Lügen zu erzählen. Ich brannte darauf, wieder jung zu sein. Ich könnte hübsch sein, dachte ich, wenn ich ein frühlingsfarbenes Kleid hätte. Das richtige Kleid – ja. So geschnitten, daß es ein besticktes Unterkleid sehen ließ, aber meine Schuhe verdeckte. Die meisten eleganten Damen waren nicht eigentlich hübsch. Und ich wirkte beinahe aufrecht, vielleicht sogar ganz aufrecht im trüben Licht der einzigen Kerze neben dem Spiegel. Ich war nicht allzu dünn, ich war nicht allzu klein. Wirklich nicht.

Dies ist die Zeit, da ich Marie-Angélique am meisten vermisse. »Möchtest du wirklich ein neues Kleid, Schwester?« würde sie sagen. »Oh, laß uns die Modezeichnungen bei Au Paradis auf dem Pont au Change anschauen. Und sie haben dort die schönste Wäsche, alles schon fertig gearbeitet. Wenn ich reich bin, möchte ich von dort einen Morgenrock aus der herrlich bemalten indischen Baumwolle, und ein Paar Samtpantöffelchen, genau wie die, die ich in der Boutique gegenüber gesehen habe.« Selbst ohne Geld lebte sie fürs Geldausgeben. Wäre ich bei ihr, würde ich die Freude und Aufregung über neue Sachen fühlen und den metaphysischen Verdruß vergessen. »Schwester, du machst dir zu viele Sorgen. Mit einem Paar hübscher Ohrringe fühlt ein Mädchen sich jedesmal ganz neu«, würde sie sagen, wenn sie jetzt bei mir wäre. Vielleicht hat Marie-Angéliques Lebensphilosophie ja doch etwas für sich.

Von der Erschöpfung nach einem Lesungsabend zitterten meine Beine. Es war, als sei das Blut aus meinem Körper gewichen. Ich zog die Nadeln aus meinem Häubchen und schüttelte das Haar. Schwer und schwarz fielen mir die Locken um die Schultern. Mein Gesicht ist nicht übel, dachte ich. Dem Abbé gefällt es. Und ich habe eine feine Haut. Das kann niemand in Abrede stellen. Viele Damen sind von Pockennarben gezeichnet und gelten dennoch als sehr elegant. In meiner Erschöpfung fühlte ich die Schmerzen schärfer denn je. Kalter Stahl, jede Woche enger geschnürt. Ich nahm einen Schluck von dem Opium-Labsal. La Dodée machte es mir jetzt kräftiger. Kräftiger und süßer. Es tat sehr gut. Das Zimmer drehte sich, die Kerzenflamme züngelte und flackerte, und die Schmerzen folgten der dünnen Rauchfahne aufwärts, um sich im nebelhaften Dunkel über meinem Kopf zu verlieren. Gestalten bewegten sich ungebeten in den Tiefen des Spiegels. Lamotte, im Hemd auf der Kante eines mit Brokat drapierten Bettes sitzend. Das Hemd war am Hals offen, und ich konnte die weiße Haut am Schlüsselbein sehen, das Pulsieren seines Blutes. Er beugte sich vor und zog das Hemd aus. Gott, war er schön. Der feine Haarflaum auf seiner Brust, die sich hob und senkte. Ich brachte mein Gesicht näher an den Spiegel und trübte ihn mit meinem Atem. Im Bett rührte sich etwas, und ich erkannte den weißen Arm einer fremden Frau, eine runde Schulter, einen wirren Schopf heller Haare.

Ich fühlte, wie die Tränen tiefe Spuren in den dicken Puder auf meinem Gesicht gruben. Hatte ich ihn abgeschreckt, damals, war ich zu schlau gewesen? Hatte seine Art, die mich bezauberte, jemals mehr bedeutet als herablassende Galanterie? Arme häßliche Schwester, was könnte es anderes gewesen sein? Angenommen, ich würde ihn wiedersehen, und ich sähe aus wie eine Königin. Angenommen, ich hätte eine *poudre d'amour* von La Voisin und gäbe davon in seinen Becher. Angenommen, ich lachte und plauderte über reizende Nichtigkeiten und verdrehte die Augen wie andere Frauen – oh, nimm nur immer an, Geneviève, du Närrin. André Lamotte wird niemals der Deine sein. Ich nahm noch einen Schluck von dem Labsal, und das Bild verschwand.

»Madame.« Brigitte stand in der Türe, um mir beim Auskleiden zu helfen. Die Reihen winziger Knöpfchen, die Nadeln im Mieder, das schwere Unterkleid mit dem Reifrock waren nicht allein zu bewältigen. Endlich waren wir bei dem Stahlkorsett: die Vorderseite flache Filigranarbeit, in der Mitte gehakt, im Rücken Stangen und Schnüre bis zum Nacken.

»Brigitte, schnüre es auf. Ich will es ausziehen.«

»Aber Madame, Ihr habt es jede Woche enger geschnürt.«

»Herunter damit, sage ich, oder ich sterbe. Ich muß wieder ich selbst sein, koste es, was es wolle.« Es zeigte sich, daß das dünne Hemd darunter Rostflecken hatte, wo mein Schweiß den gnadenlosen Stahl zerfressen hatte.

»O mein Gott, hilf mir!« schrie ich, auf dem Boden zusammenbrechend. Die ständige Stahlstütze hatte bewirkt, daß die Muskeln meines Rumpfes alle Kraft verloren hatten. Ich konnte nicht aufrecht stehen oder sitzen. Ich hatte das Rückgrat eines Wurms. Brigitte, die Augen vor Schreck geweitet, rief nach ihrer Mutter, und zusammen gelang es den Frauen, mich ins Bett zu schleppen. Dort lag ich, starrte im Dunkeln an die Decke, indes das Fieber in feurigen Wellen durch meinen Körper jagte und irre Bilder von Vergangenheit, Gegenwart und Zukunft wie Schreckgespenster in der Luft schwirrten.

»Ich habe Schnecken mit mehr Rückgrat gesehen.« Ich hatte einen seltsamen Traum. La Voisin, Tausende Fuß hoch, ragte in einem staubigen Reiseumhang und einem breiten grauen Federhut vor meinem Bett auf. »Kaum kehre ich mit der Postkutsche aus Lyon zurück, da muß ich feststellen, daß der Teufel los ist. La Filiastre hat Geld zurückbehalten. Guibourg erhöht seine Gebühr. Le Sage versucht Madame de Poulaillons Geschäft an sich zu reißen. Wenigstens hat La Pasquier noch ihre fünf Sinne beisammen, sagte ich zu mir, um dann zu entdecken, daß du zusammengekugelt im Bett liegst und aus unerwiderter Liebe am Fieber stirbst. Wundarzt, wie oft müßt Ihr sie noch zur Ader lassen, um das Fieber zu senken?«

»Einmal noch dürfte genügen«, konnte ich von weit her die Antwort hören.

»Gut. Nehmt es diesmal aus der Ferse. Ich wünsche nicht, daß ihre Handgelenke gezeichnet sind.« Ich fühlte, wie die Bettdecke gehoben wurde, und hörte andere Leute im Zimmer hantieren. »Und nun, Mademoiselle, der Name des *Mannes*, der mich meines Kapitals beraubt?«

Es war ein seltsamer Traum. Ich war nicht in meinem Bett in Madame Baillys Haus. »Wo bin ich?« meinte ich zu antworten.

»Bringe mich ja nicht in Rage mit der Erinnerung an die Mühen, die ich hatte, dich hierherzuschaffen, ohne daß die hinterhältige Witwe merkte, wohin du gebracht wurdest. Der Name, der Name, Mademoiselle. Ich weiß, er heißt André. André, und weiter? Heraus mit der Sprache! Lamotte? Lamotte, der Stückeschreiber? Oh, wie töricht! Mit *dem* wirst du kein Vermögen ansammeln. Er ist ein Niemand! Höre, du dummes, krankes Kaninchen, nimm meinen Rat. Brissac ist reif zum Pflücken. Er streitet mit Nevers; er hat einen Titel; er wird deine Interessen fördern. Und er ist gierig. Wenn er sieht, was du verdienst, wird er dir im Nu verfallen. Er kann es dir ebensogut besorgen wie Lamotte, jederzeit. Und er ist ein Alchimist, er kann uns eindecken mit – ha! Du hast dich in den ehrgeizigsten Gigolo von Paris vergafft. Verliebe dich in Brissac, sage ich. *Das* wird uns etwas einbringen!«

Als das Blut in die Schale des Wundarztes floß, fühlte ich Mattheit in mir, Mattheit und Gesundung. Ein Stück blauer Himmel schien durch ein winziges Fenster. Eine Dachschräge reichte neben dem Bett fast bis auf den Fußboden. Ich befand mich im Mansardenstübchen in La Voisins Haus.

»Und ich sage dir jetzt, du wirst morgen aufstehen, du wirst das Korsett wieder zuschnüren, und du wirst deine Verabredung im Palais Royal einhalten. Denke daran: Wenn du dein Glück machst, kannst du dir Lamotte für einen Apfel und ein Ei kaufen. Wenn du versagst, wird dein Oheim auf dein Grab urinieren. Du kannst nirgends hingehen, nur aufwärts.«

»Ich hasse es, ich kann es nicht mehr tragen«, sagte ich flüsternd zu der aufragenden Traumgestalt.

»Du kannst nicht? Das Wort gibt es nicht. Aber von nun an darfst du es nachts ablegen. Du brauchst beträchtlich mehr Rückgrat, als du augenblicklich hast. Und du siehst gerader aus, sogar jetzt, ohne Korsett.«

Gerader? Die Stube schien zu zerfließen, als mir die Augen schwer wurden. Ich konnte mich als eine Dame sehen, vollkommen gerade, im Garten eines Schlosses Rosen pflückend. Ich konnte einen Mann meinen Namen rufen hören. Rosen. Ja. Ich brauchte ein rosenfarbenes Kleid.

Das Licht Hunderter von Kerzen verfielfältigte sich in den Spiegeln und wurde abermals von der goldenen Täfelung des kleinen Empfangszimmers im Palais Royal zurückgeworfen. Die illustren Gäste saßen in brokatbezogenen Lehnstühlen; andere mußten mit fransenbesetzten Schemeln vorliebnehmen. Das junge Volk wandelte zwischen den Lehnstühlen, ehrfürchtig lauschend und Schmeicheleien von sich gebend, wie es erwartet wurde. Ich hörte das helle Lachen der Gastgeberin hinter ihrem Fächer, als sie neckend sagte: »– aber meine liebe Comtesse, wie man hört, ist der Marquis de Seignelay absolut *betört* von Euch!«

»Ich kann nichts dafür, wenn er mich anschaut. Die Frage ist, ob ich ihn anschaue. Und Ihr müßt zugeben, daß der Marquis unmißverständlich etwas *je ne sais quoi de bourgois* hat.«

»Das freilich ist die Schuld seines Vaters Colbert. Es ist eine große Schande, daß der König seine Minister aus dem *Nirgendwo* erhebt. Aber Ihr könnt nicht leugnen, daß er ein ganz reizend aussehender junger Mann ist und natürlich unglaublich reich –«

Freilich, ein nahezu unmerklicher Fehler in seinen Manieren, eine unachtsame Redewendung oder ein winziger Makel seines Auftretens oder seiner Kleidung würden ihm den Zutritt zu den erlauchtesten Kreisen verwehren. Es war jener winzig kleine Makel, der sich auch mit erworbenen Titeln oder Bergen von Geld nicht wegwaschen ließ. Und ich hatte diesen Makel nicht. Das war das einzig Gute, das ich von der Rue des Marmousets mitgenommen hatte. Die Erscheinung, die Sprache des guten Blutes. La Voisin konnte nicht ohne mich auskommen. Die Salons konnten mich nicht entlarven. Befriedigung durchströmte mich. Ich war wieder an der Arbeit.

»Was immer Ihr von Colbert haltet, Ihr müßt gestehen, daß Louvois viel schlimmer ist.« Ein Staatsminister gegen einen anderen.

»Ah, Louvois!« lachte die Dame. »Er schaut aus wie ein Kammerdiener.«

»Wie ich höre«, sagte ein Herr in grünem Samt und Schuhen mit besonders hohen roten Absätzen, welche Monsieur populär gemacht hatte, »sucht er verzweifelt seine Erscheinung zu verbessern; er braucht Stunden zum Ankleiden und fragt elegante Männer um Rat, wo er seine Bänder anbringen soll.« Alle Damen lachten über die Vorstellung von Louvois vor seinem Spiegel. Louvois, der Rachsüchtige, dessen Wort Vernichtung brachte und dessen Günstling La Reynie die Verhaftungen veranlaßte, die Louvois beim König erwirkte. Wäre er hier, mit welch ironischer Höflichkeit würde man ihn begrüßen! Wie tief die Verbeugungen, wie breit das Lächeln! Und wie groß das Gelächter, wenn er abtrat. Wie konnte der Mann keinen Verdacht schöpfen?

Doch dieser Abend gehörte den Okkultisten, Amateuren wie Professionellen, die sich versammelt hatten, um sich gegenseitig zu erstaunen und zu verblüffen.

»Alle Wetter«, sagte ein älterer mir unbekannter Herr, »ich habe sogar von einem Horoskop gehört, das allein aus einer Handschrift erstellt wurde.«

»Und wem sollte das gelungen sein?« Der Akzent der Comtesse de Gramont verriet noch immer ihre englische Herkunft. Sie war groß und blond und bewegte sich mit dem Selbstvertrauen einer Frau, die weiß, daß die Hälfte der anwesenden Männer in sie verliebt ist. Ihr Gatte, hieß es, sei ein Bonvivant mit einer Harlekinnase, ein erbittert eifersüchtiger Mann.

»Ich glaube, es war Primi Visconti«, erwiderte der Abbé de Hacqueville.

»Visconti, bah, ein Amateur«, sagte der neapolitanische Priester mit seinem starken italienischen Akzent. »Er versteht nichts von den Wissenschaften des Wahrsagens. Ich selbst bin Quell und Ursprung dieser besonderen Kunst, wie ich beweisen werde.«

»Bravo, Père Prégnani«, rief der ältere Herr. »Beweist, wie Eure Kunst Viscontis überstrahlt!« Dies also war Prégnani, Viscontis Rivale, und er sah wahrlich wie ein übler Bursche aus. Es hieß, der König habe ihn einmal mit einer diplomatischen Mission betraut. Zudem habe er Ergebnisse von Pferderennen vorausgesagt. Ich sah interessiert zu, als er um eine Handschriftenprobe bat, das Horoskop erstellte und aller Aufmerksamkeit auf sich zog.

Aber es war die Marquise de Morville, die den größten Gewinn aus der Veranstaltung davontrug. Die gewitzte alte Dame machte deutlich, daß sie keine Rivalin der Horoskopstellerinnen war, daß ihre Stärke vielmehr in den vielfältigen Methoden der Wahrsagerei liege. Die Unterhaltung wurde so interessant, daß sogar Comtesse de Gramont ihre Liebäugelei mit Père Prégnani einstellte, und am Ende des Abends hatte die Marquise die allerbegehrteste Einladung erhalten: Marquise de Morville, die vornehmste *divineresse* von Paris, würde sich nach Versailles begeben.

Kapitel XI

»Dein erster Besuch bei Hofe«, sagte meine Gönnerin zufrieden. Die Katzen rieben sich an ihrem Rock und strichen um ihren Lehnstuhl. Mir hatte sie den Schemel angeboten. Es geht aufwärts, dachte ich. Eines Tages wird auch mir ein Lehnstuhl zustehen. »Du wirst hoch aufsteigen. Möchtest du noch ein Marzipan?« Ich nahm ein großes Stück. Sie lächelte. In diesem Moment hätte ich es gerne gegen ein kleineres getauscht, aber es war zu spät. »Ich kann dich natürlich beraten. Ich bin in St. Germain, Fontainebleau und Versailles am Hofe gewesen. Aber die Königin – du hast dich prächtig gemacht, und so schnell. Das freut mich.« Sobald ich das Marzipan verzehrt hatte, trachtete ich nach dem nächsten Stück. Ich werde nicht auf den Teller sehen, dachte ich.

Sie stand plötzlich auf und schürte das Feuer, das beinahe erloschen war. Dann nahm sie ein Hauptbuch aus dem verschlossenen Schrank, und als sie es zurückstellte, drehte sie sich zu mir um und sah mich an. »Amüsiere dich inmitten der Schar der Erlauchten, meine Liebe. Erfahre ihre Geheimnisse, gewinne ihr Vertrauen. Denke daran, ich bin immer da, dir beizustehen – und ihnen, mit meinen kleinen ›vertraulichen Diensten‹.« Sie nahm wieder Platz. »Nun, wann wirst du Versailles besuchen? Ich habe ein Päckchen, das dort abgeliefert werden soll. Und eines mußt du dir merken – nun ja, ich verstehe mich beinahe als deine Mutter und will nur dein Bestes –, zeige niemals Schwäche. Sie sind wie vergoldete Wölfe. Wenn sie das geringste Zaudern wittern, werden sie über dich herfallen und dich im Handumdrehen auffressen. Kühnheit! Beherztheit! Sie wollen nur geblendet werden. Verlasse dich auf deinen Verstand. Vertraue keinen Freundschaften: Eine Schlangenbrut ist edelmütiger als der Hof des Sonnenkönigs.« Wenn ich bedachte, aus welcher Quelle dieser Ratschlag kam, war ich beeindruckt.

»Du wirst Hofgarderobe benötigen«, erklärte sie, »doch vorerst wird das, was du hast, genügen, bis du mehr Geld verdienst.« Sie lachte. »Möchtest du meine sehen? Die Stickereien sind erlesen. Versteht sich, denn das Kleid hat alleine fünftausend Livres gekostet.«

Ich frage mich, weshalb sie an den Hof ging. Freilich, das konnte jeder, wenn er sich nur gut genug kleidete. Die Paläste des Königs standen jedermann offen, Franzose oder Ausländer, wenn er nur vornehm aussah. Ausflügler kamen, um die Gärten zu begaffen oder dem König beim Dinieren in aller Öffentlichkeit zuzusehen, und Saaldiener sorgten dafür, daß ein jeder einen Blick auf das Schauspiel erhaschte. Der König, der sich dem neumodischen Gebrauch von Gabeln nicht unterwarf, aß mit den Fingern, dies aber mit großer Würde, und er behielt während der Mahlzeit den Hut auf. Adelige von hohem Rang durften stehenbleiben und der Mahlzeit bis zum Schluß zusehen. In den Gängen von Versailles drängten sich Bittsteller, die hofften, des Königs Aufmerksamkeit zu erhaschen, wenn er seinen Versammlungsraum oder seine Kapelle verließ. Denn der König konnte jederzeit ein *placet*, eine Bittschrift, empfangen. Schließlich war er der Vater seines Volkes, und nichts war ihm zu geringfügig, um sich damit zu befassen. Ein Titel, eine Pension, ein Sohn oder eine Ehefrau, die auf Abwege geraten waren und mittels eines *lettre de cachet* für immer eingesperrt werden sollten, eine Ungerechtigkeit. Alles ließ sich beheben, wenn es ihm nur vorgetragen werden konnte. Andere aber betrieben wirklich Geschäfte: Händler, Wundärzte, Künstler, Lieferanten. Und über alle erhaben waren die Gäste, Gefährten, Spielgesellen und Familienmitglieder, die in die Gemächer derjenigen schwärmten, die das Glück hatten, in der Nähe des Königs zu residieren. Vielleicht könnten die Kleider meiner Gönnerin etwas erzählen. Gast, Ausflüglerin oder Geschäftsfrau? Es war ein Geheimnis.

Oben in ihrem Schlafgemach öffnete La Voisin den verschlossenen Schrank, in dem unter Musselinhüllen ganze Reihen von Kleidern hingen. Sie hob einen der Schutzbezüge an und zeigte mir ein Seidenkleid in *aurore* mit hellgrünen Paspeln. Aus einem anderen quoll eine Anzahl schwerer Taftunterröcke in leuchtenden Farben hervor.

»Oh, schön«, seufzte ich. Ich sah ihren abwägenden Blick. Sie machte mir Appetit auf das illustre Leben.

»Unser Berufsstand ist an allen Höfen auf Erden willkommen – vorausgesetzt, wir sind nicht ungehobelt wie die vulgäre La Bosse. Achte auf deine Manieren und denke an meine Lektionen, und du wirst ein Dutzend Kleider wie dieses haben.«

»Und das da? Das Rotsamtene?« Ich wies auf einen Zipfel einer schweren, mit doppelköpfigen goldenen Adlern bestickten Robe, die unter einer Musselinhülle hervorschaute.

»Niemals«, sagte sie und zog die Hülle sorgsam zurecht. Ich erhaschte einen Blick auf meergrüne Spitze, bevor das Kleid verschwand. »Das ist die Robe einer Herrscherin. So eine könntest du nur haben, wenn du Königin würdest.« Sie neigte den Kopf und sah mich erneut mit ihren schwarzen Augen an. »Was hast du doch für berechnende graue Augen, meine Liebe. Du hast gewiß den Verstand, um Königin zu werden – und den haben die wenigsten –, aber es mangelt dir an Charakterstärke. Ich glaube, ich muß diese Nacht nicht aufbleiben und mich sorgen, wie? Bislang hast du noch keine einzige jener Eigenschaften bewiesen, die für die Einweihung in unsere Mysterien erforderlich sind.« Sie schloß die Schranktüre und drehte den Schlüssel mit einem Klikken herum. »Mach nicht so ein beleidigtes Gesicht. Was wahr ist, ist wahr. Daß du mich niemals in diesem Kleid die Sibyllen anrufen sehen wirst, muß nicht heißen, daß du keine Zukunft hast. Tatsächlich, meine liebe Kleine, zeitigst du bereits glänzende Erfolge.« Sie faßte mich liebevoll unters Kinn, wie man es bei Kindern tut. »Komm, komm. Du hast nun mal nicht das Zeug zu einer Hexe. Das ist keine Schande. Viele meiner – äh, Geschäftsteilhaberinnen – eignen sich nicht dafür.«

Ich dachte an die Stoiker. Ich dachte an Descartes. Ich dachte, wie weit ich mich von der Rue des Marmousets entfernt hatte. Und jetzt war ich beleidigt, weil man mir sagte, ich sei nicht verrückt genug für eine *richtige* Hexenmeisterin. Vergebt mir, Vater. Die Welt steht auf dem Kopf, seit Ihr sie verlassen habt.

Ein Klopfen an der Türe des Schlafgemachs unterbrach meine Gedanken.

»Madame, das Mädchen, nach dem Ihr schicktet, wartet unten, und Euer Gemahl ist mit dem Päckchen zurück.«

»Gut, Margot. Wie viele hat Samson ihm gegeben?«

»Vier diesmal, Madame. Werdet Ihr sie hier trocknen, wie gewöhnlich?«

»Natürlich. Bringe das Päckchen.« Sie wandte sich mir mit einem kühlen Blick zu, als ob sie mich taxierte. »Ich habe keine Geheimnisse vor der kleinen Marquise hier«, sagte sie schelmisch. »Die Kohlen im Ofen sind weit genug heruntergebrannt.« Also hatte ich recht gehabt, als ich eine ungewöhnliche Wärme hinter der Tapisserie an der Wand des Schlafgemachs zu bemerken meinte.

Als Margot gegangen war, wandte sich La Voisin an mich. »Ich habe eine reizende kleine Zofe für dich gefunden. Sie kennt sich sehr gut bei Hofe aus. Sie kann dich über die Leute, denen du begegnest, ins Bild setzen und verhindern, daß du dich in eine peinliche Lage bringst. Angenommen, zum Beispiel, du klopfst an eine Türe, statt zu kratzen – du würdest die Schande nicht überstehen. Aber sie kann dir sagen, an welche Türen du klopfen und an welchen du kratzen mußt – wann du einem Besucher eine Türe halb und wann du sie ihm ganz öffnen mußt. Es kommt auf die Priorität an. Priorität und Hofetikette. Es ist wichtig, daß du nichts falsch machst. O ja. Und du solltest dir den Nagel am kleinen Finger deiner linken Hand lang wachsen lassen; der gesamte Hofstaat tut es, um an Türen zu kratzen.« Mit selbstzufriedener Miene fuhr sie fort: »Es war ein großes Glück für mich, sie zu bekommen – sie war im Haushalt von La Grande Mademoiselle, bis sie die Aufmerksamkeit des falschen Mannes erregte. Ein paar Wochen in der Salpêtrière bewogen sie, ihr Leben zu bereuen und nach mir zu schicken. Und ich habe in der Güte meines Herzens ihre Entlassung veranlaßt und ermögliche ihr ein neues Leben.«

Interessant. Für so ein Mädchen gab es nur eine Möglichkeit, dem Kerker zu entkommen, nämlich lebenslang in die Kolonien verbracht zu werden. Also reichte La Voisins Einfluß bis in die Gefängnisse und »Spitäler« der Stadt. Wie hatte sie die Flucht bewerkstelligt? Und nun hatte sie eine weitere loyale Anhängerin – und eine Spionin, die sie über jeden meiner Schritte unterrichtete. »Ihr seid zu großzügig«, sagte ich, und sie warf mir einen harten Blick zu, ehe sie sich ihrem Gemahl zuwandte, der ins Schlafgemach getreten war.

»Da seid Ihr ja endlich – warum seid Ihr nur so langsam! Samson wohnt schließlich nicht am anderen Ende der Stadt!« Antoine Montvoisin trug ausnahmsweise nicht seinen Schlafrock, sondern ein schäbiges graues Habit aus grobgewebter Wolle, dazu einen breiten Filzhut ohne Krempe, der schlaff und verloren auf einer mottenzerfressenen Ziegenhaarperücke saß.

»Er hat mich – hicks – lange warten lassen«, sagte Montvoisin mit dünner Stimme. Seine Gattin zog den Wandbehang zur Seite, so daß die Ofentüre in der Mauer sichtbar wurde. Montvoisin stand mit hängendem Kopf, sein magerer Körper wurde gelegentlich von einem Schluckauf geschüttelt.

»Wickelt sie aus und legt sie auf die Darre – und laßt sie diesmal nicht tropfen. Um Himmels willen, könnt Ihr diesen infernalischen Schluckauf nicht einstellen?«

»Den habt Ihr – hicks – verursacht, wenn er Euch stört, seid Ihr – hicks – selber schuld. Hebt Euch nächstes Mal Euer Krötenpulver für Eure Klientinnen auf.«

»Wie könnt Ihr es wagen, meine Profession zu beleidigen, wenn Ihr davon lebt? Oh, die sind schrecklich feucht, sie werden ewig brauchen. Konnte Samson uns keine älteren besorgen?« La Voisin huschte umher wie eine eifrige Hausfrau. Mit aufsteigender Übelkeit erkannte ich die Gegenstände, die ihr Liebhaber Samson, der Scharfrichter von Paris, ihr geschickt hatte. Es waren Menschenhände.

»Widert Euch der Geruch denn nicht an, direkt hier im Haus?« Ich bemühte mich, kühl und gelassen zu klingen, als bekäme ich dergleichen oft zu sehen. Doch meine Stimme kam zu dünn heraus.

»Der?« antwortete La Voisin. »Ach, der ist nicht schlimmer als beim Schinkenräuchern. Überdies ist es der Geruch des Wohlstands. Der stört mich nie. Pardon, du wirst ja ganz grün. Mußt du dich setzen?«

Ich sank unvermittelt aufs Bett.

»Daß du mir meinen Teppich nicht beschmutzt. Nimm den Kübel. Du? An den Hof? Du bist noch ein Schwächling.«

»Wofür – wofür sind sie?«

»Das sind Glückshände. Sie führen ihre Besitzer zu verborgenen Schätzen. Damen verwahren sie in ihre Röcke eingenäht, Männer in ihren Taschen. Sie bringen Glück am Spieltisch. Mach nicht so ein Gesicht. Sie sind ganz fest, kein bißchen matschig, wenn sie erst vollkommen getrocknet sind. Sie krumpeln sich zusammen, weißt du. Ich kaufe sie beim Scharfrichter, die Leute waren schon tot. Nicht daß ich sie getötet hätte. Das haben der König und die Gerichte besorgt. Warum sollte einer nicht wenigstens ein bißchen davon profitieren? Ich schaffe Gutes aus Bösem. Ich mache etwas zu Geld, das sonst ungenutzt bliebe – das ist der Vorteil, wenn man etwas vom Haushalten versteht. Man soll nichts umkommen lassen. Lerne von mir, und du wirst imstande sein, die Verruchtheit anderer in deinen Vorteil zu verkehren.«

Ich fragte mich, was die Römer bei Übelkeit taten. Sie waren vermutlich nie in Korsetts gezwängt, wenn sie sich übergeben mußten.

»Antoine, geht, haltet ihr den Kopf. Ich will nicht, daß sie auf das gute Kleid spuckt, das ich bezahlt habe. Nerven! Ha! Du hast keine, Mademoiselle. Und du willst selbständig sein? Sogar der Chevalier de Saint-Laurent – dein eigener Oheim – hat neulich so eine bei mir gekauft. Mach nicht so ein erschrockenes Gesicht. Ich dachte, du wußtest, daß deine Familie seit Jahren zu mir kommt – wie so viele von den besseren Familien in Paris. Dein Oheim schreckt vor nichts zurück, um Geld zu erwerben; er nicht und auch sonst niemand in dieser Stadt.«

»Onkel ist ein Schwein«, sagte ich und wischte mir den Mund ab.

»Und du, meine Liebe, bist eine Memme. Nur gut, daß ich eine Zofe für dich gefunden habe, die mehr Rückgrat hat als du, sonst würde dein Weilen unter den Erlauchten keine Woche währen.«

Als sie die Ofentüre klirrend zuschlug, bot mir Antoine Montvoisin seinen Arm, um mich hinunterzugeleiten.

»Sie mag ja die Mächtige sein, aber – hicks – einerlei, was sie versucht, meine Seele ist fest mit meinem Leib verschraubt. Es hat etwas für sich – hicks –, sich an die Macht zu halten. Aber ich rate Euch, verärgert sie nicht, und wenn, dann nehmt in diesem Hause weder Speis noch Trank zu Euch. Und wenn Ihr es doch tut – hicks –, ist es gut, ein paar Dinge zu wissen. Tragt Gegengift bei Euch, und wenn Ihr keines habt, trinkt viel – hicks – Milch, wenn die Suppe komisch schmeckt. Ich fand sie – hicks – äußerst wirksam, obgleich sie mir diesen verfluchten Schluckauf beschert. Ich sage Euch das, weil Ihr scheint's mehr Anstand – hicks – habt.«

In dieser Nacht hatte ich entsetzliche Träume. Meine neue Zofe hatte mich entkleidet und das Korsett beiseite gelegt wie den Panzer einer verspeisten Krabbe. Aber La Dodées Labsal brauchte ich trotzdem. Mit zitternder Hand nahm ich eine doppelte Dosis. »Zur Blutbildung«, sagte ich obenhin, und Sylvie schöpfte keinen Verdacht. Ich spürte die wohltuende Schwäche und die trägen, schwebenden Gedanken, die das Labsal hervorrief, indes Sylvie die Kerze ausblies und sich in die niedrige Bettstatt am Fußende meines Bettes legte. Aber der Schlaf wollte nicht kommen. Das Zimmer verwandelte sich in einen glitzernden Speisesaal. Ich saß mit einer eleganten Gesellschaft an einer langen Tafel mit einem Tischtuch aus weißem Linnen. Silberne Kandelaber standen zwischen schwer beladenen Silberplatten. Die Unterhaltung war geistreich. Auf einer Platte war eine köstliche Pastete angerichtet. Ein Mann schickte sich an, sie mit seinem Messer anzuschneiden, um seiner Tischdame etwas anzubieten. Die Pastete stöhnte mit einer menschlichen Stimme.

»Oh, wie abstoßend!« entfuhr es der Dame, und als er sein Messer hastig zurückzog, sah ich, daß das grausige Ding blutete.

»Man sollte derlei Dinge nicht zum Gastmahl laden«, bemerkte ein spitzengeschmückter Herr. Ein Lakai füllte mein Glas randvoll mit dem starken grünen Labsal.

»Oh, für mich nichts mehr«, sagte ich. »Ich hatte bereits zuviel.« Zuviel. Zuviel. Wen kannte ich an dieser Tafel? Ich sah mich nach allen Seiten um. Die drei Freunde von der Rue des Marmousets saßen zu beiden Seiten neben mir. Lamotte bändergeschmückt, Griffon in rehbraunem Samt und d'Urbec in schwarzer Seide wie in Trauer.

»Sagt mir«, fragte Griffon, »publiziert die Pastete auch?«

»Genügt es nicht, daß sie spricht?« antwortete d'Urbec auf seine spitze Art.

»Monsieur Lamotte, bringt mich fort von diesem Gastmahl. Ich bin müde«, bat ich. Irgendwie schien er derjenige zu sein, der mich hierhergebracht hatte.

»Oh, Ihr könnt nicht gehen«, rief ein Austern verspeisender Herr. »Ihr müßt für das Souper bezahlen.«

»Aber ich kann nicht –« Mein verzweifelter Protest wurde von dem entrüsteten Kreischen einer Frau unterbrochen: »Ihr müßt, was erwartet Ihr denn?« Und damit begann die Gesellschaft zu streiten, wer bezahlen würde. Es ging von Minute zu Minute lauter und zänkischer zu.

»Mademoiselle Pasquier, ich kann jetzt nicht aufbrechen«, bekannte Lamotte mit leiser Stimme. »Ich fülle meine Taschen fürs morgige Frühstück. Das Vorrecht des Poeten.« Er nahm noch mehr Brötchen; ein Dutzend oder mehr verschwanden unter dem Tisch. Dann faltete er eine riesige Suppenterrine in eine winzig kleine Serviette und schob sie unter sein Hemd. D'Urbec aber sah mich mit diesem seltsamen, eindringlichen Blick an, der alles zu sehen schien.

»Sie stößt Euch ab«, sagte er und warf seine Serviette über die Pastete. »Wenn Ihr allerdings das sechste Kapitel meiner ›Betrachtungen zur Gesundheit des Staatskörpers‹ gelesen hättet, wäret Ihr mitnichten verwundert. Kommt, laßt uns gehen, bevor das Gezänk den Saal in Flammen setzt.« Und als mit den ersten Schlägen die Schüsseln zu Boden krachten und die brennenden Kandelaber über das feine Linnentischtuch rollten, nahm er meinen Arm, und wir flohen unbemerkt in die Nacht.

Schwitzend und verängstigt lag ich starr und still und wartete auf das Morgengrauen. »Diese entsetzlichen Träume – ich schwöre, ich schwöre, ich werde von dem Labsal ablassen«, flüsterte ich im Dunkeln. Doch noch während ich es sagte, wußte ich, daß ich mich selbst belog. Ich wollte das Zeug. Ich brauchte es, um dem Schmerz Einhalt zu gebieten. O Geneviève, du hast alle anderen so oft belogen, daß es dir nichts mehr ausmacht, dich selbst zu belügen. Hast du nicht einmal soviel Würde? Was würden die Römer sagen, was würde Vater dazu sagen?

Noch in derselben Woche rumpelte ich hinter einem Gespann aus sechs Grauschimmeln in Madame la Maréchales schwerer Kalesche auf der Straße nach Versailles. Meine neue Zofe, verwegen und mit hennarotem Haar, saß mir gegenüber, meine Hutschachtel an sich drückend, eng gequetscht zwischen der persönlichen Zofe der Marschallin und einer ihrer armen Verwandten, die ihr als Gesellschafterinnen dienten. Madame selbst und Mademoiselle d'Elbeuf saßen neben mir. Nicht weit von dem Schloß, wo die Straße nach Marly abzweigt, hörten wir hinter uns Rufe und Peitschenknallen.

»Wie viele Pferde?« fragte Madame. Ihre Zofe beugte sich aus dem Fenster, um zu sehen, wer da kam. Einer vierspännigen Equipage würden wir nicht weichen.

»Sechs, Madame«, erwiderte die Zofe.

»Und von welcher Farbe sind die Livreen?«

»Blau und Silber, es sind die der Madame de Montespan.«

»Dann weise meinen Kutscher an, zur Seite zu fahren.« Als unsere Kutsche auf der grasbewachsenen Böschung neben der Straße zum Stehen kam, rollte eine schwere Equipage vorüber; die schäumenden Pferde preschten in vollem Galopp, Schlamm spritzte von ihren Hufen auf. Drinnen konnte ich drei Frauen und das blasse Gesicht eines kleinen Knaben sehen. Wir scherten hinter ihnen wieder auf die Straße, nur um nach einer Meile abermals aufgehalten zu werden. Die grandiose Kalesche stand mitten auf der Straße, die Diener stritten mit den Kutschern, und auf der Straße wehklagten zwei Damen aus der Kutsche über den zerstückelten Leichnam eines Rebschnitters, der von der Kutsche und den Pferden zermalmt worden war. Am Straßenrand hatten sich seine Angehörigen versammelt und starrten stumm. Eine dralle blonde Frau mit vorspringender Nase und fliehendem Kinn beugte sich aus dem Kutschenfenster.

»Steigt wieder ein, sage ich. Was nützt Euer rührseliges Gejammer? Ihr würdet Euch nicht so aufführen, wenn es sich nicht vor Euren Augen zugetragen hätte! Meine Kutscher haben ihn schließlich gewarnt. Jedermann weiß, daß eine Frau in meiner Position schnell fährt – meine Equipage zerteilt den Wind.«

»Das ist Madame de Montespan«, flüsterte meine Zofe. Ah, des Königs neueste *maîtresse en titre*, von ihrer Position einer *maîtresse en delicat* aufgestiegen durch den erzwungenen Rücktritt der früheren offiziellen Mätresse La Vallière, die von tausend Demütigungen ins Kloster getrieben worden war.

»Eure Diener sind schuld, und Ihr tadelt sie nicht einmal?« fragte eine der weinenden Damen. Sie erhob sich neben dem Leichnam und herrschte die livrierten Lakaien an: »Wenn ihr mir dientet, ich würde euch etwas lehren.«

»Der da in der Kutsche ist der Duc de Maine, Madame Montespans ältester Sohn, und die da drüben auf der Erde, die in Schwarz und Grau, das ist Madame de Maintenon. Sie ist die Gouvernante der Kinder. Und die andere Frau ist Marquise d'Hurdicourt.« Die Marquise ließ nicht ab, zu wehklagen und die Hände zu ringen, indes die zusammenlaufende Menge Madame Maintenons grimmige Rede mit Beifall bedachte.

»Vive Madame de Maintenon!« riefen sie.

»Seid so gut und steigt ein, Mesdames. Wollt Ihr, daß man mich steinigt?« befahl die Dame in der Kutsche. Aber die weinenden Damen ließen nicht ab, bis die Mätresse des Königs ihnen ihren Geldbeutel gereicht hatte, auf daß sie ihn den armen Verwandten des Toten übergaben.

»Ach du meine Güte«, sagte die Gesellschafterin, »die Augen des Mannes waren *ganz* aus seinem Kopf heraus. Ich werde eine Tasse Schokolade verlangen, wenn wir ankommen, sonst ist es einfach zu schmerzlich.«

»Mademoiselle, solche Gefühle sind bei einem Fremden gewiß unangebracht. Es war schließlich kein vorsätzlicher Mord«, sagte Madame d'Elbeuf kühl.

In Versailles wurde ich von Mademoiselle d'Orléans, Princesse de Montpensier, vor die Königin geführt. »Ich möchte wissen, ob das Kind, das ich erwarte, ein Mädchen oder ein Knabe sein wird«, erklärte die Königin mit ihrem starken spanischen Akzent. Sie saß in einem brokatbespannten Lehnstuhl mit Goldfransen und vergoldeten Beinen, einen halb geöffneten Fächer aus geschnitztem Elfenbein in der Hand. Sie war ungefähr vierzig, vorzeitig gealtert durch ihre durch Inzucht erzeugte schwache Konstitution. So viele fürstliche Linien vereinten sich in dieser kleinwüchsigen, bläßlichen blonden Frau mit den vorquellenden Augen und seltsamen Zügen – ähnlich denen eines grotesken Wasserspeiers –, die auf schmeichelnden Porträts nie getreu wiedergegeben wurden. Ich konnte nur staunen. Mehrere dunkel gekleidete spanische Damen leisteten ihr Gesellschaft, drei von ihren Lieblingszwergen – zwei männliche, kleiner als ich, aber sehr stämmig, mit riesigen Köpfen, und eine vollendet proportionierte winzige, schrumpelige Frau –, dazu ein gutes halbes Dutzend flachgesichtiger wolliger Schoßhündchen von abstoßender Häßlichkeit.

»Ich bete täglich um einen weiteren Sohn«, fuhr sie fort. Sie sah nicht schwanger aus, aber ich hatte in diesen Dingen keine Erfahrung. Ich würde mich auf das Glas verlassen müssen. Ich sah mich in dem weitläufigen Raum nach einem geeigneten Tisch um. Gold über Gold, Intarsien-Wandtäfelungen, schwere, erlesen gearbeitete Möbel aus kostbaren Metallen; bei allem Luxus schien der Raum kalt und unbeseelt. Weder dieser Raum noch der Empfangssalon, durch den ich eingetreten war, enthielt ein einziges Buch. Die spanische Königin war eine ungebildete Frau, ihre Konversation ungemein geistlos. Mein Auge fiel auf einen Tisch aus massivem Silber unter einem spanischen Wandbehang. Ich wies darauf, und man brachte mir einen schweren gepolsterten Schemel aus Gold mit eingelegtem Silber, auf den ich mich setzte. Ich hatte eine meiner schönsten Kugelvasen mitgenommen und bat, sie mit Wasser zu füllen. Ich rollte mein kleines kabbalistisches Tuch aus und legte Rührstäbe zurecht. Während ich sang und mit dem Glasstab rührte, betrachtete Ihre

Majestät mich wohlwollend. Plötzlich wurde mir klar, warum. Die Damen, die mich umdrängten, trugen altmodische spanische Krinolinen, der meinen nicht unähnlich. Die Hälfte der Anwesenden war kleiner als ich, die anderen nicht viel größer. Ich paßte vollendet zu den Mißgestalten des spanischen Hofes, mit denen sie sich nach all den Jahren in Frankreich immer noch umgab.

Das Bild war deutlich. Sie war nicht schwanger. Ich wagte nicht, es ihr zu sagen. Ich vollzog eine zweite Lesung und hieß sie ihre Hand auf das Glas legen. Ich sah ein Krankenbett und eine Vase mit späten Frühlingsblumen im Zimmer. Mein Verstand arbeitete schnell.

»Majestät, es betrübt mich zu sagen, daß Ihr gegen Ende des Frühjahrs eine schwere Krankheit haben und das Kind verlieren werdet.«

»Das Kind verlieren? Das Kind verlieren? Ich muß noch ein Kind bekommen. Dieses gräßliche Weib fesselt ihn mit ihrer Jugend, ihren Kindern. Aber ich bin die Königin, nicht sie, und doch herrscht sie an meiner Statt. Ach Gott, zu spät beklage ich La Vallière, die sich wenigstens ihres Tuns schämte. Aber nun diese Sünde mit einer verheirateten Frau – dieser schamlosen Metze mit der frechen Zunge –, ich sage Euch, diese Hure wird mein Tod sein –« Sie verfiel ins Spanische, das ich nicht verstand, und ihre Damen beeilten sich, sie zu trösten. Hier werde ich nie mein Glück machen, dachte ich, ich kann ihr keine frohe Kunde geben. Mit tiefen Knicksen zog ich mich von der Königin zurück.

Auf – wie ich hoffte – dramatische Weise entfernte ich mich steifbeinig vom Eingang zu den Gemächern der Königin und stieß bei jedem Schritt mit meinem Spazierstock auf. Mein schwarzes Kleid raschelte, als ich die Marmortreppe hinabstieg. Im Korridor traf ich auf ein Gewimmel von Lakaien, Sänften und Ausflüglern, ganz so, als befände ich mich auf der Hauptstraße einer großen Stadt. Nur daß diese Straße mit Marmor gepflastert und mit Gold geschmückt war.

Das Schloß in Versailles glich tatsächlich einer Stadt; die Korridore dienten als Straßen. Diener trugen den Hofstaat von einem Gemach zum anderen, denn zumindest die Damen waren außerstande, in ihren korsettgestützten Hofgewändern und dünnen Satinschuhen auch nur zwanzig Schritte zu gehen. Überdies waren die Korridore nicht immer reinlich genug, um sie ungefährdet zu betreten, wenn man eine Robe trug, deren Kosten dem Jahreseinkommen von tausend Bauernfamilien entsprachen; denn ungeduldige Höflinge verrichteten häufig ihre Notdurft in den Ecken oder an den Wänden. Die Sänften schlängelten sich durch ein Gedränge von Lakaien, von Ausflüglern und Ausländern, die gekommen waren, um die öffentlichen Räume des Schlosses zu besichtigen, von Bittstellern, Soldaten und Quacksalbern. Es war schwer vorstellbar, daß dies alles, die Möbel, die Schwärme von Höflingen, die Neugierigen, die Bedienten, Köche, Theatertruppen – daß dies alles im Handumdrehen zu einem anderen von des Königs Palästen gebracht werden konnte, wann immer ihm der Sinn danach stand, seine Residenz zu wechseln. Doch kehrte er nie in die alte Hauptstadt Paris zurück; den Palais Royal hatte er seinem Bruder überlassen. Und so verfütterten die Stallknechte von Paris eine besondere Kost an die neue Zucht von tückischen, kräftigen Kutschpferden, welche die rumpelnden Kaleschen in rasender Geschwindigkeit nach Versailles, St. Germain, Marly und Fontainebleau befördern konnten. Großmutter hatte gesagt, es sei eine Sünde; Könige sollten im Louvre leben, mitten unter den Bewohnern ihrer Hauptstadt. Dies war eine überaus altmodische Vorstellung, die ich nicht für die Marquise de Morville übernahm.

Die Marquise war unterdessen eine alte Freundin von mir. Sie lebte in meinem Kopf, ließ Bemerkungen über den Verlauf meines täglichen Lebens fallen, belästigte mich des Nachts, wenn ich schwer Schlaf finden konnte. Eine gewitzte alte Dame von heftigem Temperament, prägte sie Aphorismen und tischte mir Lügen über ihre Kindheit auf. Sie ärgerte mich mit abfälligen Verlautbarungen über meinen Charakter und mein Gewerbe, verurteilte Höflinge mit beißender Kritik und lachte über meinen Verdruß. Wenn ich in das stramme Korsett geschnürt und mir die lächerliche glockenförmige Krinoline über den Kopf gestreift wurde, sperrte sie Geneviève mit einem entschlossenen »So! Das Warten wird dir guttun. Zu meiner Zeit haben wir viel mehr gewartet als die jungen Leute heutzutage – und dabei waren wir noch höflich!« in den Schrank ein. Und sie stolzierte, mit ihrem Spazierstock aufstoßend, von dannen, um der Welt dies und jenes zu erzählen und sie eines Besseren zu belehren.

Jetzt stolzierte sie durch die Korridore von Versailles, eine schrumpelige, Mißbilligung kundtuende kleine Gestalt im

Schwarz eines vergangenen Jahrhunderts, die Züge unter einem geheimnisvollen schwarzen Schleier verborgen. Sie mißbilligte den Gestank in den Korridoren, sie lugte empört durch ihren Schleier auf die entblößten Brüste zweier vorübereilender Hofdamen. Über den Aufzug eines Provinzlers rümpfte sie dergestalt die Nase, daß er errötete.

»Zu meiner Zeit zog ein Herr vor einer Dame von Rang den Hut und berührte ihn nicht nur, als sei er mit seinen Haaren verwachsen«, sagte sie zu einem schlanken Herrn mit olivenfarbener Haut. Der Mann sah sie fest an. Visconti, der Wahrsager. Die Marquise hatte von anderen Wahrsagern nichts zu befürchten. Schon gar nicht von Visconti, dem mindestens hundert Jahre ihrer Erfahrung fehlten.

»Einen guten Tag wünsche ich Euch, Monsieur Visconti. Ihr habt meine Meinung über Euch mit Eurem zweiten Versuch ganz und gar wiederhergestellt.« Visconti hatte seinen Hut mit überschwenglicher Gebärde gezogen und eine vollendete höfische Verbeugung gemacht.

»Meine liebe Marquise, ich bin entzückt, Euch durch diesen glücklichen Zufall zu begegnen. Meine Mächte sagen mir, daß Ihr soeben von der Königin behufs Schwangerschaft konsultiert wurdet.«

»Merkwürdig. Meine Mächte sagen mir von Euch dasselbe. Ich vermute, Ihr habt ihr den Sohn prophezeit, den sie sich wünscht.«

»Nein, denn ich möchte meine Reputation bei Hofe über ihre Fehlgeburt im April hinaus bewahren.«

»Das war klug von Euch. Ihr werdet es weit bringen, Visconti.«

»Das ist schon geschehen, kleine Füchsin. Gestern abend brachte man mich in des Königs *petit coucher*. Verzehrt Euch vor Neid. Wenngleich mir unbegreiflich ist, warum die höchsten Adeligen des Landes hunderttausend Écus bezahlen für das Vorrecht, den König auf seiner *chaise percée* sitzen zu sehen, bevor er sich zurückzieht. Ihr Franzosen seid eine verrückte Nation. Und der König ist verpflichtet, sich auf seinen Nachtstuhl zu setzen, ob die Natur es erfordert oder nicht.«

»Monsieur Visconti, Ihr nutzt es aus, daß Ihr Ausländer seid. Alles, was unser Herrscher tut, ist die Vollkommenheit selbst.«

»Ich sagte nicht, daß es nicht vollkommen sei. Sagt mir, habt

Ihr noch mehr von Euren Salben verkauft, nachdem Ihr nun in solch illustre Höhen aufgestiegen seid?« Im Laufe unseres Gespräches waren wir in den Korridor vor dem *cour de princes* gelangt. Am anderen Ende führten große Türen in den Garten. Zwei Lakaien hielten ihrem Herrn die Türe auf, der eine Dame für eine Rundfahrt durch die Gärten zu einer wartenden Kalesche geleitete.

»Hier halte ich Lesungen ab; die sind gefragter – oh, wer ist das?« Ich war froh, verschleiert zu sein. Die Marquise de Morville floh verwirrt und ließ Geneviève Pasquier mit offenem Munde wie angewurzelt stehen.

»Duc de Vivonne, La Montespans Bruder. Sie hat ihn zu einem mächtigen Manne gemacht. Gewiß müßtet Ihr ihn kennen – oder meint Ihr vielleicht das Mädchen, dem er soeben in die Kalesche half? Sie ist reizend, nicht wahr? Das ist La Pasquier, seine neueste inoffizielle Mätresse, der Schwarm der Leichtlebigen. Wie ich höre, kommt sie von nirgendwo – eine Bäckerstochter, heißt es. Wißt Ihr, wie er sie dem Chevalier de la Rivière abspenstig gemacht hat? Ein Skandal. Er hat sie beim Kartenspiel gewonnen – und ich weiß genau, daß er betrogen hat! Ich nehme an, er hat sie hierhergebracht, um ihr die Sehenswürdigkeiten zu zeigen. Ein Connaisseur. Er soll ihr eine Kutsche und Pferde und eine kleine Villa in der Rue Vaugirard geschenkt haben.«

Es war Marie-Angélique. La Voisin hatte alles vorausgesagt, vor langer Zeit in jenem heißen Sommer, in ihrem schwarzen Salon. Mich aber hatte erschüttert, daß Monsieur le Duc mit einem himmelblauen Brokatrock und einer voluminösen blonden Lockenperücke angetan war.

Nachdem ich der Königin wahrgesagt hatte, kamen meine Lesungen bei Hofe in Mode. Die Gelangweilten, die Bekümmerten, die Ehrgeizigen – alle suchten mich auf, Männer und Frauen, Kammerzofen und Grafen. Ihre Ängste, ihre Leidenschaften, ihre Habsucht – ich erfuhr alles. Es ging das Gerücht, ich wüßte ein Geheimnis, das den, der es kenne, beim Kartenspiel gewinnen lasse; ich war belagert. »Das Geheimnis hat einen Fluch; seine Enthüllung bringt den Tod«, flüsterte ich mysteriös und beobachtete gebannt, wie sie gelobten, ihre Juwelen zu verpfänden und dem sicheren Tod ins Auge zu sehen, nur um es zu kennen. Ein anderes Gerücht besagte, ich sei wahrhaftig unsterblich und stamme aus dem Römischen Reich. Ich hatte wohl einmal zu oft Horaz zitiert. Jetzt begleitete seltsames Gewisper meine Gänge durch die Korridore, und beim Anblick meiner schrumpeligen Gestalt mit dem langen Spazierstock wichen selbst kampferprobte Soldaten zurück. Sogar meine kecke Zofe, die ihre Augen überall hatte, ließ sich auf das Spiel ein und ging, meine Sachen tragend, ehrerbietig hinter mir, als flöße meine Macht ihr Angst ein. Hinter meinem Rücken ließ sie sich von Leuten bestechen, die begierig waren, mein Geheimnis zu ergründen. Es war gut, daß ich mindestens hundertfünfzig Jahre älter war als sie, sonst hätte sie versucht, alles zu meistern. Meine Notizbüchlein und mein Geld kamen in eine verschlossene Schatulle, und den Schlüssel trug ich um den Hals. Nun machte das Wort die Runde, ich trüge den Schlüssel zu einer geheimen Kammer in einem Schloß im Heiligen Land bei mir, wo das Geheimnis des Steines der Weisen aufbewahrt werde.

»Warum sitzt Ihr jeden Abend auf und schreibt Zahlen?« fragte Sylvie wohl, wenn sie mein Haar bürstete. »Hätte ich ein Gewerbe, halb so einträglich wie das Eure, *mich* würdet Ihr nicht sitzen und schreiben sehen. Ich würde tanzen oder mit diesem stattlichen Herrn, der gestern wegen des Kartengeheimnisses bei Euch war, das Bett hüpfen lassen.«

»Mit derlei würde ich meinen Ruf ruinieren. Mein Handwerk beruht auf Rätselhaftigkeit und Schrecken. Leuten, die tanzen und anderen schöne Augen machen, haftet nichts von beidem an.«

»Aber was schreibt Ihr?« fragte sie mit schmeichelnder Stimme.

»Ich beabsichtige, eines Tages sehr reich zu werden, und da muß man mit der richtigen Grundlage beginnen, mit Berechnungen und Logik. Die Römer –«

»Ach, kommt mir nicht mit den Römern. Manchmal glaube ich wirklich, Ihr seid so alt, wie man sagt. Wer sonst würde bei so vielen schönen jungen und reichen alten Männern die Abende mit *Zahlen* verbringen? Die beste Art, reich zu werden, ist der leichte Weg: einen Mann mit Geld heiraten. Oder einen vergrabenen Schatz finden. Eine Frau kann nicht von sich aus reich werden – das ist ein Naturgesetz.«

Sie schnürte mein Korsett auf und half mir in mein Nachthemd. Es war exquisit. Ein Geriesel aus feiner Stickerei und

Spitze auf Linnen, so dünn und licht, als sei es aus Spinnennetzen gewebt. Ich hatte jetzt lauter hübsche Sachen. In Wahrheit machte ich mir nicht viel aus Kleidern, solange ich meine Bücher hatte, aber La Voisin redete mir zu, kostbare Dinge zu tragen; das beeindruckte meine Kundschaft und sollte mich fester mit dem Gewerbe der Wahrsagerei verbinden. Sie begriff nicht, daß für mich der größte Reiz darin lag, täglich von einer außergewöhnlichen Versammlung menschlicher Charaktere umgeben zu sein. Das war mein Lohn für eine einsame Kindheit, in der ich mich hatte verstecken müssen, wenn Gäste kamen.

Das einzige Kleid, das ich mir wirklich wünschte, wurde in aller Heimlichkeit angefertigt. Monsieur Leroux, der Tuchhändler, hatte mir die Seide wohlfeil überlassen. Aber es war kein Kleid für die alte Marquise und mußte vor La Voisins Spioninnen geheimgehalten werden. Es war ein Kleid für ein junges Mädchen, noch keine zwanzig. Oberteil und Rock in Rosa, der Rock zurückgerafft, so daß ein elfenbeinfarbenes Taftunterkleid hervorlugte, und ein Leibchen, bestickt mit Blumen wie ein Garten im Frühling. Ich wollte darin mit André Lamotte in der Orangerie spazierengehen. Ich wollte den schweren Duft der Blüten riechen und ihn sagen hören: »Ich habe es früher nicht bemerkt; Ihr seid sehr schön. Stets habe ich das falsche Gesicht am Fenster betrachtet.« Ich wußte, ich war eine Närrin, doch es nicht zu sein war mir unerträglich. Es mußte geschehen.

»Und wie reich gedenkt Ihr zu werden?« unterbrach Sylvies Stimme meine Gedanken.

»Reich genug, um meine Verletzungen zu heilen. Ich werde Geld scheffeln, bis es alle meine Wunden bedeckt.«

»Von hundertfünfzig Jahren? Ihr werdet einen großen Haufen scheffeln müssen.«

»Das ist meine Absicht.«

»Gut, dann könnt Ihr morgen bei der Comtesse de Soissons beginnen. Sie dürfte eine Stammkundin werden, denn sie läuft immerfort zu Wahrsagerinnen. Sie schickte einen allerliebsten kleinen Pagen, über und über mit Bändern geschmückt, als Ihr heute nachmittag fort wart. Ihr hättet sehen sollen, wie er errötete, als ich vorgab, mein Strumpfband hochzuziehen!«

Olympe Mancini, Comtesse de Soissons – eine Witwe von eigener Hand, hieß es, und eine mächtige Frau, auch sie eine Nichte des verschiedenen Kardinals Mazarin.

»Bringe dich nicht in Schwierigkeiten, indem du Pagen über die Natur belehrst.«

»Schwierigkeiten? Das ist kein Problem. Madame Montvoisin bringt alles in Ordnung.«

»Ich hoffe nicht, daß du meinst –«

»Meine Güte, wo habt Ihr gelebt, auf dem Mond? Madame Montvoisin bietet die besten Dienste in der Stadt. Ich empfehle sie allen. Gefahrlos und verschwiegen. Nicht wie die anderen. Die machen einen Fehler, und *voilà*!, läßt man den Leichnam in den Fluß plumpsen. Madame macht keine Fehler. Bei ihr ist man sicherer aufgehoben als beim Leibarzt des Königs. Ihre Organisation umschließt die Allerbesten in der Stadt; sie arbeiten in ihrem Auftrag. Die Damen der Gesellschaft gehen alle zu ihr. Wie könnten sie sonst das galante Leben am Hofe führen? Ihr habt ihr doch selbst genügend Kundinnen gebracht.«

O Geneviève, wie konntest du nur so dumm sein? Wie konntest du auch nur einen Moment glauben, La Voisin hätte für das viele Geld, das sie einnimmt, keine richtigen Dienste geboten? Sie war eine Engelmacherin, eine Abtreiberin in den höchsten gesellschaftlichen Kreisen, und die Wahrsagerei war ein Deckmantel. Die Strafe dafür war Folter und Tod – für sie, für ihre Komplizinnen, für die Frauen, die ihre Dienste in Anspruch nahmen. Plötzlich sah ich alles ganz klar. Die Geheimzeichen, die ängstlichen Gesichter. Ein Netz von verschwiegenen Frauen, alle durch Furcht und die Möglichkeit gegenseitiger Erpressung aneinander gebunden, verbarg sich hinter der glänzenden Fassade von Galanterie und Geschmeide, von eleganten Roben und Samtmasken. Coiffeure, Parfümeure, Damenschneider, alle waren in einem geheimen Geschäftskartell organisiert. »Ihr habt ein Problem, meine Liebe? Ich kenne die geschickteste Frau, die es beheben kann. Niemand muß es je erfahren.« Und ich steckte mitten darin.

Als ich die Kerze ausblies, fragte ich: »Und La Bosse?«

»Ein schmutziges Weib. Nur Huren gehen zu ihr.«

Ich lag im Dunkeln und versuchte, die Furcht mit Logik zu besiegen. Immerhin, sagte ich mir, wäre ich ohnehin tot im Fluß gewesen. Wenn ich also erwischt werde, könnte ich mich vor dem Verhör und der Exekution umbringen, und der einzige Unterschied wäre, daß ich mich amüsiert habe, statt ein bißchen länger auf dem Grund des Flusses zu liegen. Ich hatte Spaß bei der

Sache gehabt. Abgesehen von dem Korsett, war es mir nie besser ergangen. Ich war überallhin eingeladen worden. Ich hatte davon geträumt, hübsch zu sein wie andere Mädchen. Doch dann fiel mir Onkel ein. Was hätte er Gottloseres tun können, als mich in die Gefahr zu bringen, sein Greuel zu tragen? Bei seiner Geburt zu sterben? Oder es auf der Kirchentreppe auszusetzen, damit es auf hundert andere grausige Arten stürbe? Und abgesehen von dem an mir begangenen Vergehen, welcher Mann würde dies seinem eigenen Kinde antun? Wie von selbst kam mir die Antwort in den Sinn: alle Männer.

Ich setzte mich im Dunkeln auf und tastete nach dem Labsal auf der Nachtkonsole. Doch obwohl ich einen großen Schluck direkt aus der Flasche trank, brachte es mir keinen Schlaf. Und als ich mich in den zerknüllten Laken verhedderte, spürte ich die unheimliche Wärme des Ofens hinter der Tapisserie und sah die verzweifelten Augen der Frauen im Wartezimmer, und ich hörte Onkel lachen, weil er ein Mann war und alles tun konnte, was ihm beliebte.

Kapitel XII

»Vor der Comtesse de Soissons müßt Ihr Euch hüten«, erklärte Sylvie, während sie mein Korsett zuschnürte. »Uff – wollt Ihr es wirklich bis oben hin so eng haben? Mir seht Ihr aufrecht genug aus, wenn Ihr es erst anhabt – also, Ihr solltet sie nicht düpieren, wollte ich sagen. Diese italienischen Damen, alles Giftmischerinnen. ›Die italienische Seuche‹ – das ist mehr als eine Krankheit, sage ich! Und Comte de Soissons ist vor zwei Jahren unter *sehr* mysteriösen Umständen gestorben, von den anderen in ihrer Umgebung gar nicht zu reden. Und ihre Schwester, die Herzogin von Bouillon, die ist auch so eine, sage ich Euch. Wenn ihr Salon auch noch so elegant ist, sie ist und bleibt eine Mancini, und es heißt, sie könne es kaum erwarten, Witwe zu werden – tut nicht so erstaunt, glaubt mir, ich weiß, wovon ich rede. Gefallt Ihr der Comtesse, könnt Ihr bei all den ehrgeizigen, intriganten Damen Euer Glück machen. Hingegen, wenn Ihr tot seid, nützt es keiner von uns im geringsten, also seid wachsam.«

Comtesse de Soissons, eine dunkelhaarige Frau mit einem spitzen, verschlagenen Gesicht und einer kindlichen Himmelfahrtsnase, empfing mich in ihren Gemächern im Palast. Die Räume waren klein, doch für den Standard von Versailles, wo die Höflinge auch der höchsten Stände zusammengepfercht sind wie Salzheringe in einem Faß, waren sie außerordentlich groß und günstig gelegen. Und es verstand sich von selbst, daß die vergoldeten Intarsienmöbel, die dicken Teppiche und Seidentapisserien sagenhaft luxuriös waren.

»Ich möchte wissen, ob ein – überaus nobler – Liebhaber sich mir wieder zuwenden wird«, flüsterte sie außer Hörweite ihres Gefolges. Schon wieder eine, dachte ich, die mit dem König schlafen will. Sie kamen zu Dutzenden, hoch und niedrig. Arme Landadelige opferten ihren letzten Sou, um ihre hübscheste Tochter bei Hofe vorstellen zu können; erlauchte Damen, vermählt oder nicht, boten Bestechungen, um unter die Hofdamen der Königin zu gelangen, wo der König sie häufig sehen könnte. Sie schmiedeten Pläne und kauften beutelweise Liebesamulette. Wann immer der König sein Auge schweifen ließ, kam Leben ins Geschäft. Eine Nacht mit dem König war wie ein Hauptgewinn.

Zwei oder drei Nächte mit dem König, und der Hofstaat verneigte sich. »Das ist die neue Favoritin«, flüsterten sie dann, und die anderen Damen wendeten ihre kalten gepuderten Gesichter ab. Es war eine magische Verwandlung, und die Familie erntete Wohltaten – Pensionen, Ämter, Titel. Nur eine abgelegte Mätresse war nicht zu beneiden; jedermann kannte das Schicksal von La Vallière, die, einst zur Herzogin ernannt, nun mit geschorenem Haupt und ihrer Kinder beraubt in den dumpfen Mauern des Karmeliterinnenklosters schmachtete. Eine sehr erbauliche Veränderung im Leben, befanden einzig die Priester.

Das Bild im Glas war ganz klar, der Sinn jedoch vage. »Ich vermag nicht zu erkennen, was das bedeutet«, sagte ich frei heraus. »Ich sehe Euch in einer achtspännigen Kutsche; sie fährt mit höchster Geschwindigkeit im Licht von Fackeln, welche von Vorreitern getragen werden, durch die Dunkelheit.«

»Zu einem nächtlichen Stelldichein. Nach Marly, ohne Zweifel. Ich werde seine Liebe zurückgewinnen.« Ich ließ es dabei bewenden.

»Bei einer so günstigen Lesung wünscht Ihr vielleicht, das Bild im Glas zu vertiefen. Ich kenne eine Frau in der Rue de Beauregard, die Euch helfen kann –«

»O mein Gott, Ihr gehört auch zu La Voisin! Daß ich das nicht geahnt habe!« Sie ließ sich mit einem matten Lachen in ihren Lehnstuhl zurückfallen. »Das ist einfach zuviel – ihre Leute sind überall.« Sie beugte sich wieder vor. Ihre Stimme klang spitz von fürnehmer Beherrschung. »Sagt mir, was seht Ihr im Glas für Madame de Montespan? Ich werde Euch diese zweite Lesung gut bezahlen.«

Ich legte meine Utensilien erneut zurecht und tat einen tiefen Blick ins Wasser. »Oh, das ist sehr interessant«, erwiderte ich. »Ich sehe Madame de Montespan den Hof verlassen. Sie ist wütend, sie fährt in aller Eile in ihrer Kutsche nach Paris. Die Kutsche ist bis oben hin voll geladen mit Schachteln.« Ich betrachtete die wassergefüllten Furchen auf der Straße und die jungen Frühlingsknospen an den Bäumen. »Ja, es ist eindeutig, sie wurde fortgeschickt, und alles weist darauf hin, daß es in Bälde eintreten wird.«

»Oh, das ist köstlich!« rief die Comtesse. »Sie wird stürzen, und all ihre Macht wird mein sein.« Ein Lächeln huschte über ihr Gesicht. »Wem werdet Ihr als nächstes lesen?« fragte sie in gelassenem Ton.

Ich spürte die Gefahr. Und um sie von ihrem Interesse für meine Kundschaft abzulenken, sagte ich:

»In dieser Zeit der heiligen Bußfertigkeit habe ich allen weiteren Lesungen entsagt, um meine Zeit der Andacht zu widmen, bis unser Herr auferstanden ist.« Schließlich rückte die Karwoche näher, und so schien mir dies eine gute Ausrede. Keine Wahrsagerei bis nach Ostern – was konnte bewunderungswürdiger sein? Überdies gehörte es bei Hofe zum guten Ton, den Anschein von Frömmigkeit zu wahren. In jüngster Zeit wohnte ich beinahe so vielen Messen bei wie einst Marie-Angélique. Nun gut, schienen die Augen der Comtesse zu sagen. Ihr wollt es mir nicht verraten. Wir verstehen uns.

»Natürlich gibt es gegenwärtig keine erleuchtendere Ergänzung der Andacht, als Père Bordalue bei seinen Predigten zuzuhören.« In der Fastenzeit, wenn die Theater geschlossen waren, nahmen Predigten die Stelle von Dramen ein. Bordalue, der glühende Prediger, war in dieser Zeit das Idol; nur die höchste Elite konnte hoffen, Einlaß in der königlichen Kapelle zu finden.

»Ach, es ist mein innigster Wunsch, die beseelten Worte von Père Bordalue zu hören. Schon das Lesen seiner Predigt über die Bußfertigkeit trieb mir die Tränen in die Augen.« Nach einem weiteren Austausch frommer Höflichkeiten rief sie eine ihrer Kammerfrauen herbei. Wenn Bordalue das nächste Mal predigte, sollte ich einen Platz bekommen. Ich ging in Erwartung eines amüsanten Erlebnisses von dannen, nur die Erinnerung an das unaufrichtige kleine Lächeln der Comtesse beeinträchtigte meine Zufriedenheit.

Am folgenden Sonntag beobachtete ich, an das Gitter unterhalb der Königstribüne gequetscht, jener hohen Empore, die direkt mit den Staatsgemächern verbunden war, mit Dutzenden anderer beflissener Damen von unzureichendem Rang und Vermögen, wie sich unter uns das Drama rempelnder Höflinge abspielte. Unsere Befriedigung war nahezu so groß, als hätten wir den Göttern und Göttinnen in einer Oper von Lulli zugesehen. Die einzelnen Darsteller auf dem schwarzweißen Marmorfußboden vor dem Altar versuchten, den anderen ihre Position auf tausend verschiedene Arten klarzumachen. Die großen Damen waren alle in Begleitung eines Lakaien, der während der Lesungen die Antworten für sie sprach. So konnten sie sich der interessanteren Beschäftigung widmen, die Robe von Madame de Montespan zu begutachten, die ihre Augen mit großer Inbrunst himmelwärts verdrehte. Nur Herzoginnen war es gestattet, die Kollekte durchzuführen, und sie machten sich die Gelegenheit zunutze, den Anwesenden ihre Kleider vorzuführen. Die meiste Zeit aber waren aller Augen auf den König gerichtet, der über den gewöhnlichen Sterblichen auf einem braunen Samtkissen kniete. Die fürnehmsten Höflinge bildeten vor seiner Empore gegenüber dem von Marmorsäulen gestützten Allerheiligsten einen Halbkreis, mit dem Rücken zum Altar, um den König besser sehen zu können.

Ein bewunderndes Gemurmel erhob sich unter den Damen, als Bordalue sich zu predigen anschickte. Und sie seufzten »Oh, wie wahr, nur zu wahr«, als der Prediger flammend die Sünden der Habsucht und des Neides anprangerte. Er hatte die Arme vor Entrüstung hoch erhoben, seine Stimme vibrierte vor Empörung. »Der Hof ist der Mittelpunkt der Korruption auf Erden!« rief er. Frauen weinten, und feiste, behäbige Jünglinge nickten zustimmend. Das war besser als die *tirade*, welche die Tragöden auf der Bühne von sich gaben. Bordalue stürmte weiter: Die Reichen lebten ein Leben in Frivolität, rief er in die Ansammlung von wedelnden Fächern und zerknüllten Taschentüchern. O Korruption, daß die Reichen nichts dabei fanden, Tausende beim Kartenspiel zu verlieren, während die Armen ächzten. Es gab keine Wohltätigkeit mehr. Stöhnen, Schreie der Zustimmung erfüllten bei seinen gelungensten Passagen die Kapelle. Allen war überaus wohl zumute. Auch als sich Bordalue weitschweifig über die Notwendigkeit der Reue ausließ, der Hingabe an gottgefällige Werke, der Rückkehr zu den heiligen Banden der von Gott gesegneten Familie. Eine Stunde verstrich. Als er die präzisen Abstufungen der Sünde beschrieb und alle Damen in leidenschaftlicher Reue schluchzten, tat sich mir Schreckliches kund: Meine Natur machte ihre Bedürfnisse geltend. Eine weitere Stunde verging. Ich hatte nicht geahnt, daß solche Qualen möglich waren. Meine Gefährtinnen sahen mein rotes Gesicht und wandten sich amüsiert ab. Der weitere Verlauf der Messe verging wie im Nebel. Glocken, Weihrauch, die Erhebung der Hostie. Ende. Der König erhob sich und ging hinaus, umgeben von seinen Höflingen, die sich sachte schubsten, um einen besseren Platz zu ergattern.

»Wo ist der –?« Ich mußte die Frage nicht zu Ende stellen.

»Ich zeige es Euch, Madame«, sagte die Gesellschafterin der Comtesse. Der König durchmaß den Korridor vor der Kapelle, langsam, wie eine Galeone, und nickte den Höflingen und Bittstellern majestätisch zu. Ich gewahrte noch, daß einer von ihnen sich aus der enttäuschten Menge löste, um uns zu folgen, als wir in das nächste Gemach eilten und eine Gebühr entrichteten, um ein privates Nachtgeschirr hinter einem Wandschirm benutzen zu können. In dieser Hinsicht hatten die Damen von Versailles stets mehr zu leiden als die Männer, die sich Mühe und Kosten ersparten und sich ungeniert in den Korridoren erleichterten.

»Leider hat man Euch nicht vor Monsieur Bordalue gewarnt. Neulinge lernen stets auf beschwerliche Weise«, sagte die Gesellschafterin der Comtesse. Sie nutzte die Situation, um eine kleine Porzellanvase, die sie unter ihren Röcken befestigt hatte, in das Nachtgeschirr zu leeren. »Diese Gefäße werden ihm zu Ehren ›Bordalues‹ genannt.« Die kleine Rache der Comtesse. Nur um mich zu erinnern, daß ihre Gunst zweischneidig war.

Als ein Lakai uns in den Korridor führte, fand ich den Fremden im Gespräch mit Sylvie, die vor der Kapelle gewartet hatte und uns dann auf unserer Flucht ins Unerläßliche nachgeeilt war.

»Madame.« Er ließ von ihr ab und wandte sich mir zu. »Können wir reden? Ich glaube, ich brauche – äh – eine Wahrsagung.« Ich entließ die Gesellschafterin der Comtesse, auf daß sie mit der amüsanten kleinen Geschichte, die sie zu berichten hatte, zu ihrer Herrin eile. »Ihr habt Einfluß; ich habe Euch mit großen Herren gesehen; beinahe an jedem elenden Tag, den ich an diesem Ort verbrachte, sah ich Euch in den Korridoren umdrängt. Und nun – Eure Zofe sagt mir, Ihr seid mit der Duchesse de Vivonne bekannt.« Ich funkelte Sylvie an. Mußte sie schon wieder protzen! Wieviel Geld hatte sie von diesem Mann genommen, dem ich nicht helfen konnte?

»Ich fürchte, die Duchesse de Vivonne wird ihren Einfluß nicht für weniger denn tausend Pistoles ausüben, und das nur, um eine Bittschrift weiterzureichen. Ihr habt keine Gewähr, daß der König sie erhalten wird. Nein, Ihr tut viel besser daran zu versuchen, sie dem König persönlich zu übergeben.« Der Mann hatte keine Chance. Er trug die bäurische Tracht eines verarmten Landedelmannes. Seine Absätze waren zu flach. Seine Schnallen waren Talmi. Hals und Handgelenke waren ohne Spitzen. Seine Perücke saß schlecht über seinem zerfurchten, sonnengebräunten Gesicht, und die Federn an seinem Hut waren geknickt und schäbig. Ein *hobereau*, ein Provinzler.

»Es ist nur noch wenig Zeit, und ich habe tagelang gewartet – wenn der König seine Kutsche verließ, vor der täglichen Messe am Eingang der Kapelle, an der Türe von des Königs *cabinet de conseil*. Ich werde zur Seite gestoßen, er sieht mich nicht. Aber ich muß angehört werden. Ich muß mein *placet* vom König erhalten, sonst ist mein Sohn verloren.«

Er war also nicht darauf aus, ein Amt zu erlangen oder eine Erbschaft zu sichern. Meine Neugierde war geweckt, und er dauerte mich. Die meisten Leute verwenden Monate und Tausende Écus auf das Bemühen, dem König eine Bittschrift zu überreichen. Man bestach Lakaien, um zu erfahren, welchen Weg der König nehmen würde; man kaufte Hofgarderobe, man mietete sich zu einem horrenden Preis ein Mansardenstübchen in der Stadt Versailles. Nur ein Provinzler konnte etwas anderes erwarten.

»Was ist der Inhalt Eurer Petition, Monsieur –?«

»Honoré d'Urbec, von den d'Urbecs aus der Provence, zu Euren Diensten.« Er lüftete schwungvoll seinen Hut und verbeugte sich tief. Mir stockte der Atem. Lamottes Freund. Ein solch seltener Name war unverwechselbar.

»Eine alte Familie?« fragte ich höflich.

»Überaus alt und ehrwürdig«, erklärte er unter lebhaftem Gestikulieren. »D'Urbecs gab es schon zur Zeit Julius Caesars, allerdings wurde der Name damals anders buchstabiert; d'Urbecs waren bei Karl dem Großen, bei den Kreuzzügen. Entspräche unser Vermögen dem historischen Ruhm unseres Namens, wir wären unter den ranghöchsten Familien Frankreichs, wie wir es, im moralischen Sinne, für diejenigen sind, die über die richtige Urteilskraft verfügen –« Ein Mann, der in Träumen lebt, dachte ich. Wie vieles davon ist wahr? Er hielt plötzlich inne, als sei er unter meinem scharfen Blick erstarrt. Er wirkte verlegen. »Ich kann es Euch ebensogut jetzt sagen, Madame, auf daß Ihr entscheiden könnt, ob Ihr unser Gespräch fortsetzen wollt: Unsere Familie hat zur Zeit meines Großvaters ihren Adelsstand durch Betreiben von Handel verloren. Nun sind wir so weit gesunken, daß wir Steuern bezahlen müssen wie Bürgerliche.«

»Ich möchte unser Gespräch auf alle Fälle fortsetzen, Monsieur d'Urbec. Jedoch nicht hier im Korridor. Außerdem habe ich eine Verabredung, die ich nicht verschieben kann. Treffen wir uns nach dem Mittagsmahl im Bosquet des Dômes. Dort können wir in Muße weiterreden. Der Hain hat in dieser Jahreszeit für die Höflinge keinen Reiz, wir werden ungestört sein.«

»Um welche Zeit?« fragte er, indem er eine altmodische, aber sehr kunstvoll gearbeitete eiförmige Uhr aus seiner Tasche zog. Eine erstaunliche Uhr für jemanden, der so gekleidet war. Sie zeigte die Mondphasen ebenso an wie die Stunden.

»Wollen wir sagen, um drei Uhr, Monsieur d'Urbec? Ich bedaure, daß ich nicht früher frei bin.« Ich hatte keinesfalls die Absicht zu gestehen, daß ich wie die meisten Bewohner von Versailles eine schamlose *cherchemidi* geworden war, jemand, der es auf freie Kost an den Tischen der Großen abgesehen hatte. Ich entschuldigte mich vor mir selbst damit, daß ich mir sagte, es ziehe Kundschaft an. Es ersparte auch Geld. Ich stellte das für Mahlzeiten ausgegebene Geld in Rechnung und steckte es in meine eigene Tasche. Es dünkte mich vollkommen gerechtfertigt, da ich so viel an La Voisin abgab. Natürlich mußte ich es mit Sylvie teilen, als Entgelt für ihr Schweigen, aber auch sie brauchte ein Taschengeld.

Ein scharfer Frühlingswind bog die knospenden Zweige im Bosquet des Dômes, und ich war froh über mein dickes Umschlagtuch, als ich aus der Sänfte stieg. D'Urbec wartete schon im Gewölbe des ersten Haines. Er schwenkte seinen schäbigen Hut zum Gruß.

»Jetzt bin ich bereit, mir alles anzuhören, Monsieur d'Urbec«, sagte ich. Wir ließen uns auf einer geschnitzten Steinbank nieder. Ich muß gestehen, ich fand es aufregend wie jede Kunde, die Licht auf ein Stück von Lamottes Leben mit seinen Freunden warf. Wie es schien, hatte d'Urbec seinen jüngsten Sohn zum Studium der Jurisprudenz ans Collège de Clermont geschickt. Ein Oheim, das Oberhaupt der Familie, hatte die Fähigkeiten des Knaben erkannt und ihm, da er selbst nur Töchter hatte, das Studium bezahlt.

»Mein Bruder, müßt Ihr wissen, ist nicht wie wir. Er ist ein erfolgreicher Steuereintreiber und wünschte sich innig einen Erben, dem er seine Ämter vermachen könnte. Ich war zu jener Zeit weit weniger erfolgreich, wenn man von den Söhnen absah. Daher überließ ich ihm Florent. Diese Möglichkeiten, Ihr versteht. Ausbildung, Geld. Vielleicht eines Tages genügend Wohlstand, um die Bestrebungen der Familie zu erfüllen – erfolgreich um die Wiedererlangung des Adelsstandes zu ersuchen. Welcher Vater würde sich dies nicht für seinen Sohn wünschen? Dann hörte ich, daß er in schlechte Gesellschaft geraten war und seine Studien vernachlässigte. Weiber, nehme ich an, und zwielichtige Kaschemmen, in denen sich erwerbslose Schreiberlinge herumtreiben. Sein Oheim war wütend und drohte, alle Verbindungen zu ihm abzubrechen. Ich kam vor zwei Wochen nach Paris, um ihn zur Rede zu stellen, ihn zu bedrängen, seinem Oheim in allem zu gehorchen – und was finde ich? Sein Zimmer ist versiegelt. Er ist verhaftet. Ich war bei der Polizei, beim Richter. Ich konnte nicht erfahren, wessen man ihn bezichtigte. Dann traf ich auf einen Freund von ihm. Ein Protegé der Herzogin de Bouillon. Er erzählte mir, mein Sohn sei wegen des Verfassens eines aufwieglerischen Buches unter dem Pseudonym Cato angeklagt! Das sieht ihm überhaupt nicht ähnlich. Er ist wie ich – er würde sich niemals schämen, seine Meinung unter seinem richtigen Namen kundzutun! Ein d'Urbec versteckt sich nicht im Schatten, um der Verruchtheit zu trotzen! Oh, früher hätte mein Vater –« Hier brach der Mann abrupt ab, als habe er plötzlich erkannt, daß es seinem Fall nicht dienlich sei, sich über das rebellische Chaos auszulassen, das seine Familie einst angerichtet hatte. Niemand mußte daran erinnert werden, daß eine Steuerrevolte in der Luft lag; der König hatte bereits einen Teil seines Heeres von seinem Krieg mit Holland abziehen müssen, um die Rebellion in der Bretagne niederzuschlagen.

»Es liegt bestimmt eine Verwechslung vor«, fuhr der alte Mann fort. »Aber mir wurde klar, solange ich den wahren ›Cato‹ nicht finde, kann ich keine Beweise erbringen. Die Justiz arbeitet geschwind in Paris. Das Verhör hat schon stattgefunden. Ich ging jeden Tag zum Châtelet. Am Ende entdeckte ich, daß er lebenslänglich auf die Galeeren geschickt wurde. Ungeheuerlich! Ungeheuerlich! Ein Fehlurteil! Nur der König kann diesen furchtbaren Irrtum berichtigen! Mit jedem Tag verschlimmert sich die Lage meines Sohnes. Die Gefangenen sollen bald nach Marseille aufbrechen. Wie viele werden den Marsch an der Kette überleben? Wie viele werden die Ruderbank überleben? Ich habe Geschäfte in Marseille betrieben, Madame, und habe gesehen, was aus Galeerensträflingen wird. Ein Student der Jurisprudenz? Er überlebt es vielleicht nicht. Ein robuster Vagabund oder ein

Straßenräuber – sie sind die Starken in jener Welt; sie bilden Bündnisse auf Kosten der anderen Gefangenen. Ihr müßt mir helfen, Madame. Wenn ich nur Duc de Vivonne sprechen könnte. Er ist Marschall von Frankreich, er könnte sich dem König nähern, er könnte meine Petition durch seine Schwester, die Marquise de Montespan, überreichen lassen, deren Einfluß grenzenlos ist. Oder er könnte selbst handeln, im Namen der Barmherzigkeit, im Namen der Gerechtigkeit, ist er doch der Generaladmiral der Galeeren.«

»Ihr seid sehr weltfremd, Monsieur, wenn Ihr glaubt, daß Gerechtigkeit ohne Geld zu erlangen ist.« Ich sah mir seine Bittschrift an. Sie würde keinen Richter rühren, der das Beweisstück gesehen hatte. Was war ihnen in die Hände gefallen, als sie sein Zimmer durchsuchten? Was hatten sie bei Griffon gefunden, oder bei Lamotte?

»Welches ist der Beweis, der Euren Sohn mit dem anstößigen Werk verknüpft?«

»Es gibt keinen, Madame. Das weiß ich bestimmt. Ich habe einen Gerichtsschreiber bestochen. Sie hatten nichts als das Buch selbst, das auf Befehl des Polizeipräfekten, eines Burschen namens La Reynie, verboten wurde, und eine Denunziation von einem bezahlten Informanten, der in Kaschemmen verkehrt. Der Informant ist als unzuverlässig bekannt, und sogar der zuständige Richter zweifelte an seinem Wort, wie der Schreiber mich wissen ließ. Aber sie mußten den Fall abschließen, und so wurde mein Sohn verurteilt! Gäbe es einen wirklichen Beweis – so hätte man ihn bei lebendigem Leibe mit dem Buch verbrannt, nachdem man ihm die rechte Hand abgehackt und sie zuerst ins Feuer geworfen hätte. Das Werk, wie ich höre, hätte dies verdient – ein verräterisches Elaborat, das ungleiche Besteuerung verurteilt und den Sturz des Staates wegen fiskalischer Korruption voraussagt – nein, natürlich habe ich es nicht gelesen«, fügte er, sich ängstlich umschauend, hinzu. Dann sah er mich mit sorgenvoller Miene an und fuhr fort: »Dieser Lamotte sagt, daß es ihm einmal gelungen ist, ihn im Kerker zu besuchen. Mein Sohn hat kein Geständnis abgelegt. Und Lamotte schwört, daß sie kein einziges Exemplar, keine Notizen, nichts in seinem Besitz gefunden haben. Damit ist mein Fall bewiesen. Es liegt eine Verwechslung vor!«

»Kein Geständnis? Dann besteht vielleicht Hoffnung. Führt

Eure Petition fort, Monsieur d'Urbec. Ich habe eine Idee, der ich nachgehen werde. Und mein Vorschlag ist, bezieht an der Verbindungsstelle der königlichen Gemächer mit der Salle des Gardes Posten, denn die Salle des Gardes ist breit und lang, und die Menge um den König wird sich etwas zerstreuen, so daß es Euch möglich sein wird, Euch ihm dort zu nähern.«

»Eine vortreffliche Idee! Meinen Dank, Madame! Kann ich Euch Eure gütige Vermittlung auf irgendeine Weise entgelten?«

»Kaum. Ich vermute, meine geldgierige kleine Sylvie hat Euch schon genug geschröpft. Ich selbst handle im Namen der Gerechtigkeit.« Er verbeugte sich abermals tief und stapfte durch den Frühlingsschlamm von dannen, indes Sylvie die Träger meiner Sänfte herbeirief, die nur wenige Schritte entfernt gewürfelt hatten.

Den Nachmittag verbrachte ich in träumerischer Benommenheit: André Lamotte und ich saßen Wein trinkend bei einem intimen kleinen Souper.

»Das war bewundernswert, wie Ihr d'Urbec gerettet habt. Schade, daß ich nicht selbst darauf gekommen bin. Ich verehre kluge Frauen. Und Verstand ist so selten mit Schönheit gepaart. Geneviève, trinken wir auf unsere Zukunft.« Und als wir die Gläser hoben, schüttelte ich den Traum ab. Genug dieser Torheit, Geneviève Pasquier. Mit Mädchen, die tagträumen, nimmt es ein schlimmes Ende, sagte Großmutter immer. Aber hatte sie nicht zu ihrer Zeit über »L'Astrée« geweint?

22. Februar 1675. Welcher Wahnsinn macht mich Lamotte begehren, der mich nicht will? Es genügt, einen Menschen an Dämonen glauben zu machen, welche sich der Seele bemächtigen können. Ist es, weil er schön ist, oder weil er Marie-Angélique gehörte und sein Besitz mich so schön machen würde wie sie? Sein Geist ist es gewiß nicht. Er hat halb soviel Verstand wie d'Urbec. Aber d'Urbec würde niemals einem Mädchen unter ihrem Balkon ein Ständchen bringen. Er würde ihr eine Abhandlung über fiskalische Korruption widmen und sie ihr wieder fortnehmen, wenn sie sie nicht läse. Nein, ich will Rosen. Rosen und ein Gedicht, das meine Augen preist.

Als Sylvie an diesem Abend in unserem kleinen gemieteten Zimmer unter dem Dachfirst einer schäbigen Herberge meine Kleider ausbürstete, sah ich von meinen Eintragungen in mein »Rechnungsbuch«, wie sie es nannte, auf. »Sylvie, ich möchte, daß du diesen Brief morgen nach Paris in die Jesuitenkirche auf der Rue Saint-Antoine bringst.«

»Was enthält er?« fragte sie keck.

»Für dich einen Silberlouis. Aber wenn du willst, kannst du ihn lesen. Ich habe ihn noch nicht versiegelt.« Sylvie nahm den Brief und buchstabierte langsam, bei jedem Wort die Lippen bewegend.

»Uuh. Das ist übel. Eine Denunziation an die Polizei. Wer ist dieser Cato, der Euch die Ehe versprach und sich mit Euren silbernen Löffeln davongemacht hat? Und Ihr seid den weiten Weg nach Paris gereist, ihn zu suchen, und er hatte sich mit einer anderen Frau eingelassen? Der scheint mir ein rechter Schurke – ›groß, rötliche Haare mit einem braunen Bart, Narbe auf einer Wange, verdient seinen Unterhalt mit *libelles* unter falschem Namen und läßt sich von Wilhelm von Oranien bezahlen‹. Übel, übel!«

»Wer immer er ist, er ist das genaue Gegenteil von Monsieur d'Urbec, welcher dunkel ist und von mittelgroßer Statur.«

»Oho, Ihr seid gerissen. Eine Verwechslung, wie? Das verzögert die Sache ein wenig. Und wenn sie ihn nicht gefoltert haben, um herauszufinden, wer der Drucker war, lassen sie ihn vielleicht sogar laufen. Das heißt, wenn es ihren Stolz nicht zu sehr verletzt.« Sie sah mich listig an. »Aber ich wußte gar nicht, daß Ihr diesen d'Urbec kennt. Seid Ihr in ihn verliebt?«

»Ich kenne ihn keineswegs«, beeilte ich mich zu erwidern.

»Woher wißt Ihr dann, wie er aussieht?«

»Ich nehme einfach an, daß er seinem Vater gleicht.«

»Dann wehe ihm, wenn er rothaarig ist«, entgegnete sie, ehe sie die Kerze ausblies. Aber ihre Stimme hatte einen zynischen Klang.

Kapitel XIII

Kurz vor Ostern verließ ich den Hof und kehrte nach Paris zurück, denn während in Versailles die Wahrsagerei in der Karwoche ruhte, lief das Geschäft in der Stadt so gut wie eh und je. Am Abend, als wir packten, erhaschte Sylvie einen Blick auf den Haufen Louisdors in meiner Schatulle, und sie hielt den Atem an.

»Meine Güte«, sagte sie leise mit ihrer spitzen Stimme. »Das ist ein Vermögen. Damit könnte ich mich zur Ruhe setzen.«

»Es ist für La Voisin«, entgegnete ich und verschloß die Schatulle.

»Und nicht ein bißchen für uns, für ein paar schöne neue Kleider oder eine Fahrt nach Vichy, um eine Kur zu machen und stattliche junge Männer kennenzulernen? Ich habe nachgerechnet. Ich habe beobachtet. Allein anhand meiner Kenntnis, wer alles für sie arbeitet, habe ich errechnet, daß sie im Jahr um die hunderttausend Écus einnimmt – reiner Gewinn.« Sylvie kniff die Augen zusammen, indes sie den Betrag auf der Zunge zergehen ließ. Ein Vermögen. Mehr als die meisten Staatsminister. Mehr als alle Adelsfamilien im Königreich, ausgenommen die ganz großen. Daneben nahm sich das Vermögen in der Schatulle winzig aus, das Jahreseinkommen einer bescheidenen Landadelsfamilie.

»Kontrakt ist Kontrakt«, sagte ich, als wir die wackelige Außentreppe hinabstiegen.

»Manchmal denke ich, für eine alte Dame seid Ihr recht einfältig«, erwiderte sie und stöhnte unter der Last ihrer Bündel.

Wir kamen am Ostersonntag nach der Messe zur Villa in der Rue Beauregard. Von der Küche her drang der Duft mehrerer Fleischgerichte, mit denen die lange Fastenzeit gebrochen wurde, durch alle Räume. Das ganze Haus war für den Festtag frisch geputzt. Auf dem Buffet glänzten die polierten Silberschalen. Die Teppiche waren geklopft, die dunklen Möbel bis zum letzten Knauf und Schnitzwerk abgestaubt. Marie-Marguerite eilte geschäftig in einem neuen Kleid mit Haube vorüber; über ihre frische Schürze aus Linnen und Spitze wäre meine Schwester einst in Verzückung geraten. Nur Antoine Montvoisin war nicht in neuen Kleidern zu sehen. Er lag oben krank zu Bett. Sylvie folgte mir mit der verschlossenen Schatulle in La Voisins kleines Kabinett.

»Du siehst verdrießlich aus. Sag, war das Leben kein Plaisir? Unter meiner Führung könntest du immer so leben. Vergiß nicht, daß ich dich gemacht habe«, fügte die Hexenmeisterin hinzu, indes sie das Geld auf ihrem Schreibpult zählte und ihr großes Hauptbuch aufschlug. Das kleine Katzengesicht blinzelte mich von einem Papierstapel mit kabbalistischen Zeichnungen an. »Ist das alles?« fragte sie argwöhnisch.

»Alles. Ich habe eine Abrechnung, wenn Ihr wünscht.« Sylvie hielt ihr die offene Schatulle hin. Mit plötzlich besorgter Miene nahm La Voisin das zuoberst liegende Rechnungsbuch; ihre Besorgnis wich jedoch Erleichterung, als sie die Seiten durchblätterte.

»Alles verschlüsselt. Ausgezeichnet«, sagte sie. »Hin und wieder hast du doch einen vernünftigen Einfall. Trotzdem, benutze für die größten Kunden nur Initialen oder einen Decknamen. Denke daran, unsere erste Pflicht ist es, unsere Klientel zu schützen. Wir gehen schweigend ins Grab. Das ist es, was unser Gewerbe beschützt.«

»Das Gewerbe der Wahrsagerei oder das Gewerbe der Abtreibung?« fragte ich.

»Meine Güte, einmal das große Leben gekostet, und schon werden wir hochfahrend, wie? Die am höchsten aufsteigen, sind die Undankbarsten. Bedenke, du bist jung und hast keine Verpflichtungen; ich aber habe zehn Mäuler zu stopfen.«

»Ihr verdient mehr als die meisten Staatsminister.«

»Aber mit weit mehr Schwierigkeiten und Kämpfen, meine Liebe. Höre auf mich, und ich werde dich lehren, Gebieterin über große Unternehmungen zu werden. Eines Tages wirst du so reich sein wie ich.« Sie klappte ihr Hauptbuch zu und stand auf, um das Geld in ihre Kassette zu schließen. Eine ihrer Katzen, die am Feuer döste, stand auf und rieb sich an ihren Fesseln. Seltsam, grübelte ich. Sie hat keine schwarzen Katzen. Man sollte meinen, als Hexe müßte sie nur schwarze Katzen haben. Dann wandte sie sich mir zu, als sei ihr soeben etwas eingefallen, doch die Geste wirkte gekünstelt. »Ich habe mir etwas überlegt«, sagte sie in gezwungenem Ton. »Da du nun aufsteigst, benötigst du eine bessere Adresse. Das Vorderzimmer einer billigen Pension ist kaum der rechte Ort für die Sensation von Versailles, um dort ihrem Gewerbe nachzugehen. Wie wäre es mit einer prächtigen kleinen Wohnstatt? Oder, besser noch, einem Stadthaus? Ganz verschwiegen. Die illustre Kundschaft liebt Verschwiegenheit. Meine allerfeinste Klientel gibt sich nur mit meinem Gartenpavillon zufrieden. Im Marais wird ein bezauberndes kleines Haus frei –«

So bald schon ein Haus? dachte ich. Das ist keine reine Wohltätigkeit. Möchte wissen, ob Sylvie ihr erzählt hat, daß La Bosse versuchte, mich für ihre eigene »Vereinigung« anzuwerben. Nicht daß ich ihr beitreten will – Marie Bosse stochert mit einer Messerspitze in ihren Zähnen und kleidet sich wie eine Vogelscheuche. Außerdem kann sie weder lesen noch schreiben. Wie kann sie ohne Rechnungsbücher ordentlich organisieren? Aber vielleicht hat Sylvie sich das Haus gewünscht. Sie ist geschickt genug, es auf diese Weise zu handhaben.

»Das Haus ist etwas klein«, sagte La Voisin, »aber eine allererste Adresse, und es hat einen verschwiegenen Hinterausgang. Und ein Lakai – ja, den wirst du brauchen, und ich kann dir gewiß einen vorzüglichen besorgen. Oh, du bist schon soweit, einen Schritt nach oben zu tun! Ich hatte ein Jahr warten wollen, aber du bist so talentiert! Und Ostern ist beinahe wie der Beginn eines neuen Jahres. So, und nun wirst du deinen Aufstieg mit uns feiern und dein Mittagsmahl hier einnehmen.«

Etwas an ihrem Gehabe machte mich schaudern. Ich habe sie gekränkt, dachte ich. Sie ist erbost. Ich werde dieses Stadthaus nie erleben. Es ist eine List. Mittagsmahl hat sie gesagt. Mein Gott, war ich nicht gewarnt? Warum mußte ich mit meinem Wissen herausplatzen wie eine Idiotin? Ein, zwei Jahre, und ich wäre frei gewesen. Und jetzt das Mittagsmahl. Kalter Schweiß brach auf meinen Schläfen aus, als ich erwiderte: »O ja, laßt uns feiern.« Gemach, gemach. Lächeln und nicht zeigen, daß du etwas gemerkt hast, Geneviève. Vielleicht geht es vorüber. Vielleicht vergißt sie, was ich gesagt habe, und ihr Zorn schwindet.

Unterdessen trafen die Gäste ein. Lärmend drängten sie sich im kleinen Empfangssalon und im angrenzenden Speisezimmer. Le Sage, der Magier in seinem grauen Umhang, die Arzneikundigen La Trianon und La Dodée in strahlend neuen Kleidern, alle Nähte reich mit Bändern besetzt. La Lepère mit einem Frühjahrsschnupfen, jammernd und sich schneuzend, der Abbé Mariette, ein elegant gekleideter Priester der Erlauchten, La

Pelletier ganz in schillerndem Taft, violett wie die Bezüge der Liebesduftkissen, La Debraye, La Delaporte, La Deslauriers, die Hexen, und ferner: Herren und Damen, Priester, Kaufleute, *nouvellistes*, Diabolisten, Alchimisten und Titelträger dubioser Herkunft. Zuletzt wurde ein gebeugter, mit einer Soutane angetaner alter Mann von lasterhaftem Aussehen hereingeführt, dessen geschwollene Nase von purpurroten Adern überzogen war. Er war in Begleitung seiner Geliebten, einer Frau mit faltigem Gesicht und eingesunkenen Augen. Das war der Abbé Guibourg. Bei seinem Anblick wichen die Leute in den überfüllten Räumen zurück, als habe ein mysteriöser kalter Wind sie gestreift.

»Ist Madame Brunet schon bei Euch gewesen?« fragte La Pelletier lachend, »sie will Philibert, den Flötenspieler, um jeden Preis haben!«

»Er ist in dieser Stadt sehr begehrt – ich habe zwei Klientinnen, die ebenfalls nach ihm schmachten. Ich nehme an, wir haben allen dreien dieselbe *poudre d'amour* verkauft. Oh, einer wird es Glück bringen, somit gebührt uns allen ein Teil der Ehre«, sagte La Trianon kichernd.

»Ja, oder aber mein Pulver erweist sich entschieden als das wirksamste«, versetzte La Pelletier mit routinierter Ruhe.

»Solange Ihr Euch so stark auf Essenzen aus Hahnenhoden verlaßt, dürft Ihr nicht damit rechnen«, meinte La Trianon herablassend.

»Aber meine Liebe, er hätte eine gläserne Maske tragen müssen – kein Wunder, daß er erstickt ist – die Prozedur erzeugt so viele Dämpfe –«, hörte ich eine Stimme vom anderen Ende des Raumes.

»Sie macht gute Geschäfte mit *poudres de succession*, aber nicht lange, denke ich. Sie ist unachtsam. Und so vulgär –« Die Worte, die durch meinen Kopf schwirrten, ergaben wenig Sinn, indes meine Todesangst zunahm.

»La Bosse läßt sehr nach, wißt Ihr, sie sollte sich wirklich zur Ruhe setzen –«

»– das alles zeigt nur, daß Strategie alles ist, meine Liebe. Alles –« Ich fuhr zusammen, als ich merkte, daß La Trianon zu mir sprach.

»O ja, o ja, zweifelsohne. Es ist sehr klug«, erwiderte ich und hoffte, daß es vernünftig klang. Meine Stimme war dünn vor

Furcht, und ich war überzeugt, daß alle im Raum mein Herzklopfen hören konnten.

Die Suppe war klar. Sie mußte einwandfrei sein. Margot brachte sie aus der Küche herein und teilte sie aus einer großen Terrine auf dem Buffet aus. Sie war ihrer Gebieterin sehr ergeben. Sah ich ihre Hand einen Moment über einer Suppenschale verweilen?

»Eßt Eure Suppe, meine Liebe. Ihr seht blaß aus. Suppe ist gut gegen Blässe«, bemerkte meine Gastgeberin. Ja, gut dagegen. Löscht sie gänzlich aus, zusammen mit jeglichen anderen Gebresten, die du vielleicht hast. Ich nahm einen Löffelvoll.

»Delikat«, sagte ich. Mein Geschmackssinn war ungewöhnlich geschärft. War das ein metallischer Nachgeschmack? War es Salz?

Das erste Ragout kam fertig angerichtet aus der Küche. Pochiertes Kaninchen in Weinsauce. Zwiebeln. Und – ich konnte sie sehen – Pilze. War nicht ein römischer Kaiser mit einem Pilz vergiftet worden? Messalina. Sie hatte es getan.

»Oh, der Geschmack ist gar köstlich«, seufzte Abbé Mariette auf der anderen Seite der Tafel. »Eure Köchin ist eine wahre Künstlerin.« Ich fuhr zusammen. La Voisin warf mir einen durchdringenden Blick zu. Alles, nur nicht die Pilze, dachte ich. Die Angst verleiht jedem Gericht unbeschreiblich scharfe Würze. Mein Lebtag habe ich die delikat vermischten Aromen von Knoblauch und Kräutern, das feine Bouquet des Weines nicht so deutlich geschmeckt. Der hervorstechende, scharfe Geschmack war unglaublich delikat. Beinahe berauschend. Berauschend? Etwas in der Sauce? Einerlei, es war schon geschehen. Genieße die Aromen, Geneviève, du kannst sie dir getrost munden lassen. Es ist dein letztes Mittagsmahl auf Erden.

»Die Pilze – Pfifferlinge – ganz köstlich –«, hörte ich. Totenköpfe wurden sie auch genannt. Hatten sie der Sauce den einzigartigen Geschmack verliehen? Kein Wunder, daß ich sie nie zuvor gekostet hatte.

»Versucht die Pilze, liebe Marquise. Es gibt sie eigens Euch zu Ehren.« Vernahm ich eine Spur heimlicher Belustigung in ihrer Stimme?

»O ja, sie sind ganz vorzüglich.« Kein Zweifel. Es mußten die Pilze sein. Ihr Geschmack war exquisit, delikat, unmöglich zu beschreiben. Nun gut, lieber Pilze als ein Erstickungstod im Hinterzimmer. Wie lauteten die Gebete in der Messe, während deren ich mich in Tagträumen ergangen hatte? Warum hatte ich nicht zugehört? Jetzt konnte ich mich auf kein einziges besinnen. O Gott, vergib mir. Kein einziges Wort. Das Vaterunser, war es die richtige Reihenfolge? Es half nicht, wenn die Reihenfolge nicht stimmte. Es war fort. Eine Seele. Hatte ich überhaupt eine Seele? Oh, ich wünschte jetzt, daß ich eine hätte oder wenigstens glaubte, eine zu haben. Ich wollte nicht sterben. Das Leben war zu schön, zu amüsant, voll neuer Dinge, die es zu sehen gab, und voller Hoffnung. Welche Ironie: Ich hatte versagt, als ich sterben wollte, und nun versagte ich, als ich leben wollte. Wein. Ein Trinkspruch. Auf die Künste von Le Sage. Auf meinen Triumph. Trinke, trinke. Es dämpft den Schmerz, wenn die Todeskrämpfe einsetzen.

»Meine Güte, der Erfolg ist Euch zu Kopf gestiegen, Madame. Le Sage, Mariette, tragt sie hinauf.« Ich wurde in dem Zimmer mit dem düsteren Wandbehang aufs Bett gelegt. Der in sattem Grün und mit Goldbrokat drapierte Baldachin schwebte kreisend über meinem Kopf. Die dunkelrote Wand schwankte. Gut. Soll der Tod hier kommen. Ich konnte den Kopf nicht heben. Als mir die Augen zufielen, sprach ich das einzige Gebet, das ich konnte. Gott, nimm meine Seele zu dir, wenn ich eine habe.

Mein Bewußtsein kam und ging, indes der Spätnachmittag verblaßte und die Dämmerung einsetzte. Ich vernahm Flüstern.

»Hört sie uns?«

»Sie ist volltrunken. Sie hört keinen Ton.« Le Sage.

»Er wird mit jedem Tag schwächer. Seine Augen sind eingesunken. Er hustet. Ich kann es nicht ertragen.«

»Nur noch eine kleine Weile, bis wir heiraten, meine Liebste.«

»Ich sage Euch, ich halte es nicht aus. Es zerreißt mich.«

»Die Liebe und das Verlangen nach mir, o erhabene Königin, oder die Trauer um den elenden Schwächling, den Ihr geheiratet habt? Was ist Euch? Ihr wolltet es so, ich habe ihn verhängt.«

»Den Zauber. Er ist zu gräßlich. Ihr müßt ihn aufheben.« Endlich erkannte ich die Stimme. La Voisin.

»Den Zauber über einem Widderhaupt aufheben? Das hat es noch nie gegeben.«

»Grabt ihn aus, grabt ihn aus, sage ich. Ich halte es nicht mehr aus, ihn so dahinsiechen zu sehen!« Bei dem verzweifelten Geschrei schlug ich die Augen auf. Zum Glück besaß ich die Geistesgegenwart, sie wieder zu schließen und regungslos liegenzubleiben.

»Ihr liebt mich nicht, wenn Ihr nicht einmal diese Kleinigkeit zu riskieren wagt. Ich wurde von größeren Frauen als Euch geliebt. Gemeinsam könnten wir über Europa herrschen. Ihr allein, was habt Ihr schon?«

»Viel mehr, als Ihr je erreicht habt, Undankbarer! Wessen Einfluß hat Euch vor den Galeeren gerettet? Welcher Sträfling hat die Galeeren jemals verlassen, außer im Leichentuch? Ihr allein! Mein unermeßlicher Einfluß bei Hofe hat bewirkt, daß Ihr in Genua an Land gesetzt wurdet. Ich habe Euch geschaffen, ich kann Euch vernichten! Geht, geht und grabt ihn aus, wo immer Ihr ihn dort draußen verscharrt habt, und bringt ihn mir in dieses Zimmer! Ich werde den Zauber selbst aufheben. Was hat er denn getan, der Mann, den Ihr so verabscheut, außer daß er bei mir versagte? Ihr seid es, Ihr, der mich betrogen hat, wieder und wieder – und ich komme zurück und flehe, wieder betrogen zu werden. Ist das keine Liebe? Liebe, die an Blindheit grenzt? Erzürnt mich nicht, oder Ihr werdet es mir teuer bezahlen.« Ich hörte das Scharren eines Stuhles und Schritte.

»Nun gut, wenn Ihr so gering von mir denkt, will ich ihn Euch bringen. Aber erwartet von meinen Helfern kein Entgegenkommen bei Euren – kleinen Lieferungen.«

»Es gibt noch mehr Alchimisten in dieser Stadt – ich brauche Euch nicht, Ihr, Ihr – Versager.« Mein Kopf war noch verschwommen. Die Wände wurden grau und wichen zurück.

Ich erwachte im Dunkeln. Ein Kandelaber am anderen Ende des Zimmers verbreitete ein mattes Licht, das nicht in die dunklen Ecken reichte. Vom Ofen hinter dem Wandbehang kam der Geruch nach etwas Fauligem, das verbrannt wurde. Auf dem Tisch unter dem Kandelaber lag ein aufgeschlagenes *grimoire*, das Zauberbuch der Hexen.

»Nun, rührst du dich endlich? Nie habe ich einen betrunkeneren Menschen gesehen. Du dachtest, ich würde dich vergiften, wie? Keine Bange, sollte ich eines Tages beschließen, dich mit Gift zu beseitigen, wirst du es nicht merken.« La Voisin trug ein düsteres schwarzes Gewand, das ich noch nie gesehen hatte. Sie saß neben den Kerzen, und das Licht flackerte über ihr Gesicht. Ihre ebenmäßigen Züge unter ihren dunklen geringelten Haaren waren von erschreckender Schönheit.

»Du bist dazu bestimmt, mir ein Vermögen einzubringen. Ich vernichte keine Vermögensquellen«, sagte sie und verschränkte die Hände im Schoß. »Später werden wir Freundinnen sein. Nur Frauen können befreundet sein. Wir wissen einander zu helfen. Wenn ein Mann und eine Frau befreundet sind, nutzt der Mann die Frau stets aus. Sie muß seinen Stolz nähren, sein Portemonnaie. Nicht so bei uns, wie? Wir, die wir nichts haben, müssen uns gegenseitig aufrichten. Aber auch nur Frauen können Feindschaft pflegen. Die Männer denken, eine Frau lohnt die Mühe nicht. Und das ist ihre schwache Stelle. So herrschen wir über die Welt der Männer, wir Hexen. Durch ihren wunden Punkt. Hast du noch Kopfweh?«

Die dünnen Rauchkringel über den Kerzen stiegen in die unheimliche Dunkelheit unter der Zimmerdecke auf. Ich fühlte mich unsagbar elend.

»Mir ist, als würde ich sterben.«

»Gut. Das wird dich lehren, in Gesellschaft nicht zuviel zu trinken. Wie hättest du denn jemals die Geistesgegenwart gehabt, das Gegengift zu nehmen, wenn du tatsächlich vergiftet worden wärst? Sogar eine Katze hat soviel Verstand, aus dem Regen ins Haus zu kommen.« Bei seiner Erwähnung sprang der graue Kater, die größte ihrer Katzen, auf ihren Schoß. »Du bist noch nicht soweit«, glaubte ich sie sagen zu hören. Das letzte, woran ich mich erinnere, war das grummelnde Auf und Ab des Katzenschnurrens.

Am nächsten Morgen erwachte ich auf einer Bettstatt in der niedrigen grauen Kammer unter dem Dachfirst, wo das Gesinde untergebracht war. Sylvie rüttelte mich.

»Wacht auf, wacht auf! Die Neuigkeit hat ganz Paris entflammt. Und Ihr habt es vorausgesagt. Ihr seid berühmt! Wir haben heute drei Verabredungen in der Stadt, und am Hof noch mehr! Oh, es gibt jetzt Dutzende von hoffnungsvollen Damen, alle von höchstem Stand. Was die *bezahlen* werden! Beratungen mit Euch, Pulver von Madame. Wir werden alle reich!«

»Schrei nicht so. Mein Kopf zerspringt. Was ist das für eine Neuigkeit?«

»Warum wißt Ihr es nicht, da Ihr es doch selbst vorausgesagt habt? Madame de Montespan, der König hat sie vom Hofe geschickt. Sie ist hier in Paris und leckt ihre Wunden, während ihre Rivalinnen die Krallen schärfen!«

Ich setzte mich stöhnend auf. Mein Kopf mußte jeden Augenblick platzen. »Wie – was?« gelang es mir zu murmeln.

»Oh, es war erstaunlich. Père Bossuet hat an Ostern des Königs Sünden mit Madame de Montespan auf der Kanzel angeprangert. Er hatte dem König die Kommunion verweigert, just am Abend vor dem Aufbruch an die Front in Flandern. Der König kann nicht ohne Beichte und Absolution in die Schlacht ziehen. Es heißt, er bat um eine vorübergehende Trennung, wie schon einmal, um die Kommunion empfangen zu können. Aber das war in den Tagen von Père Lachaise, der es lange nicht so genau nahm. Bossuet war unerbittlich. ›Gebt das Weib auf‹, sagte er, ›denn Ihr begeht doppelten Ehebruch, da sie ebenso vermählt ist wie Ihr.‹ Jetzt machen alle unvermählten Damen sich Hoffnung. Wäre ich in der Nähe des Königs, *mich* würde er bestimmt bemerken. Aber ich werde nicht eher die Chance haben, als bis –« Ach du liebe Güte, auch so eine Konsumentin von Liebestränken und Glücksbringern. Man sollte meinen, die Leute, die sie verkaufen, müßten wissen, wie lächerlich sie sind. Aber sie sind selbst ihre besten Kunden.

Als ich dann angekleidet den Salon betrat, sah ich, daß meine Gastgeberin keineswegs so erbaut war wie Sylvie. Ihre beiden jüngsten Knaben, noch nicht den Mädchenkleidern und Gängelbändern entwachsen, stritten um einen Ball; der zehnjährige Bruder wurde soeben fortgeschickt, um in La Trianons Laboratorium ein Päckchen abzuholen. Ihre Stieftochter Marie-Marguerite warf ihr einen bösen Blick zu, als sie das Zimmer mit dem Frühstückstablett für ihren Vater durchquerte.

»Ah! Die Marquise hat endlich beschlossen aufzustehen«, sagte La Voisin sarkastisch. »Seid gegrüßt, o Erleuchtete, hat die Sonne endlich unseren Horizont erhellt.«

»Was ist geschehen? Was habe ich getan?«

»Was du *getan* hast? Komm in mein Kabinett, *Mademoiselle*«, zischte sie. Ihre Hand umschloß mein Handgelenk wie eine Klammer, und ich flog förmlich hinter ihr her in ihr kleines privates Gemach mit den Geheimnissen in den Schränken.

Als sie die Türe hinter uns abgeschlossen hatte, wandte sie sich mir zu. Ihre Augen flackerten gefährlich.

»Als ich dich in die Welt schickte, um neue Geschäfte aufzutun, meinte ich nicht, daß du unter meiner Klientel Ärger aufrühren solltest.« Ich schwieg, aber meine Knie zitterten. Ich konnte nichts dafür. Ihr Zorn war fürchterlich, wie einer jener feuerspeienden Drachen, von denen man in alten Geschichten liest.

»Ich tat, wie Ihr mich geheißen habt«, wagte ich zu sagen.

»Comtesse de Soissons ist seit vielen Jahren meine Kundin. Wie kannst du es wagen, sie mir auszuspannen?«

»Das habe ich nicht getan – sie hat mich gerufen. Ich habe sie zu Euch schicken wollen, das schwöre ich, aber sie hat nur gelacht.«

»Es stand dir nicht zu, Madame de Montespans Sturz vorauszusagen.« O je, das konnte nur eines bedeuten. Marquise de Montespan war ebenfalls ihre Kundin.

»Sie – sie hat selbst gefragt. Es war im Glas – ich –«

»Im Glas, im Glas, ach ja? Erinnerst du dich an keine von meinen Lektionen? Du willst dich erheben! Weißt du, was ich vor mir sehe? Ein niederträchtiges, trotziges kleines Mädchen, das alles nimmt und beschmutzt, was man ihm gibt. Du willst dich über mich erheben! Mir meine Kundinnen abspenstig machen! Wer hat dich aus der Gosse gezogen? Antworte mir!«

»Es war der Fluß«, sagte ich mit der festesten Stimme, die mir zu Gebote stand.

»O ja, wir haben Philosophie studiert! Wir sind keine arme Frau, die sich erhoben hat. Wir können Latein, wir können Griechisch, wie ein Mann. Wir sind nicht gewöhnlich! Wir sind mütterlicherseits beinahe eine *Matignon*. O ja, man verbeuge sich vor dem Matignon-Blut in dem kleinen Fratz, wenn man es irgendwo finden kann!« Ich wich ängstlich in die Ecke zurück.

»Ich habe nur getan, was Ihr sagtet. Ich habe Euch das Geld gebracht. Ich habe Euch alles gebracht, ich schwöre es.«

»Ich habe dich *gemacht*, verstehst du, ich habe dich *gemacht*, du kleines Ungeheuer. Ich wollte dich, ich habe dich gerettet, und du gehörst *mir*! Warum hat dich deine Mutter wohl an jenem Morgen auf die Straße gesetzt? Warum war ich wohl dort und habe dich vor dem Fluß bewahrt? ›Warum für ein Begräbnis zahlen?‹ sagte ich zu deiner Mutter. ›Werft sie hinaus, und Ihr seid sie los. Man wird sie nie finden.‹ Ich sah das Schimmern in ihren Augen. Das Schimmern des Geldes. ›Steckt Eure Gebühr wieder ein‹, sagte ich, ›Ihr könntet alles kostenlos haben.‹ Kostenlos – da leuchteten ihre Augen! Geld! Das bringt eine Matignon zum Handeln. Geld, Geld und nur Geld. Das Geld, das dein Vater dir hinterlassen hat – sie würde vor nichts haltmachen, um es zu bekommen. Um so besser, wenn etwas umsonst zu haben ist. Eine ehrenwerte Sippe, die Matignons, wie alle die anderen *Erlauchten*, die mich aufsuchen. Oh, wahrhaftig! Aber du, du hast ein gottgegebenes Talent, du speisest und trinkst und kleidest dich auf meine Kosten –«

Meine Knochen fühlten sie an wie Eis. Es paßte, alles paßte zusammen, wie das fehlende Teil eines Puzzlespiels. Mein Verstand schreckte davor zurück.

»Es ist nicht wahr. Meine Mutter ist schön und fromm. Im Grunde ihres Herzens liebt sie mich – sie ist nur – nur –« Doch schon während die Worte aus meinem Mund kamen, wußte ich, daß sie nicht wahr waren.

Die Hexenmeisterin musterte mich mit ihren dunklen Augen. Ich fühlte den Kummer aufwogen wie eine Welle.

»Ich habe nie – ich habe nichts davon gewußt –«, flüsterte ich und lehnte mich an die Wand, um nicht zu fallen. O Wahrheit, du bist grausam, grausam. Alles verschwamm vor meinen Augen, und ich spürte, daß mein Gesicht naß war, naß und kalt wie die Wände einer Höhle. Finster und naß von unendlichem Kummer.

»Ach«, sagte die Hexenmeisterin. Ihre Stimme war nun leise, ihr Zorn vergangen wie Rauch. »Du hast es nicht gewußt, nein? Sage mir –«, und ihre Stimme wurde schmeichelnd, »sage mir, was hast du für die Comtesse de Soissons im Glas gelesen?«

»Sie hat mich nur – gefragt, was aus Madame de Montespan werden würde – und ich habe hingeschaut und sah sie in aller Eile den Hof verlassen, in ihrer Kutsche mit vier Vorreitern, auf der Straße nach Paris.«

»Was gestern eingetreten ist – hm. Schneuze dich hier hinein, und dann lies für mich im Glas.« Sie reichte mir das bestickte Schnupftuch aus ihrem Ärmel. Dann nahm sie eine Vase mit Wasser vom Schrank und stellte sie auf ihr Schreibpult. Sie hatte das Glas schon vorbereitet. Also war auch dies vorausgeplant. Der scheinbar spontane Zornesausbruch, die vorgebliche Versöhnung – sie plante mit der Genauigkeit eines Generals und hatte das Geschick, andere durch Leidenschaften zu kontrollieren, zu unglaublicher Präzision ausgefeilt.

Ich setzte mich zitternd auf ihren Stuhl und blickte lustlos in das Glas. Ein Bild formte sich und schimmerte aus der Tiefe empor. Madame de Montespan, in goldenem Tuch, mit Goldgarn bestickt, mit Diamanten besetzt, saß majestätisch in einem Lehnstuhl; andere Damen, darunter die Gouvernante, die ich gesehen hatte, umringten sie stehend oder auf Schemeln sitzend. Ein reich gekleideter Herr mit dunklen spanischen Gesichtszügen betrat den Raum. Der König.

»Ich sehe Madame de Montespan, ganz in goldenem Tuch mit Diamanten, die den König im Beisein der Hofdamen empfängt.«

»Schön, das ist schon besser.« Sie sah mich an. »Genug auf meinen Tisch geheult. Nimm dich zusammen. Du hast Verabredungen. Und ich habe Kundschaft. Die Kutschen auf der Straße sind nicht zu zählen. Oh, verflucht! Lucien ist fort, ich muß Philippe schicken.« Und damit rief sie ihren flegelhaften dreizehnjährigen Sohn, der viel zu dick war und nie etwas tat, und sprach leise zu ihm. Aber ich hörte es trotzdem, denn ich habe gute Ohren.

»Gehe unverzüglich zu Mademoiselle des Œillets in der Rue Vaugirard. Sage ihr, ich verfüge über Mittel, die Zukunft ihrer Gebieterin auf das glänzendste zu lösen. Und wenn du nicht bis zum Nachtmahl zurück bist, bekommst du einen Monat lang kein Naschwerk.« Als er gegangen war, sagte sie angewidert: »*Der* ist von Antoine. Elender Faulpelz. Meine Kinder enttäuschen mich. Von dir erwarte ich etwas Besseres. Vergiß nicht, ich habe dich gemacht. Ohne mich bist du nichts. Putze dir die Nase. Du siehst aus wie eine Idiotin.« Als ich mich zum Gehen erhob, sagte sie ruhig: »Von nun an tust du klüger daran vorzugeben, daß du die Zukunft derer nicht lesen kannst, die das Glas nicht berühren. Du bist nicht geschickt genug, um dich aus den Intrigen herauszuwinden, die sich sonst ergeben. Komme in einer Woche wieder. Ich denke, dann werde ich eine gute Nachricht für dich haben. Deine Rache wird bald in greifbarer Nähe sein.«

Kapitel XIV

»Alte Damen sollten nicht trinken«, mahnte Sylvie. Ich stützte mich auf sie, und so gingen wir die Vordertreppe der Villa in der Rue Beauregard hinunter. Ich konnte nichts sehen; meine Augen unter dem schwarzen Schleier waren geschwollen. Mein Kopf hämmerte, und meine Balance, auf dem hohen Schuh ohnehin nie ganz sicher, war vollends geschwunden. »Kommt, ich nehme Euren Stock«, sagte Sylvie, als sie mir in die Mietdroschke half, die sie herbeigerufen hatte. Sänften und Kutschen drängten sich auf der Straße. Madames Kundschaft hatte sich nach den Neuigkeiten vom Hofe verdoppelt.

Während des Vormittags empfing ich meine Klientel bei Madame Bailly hinter dem Wandschirm. Eine Witwe, die sich um ihren Sohn in der Armee sorgte. Eine Goldschmiedsgattin, die eine Erbschaft ersehnte. Ein Advokat, der ein Amt begehrte und fürchtete, ein Gegner würde es bekommen. Ein Mann, der argwöhnte, seine Frau sei untreu. Sie alle schickte ich getröstet fort. Am Nachmittag machte ich in den eleganteren Bezirken Hausbesuche. Bei Frauen, denen nicht gestattet war, das Haus zu verlassen, Frauen, die fürchteten, bei einer Wahrsagerin gesehen zu werden, Frauen, die krank waren oder verrückt. Aber reich.

Mein letzter Besuch an diesem Tag galt einer neuen Klientin. Sie wohnte in einem kleinen Juwel von einem Stadthaus in dem eleganten, am Weg nach Versailles gelegenen Vorstadtbezirk in der Rue Vaugirard. Eine Zofe empfing mich auf der Straße und führte mich auf einem rückwärtigen Pfad ins Haus. Meine Erscheinung rief ein leichtes Zittern bei ihr hevor: Eine winzige alte Dame in Schwarz, verschleiert, auf einen schweren Stock gestützt – ich hatte mich so sehr an dieses Aussehen gewöhnt, daß ich vergessen hatte, welch furchterregenden Eindruck ich auf neue Klientinnen machte. Wieder so ein Haus, in dem ein eifersüchtiger Mann seiner Gemahlin den Empfang von Gästen nicht gestattet, dachte ich. Ich folgte der Zofe die Treppe hinauf in ein hohes, luftiges Schlafgemach, weiß und golden getäfelt, mit einem erlesen gearbeiteten Marmorkamin, kostbaren Tapisserien und prächtigen Teppichen. Auf dem ausladenden Bett mit karmesinroten Draperien saß mit dem Rücken zu mir eine Frau in einem exquisiten Négligé. Ihr goldblondes Haar hatte sie hoch aufgetürmt. Auf einem Ständer vor einem Fenster knackte ein Papagei emsig Körner. Er sah genauso aus wie Großmutters Papagei.

»Ach!« rief der Papagei. »Hölle und Verdammnis! Feuer und Schwefel!« Er hörte sich genauso an wie Großmutters Papagei.

»Sei still, du gräßliches Ding!« sagte die Frau und wandte sich mir mit rotgeränderten Augen zu. Es war Marie-Angélique.

»Oh, endlich seid Ihr gekommen. Ihr, die Ihr so vielen die Zukunft vorausgesagt, die ihr so vielen die Zukunft gerettet habt. Rettet die meine, Madame; denn ich bin die unglücklichste Frau auf der Welt.«

Stumm stellte ich meinen Beutel neben ihren Toilettentisch und hob meinen Schleier. Sie sah mich lange an. »Ich kenne Euch«, sagte sie mit verwirrter Miene. »Mein Gott, Ihr seht genauso aus wie meine verstorbene Schwester. Aber sie war krumm, und Ihr seid gerade.«

»Schnüre dieses teuflische Korsett auf, und ich bin gewiß wieder krumm, Marie-Angélique.«

»Du lebst! O Geneviève, wie habe ich um dich geweint – und dich beneidet –« Sie erhob sich, mich zu umarmen, dann zögerte sie. »Du hassest mich nicht, nein? Du wirst mich Schwester nennen?«

»Dich hassen? Warum? Du bist alles, was mir von diesem ganzen jämmerlichen Wirrwarr geblieben ist, Marie-Angélique.«

Wir weinten und fielen uns in die Arme, dann rief sie: »Was für ein gräßliches Korsett! In einem Stück von der Hüfte bis zum Hals, Eisenstangen im Rücken! Wer hat das nur ersonnen?«

»Die Leute, die mich aufgenommen haben, Marie-Angélique. Sie haben mich neu erschaffen. Und sogar meine eigene Schwester hatte ihre Zweifel, nicht wahr?« fragte ich hoffnungsvoll.

»O ja, du siehst verändert aus – irgendwie – würdevoll. Und auch hübsch, auf eigentümliche Weise. Ich hätte nie gedacht, daß du so aussehen könntest. Aber sich vorzustellen, daß du hundertfünfzig Jahre alt bist! Ich bin darauf hereingefallen, wie ganz Paris! Du bist die große Mode. Man *gilt* etwas, wenn man sich von dir wahrsagen läßt, genauso, wie man die richtige Schneiderin oder Stickerin beschäftigen muß.«

»Ich habe hart dafür gearbeitet – du darfst mich nicht verraten. Versprichst du es mir, Marie-Angélique?«

»O Geneviève«, sagte sie und begann zu lachen. »Wie oft habe ich dir schon aus der Verlegenheit geholfen? Und dies ist wieder so ein Streich von dir – o nein, ich werde dich nicht verraten, das verspreche ich dir.« Sie legte beide Hände auf meine Schultern, hielt mich auf Armeslänge, um mich eingehend zu mustern, und lachte, weil ich so komisch aussah. Dann aber wurde sie ernst und fragte: »Du bist nicht zu Hause gewesen? Du hast nichts gehört?«

»Ich war nicht zu Hause, seit ich an jenem Morgen hinausgeworfen wurde.«

»Hinausgeworfen? Sie sagten, du seist fortgelaufen. Dann fand die Polizei die Leiche eines Mädchens im Fluß und stellte sie im Keller des Châtelet zur Schau. Sie hatte dunkle Haare wie du, aber der Leichnam war schon verwest, und man konnte nicht erkennen, wer es war. Ertrunken, sagten sie und fragten, ob du vielleicht schwanger warst und dir das Leben genommen hättest. Mutter sagte, sie habe immer gewußt, daß du in Schwierigkeiten geraten würdest, so frei, wie du immer herumliefst, und damit sei für sie dein mysteriöses Verschwinden erklärt. Wir mußten alle die Leiche identifizieren, und sie schienen so sicher, daß ich nicht wagte, etwas zu sagen. Aber ich habe gewußt, daß du es nicht sein konntest.« Sie setzte sich wieder auf das Bett, die Hände abwechselnd verschränkend und lösend, als suche sie sich auf etwas zu besinnen.

»Du hättest dich niemals – ich weiß es einfach – ich habe nach deinem verdrehten Fuß gesehen, und mich dünkte, da stimmte etwas nicht – und die Hände – es hat etwas Sonderbares auf sich mit Händen – das Fleisch verfiel schon, aber ich konnte die Fingernägel sehen, ganz tief eingerissen. Die Hände einer Arbeiterin, noch im Tode zu erkennen. Woher hättest du solche Nägel haben sollen, du, die du Philosophie studiert hast? Du hast ja nicht einmal eine Nadel angefaßt, wenn es sich vermeiden ließ. Und ich habe dein Kleid nicht unter den Kleidern gesehen, die an Haken über den Leichensockeln hingen. Das habe ich dem Herrn von der Polizei auch gesagt, einem Monsieur Desgrez, und er schien sehr interessiert. Ich konnte nicht glauben, daß du es warst, einerlei, was sie sagten. Ich bin heimlich mit Suzette wiedergekommen und habe dich monatelang jeden zweiten Tag unter den Leichen gesucht. Sie werden nur drei Tage lang aufbewahrt, und es stinkt fürchterlich dort drinnen. Und Bruder weigerte sich, dich zu bestatten, daher warfen sie den Leichnam in ein Wohlfahrtsgrab für Selbstmörder in ungeweihter Erde.« Ich setzte mich neben sie, und wir nahmen uns in die Arme. »Dennoch«, fuhr sie fort, »habe ich dich beneidet – ach, wenn du wüßtest – oh, was ist mir geschehen? Es ist so schrecklich –« Und sie lehnte den Kopf an meine Schulter und befleckte mein Kleid über und über mit salzigen Tränen.

»Wie bist du hierhergekommen, Marie-Angélique?« fragte ich. Sie wischte sich mit der Hand die Augen und sprach mit leiser Stimme.

»Als – als Vater starb, war alles Geld – nun ja, es war keines mehr da. Großmutter hatte in ihrem Testament alles Vater vermacht, aber es war verschwunden – die silbernen Löffel, ihr Geschmeide. Alles dahin. Von ihrem Besitz war nichts geblieben als das große Bett und das Buffet im Speisezimmer – ja, und das Haus selbst.«

»Zu schwer zu verpfänden«, bemerkte ich, doch sie schien mich nicht zu hören.

»Und dann kamen Vaters Gläubiger und holten die Möbel ab. ›Du mußt uns retten, Marie-Angélique‹, sagte Mutter. ›Ich habe dir alles gegeben, es ist an der Zeit, daß du es deiner Familie lohnst.‹ Marquis de la Rivière, er hat schreckliche Sachen gemacht, Geneviève. Er hatte seit langem ein Auge auf mich. Ich entschloß mich, bei ihm zu leben, und er versprach, Vaters Schulden zu bezahlen. Aber das war gelogen. Er hatte alles am Spieltisch verloren und konnte nicht zahlen. Er nahm mich mit zum Palais du Mans, zum Croix-de-Malte, in alle Spielhöllen, in denen die Einsätze hoch sind, auf daß ich ihm Glück bringe. Im Troix-du-Tiroir verlor er abermals schwer, gegen den Duc de Vivonne, der maskiert gekommen war. Monsieur de Vivonne, er ist so reich und mächtig und schien ein großer Ehrenmann. Vergnügungssüchtig, ein bißchen wild. Und verheiratet«, setzte sie seufzend hinzu. »Das wußte ich damals freilich nicht. Er schien mir einfach – nun ja, aufregend. Galant, falls du verstehst, was ich meine.« Sie schob eine vorwitzige Locke aus ihrer weißen Stirne und fuhr fort.

»Es verlange ihn nach der Gunst der Schönheit, sagte er, und er wolle dem Marquis seine Schuld erlassen, wenn dieser ihm seinen Anspruch auf meine Liebe abtrete. Oh, wie er mich blendete! So vornehm, solch geschmackvolle Spitzen! Er sprach so schön. Und damit unserer gegenseitigen Zuneigung nichts im Wege stehe, sagte er, wolle er die Spielschuld des Marquis de la Rivière an meine Familie zahlen. Für einen Mann seines Vermögens war es nur eine Kleinigkeit – aber wie edelmütig, welch zarte Rücksichtnahme! Unser Bruder aber machte einen gräßlichen Skandal. Er sagte, ich hätte die Ehre unserer Familie in den Schmutz gezogen, indem ich mich wie ein Pferd oder eine Garnitur Bettvorhänge beim *lansquenet* gewinnen ließ. Er hieß den gesamten Haushalt Trauerkleider anlegen und hielt einen Begräbnisgottesdienst für mich ab. Kannst du dir das vorstellen? Er hat mich für tot erklärt! Was erwartete er denn von mir? Habe ich die Dinge denn nicht zum Besten gewendet?« Sie rang die Hände und legte die Stirn in Falten vor Kummer und Gram.

»Aber, aber, Marie-Angélique. Nicht die Stirne kraus ziehen. Das hilft doch nichts«, sagte ich.

»Oh, es ist genauso wie bei Isabelle, als sie vom Sultan von Konstantinopel entführt wurde und die wahre Liebe nur um den Preis des Kummers fand. Nicht auszudenken, daß ich es nie einsah. Ich habe die Schönheit verflucht, Geneviève, genau wie in der Geschichte. Verflucht.« Und sie wischte sich mit dem Handrücken die Tränen fort.

»Manchmal kommt Suzette heimlich zu mir – sie sagt, Étienne hat Mutter eine Kupplerin geheißen und sie in Großmutters Kammer eingeschlossen wie in einen Kerker. Zu Monsieur Vivonne sagt er, er werde die Beschmutzung des Blutes reinwaschen, und tausend weitere Ungehörigkeiten. Zuerst lachte Monsieur de Vivonne nur und sagte, wenn Étienne ein Mann von Welt wäre, würde er schweigen und sich des Privilegs einer einflußreichen Beziehung erfreuen, und überdies, wenn er so ein Ehrenmann sei, warum erstatte er dann das Geld nicht, mit dem die Schuld des Marquis de la Rivière beglichen worden war? Aber dann, als er vorige Woche mit einer kleinen Gesellschaft seiner Freunde nebst ihren befreundeten Damen in seiner Loge in der Oper war, hörte ich mitten in Mademoiselle Lenoirs Arie einen seiner Freunde ihn auslachen wegen des Aufhebens, das Étienne machte, worauf er mir einen scharfen Blick zuwarf und sagte, er sei des ganzen Abenteuers überdrüssig, und Herren von hohem Geblüt sollten bourgeoisen Familien niemals ihre Gunst gewähren. Was soll ich tun, Geneviève? Was kann ich tun? Ich muß meine Zukunft wissen. Es ist so schrecklich – alle lachen über mich. Menschen von respektabler Reputation werden nicht mehr mit mir sprechen – er wünscht nicht, daß ich Besuche mache – er hat mir letzten Monat nicht einmal ein Paar neue Schuhe gekauft. Sogar Großmutters Papagei tadelt mich –« Und sie verfiel in hysterisches Schluchzen.

»Schwester, höre auf mich!« sagte ich bestimmt. »Höre zu! Trotz allem ist deine Lage nicht ausweglos. Fasse Mut, Schwester! Bist du auch nicht *maîtresse en titre*, so bist du immerhin Mätresse eines wohlhabenden Mannes, eines der angesehensten Aristokraten von Frankreich. Hast du dir etwa eingebildet, es würde lange währen, bei seiner Reputation? Hast du dir eingebildet, die Liebe, die er, wie er sagte, für dich empfand, würde seinen Charakter auch nur eine Spur ändern? Höre auf mich! Du mußt dich leichtfertig geben, Geschmeide fordern! Horte seine Geschenke für den Tag, an dem er dich fallenläßt. Ich – ich bin dabei, mich über Kapitalanlagen kundig zu machen, Schwester. Ich lege Geld zurück, und das solltest du auch tun. Verkaufe die lächerliche goldene Tabatiere, die ich da neben dem Bett sehe, diesen albernen Schnickschnack dort auf deinem Tisch, den du vermutlich statt harter Münze genommen hast, und kaufe eine Pfründe. Dann bist du im Alter unabhängig.«

»Aber es ist Liebe, Geneviève. Du hast schon immer so praktisch gedacht, ich kann nicht erwarten, daß du es verstehst. Unsere Liebe ist schön. Ich habe ihr alles geopfert. Sie ist zu heilig, um sie wie etwas Verachtenswertes zu behandeln. Ich muß seine Liebe zurückgewinnen. Vielleicht ein Pulver – irgend etwas.« Es war kaum zu glauben. Einer der größten Wüstlinge am Hofe, und sie war seiner Geschichte aufgesessen, meine Schwester, Leserin von Romanzen. Wie konnte ich ihr Vernunft beibringen, wenn sie zu einer geistlosen Konsumentin von Lügen erzogen worden war?

»Marie-Angélique, wenn es schlecht bestellt ist, mußt du das Beste daraus machen. Du lebst hier wie eine Königin, du hast die Schulden der Familie bezahlt, wenngleich man es dir nicht gedankt hat. Das ist doch etwas! Du bist schön wie eh und je. Halte die Augen offen. Vielleicht findest du einen anderen.«

»O Schwester, wie kannst du mich für so *käuflich* halten? Das machte aus mir eine – oh, wohin soll ich denn gehen? Ich fürchte mich, einen Fuß in die Kirche zu setzen. Die Engel, die Heiligen, sie tadeln mich. Ich kann die Kommunion nicht empfangen.

Wenn seine Liebe verblaßt, werde ich auf die Straße geworfen – wer würde mich nehmen? Ich sterbe ohne seine Liebe –«

»Du kannst jederzeit bei mir wohnen, das ist ein Versprechen. Wenn du es nicht mehr ertragen kannst, lasse es mich wissen. Ich habe es weit gebracht – ich bin im Begriff, ein kleines Haus zu erwerben, wenn auch keines wie dieses –«

»Du? Und wer ernährt dich? Würde er mich aufnehmen? Wirst du nicht eifersüchtig?«

»Ich ernähre mich selbst, Marie-Angélique.« Oder fast, dachte ich, obschon der bloße Gedanke mich enger in die erschreckende Umarmung der Schattenkönigin trieb. Ich werde reich, das schwöre ich, und ich lege eine Mitgift für Marie-Angélique zurück, damit sie heiraten und glücklich werden kann. Sie kann fortgehen. In eine Provinzstadt, wo man sie nicht kennt. Von vorne beginnen. Sie ist nicht geschaffen für das Leben, das sie führt.

»Wie steht es damit?« unterbrach sie meine Gedanken. »Mit der Wahrsagerei? Ist es dir nicht peinlich, wie schmählich das ist? Du bist tief gesunken, daß du dir mit Wahrsagen deinen Unterhalt verdienst.«

»Was ist schmählicher, Marie-Angélique? Stickend in einer Dachstube sitzen und hungern, darauf warten, daß ein Prinz kommt und mich errettet wie Cendrillon, oder meinen Unterhalt selbst verdienen? Ich habe gesehen, daß Güte nicht belohnt wird, und ich war nie so töricht zu denken, daß einem unansehnlichen Mädchen wie mir ein Prinz zur Rettung kommen würde. Ich habe in den Spiegel geschaut und geweint, Schwester. Es ist hart, einzusehen, daß ich die häßliche Stiefschwester bin und nicht die verkleidete Prinzessin, aber es hat mir die Augen für meine Möglichkeiten geöffnet. Ich nehme, was ich bekommen kann, Marie-Angélique, und sei es nur das, was eine andere Frau übrigläßt.« Oder was du übrigläßt, dachte ich, als mir unversehens das Bild von André Lamotte mit dem galanten Schnurrbart in den Sinn kam. Ich stellte ihn mir vor, wie er neben einer Schaukel in einem Laubengang auf einer kleinen Gitarre spielte und eine eigene Komposition sang, nur zu meinem Vergnügen. Mich selbst sah ich größer gewachsen und mit einer üppigen Brust.

»Wünschest du dir kein Geschmeide? Keine Kinder?« Marie-Angélique sah verwundert drein.

»Ich will mein eigener Herr sein.« Meine Stimme war trotzig.

Geht mir aus dem Sinn, André Lamotte. Ich weiß, Ihr liebt große, blühende Schauspielerinnen. Ich will mich nicht selbst zum Narren machen. Als ich aufblickte, sah ich meine Schwester lächeln, wenngleich ihr Antlitz noch von Tränenspuren gezeichnet war.

»Du bist immer eine kleine Wilde gewesen, wie du mit deinem ungebärdigen, dunklen Gesicht frei auf der Straße herumliefst. Du hast nie verstanden, was sich für ein Mädchen ziemt – oder für eine Frau. Weißt du – ich hatte einen fürchterlichen Wutanfall, als sie dich in Pflege gaben. Ich schrie: ›Ich will das Kind, gebt es mir!‹ und habe mich wie von Sinnen auf die Erde geworfen, als der Fuhrmann dich abholte. Der Doktor sagte, ich hätte Epilepsie, und ließ mich sechsmal zur Ader. Du siehst – ich habe mir immer Kinder gewünscht.« Sie stand auf, trat zu dem Papagei und streckte die Hand aus. Der Papagei kletterte, leise glucksende Töne von sich gebend, ihren Arm hinauf und knabberte an einer Locke, die auf ihrer Schulter lag.

»Und Geschmeide«, sagte ich.

»Ich kann nichts dafür, daß ich erzogen wurde, hübsche Dinge zu lieben. Wurdest du nicht erzogen, Bücher von toten Römern zu lieben? Überdies, Seide fühlt sich schöner an als Musselin.« Sie kramte in ihrer Tasche nach einem Stück Naschwerk, das sie dem Papagei anbot.

»O Marie-Angélique, du änderst dich nie. Sag, möchtest du, daß ich dir wahrsage?«

»Du? Das kannst du nicht. Du mußt eine Schwindlerin sein.«

»Durchaus nicht, Schwester. Erinnerst du dich an unseren Besuch bei der Wahrsagerin in der Rue Beauregard, und wie sie das kleine Mädchen im Wasser lesen hieß? Ich habe an jenem Tag wahrgesehen. Ich besitze eine unerklärliche Gabe. An dem Tag, als ich verschwand, fand die Frau mich auf dem Pont-Neuf und führte mich in das Gewerbe ein.« Ich stand auf, legte meinen Beutel auf das bestickte Kissen auf einem vergoldeten Schemel und öffnete ihn.

»Oh, dann mußt du mir wahrsagen. Nicht auszudenken, wieviel Geld ich für Astrologen und Wahrsagerinnen ausgegeben habe, und dabei hatte ich dich in der Familie!«

»Für die Familie kostet es nichts.« Ich lächelte und rollte das kleine Tuch auf ihrer Frisiertoilette aus. Ich machte alles, wie es sich gehörte. Ich sang, ich rührte. Prompt stieg ein Bild empor.

»Nanu, Marie-Angélique – ich sehe dich schwanger! Du siehst obendrein sehr hübsch aus. Deine Haare fallen an deinem Rükken hinab. Ja – du wirst bald ein Kind erwarten.«

»Wie wunderbar!« rief sie und klatschte vergnügt in die Hände. »Monsieur de Vivonne wird mich anbeten; seine Liebe wird wiederkehren! Und er wird besser für mich sorgen und gütiger sein. Oh, welch wundervolle Nachricht! Sag mir, ist es ein Knabe oder ein Mädchen?«

Ich versuchte es noch einmal. Das Wasser in der kleinen runden Glasvase färbte sich blutrot.

»Das Bild – es kommt nicht. Es ist – es ist zu weit in der Zukunft«, sagte ich ausweichend.

»Ach, ist es nicht einerlei? Knabe oder Mädchen, beides ist gut.« Wir frohlockten miteinander, dann brach ich auf. Sie versprach, wieder nach mir zu schicken, und ich ging, überwältigt von dem Glück, wieder eine Familie zu haben – oder zumindest einen Teil davon, den besten. Dies ist das Ende der Experimente, gelobte ich. Ich will keine Beobachterin mehr sein. Wenn die Zeit kommt, werde ich das Bild im Glas verändern. Ich will nicht mehr dasitzen und auf das Glück warten, wenn das bedeutet, daß ich Marie-Angélique nicht behalten kann. Hörst du mich, Gott, oder Schicksal, oder wer immer du bist? Ich *werde* das Blut aus dem Glas wischen, ich schwöre es.

Meine kleine gemietete *portechaise* hatte auf der Straße gewartet, während der Träger sich mit einem ordentlichen Quantum billigen Weines für den weiten Rückweg über den Fluß stärkte. Als wir die Brücke überquert hatten, schien die Nachmittagssonne schräg in die kahlen Gassen des Marais und tauchte die nackten Mauern der großen Residenzen in Schatten. In den schmalen verlassenen Straßen waren nur Dienstboten unterwegs; die Theatervorstellungen waren noch nicht beendet. Unvorstellbarer Luxus lag hinter den kahlen Mauern verborgen, doch ihre festungsgleichen Fassaden verrieten nichts von dem Reichtum im Innern. Ich betrat die Residenz der Duchesse de Grammont durch den Vordereingang und wurde als Besucherin empfangen. Eine der Gesellschafterinnen, eine frivole kleine Frau, erhob sich zu meiner Begrüßung vom Kartentisch. Es zeigte sich alsbald, daß ich der Höhepunkt eines nachmittäglichen Geschwätzes sein, den Damen wahrsagen und Hoftratsch voraussagen sollte.

Nachdem sie sich über meinen Teint ausgelassen und aus meinem eigenen Munde die Erzählung von dem grauenvollen alchimistischen Unglücksfall vernommen hatten, aufgrund dessen ich so wohlerhalten war, kamen wir zum Geschäft. Ich sagte eine Veränderung der Haartracht – kleine Bäusche, oberhalb der Ohren zu tragen – und nahezu allen erfreuten Anwesenden das Erscheinen stattlicher Liebhaber und vermögender Verehrer voraus. Sodann vollführte ich Salontricks, indem ich etwa die Zahlen auf einem am anderen Ende des Raumes versteckten Kartenspiel nannte, die ich im Glas ablesen konnte, wenn ich mich nur richtig konzentrierte.

»Meiner Treu, an *meinem* Spieltisch möchte ich Euch gewiß nicht sehen«, rief die Herzogin aus.

»Ich spiele nie«, entgegnete ich lächelnd. »Das läßt der Ehrenkodex einer Wahrsagerin nicht zu.« Am Abend kehrte ich zufrieden nach Hause zurück, mit der Einladung zu einem weiteren Besuch.

Vor meiner Türe wartete eine Sänfte im Zwielicht. Die Träger ruhten sich aus, der Insasse war noch nicht ausgestiegen. Als man meiner ansichtig wurde, trat ein gewichtiger Herr im Habit eines Rechtsgelehrten, das mit schlichten Leinenbändern versehen war, aus der Sänfte.

»Madame de Morville? Gestattet, daß ich mich vorstelle. Ich bin Monsieur Geniers, *conseiller au parlament*, und bin gekommen, um Euch um eine private Unterredung zu ersuchen.« Er verbeugte sich tief und übergab mir einen versiegelten Brief. Ich brach ihn auf und sah die Handschrift, die mir von den grünen Hauptbüchern vertraut war.

Empfange diesen Herrn. Höre ihn an.
Er ist Deine Rache.

La Voisin

»Tretet ein«, sagte ich, indes die Türe von innen geöffnet wurde. Der gewichtige Herr mit der großen Nase und der schweren dunklen Perücke folgte mir.

»Bringe den Wein, den wir verwahrt haben, Sylvie, wir haben einen bedeutenden Gast.« Ich gab ihm ein Zeichen, mir gegenüber auf einem großen Lehnstuhl Platz zu nehmen, den mein Lakai herbeigebracht hatte.

»Madame, ich bin ein tiefbetrübter Mann. Um eine sehr lange Geschichte kurz zu erzählen, ich habe eine jüngere Frau geheiratet, die ich anbetete und die mich zu lieben beteuerte. Doch ich mußte entdecken, daß sie mich mit einem Abtenteurer namens Chevalier de Saint-Laurent betrog.« Er hielt inne und seufzte schwer.

»Und weiter –?« drängte ich. Meine Stimme ließ nichts von meiner Bewegung erkennen.

»Ich bin nur ein Rechtsgelehrter, Madame – durchaus erfolgreich auf meine Weise –, doch ich verfüge weder über Rang noch Gunst, um es zu wagen, ihn zum Duell zu fordern. Und zudem bin ich kein Fechter. Ich bin alt. Und zur Zielscheibe des Spottes geworden. Die Amme meiner Tochter erzählte mir von einer Frau in der Rue Beauregard, welche über Mittel verfüge, meinen Kummer zu lindern. So suchte ich die berühmte Wahrsagerin auf, wenngleich ich mir dabei wie ein Narr vorkam. Ich suchte den Beistand einer Frau, da ich zu schwach war, mich selbst zu verteidigen. Sie bot mir ein Pulver an, um die Liebe meiner Gemahlin zurückzugewinnen. Als ich aber um – Ihr versteht –, um etwas Stärkeres bat, lachte sie. ›Warum Euch für das Leben eines Verführers in Gefahr bringen?‹ fragte sie. ›Eine langsame Rache ist der schönste Genuß.‹ Ihre Zauberkünste hatten sie wissen lassen, daß Comte de Marsan die Spielschulden des Chevalier de Saint-Laurent hält. Er wird gegenwärtig von seinen eigenen Gläubigern bedrängt und ist gewillt, den Schuldschein des Chevalier zum halben Wert zu verkaufen – fünftausend Louisdors; denn er weiß, daß der Chevalier das Geld niemals aufbringen kann. ›Erwerbt den Schein‹, sagte sie, ›und steckt den Chevalier zu den Ratten in den Schuldturm, aus dem er nicht entfliehen kann. Bei Eurer Position bei Hofe könnt Ihr gewiß sein, daß er keine Umgehung des Gesetzes bewirken kann. Denkt an das ausgedehnte Vergnügen, das Euch zuteil werden kann, wenn Ihr ihn von Zeit zu Zeit besucht und seht, wie er in der Finsternis verhungert.‹ ›Fünftausend Louisdors?‹ hielt ich ihr entgegen, ›das ist ein Vermögen. Ich könnte kaum die Hälfte des Betrages aufbringen.‹ Doch die Wahrsagerin sagte mir: ›Ich kenne eine Frau, die für den Chevalier keine Liebe empfindet. Sie wird die andere Hälfte bereitstellen, vorausgesetzt, Ihr haltet ihren Namen geheim und laßt ihre Ehre unangetastet.‹ Und nun bin ich hier, Madame, mit meinem Vorschlag. Steht mir bei, und ich schwöre, er wird das Tageslicht nie mehr erblicken.«

»Wenn Ihr das schwört, will ich Euch beistehen. Ich kann den Betrag aufbringen. Aber nur unter einer Bedingung.«

»Ja?« Seine Stimme war angespannt von verborgener Leidenschaft.

»Daß Ihr mich regelmäßig über seine Leiden unterrichtet. Auch ich will diese langsame Rache genießen«, sagte ich ruhig.

»Madame, Ihr seid ein Engel vom Himmel.«

»Nicht ganz«, versetzte ich. »Aber es wird genügen.« Und als wir Zeit und Ort unserer nächsten Zusammenkunft bestimmt hatten, entfernte er sich; sein Gang war schwer, doch seine Augen blitzten in grimmiger Entschlossenheit. Ich lehnte mich zurück und atmete langsam aus. Meine Hände zitterten, als ich den Rest Wein in mein Glas goß und austrank. La Voisin würde mir das Geld mit Vergnügen vorstrecken. Damit würde ich um so länger in ihrer Schuld bleiben. Nun gut, Oheim, dachte ich. Ich hatte mir mehr gewünscht, doch dies genügt. Mögen die Ratten Euch im Schlafe fressen.

»Jetzt«, rief die Hexenmeisterin, »kannst du die Hände von den Augen nehmen und zum Fenster hinaussehen. Es ist das kleine Haus in der Mitte. Ich möchte, daß du dich ungemein überrascht darüber zeigst, wie vollkommen es ist.« Ihre Kutsche war in die Rue Charlot eingebogen und hielt nun an; ich sah auf ein hübsches, zweistöckiges kleines Stadthaus mit steinerner Fassade und Giebeldach, unter dem sich eine Mansarde verbarg.

»Und es ist schon so hübsch möbliert. Der Besitzer mußte die Stadt plötzlich verlassen und war hoch erfreut, als ich es ihm abnehmen konnte. Ich wünschte freilich, es läge an einer Straße mit etwas mehr Niveau; aber niemand kann leugnen, daß es im großen und ganzen ein elegantes Viertel ist. Vorerst muß es also genügen.« La Voisins Lakai half uns vor der schweren, verzierten Eichentüre hinaus. Sie war messingbeschlagen, als müsse sie einem anstürmenden Widder standhalten. Auf diesem Festungstor saß ein gar nicht dazu passender zierlicher Türklopfer in Form zweier grotesk zusammengewürfelter Blumensträußchen. Schwere Metalläden verschlossen die zur Straße hinausgehenden Fenster in der ersten Etage. Sie standen in so merkwürdigem

Kontrast zu der Leichtigkeit der verzierten gelben Steine, des hohen Daches und der Schornsteine des Obergeschosses, daß Sylvie und ich uns unwillkürlich ansahen.

»Der Klopfer muß selbstverständlich weg«, verkündete die Hexenmeisterin. Sie neigte den Kopf zur Seite, als mustere sie ihn nachdenklich. »Er wird deiner Reputation nicht gerecht. Ein Drache wäre ideal – ein Totenschädel, hm, nein, abgeschmackt. Aber hundert Annehmlichkeiten – die Profession des Vorbesitzers – nun ja – die Fensterläden, etliche hübsche Ausbauten im Keller, ein exzellentes, mit Stahl ausgekleidetes Fach in der Bettnische hinter der Wandtäfelung –« Sie schob einen großen Schlüssel in das Schloß der Eingangstüre. Staubgeruch schlug uns entgegen. Der Empfangssalon im Erdgeschoß wies Anzeichen eines hastigen Aufbruchs auf: in den Ecken und über den Fußboden verstreut ein Durcheinander von allerlei Kleinigkeiten, achtlos aus Schubfächern gekippt.

»Es gibt kein Kutschentor«, fuhr La Voisin fort, »das da gehört zum Haus nebenan. Aber hinten ist ein Stückchen Garten. Und du solltest deine Kutsche ohnehin mieten, das hat den Vorzug, daß die Pferde für dich eingestallt werden.« Ein einzelner Schuh, ein Herrenschuh mit einem Loch in der Sohle, lag auf dem gekachelten Fußboden. Die Wahrsagerin schob ihn beiseite. »Du wirst diesen Raum neu einrichten müssen. Orientalisches Dekor – verschwenderisch, düster, mysteriös. Du brauchst einen kostbaren Teppich. Ein billiger würde deiner Klientel auffallen. Deinen Lesetisch kannst du – dorthin stellen. Und – hm, schwarze Wände, meinst du nicht auch?«

»Blutrote, im alten Stil, mit goldgestanzten Mustern«, entgegnete ich. Allmählich erwärmte ich mich für die Sache. Sylvie strahlte.

»Oh, welch entzückendes Flair!« rief die Hexenmeisterin. »Ganz und gar Henri Quatre! Welch eine Wonne, mit jemand zu arbeiten, der nicht ungebildet ist. Ich wußte es gleich, als ich dich das erste Mal sah, das Mädchen hat *potential*. Und Klasse!«

Es gab nur wenige Zimmer im Haus, aber alle waren geräumig und hoch, sogar die Gesindekammer. Im Empfangssalon zog ein reichverzierter Kamin den Blick an. Aus dem verwilderten Gartenstreifen hinter dem Haus sickerte Licht durch die rückwärtigen Fenster. Hinter dem Salon lag eine Küche mit hoch aufragendem Herd und einem übergroßen Bratspieß, der von einem

Zahnrad mit Gewichten wie bei einem Uhrwerk betrieben wurde. Ein schmaler, in die Kaminwand eingelassener Backofen zeugte von der neuzeitlichen Gestaltung des Hauses. Der große Wohn-Schlafraum im Obergeschoß war ein einziges Chaos. Der Eßtisch umgestoßen, die Schranktüren geöffnet, die Bettvorhänge zur Seite gerissen, das Federbett achtlos auf den Fußboden geworfen. Wer immer hier gewohnt hat, dachte ich, hatte Gegenstände unter der Matratze versteckt.

»Nun sieh dir das an«, platzte die Wahrsagerin in meine Träumerei. »Eine ganz reizende *ruelle.*« Die Schlafkammer. Sie trat zurück, um mein Gesicht zu betrachten, ihre schwarzen Augen waren unergründlich. Das hübsch geschnitzte Holzgeländer vor dem Bett grenzte den Raum ab. Er wurde von einem hohen, schmalen Fenster erhellt und enthielt nicht nur ein Schreibpult, sondern auch ein prächtiges Bücherbord. Das Studierzimmer eines Philosophen. Ich war entzückt. La Voisin durchschaute meine unbeteiligte Miene.

»Ich vermute, Ihr fügt es in meinen Kontrakt ein?« fragte ich.

»Gewiß. Aber bei deinen Erfolgen wirst du es sehr rasch abbezahlt haben. Immerhin«, setzte sie hinzu, »braucht jede Frau, die ein Gewerbe betreibt, ein eigenes Heim. Und ich habe den idealen Lakaien für dich gefunden, stark und bewundernswert verschwiegen. Zudem wird Margot dir beim Herrichten helfen, bevor du einziehst – alles ohne Zusatzgebühr.«

»Dann ist es abgemacht. Laßt uns über den Preis reden. Welchen Zins erhebt Ihr?« Das Lächeln der Hexenmeisterin war rätselhaft.

Der eigentliche Umzug dauerte nicht lange; ich hatte nur wenige Habseligkeiten. Das Haus bewohnbar zu machen war jedoch ein beträchtliches Unterfangen und erforderte alle zusätzlichen Hilfen, die Madame Montvoisin entbehren konnte, einschließlich des riesenhaften neuen Lakaien, den sie in meine Dienste stellte. Von der »philanthropischen Gesellschaft«, war mein Gedanke, als sein massiger Leib zum ersten Mal in der Türe aufragte. An seinen Händen und Schultern und daran, wie sein kahlgeschorener Kopf unter dem unförmigen Hut versteckt war, konnte ich erkennen, daß er ein entflohener *galérien* war, ohne auch nur einen Blick auf die eingebrannte *fleur-de-lis* auf seiner Brust zu erhaschen. Für einen wie ihn gab es keine offizielle Arbeit, und es hätte eine rasche Rückkehr auf die Galeere bedeutet, falls er erwischt würde. Kein Wunder, daß er Geheimnisse für sich behalten konnte. Ich hätte Furcht vor ihm empfinden können, aber es lag etwas so Großes und Friedvolles darin, wie er, als endlich alle Möbel an ihrem Platz waren, seine lange Pfeife anzündete, daß ich vielmehr beruhigt war.

»Einer ist nicht genug«, bemerkte er beiläufig.

»Pardon, Gilles? Was sagtest du soeben?« Ich war gerade damit fertig geworden, meine Bücher auf verschiedene Arten auf den Borden zu ordnen, um zu sehen, auf welche Weise die Einbände am besten zur Geltung kamen.

»Einer ist nicht genug. Ich habe es Madame gesagt. Einer, um das Haus zu bewachen, einer, um Euch auf Euren Wegen zu begleiten. Zwei für Scherereien. Ein Frauenhaus ist nicht gut.« Er zog an der Pfeife, als sei es damit abgetan.

»Madame, da ist – äh – jemand – hm, an der Türe. Er sagt, Madame Montvoisin schickt ihn.« Sylvie war von ihrem Unterfangen, die Küche wieder in einen brauchbaren Zustand zu versetzen, heraufgekommen. Sie wirkte seltsam verwirrt. Gilles wandte sich langsam um, und als er sie ansah, ging ein eigenartiges, gemächliches Lächeln über sein Gesicht.

»Nicht gut«, sagte er.

»Was soll das heißen, nicht gut? Natürlich bin ich gut. Merke dir, ich bin Madames verläßlichste Vertraute. Und ich bin viel länger bei ihr als du. Nicht gut, von wegen!«

»Sylvie, ich glaube nicht, daß er das gemeint hat. Es hat mit der Notwendigkeit eines persönlichen Leibwächters zu tun. Vielleicht ist er es, den Madame Montvoisin geschickt hat?«

»Ich bin nicht sicher, Madame. Der Mensch ist sehr schwer zu beschreiben.«

»Dann führe ihn herauf, Sylvie. Madame tut nie etwas ohne guten Grund.«

Als sie aber schließlich die Türe des Schlafgemachs wieder aufstieß, war der Platz hinter ihr, wo ein schwergewichtiger Kerl hätte aufragen sollen, leer.

»Madame, das ist Monsieur – äh – Mustafa.« Ich war erstaunt und entsetzt. Monsieur Mustafa war noch kleiner als ich, ein Zwerg, kaum drei Fuß hoch. Er sah aus wie ein verwachsenes, verderbtes, verwahrlostes Kind. Mehrere Tage alte Barthaare und ein Paar alter, dunkler Augen waren alles, was ihn von einem zu klein geratenen Fünfjährigen zu unterscheiden schien. Er trug ein Bündel auf der Schulter, als gedenke er, hier einzuziehen. Ich konnte nicht umhin, ihn unentwegt anzustarren.

»Wenn Ihr mich noch länger anglotzt, werdet Ihr Eure Augäpfel wieder einleimen müssen«, sagte er mit einer wunderlichen, heisernen Altmännerstimme.

»Pardon, Monsieur Mustafa – man hatte mir einen Leibwächter angekündigt; ich erwartete einen größeren Mann.« Er kletterte seelenruhig auf meinen besten Stuhl, schlug die Beine übereinander und ließ sie baumeln, weil sie nicht bis auf den Fußboden reichten.

»Ich muß sagen, auch ich habe eine größere Frau erwartet«, entgegnete er, indes er mich mit unverfrorenem Blick musterte. »Quitt?«

»Ihr seid sehr frech«, sagte ich mit unverhohlenem Ärger.

»Meine Frechheit macht mich groß. Dann bin ich nicht zu übersehen.«

»Durchaus vernünftig«, bemerkte ich. »Ich habe es selbst schon erfahren. Doch abgesehen von Frechheit, was habt Ihr für Befähigungen?«

»Befähigungen? Dutzende. Ach was, Hunderte. Ich komme ausgerüstet mit einem prächtigen türkischen Kostüm, einer Aufmerksamkeit von der Marquise de Fresnes, deren Schleppe ich einst trug, als Mohrenzwerge die große Mode waren. Ach, das waren Zeiten. Der türkische Gesandte machte der Königin einen zum Geschenk, und schon mußte jede Dame, die auf sich hielt, einen haben. Eine leichte Walnußfärbung, ein Turban – wirklich leichte Arbeit. Bloß essen und trinken und in die Oper gehen, das Hoftheater –« Hier brach er ab und hob an, mit der Stimme eines klassischen Tragöden zu zitieren: *»Sois désormais le Cid; qu'à ce grand nom tout cède; Qu'il comble d'épouvante et Grenade et Tolède* –« Er gestikulierte, breitete die Arme aus. »An der Größe meiner Seele gemessen, Madame, war ich dazu bestimmt, auf der Bühne Könige darzustellen. Mein Wuchs aber hat mich zu anderen Rollen geführt. Bevor ich den Mohren spielte, machte ich auf Jahrmärkten die Runde, wo ich ein frühreifes Kind verkörperte. Ha! Das Gegenteil von Euch, alte Dame. ›Klein Jean-Pierre, das Wunderkind‹ –«

»Warum habt Ihr den Dienst bei der Marquise quittiert?« Ich stand mit verschränkten Armen vor ihm. Sylvie hantierte herum, gab sich geschäftig, wie immer, wenn sie lauschen wollte.

»Ich habe ihn nicht quittiert. Ich wurde urplötzlich an die Luft gesetzt, von ihrem Gemahl. Als die Königin ein schwarzes Kind bekam, ließ der Bedarf an Mohrenzwergen merklich nach. Es änderte auch nichts, als bekanntgegeben wurde, das Kind der Königin habe sich im Mutterleib schwarz verfärbt, als der kleine Mohr hinter einem Schrank hervorgesprungen sei und sie erschreckt habe. Ehemänner denken ja so prosaisch. Sie wollten ihre Gattinnen nicht der Gefahr aussetzen, auf dieselbe Weise erschreckt zu werden! In der ganzen Stadt waren die Zwerge ohne Arbeit. Ich hätte mich wohl dem Trunk ergeben wie die anderen – aber ich hatte ja meine Jahrmarktskünste, auf die ich zurückgreifen konnte.«

»Und die wären?« Ich fing an, mich beträchtlich über den geschwätzigen kleinen Kerl zu ärgern.

»Dies«, sagte er. Die kleinen Hände fuhren blitzgeschwind über seinen Leib. Ich sah kaum, wie die verborgenen Messer an meinem Kopf vorbeischnellten, ehe sie sich in einem Muster, das den Pinnen eines Kompasses glich, in die Wand bohrten. »Wenn ich den Turban trage, kann ich ein weiteres halbes Dutzend verstecken«, sagte er ruhig. Sylvie machte vor Erstaunen große Augen. Sogar Gilles hatte die Pfeife aus dem Mund genommen.

»Ihr seid engagiert«, sagte ich.

»Fein. Ich trage Eure Schleppe, wenn Ihr ausgeht. Ich werde die Eleganz Eurer Erscheinung erheblich steigern. Und wenn ich nicht gebraucht werde, verstehe ich mich gut darauf, mich in Winkeln zu verstecken und zu lauschen. Ich kann ungesehen Briefe überbringen und Geldbeutel von Grund auf leeren. Ganz zu Euren Diensten, Madame.«

»Mustafa, ich bitte um Verzeihung, daß ich dich falsch beurteilt habe.«

»Eine höfliche Marquise? Madame, Eure Herkunft verrät Euch.«

»Du bist ein gräßliches kleines Ding, Mustafa, aber das bin ich auch. Ich denke, wir werden uns verstehen.«

Am nächsten Morgen gab ein Page in Blau und Silber ein Schreiben auf wappenverziertem Briefpapier ab. Es war eine Aufforderung der Marquise de Montespan, sie am nächsten Tag in ihrem Hause in der Rue Vaugirard aufzusuchen. Es war wie ein Befehl, dem man sich nicht verweigern durfte. Ich wagte nicht, es La Voisin zu sagen. Während Sylvie mich frisierte, versorgte sie mich mit Auskünften für den Besuch: In dem großen Haus in der Rue Vaugirard waren Madame de Montespans Kinder untergebracht – jahrelang geheim, jetzt öffentlich. Die Witwe Scarron, eine arme Freundin von Madame de Montespan, war als Gouvernante eingestellt und für ihre Dienste in den Rang der Marquise de Maintenon erhoben worden. »Aber denkt Euch«, bemerkte Sylvie, »sie mußte den Schein wahren, woanders zu wohnen, die ganze Zeit, während sie in Wirklichkeit in der Rue Vaugirard die vielen Kinder großzog.« Dort, in ihrem Pariser Haus bei ihren Kindern, hatte Madame de Montespan sich verkrochen, als der König sie fallenließ. Ich sah im Spiegel meiner Frisiertoilette zu, wie meine unordentlichen Locken in die altmodische Haartracht der Marquise de Morville verwandelt wurden, und sann über meine vertrackte Lage nach.

»Nicht wahr, Sylvie, du wirst La Voisin nichts von dieser Visite erzählen? Ich weiß, daß sie Madame de Montespan selbst einen Besuch abzustatten gedachte, und du weißt, wie zornig sie wird, wenn sie meint, jemand mache ihr das Geschäft abspenstig. Wie du weißt, habe ich einen Befehl erhalten, ich habe nicht darum ersucht.«

»Oh, sie ist gestern sehr in Rage geraten, als ich es ihr erzählte, aber ich habe gesagt, ›besser meine Gebieterin als die gräßliche La Bosse mit ihren Karten oder eine Handleserin von Gottweißwo. So bleibt sozusagen alles in der Familie, und es wird letzten Endes zu Euch zurückkehren.‹ Und sie hat sich sogleich beruhigt – seht Ihr? Ich setze mich für Eure Belange ein. Je weiter Ihr es bringt, desto besser bin ich gestellt. Ich wünschte, ich hätte so eine Gabe wie Ihr – ich würde keinen Tag mehr Zofe bleiben, das sage ich Euch. Ich sehe, was Ihr einnehmt. Ich kann nicht in die Zunft der Parfümeusen gelangen, und niemand mag die Geheimnisse der Schönheitsmittel umsonst preisgeben oder ein mittelloses Lehrmädchen aufnehmen. Aber La Voisin hat mir aus der Hand gelesen, daß es mir nicht bestimmt ist, eine Dienerin zu bleiben. Eines Tages werde ich über Hunderte gebieten, so wie sie, und in einer Kutsche fahren und nur noch die erlesensten Sachen essen und trinken. Deswegen helfe ich Euch jetzt, für den Tag, wenn ich groß sein werde. Von ihr habe ich gelernt, daß es so gemacht wird. Kümmere dich um Menschen, und sie kümmern sich um dich – wünscht Ihr heute die mit Edelsteinen besetzten Kämme?«

»Nimm alles aus der Schatulle, Sylvie. Diese Hofdamen halten nichts von Bescheidenheit. Sie messen deine Tüchtigkeit an deinen Kleidern. Ja, die Perlen, und auch die Brosche und das silberne Kruzifix.«

»Meiner Seel, das sieht hübsch aus: ganz wie ein altes Porträt.« Sie trat zurück, um ihr Werk zu bewundern. Die Marquise de Morville blickte kritisch in den Spiegel und fauchte: »Die Spitzenkrause eignet sich heute besser als die leinerne, Sylvie. Ich nehme an, du hast sie frisch gestärkt. Das heißt, wenn die Stärke etwas taugt. Ah, zu meiner Zeit war die Stärke von viel besserer Beschaffenheit –«

»Ich glaube wahrhaftig, es macht Euch Spaß, die gräßliche alte Dame zu sein, Madame«, bemerkte Sylvie.

»Sylvie, ich wünsche keine Vertraulichkeiten. Ich *bin* die gräßliche alte Dame. Daß du das nie vergißt. Die Marquise de Morville ist eine *furchterregende* Monstrosität.«

Kurze Zeit später schritt die unheimliche alte Dame, der Schrecken der Nachbarschaft, verschleiert zur Türe hinaus; ihr schwerer Stock stampfte aufs Trottoir. Ein türkischer Zwerg hob ihre Schleppe über den Schlamm, ihr Lakai, dem man den entflohenen Sträfling ansah, beeilte sich, den Wagenschlag aufzuhalten, und die nicht gekennzeichnete Equipage ratterte durch den leichten Frühjahrsdunst zur Rue Vaugirard.

Die Empfangsräume des Hauses im Bezirk Vaugirard waren elegant, wie es einem Hause ansteht, das möglicherweise von einem König besucht wird. Sogar die Vorzimmer waren mit seidenen Tapisserien und mit Stühlen und Tischen aus seltenen Intarsienhölzern ausgestattet. Schwere vergoldete Leuchter, in denen ein Dutzend Kerzen brannten, standen in den Ecken. Im großen Saal hingen Gemälde in vergoldeten Rahmen: Venus, die vor ihrem Spiegel von Amoretten geschmückt wird, Europa und der Stier, am Ehrenplatz ein Portrait des Königs. Dahinter ging es über eine weitere marmorne Treppe und durch ein hohes Schulzimmer, in dem ich zwei kleine Knaben an Schreibpulten sah. Der ältere, sechs oder sieben Jahre alt, war der Knabe, den ich an jenem Tag auf der Fahrt nach Versailles in der Kalesche gesehen hatte. Der jüngere, er zählte vielleicht erst drei oder vier Jahre, trug bereits die Miniaturausgabe der bestickten Roben und des Kruzifixes des Abbés des großen Klosters, dessen Leitung nebst Einkünften sein Vater ihm übertragen hatte. Als der größere Knabe aufstand, um der düster gekleideten Gouvernante seine Arbeit zu zeigen, sah ich, daß er hinkte.

Die Mutter dieser Kinder und der anderen droben in der Kinderstube ruhte in einem verdunkelten Schlafgemach auf einer vergoldeten Bettstatt, das Urbild der gramgebeugten Frau. Eine kalte Kompresse lag auf ihrer Stirne, und ihre dunkelblonden Haare lagen feucht um ihren Hals.

»Madame, die Wahrsagerin ist da.«

»Ah, das Ungeheuer, das meine Verbannung voraussagte. Laß sie näher treten, damit ich sie sehen kann.« Sie ließ sich aufrichten und die Kompresse fortnehmen. Sie sah mich lange mit ihren aquamarinblauen Augen an. Ich entdeckte in ihnen eine berechnende, boshafte Schläue, die durch den schmalen, kleinen Mund über dem leicht fliehenden Kinn noch unterstrichen wurde. Ich machte einen tiefen Knicks wie vor einer Königin.

»Wie könnt Ihr es wagen, mich vor der Comtesse de Soissons zur Zielscheibe des Spottes zu machen!« Die aquamarinblauen Augen wurden hart wie Edelsteine im Kopf eines Basilisken.

»Ich bedaure zutiefst, Madame. Es war nicht meine Absicht. Ich lese nur im Glas und sage aufrichtig, was ich sehe.«

»Die Comtesse de Soissons ist ein eifersüchtiges, intrigantes Weibsbild. Eine häßliche, verlebte kleine Italienerin, die sich einbildet, die Gunst des Königs gewinnen zu können. Eine Mancini. Emporkömmlinge. Mein Blut, das Blut der Mortemarts, ist älter als das der Bourbonen. Gegen meine Familie verblaßt selbst die königliche. Begreift Ihr Euer Vergehen?« Sie setzte sich in plötzlich aufwallendem Zorn im Bett auf. »Ihr habt eine Mortemart vor einer *Mancini* der Lächerlichkeit preisgegeben.« Ihre Stimme sprach den Namen voller Hohn aus. »Wie könnt Ihr es wagen, ihr in die Hände zu spielen? Wie könnt Ihr es wagen, mich zu beleidigen? Ich habe noch immer die Macht, Euch zu vernichten. Ich sage Euch, ich werde in Gold und Diamanten zurückkehren und Euch bei lebendigem Leibe auf der Place de Grève verbrennen lassen!« Ihr Gesicht war rot vor Zorn, und ihre Worte kamen immer schneller. Der Himmel stehe mir bei, dachte ich. Einer von Madame de Montespans berühmten Wutausbrüchen. Und sie pflegte gewöhnlich Wort zu halten. Mein Verstand arbeitete rasch.

»Freilich werdet Ihr zurückkehren, denn auch dieses habe ich prophezeit. Mein Glas lügt niemals, wie alle anderen Wahrsagerinnen in Paris wissen. Wäre es nicht besser, mein Glas in Euren Diensten statt meinen Leichnam auf der Place de Grève zu haben?«

Sie zögerte, und ihr arrogantes Gesicht erbleichte. »Ihr kennt La Voisin«, sagte sie, eine beringte Hand ans Gesicht hebend. Ich nutzte meinen Vorteil.

»Ja, ich kenne sie.«

»Wie – gut – kennt Ihr sie?« Ihre Stimme war unnatürlich ruhig. Ich witterte Gefahr.

»Ich bin – so eine Art – Gewerbeteilhaberin«, erwiderte ich.

»Welche Absicht verfolgte sie damit, dies der Comtesse de Soissons zu entdecken, bevor sie es mir entdeckte?«

»Sie verfolgte keine Absicht. Ich wurde gebeten, im Glas zu lesen, und habe es getan.«

»La Voisin verfolgt immer eine Absicht.«

»Ich kann jetzt für Euch lesen, wenn Ihr wünscht.« Madame de Montespan erhob sich und schritt durch das Gemach; die Schleppe ihres Négligés schleifte auf dem Teppich hinter ihr her. Plötzlich wandte sie sich um.

»Das war ihre Absicht! Sie wollte mich an ihre Macht erinnern! O mein Gott, sie ist raffiniert. Sie hat mich verhext, damit ich wünschte, Euch hierherzuholen. Euch, die Botin! Der Zauber, der Zauber ist mächtig – ich habe es nie vermutet. Warum würdet Ihr mir sonst im Kopfe herumspuken, Ihr kleiner Niemand? Warum würde ich sonst in meinen Träumen das spöttische Gelächter der Comtesse de Soissons vernehmen? La Voisin hat Euch geschickt, sie hat Euch mit ihren teuflischen Hexereien geschickt, um meine Zukunft zu lesen. Sie weiß, was ich weiß. Die dunklen Mauern des Klosterkerkers warten auf mich, die abgelegte Mätresse!« Sie hielt inne und sah aus dem Fenster auf die Straße; plötzlich fiel ihr Gesicht zusammen und sah aus wie das einer alten Frau.

»Niemals wieder frische Luft schöpfen, nie wieder in meiner Kutsche fahren, nie meine Kinder wiedersehen. Mein Haar, mein schönes Haar – ich habe so viele elegante Coiffüren in Mode gebracht – dahin. Mein Geschmeide, meine Roben, meine

Karten – das Vergnügen des Theaters. Ich habe diesen Hof mit meinem guten Geschmack verschönert. Dem Geschmack der Mortemarts. Dem Geist der Mortemarts.« Sie drehte sich jäh zu mir um, als sei ich die Ursache ihres Unglücks.

»Wie viele Poeten und Maler habe ich groß gemacht?« rief sie. »Wie vielen Bildhauern habe ich Aufträge verschafft? Ich habe mich und ihn mit Schönheit umgeben! Das alles soll dahin sein? Umringt von Harpyien, die mich bereuen heißen. Bereuen! Warum sollte ich bereuen? Warum sollte er nicht ebenso bereuen? Ist unsere Sünde nicht eine doppelte? In unseren sieben Jahren habe ich ihm fünf Kinder geboren. Ich habe ihm Frauen für seine kleinen Ausschweifungen verschafft. Ich habe ihn mit meinem Witz amüsiert, wenn er sich langweilte – was er die meiste Zeit tut! Ist er nie auf den Gedanken verfallen, daß er sich langweilt, weil er langweilig ist?« Sie starrte mich plötzlich an, als könne ich verstehen, wie sehr sie Männer mit wenig Witz verachtete. »Wäre dies die Türkei, und er wäre der Sultan, dann sollte ich die zweite Frau sein. Ich würde geehrt! Ich hätte es wissen sollen, als er sich weigerte, mich zur Herzogin zu machen. Meine Zukunft ist verloren. Ich werde lebendig begraben sein – ich weiß es, und La Voisin hat Euch geschickt, mir mein Schicksal zu sagen. Holt Euer Glas hervor und lest, lest, Ihr gräßlicher kleiner Leichnam in Schwarz!«

»Ich muß sitzen«, sagte ich. Sie hatte mich noch nicht dazu aufgefordert. Sie war berühmt dafür. In einer Welt, in der der Rang von Gästen augenblicklich danach gewertet wurde, ob sie einen Lehnstuhl, einen schlichten Stuhl oder einen Schemel angeboten bekamen, hatte sie einst Herzoginnen Schemel zugewiesen und Marquisen stehen lassen. Jetzt war ihr nichts geblieben als ihre Allüren.

»Wenn Ihr müßt – mein Gott, eine Person wie Euch in meiner Gegenwart sitzen zu lassen. Ich bin erniedrigt.«

Ich holte meine Utensilien hervor: das kabbalistische Tuch, den Drachenrührstab, kurze Kerzen, die einen eigentümlichen Duft verbreiteten, und einen runden, zugestöpselten Krug mit Wasser. Ich vollführte all die hübschen kleinen Gaukeleien, die ich ersonnen hatte, damit es mehr schien, als es war. Aber das Bild im Glas war schwer zu erkennen. Ein Mann in vollem Priesterornat las in einer unbekannten Kapelle die Messe. An der Wand über seinem Haupte war ein Kreuz – nein, es hing mit dem Kopf nach unten. Er wandte sich kurz um, und ich sah sein Gesicht im Profil. Die abscheuliche blaugeäderte Nase des Abbé Guibourg, der bei La Voisin zum Diner gewesen war. Er stellte den Kelch auf ein Tuch, und im trüben Licht der flackernden schwarzen Kerzen, die ihn umrahmten, sah ich, daß der Altar, auf dem das Tuch lag, die Lende einer nackten Frau war. Mehrere Gestalten, die ich nicht deutlich ausmachen konnte, scharten sich um den menschlichen Altar und den Zelebranten. Aus dem Schatten trat eine Frau hervor, die ein totgeborenes Kind trug. Guibourg schlitzte ihm die Kehle auf und ließ das Blut in den Kelch fließen, dann nahm er es aus wie einen Fisch und behielt seine Eingeweide zurück.

»Mein Gott«, flüsterte ich leise, »die schwarze Messe.« Bei dem abscheulichen Anblick stockte mir der Atem. Ich hörte mein Herz schlagen. Die Frau im Schatten, die den kleinen Leichnam gebracht hatte, wandte sich vom Altar ab, und ich sah ihr Antlitz. Es war La Voisin.

»Was ist? Was seht Ihr?« Die begierige, ängstliche Stimme hinter mir unterbrach meine Gedanken.

»Haucht das Glas nicht an. Ihr trübt sonst das Bild«, fauchte ich, und ich spürte, wie sie sich von ihrem Standort dicht an meiner Schulter entfernte.

Der abscheuliche Abbé vervollständigte die Zeremonie mit einer unanständigen intimen Handlung, die er an der Frau auf dem Altar beging. Als ich ihren bleichen, teigigen Leib sich im Lichte der Kerzen winden sah, fielen ihr die Haare aus dem Gesicht, und ich erkannte sie. Die Frau, die die schwarze Messe in Auftrag gegeben hatte und als Altar diente, war Madame de Montespan.

Ich blickte vom Glas auf und sah Madame de Montespans Gesicht über meinem. Sie versuchte, mit mir ins Wasser zu spähen. Ihre Augen waren gierig, lüstern, ihr Mund zu einem Knötchen gespitzt. Ihre Lippen dünkten mich röter, ähnlich denen eines Kannibalen, der soeben Blut geleckt hat.

»Madame nimmt an einer Zeremonie teil –«, begann ich.

»Werde ich Herzogin?« flüsterte sie.

»– es ist eine – geheime – Zeremonie, die zu ihrer Wiedereinsetzung führt –«, fuhr ich vorsichtig fort, und Madame de Montespan nickte wissend. Sie war im Bilde. Sie hatte es schon früher getan. Ich atmete tief ein. In diesem Moment machte mir die Wahrsagerei nicht den geringsten Spaß. Ich war zu weit hineingeraten. Hofintrigen, Gift, und nun schwarze Messen. Das Leben eines Kaninchens in einer Schlangengrube. Plötzlich hatte ich den Wunsch, ein Bad zu nehmen, ein Einsiedler an der Meeresküste zu sein. Ich wünschte, Mère Jeannot würde mich hochheben und umarmen und mir sagen, daß es nur ein böser Traum war.

»Laßt mich weiter sehen«, sagte ich. Ich war überzeugt, das Klopfen meines Herzens müsse im Zimmer zu hören sein. Wiederum sah ich Madame de Montespan, sie unterhielt den König; ihr Mieder glitzerte von Diamanten. Dann sah ich sie aus einer silbernen Karaffe auf der Anrichte Wein einschenken. Ihre Hand bewegte sich zierlich über einem der Kelche und ließ ein Pulver hineinrieseln. Ich sah sie miteinander trinken und lachen, und des Königs Antlitz färbte sich plötzlich rot vor Begierde...

»Madame wird die Gunst des Königs voll und ganz zurückgewinnen. Sie empfängt ihn in ihren Gemächern. Er überschüttet sie erneut mit Geschenken. Ihr Einfluß wächst. Er ist verrückt vor Verlangen nach ihrem Leib –«

»Ja, ja –«, hörte ich ihr böses Flüstern. »Wann wird das sein? Wie lange muß ich warten?«

»Das kann ich nur aus dem Laubwerk und den Blumen lesen, die ich in dem Bild sehe – laßt mich noch einmal rühren – es sieht aus, als wäre es – im Hochsommer, wenn der König von seinem Feldzug in Flandern zurückkehrt.« Ein anderes Bild stieg empor. Madame de Montespan in der berüchtigten *robe battante*, der eleganten taillenlosen Robe, die sie eingeführt hatte und mit der sie dem Hof ihre Schwangerschaften und die Wiederkehr ihrer Macht kundtat. »Keine Angst«, sagte ich. »Ihr werdet wieder höchste Macht genießen und dem König zum Unterpfand Eurer Versöhnung ein Kind gebären.«

»Ah, kleine Wahrsagerin, Ihr seid ein Bote, den der Himmel geschickt hat. Mein größter Wunsch –«

Eine Bote von den Pforten der Hölle, meint Ihr. Der König von Frankreich ist ein armer Narr in den Fängen der Geschöpfe der Nacht und des Aberglaubens, die mittels einer schwarzen Messe eine Frau an die Höhen der Macht plaziert und sie überredet haben, ihn regelmäßig mit Aphrodisiaka zu betäuben. Nur ein Wort von ihnen, und die Aphrodisiaka können durch ein fataleres Mittel ersetzt werden. Die höchste Stufe der Macht, hatte La Voisin gesagt. Wir herrschen durch ihre Schwäche. Die Hexenmeisterin von der Rue Beauregard hielt das gesamte Königreich Frankreich in ihren Händen.

Kapitel XV

Es war ein strahlender Sommernachmittag; wir schrieben den 16. Juli 1676. Ich war in ein Fenster gequetscht, das eine meiner Gönnerinnen zu einem hohen Preis gemietet hatte und das auf die Place de Grève hinaussah. Es war die Hinrichtung der Saison, und infolgedessen wurde für Fenster und Balkone, die auf das Schafott hinaussahen oder auch nur am Wege des Schinderkarrens lagen, eine viel höhere Gebühr als üblich erhoben. Der Platz selbst und die zu ihm führenden Straßen waren mit Menschen erfüllt. Adelige, die zu spät gekommen waren, um einen Fensterplatz zu mieten, waren gezwungen, von ihren Kaleschen aus zuzusehen, obgleich die Sicht nicht halb so gut war.

Seit meiner sensationellen Voraussage von Madame Montespans Wiedererlangung der Gunst war ich in den elegantesten Salons der Stadt begehrt. Madame de Villedieu und Madame de Poulaillon hatten kurz über das ausschließliche Besitzrecht an mir gestritten, bis sie zu einem Waffenstillstand gelangten. Madame de Bouillon, die allmächtige Verfechterin der Kultur, hatte öffentlich verkündet, daß ich »Witz« besäße, was zur Folge hatte, daß ich in der ganzen Stadt eingeladen wurde, um triste Soireen zu beleben. Ich aß oder schlief kaum noch zu Hause; Kaleschen standen zu meiner Verfügung, und ich war in allen großen Häusern ein gewohnter Anblick. In der Verkleidung der Marquise de Morville machte ich so viele bissige Bemerkungen über die Gesellschaft, wie mir beliebte. Nie hatte sich Geneviève Pasquier besser amüsiert. Es war schwer zu sagen, was besser war: Unverschämtheiten auszusprechen oder sich an dem Aufruhr zu weiden, den sie verursachten. Man nahm mich mit in die Oper, zum Ballett, ins Theater, um mich nach meiner Meinung zu fragen, damit meine Gastgeber sich meine Bonmots zu eigen machen und als die ihren weitergeben konnten. Denn dies war die Zeit, da man mit Geist und Witz wetteiferte, und jene, die nicht von Natur damit begabt waren, mußten sich aller möglichen Tricks bedienen. Heute war ich, eingeladen von der faden Comtesse de Longueval, gezwungen, der Enthauptung und Verbrennung der Marquise de Brinvilliers beizuwohnen.

»Und alles, weil sie diesen langweiligen kleinen Gemahl vergiftet hat«, ließ sich meine Gastgeberin, die von untadeliger Abstammung und zweifelhafter Vermögenslage war, seufzend vernehmen. »Wirklich, dieser La Reynie geht entschieden zu scharf vor – oh, seht, da ist Princesse de Carignan in ihrer Kalesche!«, und sie winkte ihr mit dem Schnupftuch. Eine befriedigende Anzahl bedeutender Höflinge hatte sich eingefunden, um ihr tägliches Einerlei aus Karten-, Schau- und Wasserspielen mit einer willkommenen Hinrichtung zu unterbrechen. Zudem bildete das Beobachten von Berühmtheiten ein vorzügliches Vorspiel für die nachmittägliche Kurzweil.

»Wißt Ihr, was Madame de Sevigné gesagt hat? ›Ich vermute, wir werden sie bald von oben herab besehen.‹ Ah, die Marquise hat einen so beneidenswerten Witz«, bemerkte ihre Gesellschafterin, Madame de Corbon.

»Witz ist die *Würze* geistreicher Konversation«, bekundete meine Gastgeberin mit der hohen, gelehrten Stimme, die erkennen ließ, daß sie ein Bonmot von sich gab, das sie tags zuvor in der Stille ihres Kabinetts mühsam kreiert hatte. »Meint Ihr nicht auch, Madame de Morville?« Sie bewegte erwartungsvoll ihren Fächer.

»Aber ja«, erwiderte ich mit salbungsvoller Stimme, »Pfeffer bewahrt uns vor Würsten und Gästen, deren Zeit abgelaufen ist.« Sie kicherte nervös und begann zu rezitieren: »Gäste – Würze – geistreiche Gäste – eine schal gewordene Konversation –« Ich beobachtete amüsiert, wie die Räder ihres Verstandes sich nutzlos drehten. Witz! Gegenwärtig nach Geld das Wichtigste in der Gesellschaft. Die Salons hatten den Ton angegeben, und Madame de Montespans bissige Zunge hatte ihn moduliert. Eine gut formulierte Pointe konnte fast eine Woche lang gefeiert werden. Aber wenige waren so beliebt wie Madame de Montespans gewagte boshafte Bemerkungen. Sie hatte sogar Père de la Chaise, des Königs nachsichtigeren Beichtvater, der ihm sowohl die Kommunion als auch Mätressen zugestanden hatte, als *chaise de conveniance* bezeichnet. Die Bemerkung sprach sich über die Hintertreppen von Paris herum, doch der fuchsteufelswilde Kleriker wagte es nicht, sich dafür zu rächen, daß sein Name öffentlich in einen Nachttopf verkehrt worden war. »Männer lieben Witz bei einer Frau, ganz besonders der König«, erklärte sie einer Zuhörerschaft von Schmeichlern. Schwerfällige Mädchen nahmen Unterricht in Konversation und lernten witzige Aperçus auswendig, um sie in ausgelassener Gesellschaft verzweifelt hervorzukramen, ob sie angebracht waren oder nicht. »Ihre Transitionen sind miserabel«, mochte dann ein Verfechter des Witzes verächtlich sagen, und das arme Ding wurde aus der Gesellschaft derer, auf die es ankam, verbannt – es sei denn natürlich, sie war Erbin eines Vermögens. Dann trat sie, wie meine Gastgeberin, in ein Leben ständigen gesellschaftlichen Ringens ein, stets in der Anwesenheit klügerer Leute untergehend, während ihr Gemahl ihre Mitgift durchbrachte.

Das Brüllen der Menge unter dem Fenster verkündete die Ankunft des Schinderkarrens von Notre-Dame, wo die verurteilte Frau öffentlich Abbitte geleistet hatte. Die Marquise de Brinvilliers, von der Wasserfolter geschwächt, lag auf dem Haufen aus Stroh und Holz, auf dem ihr Leichnam verbrannt werden sollte. Sie drückte ein Kruzifix an den Busen, die geweiteten Augen waren in Todesangst verdreht. Sie trug das schlichte weite Hemd der Verurteilten und eine kleine weiße Musselinhaube auf dem offenen Haar. Der Scharfrichter stand hinter ihr auf dem Karren, das große Zweihänderschwert vor ihren Blicken verborgen. Ihr Beichtvater beugte sich, sie ermahnend, über sie; doch konnte niemand seine Worte verstehen. Bogenschützen bewachten den Karren und mühten sich, die Menge abzuwehren, dennoch kam das Gefährt nur langsam voran. Als die Marquise den Kopf von einer Seite auf die andere drehte, erspähte sie, halb von den Bogenschützen verborgen, einen Reiter, der den Karren begleitete. Sie zuckte zusammen und machte ihm das Zeichen der Teufelshörner. Ihr Beichtvater verdoppelte seine Anstrengungen, und sie wandte den Kopf vom Anblick des Reiters ab.

»Oh, das ist Desgrez, der da reitet – er vergewissert sich stets, daß ein Fall ordentlich zu Ende geführt wird«, sagte einer der Herren in unserer Begleitung.

»Desgrez? O ja, ich glaube, er war es, der sie im Ausland aufgespürt und jahrelang verfolgt hat. So habe ich es zumindest gehört. Verkleidet. Er hat ihr schriftliches Geständnis entdeckt.«

»Ein schlauer Teufel, wie? Nicht viele können einer Giftmischerin habhaft werden. Die meisten kommen ungestraft davon.«

»Die und die Wundärzte – andernfalls würden wir alle so lange leben wie Methusalem.« Comte de Longueval lachte allzu herzlich über seinen eigenen Witz.

»Vermutlich – sagt, glaubt Ihr, er wird ihn mit einem Streich herunterbekommen? Ich wette um fünf Louisdors, daß er zwei braucht.«

»Topp, die Wette gilt. Der da drunten, das ist Samson selbst, kein Gehilfe, und er könnte einem Ochsen den Kopf mit einem Streich abschlagen. Wer bin ich, ein Geschenk von fünf Louisdors zurückzuweisen?«

Der Scharfrichter führte die Marquise die Stufen des Schafotts hinauf, und einen Augenblick stand sie und starrte zu den Fenstern empor, wo sich die Menschen drängten. Mir war, als ruhte ihr Blick kurz auf mir, dann sah sie fort. Der Scharfrichter schnitt ihr die langen Haare im Nacken ab und verband ihr die Augen. Ich schloß die Augen und öffnete sie erst wieder, als ein schwerer Plumps mir sagte, daß die Sache vollbracht war. Mit ihren Hellebarden um sich schlagend, machten die Bogenschützen einen Platz frei, auf dem aus Holz, Stroh und Öl ein riesiger Scheiterhaufen errichtet wurde. Die Leichenteile wurden auf das aufgeschichtete Holz gelegt, und Fackeln entfachten das Feuer.

»Das waren leicht verdiente fünf Louisdors. Man sah ihn nicht einmal zögern. Was habe ich Euch gesagt? Samson fehlt niemals. Man sagt, er läßt vor jeder Hinrichtung eine Messe lesen, damit seine Hand sicher ist.« Man hörte das Klimpern von Münzen, die den Besitzer wechselten, und einen halb ärgerlichen Aufschrei.

»Meine lieben Freunde, keine Streitigkeiten. Ich schmachte nach einem kleinen Abendimbiß. Und es gibt jetzt wirklich nichts Interessantes mehr zu sehen.« Es lag nicht in der Natur der Comtesse, sich lange mit einer Sache zu befassen. Das letzte, was ich vom Fenster aus bemerkte, war Desgrez; noch zu Pferde, erteilte er der Wache, die den Scheiterhaufen umgab, Befehle. Er würde die ganze Nacht dort bleiben und die Menge daran hindern, Teile der Leiche zu stehlen, um sie zu verkaufen. Das Gesetz des Königs verlangte, daß die gesamte Asche in die Seine geschüttet wurde, und Desgrez war nicht nur ein beharrlicher, sondern auch ein gewissenhafter Mann.

Die sich zerstreuende Menge hinderte uns, zu unserer Kutsche zu gelangen, die in einer nahen Straße wartete. Durch das Gedränge schob sich ein wagemutiger Setzerbube. Er verkaufte Flugschriften, welche die Ereignisse des Tages und die zahllosen Verbrechen der Frau, die auf der Place de Grève verbrannte, in

Versen schilderten. Unversehens fiel mir Großmutter ein. Zu ihrem Gedenken wollte ich eins erwerben.

»He du, Junge, was hast du da?« Ich schwenkte meinen Spazierstock in der Luft, um ihn auf mich aufmerksam zu machen.

»›Die bemerkenswerten Verbrechen und die Hinrichtung von Madame de Brinvilliers‹, bebildert, nur zwei Sous, Großmutter. Garantiert unterhaltsam«, schrie der Straßenbengel.

»Oh, ich muß eins haben«, rief eine Dame in der Nähe.

»Junge, komm sofort hierher«, rief ein Herr. Die Menge drängte sich um ihn und riß ihm die Flugblätter aus der Hand. Als er sich mir zuwandte, war der Vorrat in seinem Beutel erschöpft.

»Nicht enttäuscht sein, Großmutter, ich habe eine ganze Kiste voll im Torweg da drüben – ich hole Euch gleich eins.« Und als er ging, sah ich im Bogen eines nahen Torweges eine große Kiste mit Flugschriften, billigen Pamphleten und gebrauchten Büchern, bewacht von einem Mann, der von oben bis unten in einen schwarzen Umhang gehüllt war. Einen schwarzen Hut hatte er tief ins Gesicht gezogen, um es zu verdecken.

»Oh, du hast auch Bücher?«

»Nur ein paar, Großmutter. Seht selbst.« Ich spähte in die Kiste. Mehrere schmale Bändchen, »Parnasse Satyrique« betitelt, das Stück zu zehn Sous. Ich schlug meinen Schleier zurück, um besser zu sehen. Phantastisch. Eine witzig gereimte *libelle* über die Amouren bei Hofe, aufs wunderbarste detailliert. Ich spürte, wie ich errötete. Der Mann im Umhang war in den Schatten zurückgewichen, und ich fühlte seinen bohrenden Blick in meinem Nacken. Ich zog meinen Schleier herunter, um meine Verwirrung zu verbergen, und nahm mir ein zweites Buch, um das maliziöse Bändchen zu verstecken, das ich begehrte.

»Diese beiden und das Flugblatt«, sagte ich hastig, warf dem Buben einen Goldlouis zu und floh, um mich wieder der Gesellschaft anzuschließen.

»Oh, wie entsetzlich! Die Druckerschwärze verschmiert meine Hände!« rief Madame de Corbon aus, als sie sich auf dem Kutschensitz niederließ. »Hier, faltet das Flugblatt für mich, mein Freund, und steckt es in Eure Tasche.« Während ihr Begleiter ihrem Wunsche nachkam, faltete ich mein Exemplar zusammen und stopfte es zu meinen Büchern in den kleinen Beutel, den ich bei mir trug. Vergnüglicher Lesestoff für einen Abend.

»Ei, welch kluge Voraussicht, Madame de Morville! Ihr habt eine veritable Apotheke in Eurem Beutel! Welchem geheimnisvollen Zweck dienen all die Fläschchen?« Madame de Corbon war ein rechter Plagegeist. Doch wenn man soeben der Hinrichtung einer Giftmischerin beigewohnt hat, tut man gut daran, nicht unnötig Verdacht zu erregen.

»Wir alten Leute müssen zu kunstvolleren Mitteln Zuflucht nehmen als die jungen, wenn wir in der Gesellschaft mithalten wollen«, sagte ich und tat mein Bestes, um eulenhaft auszusehen. »Neben einem Schnupftuch und einem Riechfläschchen habe ich hier ein Stärkungsmittel und ein Tiegelchen Rouge, um die Blässe zu beheben, das Resultat eines tragischen Lebens, das sich über die willkommene Behaglichkeit des Grabes hinaus erstreckt.« Indes Madame de Corbon den Rougetiegel in Augenschein nahm, bot ich der Gesellschaft das Opiumlabsal an, das alle ablehnten.

»Jedem das Seine, hm, Madame de Morville?« sagte Comte de Longueval und reichte seine goldene emaillierte Tabatiere herum. »Ich persönlich ziehe dem Stärkungsmittel einer alten Dame etwas Belebenderes vor.« Die Comtesse schnupfte Tabak, ebenso Madame de Corbon. Wenn Ihr wüßtet, was dieses Labsal enthält, würdet Ihr Euch vielleicht anders besinnen, dachte ich und nahm einen großen Schluck.

Als das vertraute, köstliche Gefühl langsam von mir Besitz ergriff, sahen die grotesken, von Schnupftabak fleckigen Nasen in den blasierten Gesichtern allmählich immer liebenswürdiger aus. Der dumpfe Schmerz in meinem Rücken ließ nach, die Schrecknisse des Tages wurden gedämpft und rückten in die Ferne. Die Muster des bestickten Mieders der Comtesse schienen mit kleinen kreischenden Lauten hervorzuhüpfen, wenn ihre Brust gegen das Korsett darunter stieß. Opium. Liebliches Opiumlabsal, mein bester Freund. Anfangs hatte ich es auf die Schlafenszeit beschränkt. Dann wurde es meine Belohnung, wenn die Besuchszeit vorüber war. Ich wollte auf keinen Fall, daß etwas meine Bilder befleckte, die Quelle meines Vermögens. Dann aber probierte ich es am Morgen, und es schien nichts zu ändern; allenfalls war es ein wenig leichter, ein Bild ins Glas zu rufen. Und das war von Vorteil, nicht wahr? Jetzt trug ich es überall bei mir. Das Leben erforderte es.

»Ihr wirkt verträumt, Madame de Morville.«

»Ich denke an meine Jugendzeit. Als schmächtiges Mädchen war ich bei dem berühmten Turnier zugegen, als König Henri II. starb. Ah, so ein stattlicher, galanter König – wenngleich er freilich von unserem gegenwärtigen Monarchen übertroffen wird –« Das Gespräch wandte sich nunmehr der Frage zu, wie die Ritterlichkeit der Großen in der Geschichte zu bewerten sei. Die Geräusche waren wie Kammermusik. Über dem gleichmäßigen Tacka-tacka-Rhythmus der Hufe und dem Klirren des Pferdegeschirrs spielte das Cello des Comte de Longueval die Baßstimme, während die Violine der Comtesse die Melodie sang. In Intervallen erklang dazu das einfältige Tröpfeln der Flöte von Madame de Corbon oder das nasale Piepsen der Oboe des Abbés Barby. Ritterlichkeit – Könige und Fürsten – Ritterlichkeit – steht einem Manne wohl an, nicht wahr, mein lieber Comte? – Tackatackatacka und das Knallen einer Peitsche. Ich bedauerte es beinahe, als die Kutsche im *cour d'honneur* des Palais Soissons zum Stehen kam.

»Ihr spielt nicht, Madame?« Comtesse de Soissons hob eine Augenbraue, als ich ihr meinen Gruß entbot. Sie war in hellblauen Satin gekleidet, das Décolleté mit einer vierfachen Schnur aus dicken Perlen geschmückt, die in Abständen von Diamanten unterbrochen waren. Sie saß am Kopf des größten der mit Elfenbein eingelegten Spieltische im güldenen Salon, und mehr als ein Dutzend Hündchen zappelte zu ihren Füßen. Um das Rechnen zu vereinfachen, benutzten die Spielenden Gold an Stelle von Jetons, und Zehntausende Écus waren auf den Tischen aufgehäuft. Wenn die Häufchen die Besitzer wechselten, weinten oder jubelten die Spieler, ohne sich um Gleichmut zu bemühen. Nur der Marquis de Dangeau saß still, während er die Spielenden mit luchsartigen Augen beobachtete und mit geübter Hand die Karten mischte. Er bestritt seinen Unterhalt an den Spieltischen, was man jedoch nicht laut sagen durfte; er spielte mit Strategie und bedurfte keiner Tricks, keiner Karten im Ärmel, keiner gekennzeichneten Spiele. Hie und da standen Männer von niederem Rang, Bankiers und Financiers, ihren Gönnern zur Seite, bereit, deren Einsätze zu gewährleisten. Jeder gut gekleidete Mann mit manierlichen Umgangsformen war an den Spieltischen gerne gesehen, sofern er die ungeheuren Beträge mit der lässigen Unbekümmertheit eines geborenen Aristokraten zu setzen verstand.

»O nein, Madame, es bereitet mir Vergnügen, das Spiel der Gefühlsregungen im Raum zu beobachten und die prächtige Kleidung zu bewundern, die heutzutage getragen wird.« An einem Tisch schrie ein Spieler auf, raufte sich die Haare und stürzte aus dem Salon. »Zu meiner Zeit«, bemerkte ich, »war man nicht so kultiviert wie heute; damals hätte ein Mann den Sieger zum Duell gefordert.«

»Wie überaus klug von unserem König, Duellieren in diesem Fall zu untersagen«, erwiderte die Comtesse, »denn auf diese Weise ist der Fortbestand der Spielenden gesichert.«

»Klug, fürwahr«, erwiderte ich in verbindlichem Ton.

»Die Marquise ist so diskret«, warf Comtesse de Longueval ein, begierig, ihren Teil zur Konversation beizutragen. »Sie, die die Zukunft lesen kann, nimmt klugerweise davon Abstand, an unseren Spielen teilzunehmen, nicht wahr?«

»Es gehört zu meiner Vorstellung von Ehre«, sagte ich ernst und dachte daran, daß sogar der König manipulierte Lotterien veranstaltete, »um die Damen nicht zu enttäuschen.« An den *hoca*-Tischen ging es so korrupt zu, daß das Spiel gesetzlich verboten worden war, was allerdings nichts fruchtete. Der Klatsch, den ich zu hören bekam, wenn ich zwischen den Tischen umherging, war mir mehr wert als jeder Gewinn. Er half mir, die Bilder, die ich im Glase sah, mit Sinn zu füllen.

Die Comtesse bedachte mich mit einem ironischen Lächeln und kehrte an ihr Spiel zurück. Auf der gegenüberliegenden Seite des Raumes erkannte ich den Duc de Vivonne, blendend in einem grünen Brokatwams, der mit seiner Herzogin *bassette* spielte. Von den Tischen schwebte eine Frauenstimme empor:

»Und da wurde der König so wütend, er hat das ganze Fest abgesagt –«

»Alles wegen der Präsente für die Damen?«

»Sie waren selbst schuld. Warum mußten sie zu den Marktbuden im Palais laufen, um zu erkunden, wieviel er für die Fächer ausgegeben hatte – das Geschenk eines Königs ist über jeden Preis erhaben –«

»Nun, *ich* habe gehört, daß er sie sehr wohlfeil bekommen hat und daß sie aus Knochen waren, nicht aus Elfenbein –« Unbrauchbar. Ich ging weiter. Der hohe Raum mit den vergoldeten Paneelen kam mir mit einem Mal sehr heiß vor. Mein Puder wird zerfließen, dachte ich und betrachtete mich in einem der großen

Spiegel. Etwas Unheimliches geschah, und ich fühlte mich krank und benommen. Die Kartenspieler im Spiegel waren andere als die im Raum. Die Tische waren anders arrangiert, und die Herren trugen keine Pluderhosen, keine mit Bändern verzierten Wämser, keine dunklen Perücken, die Damen keine bauschigen Ärmel. Die seltsame Gesellschaft trug enganliegende, mit Spitzen besetzte Kleidung, und Männer wie Frauen hatten weiße Perücken; die der Herren waren kleiner als die eines Lakaien und von einem Band im Nacken zusammengehalten. Ich hatte dieses Bild nicht herbeigerufen. Ich hatte nicht gefühlt, daß es kam. Es war einfach da. O Gott, La Voisin hatte recht behalten. Das Opium hatte meine Gabe durchdrungen und verdorben.

Schaudernd wandte ich meine Augen ab. Mach, daß es vergeht, lieber Gott. Ich schwöre, ich werde das Zeug aufgeben. An einem Tisch in der Nähe lachte eine Dame mit mehreren Schönheitspflästerchen; neben ihr stand ein Glas Weißwein. Ein Teil ihres Gesichtes spiegelte sich darin. Plötzlich verwandelte sich das Spiegelbild in einen Totenschädel. Mein Atem ging schnell. Was geschah? Die fremde Gesellschaft blickte aus dem Spiegel an der Wand herab. Der Schädel in dem Weinglas lachte. Ich glaubte zu ersticken. Vom Tisch unter dem Spiegel schnappte ich ein Gespräch auf.

»– und kaum war Madame de Lionne eingezogen, da sah sie eines Tages, als sie sich an ihren Frisiertisch setzte, von der Decke Würmer fallen. Sie ließ die Decke öffnen, und das Geheimnis war gelöst.«

»Und was haben sie gefunden?«

»Den verwesenden Kopf eines Menschen. Sie verständigte die Polizei, die dem Receveur Général du Clergé, dem Seigneur de Penautier, einen Besuch abstattete, der das Haus zuletzt bewohnt hatte –«

»Das war Zeitverschwendung.«

»Ja, er sagte einfach, es handelte sich um eine anatomische Eigentümlichkeit, die er studiert habe, und als er ihrer überdrüssig war, habe er sie unter den Dielen des Raumes über dem Ankleidezimmer eingeschlossen. Da war natürlich nichts zu machen. Sein Wort gilt weit mehr als das eines kleinen Emporkömmlings wie La Reynie. Aber wißt Ihr, was man sich in der ganzen Stadt erzählt?«

»Könnte es sein –?«

»Allerdings. Als er den Receveur Général von Languedoc vergiftete, um dessen Amt zu erhalten, verschwand der Diener, der das Gift trug –«

»Dann war es sein Kopf.«

»Es wäre doch möglich. Schließlich könnte die Polizei eine kopflose Leiche nicht identifizieren. Selbst wenn sie oben auf dem Fluß triebe.«

Mir war zum Ersticken. Aus dem Raum fliehend, blickte ich zurück: Das Bild im Spiegel hatte sich in eine blutige Fläche verwandelt.

»Soso, Madame, habt auch Ihr die Sinnlosigkeit des Spielens ohne Geld erkannt?« Die schleppende Männerstimme, die mich aus einer Nische ansprach, ließ mich zusammenzucken. Eine massige, finstere Gestalt löste sich aus dem Schatten. Es war Brissac, der Wüstling. Er stieß mich gegen die Wand und beugte sich dicht zu mir. Sein vorzeitig gerunzeltes Gesicht war von Unmäßigkeit gezeichnet.

»Wir würden ein gutes Gespann abgeben, Ihr und ich.« Sein Atem stank wie verdorbener Fisch. Ich wandte den Kopf ab.

»Wie meint Ihr das? Wir haben nichts miteinander gemein.«

»O doch. Ich brauche Geld, und Ihr könnt Lotterienummern im voraus lesen.« Ich bemühte mich, majestätisch auszusehen, verlor jedoch auf dem glatten Marmorboden des Korridors den Halt.

»Wenn Ihr Glück im Spiel benötigt, ich kenne da eine Frau, die kann –«

»Zur Hexenmeisterin in der Rue Beauregard gehen und eine Glückshand kaufen, wie? Ich habe schon eine.« Er kramte in seiner Tasche und schwenkte das abstoßende verschrumpelte Ding vor meinem Gesicht. »Ich habe auch ihre – tieferen Geheimnisse ausprobiert. Die schwarze Messe, die Anrufung der dämonischen Geister.« Er lachte, und ein Schwall des gräßlichen Gestanks wehte zu mir. »Ich will Euch ein Geheimnis anvertrauen, Marquise. Sie taugen auch nicht weniger als Père Bossuets Gebete an einem Sonntagmorgen am Altar. Gott hat uns verlassen. Der Teufel ebenso. Nicht einmal Abbé Guibourg kann den Teufel für mich heraufbeschwören, wie? Er geht, wohin er will, Seine satanische Majestät. Aber Ihr, Ihr seid aufrichtig. Ich bin Euch gefolgt, ich habe Eure Prophezeiungen gehört und in Erfüllung gehen sehen.«

Mein Gesicht ließ meinen Abscheu erkennen.

»Tut Euch mit mir zusammen, und ich schenke Euch Wonnen, wie Ihr sie nie zuvor gekannt habt –« Er stieß mich mit seinem Leib gegen die Wand und versuchte, mein Kleid aufzunesteln, indes er mich wieder und wieder auf den Hals küßte. Gesegnet seien die steife Halskrause, der schwere Brokat und die Eisenreifen eines vergangenen Jahrhunderts – sie machten es ihm schwer, als ich zappelte, um mich zu befreien.

»Ihr wollt die kleine Goldmine wohl ganz allein mit Beschlag belegen, wie? Gedenkt Ihr Eintritt zu erheben? Ist das Eure Art, einen Freund zu entgelten, Brissac?« Die salbungsvolle Stimme des Duc de Nevers bewirkte, daß Brissac mich losließ und herumfuhr.

»Madame, Euer Spazierstock.« Duc de Nevers verbeugte sich und zog schwungvoll den Hut, dann reichte er mir meinen Stock, der bei dem Gerangel zu Boden gefallen war. Das war mir nur recht, denn mit dem eisernen Korsett hätte ich mich nicht bücken können.

Brissac faßte seinen Gönner ins Auge und richtete förmlich das Wort an mich: »Madame, bedenkt die Vorzüge, die eine Zusammenarbeit mit mir unter der Patronage des überaus illustren Duc de Nevers mit sich bringt. Die Patronage von Frauen wird Euch nicht lange schützen. Eure Gabe erregt Aufmerksamkeit – Habgier. Ihr braucht einen Herrn von Stand als Beschützer. Ihr seid elegant – ich kann Euch noch eleganter machen. Mit den richtigen Verbindungen könntet Ihr eine königliche Pension erlangen. Ich kann Euer Leben zu einem Reigen von Lustbarkeiten machen.«

»Lustbarkeiten? Wie vulgär.« Ich wandte mich ihm mit überheblicher Miene zu. »›Wenn Sinnlichkeit Lust bedeutet, dann sind Tiere glücklicher als Menschen; das Glück der Menschen ist in der Seele, nicht im Fleische beherbergt.‹«

Duc de Nevers, der mit ironischem Gleichmut zugesehen hatte, sprach: »Meine Güte, der gräßliche Seneca. Wie kurios. Eine gelehrte Dame. Womöglich eine gräßliche kleine *précieuse*? Ich hoffe, Ihr schreibt keine grauenhaften Gedichte über Lämmlein im Frühling, wie die lächerliche Madame Deshoulières.« Ein herablassendes Lächeln huschte über das Antlitz des Duc de Nevers. Seine Augen, die verräterischen Mancini-Augen, waren hinter den dunklen, gesenkten Lidern halb verborgen.

»Ich lese gelegentlich Philosophie zur Erbauung meines Geistes.« Ich hoffte, meine Stimme klang eisig und würdevoll.

Brissac entgegnete mit satyrischem Lächeln: »Gar noch köstlicher. Eine Frau mit kaltem Verstand, angefüllt mit dem Wissen des Altertums, und einem Gesicht wie eine alte Maske. Aber ich, Brissac, weiß, daß unter dem starren Marmor ein heißblütiges Herz schlägt –« Er kam näher, und seine Stimme war schmeichelnd. »Ich verstehe mich darauf, Feuer in diese eisigen Adern zu bringen, Madame. Ich kenne das Geheimnis der Leidenschaft, das Geheimnis, das die Untoten ins Leben zurückruft – ich kann das Werk vollenden, das die Alchimie nur begonnen hat – ich kann Eure Jugend wiederherstellen. Bedenkt dies; verlangt es Euch nicht, abermals von Begehren und Leidenschaft zu erbeben wie einst in Eurer Jugend Blüte?« Seine Augen, welche die meinen fixierten, waren mehr als nur ein wenig wahnsinnig. Etwas an ihm machte meine Seele schaudern.

»Ich werde es bedenken, doch es verlockt mich wenig. Ein Leben in Liebe würde beenden, was Ihr am meisten begehrt, die prophetischen Visionen. Ihr müßt etwas Originelleres finden, um Euch meiner Aufmerksamkeit zu versichern. Guten Tag und viel Glück, Monsieur Brissac. Und auch Euch, Monsieur de Nevers, einen guten Tag und meinen Dank.« Mit soviel Selbstbeherrschung, wie ich aufbringen konnte, stolzierte ich davon, doch hörte ich Brissac noch leise zu Nevers sagen: »– etwas anderes wünscht –«

»Nein – vollkommen richtig, Brissac. Die Zukunft bleibt besser im dunkeln – ich erwarte Eure Beteiligung –«

Ich muß zu La Voisin, dachte ich. Ein weiterer mächtiger Feind. Ich brauche einen zweiten bewaffneten Lakaien. Diese Sache könnte ernst werden. Die Luft war plötzlich stickig. Ich trat ans offene Fenster, stützte die Ellenbogen auf das Sims, versuchte wieder zu atmen. Draußen auf der Straße wühlte eine Meute Hunde in der Gosse nach Futter. Auf der anderen Straßenseite stand ein mit einem schwarzen Umhang vermummter Mann unbeweglich in einem Torweg, den breiten Hut ins Gesicht gezogen. Derselbe Mann. Ich sah ihn zu meinem Fenster hinaufblicken, und für einen beängstigenden Moment trafen sich unsere Blicke. Ich schlug das Fenster zu und floh zurück in den güldenen Salon, wo die Kartenspieler noch eifrig am Werk waren.

Der Lärm, die Spannung im Raum waren nicht zu ertragen. Die Spiegel reflektierten immer noch eine blutige Fläche. Fort, fort, schreckliches Bild. Womit habe ich dich verdient? Wie durch einen Nebel hörte ich eine Frau sagen: »Und Louvois ist so rachsüchtig, meine Liebe, seid daher darauf bedacht, seine Aufmerksamkeit zu meiden. Ein Mann mit so wenig Eleganz wie er sollte niemals mit Macht ausgestattet sein. So fett und verschwitzt – als Madame de Courcelles wegen seines üblen Geruchs aus seinem Bette floh, ließ er sie wegen Ehebruchs verhaften, und sie flüchtete ins Ausland, um dem Kerker zu entgehen. Seither zieht sie umher wie ein Vagabund.«

»Das ist kaum das Schlimmste, was sich über Louvois sagen läßt«, versetzte die andere Frau. »Erinnert Ihr Euch, wie die Fürstin Palatine, die hierhergekommen war, um sich mit des Königs Bruder zu vermählen, ihn das erste Mal erblickte? Sie sagte: ›*Voyez, comme Louvois a l'air d'un bourgeois!*‹ Für diese Bemerkung allein ließ er das Palatinat verwüsten.«

Louvois, Staatsminister, dem das Heer in der Fremde und die Polizei in der Heimat unterstanden. Des Königs rechte Hand; er erteilte La Reynie seine Befehle. Noch einer, den es zu meiden galt. Wie konnte ich je die Kunst beherrschen, durch diese gefährlichen Strömungen zu steuern?

Kapitel XVI

Als die Kalesche der Comtesse mich an diesem Abend vor meinem Hause absetzte, spürte ich einen unheilvollen Druck, als wollte die Dunkelheit mich umklammern. Die ungerufene Vision im Spiegel beunruhigte mich. Wen betraf sie? Mein Rücken schmerzte stärker. Ich brauchte mehr von dem Labsal. Ein Vorreiter der Kutsche erhellte die Eingangstüre mit seiner Fackel, während die Lakaien meinen bewaffneten Diener herbeiriefen, auf daß er mich hineingeleitete. Die Schatten schienen lebendig. Sah ich dort hinten in der Straße eine dunkle Gestalt sich bewegen? Jemand beobachtete mich, dessen war ich sicher.

»Ihr schaudert, Madame, ist Euch kalt? Wartet, ich hole Euch Euren Wintermorgenrock.« Sylvie klang besorgt.

»Sylvie, es wird etwas Furchtbares geschehen. Ich weiß nicht, wo oder wann, aber es ist ein schreckliches Unheil. O mein Gott, bedecke den Spiegel des Toilettentisches, rasch!« Sylvie hängte eines meiner Unterkleider über den Spiegel, bevor aus der Fläche, aus der Blut zu sickern schien, Gestalten auftauchten. Entschlossen berührte ich den Stoff, um mich zu vergewissern, daß das Blut eine Illusion war.

»Was tut Ihr da? Was habt Ihr gesehen?«

»Blut. Ich sah fremde Gestalten im Palais de Soissons. Ich – ich habe sie nicht gerufen. Bedecke alle Spiegel im Hause. Und Brissac war dort. Ich glaube, er plant etwas mit Nevers. ›Eine Goldmine‹ nannte er mich. Ich – ich fürchte, sie möchten mich rauben – etwas mit mir anstellen. Und als ich heute abend nach Hause kam, hatte ich das Gefühl, daß mir auf der Straße jemand folgte und mich beobachtete –« Zitternd und fröstelnd kauerte ich mich aufs Bett.

»Brissac, bah! Ein Schmarotzer, aber ungefährlich, solange er von einem Mächtigeren gezügelt wird. Die Zeit, Brissac zu fürchten, kommt erst, wenn er wieder über eigenes Geld verfügt. Dennoch werde ich die Spiegel verhängen und zusehen, daß Türen und Fenster verriegelt sind.«

»Verlaß mich nicht, Sylvie. Ich habe Angst, allein zu sein.« Ich goß eine Portion Labsal in einen silbernen Becher, den ich eigens zu diesem Behufe auf meinem Toilettentisch verwahrte. Mit argwöhnischem Blick wandte Sylvie sich mir zu.

»Wieviel habt Ihr heute schon davon genommen?«

»Genug. Ein wenig heute morgen. Ein wenig nach der Hinrichtung –«

»Und ein wenig gestern abend, um zu schlafen, und ein wenig gestern nach einer Soiree mit langweiligen Leuten, und ein wenig gestern morgen, nachdem eine rumpelige Kutschfahrt vom Marais Eurem Rücken zusetzte. Madame, es ist das Labsal. La Dodée sagte mir, ich solle Euch beobachten. Ich bin sicher, Ihr habt Halluzinationen.«

»Und was geht es sie an, daß sie dir aufträgt, mich zu beobachten? Alle beobachten mich! Es ist mir zuwider! Für wen arbeitest du überhaupt? Für La Dodée und La Trianon? Oder für mich?« Ich funkelte sie wütend an.

»Für Euch, Madame. Aber Ihr wißt sehr gut, daß La Dodée Euch das Elixier entgegen Madame Montvoisins Anweisungen gab. Und wenn Ihr Euch damit Eure Gabe verderbt oder Euch gar umbringt, wird ihre Rache La Dodée und mich treffen. Ich an Eurer Stelle würde mich weit mehr vor *Madame* in acht nehmen als vor Phantasiegestalten im Schatten. Was wollt Ihr tun, wenn sie Euch besucht und Eure Spiegel verdeckt sieht? Ich, ich will mein Brot ohne Furcht essen.« Sie huschte auf die andere Seite des Bettes, schlug die Decke zurück, schüttelte die Kissen auf. Ich hatte viele Kissen – zwei auf jeder Seite des großen Doppelbettes. Sie waren wunderbar flaumig. Die besten Gänsedaunen. Damit entschädigte ich mich dafür, daß ich mit nur einem einzigen kleinen harten Kissen, flach wie ein Pfannkuchen, aufgewachsen war. Das feine Linnen war mit dem Wappen der Morvilles bestickt. Die Bettvorhänge waren aus schwerem blauem Brokat von der Farbe des Meeres an einem Sommertag. Alles von mir bezahlt. Sie freuten mich, wann immer ich sie ansah – außer natürlich, wenn ich krank war; dann freilich mochte ich gar nichts ansehen.

»Hieran ist noch niemand gestorben«, sagte ich trotzig, indes ich den silbernen Becher abstellte.

»Meiner Ansicht nach hat das Zeug des Alchimisten nur zu gut gewirkt. Es hat ein rechtes Kind aus Euch gemacht. Just wenn ich meine, Ihr seid klug, geht Ihr hin und führt Euch auf wie ein verwöhntes kleines Mädchen. Viele Damen sterben an Opiumvergiftung, als ob Ihr das nicht wüßtet. Schaut Euch nur die Königin von England an, die ihre kleine Tröstung genauso liebte wie

Ihr. Nicht die Verbannung hat sie zugrunde gerichtet – es war das Opium, wie jedermann weiß. Und nun werdet Ihr das Zeug fortstellen und mir am Fenster zeigen, wer Euch verfolgt.«

»Man kann Leute nicht sehen, die einem heimlich folgen.« Ich kniff die Augen zusammen. Sie durfte nicht entdecken, wie jung ich tatsächlich war, sonst wäre ich nicht mehr Herr in meinem eigenen Hause.

»Besonders, wenn man sie sich einbildet. Blutige Spiegel, wahrhaftig! Es wird Euch erwischen, wenn Ihr nicht mit dem Zeug aufhört. Soviel Zukunft kann sogar ich voraussagen!«

Ich trat ans Fenster und stieß die Blendläden auf.

»Und wie nennst du das?« flüsterte ich. »Meine Phantasie?« Die schwarze, mondlose Nacht hatte die Stadt verschluckt. Hie und da war zwischen geschlossenen Fensterläden das schwache Flackern einer Kerze zu sehen. Und in einem Torweg gegenüber stand, halb erleuchtet von einem matten Lichtkreis unter einer von La Reynies neuen Straßenlaternen, unbeweglich eine Gestalt in einem schwarzen Umhang, den breiten, federlosen Hut tief ins Gesicht gezogen.

»Oh!« Nun war sogar Sylvie verblüfft. »Habt Ihr ihn schon zuvor gesehen?«

»Heute nachmittag bei der Hinrichtung. Da hat er mich beobachtet, dessen bin ich sicher. Und später stand er vor dem Palais de Soissons und starrte mich durchs Fenster an.«

»Was glaubt Ihr, wer ihn geschickt hat?«

»Es könnte Duc de Nevers sein. Er ist ein skrupelloser Mensch; Straßenmörder, Meuchelmörder, Entführer, er kennt sie alle. Er tut, was ihm beliebt, und kein Gesetz, kein Gott, kein Mensch kann ihm Einhalt gebieten.«

»Aber Ihr habt den Teufel ausgelassen. Ihn fürchten sie alle, diese Wüstlinge. Er wird es nicht wagen, Madame zu erzürnen – zumindest nicht direkt. Ich schicke Mustafa morgen mit einer Botschaft zu ihr. Und Ihr solltet das Haus nicht verlassen, bis dieser Mensch fort ist – ah, es kommt Gesellschaft.« In der Ferne hörte man Krachen und ein Splittern, als eine Straßenlaterne zerbarst, das Klappern von Pferdehufen auf Kopfsteinen und ein unflätiges Sauflied, das von zwei unmelodischen Stimmen gegrölt wurde.

»Saubere Arbeit! Es zählt doppelt, wenn du sie mit einem Streich auslöschst!«

»Edelmänner«, flüsterte Sylvie, »sonst würden sie fliehen, bevor die Wache sie wegen der Zerstörung der Laterne festnimmt.«

»Oh, da ist noch eine.« Die arrogante Stimme schallte von der verdunkelten Straße herauf. »Und darunter verharrt ein Bewacher des Straßenlichtes, ganz wie ein Gnom. He du, Bauer, aus dem Weg, wenn du nicht überrannt werden willst. – Es gilt, eine Wette einzulösen.«

»Die Geister der Finsternis rennen gegen das Licht der Zivilisation an, ha? Das ist kein edler Wettstreit – Rüpel, die Lichter löschen, werden stets zahlreicher sein als jene, die sie anzünden.« Die Stimme dünkte mich bekannt, aber ich wußte nicht, wo ich sie schon einmal gehört hatte.

»Wie kannst du es wagen, so mit mir zu reden!« Als der berittene Mann ins Licht der Laterne stürmte, sah ich, daß er sein Schwert gezogen hatte, aber die dunkle Gestalt war verschwunden.

»Madame, kommt hier fort, sonst wünschen sie Euch am Ende als Zeugin.« Sylvie zupfte am Ärmel meines Morgenrockes. Die anderen Fenster in der Straße blieben fest geschlossen.

»Pst!« sagte ich und blies die Kerze aus, um unser Fenster zu verdunkeln. Die verhüllte Gestalt stürzte sich aus dem Schatten und warf sich dem Pferd entgegen, so daß das Tier sich aufbäumte und seinen Reiter abwarf. Die Straßenlaterne war zu Bruch gegangen, und brennendheißes Kerzenwachs ergoß sich über das zappelnde Roß und den Reiter. Der zweite Reiter saß ab und eilte zu Hilfe.

»Philippe, du brennst – rasch!« Er schlug mit seinem Hut auf die Flammen ein.

»Zum Teufel – ich kann nicht aufstehen«, ertönte ein Schrei.

»Wo ist er? Ich werde ihn finden, und wenn es mich die ganze Nacht kostet.« Ich vernahm ein metallisches Gleiten, als ein Degen gezogen wurde.

»Meine Federn – ruiniert. Mein Knöchel – er könnte gebrochen sein. Aber ich schwöre, ich habe ihn erwischt – er kann nicht weit sein –« Ich hörte ein Ächzen und das Trappeln von Hufen.

»Halt, Messieurs, Ihr seid verhaftet.«

»Ha, die Wache, – nein, Bogenschützen der Polizei. Gemach, gemach, wir sind es, die geschädigt wurden, ein Schurke hat uns hier überfallen –«

»Madame, wohin geht Ihr?« flüsterte Sylvie.

»Ich glaube, ich kenne den Mann.« Ich eilte die Treppe hinunter: Sylvie und Gilles folgten mir auf den Fersen.

Am Fuße der Treppe konnte ich durch die schwere Türe mühsames Atmen hören. Jemand verbarg sich im Torbogen, an die Pforte gelehnt. Ich hob den Riegel, und der Mann taumelte mir entgegen. Wortlos zog Gilles ihn vollends herein, und geschwind verriegelte ich mein Haus wieder.

»– Zerstörung der Straßenlaternen, das ist die Anklage, als ob Ihr das nicht gewußt hättet –« Der Streit auf der Straße wurde lauter.

»– Schurke, weißt du nicht, wer ich bin?«

»Wenn Ihr nicht mitkommt, könnt Ihr Euch die Köpfe lange Zeit in der Bastille abkühlen, das verspreche ich Euch –«

»Nun, Monsieur d'Urbec«, sagte ich, über die hingestreckte Gestalt gebeugt, »Ihr habt eine ungewöhnliche Stunde gewählt, um Blut auf meine Schwelle zu tragen.« Aus dem Dunkel zu meinen Füßen kam die bekannte Stimme.

»Meine Verletzungen haben sich eindeutig als tödlich erwiesen; denn den Toten begegnet man nur im Leben nach dem Tode, Geneviève Pasquier.«

Als die Edelmänner in Gewahrsam genommen wurden, hörte ich Sylvie sagen: »Morgen wird man sie laufenlassen, und sie werden wiederkommen.« Sie hatte ihren Kopf tief gesenkt, um besser mithören zu können.

»Genug davon, Sylvie. Rück nicht so nahe. Wenn du sicher bist, daß sie fort sind, wünsche ich, daß ihr eine verhüllte Laterne bringt und alle Blutflecken entfernt. Wenn sie morgen wiederkommen, darf keine Spur in dieses Haus führen.«

»Sehr wohl, Madame.«

»So, Monsieur d'Urbec, ich wußte, daß Ihr verletzt wart, als Ihr einen Stein gegen die Laterne warft. Ihr konntet also nicht weit kommen, und ich vermutete, daß ich Euch im Torbogen finden würde.«

»Ihr verfügtet stets über eine superbe Logik, Mademoiselle. Obwohl ich freilich nicht sicher sein konnte, daß Ihr mich erkannt hattet.« Er rappelte sich hoch.

»Könnt Ihr die Treppe ohne Hilfe hinaufsteigen?«

»Ich denke – vielleicht nein. Ich glaube, ich bin mit dem Kopf aufgeschlagen, als Ihr die Türe so jählings öffnetet.«

»Dann stützt Euch auf Gilles, und seid im Dunkeln vorsichtig auf den Stufen.«

Oben, im Lichte frisch angezündeter Kerzen, gab Gilles seine Meinung kund.

»Vertrackt, aber nichts Ernstes. Die Klinge ist sauber hineingegangen und auf der anderen Seite pfeilgerade herausgekommen. Die Rippe hat die wichtigen Teile geschützt. Ich habe Schlimmeres gesehen, als ich bei der Armee war. Wenn sich kein Brand einstellt, ist er im Nu wieder auf den Beinen.«

»Armee? In der Armee bist du auch gewesen, Gilles?«

»Aber gewiß, etliche Male«, antwortete er ruhig. »Bei den Grenadieren, den Musketieren, der Infanterie. Ich war überall dabei. Freilich jeweils nur ein paar Monate. Die Leute sind so schwerfällig. Und so knickerig mit der Anwerbungsprämie. Damit kann einer sich kaum einen Monat lang betrinken. Vaterlandsliebe sollte besser gewürdigt werden. Statt mir für meine Hingabe zu danken, schickten sie mich in die Seeluft zur Kur.«

D'Urbec hielt sich lachend die Seite. »Ihr könnt von Glück sagen, daß man Euch nicht erschossen hat, mein Freund. Das ist die neue Vorschrift für übermäßige Vaterlandsliebe Eurer Art.« D'Urbec gab vor, meinen Blick nicht zu bemerken, als Gilles ihm das Hemd aufschnitt und einen Verband um seine Rippen anlegte.

»Nicht so stramm«, klagte er. Er war viel dünner als früher. Er hatte sich eine Woche den Bart nicht geschoren; seine Backenknochen standen vor, und seine Augen dünkten mich tiefer eingesunken. Aber das Löwenprofil war dasselbe. Verflucht arrogant. Warum hielt er sich diesmal für so schlau, der Monsieur, für den das Leben ein Schachbrett war? Sein zynischer, bohrender Blick, mit dem er zu mir aufsah, brachte mir in Erinnerung, wie sehr er mich immer erzürnt hatte.

»Nur gut, daß Ihr, was mich betrifft, richtig vermutet habt, Monsieur d'Urbec, andernfalls würdet Ihr Euch bald abermals auf den Galeeren wiederfinden.«

Er blickte amüsiert und überaus herablassend drein, als sei ich ein Kind, dessen armseliges Bemühen, ihn in die Schranken zu weisen, er durchschaute. »Ich vermute nie, Mademoiselle. Ich berechne. Denkt es Euch als einen Beweis in der Geometrie.«

»Nun, wenn Ihr so gut berechnet, warum mußtet Ihr mich dann verfolgen?«

»Ah, jede wissenschaftliche Theorie bedarf der Prüfung. Und Ihr müßt zugeben, daß ein zu Grabe gelegter Leichnam nicht oft unter solch aufsehenerregenden Umständen wieder zum Leben erweckt wird.«

»Ihr – Ihr seid bei meinem Begräbnis gewesen?«

»Und was für ein schäbiges das war. Ihr wurdet im Leichentuch in ein Massengrab für Selbstmörder geworfen, und kaum einer sprach ein Gebet für Euch. Nur Eure Schwester war zugegen – mit einem recht fragwürdigen Priester.« Ich war unversehens gerührt. Warum hatte ausgerechnet er meinem Begräbnis beigewohnt?

»Madame – ich wußte, Ihr seid alt – aber seid Ihr auch – tot gewesen?« Sylvie schauderte.

»Oh, mausetot«, erwiderte ich. D'Urbec fixierte sie mit seinem kalten, zynischen Blick.

»Es geht nichts über die moderne Alchimie. Wir leben in einem Zeitalter der Mirakel«, verkündete er.

»Kein Wunder, daß Ihr Eure Vergangenheit verbergt – der Abbé, er muß ein mächtiger Totenbeschwörer gewesen sein.« Sylvie war überwältigt.

»Nein, alles was recht ist, es war Madame, die mich ins Leben zurückgeholt hat, aber ich möchte nicht darüber sprechen.«

»Madame«, flüsterte Sylvie, die Augen im Kerzenschein geweitet. Die Pupillen waren riesig, und schwarz wie die Nacht. Dann senkte sie die Lider und neigte den Kopf nachdenklich zur Seite.

»Sagt, ist es schmerzhaft, tot zu sein?«

»Nicht im mindesten, wenn das Sterben erst vollbracht ist – nein, das Schwierige ist die Auferstehung. Und die moderigen Totengewänder haben einen so widerwärtigen Geruch.«

D'Urbecs Augen glitzerten, und ein Mundwinkel hob sich. Doch selbst in dem trüben Licht schien er mir bleicher zu werden.

»Monsieur d'Urbec, ist Euch wirklich ganz wohl?« erlaubte ich mir zu fragen. Er zog die Schultern hoch, als wolle er sagen, was habt Ihr erwartet? Das ist die überflüssigste Frage, die ich je gehört habe.

»Das Ergötzen, den beiden Ausgeburten der Aristokratie eins ausgewischt zu haben, ist verblaßt, Athena, und ich fühle die Schmerzen stärker. Sagt, habt Ihr hier Platz für die Nacht?«

»Ich habe noch etwas Besseres, Monsieur d'Urbec. Ein Labsal, das Euch sogleich von den Schmerzen befreien wird.« Ich nahm das Fläschchen von meiner Nachtkonsole, und er trank aus dem Arzneiglas, das ich ihm reichte.

»Ah, das Zeug ist wunderbar«, sagte er, indes er das Glas ansah, als verwandele es sich in eine Schlange. »Mir ist ganz verschwommen im Kopf, und die Wände des Zimmers leuchten. Ich nehme an, es läßt auch die Untoten genesen?« Ich sah ihn fest an, aber er hatte die Augen geschlossen und sackte langsam auf dem Stuhl zusammen. Ich hatte es mit dem Labsal wohl übertrieben. Im Schlaf nahm d'Urbecs Antlitz einen Ausdruck tiefer Melancholie an. Plötzlich empfand ich törichterweise Mitleid mit ihm.

»Gilles –?« Mehr brauchte ich nicht zu sagen.

»Für einen Galeerenkameraden, ja. An Bord der *La Superbe* war unser Quartier auch nicht enger.« Er hob den schlaffen Körper auf und legte ihn in seine eigene schmale Bettstatt, mit den Füßen ans Kopfende, damit noch Platz für ihn selbst blieb. Indem er die Gestalt im Bett betrachtete, bemerkte er: »Euer Labsal hat ihn gefällt wie einen Ochsen. Ihr müßt aus Eisen sein, Madame, daß Ihr an einem Tag so viel davon vertragt.«

»Ganz recht, Gilles. Die Untoten sind in dieser Hinsicht kräftiger als die Lebenden.« Er warf mir einen durchtriebenen Blick zu, dann musterte er mit einem merkwürdigen Ausdruck Sylvies ehrfurchtsvolles Gesicht und wünschte mir gute Nacht.

»Madame, fehlt Euch etwas, daß Ihr noch aufsitzt?« Sylvies Stimme schwebte aus dem Dunkel aus ihrem kleinen Rollbett am Fuße meiner ausladenden, mit Vorhängen versehenen Bettstatt. Ich blickte in die Kerzenflamme im silbernen Leuchter auf der Nachtkonsole. Eine unendliche Schwärze dehnte sich von den dunklen Schatten der Bettvorhänge in das Universum. Wie winzig der Kreis war, den das Licht in dieser unermeßlichen Finsternis bildete. Eine tastende Ranke, strahlend und zart wie die Hoffnung.

»Mein Herz klopft zu stark, Sylvie. Ich fühle, wie es hüpft und hämmert. Ich brauche mehr Labsal.«

»Ihr braucht nichts mehr. Ihr dürft es nicht nehmen.«

»Aber ich will es. Wer ist hier die Gebieterin?«

»Ihr, Madame.« Dann fügte sie heiter hinzu, wie um ein Kind oder eine senile alte Frau abzulenken: »Aber wißt Ihr – bei allem, was sich heute abend zugetragen hat, habt Ihr vergessen, in Eure

Rechnungsbücher zu schreiben. Ihr tut es sonst immer – das sollte Euch schläfrig machen. Wenn ich Rechnungen machen würde, ich wäre ausgepustet wie eine Kerze.« Wieder eine Kerze. Warum zündeten wir sie an, wenn die Dunkelheit immerwährend ist und wir ohnehin schlafen müssen? Es raschelte, als Sylvie aufstand und im Zimmer kramte.

»Hier Madame. Eure Schatulle und Euer Beutel mit dem Schlüssel. Eure Rechnungsbücher – Ihr habt noch nie einen Tag ausgelassen.«

»Nun gut, ich nehme sie mir vor.« Seufzend leerte ich meinen Beutel auf das Bett, um den Schlüssel zu finden, den ich nie aus der Hand gab. Ich hörte Sylvies Atem regelmäßig gehen. Sie hatte es gut. Sie könnte überall schlafen, jederzeit. Sie hatte kein Gewissen. Sie hatte keine Sorgen. Ich fand die Schnur des Schlüssels mit den Büchlein verheddert, die ich an diesem Nachmittag gekauft hatte. Das Wort »Cato« auf einem Buchrücken fiel mir ins Auge. Wahrhaftig. Ich hatte nicht das Werk eines Römers, sondern die Ergüsse von Griffons heimlicher Druckerpresse erworben. »Betrachtungen zur Gesundheit des Staatskörpers« in einer neuen Auflage. Also hatten sie die Druckformen nicht zerschlagen. Ich nahm »Parnasse Satyrique«, angeblich in Rotterdam gedruckt, zur Hand. Dieselben abgebrochenen E und schiefen F. Griffons billige Typen waren nicht zu verkennen. Ich entfaltete die Flugschrift. Ja, wieder dieselben Typen. Griffon war nach wie vor im Geschäft, und d'Urbec schrieb für ihn. *Libelles,* weil sie sich besser verkaufen, dachte ich. Niemand will etwas über die Gesundheit des Staatskörpers wissen. Alle wollen etwas über das Liebesleben der Aristokraten wissen, insbesondere, wenn es pervers ist. Meine Gedanken kehrten an den Ort zurück, an dem ich die Bücher erworben hatte. Er war dagewesen, hatte auf die Kiste achtgegeben, bereit, sich schleunigst zurückzuziehen. Keine Hoffnung für ihn, wenn er ein zweites Mal erwischt würde. Diese Schriften würden ihn an den Galgen bringen. Ich hatte meinen Schleier gelüftet, und er hatte mich erkannt und war mir gefolgt. Warum? D'Urbec handelte nie spontan. Und er war zu meinem Begräbnis gegangen. Mein eigener Bruder hatte sich nicht die Mühe gemacht. Der ehrbare Monsieur, der aufstrebende Advokat. Mein Bruder würde sich nicht beschmutzen, indem er dem Begräbnis einer Selbstmörderin beiwohnte. War d'Urbec damals schon *libelliste* geworden? Sein Interesse mußte von professioneller Art sein. Ja, das war es. Wie dumm, Geneviève. Du weißt nicht einmal, wann dein eigenes Begräbnis war. Ob er geweint hatte, fragte ich mich plötzlich. Warum schien es mir so wichtig, das zu wissen? Nein, ich konnte mir d'Urbec nicht weinend vorstellen. Er hatte sich vermutlich Notizen gemacht, kalt wie ein Uhrwerk. Wie dumm du bist, Geneviève. Offenbar sieht er Lamotte gar nicht mehr. Lamotte war jetzt elegant, zu elegant, um sich mit einem *libelliste* sehen zu lassen, einem ehemaligen Sträfling, wenn auch einem begnadigten. Lamotte war der Liebling reicher Frauen und las in den Salons. Ich konnte ihn mir vorstellen, wie er in den Gemächern einer feinen Dame Wein trank, über ihre Scherze lachte, ihren Freundinnen schmeichelte. Schöner, bezaubernder Lamotte. Auf ewig unerreichbar für mich.

Manchmal überlistest du dich selbst, Geneviève. Du bist Lamotte nie nähergekommen. Und nun hast du diesen berechnenden d'Urbec in deinem Hause statt des prachtvollen Kavaliers. Und was noch schlimmer ist, du hast ein zu schlechtes Gewissen, um ihn hinauszuwerfen. Und das weiß er auch. O verflucht, verflucht. Er hat die Geschichte ausgeheckt. Und soviel du weißt, plante er eine neue *libelle*. Ich sah sie vor mir, als hätte ich sie schon von Griffon erworben. Klobige Typen mit schlechten E, ein widerwärtiger Holzschnitt mit Schlangen und Totenschädeln. »Die Geheimnisse der infamen Wahrsagerin aufgedeckt, der Marquise de Morville; höllische Greuel in der Rue de Charlot.« Er wird morgen aufstehen und verschwinden und geradewegs zum Drucker gehen. Das hast du davon, daß du Türen öffnest, Geneviève. Es tat mir weh, überlistet worden zu sein. Noch dazu von einem Mann.

Die Kerze brannte herunter. Ich schenkte mir ein wenig Labsal ein, und während ich wartete, daß die warme Strömung meinen Körper durchrieselte, nahm ich die Flugschrift über Madame de Brinvilliers zur Hand. Die Druckerschwärze war verschmiert, so daß sich der Holzschnitt von der Hinrichtung, der Samson beim Schwingen des Schwertes zeigte, verdoppelt hatte. Zwei Samsons, zwei kniende Frauen. Das abgebildete Schafott schwebte ohne Stützen, weil die berittenen Wächter, die es umringten, so leichter hineinzuschnitzen waren. Eine Hinrichtung und ihre gespenstische Verkehrung. Wirklichkeit und Traum, von Angesicht zu Angesicht. Ah, das mußte das Labsal sein. Die holperigen

Verse unter der Illustration waren kaum lesbar. »– aus unersättlicher Gier nach Gold, den Gatten vergiftet, dem Bruder und Vater hold –« dazu Schwägerinnen und die eigene Tochter, ebenso holperig gereimt. Gewiß nicht d'Urbecs Elaborat; einen so schlechten Vers konnte er nicht hervorbringen. Die Marquise hatte einen Liebhaber, einen Alchimisten namens Saint-Croix, der sie mit allerlei interessanten Giften versorgte. Dieser Saint-Croix mußte ein furchtloser Bursche gewesen sein – eine Frau ehelichen zu wollen, obzwar man weiß, daß sie reich wurde, weil sie Arsenik in die Suppe träufelte.

Eine Vision schwebte mir durch den Kopf. Geiger in Livree spielen beim Souper auf. Die Marquise, klein, zierlich, in gelber Seide, an den Schultern tief ausgeschnitten, beugt sich über den Tisch, um Saint-Croix etwas Zärtliches zuzuflüstern. Er prunkt in blauer Seide und Spitze, und eine riesige gelockte Hofperücke läßt seine Züge schmal und edel erscheinen.

»Noch ein wenig Wein, Liebster?« Ein zierlicher kleiner Finger gibt dem Bediensteten am Buffet ein Zeichen. Mit eigenen Händen reicht sie Saint-Croix den gefüllten Kelch.

»Mich dünkt, es sind Korkstückchen darin – trinkt ein Schlückchen ab und kostet selbst.« Mit einem Blick voller Liebe gibt Saint-Croix ihr den ziselierten silbernen Trinkbecher zurück.

»Ah, aber ich fühle mich ein wenig matt. Die Freude über die Vermählung, Ihr versteht. Ich muß zuerst meine Tropfen nehmen, mein Liebster.« Eine schmale weiße Hand tastet nach der versteckten Phiole mit dem Gegengift.

»Seltsam, auch ich fühle mich matt. Es muß die Hitze in diesem Zimmer sein. Lakai, öffne das Fenster.« Seine spitzengeschmückte Hand greift in eine Innentasche.

Hoho, Großmutter, wie gerne würde ich Euch dies erzählen. Ich würde lauthals lachen, wenn ich Euer Gekicher vernähme, während ich die Stimmen für Euch nachahmte. Und dann würde auch Euer Vogel kichern, genau wie Ihr, und auf und ab hüpfend kreischen: »Hölle und Verdammnis! Feuer und Schwefel!« Und Ihr: »Habe ich es dir nicht gesagt, Geneviève? Nur die Tückischen werden heutzutage reich. Es ist nicht wie in alten Zeiten, als es noch Helden gab. Hast du in der Offenbarung von der Verdammnis gelesen?« Und sie würde ihre Bibel von der Nachtkonsole nehmen, um über das Höllenfeuer zu lesen.

Aber der Papagei hatte geschrien: »Trinkt, trinkt!«

Plötzlich war mir kalt. Im Geiste sah ich es deutlich vor mir. Den Gedanken, den zu denken ich mir nicht gestattet hatte. Das rollende Likörglas. Der Herzanfall. Der nachplappernde Papagei hatte jemanden schreien hören: »Trinkt, trinkt!« Jemanden, der Großmutter für eine taube alte Närrin hielt. Jemanden in verzweifelter Hast, der Großmutters störrischen, fest zusammengepreßten Kiefer aufstemmte, um ihr den Inhalt des Likörglases die Kehle hinabzuschütten, indes die alte Dame sich vergeblich sträubte. Jemanden, der einer verbissen geballten Faust einen an den Polizeipräfekten gerichteten Brief entriß. Jemanden, der wußte, daß die Kutsche unten wartete, der meinen Schritt auf der Treppe hörte und mit rauschenden Taftunterröcken davoneilte. Großmutter mit den gescheiten Augen und dem runzligen Antlitz, Großmutter, bettlägerig zwischen ihren *libelles*, Flugschriften und Hofjournalen, sie hatte entdeckt, was allen anderen entgangen war. Vaters Krankheit war keine Krankheit. Und ihr eigener Tod war der Beweis. Mein Verstand floh vor dem Gedanken. Doch das Bild vom Sterbezimmer, in dem der Papagei wild von der Vorhangstange auf den Baldachin des Bettes flatterte, stand wie ein wahnwitziger Traum vor meinen Augen. Wie viele kleine Phiolen mit weißem Arsenik, mit Nieswurz, Eisenhut mit *mort aux rats* verwahrte Mutter zwischen Rougetiegeln und Schönheitspülverchen im Schränkchen ihres Schlafgemachs? Halt ein, halt ein. Vernünftiges Denken muß von Logik bestimmt sein. Aber dann blieb der Logik nur eine einzige Frage zu lösen: Hatte Mutter ihren Bruder bewogen, ihr das Gift zu besorgen, oder hatte sie es sich eigenhändig in der Rue Beauregard geholt?

»Vater, ich habe Euch im Stich gelassen«, flüsterte ich in die Dunkelheit. Als ich aber nach der Flasche mit dem widerlichen süßen Sirup tastete, konnte ich das Gelächter der Schattenkönigin hören. Sarkastisch, spöttisch kam es mir aus dem Dunkel entgegen wie dämonische Musik, so daß sich meine Nackenhaare sträubten. Ich saß vollkommen still. Etwas Seltsames geschah in meinem Innern. Ein schmerzhaftes Winden, als würde ein Ungeheuer geboren. Dann erkannte ich es. Es war Zorn. Purer Zorn. Eine rote Flutwelle aus geschmolzenem Eisen. Unendlich wie ein Ozean. Wie das Universum. Ich stellte die Flasche ungeöffnet zurück.

Kapitel XVII

»Madame.« Sylvies Flüstern weckte mich. Es dämmerte. »Wir haben das Blut von der Schwelle gewaschen. Die Spur führt von der Mitte der Straße bis zur Ecke. Es sieht aus, als sei er dorthin gegangen.«

»Sehr gut, Sylvie. Wir mieten eine Sänfte und schicken ihn heute nachmittag zu seinen Leuten, und dann kann er uns nicht mehr schaden.« Mein Kopf begann zu schmerzen, und der Magen tat mir weh.

»Das ist schlau – sollen sie den Wundarzt rufen und sich in Gefahr bringen. Hoffen wir, daß die Polizei nicht auf die Herren hört, die sie festgenommen hat, und keine Hausdurchsuchungen in der Nachbarschaft vornimmt. Sonst werden wir bestimmt verhaftet, weil wir einen Flüchtling beherbergt haben.«

»Leider nimmt La Reynie seine neuen Straßenlaternen so ernst«, bemerkte ich seufzend. »Aber täte er es nicht, wären die Straßen, ehe der Mond aufgeht, schwarz wie Pech.«

Ich saß angekleidet im Salon, in Erwartung meiner ersten Klientel, als es klopfte. Es war kein gewöhnliches Klopfen. Über mir hörte ich Getrippel, und da wußte ich, daß sie oben aus dem Fenster etwas gesehen hatten. Es klopfte abermals. »Aufmachen, Polizei«, befahl eine Stimme. Als hätte ich es nicht von Anfang an gewußt.

»Mustafa, öffne ihnen, aber langsam.« Ich setzte mich am Tisch hinter meinem Glas in Positur und verhüllte mich mit meinem Schleier. Mustafa, prächtig anzuschauen in einem mit Federn geschmückten Turban, in bestickten türkischen Pluderhosen und purpurroten Pantoffeln mit aufgebogenen Spitzen, entriegelte die Türe.

»Tretet ein«, rief ich mit kühler, unbeteiligter Stimme, indes Mustafa sich vor ihnen verneigte. Einen Augenblick waren sie verblüfft. Gut, dachte ich. Jede Sekunde Verzögerung ist eine gewonnene Sekunde.

»Eine Wahrsagerin – er muß in diesem Hause sein«, flüsterte einer der Männer dem Hauptmann in roten Strümpfen zu.

»Ich bin Marquise de Morville, und dies ist mein Haus. Ihr seid willkommen, doch bitte ich Euch, sagt mir zuerst, was ist

Euer Begehr?« Die Kühle, die Förmlichkeit, die Furchtlosigkeit ließen sie zögern. Meine Knie zitterten. Nur gut, daß ich saß.

»Eine Marquise – sollten wir nicht –?«

»Jedes Haus. Desgrez' Befehl.«

»Wir suchen einen Flüchtigen. Gestern nacht gab es eine Ruhestörung – ein dritter Mann –«

»Wie bedauerlich, daß ich nichts gehört habe. Aber es ist meine Gewohnheit, jeden Abend um acht Uhr einen starken Schlaftrunk zu mir zu nehmen.«

»Merkwürdig, wie viele Bewohner dieses Viertels um acht Uhr einen starken Schlaftrunk zu sich nehmen. Würdet Ihr die Güte besitzen, den Schleier zu lüften, auf daß wir Eure Identität feststellen können?«

»Gewiß, Messieurs.« Die schmeichelhafte Anrede, mit der ich sie bedachte, die eigenartige Umgebung, der türkische Zwerg, das theatralische Lüften des Schleiers, das alles versetzte sie in Erstaunen. Ich hörte, wie sie beim Anblick meines weißen, leichenhaften Antlitzes Luft holten. Die Befriedigung bewahrte mein Herz davor, so laut zu klopfen, daß es meine Schreckensangst offenbarte.

»Wenn ich Euch recht verstehe, wünscht Ihr mein Haus zu durchsuchen? Ich bin Euch dankbar für Euren Schutz, Messieurs, da ich eine alleinstehende Frau bin. Allein, jahrhundertelang. Ein Missetäter könnte sich durch meinen Keller hereingeschlichen haben. Ihr aber, Ihr werdet mich vor Gefahr behüten.«

Sie sahen einander an und nickten, dann traten sie näher. Ich übergab ihnen den Schlüssel für den Keller aus dem Täschchen an meiner Taille. Sie entfernten sich durch die schmale Seitenpforte, und ich hörte das Aufstoßen der Kellertüre und die Schritte auf der engen Stiege, die in das staubige steinerne Gewölbe unter dem Haus führte.

»Mustafa, hinauf, geschwind. Ich versuche hier, sie weiter aufzuhalten.« Mustafa nickte und ging geschmeidig und leise die Treppe hinauf. Ich erhob mich langsam und atmete tief ein. Mir war schwindelig. Mein Magen brannte. Ein kalter Schauder ließ mich zittern. Ich blickte zu Boden. Da, im roten Muster des türkischen Teppichs, sah ich es. Ein Spritzer getrockneten Blutes und verräterische Tropfen, die in einer kleinen Spur zwischen den karmesinroten Ranken und Blättern zur Treppe führten. Dort endeten sie, säuberlich vom Fußboden gewischt. O vermaledeit! Ich stellte mich kühl und aufrecht über die sichtbarsten der verräterischen Flecken, den Schleier zurückgeschlagen, die zitternden Knie von meinem hohen Stock gestützt. Mein Gesicht war eine gleichmütige weiße Maske.

»Nun, Messieurs? Habt Ihr mich und dieses friedliche Viertel gerettet?« Der Hauptmann wischte Spinnweben von seiner Manschette und bedachte mich mit einem strengen Blick.

»Nach oben«, befahl er barsch. Ich folgte langsam, den Fleck erst verlassend, als alle weit voraus waren.

»Tretet ein, Messieurs, hier gibt es keine Geheimnisse.« Sylvie knickste ehrerbietig. Ich war froh, daß wir nicht in gemieteten Räumen wohnten. Das Haus einer Marquise, auch einer falschen, wird mit mehr Respekt durchsucht. Sie stießen im Schrank mit einem blanken Degen zwischen die Kleider. Sie öffneten die Truhe im Schlafgemach und fanden nur gefaltete Dekken. Sie zogen Sylvies Rollbett unter dem Fußende der Bettstatt hervor und suchten zwischen den Bettvorhängen.

»Was sehe ich da unter dem Bett?«

»Noch eine Truhe mit Decken, Messieurs. Wenn Ihr wünscht, heiße ich Gilles sie für Euch hervorziehen.« Sylvies Augen waren rund und unschuldig. Der Hauptmann stieß mit seinem Schwert gegen die Truhe. Dann winkte er ab, als lohne es der Mühe nicht.

»Seht her – die Bedientenkammer –« Unruhe entstand, als einer der Männer einen Kübel mit blutigen Lumpen unter Gilles' Bett hervorzog. Sylvie kam hinzu und errötete bis an die Wurzeln ihrer verwegen hennaroten Haare.

»Meine Monats... Madame hat mir keine Zeit für die Wäsche gelassen –« Der Mann ließ den Kübel angewidert fallen.

»Hier ist nichts – versuchen wir es mit dem Haus an der Ecke –«

»Ich danke Euch für Eure Rücksichtnahme, Messieurs. Ihr seid äußerst umsichtig mit meinem Porzellan und meinen Möbeln umgegangen.« Der Hauptmann ließ meine Geldzuwendung überaus geschickt verschwinden. Ich begleitete die Männer hinunter. Auf dem blutigen Fleck vor der Treppe stehend, verabschiedete ich sie.

Als die Türe sich hinter ihnen schloß, zitterte ich am ganzen Leibe. Schmerzen fuhren durch meine Knochen, mir war sterbensübel.

»Madame, sie sind fort, Ihr braucht Euch nicht –«

»Mir ist übel, Sylvie – sieh, ich zittere – bringe eine Schüssel.« Schaudernd erbrach ich mich, und sie trugen mich hinauf.

»Wo ist er?« flüsterte ich zwischen Zuckungen.

»Unter dem Bett, er hockt in der Deckentruhe.«

»Mein Gott, holt ihn heraus, ihr habt ihn getötet.«

»Kaum, Madame. Aber er ist geknebelt, er hat so gestöhnt. Er hat das Opium zurückgewiesen, um nicht im Schlaf aufzuschreien. Eine tapfere Seele, Madame. Ich sehe jetzt, warum er einer Frau wie Euch gefällt. Ich finde ihn auch recht liebenswert –«

»Laß das Geschwätz – Herrgott, das Labsal. Gib es mir, gib es mir jetzt – und holt den Mann unter meinem Bett hervor.« Ich trank gleich aus der Flasche, so wie ein Trunkenbold den Kopf unter den Zapfhahn eines Weinfasses hält. Als das Feuer in meinem Innern verging, wußte ich endgültig, daß das Labsal mich mit seinen Klauen umfangen hielt. Ich konnte nicht leben ohne La Trianons Arznei; ich konnte nicht leben ohne La Voisins philanthropische Gesellschaft. Logik. Ich war so fest in der Macht der Schattenkönigin wie La Montespan oder meine Mutter mit ihren ohnmächtigen, habgierigen Träumen, und ich hörte ihr Lachen, als wäre sie hier im Zimmer. »Kleine Marquise, warum braucht ein kluges Mädchen wie du so lange, um zu erkennen, wie es um sie steht?« Ich fühlte mich wie eine ertrinkende Ratte, die ans Ufer des Flusses gespült wird. Geschwächt von den Schmerzen, die nun nachließen, geschwächt von dem Wissen, wie es um mich stand. Gilles hatte die Truhe hervorgezogen und entriegelte sie. Gemeinsam mit Mustafa richtete er die abgezehrte Gestalt in der offenen Truhe auf.

»Alle Wetter«, flüsterte d'Urbec, als sie ihm mein zweitbestes Schnupftuch aus dem Mund zogen. »Dies ist wahrlich eine neue Art, in das Schlafgemach einer Frau einzutreten. Doch ich fürchte, die Qualität meiner Unterhaltung wird die unsterbliche Reputation des Palais Rambouillet nicht in den Schatten stellen. O verflucht. Ich sehe, Ihr habt die Flasche mit der Arznei geleert, Athena.«

»Madame ist plötzlich übel geworden«, sagte Sylvie verächtlich. D'Urbec saß durchaus munter da, aber er hielt sich mit beiden Händen die Seite, wo die Wunde unter den Bandagen wieder aufgeplatzt war. Das Blut drang zwischen seinen Fingern hervor, und sein Gesicht war grau geworden. Doch seine Augen waren noch auf mich gerichtet.

»Ihr habt heute morgen Eure übliche Dosis ausgelassen, nicht wahr?«

»Das ist nicht Eure Sache, d'Urbec.« Ich hob den Kopf vom Kissen und funkelte ihn an. Aber mein Gesicht war von Tränen und verschmiertem weißem Puder verklebt, und ich machte gewiß keinen grimmigen Eindruck. Wann würde ich jemals lernen, etwas richtig zu machen? »Sylvie, hole ihm den Branntwein. Und sieh zu, daß er die Truhe nicht so beschmutzt.« Meine Haarnadeln und mein Schleier waren auf dem Bett verstreut, mein Kleid war halb aufgeknöpft, ich war von den Stangen des Stahlkorsetts befreit. In meinem Mund war ein bitterer Geschmack. Ich machte mich vor einem Fremden lächerlich. Und nicht einfach vor irgendeinem Fremden. Vor einem verfluchten *libelliste*.

»Wenn Ihr über dies alles schreibt, d'Urbec, ich schwöre, ich werde Euch töten.«

»Das wäre kaum die rechte Art von mir, Euch zu entgelten, daß Ihr mir Gastfreundschaft erwiesen habt«, erwiderte er mit leiser Stimme. »Ihr müßt mir zugestehen zu wissen, was sich ziemt, wenngleich ich mich in meinem gegenwärtigen Zustand der – hm, Geldverlegenheit auf das Schreiben von *libelles* verlegt habe. Außerdem«, fügte er hinzu, »bin ich nicht in der Verfassung, mich aus Eurer Truhe zu erheben, geschweige denn zur Druckerei zu laufen. Und Ihr müßt den Tatsachen ins Auge sehen, Athena. Die Nachbarn beobachten das Haus. Jeden Gast und jede Kutsche. Ein Besuch der Polizei erregt stets nachbarliches Interesse. Bis ich imstande bin, im Dunkeln hier herauszuspazieren, habt Ihr einen unwillkommenen Hausgast.«

»D'Urbec, Ihr habt es so geplant«, seufzte ich, indes sie ihn aus der Truhe hoben. Ich wies Sylvie an, mittels Madames Netzwerk im Schutze der Dunkelheit eine Matratze und Arzneien durch den Hintereingang ins Haus schaffen zu lassen.

»Geplant, aber wie immer übertrieben«, glaubte ich ihn flüstern zu hören, als sie ihn in die Bedientenkammer trugen.

»So, Mademoiselle, endlich ist es geschehen. Ich nehme an, das erklärt deine verminderten Einkünfte. Vermutlich kaufst du ihm insgeheim Geschenke.« Die Schattenkönigin rutschte in ihrem großen Lehnstuhl hin und her. Das fahle Morgenlicht fiel durch das kleine Fenster ihres Kabinetts. Ich hörte das Klappern von Töpfen und Pfannen und von irgendwoher das Geschrei eines

Kindes. La Voisin war noch nicht für den Tag angekleidet. Der Turban auf ihrem Haar und der Morgenrock aus gefärbtem indischem Kattun verliehen ihr ein exotisches Flair. Ihr großer grauer Kater sprang auf die Lehne ihres Stuhles und kletterte dann waghalsig auf ihre Schulter. Als sie ihn fortstieß, sah ich, daß ihre Figur ohne Korsett beträchtlich in die Breite gegangen war. Aber ihre schwarzen Augen waren noch immer scharf wie zwei Bohrer.

»Von endlich kann kaum die Rede sein, da er nicht mein Liebhaber ist, und bislang habe ich ihm nichts gegeben als Nahrung und Arzneien. Ich kann ihn schlecht hinauswerfen. Ich versichere Euch, er bringt mich nur dann nicht in Wut, wenn er schläft. Das Haus ist zu klein für ein zusätzliches Mundwerk. Vor allem eines, das soviel redet wie das seine.«

»Und jetzt suchst du mich zu täuschen, indem du ihn anprangerst. Glaube nicht, daß ich so dumm bin, mich in die Irre führen zu lassen. Zuerst Marie-Marguerite, und jetzt du. Wenigstens habe ich ihr zu etwas Einträglicherem verholfen als einem Zukkerbäcker. Ihr neuer Zauberkünstler gibt mir Hoffnung für die Zukunft. Aber den Geringsten der Geringen bei dir einziehen zu lassen – ein *libelliste*, ein Galeerensträfling! Nun gut, amüsiere dich, aber versuche nicht, mir die Unkosten für ihn unterzuschieben.« La Voisin schlug ihr großes Hauptbuch krachend zu. »Und wenn du schwanger wirst«, setzte sie hinzu, »gilt meine Standardgebühr. Dieser d'Urbec mißfällt mir, aber ich nehme an, ich muß warten, bis er dich langweilt.«

Mir war wohl bewußt, daß sich hinter dieser Fassade der Duldsamkeit die Angst vor der Polizei verbarg. Ein ungeprüfter Fremdling war in ihr Netzwerk gestolpert. Wenn ich wütend auf sie würde und die Liebe mich alle Vorsicht vergessen ließe, wenn die Nachbarn ihn sähen – alles könnte zum Folterknecht der Polizei und zur Aufdeckung ihres geheimen Königreiches führen. Aber sie war eine Katze, die gelernt hatte, auf Eiern zu gehen. Ich konnte nicht umhin, ihre brillante Zurückhaltung zu bewundern, ihr gekünsteltes Lächeln, ihren kleinen Wutausbruch, ihre Zurschaustellung mütterlicher Nachsicht. Geneviève Pasquier würde in ihrer Macht bleiben. Ich sah auf die Schränke in ihrem Kabinett, wo sich hinter verschlossenen Türen die Borde mit säuberlich etikettierten Giften verbargen. Jetzt war nicht die Zeit. Zunächst mußte d'Urbec mit ihrer Hilfe heil und gesund entlassen werden. Dann wollte ich mich dem neuen Kampf zuwenden.

Später, nicht jetzt. Sie verstand zu warten. Jetzt wollte auch ich es lernen. Lächle, Geneviève, sie darf nicht ahnen, was du weißt.

»Sein Zustand hat sich in den letzten beiden Tagen verschlechtert. Gilles sagt, wir brauchen einen Wundarzt. Ist einer unter uns –?«

»Etliche. Laß mich überlegen – Dubois, nein. Chauvet, ich denke, der wäre der Beste. Die meisten von uns verstehen sich eher darauf, das Dasein der Menschen auf dieser Welt abzukürzen, nicht zu verlängern, und es wäre äußerst schwierig, sich eines Leichnams in deinem Hause zu entledigen. Dein Garten ist zu klein, die Nachbarn können hineinsehen. Wenn du ihn im Keller vergräbst, kommen die Fliegen in den Empfangssalon hinauf, und das erregt stets Verdacht. Nein, Chauvet. Es ist besser, wenn dieser d'Urbec genest und dich um einer anderen Frau willen verläßt.«

Als ich nach Hause kam, fand ich alles in Aufruhr vor. »Laß das Abendessen von auswärts holen, Sylvie, ich sehe, du hast nichts getan«, fauchte ich, noch wütend über meine wöchentliche Unterredung.

»Das ist kaum *meine* Schuld, Madame. Ich bin nicht dazu geschaffen, Krankenschwester und Hausmagd zugleich zu sein. Eure Halskrausen sind nicht gestärkt, Eure Leintücher sind nicht gefaltet, und er verlangt unentwegt nach Wasser, seit er so fiebert. Was fangen wir an, wenn er hier stirbt? Wir können es nicht einmal wagen, den Leichnam fortzuschaffen.«

»Madame schickt uns einen verläßlichen Wundarzt«, sagte ich mit einem matten Seufzer. »Er kommt heute abend, wenn ich vom Empfang bei Madame Maréchale zurück bin.« Ich setzte mich still auf den kleinen Stuhl vor meinen Toilettentisch und stärkte mich mit einen Löffel Labsal aus dem grünen Fläschchen in der Schublade. Wie sollte ich es jemals aufgeben, um mich mit La Voisin zu messen und zu siegen? Es aufgeben? flüsterte mein Verstand, als ich mich wieder ganz wohlig fühlte. Es ist wundervoll. Vielleicht solltest du noch etwas warten. Zuerst siegen, und es hernach aufgeben. Ich nahm noch einen Löffelvoll, ohne zu dem verhüllten Spiegel über dem Toilettentisch aufzublicken. Ich war mir meiner Kräfte sicher. Allemal sicher genug für eine Schar Amateurastrologinnen mit einer Vorliebe für Wahrsagerei.

Der Wundarzt kam, als die Theatervorstellungen beendet waren. Er hatte sich als Stutzer gekleidet, sein Gehilfe trug die Livree eines Leibdieners. Eine vollendete Maskierung. Er sah aus wie ein Klient. Oben legte er seinen Rock und sein Rüschenhemd ab und band sich eine große Schürze um. Er besah sich die abgezehrte, halb bewußtlose Gestalt auf der Matratze und stocherte in der Wunde, bis d'Urbec schrie.

»Hab' ich's mir doch gedacht«, erklärte er. »Ein Dummkopf hat die Wunde zu stramm verbunden. Sie hat sich auf der Oberfläche geschlossen, bevor sie von innen getrocknet ist.« Er brachte die Kerze näher heran und stocherte erneut. »Sie muß geöffnet werden, damit der Abszeß abfließen kann. Diese Wunden von illegalen Duellen – immer dieselbe Geschichte«, sagte er verächtlich. Dann sah er sich um. »Hat Eure Küche einen Tisch, der groß genug ist, daß ein Mann darauf liegen kann, Madame?«

»Ich denke ja, Monsieur.«

»Gut. Wir operieren sofort. Es gibt Wundärzte, die bei solchen Leiden Aderlässe vornehmen, aber ich glaube, das ließe den Abszeß zum Herzen hin abfließen. Und das würde den Kranken in Blitzesschnelle töten. Aderlässe – die Methode dieses gefährlichen Quacksalbers Fagon, Leibarzt des Königs. Ich beging den Fehler, mich dagegen auszusprechen, und muß mich aus diesem Grunde auf illegale Operationen zu später Stunde beschränken. Meine Laufbahn bei der Armee – aus und vorbei. Ich bin für die Profession gestorben, Madame. Man darf die Macht der Professionsbruderschaft nicht unterschätzen, Madame.« Oder der Schwesternschaft, dachte ich. In manchen Dingen sind wir uns gleich.

Er ging mit einem Schwall von Anweisungen hinunter. »Mehr Kerzen, und sputet Euch. Facht das Feuer an, ich will es heiß haben dort drinnen. Dichtet die Fenster ab, die Nachbarn sind zu nahe. Ans Werk, ich habe der alten Hexe in der Rue Beauregard versprochen, ihn nicht zu töten.«

»Athena, Athena, hört mir zu.« D'Urbecs Stimme klang dringlich. Ich beugte mich nahe zu ihm hin. »Begrabt mich nicht in Eurem gottverfluchten Hinterhof, hört Ihr? Laßt meine Asche zu den Meinen nach Hause schaffen. Sie haben immer gesagt, mir gebreche es an Schicklichkeit. Ich möchte etwas Anständiges tun, nur dieses eine Mal.«

»D'Urbec, ich schwöre es. Bei Eurem Vater, bei meinem.«

»Und noch etwas, Athena. Jetzt, da ich hier liege, ist mir klargeworden, daß ich Euch Dank schulde. Vater erzählte mir von einer Wahrsagerin mit Namen Marquise de Morville, die ihm geraten hat, wie er seine Bittschrift an den König bringen konnte. Sie habe nicht einmal Bestechungsgeld verlangt. Da hätte ich es ahnen müssen. Aber erst als ich Euch ohne den lächerlichen schwarzen Schleier sah, erkannte ich, welch kleines Biest den Brief geschrieben hatte, worin sie einen Kerl anschwärzte, der sie ihrer Löffel und ihrer Jungfräulichkeit beraubt hatte.«

»Es war nichts, d'Urbec.«

»Nennt mich Florent, bitte. Das ist nur billig und recht. Ruder Numero sieben auf der *Superbe*. Wenigstens sterbe ich nicht dort. Auch wenn Onkel mich enterbt hat. Die Bastille, die ist respektabel, sagte er. In der Bastille kann man Leuten aus den allerbesten Familien begegnen. Aber die Galeeren. Keine Klasse, Geneviève.« Seine Stimme war nur noch ein heiseres Flüstern. »Er sagte, eher würde er mich eigenhändig erhängen. Gott, ich konnte nicht einmal auf rechte Art verhaftet werden.« Er hielt inne. Der Schweiß rann ihm über das grünlich-graue Gesicht. »Versprecht mir. Kein Hinterhof. Kein Keller. Kein Fluß. Lamotte verwahrt etwas Geld für mich. Gebt es meinen Eltern für einen Gedenkgottesdienst. Sie haben keinen Sou. Ruft ihn, wenn ich nicht überlebe. Er ist jüngst im Palais de Bouillon eingezogen. Schwört es.«

»Ich schwöre es, Florent.«

»Schwur eines Römers?«

»Schwur eines Römers.«

Als der Gehilfe des Wundarztes und Gilles ihn in die Küche getragen hatten, setzte ich mich nieder und weinte. Ich würde Lamotte nur sehen, wenn ich d'Urbec verlor.

»Wo ist das alte Weib?« hörte ich den Wundarzt von unten rufen. »Ich habe gesagt, ich brauche beide Frauen, um die Kerzen zu halten. Die Männer müssen ihn niederhalten.« Ich wischte mir das Gesicht ab und trat in die Küche. »Wo seid Ihr gewesen? Heulend und jammernd herumgeschlichen? Ihr gehört gewiß nicht zu *ihnen*. Ich habe gesehen, wie sie einem Mann den Kopf abnahmen und dabei immerfort lächelten. Nehmt das«, sagte er, indem er mir den silbernen Kandelaber vom Eßtisch in die Hand drückte. Im Lichte von einem Dutzend Flammen sah er mir ins Gesicht. »Euer Puder zerläuft. Und das schwarze Zeug um Eure

Augen auch.« Er wischte mir mit einem Finger übers Gesicht und begutachtete, was darunter zum Vorschein kam. Dann beugte er sich dicht an mein Ohr, damit niemand sonst ihn hören konnte.

»Einhundertfünfzig Jahre alt, wie? Es würde mich wundern, wenn Ihr ein Jahr älter wärt als sechzehn. Bleibt dabei, kleines Schreckgespenst, Ihr habt meine Bewunderung. Wenn ein Mädchen sonst ein Vermögen verdienen will, so muß es sich auf den Rücken legen. Denkt an mich, wenn Ihr Königin seid. Ich bin kundig, ich bin verschwiegen, und jedermann benötigt gelegentlich einen Wundarzt.« Ich wurde starr vor Entrüstung. Er lachte. »Marquise, Ihr haltet mich auf. Die Zeit ist kostbar. Die Stunde vergeht rasch.« Er riß den Verband herunter, und d'Urbec schrie auf. »Seid still, verflucht. Wollt Ihr die Polizei herbeiholen? Reicht mir das Skalpell. Ich bin diese Woche gut in der Übung. Drei Wunden genau wie diese. Es ist in einer Minute geschehen.« Das Skalpell schoß wie eine Schlange in die sickernde Masse. Klebriger Eiter quoll mit Blut hervor. »Gut!« verkündete der Wundarzt, als d'Urbec das Bewußtsein verlor. Das Skalpell schoß noch einmal hinein, und dann wischte Monsieur Chauvet es an seiner Schürze ab. Danach träufelte er eine Flüssigkeit aus einer Flasche in die offene Wunde, und der Geruch von Alkohol füllte den Raum.

»Was ist das?« fragte ich.

»Branntwein. Beste Qualität. Wirkt besser als ein Brenneisen und schneller als heißes Öl. Das habe ich auf dem Schlachtfeld herausgefunden. Alle hatten etwas Alkoholisches bei sich. Nicht viele Leute laufen mit einem handlichen glühendheißen Brenneisen herum. So, ich bin fertig mit ihm. Verbindet die Wunde nicht, laßt sie in diesen Bausch abfließen. Wenn die Maden hineinkommen, laßt sie gewähren. Sie fressen das abgestorbene Fleisch. Meine kleinen Helfer.«

Ich hätte mich am liebsten übergeben. Statt dessen war ich höflich. »Ihr seid wahrlich flink, Monsieur.«

»Selbstverständlich bin ich flink. Wundärzte, die zaudern, lassen den Patienten am Schock sterben. Zeit ist alles.« Er spuckte in die Hände und wischte sie an seiner Schürze ab. »Und nun«, sagte er, indes sein Gehilfe ihm in sein Rüschenhemd half, »ich nehme immer bare Münze. Keine Schuldscheine.« Ich bezahlte.

»Wird er leben?« fragte ich.

»Das vermag ich jetzt noch nicht zu sagen. Aber ich komme morgen wieder, oder übermorgen, je nachdem, wie es meine Zeit erlaubt. Dann werde ich es Euch sagen können. So, Jacques, und nun fort – wir haben viel Arbeit vor uns.«

»Noch in dieser Nacht?« fragte ich, indes ich ihm seinen Spazierstock reichte.

»Ja, der nächste Fall ist leicht – eine reiche Frau gebiert heimlich ein Kind. Muß mich sputen – eine Kutsche holt uns um Mitternacht auf der Place Royale ab. Man wird uns mit verbundenen Augen hinfahren. So wird es bei den Erlauchten gehandhabt. Sie ziehen die Leintücher ab und bedecken die Wappen auf den Bettvorhängen, auf daß sie nicht erkannt werden können. Tags darauf sieht man sie, ganz bleich, in einer Kutsche auf dem Weg in die Oper – und gibt vor, sie nicht zu erkennen. Es ist eine eigenartige Welt, wie Ihr gewiß unterdessen gemerkt habt, hm, alte Dame?«

»Es scheint so, Monsieur; dergleichen wäre in den Tagen des guten Königs Heinrich niemals geschehen.« Er warf mir einen amüsierten Blick zu und entbot mir, seinen Federhut lüftend, ein formvollendetes Lebewohl.

»Und auch Ihr, Monsieur, lebt wohl. Und – seht Euch heute nacht vor.«

»Keine Sorge, alte Dame. Ich bin länger in diesem Metier als Ihr.« Und er verschwand in der dunklen Straße, wo seine Kutsche wartete.

In dieser Nacht saß ich bei d'Urbec und fragte mich wieder und wieder, wie ich das Versprechen, das ich ihm gegeben hatte, einlösen könnte, ohne den Zorn der Schattenkönigin heraufzubeschwören. Mein Kopf mußte klar, mein Verstand so scharf wie möglich sein, um sie zu überlisten. Wenn ich das Opium nach und nach verminderte, könnte ich mich vielleicht davon befreien. Aber dann würde es zu spät sein. Geneviève, du bist töricht, schalt ich mich. Und während mir die Tränen übers Gesicht rannen, nahm ich noch eine Dosis von dem Labsal.

»Es hat sie schlimm erwischt, nicht wahr«, hörte ich Sylvie flüstern, als mir vor Erschöpfung die Augen zufielen.

»Es wird ihr guttun«, erwiderte Gilles mit so leiser Stimme, daß ich es kaum hören konnte. »Ich dachte immer, sie ist aus Eis. Ein menschliches Herz würde die kleine Denkmaschine verbessern. Dann würde ich mich in ihren Diensten verflucht viel sicherer fühlen.«

D'Urbec schlief zwei Tage lang, und ich dachte, er würde sterben. Der Wundarzt kehrte nicht wieder, aber das überraschte mich kaum. Ich besuchte weiterhin meine Klientel und wohnte Empfängen bei, als sei nichts geschehen. Am Morgen des dritten Tages schlug d'Urbec die Augen auf und sagte mit leiser Stimme: »Ruft Lamotte.« Ich schickte Mustafa in voller türkischer Livree zum Palais de Bouillon. Am Nachmittag, als ich ohne Korsett in einem losen Gewand aus besticktem indischem Kattun lag und ruhte, kam Sylvie zu mir heraufgeeilt, um mich zu wecken.

»Madame, Madame. Der stattlichste Mann der Welt ist hier, er wartet unten auf Euch. Oh, könntet Ihr nur seinen Schnurrbart sehen, seinen samtenen Umhang – wie elegant er ihn über die Schulter wirft. Seine seidenen Strümpfe – oh, allein schon seine Waden lassen mein Herz mächtig klopfen!«

»Das ist Lamotte, Sylvie. Hilf mir meine Haube aufsetzen.«

»Ach, Eure Locken, sie wollen hinten nicht anliegen!« rief sie, als sie meine Haare zu einem gediegenen kleinen Knoten steckte. So paßten sie unter die flache Spitzenhaube, die ich im Hause trug. Dann eilte sie aufgeregt die Treppe hinab, um ihn hinaufzuführen.

Lamotte war gewichtig und wohlhabend geworden. Seine einst tolldreiste Galanterie hatte sich in die glitzernde Eleganz eines Kavaliers verwandelt. Er war, soweit überhaupt möglich, schöner denn je. Der unbewußte Charme, den er einst ausgestrahlt hatte, war nun bewußt und kunstvoll, dennoch verfehlte er seine Wirkung nicht. Er blieb an der Türe stehen, hob die Augenbrauen, als er meiner ansichtig wurde, und ein seltsames Lächeln ging über sein Gesicht.

»Ihr also seid die berühmte Marquise de Morville. Es hat, auf seine verrückte Art, durchaus Hand und Fuß.« Er verneigte sich tief und schwenkte seinen Federhut. »Seid gegrüßt, Madame de Morville.«

»Seid gegrüßt, Monsieur Lamotte. Euer Freund d'Urbec liegt in der Bedientenkammer und verlangt nach Euch.«

»D'Urbec, der Unglückliche. Aber, bei Gott, am Ende doch glücklich. Ich wünschte, ich hätte die Voraussicht und die Courage besessen, mir auf diese Weise Einlaß bei dem Engel vom Fenster zu verschaffen.«

»Er liegt im Sterben, Monsieur.«

»Mein Gott, das habe ich nicht gewußt – Eure Botschaft ließ

davon nichts verlauten«, und aufrichtige Besorgnis huschte über seine Züge, indes er ans Lager seines alten Freundes eilte. Er wirkte erschüttert, als er die schreckliche Veränderung in d'Urbecs Antlitz gewahrte, die summenden Fliegen, die offene, von Maden wimmelnde Wunde. »Habt Ihr denn nichts für ihn getan?« fragte er erzürnt. »Wo sind die Bandagen?«

»Anweisung des Wundarztes. Wir dürfen die Maden nicht stören.«

»Ihr habt diesen Idioten Chauvet gerufen. Wo um alles in der Welt habt Ihr ihn gefunden? Alle sagten, er sei tot. Seht Ihr nicht, daß der Mann zur Ader gelassen werden muß? Die Wunde ist vergiftet. Um Gottes willen, holt ihm einen ordentlichen Heilkundigen, ehe es zu spät ist.«

»Das kann ich nicht, Lamotte. Und Euch darf ich auch nicht sehen, Lamotte. Ihr müßt Geheimhaltung schwören, oder ich werde zweifach sterben. Ihr habt nur die Marquise de Morville gesehen.«

»Mademoiselle Pasquier«, sagte er langsam, »worauf habt Ihr Euch eingelassen?«

»Glaubt mir, Monsieur Lamotte, Ihr wünscht es nicht zu wissen. Belaßt es dabei. Er braucht Euch, und ich habe viel aufs Spiel gesetzt.« Endlich sahen wir uns wieder, aber nichts war, wie ich es mir erträumt hatte.

»Lamotte, du bist doch noch gekommen.« D'Urbec konnte den Kopf nicht heben.

»Alter Freund, wie konntest du so gering von mir denken? Ich bin gekommen, sobald ich es vernahm.«

»Das Geld, das ich bei dir ließ. Hast du es noch?«

»Es hat sich verdoppelt.«

»Gut. Ich wünsche, daß du es meinen Eltern schickst. Nicht in das Haus in Aix. In dieser Jahreszeit ist meine Mutter bei ihrer Schwester in Orléans zu Besuch. Schicke es dorthin. Rue de Bourgogne. Das Haus der Witwe Pirot. Und sorge dafür, daß ich ein anständiges Begräbnis bekomme, willst du das tun? Und sei es nur um Mutters willen.« Lamotte brach in Tränen aus. »Komm, komm, nicht weinen«, flüsterte d'Urbec. »Mein Unglück hat ein Ende. Wer hätte das gedacht? Ein dummer Zufall. Eine Begegnung mit Raufbolden auf der Straße. Es hätte zu jeder Zeit geschehen können. Sie waren nicht einmal meine Feinde. Sage Griffon, ich komme nicht zurück. Wenigstens hat Mademoiselle Pasquier dafür gesorgt, daß ich nicht zur ewigen Schande meiner Eltern auf den Galeeren gestorben bin.«

»Ich werde ihnen sagen, daß du ehrenhaft gestorben bist«, antwortete Lamotte. Er setzte sich auf die niedere Lagerstatt und ergriff die Hand seines Freundes. So blieb er lange sitzen, nachdem d'Urbec die Augen geschlossen hatte, und lauschte auf den Atem des Todkranken, indes ihm die Tränen still übers Gesicht rannen.

Während mehrerer Tage veränderte sich d'Urbecs Zustand kaum. Obgleich das Fieber sank, regte er sich wenig, sah mich, wann immer ich die Kammer betrat, mit halb geschlossenen Augen an. Dann, an einem schwülen Augustmorgen, als die Geschäfte besonders schlecht gingen und ich verdrießlich war, da ich d'Urbecs wegen dem Hof nicht nach Fontainebleau folgen konnte, vernahm ich laute Schläge an der Eingangstüre. Ich schob den Band Tacitus, in dem ich lustlos las, unter den drapierten Tisch, in der Hoffnung, es sei endlich Kundschaft. Ich zog meinen Schleier herunter, staubte eilends meine Glasvase ab und schickte Mustafa zur Türe.

»Geh mir aus dem Weg, Kleiner – oh, du gräßliches Geschöpf, du hast Barthaare! Ah, da ist sie, die Teufelin, da sitzt sie ganz in Schwarz! Siehst du, Marie-Claude, ich habe dir gesagt, wir müssen auf der Stelle hierher!«

»Jeanne-Marie, wie recht du hattest. Wahrlich, es kam mir gleich nicht geheuer vor.« Die beiden staubbedeckten Frauen stellten ihre Reisetaschen auf meiner Schwelle ab, ohne daß man sie hereingebeten hätte. Die eine war groß und korpulent, gekleidet in die wenig elegante Seide der Witwe eines Provinz-Würdenträgers. Die andere war klein und dunkel und so behende wie eine Spitzmaus. Sie trug ein schäbiges, verstaubtes Kleid aus grobgewebter Wolle und einen Umhang. Ein gewaltiger Strohhut, mit breiten Bändern über ihrer Hausfrauenhaube befestigt, zeugte von ihrer jüngst beendeten Reise. Die kleine Behende, Jeanne-Marie, ergriff als erste das Wort.

»Ihr seid das schamlose Flittchen, das ihn mit fatalen Ränken in ein tödliches Duell gelockt hat. Ihr seid schlechter, als ich es für möglich gehalten hätte! Komm, Marie-Claude, er muß oben sein, genau wie der Herr sagte, verwundet aus fataler Leidenschaft –« Und die Frauen stürmten auf die Treppe zu.

»Mustafa, die Treppe!« befahl ich. Und während er den Weg

verstellte, blickte ich in zwei Paar scharfe, entrüstete schwarze Augen.

Ich erhob mich und sprach mit fester Stimme: »Ihr seid weder in meinen Empfangssalon noch in mein Haus gebeten worden. Nennt mir Euer Begehr, oder meine Lakaien werden Euch auf der Stelle hinaussetzen.«

Sie redeten hastig durcheinander, und ich vernahm mehrmals die Worte »Chevalier de la Motte«.

»Gilles!« rief ich, und seine massige Gestalt füllte alsbald die Treppe hinter Mustafa aus. Ich erhaschte einen Blick auf Sylvies Gesicht, das neugierig vom oberen Treppenabsatz herabspähte.

»Nun – was führt Euch hierher –«

»Die Botschaft des Chevalier de la Motte, daß mein Sohn an einer tödlichen Wunde dahinsiecht, die er sich in Verteidigung der Ehre einer Dame von hohem Range zuzog«, sagte die Kleinere.

»Des – *Chevalier* de la Motte?«

»Ja. Ein persönlicher Freund meines Neffen«, verkündete die Korpulente mit dem selbstzufriedenen Ton einer Provinzbewohnerin, die einen bedeutenden Mann kennt. »Demnächst königlicher Stallmeister, sobald der Posten vakant ist«, fügte sie bedeutsam hinzu. »Ich sagte zu meiner Schwester, ›das ist nicht alles, es steckt mehr hinter der Geschichte, das darfst du mir glauben. Da mein Neffe bei Hof aufgestiegen ist, ist er einer dieser schamlosen Damen in die Fänge geraten. Sie hat ihn mit dem tödlichen Bann der Leidenschaft ins Verderben gelockt. Ich bin im Bilde.‹«

Die kleine, behende Frau unterbrach ihre Schwester, um die Geschichte zu beenden: »›O nein, nicht tot!‹ schrie ich. Ich sage Euch, mein Herzrasen hat mich fast auf der Stelle getötet. Aber er und meine Schwester fingen mich auf, als ich stürzte. ›Gewiß nicht tot?‹ Da zögerte er. Ah! Ich argwöhnte etwas. Er verbarg etwas. ›Nun, nicht ganz tot‹, sagte er, aber er wollte nicht verraten, wo er lag. Er wiederholte nur stetig: ›Das Geld für seine Seelenmessen – es ist hier.‹ ›Ha!‹ sagte ich. ›Ich weiß, daß Ihr lügt. Was habe ich von Messen? Wenn er dieses Geld geschickt hätte, würdet Ihr wissen, daß ich für meinen Sohn keine Messe lesen lasse, einerlei, welchem Glauben er in dieser lasterhaften Stadt verfallen ist. Er lebt, dieses Weib verbirgt ein tödliches Geheimnis. Dies ist Bestechungsgeld, das mich zum Schweigen bringen soll. Ich aber lasse mich nicht so leicht täuschen. Er ist mein

Sohn!‹ Und an seinem Gesichtsausdruck erkannte ich, daß ich recht hatte. Seine Miene war entsetzt, und er machte kehrt und floh, ohne ordentlich Lebewohl zu sagen.« Die kleine Frau schien ob dieser dramatischen Schilderung mit sich zufrieden.

»Selbstverständlich habe ich sogleich denselben Schluß gezogen«, warf die Große ein. »Wir verstehen uns darauf, Charaktere zu lesen. Wir haben die Wissenschaft der Physiognomie studiert.«

»Sie ist unfehlbar, des Abbés Pregnani Abhandlung über die Kunst des Gedankenlesens aus den Gesichtszügen«, setzte die kleinere Frau hinzu.

Aber ihre Schwester, kaum fähig, sich zu zügeln, unterbrach sie abermals: »Es war eine von diesen Hofintrigen. Ja, eine Intrige, ein höfisches Komplott. ›Meinst du, er trägt in diesem Augenblick eine eiserne Maske?‹ fragte ich meine Schwester –«

»– wahrscheinlicher ist, daß er entdeckt hat, wer die eiserne Maske war. Ich kenne meinen Sohn; er läßt die Dinge nie auf sich beruhen. Ich werde der Sache auf den Grund gehen, habe ich gesagt, und so haben wir das Bestechungsgeld verwendet, um die nächste Postkutsche nach Paris zu nehmen.«

»Und bitte, sagt, wie habt Ihr mein Haus gefunden?« Meine Stimme war kalt, aber ich fühlte heißen Zorn meinen Nacken hinaufsteigen.

»Ich erkannte das Wappen der Bouillons auf der Kutsche, die den Chevalier brachte –«

»Ich habe diese Dinge studiert – in den Kreisen, in denen ich verkehre, sind solche Kenntnisse unerläßlich –«

»– als ich das Wappen erkannt hatte, begaben wir uns nach Paris, in die Remise des Palais de Bouillon, und fragten geschickt einen Kutscher aus, wohin er den Chevalier de la Motte in jüngster Zeit gefahren hatte – dies war, um gerecht zu sein, der Einfall meiner Schwester.«

»Meine Damen, meine Damen, schweigt still!« rief ich. Meine Nerven drohten zu versagen.

»Ihr schweigt still, schamlose Dirne, und führt uns zu ihm, oder wir melden Euer ruchloses Gebaren der Polizei. Es gibt einen Ort für Frauen wie Euch, die junge Männer aus guter Familie ins Verderben ziehen.« Die Korpulente setzte eine selbstgerechte Miene auf. Ich kniff die Augen zusammen.

»Wenn Ihr das tut«, sagte ich gelassen, »wird der Mann, der

oben liegt, für seine Teilnahme an der Straßenprügelei, die sich vor meiner Türschwelle ereignete und von der ich ihn errettet habe, im Kerker sterben.«

»Unsinn. Florent d'Urbec liegt oben – Euer Liebhaber, den Ihr ins Verderben gelockt habt.« In Blitzesschnelle wurde mir alles klar. Der Teufel sollte diesen Lamotte holen. Das kommt davon, wenn man einen Mann mit einem Auftrag betraut, der Liebesdramen fürs Theater verfaßt. Wer weiß, warum er das getan hatte – um Zeit zu sparen, um einer wichtigen Verpflichtung in Paris nachzukommen, hatte er sich beeilt, d'Urbecs Geld zu überbringen, bevor d'Urbec tatsächlich gestorben war. Lamotte, der sich selbst zu de la Motte befördert hatte, von seinen Phantasien mitgerissen, bestrebt, d'Urbecs Mutter eine edle Erinnerung zu hinterlassen. Er hatte sich eine seiner leicht fließenden Tränen fortgewischt, war beim Erzählen selbst davon überzeugt, daß alles wahr war. Er hatte ihrem Sohn bessere Verhältnisse angedichtet, ein Duell, eine Liebesaffäre. Vielleicht einen Schatz und eine königliche Verschwörung obendrein. Und dieses Durcheinander war das Resultat.

»Ihr solltet ein paar Dinge wissen. Der – äh – Chevalier de la Motte hat Euch nicht die ganze Wahrheit gesagt –«

»Das tun sie nie, wenn es um Hofintrigen geht«, erklärte d'Urbecs Mutter. »Aber ich werde hier die ganze Wahrheit erfahren.« Während sie mir mit dem Finger drohte, ahnte ich verzagt, daß sie durchaus dazu imstande wäre.

Kapitel XVIII

Die Schattenkönigin hatte zum Schutz vor der sengenden Nachmittagssonne die Vorhänge zugezogen. Sie trug unter ihrem Gewand aus indischem Kattun kein Korsett. Unter dem Turban, der ihr Haar bedeckte, sah ich Schweiß hervorrinnen. Sie saß matt in ihrem großen Lehnstuhl, die Füße in bestickten türkischen Pantoffeln auf einen Schemel gestützt. Mit schlaffer Hand wies sie auf einen Stuhl, dem ihren gegenüber. Irgendwo oben lärmten ihre jüngsten Kinder mit einer Spielzeugtrommel und einem Blechhorn. In einer Ecke döste der alte Montvoisin über einem aufgeschlagenen Buch.

»Orangenwasser?« fragte La Voisin und tupfte ein wenig von dem widerwärtig süßen Eau de Toilette auf ihre Schläfen; dann reichte sie mir den Flakon.

»Danke, gerne«, erwiderte ich und rieb mir die kühle, alkoholische Essenz auf das Gesicht, indes die Hexenmeisterin ihren Fächer zur Hand nahm und sich eifrig unter dem Kinn fächelte.

»So«, sagte sie, »sie sind in deinem Haus – oh, diese Kinder, ich bekomme Kopfweh – Antoine, Antoine! Ja, Ihr! Wacht auf und sagt Louise, sie soll die Kinder in den Garten bringen.«

»›Invasion‹ ist ein besseres Wort«, entgegnete ich bedrückt und entfaltete meinen eigenen Fächer.

»Invasion? Aber was tun sie denn?«

»In diesem Augenblick? Sie kochen Kälberfüße aus, um Rindsgelatine zu machen. Gleich am Tage ihrer Ankunft sind sie losgegangen, sich Möbel zu mieten, die sie mir in Rechnung gestellt haben. Dann nahmen sie Gilles und die Kutsche in Beschlag und füllten die Küche mit Nahrungsmitteln – jetzt riecht mein Empfangssalon nach Knoblauch –«

»Gelatine aus Kälberfüßen ist sehr gut für Kranke. Was sagt er dazu?«

»Er ist verstimmt. Er sagt, er brauche derlei nicht zur Genesung, und so etwas *mußte* ihm ja widerfahren –«

»Nachdem er so große Anstrengungen unternommen hat, um an das Haus einer faszinierenden alleinstehenden Frau gefesselt zu sein, wie?« Durch den Fächer gedämpft, vernahm ich ihr verächtliches Lachen. »Sage mir, warum hast du sie nicht des Hauses verwiesen?«

»Sie drohten, mich wegen Prostitution der Polizei zu übergeben.«

Die Schattenkönigin setzte eine grimmige Miene auf und ließ ihren Fächer zuschnappen. »Sie wissen nicht, mit wem sie ihr Spiel treiben«, sagte sie ruhig. »›Junge Frauen aus der Stadt, die Männer aus guter Familie in die Ehe zu locken suchen‹, wie?« zitierte sie. »Das kann ich mit einem Wort ändern.«

»Ich möchte ihn nicht vernichtet sehen«, sagte ich.

»Dann hast du ihn *doch* gern, trotz allem, was du sagst.«

»Ich liebe keinen Mann. Aber ich habe den Wundarzt bezahlt und wünsche keiner Aufwendung verlustig zu gehen.« Sie nickte beifällig. Dann wechselten ihre Gedanken, und sie lächelte ihr feines spitzes Lächeln.

»Keinen Mann außer Lamotte«, bemerkte sie, um dann zu beobachten, wie mein Gesicht vor Verlegenheit über und über rot wurde. »Ha! Verstecke dein Gesicht nicht hinter deinem Fächer. Alle Frauen in Paris lieben Lamotte. Ich wäre nicht abgeneigt, ihn selbst für ein, zwei Nächte zu besitzen, obwohl mir das keinen Vorteil brächte. Freilich, im Augenblick würde jede Frau, welche die Wege der Duchesse de Bouillon kreuzt, sich in beträchtliche Gefahr bringen. Es macht ihr Freude, Lamottes Laufbahn zu fördern, und sie zählt zu meinen besseren Klientinnen.« Eine Warnung. Der plötzliche Sinneswandel der La de Brie; und die andere, die kleine Komödiantin, die an einer mysteriösen Krankheit starb, just bevor Lamotte in das Palais de Bouillon einzog, die weitläufige Residenz, wo so viele Schriftsteller, Künstler und Musiker zum Ruhme des Hauses de Bouillon ein Auskommen fanden.

»Auch Lamotte muß dieser Tage sehr auf der Hut sein«, bemerkte ich.

»Das ist der Preis der Berühmtheit. Geliebt zu werden – leidenschaftlich – jeden zweiten Dienstag, wenn Monsieur de Vendôme an der Front ist. Es gibt viele, die ihn beneiden.«

»Nicht alle zählen zu Eurer Klientel, hoffe ich.«

»Nur einige, meine Liebe. Aber stecke deine Nase nicht in Dinge, mit denen du nichts zu schaffen hast. Wir haben über Geschäfte zu reden. Du solltest dich vermählen.« Sie griff nach einem silbernen Glöckchen und bat die herbeieilende Margot um etwas Limonade. Ein Knoten bildete sich in meinem Magen. Ob wegen der Limonade oder der Vermählung, wußte ich nicht zu sagen. »Mit viel Zucker«, rief sie Margot nach. »Du mußt wissen, meine Liebe«, sprach sie weiter, »solange alle Welt dich für eine einhundertfünfzig Jahre alte Jungfrau hielt, liefst du keine Gefahr. Sobald bekannt wird, daß du einen Mann in deinem Hause unterhieltest, wirst du für Erpressung anfällig sein. Und durch weitaus gefährlichere Leute als diese einfältigen Frauen. Doch bist du erst vermählt, bist du davor sicher und kannst tun, was dir beliebt.«

Sie tupfte noch etwas Orangenwasser auf die Innenseite ihrer Handgelenke und auf ihren Nacken, entfaltete ihren Fächer mit einem kräftigen Schütteln aufs neue, hielt ihn auf der Höhe ihres Busens und setzte ihn abermals in Bewegung. »Ich kann etwas sehr Vorteilhaftes für dich arrangieren, wobei du deiner eigenen Wege gehen kannst. Ja – wenn du befindest, dich d'Urbecs entledigen zu müssen, das wäre die beste Zeit. Durch eine Hochzeit wird er vertrieben –«

Ich lächelte und nickte. Besser sie glauben machen, ich hätte nichts gegen eine Vermählung, als sie beschließen zu lassen, d'Urbec eigenhändig zu beseitigen. Soviel war ich ihm schuldig.

»Ja«, fuhr sie in selbstzufriedenem Ton fort, »ich denke, du solltest dich vermählen. Jeder könnte in Frage kommen. Doch eine Frau sollte sich nicht verschwenden, wenn es etwas zu gewinnen gibt. Ein Alchimist ist immer eine gute Partie für eine Wahrsagerin. Auch ein ehemaliger Priester, der seine Meßgewänder behalten hat, kann dem Geschäft dienlich sein –«

Sofern eine das Geschäft einer Hexe betreibt, dachte ich. Es ist immer günstig, die schwarze Messe in der Familie abzuhalten. Die silbernen Becher mit der Limonade klirrten einladend auf dem Tablett, das Margot hereintrug. Der alte Montvoisin, der seinen Auftrag erfüllt hatte und zum Dösen auf seinen Stuhl zurückgekehrt war, setzte sich ob des Geräusches auf. Margot bediente zuerst ihre Gebieterin, danach mich, dann Montvoisin, der einen großen Schluck nahm und sich den Mund am Ärmel abwischte.

»Du aber, du kannst nach Höherem streben.« La Voisins Stimme war so klebrig süß wie die Limonade. »Du solltest einen Mann von Stand in Betracht ziehen, jemanden wie – Brissac. Ja, Brissac wäre ideal.«

»Brissac?« Beinahe hätte ich meine Limonade verschüttet. »Warum Brissac, um alles in der Welt? Was macht Euch glauben, er würde einem solchen Arrangement zustimmen?«

»Brissac hat immer von seiner Herzogin getrennt gelebt. Sie hat ihn verstoßen, er ist ein Hindernis, verstehst du?« Sie beugte sich mit einem eigentümlichen, wohlwollenden Lächeln zu mir. »Jetzt ist er verarmt. Mit jedem Tag wird er gefügiger. Er hat sich mit Nevers zerstritten und ist nun ohne Heim. Vorübergehend hat er bei – hm, sagen wir, einem anderen Edelmann – Obdach gefunden, der seiner bald überdrüssig werden wird. Gegenwärtig habe ich sie beide in der Hand. Ihre Wohnstatt und Möbel sind auf meine Kosten gemietet. Ich betrachte Brissac als – Anlage. Und wenn ich über deine Zukunft nachdenke, sehe ich einen ausgezeichneten Weg, mich für meine Weitsicht zu entschädigen. Wenn du deine Karten richtig ausspielst, meine Liebe, kann man Brissacs kalte kleine Herzogin verschwinden lassen. Und er hat immerhin einen mehr oder weniger echten Titel. Du könntest ihm an den Spieltischen helfen – und das Beste von allem, du mußt nicht mit ihm schlafen. Was nur gut ist, denn er soll im Bett noch schlimmer riechen als Louvois. Er wird seiner Wege gehen, du wirst deiner Wege gehen, ihr werdet durch Zusammenarbeit reich werden und – du wirst vor der Polizei geschützt sein. Es ist ideal.«

Das ist Brissac eingefallen, dachte ich. Wer hat sie blind gemacht für die Gefährlichkeit dieser Idee? War es bare Münze? Wieviel Geld wird zwischen ihnen den Besitzer wechseln, wenn diese Vermählung vollzogen ist? »Brissac –« Das Wort schmeckte eklig in meinem Mund. »Es kommt so plötzlich – Ihr – Ihr müßt mir gestatten, mich zu bedenken –«

»Bedenke dich nicht zu lange. Er bleibt womöglich nicht immer arm. Im Augenblick hat er es darauf abgesehen, an den Spieltischen zu gewinnen, darum wendet er dir sein Interesse zu.« Die Sache gefiel mir nicht. Ich brauche das Glas nicht, um zu sehen, wie diese Ehe ausgehen wird, dachte ich. Habe ich ihn erst reich gemacht, wird er eine neue Braut wollen, eine aus einer illustren Familie. Dann wird er die Schattenkönigin um eine Substanz aus ihrem verschlossenen Schrank ersuchen, und ich werde fortan achtgeben müssen, was ich trinke. Es sei denn natürlich, ich tue den ersten Schritt.

»Keine Sorge, meine Liebe«, sagte La Voisin und tätschelte

mir die Hand, als hätte sie meine Gedanken gelesen. »Eine Witwe mit einem Titel ist beinahe so gut versorgt wie eine Ehefrau. Und du wirst durch deine Vermählung zu hoch aufgestiegen sein, als daß man dir bei Hofe etwas anhaben könnte. Dein Wohl wird mir stets am Herzen liegen. Schließlich betrachte ich dich beinahe als meine Tochter.«

»Ich könnte meiner Mutter nicht mehr Vertrauen schenken«, sagte ich und sah sie über meinem Fächer mit unschuldigen, großen Augen an.

Dampfiger Geruch von Knoblauch und kochendem Rindfleisch schlug mir ins Gesicht, als ich in meine Eingangsdiele trat. »Irgendwelche Einladungen, Mustafa?« fragte ich hoffnungsvoll.

»Nicht eine einzige, Madame. Jeder, der auf sich hält, befindet sich entweder mit dem Hof in Fontainebleau oder ist vor der Hitze auf seine Güter geflohen.« Kein Hoffnungsschimmer. Keine Errettung vor dem Knoblauch, nicht einmal für wenige Stunden. Mustafa entnahm seiner breiten türkischen Schärpe einen Fächer und begann träge, die stickige Luft um sein Gesicht zu wedeln, so daß ein kleiner Windhauch entstand.

»Kein Glück«, bemerkte er philosophisch. »Ich hoffte Eure Schleppe an einen kühleren Ort zu tragen als diese Suppenhöhle. Vielleicht zähle ich besser die Weinflaschen im Keller.«

»Nicht in diesen Kleidern«, fauchte ich und stieg die Treppe hinauf. Oben, in meinen einst schönen Räumen, die nun mit fremden Möbelstücken vollgestellt waren, überfiel mich eine meiner ungebetenen Besucherinnen.

»Endlich hat mein armer Neffe auf seinem Schmerzenslager gesprochen –«

Ich hatte eine Vision von d'Urbec, der sein Gesicht stundenlang zur Wand drehte, totenstill aus purem Verdruß. »– und mit den ersten Worten, die ihm über die blassen, fiebrigen Lippen kamen, hat er Euch freigesprochen.«

»Mich freigesprochen?«

»Oh, wie konnte ich jemals an Eurer Wohltätigkeit zweifeln, Ihr heiligmäßiges Kind? Den kostbarsten Besitz einer Frau, ihren guten Ruf, aufs Spiel zu setzen, um einen Helden vor einer gräßlichen Bande von gedungenen Mördern zu retten.«

Interessant, dachte ich. D'Urbec ist zu dem logischen Schluß gekommen, daß eine einmal begonnene Geschichte nur durch eine neue, noch bessere aus der Welt zu schaffen ist. »Man denke nur«, sprach sie weiter und faltete die Hände, »eine zarte junge Witwe von hohem Stande, noch in das tiefe Schwarz der Trauer gekleidet, wagt sich mit nur einer einzigen Kerze auf die gefahrvolle Straße, in einem Akt reiner christlicher Nächstenliebe. Es ist ganz wie in einer Romanze –«

»Nun ja, es ist wahr, da Ihr es nun erwähnt«, konnte ich mich nicht enthalten zu erwidern.

»Aber freilich nicht überraschend. Florent ist der gescheiteste und erfolgreichste meiner Neffen. Es ist nur natürlich, daß er die Aufmerksamkeit auch der wählerischsten Dame auf sich ziehen würde. Schon als lieber kleiner Knabe, als seine Mutter mit ihm und seinem Brüderchen und Schwesterchen zu Besuch kam, konnte er wunderbar lesen. Wir saßen stundenlang und nähten, während er uns ›Astrée‹ oder ›Clélie‹ vorlas, ganz als verstünde er die Geschichte wie ein Erwachsener. Als ich ihm *carte de tendre* zeigte, beherrschte er es im Nu. Brillant! Ausgesprochen brillant! Und jetzt so eine *zauberhafte* Begegnung –« Sie brach ab, als ein ärgerliches Brummen aus der Bedientenkammer zu vernehmen war.

»Ich sage Euch, Mutter, ich kann nicht einen einzigen Schluck mehr davon trinken! Ich ersaufe in Rindsbrühe – nein, weint nicht – ich bin Euch dankbar. Ihr habt mir das Leben gerettet –«

»Florent, was ist das für eine große Kiste hier an der Türe?« rief ich in die Kammer hinein.

»Florent?« vernahm ich einen verzückten Seufzer hinter mir. »Es hat begonnen. Eine Romanze. Oh, wie aufregend –«

Ich steckte den Kopf in die Bedientenkammer und sah d'Urbec auf Kissen gestützt; seine Mutter, eine große Schüssel Suppe auf dem Schoß, saß bei ihm auf dem Bett und hielt einen großen Löffel in der Hand. Eine überaus spaßige Lage für den Helden eines höfischen Komplotts. Als er mich erspähte, errötete er.

»Ihr scheint verlegen, Monsieur d'Urbec«, bemerkte ich spitz.

»Weil ich mich nicht erheben kann, um Euch zu grüßen, wie es Eurem Stande gebührt, meine liebe Marquise«, erwiderte er und sah mich mit diesem Blick an, der jede Bedeutung in ihr Gegenteil verkehrte.

»Wer hat die Kiste gebracht?« fragte ich.

»Griffon kam vorbei, um nach mir zu sehen und mir Lebewohl

zu sagen, nicht wahr, Mutter?« Die kleine Frau auf dem Bett blickte verärgert auf.

»Es ist äußerst lobenswert, daß du einem Freund aus vergangenen Tagen die Treue hältst. Warum du aber als Abschiedsgeschenk eine Kiste voll skandalöser Schriften annehmen mußtest, das weiß ich nicht. Der Grund des Flusses ist der rechte Ort für derart widerwärtige Dinge«, sagte sie bestimmt.

»Abschiedsgeschenk?« Meine Augenbrauen fuhren in die Höhe.

»Griffon verkauft alles. Mit jedem Tag nimmt er mehr Gefahren auf sich und weniger Geld ein. Er hat einen Käufer für seine Druckerpresse gefunden und wandert nach Rotterdam aus, wo man, wie er sagt, drucken kann, was einem beliebt. Er hat mir ein Geschenk gebracht – Schriften, die er weder zurücklassen noch über die Grenze schmuggeln kann.«

»Ein feines Geschenk«, sagte ich. »Ich dachte, er sei Euer Freund.«

»Genau das habe ich auch gesagt.« Madame d'Urbec nickte mir selbstgerecht zu. »Man denke nur, einen Kranken mit solchen Sachen zu belasten.«

»Er hat es gut gemeint«, verteidigte d'Urbec seinen Freund. »Es ist sein gesamter Warenbestand –« Griffon hatte ihm ein Einkommen hinterlassen für die Zeit, wenn er genesen wäre. Der aufrechte Griffon, immer mit Druckerschwärze an den Fingern. Ich stellte ihn mir vor, wie er sich jetzt zu Fuß mit seiner kleinen Familie zur Grenze durchschlug, ihre Habe in Bündeln auf dem Rücken. Lästermaul und Unruhestifter. Glückliche Reise.

»Ich vermute, Lamotte – äh, de la Motte – hat ihm gesagt, wo Ihr zu finden seid.«

»Er hat sich in letzter Zeit sehr um meine Belange bemüht«, sagte d'Urbec seufzend.

»Ah, das ist der Freund, an den du dich halten solltest«, sagte seine Mutter. »Das ist einer, der etwas für dich tun kann. Du mußt deine Vorliebe für niedere Gesellschaft zügeln, Florent. Wie ich immer sagte, es erfordert nicht mehr Mühe, Freundschaft mit einem *bedeutenden* Menschen zu pflegen. Du vergeudest dein Talent. Überdies kannst du dir keinen Mißgriff mehr erlauben.«

»Ja, Mutter«, sagte er ergeben.

»Und sprich nicht in diesem Ton mit mir. Du weißt nicht, wie das ist, der hochnäsigen Frau deines Oheims nach eurem letzten kleinen – Mißverständnis gegenüberzutreten. Oh, zu gerne möchte ich ihr Gesicht sehen, wenn du zu den Großen gehörst. Als ich sie letztes Mal beim Tuchhändler sah, hat gar der Lakai, der ihre Schleppe trug, mich von oben herab behandelt! ›Ich hoffe, Ihr versteht, liebe Schwester, daß wir nicht mehr mit Eurem Sohn verkehren können, nach dem, was – geschehen ist. Glaubt mir, niemand bedauert das mehr als ich – die Jahre, die wir seine Ausbildung gefördert haben – ein Jammer – ich nehme an, wir hatten kein Recht, *Dankbarkeit* zu erwarten – aber unsere Position, Ihr wißt ja.‹ Ihre *Position*!« schnaubte sie entrüstet.

Sie wurde von Mustafa unterbrochen, der kaum Zeit hatte, mit einer ironischen, weitschweifigen Gebärde den »Chevalier de la Motte« anzukündigen, als Lamotte persönlich hereinstürmte. Offenbar hatten weder die Hitze noch der Knoblauch seinen Enthusiasmus zu beeinträchtigen vermocht.

»Welch große Freude zu sehen, daß es dir bessergeht, d'Urbec!« erklärte er. »Die Liebe einer Mutter – das allerbeste Heilmittel. Meiner Seel, es ist ein Wunder!« D'Urbec funkelte Lamotte erbost an, indes seine Mutter das Kompliment mit freudigem Erröten entgegennahm. Der bewundernde Blick, mit dem sie Lamotte bedachte, schien d'Urbec nur noch mehr zu erzürnen.

»Und was riecht dort unten so köstlich nach Knoblauch?« Lamottes Charme füllte den Raum wie Parfüm.

»Ein altes Familiengeheimnis – eine kräftigende Brühe. Meine Kinder haben sie von klein auf geliebt. Ihr verdanken sie ihre Gesundheit«, erklärte sie strahlend.

»Mein lieber Chevalier, wie edel von Euch, zu Besuch zu kommen.« D'Urbecs Tante, die nicht zurückstehen wollte, war hinter ihm eingetreten. Dann erschien Sylvie und begann, die Möbel abzustauben – tief unten, wo die Sicht auf Lamottes berühmte Waden besser war. »Was für entzückende Schuhe!« rief d'Urbecs Tante. »In Orléans sehen wir etwas so Elegantes freilich kaum.« Lamottes Schuhe mit den hohen roten Absätzen und den seidenen Schleifen übertrafen gar noch die gefeierten Waden. Er war in gelbe Seide gekleidet, mit einem dicht fallenden Band aus erlesener Spitze. Ein breiter Federhut saß auf seiner unermeßlich kostspieligen Perücke aus dicht gelocktem, hellblondem Haar.

»Ich wollte nur schnell hereinschauen, da ich in der Stadt bin, und sehen, wie dein Befinden heute ist – ich bin im Augenblick überaus beschäftigt. So viele Verpflichtungen – man probt mein neues Stück für die Aufführung am Hofe, und ich bin auf dem Wege nach Fontainebleau, um alles zu überwachen. Die letzte leichte Komödie der Saison, bevor der Winter der Tragödien anbricht. Dann wird die Bühne von ungemein trübseligen Versen und tragischen Königinnen beherrscht. Allerdings wird gemunkelt, daß Racine etwas plant, das alles Dagewesene in den Schatten stellt. Wir warten und warten, und Racine liest hie und da ein wenig in den Salons, doch immer Unvollendetes. Ich sage, er hat sein Genie erschöpft. Nein, die Welt erwartet meine nächste Tragödie ohne Rivalen –« Er blickte zu den Frauen, die ihn bewundernd ansahen, und ein kleines selbstzufriedenes Lächeln huschte über sein Gesicht. »Sage mir, d'Urbec, was ist da draußen in der Kiste? Sie sieht aus wie eine von Griffons.«

»Sie ist von ihm. Sein letzter Warenbestand. Er verläßt uns, weißt du.«

»Ich hörte es, ich hörte es. Laß mich meine Neugierde stillen und nachsehen, was er dir hinterlassen hat.« Der Troß von Frauen folgte ihm.

»Der Mann ist ein verdammter Magnet für Frauen«, meinte d'Urbec zu mir, als ich noch ein wenig verweilte.

»Aha, Flugschriften«, vernahmen wir durch die offene Türe. »›Madame de Brinvilliers‹ – abscheuliche Verse. ›Mann erschlägt sich und seine Familie vor den Augen des Steuereintreibers‹ – die ist alt. Oh, hier ist eine neue – ›Infernalische Apparatur im Hafen von Toulon entdeckt‹ – eine Verschwörung von Verrätern, etc. ›Genialischer selbst auslösender Uhrwerkzünder‹ –« Es folgte ein matter Aufschrei der Frauen.

»O mein Gott. Dieser übereifrige Lamotte –« D'Urbec versuchte aufzustehen. Er zuckte zusammen und überlegte es sich anders. »Geht, kümmert Euch um Mutter, Geneviève – ehe es zur Katastrophe kommt. Sagt Lamotte, er möchte schweigen und diese Schrift vor ihr geheimhalten.«

Ich eilte in mein Schlafgemach und fand Lamotte auf dem Bett sitzend vor, wo er der aufmerksamen Frauenschar heiter die Einzelheiten einer Verschwörung gegen die Flotte Seiner Majestät im Hafen von Toulon vorlas. Aber Madame d'Urbec war totenbleich, ihre Hände waren fest verschränkt. Lamotte, der ihre Gefühle mißdeutete, rief: »Nur keine Angst, Madame, des Königs Polizei wird die Verschwörer aufspüren und unverzüglich hinrichten.«

»Genug, Lamotte, Madame d'Urbec ist von zuviel Arbeit geschwächt. Madame, setzt Euch hierher –«

»Oh, guter Gott, er hat es getan. Er ist der einzige, der imstande wäre – Olivier, oh, ich muß zu ihm –«

»Aber das ist ja entsetzlich«, rief Lamotte. »He, Lakai, etwas Wein für Madame – sie ist ganz bleich geworden.« Ich machte mir diesen Augenblick zunutze, um die Flugschrift, die er aus der Hand gelegt hatte, wieder in der Kiste zu verschließen.

Als Gilles den Wein brachte, sagte ich ruhig: »Gilles, nimm die Kiste und bringe sie – du weißt schon.«

»Sehr wohl, Madame«, sagte er und hievte das schwere Monstrum hoch, um es in den Keller zu schaffen, wo sich hinter den Weinflaschen eine Geheimtüre verbarg.

»Wir müssen sogleich packen, Marie-Claude. Die nächste Postkutsche – wenn es nur nicht zu spät ist.« Madame d'Urbecs Stimme war schwach; halb ohnmächtig lag sie in meinem besten Lehnstuhl, und ihre Schwester fächelte ihr Luft zu.

»Mesdames, ich biete Euch die Kalesche und die Diener meiner Gönnerin an, um Euch zur Postkutsche zu bringen, zu jeder Stunde, die Ihr nennt. Das ist das Mindeste, was ich für die ehrenwerte Mutter eines lieben Freundes tun kann«, sagte Lamotte mit ausladender Geste. Sie sah ihn dankbar an, als sei sie ihm schon halb verfallen. D'Urbec, der in ein Laken gehüllt an die Türe getaumelt war, kam gerade rechtzeitig, um des Anblicks teilhaftig zu werden.

»O Florent, du darfst nicht aufstehen!« kreischte sie, als sie seiner ansichtig wurde, und erhob sich.

»Zurück ins Bett, alter Freund«, sagte Lamotte mit gespielter Strenge. »Was immer es ist, es kann bis zu deiner Genesung warten.« Während er d'Urbec zurück in die Bedientenkammer geleitete, hörte ich ihn sagen: »Was zum Teufel ist in deine Mutter gefahren, d'Urbec?«

»Mein Bruder Olivier. Ich fürchte, er hat mich ausgestochen.«

»Ist es der, der zu Hause blieb und das Familiengewerbe erlernt hat? Ich dachte, er macht sich gut.«

»Er hat das Gewerbe nur zu gut erlernt. Der Familienfluch,

nehme ich an –« Der Anblick der eilends packenden Schwestern entfachte meine Neugierde.

»Madame d'Urbec, kann ich behilflich sein?« fragte ich, alle Anzeichen von Bewegung in meiner Stimme und meinem Gesicht unterdrückend. Die kleine Frau setzte sich unvermittelt in ihren gemieteten Lehnstuhl und brach in Tränen aus. Sie zog ein großes Schnupftuch aus dem Ärmel und wischte sich zwischen den Schluchzern das Gesicht ab.

»Ach, was versteht Ihr, bei Eurem Stand und Wohlleben – und dies alles – die Ihr ein hübsches Stadthaus Euer eigen nennt – Kleider, schöne Möbel –« wieder wischte sie sich die Augen, »– was versteht Ihr von dem Gram, eine Mutter zu sein? Sechs Söhne habe ich – sechs lebende Söhne –, und ein jeder ein *frondeur*, ein Unruhestifter, der mir Kummer macht. Steuern! Religion! Politik! Das alte Recht! Das neue Recht! Lauter Dinge, die höfliche Leute nicht erwähnen. Alles ist eine Rechtfertigung, um die Welt durcheinanderzubringen! Brandstifter sind sie, alle miteinander. Ein Familienfluch von ihres Vaters Seite. O Gott, wenn es doch Töchter wären, es wäre so einfach! Dann wäre das Schlimmste, das sie anstellen könnten, schwanger zu werden – aber von ihnen hat noch keiner es für nötig befunden, mir ein einziges Enkelkind zu bescheren. Und just, wenn ich denke, einer hat etwas Würdevolles getan – puff! ist es eine Maskerade! Ein Schwindel, eine Täuschung! Wieviel muß eine Mutter noch ertragen?« Sie schluchzte eine Weile, dann steckte sie ihr Schnupftuch ein und ging in das Zimmer nebenan, um ihrem Sohn Lebewohl zu sagen. Sie kam trockenen Auges zurück und verkündete: »Madame de Morville, ich könnte meinen Sohn in keinen tüchtigeren Händen zurücklassen. Gott segne Euch für Eure Tat der Nächstenliebe. Die Möbel können dem *tapissier* in der Rue de Charronne gleich hinter dem Festungswall zurückgegeben werden. Schickt nur Bescheid, und man wird sie abholen. Hier ist die Rechnung; laßt Euch nicht übervorteilen.« Und sie verschwand in einem Wirbel der Gefühle, am Arm Lamottes, ihre Schwester hinterdrein, während die Kälberfüße noch in der Küche kochten.

»Ach«, seufzte d'Urbec, »da geht sie hin, meine Mutter und die Rettung meines Lebens.«

»Grämt Euch nicht, Florent«, sagte ich, »ich werde dafür sorgen, daß Ihr anständig beerdigt werdet.« Er warf mir einen scharfen Blick zu.

»Ich habe die feste Absicht, zu leben. Ich möchte die Erinnerung an diese reizende Katastrophe auslöschen.«

»Erzählt mir zuerst, was das alles zu bedeuten hat – Mustafa, wenn du schon lauschen mußt, mache es nicht so auffällig.« Die hochgebogene Spitze von Mustafas kleinem türkischem Pantoffel hinter der halb geöffneten Türe verschwand aus dem Blickfeld. D'Urbec sah niedergeschlagen auf seine Hände, die so gar nicht zu einem gelehrten Menschen paßten: breit, mit kurzen Fingern und schwarzen Haaren auf dem Handrücken. Er drehte sie herum, betrachtete die dicken, rissigen Schwielen und seufzte abermals.

»Ihr habt vermutlich nie von der Manufaktur d'Urbec et fils, Uhrmacher, gehört. Wenn Ihr aber Zeitmesser oder Uhrwerkfigurinen sammeln würdet oder eine alte Uhr instand setzen lassen wolltet, wenn Ihr dazu noch in der Nähe von Aix lebtet, dann würdet Ihr sie gewiß kennen. Großvater war Amateurastronom, der so sehr damit befaßt war, Linsen zu schleifen, daß er kaum bemerkte, wie sein Geld in seinen Teleskopen verschwand. Als seine Gläubiger sich des letzten Restes seines Besitztums bemächtigten, steckte er Vater zu einem alten Freund ins Geschäft, nahm Onkel von der Schule und ließ ihn bei einem Notar arbeiten –« D'Urbecs Stimme verlor sich.

»Und dann?« drängte ich, da ich dachte, er könnte mein Schweigen als mangelndes Interesse deuten.

D'Urbec blieb lange Zeit still. Dann sagte er ruhig: »Sie haben ihn im Stall an einem Dachbalken hängend gefunden. Er hinterließ einen Brief des Inhalts, er fürchte weder Himmel noch Hölle, denn der Tod sei nichts als Nicht-Sein. Es war ein Skandal. Sie wollten ihn nicht bestatten.«

»Klingt wie ein Mann nach meines Vaters Herzen.« D'Urbecs flinker Blick schien mich geradewegs zu durchbohren. Ich holte Atem und wich zurück. Er zog die Schultern hoch und sagte beiläufig: »Vater wäre ein reicher Mann, wenn er nur ein Quentchen Sinn fürs Geschäft besäße. Er baut die besten Uhrwerke im ganzen Königreich. Aber er verbringt seine Zeit damit, sich über verlorene Titel zu grämen, seinen Ahnen nachzuspüren, leichtgläubige Gönner für seine phantastischen Pläne zu suchen und davon zu träumen, für eines seiner Vorhaben eine Pension und einen Titel verliehen zu bekommen. Olivier, mein älterer Bruder, ist es, der alles zusammenhält. Nach meinem Dafürhalten versteht er sich sogar besser als mein Vater auf das Entwerfen von Mechanismen, und er ist entschieden praktischer. Somit ist es nur natürlich, daß Mutter, als sie hörte, im Hafen von Toulon sei eine infernalische Apparatur mit einem ungewöhnlichen Uhrwerkszünder entdeckt worden, in Kenntnis der Neigungen der Familie ihre Schlüsse zog. Das ist alles.«

»Neigungen? Welcher Art, außer heimliche *frondeurs* und Ketzer zu sein?«

»Ich würde die reformierte Religion kaum als Ketzerei bezeichnen. Überdies bin ich dank Onkel vermutlich ein besserer oder zumindest ein frischerer Katholik als Ihr. Onkel steckte die Prämie für die Konvertierung in gute Werke und bestand darauf, daß ich es ihm gleichtat.«

»Und da Ihr ohnehin an nichts glaubt, war es nicht von Belang, nicht wahr?«

»Ich glaube an eine Anzahl Dinge, Mademoiselle Pasquier. Wahrheit, Gerechtigkeit, die Mächte des vernunftbestimmten Denkens –«

»Man macht sich nicht gerade beliebt, wenn man an diese Dinge glaubt. Kein Wunder, daß Ihr stets in Schwierigkeiten seid. Es genügt als Familienfluch, solche Dinge zu denken.«

»Ach, was heißt hier Familienfluch! Ihr habt entschieden zu viel auf Mutter gehört. Ihr solltet es besser wissen. Meine Güte, sie liebt das Dramatische noch mehr als ihre Schwester. Sie wird nicht auf Bälle eingeladen und bekommt nicht den besten Platz in der Kirche – aber sie kann wenigstens die Heldin eines von Krisen geschüttelten Lebens sein. Jede Frau im Umkreis von zwanzig Meilen um Aix ist erpicht darauf, die jüngsten Neuigkeiten von Madame d'Urbec zu hören, die durch einen schrecklichen Familienfluch zur Märtyrerin wurde.«

Merkwürdig, wie er es bewerkstelligte, die Erwähnung der *Fronde* zu vermeiden und das Thema zu wechseln. Dies mußte eine Familie von Rebellen und Revolutionären sein. Wer weiß, welch alten Groll sie verfolgten, gar bis zum Tode? So sind sie, die Bewohner des Südens. Heißblütig und unpraktisch. Das liegt am Akzent. Nun war es an ihm, die Augen abzuwenden. Er wußte, daß ich im Bilde war. Das ist das Problem mit intelligenten Männern. Manchmal ist mit den Dümmeren leichter auszukommen. Keine versteckten Botschaften. Er sah wirklich nicht schlecht aus, wenn einem der Typus gefiel. Nicht groß, schlank, hellhaarig und elegant, sondern ein stämmiger, kräftig aussehender, nahezu bärenstarker Mann mit breitem Brustkorb und starken Armen. Man konnte ihn sich nicht in Seide oder tanzend auf einem Ball vorstellen. Seine Augenbrauen waren zu wuchtig, seine Miene zu grimmig, sein Kinn zu entschlossen, um elegant zu sein. Seine Backenknochen, zu breit und eckig, hatten etwas Fremdländisches, nicht Französisches – nicht eben altes Blut. Seine Augen beleidigten durch einen eindringlichen Blick. Er war von der Art, welche Höflinge ängstigt, ohne daß es ihnen bewußt wird, und hätte er in ihren Kreisen verkehrt, würden sie es ihm vergolten haben, indem sie hinter seinem Rücken sagten: »Oh, d'Urbec – ein gewisser *je ne sais quoi* – eine Spur bourgeois, fremdländisch, womöglich gar – bäurisch. Ein Tatar, mein Lieber, entschieden zu wild.« In diesem Moment dauerte er mich. Ich weiß nicht, warum. Ich nahm meinen Fächer zur Hand, um meine Verwirrung zu verbergen, und wedelte damit vor meinem Gesicht.

»Verflucht«, sagte er leise.

»Was fehlt Euch?« fragte ich. »Wünscht Ihr noch etwas Brühe aus Kälberfüßen? Sie will in dieser Hitze nicht gelieren.«

»Was mir fehlt? Alles ist fehlgegangen. Ihr habt Euch in Lamotte vergafft. Alle Frauen vergaffen sich in ihn. Und ein Mann kann einfach kein Held sein, wenn seine Mutter erscheint. Ich dachte, hier hätte ich endlich Glück. Aber die erste Regel für einen Helden lautet, er muß sich selbst schaffen. Helden kommen nicht von geschäftigen Müttern. Lamottes Mutter, die würde nicht von ihrem Strickzeug ablassen, wenn ihm etwas Derartiges zustieße, höchstens, um in der Kirche eine Kerze anzuzünden. Aber meine Mutter, sie wirft sich auf alles. So hat er sich verrechnet. Die ganze Sache verpatzt. Und jetzt habe ich meine Chance bei Euch vertan.«

Mir war seltsam im Herzen, doch der Schmerz des Dahinschmelzens erschreckte mich, und ich floh vor diesem Gefühl. Dann überfiel mich die andere Angst. Die schweren Stiefel auf der Treppe, Onkels bestialischer Geruch, die Schande. Sei vernünftig, Geneviève, sagte ich mir, um der Panik Einhalt zu gebieten. Dieser Mann ist anständig. Er ist dir zu Dank verpflichtet. Und er sagte, er habe seine Chance vertan – das bedeutet, er achtet dich, er denkt, daß du etwas wert bist – das ist etwas anderes.

»Woran denkt Ihr?« fragte er leise, und ich sah, daß er die widerstreitenden Gefühle in meinem Gesicht still abmaß. Ich weiß nicht, warum, aber ich brach in Tränen aus.

»Ich wünschte, *meine* Mutter würde kommen und Suppe kochen, wenn ich krank bin, nur ein einziges Mal«, sagte ich weinend.

Seine Stimme war so leise, daß ich sie fast nicht hörte.

»O Geneviève, wäret Ihr mein, ich würde für Euch sorgen.«

Ich hatte Angst, ihm ins Gesicht zu sehen. »Ich sorge selbst für mich – und ich habe heute geschäftliche Verpflichtungen«, hörte ich mich sagen, indes ich aus der Kammer floh.

Schon am nächsten Tage, als ich nach einem langen schwülen Nachmittag von einem Besuch am Stadtrand nach Hause zurückkehrte, lag auf dem Tisch im Erdgeschoß eine Schachtel mit einem riesigen Gebinde aus gelben Rosen. Alle meine Bediensteten hatten sich in dem schattigen unteren Stockwerk eingefunden. Die Vorhänge hatten sie zum Schutz vor der alles durchdringenden Hitze zugezogen. Mustafa fächelte sich, während d'Urbec in Ermangelung eines Schlafrockes ein Bettlaken wie eine Toga um sich gewickelt hatte. Mit großen Gesten ließ er sich vor den Versammelten über die Philosophie von Marcus Aurelius aus. Gilles saß neben der Küchentüre auf einem niedrigen Schemel und polierte das Silber, und Sylvie hatte meinen zweitbesten Lehnstuhl mit Beschlag belegt, wo sie Strümpfe stopfte, während sie d'Urbecs Ausführungen über die Quellen menschlichen Glückes lauschten.

»So, es hält nicht nur keiner für nötig, mir die Türe zu öffnen, sondern Ihr seid alle – oh, was ist das?« Ich brach die zornige Lektion ab, als ich das kleine Blumengebirge erspähte. Sylvie erhob sich hastig vom Lehnstuhl und zog sich einen Schemel aus der Küche heran.

»Wir haben sogar davon Abstand genommen, die Karte vor Eurer Rückkehr zu lesen«, verkündete d'Urbec.

»Das will ich meinen«, erwiderte ich, und indem ich meine Handschuhe wieder anzog, nahm ich vorsichtig die gravierte Karte aus der Schachtel und schüttelte sie sachte, ehe ich sie las. Ich merkte, daß d'Urbecs Augen nichts entging. »Oh, uff, Brissac. Die Neuigkeit spricht sich wahrlich geschwind herum.« Ich sah Sylvie streng an, und sie blickte so starr auf das Stopfei, als wolle ihm jeden Augenblick ein Küken entschlüpfen. »Die lavendelblauen Bänder – sieht aus wie eine Arbeit von La Pelletier, nicht wahr? Dann ist es harmlos. Diesmal wird es ein Liebespulver sein.« Ich fuhr mit einem behandschuhten Finger über die gelben Blütenblätter. Einige grüne Kristalle blieben an meinem Handschuh kleben. »Widerwärtiger Kerl«, sagte ich. »Sylvie, halte dir ein nasses Tuch vor Mund und Nase und schüttele die Blumen draußen vor der Hintertüre aus, bevor du sie in die Vase stellst. Ich habe gelbe Rosen gern, daher werde ich sie nicht fortwerfen.«

»Ihr scheint sehr viel mehr von der Welt zu wissen, Marquise, als das kleine Mädchen, das heimlich Petronius las.«

»Wir leben und lernen, Monsieur d'Urbec«, sagte ich, indes ich Sylvie zusah, wie sie mit den Blumen durch die Küche stürmte. »Liebespulver, Erbschaftspulver, Lebewohlsträußchen, lieblich parfümierte italienische Handschuhe; die elegante Welt ist heutzutage nichts für Narren – oder für Memmen.« Ich wandte mich um und sah seine wachsamen Augen. »Ich bitte Euch nur, mir zu glauben, daß das nicht mein Metier ist. Ich sage nur wahr, ohne es wahr zu machen.«

»Dann glaube ich Euch. Duc de Brissac interessiert sich für Euch, wie ich höre? Ihr müßt Euch vor einer solchen Freundschaft hüten. Er ist ein heilloser Verschwender, der seine Mätressen und – anderen Freundinnen ruiniert. Als *nouvelliste* von Beruf wird es mir ein Vergnügen sein, Euch mit Einzelheiten aufzuwarten.« Sein Ton war unbeschwert, neckend, als wüßte er, daß ich wünschte, der gestrige Tag wäre nie gewesen.

»Schön, Monsieur *nouvelliste*, wenn ich darauf bauen kann, daß die Gesetze der Gastfreundschaft Eurem beruflichen Interesse Schweigen gebieten, will ich Euch sagen, daß Heirat sein Begehr ist – eine heimliche Zweckheirat. Er ist so weit gesunken, daß er nur noch zwei Hemden besitzt und von meiner Gönnerin unterstützt wird. Nach allem, was mir bekannt ist, hat er sich sogar das Geld für diese Blumen von ihr geliehen. Er hofft, indem er sich mit mir zusammentut, seine Verluste an den Kartentischen wettzumachen.«

»Seine gegenwärtige Gemahlin schreckt ihn nicht von seinen Plänen ab, wie? Und ich mutmaße, als Duchesse de Brissac werdet Ihr ein wahrlich nobles Grabmal bekommen, sobald er sein Vermögen wiedererlangt hat.«

»Von ihm? Dem knauserigen Widerling? Nur wenn ich es

gleich nach der Hochzeit in Auftrag gebe und selbst bezahle.« Ich nahm Sylvie die Vase ab und stellte sie auf das Buffet. »Was meint Ihr, welchen Bildhauer soll ich mit meinem Gedenkstein beauftragen? Warin? Oder ist er unterdessen aus der Mode geraten?«

»Ihr müßt Brissac nicht nehmen, wißt Ihr, nur weil ich Euch kompromittiert habe«, sagte er ruhig.

»Ich habe mich selbst kompromittiert, als ich Euch die Türe öffnete. Es war meine Entscheidung. Und ich habe beschlossen, mich nicht zu vermählen. Ich gehe meinen Weg allein.«

D'Urbec sah mich fest an, die Kiefer aufeinandergepreßt. Dann verkündete er in einem Ton, der nicht ganz aufrichtig klang: »Wenn ein Mann ohne Hemd bei einem Heiratsantrag nicht noch lächerlicher wäre als ein Mann mit zwei Hemden, würde ich vorschlagen, den Schaden, den ich angerichtet habe, auf die einzig ehrbare Weise wiedergutzumachen. Wie die Dinge liegen, muß ich für ein paar weitere Tage Eure Duldsamkeit erbitten und mir von Euch ein Blatt Papier, Feder und Tinte ausleihen.«

Als ich Papier und Tinte holte, fragte Sylvie: »Was gedenkt Ihr zu tun?«

»Dies ist ein historischer Augenblick. Ihr seid Zeuge der Gründung des Vermögens des Hauses d'Urbec«, sagte er in beiläufigem Ton, doch die Spannung im Raum war schwerer als die schwüle Sommerluft. Er nahm die Feder und schrieb.

»Eine Denunziation«, verkündete er, »seitens eines italienischen Abbés, der ein gottloses, skandalöses Werk durchgelesen hat, welches dem Inspektor des Buchgewerbes zur Kenntnis gebracht und verboten werden sollte. Das gottlose, spöttische ›Parnasse Satyrique‹! Griffon hat mir zweihundert Exemplare dieses anstößigen Werkes als Gründungskapital vermacht. Eine öffentliche Verdammung wird den Preis von zwanzig Sous auf zwanzig Livres ansteigen lassen. In dieser Stadt des schnellen Geldes kann ein kluger Mann ein Kapital von viertausend Livres auf mannigfache Weise vervielfachen. Ich habe entschieden zu lange den Reformer gespielt, und der einzige Vorteil, den es mir gebracht hat, ist zu wissen, wo korrupte Vermögen entstehen und wie schnell sie einen respektabel machen. Madame de Morville, ich werde jetzt reich – reich genug, um meiner alten Mutter eine Kutsche nebst Pferden und eine neue Haube zu senden, die geeignet sind, bei der Gattin meines Oheims einen Gehirnschlag hervorzurufen. Reich genug, um zurückzukehren und Anspruch auf Euch zu erheben, vermählt oder unvermählt.« Er streute Sand auf den Brief. »Hier, Sylvie, ich möchte, daß du dies bei der Polizei ablieferst«, sagte er und träufelte Wachs auf die gefaltete Kante des Briefes. »Ich weiß, daß du dich da auskennst.« Sylvie sah mich fragend an.

»Ja, Sylvie, geh nur zu. Es hat seine Richtigkeit. Ihr könnt auf unsere Diskretion zählen, Monsieur d'Urbec.«

»Ich danke Euch«, erwiderte er. Mit einemmal bangte mir vor ihm, vor seiner Entschlossenheit, dem seltsamen Ausdruck in seinem Gesicht. Er schien zu allem fähig.

»Ihr«, sagte er, »Ihr müßt kein so erschrockenes Gesicht machen. Mich kümmert nicht, wo Ihr gewesen seid. Mich kümmert, wohin Ihr geht. Und das wird geradewegs in die Hölle sein, wenn Ihr nicht besser achtgebt, was Ihr tut.« Ich war gekränkt. Wer war er, mir das zu sagen? Ein Fälscher, ein Galeerensträfling, ein *nouvelliste*, der nicht einmal ein zweites Hemd besaß. Ich war es, die ein Haus hatte, Geld, einflußreiche Freunde.

»Oh, là, là, Monsieur d'Urbec, so glaubt Ihr nun an die Hölle?« Ich machte mich auf seinen Zorn gefaßt. Doch sein spöttisches Lachen unterbrach meine empörten Gedanken.

»Ihr mögt klug sein, dennoch seid Ihr ein rechtes Kind!« rief er aus. »Eure flinken kleinen Gedanken sind leicht zu ergründen. Oh, bedeckt diese entrüsteten grauen Augen, wenn Ihr nicht wünscht, daß ich darin lese.« Und mit sorgfältiger Würde korkte er das Tintenfaß zu, stand auf und schlug das Bettlaken um sich wie den Purpur eines Herrschers. Ohne die Augen von meinem Gesicht zu wenden, stellte er Tinte und Papier an genau die Stelle in dem verzierten Schränkchen zurück, wo ich sie herausgenommen hatte. Sein seltsames kleines Lächeln schien zu sagen, Ihr denkt, ich bin blind, weil ich ein Mann bin, doch meine Augen sehen alles, auch wenn Ihr Euch einbildet, ich sei zu sehr von mir selbst eingenommen, um irgend etwas wahrzunehmen. Wieder die Gedankensprache. Ich hasse es, geistig unterlegen zu sein. Nur weil ich drei Jahre unter zwanzig bin und er ein halbes Dutzend Jahre darüber sein mag, meint er, mir sein Denken aufzwingen zu können? Er lehnte lässig an dem Schränkchen und sah mir spöttisch in die Augen.

»Ich kann keine Bilder im Wasser lesen, Athena, aber ich mache Euch eine Prophezeiung. Bevor Ihr mich bekommen werdet, müßt ihr erkennen, daß Lamotte Euch geistig nicht gewachsen ist.«

»Was macht Euch denken, ich wolle überhaupt einen von Euch?« sagte ich verächtlich.

»Oh, Athena, wann werdet Ihr je begreifen, daß Ihr nicht der einzige intelligente Mensch auf Erden seid? Ihr seid verrückt nach Lamotte seit dem ersten Tag, als Eure Augen ihn erblickten – ich war zugegen, und ich erinnere mich gut, wie Ihr errötet seid. Ihr wart der Menge voraus, das halte ich Euch zugute, immerhin ging er damals nicht so gut gekleidet wie heute. Er ist ein anständiger Charakter, ein wahrer Freund, obwohl er mich mit seinen Weibergeschichten erzürnt, aber Ihr seid zu klug für ihn. Wenn er erst entdeckt, wie klug Ihr tatsächlich seid, wird er entsetzt sein, und Ihr werdet gelangweilt sein.«

»Sprecht Ihr für Euch selbst, Cato. Ich bin glücklich, wie ich bin.« Die Nennung seines alten Spitznamens ließ ihn zusammenzucken, wie ich es beabsichtigt hatte.

»Athena, hat Euch schon jemand gesagt, daß Ihr ein boshaftes kleines Ding seid?«

»Primi Visconti.«

»Das kann ich mir denken. Man muß schon jemand sein, um es zu merken, nicht wahr? Aber Ihr werdet das Spiel, die unwissenden Bläßlinge zu täuschen, überholt finden. Primi kann sich zur Ruhe setzen. Er hat einen Titel, wenn auch nur einen italienischen, und auch Bildung. Er kann eine amtliche Pension erhalten, wenn er den König zufriedenstellt. Aber Ihr – Ihr seid eine Frau, und dieser Weg steht Euch nicht offen. Ihr werdet mehr und mehr aufs Spiel setzen, um Eure Kräfte zu erproben, bis Ihr auf etwas trefft, das Euch vernichten wird. Dies war das Los intelligenter Frauen, soweit ich es beobachtet habe. Eine Frau mit Verstand trägt einen Fluch mit sich; nirgendwo ist ihr gestattet, ihren Verstand zu gebrauchen, und so wird sie wüten, bis sie sich selbst in Brand setzt.«

»Ich kenne eine Menge intelligenter Frauen – und alle sind sehr erfolgreich. Ihr könntet sehr wohl dasselbe von einem intelligenten Manne sagen, der in der falschen Klasse der Gesellschaft geboren ist.«

»Ich vermute, hierin könntet Ihr recht haben, Athena, aber es widerlegt meinen Standpunkt nicht. Was kann eine reiche Frau anderes tun als sticken und bei Predigten ohnmächtig werden?

Was gibt es für eine arme anderes als Plackerei? Aber Euch, Euch sehe ich mit allen Kräften eines lebendigen Geistes die Vernichtung herausfordern. Was wollt Ihr tun, wenn Ihr Königin seid, kleines Mädchen, außer noch größere und schrecklichere Triumphe erstreben als jene, die Euch vorausgingen?«

»Woher wißt Ihr von der Königin?«

Er setzte sich mir gegenüber an meinen Wahrsagetisch und stützte die Ellenbogen auf das kabbalistische Tuch. »Ich komme herum, Athena. Und entgegen der landläufigen Meinung druckt ein *nouvelliste* nicht immer alles, was ihm zu Ohren kommt. Und ich weiß, man hat Euch ausersehen –«

»Das ist lächerlich. Ich besitze nicht das Geschick, die Geheimnisse. Und ich habe mich entschieden, eine Wahrsagerin zu sein. Ich bin nicht einmal eine Eingeweihte, nur eine Verbündete. Das ist genau das Richtige für mich. Ich werde reich, und dann setze ich mich zur Ruhe.«

»Ich habe bislang noch keine Frau aus Eurem Metier sich zur Ruhe setzen sehen.«

»Ihr seid *widerwärtig*, Florent d'Urbec. Die Welt ist auch nicht von alt gewordenen *nouvellistes* bevölkert. Ungefähr der schönste Ort, an dem sie enden, ist der Schuldturm. Und Ihr wollt, daß ich mit Euch gehe und rein gar nichts bin? Selbst der lächerliche Brissac bietet mir eine Zusammenarbeit an, so abstoßend sie ist.«

D'Urbec stand wutentbrannt auf und sah mit flammenden Augen auf mich herab. »Geneviève Pasquier, Ihr werdet bereuen, dies zu mir gesagt zu haben, das schwöre ich.« Aber ich lasse mich von solchen Taktiken nicht einschüchtern. Männer lieben dergleichen. Und was erwarten sie von uns? Sollen wir in Ohnmacht fallen? Ich blickte ihn geradewegs an und zuckte die Achseln.

»Oh, là, là, die Rache. Alle wollen heutzutage Rache. Mich führte sie zur Schattenkönigin, und nun werde ich nie wieder an Rosen riechen. Wohin wird sie Euch führen, Florent d'Urbec? Ich habe einen Unmenschen, der mich entehrt hat, als würdigen Gegenstand meiner Rache. Ihr nur eine Frau, die Gefahren auf sich nahm, um Euch Gutes zu tun. Eines Tages müßt Ihr mir mehr von Eurem gerühmten Verstand erzählen, mein Freund, und wie Ihr ihn nutzt, um jemanden zu vernichten, der es wert ist, daß Ihr Rache an ihm nehmt.«

An den folgenden beiden Tagen sprach er nicht mit mir. Am dritten Tag borgte er sich von Sylvie eine Nadel, und mit der übertriebenen Exaktheit des langjährigen Junggesellen flickte er sein Hemd, das nach mehreren Wäschen keine Blutflecken mehr aufwies.

»Ich gehe jetzt«, sagte er. »Ich schicke um meine Kiste, wenn ich einen Platz zum Leben gefunden habe.«

»Ihr wißt nicht, wohin?« fragte ich, plötzlich besorgt. Er sah noch immer siech und fiebrig aus.

»Ich habe im Hinterzimmer von Griffons Druckerei gewohnt. Er und seine Familie wohnten darüber. Die Jansenisten werden wohl nicht so entgegenkommend sein.«

»Aber – werde ich Euch wiedersehen?«

»Ach, das? Ja, natürlich. Auf dem Cours la Reine in einer vierspännigen Equipage. Lebt wohl, Madame de Morville. Riecht nicht an Blumen.«

Ich floh die Treppe hinauf, wobei ich ohne jeden Grund dumme Tränen weinte.

Kapitel XIX

In den ersten Tagen des Herbstes kehrte der Hof zurück, und die Theater wechselten von der Sommersaison der Komödien zur Wintersaison der Tragödien. Das Wetter blieb warm, die Tage, golden und mild, hatten diese eigentümliche lichte Stille, die mit dem ersten Herbstregen plötzlich vergeht. Lamotte und d'Urbec waren aus meinem Leben verschwunden. D'Urbec hielt Wort und schickte nach seiner Kiste, ließ sich jedoch nicht persönlich sehen. Ich gab die Möbel zurück, warf die Suppenknochen fort und stürzte mich aufs neue in meine Arbeit. Die Geschäfte waren nie besser gegangen, denn es wurde gemunkelt, der Sonnenkönig sei auf der Suche nach einer neuen Mätresse, und die Intrigen bei Hofe hatten sich vervielfacht.

»Alle lachen mich aus, der Teufel soll sie holen!« herrschte mich Madame de Montespan in ihrem gülden-weißen Salon an. »Hinaus, hinaus mit Euch allen! Mein Schicksal geht Euch nichts an! Hinaus, oder ich schwöre, ich lasse Euch alle hängen! Ich habe noch Einfluß, vergeßt das nicht!« Wie ein Dämon in Brokat wirbelte sie durch den Salon, ergriff eine kleine bronzene Amorette und warf sie nach einer ihrer erschrockenen Kammerfrauen. Ich wünschte schon, ich wäre nicht gekommen. Bei ihren berühmten Wutanfällen verlor Madame de Montespan jegliche Beherrschung, und man konnte nie genau sagen, wie es enden würde. Als aber ihre Kammerfrauen sich zurückzogen und ich mein Glas hervorholte, drückte sie die Hände an die Schläfen und setzte sich stöhnend nieder. Wieder einmal ihre grausamen Kopfschmerzen. »Gut, sie sind alle hinausgegangen. Nun sagt mir rasch, wird die fette, geschmacklose Madame de Soubise meinen Platz einnehmen?« Jedermann bei Hofe wußte von der Princesse de Soubise und dem geheimen Zeichen, mit welchem die Schönheit mit den tizianroten Haaren den König von der Abwesenheit ihres Gemahls verständigte. Wenn sie, geschmückt mit ihren Smaragdohrringen, einen Raum betrat, begleitete sie aufmerksames Gemurmel, und aller Augen wandten sich dem König zu. Jene von hämischem Gemüt freute es zudem zu beobachten, wie Madame de Montespan beim Anblick der berühmten Ohrringe über ihrem Fächer die Augen zusammenkniff. La Montespans Sturz war nahe. Es lebe die *maîtresse en titre.*

Ich musterte ihr Gesicht. Trotz des Kopfwehs glitzerten ihre unheimlichen aquamarinblauen Augen vor Zorn. Diesmal stieg das Bild mühelos im Glas empor.

»Der Triumph Eurer Rivalin ist von kurzer Dauer, Madame, dessen seid versichert.« Sie beugte sich näher, versuchte, selbst ins Wasser zu spähen, und ihr Atem trübte das Glas. »Mit ihrer nächsten Schwangerschaft wird Madame de Soubise ihre Schönheit einbüßen, und der König wird das Interesse an ihr verlieren.«

»Ihre Schönheit einbüßen?« Hämischer Triumph klang aus Madame de Montespans Stimme. »Und wie? Sagt das Glas es Euch?«

»Es ist klar und deutlich, Madame. Sie wird einen Vorderzahn verlieren.«

»Ah«, seufzte Madame de Montespan. »Meine Zähne sind sehr kräftig. Wie bedauerlich, daß so viele Frauen nach Geburten ihre Zähne verlieren. Gott hat gewollt, daß ich Macht erlange, indem er mir kräftige Zähne schenkte.« Sie lächelte. Ihre Zähne zwischen den geröteten Lippen waren klein und weiß, wie die eines kindlichen Kobolds.

»Eure Schönheit und Euer guter Geschmack sind ohnegleichen, Madame«, sagte ich begütigend.

»Ich habe gelobt, ihn keiner anderen Frau zu überlassen, und ich pflege meine Versprechen zu halten.« Eine eigentümliche Freundlichkeit verbarg den schäumenden Hexenkessel ihres Zornes.

»Jedermann achtet Euch dafür, Madame.« Ich bemühte mich, diplomatisch zu sein.

»Ich sage Euch, es ist ein Glück für Madame de Soubise, daß sie den Zahn verlieren wird. Ich werde nicht dulden, daß sie an meiner Stelle Herzogin wird. Sagt mir, verrät Euch das Glas, wann ich zur Herzogin ernannt werde?« Dies war ein wunder Punkt. Jedermann wußte, wagte es ihr jedoch nicht zu sagen, daß der König ihr den Titel, mit welchem er eine königliche Mätresse zu belohnen pflegte, nicht verleihen würde. Denn er wollte ihren Gemahl, der nach wie vor in der Verbannung in der Provinz wütete, nicht zum Herzog ernennen. Sie aber glaubte, daß er aus Liebe mit allen Gepflogenheiten brechen werde. »Die Äbtissin von Fontevrault sagt, ich müßte wirklich bald Herzogin werden, im Hinblick auf meine Dienste für die Krone.« Ihre Schwester. Ihr einziger Zuspruch.

»Die Äbtissin ist eine scharfsichtige Frau.«

»Aber nicht so scharfsichtig wie Euer Glas. Sagt mir, was verrät es über meinen *tabouret*?« In ihrem Lächeln lauerte Gefahr.

»Das Glas, Madame, ist klar. Das ist es oft, wenn etwas in zu ferner Zukunft liegt, um schon gelesen zu werden. Vielleicht nach Madame de Soubises Fortgang. Wer weiß? Eine Expertin mit den Karten könnte vielleicht –«

»La Voisin? Euer Glas ist besser als ihre Karten. Ich denke, ich lasse sie einfach wissen, daß –« Neuerliche Gefahr. Eine Drohung. Sage ihr, was sie zu hören wünscht, sonst...

»Madame, Eure Schönheit genügt als Verheißung für die Zukunft.« Sie wölbte eine Augenbraue. Sie kniff die Augen zusammen. Sie erhob sich.

»Unsere Unterredung ist beendet, Madame de Morville. Mademoiselle des Œillets wird Euch im Vorzimmer empfangen.« Ich verließ sie mit einem Gefühl der Erleichterung. Es hatte durchaus Nachteile, in dieser Saison zu begehrt zu sein, und einer davon waren La Montespans gefährliche Wutanfälle. Aber die schwere kleine Seidenbörse, die Mademoiselle des Œillets mir aushändigte, trug viel zu meiner Aufheiterung bei. Mein Rechnungsbuch füllte sich erfreulich. Das bedeutete am Ende der Woche einen angenehmen Besuch bei meiner Gönnerin.

Am Sonntag nachmittag traf ich als letzte von La Voisins Schützlingen ein. Ich saß vor ihrem geschlossenen Kabinett und betrachtete die Messingarbeit am Türriegel, als zu meiner Überraschung die Türe aufschwang und ich den letzten Fetzen des Gespräches hören konnte. Ich erhaschte einen Blick auf La Voisin, die, in einem dunkelfarbigen Kleid, weißer Spitzenschürze und anliegender Spitzenhaube, La Lepère, die verweinte Augen hatte, am Arm hinausgeleitete.

»– genug gejammert. Ihr solltet Euch an der kleinen Marquise da drüben ein Beispiel nehmen. Sie ist erst zwei Jahre im Geschäft, und es bekommt ihr bestens, meinen Rat zu befolgen.« Als die alte Frau mit niedergeschlagener Miene davonschlurfte, führte Madame mich in ihr Kabinett.

»Schon wieder ein Darlehen«, sagte sie seufzend. »Ach, mir scheint, ich ernähre die ganze Welt. Wenigstens machst du deine Sache gut. Ich höre neuerdings auf Schritt und Tritt von dir. Hast du deine Abrechnung mitgebracht?«

»Selbstverständlich, Madame.«

»Meine Güte«, bemerkte sie lächelnd, als sie die Seiten meines kleinen grünen Rechnungsbuches umblätterte, »du kommst viel besser voran, seit du diese Menagerie aus der Provinz nicht mehr ernähren mußt. Und du handhabst deine anderen Unkosten vorzüglich – ein guter Fortschritt! Wenn du in diesem Maße weitermachst, wirst du das Haus bald abbezahlt haben. Das kommt daher, daß du meine guten Ratschläge befolgst – nicht wie diese törichte La Lepère. Ich vermittle ihr so gute Geschäfte! Und wer hat ihr die Stellung in La Filiastres Etablissement verschafft, mit einem eigenen Zimmer? Und ich berechne so wenig für die Nutzung meiner – äh – Einrichtungen. Aber sie versteht nicht, ihre Unkosten zu handhaben! Dann muß ich mir ihr Gejammer anhören – oh, sie nimmt überhaupt kein Geld ein. Natürlich nicht. Bei jedem einzelnen besticht sie einen Totengräber, es in einem vergessenen Winkel eines Kirchhofs zu begraben. Geweihte Erde, wie rührselig! Und jetzt mußte ich ihr schon wieder ein Darlehen gewähren. Was bin ich doch für ein Schwächling, wie, Marquise? Aber ich sorge stets für meine Leute.« Sie ist im Begriff, mir einen »Rat« zu erteilen, den ich besser befolge, dachte ich.

»Seit neuestem halte ich sehr große Stücke auf dich.« Sie lächelte mütterlich. »Du hast großes Talent fürs Geschäft. Du wirst niemals ein trübsinniges altes Weib werden wie La Lepère. Nächste Woche gebe ich ein kleines Fest, um die Rückkehr des Hofes zu feiern. Im Freien, wenn das Wetter schön bleibt. Ich habe noch so viele herrliche Blumen im Garten! Und der neue Brunnen mit der kleinen Statue bringt meinen Pavillon vorzüglich zur Geltung.« Sie erhob sich und deutete auf das kleine Fenster des Kabinetts. Draußen im Garten plätscherte der Brunnen inmitten von üppigen Farnen und den letzten Sommerlilien. Ein kleiner Putto mit einem Wasserkrug spritzte Wasser auf seine patschigen Füße. Die weißen Säulen des klassischen Pavillons schimmerten golden in der Nachmittagssonne. Der Kamin des darin befindlichen Ofens stieß schwarzen Rauch aus. »Die Geschäfte bei Hofe sind nie besser gegangen«, sagte sie und blickte liebevoll auf die schwarze Rauchsäule, die in den blauen Himmel über der Stadt aufstieg.

»Ein herrliches Fest«, sagte sie leichthin und wandte sich vom Fenster. »Viele wunderbare alte Freunde. Du wirst in den nächsten Tagen eine Einladung erhalten. Die meisten Gäste wirst du kennen, denke ich. Viele von *uns*, etliche von *ihnen*, und selbstverständlich Klientel und einige ausgesuchte Studierende der okkulten Wissenschaften. Violinen natürlich, und es wird die ganze Nacht getanzt – oh, mach nicht so ein entsetztes Gesicht! Was glaubst du, wo wir tanzen? Auf dem Blocksberg? Nackt? Ich bitte dich –«, und sie fuchtelte verächtlich mit der Hand, »ich mag ja eine Hexe sein, aber ich bin stets zuerst Pariserin. Mein Kleid wird morgen abend von den Stickerinnen geliefert; meine Violinen werden die allerbesten sein – das Orchester von Monsieur ist an dem Abend frei. Und meine Gästeliste – sehr erlaucht. Höflinge in großer Zahl. Brissac wird hiersein. Ich wünsche nicht, daß du die Gelegenheit versäumst, mit ihm zu parlieren. Du wirst sehen, er ist ein ungemein vornehmer Herr – überaus präsentabel. Ein vorzüglicher Gemahl für eine Frau, die mit ihm umzugehen versteht.«

»Mit Verlaub, Madame, ich wünsche so sehr einen Gemahl wie ein Frosch einen Kammerdiener.«

»Ha! Wie geistreich. Kein Wunder, daß du so großen Erfolg hast.« Sie ließ ihr kleines Lachen ertönen, als sie wieder auf ihrem Lehnstuhl Platz nahm, während sie mich stehen ließ. Das kurze Aufflackern von geheuchelter Zufriedenheit machte mich frieren. »Aber meine Liebe«, sagte sie nachsichtig, »du magst dir keinen Gemahl *wünschen*, aber du *brauchst* einen. Nun sei so gut und nimm Platz.« Sie wies auf den schmalen Stuhl ohne Armlehnen an ihrem Schreibpult. Ich setzte mich kerzengerade hin. »Wirklich, Ehemänner stören in keiner Weise«, sprach sie weiter, indes sie sich in behaglicher Vertraulichkeit vorbeugte. »Sie sitzen herum, sie unterzeichnen Rechtsdokumente – sehr wichtig, so rückständig, wie die Gesetze für uns Frauen sind. Ich würde niemals ohne Gemahl sein wollen. Die meinen waren alle von großem Nutzen. Freilich, sie müssen ernährt werden. Man halte sie stets satt, mit schwerer Kost. Das beruhigt sie. Du wirst natürlich eine gute Köchin einstellen müssen. Aber das ist eine kleine Aufwendung für eine unangreifbare gesellschaftliche Position.«

»Ich bezweifle, daß Brissac nur herumsitzen und essen wird.

Er ist überall im Hause, wie eine Küchenschabe – er schießt aus dunklen Ecken hervor, intrigiert, nimmt sich Geliebte und verstreut Geld in der ganzen Stadt, sofern er welches hat.«

»Meine Liebe«, sagte sie und legte ihre Hand auf meine, »denkst du, ich würde dir eine solche Verbindung vorschlagen, wenn du nicht ein Mädchen wärst, das seine fünf Sinne beisammenhat? Memmen und alte Leute läßt man auf lahmen, alten Schindmähren aufsitzen – aber ein Vollblut, lebhaft, rassig, kaum zu bändigen, sollte von niemand anderem als dem glänzendsten Reiter geritten werden. Glaube mir, er ist dir unterlegen – aber als Paar – ah! Was für ein Paar! Gefährlich, brillant, elegant – wie ein Komet werdet ihr über den Himmel von Paris rasen! Und am Ende wirst du Macht besitzen!« Ihre schwarzen Augen glitzerten, und ich fühlte mich von der Idee angezogen wie eine Nadel von einem Magneten. Als ich ihre glühenden Augen betrachtete, huschte ein kleines Lächeln über ihre Lippen, und mich durchzuckte der Gedanke: Sie erlebt durch dich ihre Jugend wieder. Die Schattenkönigin, neu erschaffen, so, wie sie gerne gewesen wäre. Keinen armen, gescheiterten Juwelier zum Gemahl, sondern einen adeligen Satanisten, brillant und gefährlich, ein ebenbürtiger Gefährte. D'Urbec, der lästige, aufrichtige, berufsmäßige Kollekteur von Klatschgeschichten, hatte richtig geurteilt. Ich war ausersehen. Und je hochfahrender ihre Pläne, desto weniger duldete sie Versagen. Ich mußte das Spiel mitspielen, wollte ich nicht auf dem Gebeinhügel auf dem Cimetière des Innocents enden.

»Ich will mein Bestes tun, aber Ihr wißt, ich verstehe nicht zu kokettieren. Ich kann nicht durch meine Wimpern zu einem Mann aufschauen und vorgeben, er sei klüger als ich. Ich sage, was ich denke. Die Männer finden mich nicht hübsch.«

»Hübsch? Das ist es nicht, worauf es ihm ankommt, meine Liebe. Nur Geld. Lasse einfach die Namen einiger Salons fallen, in denen du in jüngster Zeit verkehrt hast. Lasse ihn ein paar Kunststücke mit Karten machen – sieh zu, ob du sie in einem Weinglas lesen kannst. Sage ihm, du seist nicht sicher, gut lesen zu können, wenn du nicht glücklich bist – etwas in dieser Art. Lasse ihn wissen, daß du keine Närrin bist, die mit ein paar billigen Küssen zu erobern ist, und daß er hart um dein Können feilschen muß.« Sie klappte ihr Hauptbuch mit einem gekünstelten Lächeln zu. »Sei schlau – ja, höre auf mich, und es wird dir wohl ergehen.«

An diesem Abend kam mein Verstand nicht zur Ruhe. Die Schattenkönigin und ihr Hauptbuch, Brissac und seine abstoßenden Hände, der blendende Lamotte, unsagbar schön in gelber Seide, Vater auf seinem Totenbett, Großmutters Papagei, der »Gerechtigkeit! Gerechtigkeit! Feuer und Schwefel!« schrie. Marie-Angélique, im Luxus weinend. Die schweren Schritte auf der Treppe und das Echo von Onkels schauderhaftem Gelächter. Und Augen. Dunkel, abschätzend, kühl und beleidigend. Eine Stimme, die sprach: Ihr seid ausersehen. Wo werdet Ihr enden? Florent d'Urbec. Hol ihn der Teufel. Ich hasse Leute, die recht haben.

Am Morgen brachte mir Sylvie auf dem Tablett mit meiner Schokolade einen Brief. Das Papier war dick und schwer, und das Petschaft hatte Sylvies Neugierde standgehalten. Ich fühlte ihren Atem an meiner Schulter, als ich mich im Bett aufsetzte, um die vertraute, weitschweifige simple Handschrift zu lesen.

Liebste Schwester!
Mein Glück ist vollkommen. Ich bin gerade aus Fontainebleau zurückgekehrt. Nie wurde mir solche Gunst und Zärtlichkeit zuteil. Mein Freund hat mir ein herrliches Smaragdhalsband geschenkt und versichert mir, daß ich die Königin seines Herzens bin. Welch großmütige Herablassung seitens eines so hochstehenden Mannes, und aus einer so alten Familie! Ich zweifle nun nicht mehr daran, daß ich trotz meines Mangels an Stand und Abstammung bald maîtresse en titre *sein werde. Und, Schwester, weil Deine Mächte unfehlbar sind, bist Du die erste, der ich es erzähle: Ein kostbares Unterpfand seiner erneuerten Wertschätzung wird bald mein sein. Ich warte nur noch auf den idealen Augenblick, um ihm mein süßes Geheimnis zu offenbaren. Wenn Du frei bist, komme und nimm teil an meiner Freude. Ich bin mittwochs zu Hause.*

Deine Dich liebende Schwester
Marie-Angélique

»Nun?« fragte Sylvie, nachdem es ihr nicht gelungen war, den Hals weit genug zu recken, um den Inhalt des Briefes zu erfassen.

»Wieder hat sich ein Schicksal erfüllt. Verhänge den Spiegel meines Toilettentisches, Sylvie.«

»So, Madame, werdet Ihr heute abend auf dem Fest das hübsche rosa Kleid tragen? Ihr habt es noch nie aus seiner Musselinhülle genommen. Und die Farbe – oh, sie steht Euch gut zu Gesicht, Ihr seht beinahe wieder jung aus, wenn ich das sagen darf. Wenn ich begierig auf einen Heiratsantrag wäre, ich würde es anziehen.« Sylvie legte ein halbes Dutzend beinerner Haarnadeln auf meine Frisiertoilette und griff nach der Haarbürste, um meine wilden Locken zu bändigen. Es hat etwas für sich, einen Toilettenspiegel zu verhängen, dachte ich. Ich kann Sylvies mißbilligenden Gesichtsausdruck nicht sehen, wenn sie sich bemüht, den strengen kleinen Knoten und die seitlichen Löckchen zu formen, damit sie unter meine Haube passen. Die Bürste schien unwillig. Ich saß aufrecht auf dem kleinen vergoldeten Stuhl vor dem Toilettentisch und sann darüber nach, wie ich beiden, Brissac und meiner Gönnerin, am besten ausweichen könnte. Wieviel von meinen Ersparnissen hatte Brissac ihr für ihre Rolle beim Zustandekommen dieser Partie versprochen? Madame tat nie etwas unentgeltlich. Und doch nehme ich an, daß ihr eine gewisse eigentümliche Ehrbarkeit innewohnte. Sie stahl niemals. Das war mehr, als sich von einer großen Zahl respektabler Leute sagen ließ. Morden, nun, das war etwas anderes. Das tat sie wie alle übrigen. Vielleicht nur etwas sauberer. Sie würde nie einen Kopf unter Dielenbrettern zurücklassen. Das wäre eine Beleidigung für ihr Handwerk. Hierin, überlegte ich, liegt ohne Zweifel der Unterschied zwischen den Könnern und den Dilettanten auf dieser Welt.

»Sylvie, dem Manne, den Madame ausgesucht hat, ist es nicht um Jugend zu tun. Er vertilgt hübsche Frauen zu Dutzenden zum Frühstück. Brissac ist ein Wüstling, der nur das Geld liebt. Sein Lebensziel besteht darin herauszufinden, wo der Teufel wohnt, damit er einen Pakt mit ihm schließen kann. Für diesen Mann möchte ich reich aussehen, unverwundbar und sehr mysteriös, als ob ich des Teufels Adresse schon in meiner Tasche hätte. Er muß gezwungen werden, hart zu feilschen, hat Madame gesagt. Ich will das Grauseidene – das mit dem tiefen Ausschnitt. Und ich werde es ohne Halskrause tragen, damit mein Busen zu sehen ist. Dann wünsche ich alles Geschmeide, das ich besitze – die Perlen, das Kruzifix mit den Rubinen, die Diamantohrringe und alle meine Armbänder. Sage Gilles, er soll beides, Schwert und Pistole, bei sich tragen, wenn er mich heute abend begleitet.«

»Und Euer Haar? Den Schleier?«

»Keinen Schleier heute abend. Ich möchte, daß du mir die neue Frisur von Madame de Montespan machst, mit den Locken im Nacken, aber nur mit einer einzigen blutroten Rose geschmückt. Das dürfte Madame gefallen.«

»Auf Eurem schwarzen Haar, ganz vorzüglich, Madame! Die Symbole des Reichtums und der Leidenschaft vereint. Welcher Mann könnte da widerstehen?«

»Brissac, der keine Augen dafür hat. Wir haben zu tun, was uns befohlen wird, Sylvie.« Ausgezeichnet, dachte ich, als sie die Haarbürste beiseite legte. Sie wird La Voisin einen ausführlichen Bericht über dieses Gespräch zutragen. »O ja«, setzte ich hinzu, »ich wünsche, daß du das Gelbseidene anziehst und mein Schnupftuch hältst, unmittelbar hinter Mustafa, der meine Schleppe trägt. Und sage ihm, er soll den Diamanten und die Reiherfedern an seinem Turban tragen. Ich plane einen großen Auftritt, nach dem Theater, wenn die meisten Gäste schon da sind.«

Das Wetter blieb am Tage des Festes schön, und an einem violett gefärbten Abend bahnte sich meine Kutsche ihren Weg durch das Gewirr wartender Equipagen und Sänften, die sich um die Villa in der Rue Beauregard drängten. Da waren Kutschen mit den Wappen alter Familien, von Diabolisten oder schlicht auf Vergnügen Erpichten, die wußten, daß La Voisins Soupers stets üppig waren und die Gesellschaft auch den abgestumpftesten Geschmack reizte. Da waren prunkvolle Kaleschen, für den Monat gemietet, so wie meine, Droschken und Sänften, nur für diesen Abend gemietet von Bittstellern, die verzweifelt darauf bedacht waren, Eindruck zu machen. Hier konnte einen das Glück ereilen: die richtige Begegnung, die günstige Gelegenheit, und man war seiner Sorgen ledig. Wir sind eine Nation von Höfen, dachte ich: Die großen Adeligen, welche den König umringen, um sich seiner Gunst zu versichern, haben kleine Adelige, die ihnen aufwarten; die kleinen haben noch kleinere, die bei ihren *levées* um sie herumstehen. Und hier in der Rue Beauregard ist der Hof der Lüsternen, der Falschen, der Abergläubischen, die in die Verdammnis taumeln. Wirklich kein großer Unterschied zum großen Hof. Lauter Parasiten. In welchem Gefährt mochte Brissac gekommen sein, nachdem er sein letztes Hemd versetzt hatte?

La Voisins Haus war für den Abend verwandelt worden; man hatte die Flügeltüren zwischen dem schwarzen Salon und den inneren Räumen aufgestoßen, so daß ein großer Saal entstand. Reihen von Kerzen leuchteten auf den mit Köstlichkeiten überladenen Tischen. Violinklänge drangen vom Garten herein, wo die mit Lampions geschmückten Zeltplanen einen großen Tanzboden überdachten, der für diesen Abend zwischen Haus und Pavillon angelegt worden war. Ich verursachte einen Aufruhr, als ich an der Türe angekündigt wurde. Selbst die gelangweiltesten Höflinge, die an alles gewöhnt waren, sahen von den köstlich beladenen Tafeln auf. Da war ich, eine extravagante, exotische kleine Gestalt mit dem großen, von einer silbernen Spitze gekrönten Spazierstock, der ein mit einem Turban gekleideter Heide die Schleppe trug und deren Zofe ein schwerbewaffneter Riese von Leibwächter folgte. Ich hatte mich selbst übertroffen.

»Marquise, Ihr seht – verändert aus«, stammelte La Pelletier. Abbé Guibourg, dem das Essen aus dem Mundwinkel sickerte, blickte auf und grinste lüstern. Rings um mich wich man zurück, als ich durch die Menge schritt. Hochachtung, Furcht, Ehrerbietung. Denn ich kannte die Zukunft, ich wies das Schicksal zu. Vor allem aber mußte man mich gewogen machen, denn wenn ich Königin würde, wer konnte sagen, wessen Geschick, wessen Leben ich eines Tages in der Hand haben mochte? La Voisin, blendend in flammenfarbenem Satin und Diamanten, hielt unter dem gestreiften Zeltdach hof. Ihre Bittsteller und Schmeichler machten mir Platz, als ich mich näherte.

»Madame«, sagte ich mit einer tiefen Verbeugung, »Euer Abend ist gar köstlich, und es ist mir eine Ehre, hierzusein.« Sie nickte beifällig angesichts meines Geschmeides, meines Gefolges und der roten Rose.

»Meine liebe Marquise, nie habt Ihr strahlender ausgesehen. Ich nehme an, Ihr habt bereits mit Duc de Brissac Bekanntschaft gemacht?« Brissac, den dunklen Bart ungeschoren, in mottenzerfressenen blauen Samt gekleidet und mit einer riesigen Hofperücke nach der vorjährigen Mode angetan, lüftete seinen Federhut und bekundete sein Vergnügen und seine Überraschung, mich wiederzusehen. Ich werde heute abend mein Spiel mit Euch treiben, dachte ich, als ich seine Aufforderung zum Tanz zurückwies und meinen Fächer vor meinem Busen entfaltete, eine Geste, die soviel wie »seid diskret« bedeutete.

»Das ist ein Vergnügen, dem ich vor Jahrzehnten entsagt habe«, beschied ich ihn und schob meinen Fächer fast ganz zusammen, was »sittsame Zweisamkeit« bedeutete, indes ich ihn mit geneigtem Kopf aus den Augenwinkeln ansah. »Tanzen zerstreut die Energien des Geistes, und ich ziehe es vor, meine Kräfte zu sammeln.« Ich schloß den Fächer vollends und hielt ihn zu meiner Rechten: »Wir müssen uns ungestört unterhalten.«

»Eure Kräfte sind nur der blasseste Schatten Eurer Schönheit«, murmelte er, als wir uns von der Schattenkönigin entfernten und zur Grotte gelangten. Der Brunnen plätscherte eine melancholische Weise, indes wir uns auf eine schlichte Bank vor dem verborgenen Ofen setzten. Ein seltsamer Ort: aus weißem Marmor, von Efeu umrankt, eine Manufaktur für die Zulieferer in Madames »philanthropischer Gesellschaft«. Eine passende Szenerie für die Verführungskünste eines Satanisten. Nach einer Anzahl dümmlicher Schmeicheleien über meinen weißen Busen und meine elfenbeinfarbenen Hände krochen seine Finger zu meinem Hals. Es ist etwas Widerwärtiges um die Berührung eines Mannes, wenn er unaufrichtig ist – seine Finger fühlen sich an wie Eidechsen.

Ich wich vor dem warmen, fauligen Geruch seines Atems zurück, ließ meinen Fächer zuschnappen und sagte: »Laßt uns offen miteinander sein, Brissac. Ich habe keine Freude an Männern, und Ihr, soviel ich weiß, könnt Frauen wenig abgewinnen. Laßt ab von dem Versuch, mich mit Komplimenten und Euren Liebeskünsten zu blenden. Euer Rang und Eure Persönlichkeit machen mich nicht vor Entzücken schaudern. Ich mutmaße, aus etwas anderen Gründen könnt Ihr über mich dasselbe sagen. Ich wünsche nicht, Eure *maîtresse en titre* zu sein; ich bin eine Frau, die nur mit einer Vermählung zufriedenzustellen ist, und ich möchte Eure Bedingungen hören.« Er schien über meine Unverblümtheit verblüfft. Er ließ die Maske der Galanterie fallen, und zum Vorschein kamen unverhüllte Habsucht, Hochmut und die Wut des Mannes darüber, daß ich ihn nicht für unwiderstehlich hielt.

»Vermählung? Mit einem Ungeheuer? Was macht Euch glauben, ein Brissac würde sich zu einer so schändlichen Mésalliance herablassen?« Er sah mich an, als wollte er mich schlagen. Ich wich zurück und bedachte ihn mit einem gebieterischen Blick.

»Warum sich dann überhaupt zu mir herablassen? Gewiß nicht, um Lust aus meiner Verführung zu gewinnen. Würde dann nicht auch Eure Reputation leiden? ›Brisscac teilt das Lager mit einem verunstalteten, Jahrhunderte alten Weib‹, würde man munkeln. Oder plantet Ihr, die Hochnäsigen am Hofe sollten vielmehr flüstern: ›Brissac hat die alte Hexenmeisterin verrückt gemacht vor Begierde – sie gibt ihm alles, so ein gerissener Bursche!‹«

»Ihr – Ihr Unmensch!« rief er. Keinem behagt es, wenn seine Pläne aufgedeckt werden, dachte ich. La Voisin war zu eifrig, zu sehr in ihrem Wunsche befangen. Sie hat ihn mißverstanden. Er richtete sich zu seiner vollen Größe auf, welche für einen Mann bescheiden war, und sein Gesicht erstarrte zu einem aristokratischen Hohnlächeln.

»Offensichtlich, Madame, hat niemand die Mühe auf sich genommen, Euch zu unterrichten, daß es Euch an jeglichen wünschenswerten Eigenschaften einer Frau gebricht: makellose Abstammung, Jugend, die sanfte Süße unschuldigen Begehrens –«

»– und eine hübsche Mitgift, ohne die alles übrige wertlos ist«, schloß ich.

»Ja, eine Familie von Stand – von Vermögen –«

»Und vielleicht, Monsieur, hat niemand die Mühe auf sich genommen, Euch zu sagen, daß Ihr trotz Eures Standes, solltet Ihr denn verfügbar sein, dennoch mangelhafte Ware seid und bei einer Familie von Rang wohl kaum Anklang fändet. Bei Euren Lebensgewohnheiten ist es unwahrscheinlich, daß Ihr Erben hervorbringt; nehmt dazu das Gerücht, daß Ihr bereits die Hälfte der kleinen Eisverkäuferinnen in der Stadt mit der italienischen Seuche angesteckt habt – ein Gebrechen, mit dem man seine Enkelkinder nicht gerne behaftet sehen möchte. Ihr verschwendet Geld wie Wasser, insbesondere das anderer Leute, und habt bewirkt, daß mindestens ein Liebhaber diese Welt unter fragwürdigen Umständen verlassen hat. Ihr habt Euer väterliches Erbteil vertan und Euch mit Euren Bekannten bei Hofe entzweit. Dies alles würde auch bei der habgierigsten Familie des Kleinbürgertums schwerer wiegen als Euer Satanismus, geschweige denn bei einer Familie von hoher Abstammung. Nein, Monsieur de Brissac, sogar diejenigen, die von niedrigerem Stande sind als Ihr, wollen Euch nicht. Ich schlage vor, Ihr behaltet die Gemahlin, die Ihr habt. Wenn Ihr gut zu ihr seid, gewährt sie Euch vielleicht eine Apanage.«

»Das muß ich mir nicht anhören«, sagte er und erhob sich.

»Nein, doch bevor Ihr geht, solltet Ihr bedenken, daß ich nicht nur ein Vermögen beibringe, welches größer ist als alle anderen, ausgenommen eine königliche Mitgift, sondern daß dieses Vermögen, anders als eine Mitgift, sich von Tag zu Tag vermehrt. Ich will Herzogin sein, Ihr wollt reich sein – es ist ganz und gar vernünftig, unter dem Deckmantel der Ehe eine geschäftliche Teilhaberschaft einzugehen.«

»Ihr – Ihr seid keine Frau, Ihr seid ein kaltblütiges Monstrum.«

»Und Ihr ein heißblütiges.«

»Ich könnte Euch für diese Schmähungen vernichten.«

»Ei freilich, und Euch dann Eurer letzten Chance für ein Vermögen begeben.«

»Ich kann ein Dutzend bessere Bräute finden.«

»Schön. Geht, versucht es, und wenn Ihr es müde seid, abgewiesen zu werden, kommt zu mir zurück. Dann freilich werde ich noch reicher sein – und meine Bedingungen sind womöglich noch härter.«

»Eure Bedingungen? *Eure* Bedingungen? Wie könnt Ihr es wagen! Ihr habt Euch *meinen* Bedingungen zu fügen, Ihr unnatürliches altes Weib. Brissacs Bedingungen!«

»Aber, aber«, sagte ich kühl, als er vor mir aufragte, mit einem Gesicht, als wollte er mich erwürgen. »Wir dürfen das Handelsgut nicht beschädigen. Das mindert den Wert.« Als er auf dem Absatz kehrtmachte und davonstürmte, stand ich auf.

Gut, dachte ich. Ich habe ein Angebot gemacht, das La Voisin zufriedenstellen wird, und er hat abgelehnt, was ihr mißfallen wird. Und solange sie auf ihn hofft, kann sie mir nicht zürnen. Meine Suppe bleibt bekömmlich, und Brissac belästigt mich nicht. Ein ausgezeichnetes Resultat.

»Ah, da bist du, nach eurem kleinen *tête-à-tête*. Sage mir, wie ist es gegangen?« Weit früher als ihre Stimme hatte das Rascheln ihrer Taftunterkleider die Anwesenheit meiner Gönnerin angekündigt.

»Er wünscht keine Vermählung; ich habe ihm gesagt, daß Heirat der Preis für mein Vermögen ist. Er sagte, für eine Herzogin sei ich zu mißgestaltet und unbedeutend. Er wird sich anderswo umschauen, scheitern und zurückkehren. Das kann ich ohne das Glas voraussagen.« Ihr Mund verzog sich zu einem grimmigen Strich.

»Wenn er mit mir sein Spiel getrieben hat, ich schwöre –«

»Oh, bedenkt, daß er ein Mann ist und daher heißblütig, unlogisch und wankelmütig. Ihr müßt ihn zartfühlend behandeln, wenn Ihr wünscht, daß er – sich benimmt.«

»Ha! Du machst gute Fortschritte, meine Liebe. Dein Verstand entwickelt sich vortrefflich.« Ihre Miene war beinahe gütig, als sie mich über den unterdessen überfüllten Tanzboden geleitete.

An der Tafel mit Erfrischungen trafen wir La Lepère, die kandierte Früchte in die ausgebeulten Taschen der alten Jacke über ihrem schäbigen Kleid steckte.

»Nehmt auch von den Brötchen, meine Liebe, das ergibt ein leckeres Frühstück«, sagte La Voisin, und die alte Frau drehte sich herum, indes sie ihr Tun zu verbergen trachtete.

»Ihr – lächelt Ihr nur über mich. Eure Gäste würden sich bei Euch nicht so wohl fühlen, wenn sie wüßten, was Euren Garten so grün macht«, sagte sie und schob die Hände in die Taschen, wie um zu verhüten, daß ihr jemand die versteckten Leckerbissen entriß.

»Ei, Ihr neidet mir meine Gärtner? Aber, aber, es gab eine Zeit, da dachtet Ihr weitaus großmütiger.«

Eine maskierte Hofdame, die dies mit angehört hatte, stieß ein schrilles Lachen aus. »Meine Güte, ja, Eure Gärtner wirken Wunder! Ich selber neide sie Euch. Schaut, die Rosen – wie üppig sie noch blühen. Und die Lilien! Und die Chrysanthemen! Zweimal so groß wie meine! O sagt, welches ist Euer Geheimnis?« Die Alchimistinnen von der Rue Forez, La Trianon und La Dodée, welche sich am Weinbrunnen aufhielten, wandten uns die Köpfe zu, nickten und lächelten.

»Es kommt darauf an, welche Nahrung man ihnen zuführt«, sagte La Voisin hintersinnig.

»Und die wäre?« fragte die maskierte Hofdame.

»Heißt Eure Gärtner verdorbenen Fisch vom Markt kompostieren. Das wirkt Wunder«, erwiderte die Hexenmeisterin mit ihrem seltsamen spitzen Lächeln und wandte sich ab. La Lepère folgte uns in einen Laubengang, der von Laternen erleuchtet und mit üppigen Weinreben geschmückt war.

»Cathérine«, sagte sie. »Es war nicht immer so wie jetzt. Hört auf den Rat einer alten Freundin – entledigt Euch dieses Gartens voller Gebeine.«

»Mich seiner entledigen? Lächerlich! Er ist mir sehr lieb. Sie halten meinen Ofen in der guten Saison Tag und Nacht in Betrieb, diese Höflinge, und meinen Garten – vorzüglich. Und ich weiß sie gerne dort – all die kleinen Marquisen und Comtes und Chevaliers, die meine Blumen zum Blühen bringen. Was für ein köstliches Schauspiel, ihre erlauchten Eltern gänzlich sorglos auf ihnen tanzen zu sehen – oh, Margot, was gibt's? Der Weinbrunnen muß schon aufgefüllt werden? Nimm den billigeren Bordeaux. Sie haben genug getrunken, um den Unterschied nicht zu bemerken – ja, nun spute dich. Wo war ich? O ja, mein Garten. Er ist mir lieb, so wie er ist. Ich habe nicht die Absicht, ihn umzugraben.« Insekten umschwirrten die Laternen und stießen sich an dem Glas zu Tode.

»Cathérine, das kann nicht gut enden. Diese – Eure Art und Weise, wie Ihr die Welt verhöhnt. Ihr solltet davon ablassen.«

»Und arm sein? Geht, geht, ich habe zehn Mäuler zu füttern – und es gelingt mir recht gut, ungeachtet der Tatsache, daß ich Leute wie Euch unterstütze. Mein Gewerbe ist nichts anderes, als was die halbe Welt betreibt. Ich mache es nur besser, das ist alles.«

»Besser – oder schlechter – es kommt darauf an, wie man es betrachtet«, murmelte La Lepère, indes die Violinen zu einer Pavane aufspielten.

An dem Mittwoch, der auf das Fest folgte, erhielt ich ein Schreiben von Monsieur Geniers, meinem stillen Teilhaber an meiner Rache. Chevalier de Saint-Laurent sei nicht in der Lage, seine Schulden zu begleichen, und nach der anberaumten Gerichtsverhandlung sei er in den Schuldturm geworfen worden. Von dort richte er flehende Briefe an Monsieur Geniers, des Inhalts, er möge die Wärter für anständige Nahrung und zusätzliche Dekken bezahlen. Gut, dachte ich. Der Winter kommt bald, und Onkel hungert und friert schon jetzt. Ich hoffe, daß die Ratten an ihm nagen. Soll er Monsieur Geniers' abschlägige Briefe essen. Soll er sich mit ihnen zudecken. Mir kann er nicht rasch genug in die Hölle kommen. Wir hatten kein Glück in unserer Familie, Marie-Angélique und ich, aber wir haben es trotz alledem weit gebracht, dachte ich. Dann gab ich Anweisung, die Kutsche für die Visiten des Tages vorfahren zu lassen. Ich werde meinen Tag damit beschließen, bei Marie-Angélique hereinzuschauen, um nach ihrem Befinden zu sehen. Was mag wohl ein hübsches Geschenk für einen Säugling sein? Halb in Tagträumen verloren, stieg ich in die Kutsche und merkte kaum, daß sie auf die Straße scherte. Vielleicht wird das Kind ein Mädchen. Dann ist es leicht, etwas auszusuchen. Ich werde ihr ein Kleid kaufen, und ein silbernes Löffelchen mit ihrem Namen darauf. An der Ecke der Rue de Picardie blieb die Kutsche stehen, aufgehalten von Fußgängern, Sänften und einem Rollwagen. Tante? Es wird gewiß amüsant, Tante zu sein. Alle Erinnerungen an Onkel wichen dieser angenehmen Vorstellung. Sollte ich zu stricken beginnen? Tanten strickten anscheinend ohne Unterlaß. Unversehens kam mir d'Urbecs geschäftige Tante in den Sinn, deren Vorstellungen von Romanzen geprägt waren. Vielleicht urteilt man als Tante milder. Ich werde mir »Clélie« von Marie-Angélique leihen und sehen, ob ich es weniger albern finde. Dann werde ich im Bilde sein. Die Vorstellung amüsierte mich, und ich lachte laut heraus. Ich fühlte die Blicke von Fremden, die das unheimliche alte Weib anstarrten, das in einer steckengebliebenen Kutsche allein vor sich hin lachte.

Kapitel XX

»Du liebe Zeit, Schwester, ich kann es nicht fassen, wie du neuerdings ausschaust«, rief Marie-Angélique, als wir uns zur Begrüßung küßten. »So aufrecht und fürnehm, und wenn ich dich umarme, bist du wie aus Eisen! Wenn du es nicht weit gebracht hast, seit wir hinter dem Vorhang die Kavaliere auf der Straße begafften! Erinnerst du dich an den mit der Mandoline? Und der Ärmste mit den vielen Bändern, der seine Freunde mitbrachte, um sich Mut zu machen?« Die Seide ihres Kleides raschelte, als sie aus einer mit Gold verzierten Kristallkaraffe Likör einschenkte. Unter den Schichten von Rouge und Puder sah ihr Gesicht aufgedunsen aus. Doch kein einziges Haar war aus ihren mit Edelsteinen besetzten Kämmen gerutscht.

»Du siehst müde aus, Marie-Angélique, fühlst du dich nicht wohl?«

»Ach, Geneviève«, sagte sie, indes sie sich setzte und sich die Augen wischte, »ich habe ihm gestern abend von dem Kind erzählt. Er – er will es nicht haben. Seine Miene war so kalt, Schwester. Er sagte, schwangere Frauen haben etwas Häßliches und Aufgedunsenes, und das erkläre, weshalb ich in letzter Zeit entschieden etwas *Billiges* an mir habe. Er sagte, wenn ich ihn wirklich liebte, würde ich für ihn schön bleiben.«

»Aber Marie-Angélique, du *bist* schön! Du hast dich überhaupt nicht verändert!«

»Er sagt es aber. Und er geht zu anderen Frauen. Madame de Ludres, diese gräßliche reiche Betschwester. Sie ist ehrgeizig, sie hat Rang – sie hat Eleganz. Und – sie ist nicht – aufgedunsen. Ich muß mir seine Liebe bewahren, oder es ist aus mit mir, Schwester.«

»Marie-Angélique, das klingt mir nicht sehr aufrichtig. Er will nur das Kind nicht anerkennen, damit er es nicht ernähren muß. Wenn du dein Kind willst, solltest du es bekommen.« Marie-Angélique senkte den Kopf und wischte sich mit dem Handrükken die Augen, so daß der schwarze Lidschatten und der weiße Puder verschmierten. Sie sprach mit leiser Stimme.

»Er sagt, unsere Liebe sei mir nicht kostbar genug, um ihm zu gefallen und sie zu pflegen, er sehe mich lieber in einem Kloster

– oder in der Salpêtrière –, als seinen Bastard durch die Straße stolzieren zu wissen. Er besitzt Macht, Schwester, große Macht. Ich würde mein Kind nie wiedersehen – und was dann? O Gott, Schwester, was fange ich an? Die abgelegte kleine Mätresse, zeit ihres Lebens eingeschlossen, um Vergebung für ihre Sünden zu erflehen! Und mein Kind – ohne Mutter, was würde aus meinem armen Kind werden? Mein Kind, Geneviève, mein geliebtes Kind – verkauft, verhungert oder verkrüppelt – ich kann nicht mehr leben, ich schwöre dir, ich kann nicht! Gott wünscht, daß ich für meine Sünden sterbe –« Ich drückte die Weinende an mich.

»Nicht weinen, Schwester, nicht weinen«, flehte ich. »Alles wird gut. Gott wünscht, daß du lebst und dein Kind bekommst und glücklich bist.« Leuchtendgoldene Strähnen lösten sich aus Marie-Angéliques Kämmen, eine lichte Spur auf der düsterschwarzen Seide meines Kleides. So schönes Haar hatte ich mir immer gewünscht. Wie oft hatte ich diese Haare gekämmt und gebürstet, hatte ich gebettelt, ihr die Zofe ersetzen und ihre Haare vor dem Zubettgehen flechten zu dürfen, und gehofft, daß ein wenig von ihrem Glanz auf meine Hände abfärben würde. Marie-Angélique vor dem Spiegel ihrer Frisiertoilette, das leuchtende Gold über ihre Schultern gebreitet, und Mutter – die ganze Szene kehrte wie ein Theaterspiel in meiner Erinnerung wieder. Mutter, die das Zimmer betrat, stehenblieb, um Marie-Angélique anzusehen. Ihre Augen verengten sich. Plötzlich erkannte ich diesen Blick. Es war Haß, purer Haß. Marie-Angélique erhob sich halb und wandte sich um, sie zu grüßen, ihr feines weißes Profil von zerzaustem Gold umringt. Mutters Gesicht entspannte sich, und sie setzte ein gütiges, mütterliches Lächeln auf.

»Du mußt früher zu Bett gehen, Marie-Angélique. Du brauchst mehr Ruhe, um dir dein Aussehen zu bewahren«, sagte Mutter mit sanfter Stimme. Ich hatte mich danach gesehnt, diese sanfte Stimme »Geneviève« sagen zu hören. Wenn ich nur diese goldenen Haare hätte – »Und du, Geneviève – zwar braucht sich ein grotesker kleiner Gnom um Ringe unter den Augen nicht zu bekümmern, aber ich wünsche nicht mehr, daß du deiner Schwester bis spät in die Nacht vorliest und sie auf Abwege führst.« Ihre Stimme war kalt und sarkastisch. Ich bin ein Dummkopf gewesen, dachte ich. Mutter hat sie so sehr gehaßt wie mich. Sie haßte meine Mißgestalt. Sie haßte Marie-Angéliques Schönheit.

Sie haßte, daß Vater in Ungnade gefallen war. Wen haßte sie nicht? Großmutter? Sie haßte es, daß Großmutter über das letzte Geld gebot. Ihren Bruder? Sie haßte ihn für die Freiheiten, die er sich nahm. Sich selbst? Ja, sich selbst haßte sie auch. Wie sollte sie eine Person nicht hassen, die so hohl war und ohne Liebe? Es gab nicht genug Gift auf der Welt, um Mutters Haß zu stillen. Ihr entfesselter Haß könnte hundert La Voisins ernähren.

»Marie-Angélique«, sagte ich, »ich habe ein Haus... ich habe Geld beiseite gelegt. Du könntest bei mir wohnen und dein Kind heimlich bekommen. Er würde es nicht erfahren. Du könntest ihn täuschen. Sage ihm, so früh ist es gefährlich. Wenn es dann Zeit ist, sagst du ihm, daß du es abtreiben läßt. Ich ziehe dein Kind bei mir auf, und du kannst es besuchen. Das – es wäre schön für mich. Und es wäre beinahe, als würdest du es selber aufziehen.«

»Ach Geneviève, wenn ich das nur könnte. Aber er will nicht warten. Wenn ich ihn hinhalte, werde ich ihn verlieren. Dutzende von Frauen stellen ihm nach. Frauen von Stand, reiche und schöne Frauen. Der König ist ihm gewogen, und durch den Einfluß seiner Schwester kann er alles tun, alles erreichen. Er kann eine Familie aus dem Schmutz erheben. Wer würde für einen solchen Einfluß nicht seine Gemahlin oder die Tugend seiner Tochter opfern? Ich – ich bin in eine Welt eingetreten, der ich nicht gewachsen bin, Schwester. Meine Schönheit ist mein ganzer Besitz. Und sein Stolz, einen anderen Mann übervorteilt zu haben, als er mich nahm. Ich muß unsere Liebe erneuern, bevor sie verloren ist. Das ist der einzige Weg, der mir bleibt. Ich muß.« Ihre Augen waren voll Verzweiflung. Ihr Antlitz unter den grellen Rougeflecken und dem verschmierten Puder war bleich und von Sorge verzerrt. »Sage mir«, flüsterte sie, »hast du bei all deinen – äh – Geschäften jemals vom Comte de Longueval gehört?«

»Longueval?« wiederholte ich, um sicherzugehen. Für einen Moment blieb mir das Herz stehen.

»Ja. Longueval. Ich habe – man hat mir seinen Namen gegeben. Er – er kann die Dinge ins Lot bringen.«

»Longueval hat eine schlechte Reputation, Schwester. Er ist ein dilettantischer Schlachter, der nur nach Geld giert.«

»Er sagt, er bezahlt –«

»Du meinst, der Herzog will es dir bezahlen, daß du zu Longueval gehst?«

»Ja«, flüsterte sie und kehrte ihr Antlitz von mir ab. »Hasse mich nicht dafür. Ich hasse mich selbst schon.« Ihre Stimme war bekümmert vor Scham.

»Marie-Angélique, Longueval heißt seine Diener die Leichen seiner Fehlschläge in die Gassen hinter dem Bîcetre und dem Hôpital de la Charité werfen.«

»Quäle mich nicht noch mehr – mein armes Kind –«

»Marie-Angélique«, sagte ich, so sanft ich konnte, »denkst du, ich spreche hier von den Säuglingen? Der Mann ist ein Stümper. Die Frauen, die ihn aufsuchen, sind es, die auf der Gasse enden.«

»Aber Monsieur le Duc sagte –« Ihre Augen wurden weit. »Geneviève, welche Beweise hast du?«

»Schwester, ich führe jetzt ein anderes Leben. Es ist so anders, daß du es dir kaum vorstellen kannst. Ich kenne die Geheimnisse der Welt. Die Frauen, die in der Gunst der Männer hochsteigen, die untreuen Gemahlinnen, sie besuchen – zuweilen mehrmals im Jahr, einen – einen Ort, den ich kenne. Es macht ihnen nicht die geringste Angst, sie leben weiter, bis sie, wenn die Liebe ihnen erneut Ungemach bereitet, zurückkehren. In den richtigen Händen ist dies viel sicherer, als wegen eines Steinleidens operiert zu werden. Glaube mir, ich habe sie alle gesehen – Schauspielerinnen, Aristokratinnen – ha, vorige Woche empfing Madame eine Frau, deren Gemahl sie in ein Kloster schicken wollte. ›Wenn er denkt, ich gehe in diesem Zustand in ein Kloster, dann hat er sich geirrt‹, sagte sie zu mir. Frauen wie sie verstehen es, für sich selbst zu sorgen. Marie-Angélique, laß mich das für dich in die Wege leiten. Aber gehe nicht zu Longueval. Schwöre mir, daß du nicht zu ihm gehst.«

»Ich – ich weiß nicht«, erwiderte sie. »Ich wurde nicht erzogen, über diese Dinge Bescheid zu wissen. Und du wurdest auch nicht dazu erzogen, Geneviève. Jetzt verstehe ich, warum du so – hart wirkst. Du sollst nicht hart sein, Schwester, das ist nicht gut.«

»Das Leben ist hart, Marie-Angélique. Aber versprich mir, daß du nicht zu diesem Manne gehst. Ich werde alles für dich in die Wege leiten. Du bist alles, was mir auf dieser Welt geblieben ist. Du kannst wieder ein Kind bekommen, aber ich kann keine neue Schwester bekommen. Und wenn der Herzog darauf beharrt, daß du zu ihm gehst, sage ihm, du bestehst darauf, La Voisin aufzusuchen.«

»Die Wahrsagerin –« Sie holte Atem. »Das also ist ihr wahres Gewerbe.«

»Eines von vielen«, erwiderte ich und dachte an den üppigen Garten. »Aber sie ist flink, verschwiegen und sicher.« Doch nun zitterte Marie-Angélique am ganzen Leibe.

»Ich habe solche Angst, Geneviève. Hierfür werde ich in der Hölle schmoren.«

»Dann werden dir die elegantesten Leute am Hofe Gesellschaft leisten. Meine Güte, Princesse de Tingry allein könnte Madame ernähren mit ihren alljährlichen – Opfern.«

»Alljährlich? Oh, ich könnte nie – entsetzlich.« Marie-Angélique machte ein erschüttertes Gesicht.

»Marie-Angélique, du willst diesen Mann halten. Das ist der Preis dafür. Wenn du weinst und dich grämst, wirst du ihn langweilen. Was immer du tust, tu es unerschrocken.«

»Aber ich muß ihn halten – anders kann ich nicht leben. Und – und er liebt mich. Er sagt es. Unsere Liebe ist kostbar, hat er gesagt. Mir bleibt kein anderer Weg.«

»Dann versprich mir, wenn du es tust, die Stümper zu meiden. Ich werde alles für dich arrangieren, so daß du heiter, liebreizend und unversehrt zu ihm zurückkehrst.« Mit Bedauern sah ich die Aussicht schwinden, Tante zu werden. Kein Strickzeug, keine Besuche, kein silberner Löffel. Und alles wegen eines unwürdigen Lebemannes, der leichtgläubige Mädchen mit Liebeslügen täuschte. Wie viele andere Mädchen wie Marie-Angélique hielt er zur gleichen Zeit in der ganzen Stadt aus, ihre Angst und ihr Gewissen mit denselben schmutzigen Lügen beschwichtigend? Sie sollte verdammt sein, die Liebe. Sie war nichts als ein Mythos, ein Märchen. Haß, Rache, Habsucht – sie waren die Wirklichkeit. Marie-Angélique versprach es mir so viele Male, zuerst unter Tränen und dann mit neuer Entschlossenheit, daß ich ihr glaubte. Und obwohl es nicht mein Besuchstag war, begab ich mich schnurstracks in die Rue Beauregard.

Antoine Montvoisin, in seinem fleckigen Schlafrock und seinen mottenzerfressenen Pantoffeln, ließ mich zum Seiteneingang ein.

»Sie sind alle oben. Sie sind beschäftigt«, verkündete er, als würde das alles erklären. »Ich trinke ihren Beaujolais«, sagte er, und ein verschwörerischer Ton schlich sich in seine Stimme. »Sie vergißt, ihn einzuschließen, wenn alle mit einer Kundin oben sind. Möchtet Ihr etwas?«

»Nein, jetzt nicht, ich habe heute einen schwachen Magen. Habt dennoch Dank«, setzte ich hinzu, als ich seine enttäuschte Miene sah.

»Ah, da seid Ihr, Antoine. Wieder bei meinem guten Wein, wie? Schön, schenkt Euch noch ein Glas ein, dann kleidet Euch an. Ich habe heute eine Lieferung für Guibourg.« Margot kam mit einem säuberlich mit Schnur umwickelten Paket hinunter. »Oh, gut –« La Voisin drehte sich um und erblickte mich. »Ei, Marquise, was verschafft uns die Ehre? Heute ist nicht dein Abrechnungstag.«

»Ich bin gekommen, um Eure Dienste für – eine Frau in Verlegenheit – in Anspruch zu nehmen.«

»Ha! Etwa du? Wer um alles in der Welt ist es gewesen? Am Ende doch d'Urbec?«

»Nicht für mich, für meine Schwester.«

»Oho, die schöne Marie-Angélique Pasquier. Sie ist hoch hinaufgestiegen. Aber Vivonne ist wankelmütig. Wenn du wüßtest, wieviel Liebespulver gekauft wird, um es ihm ins Essen zu streuen – deine Schwester wäre gut beraten, mich auch in anderen Angelegenheiten zu konsultieren. Wer bezahlt? Vivonne?«

»Ich bezahle. Vivonne will sie zu Longueval schicken.«

»Dann ist er entweder ein Dummkopf, oder er will sie aus dem Wege haben. Da ich ihn kenne, trifft letzteres zu. Longueval ist ein Stümper.«

»Das habe ich ihr gesagt.« Während ich um den Preis feilschte, fühlte ich eine eisige Ruhe.

»Komm, nimm Platz, Marquise. Wie weit ist sie denn?« Wir setzten uns auf zwei große Lehnstühle, und sie stützte ihre Füße auf einen Schemel. Ihre Fußgelenke waren geschwollener als sonst.

»Es ist noch nichts zu sehen«, erwiderte ich.

»Oh, wie bedauerlich. Wäre es groß genug, um es Guibourg zu schicken, könnte ich einen Nachlaß gewähren. Im Augenblick herrscht Knappheit, und er bezahlt gut.«

»Bezahlt, wofür?«

»Ach, tu nicht so heikel. Sie sind schon tot, wenn ich sie ihm schicke. Er tauft sie natürlich, obgleich das nichts zur Sache tut, wenn sie nicht mehr leben. Und dann – verwendet er sie weiter. Schließlich wären sie andernfalls einfach verschwendet.«

»O ja, natürlich. Verschwenden wäre töricht«, sagte ich leichthin. Die einzige Verwendung, die ich mir für einen toten getauften Säugling vorstellen konnte, war in der schwarzen Messe, eine Spezialität von Guibourg. Die tiefschwarzen Augen der Schattenkönigin waren unergründlich, als sie beobachtete, wie ich diese Mitteilung aufnahm. Wir sahen Antoine, in seinen abgetragenen Umhang gehüllt, mit dem Paket aus der Türe stapfen. So weit war es mit Marie-Angélique gekommen, hierzu war sie verleitet worden. Wissentlich. Von ihrer eigenen Mutter.

»Sagt mir«, wandte ich mich mit ruhiger, klarer Stimme an La Voisin, »habt Ihr meiner Mutter das Gift verkauft, mit dem sie meinen Vater getötet hat?«

»Ich war neugierig, wann du das fragen würdest. Du hast dir wahrlich Zeit gelassen.«

»Es ist mir eben erst klargeworden«, log ich.

»Offen gesagt, für eine Person, welche die Zukunft so gut liest, bist du im Verstehen der Vergangenheit etwas schwerfällig. Die Antwort ist nein. Ich habe es ihr nicht verkauft. Das war La Bosse.«

»Dann ist es wahr. Er wurde ermordet, und Ihr habt es von Anfang an gewußt.« Ich traute ihrer ausweichenden Stimme nicht.

»Du mußt wissen, es gibt bestimmte Frauen, denen ich kein Gift verkaufe. Ich bin eine Künstlerin. Ich schaffe Todesarten, die unaufspürbar sind. Der lachende Tod, Vitriolöl, Krötendestillat – das ist nur für Dilettanten. Ich wünsche mir Kundschaft, die mutig, geduldig und gerissen ist. Jemand, der großes Unrecht erlitten hat und gewillt ist, meine Anweisungen genau zu befolgen, um sich zu rächen. Du zum Beispiel wärest ideal. Mein kleines – Gewerbe ist durch die Fronde entstanden. Nein, nicht wie du denkst, durch politische Konspiration, sondern durch Frauen, die ihre Güter verwalteten, als ihre Männer im Krieg waren. Sie kehren zurück, diese Herren, sie nehmen ihnen die Verwaltung der Finanzen aus der Hand, sie sind brutal, sie richten sie übel zu, sie drohen mit dem Kloster. Gift – es begleicht die Rechnung. Eine Familie, eine Tochter, des Geldes wegen zeit ihres Lebens mit einem Ungeheuer vermählt. Ein grausames Schicksal. Aber sie hat Hoffnung, sie hat einen Geliebten. Nur eines steht dem Glück im Wege. Meine kleinen Dienste bewahren Frauen vor der Sklaverei. In einer besseren Welt müßte ich Parfüm und Schönheitspuder verkaufen. Aber dank der Verruchtheit dieser Welt bin ich reich.«

»Meine Mutter –«

»Deine Mutter war eine schlechte Klientin. Rachsüchtig, wutentbrannt. Frauen wie sie teilen die Dosis nicht auf. In ihrer Hast verabreichen sie alles auf einmal. Darauf werden sie entdeckt. Unter der Folter nennen sie ihre Quelle. Dann könnte ich keine reizenden Gartenfeste veranstalten, nicht wahr? Außerdem konnte ich sie nicht leiden.« Ich fühlte, wie die Kälte sich in mein Herz stahl.

»Dann hat sie es also getan. Warum, warum? Es war Wahnsinn. Es hat ihr nichts eingebracht.«

»Das habe ich ihr auch gesagt. ›Vergiftet nie einen idealen Gatten, nur weil ein anderer Euch die Ehe verspricht‹, riet ich ihr. ›Zuallermindest findet heraus, wie es wirklich um die finanziellen Verhältnisse Eures Gemahls steht und was Ihr im Witwenstand zu erwarten habt, und plappert nicht einfach drauflos von einem im Ausland versteckten Vermögen, sonst steht Ihr am Ende schlechter da als zuvor. Arm werdet Ihr sein, und dazu ohne Euren Geliebten, denn er wird Euch verlassen, wenn Ihr kein Geld habt.‹ Die Frau war unfähig zur Logik. Ich erbot mich, ihr eine Glückshand zu verkaufen, um den Schatz aufzuspüren, aber sie erklärte, sie habe schon eine zur Verfügung. Ihr Ton behagte mir nicht. Sie ging im Zorn, und ich ließ La Bosse eine Warnung zukommen. La Bosse – sie vergißt sich zuweilen. Sie wird alt. Ihr gesunder Menschenverstand läßt sie im Stich, wenn sie Gold sieht. Und wenn eine von uns zugrunde geht, dann gehen wir alle zugrunde.« La Bosse. Erzrivalin, aber auch Komplizin.

»Was hat La Bosse ihr verkauft?«

»La Bosse war gerissen. Sie verkaufte ihr ein sehr schwaches Präparat. Doch deine Mutter war schlau. Sie probierte es an den Patienten im Spital aus. Dann kam sie zurück und kreischte, sie sei betrogen worden. ›Seht Ihr?‹ sagte ich zu La Bosse. ›Ihr hättet Euch nicht mit einer solchen Frau einlassen sollen.‹ Darauf folgte La Bosse meinem Rat und verkaufte ihr Arsenikseife, um seine Hemden damit zu waschen. Das ruft Hautentzündungen hervor wie bei der italienischen Seuche. Dann wird der Wundarzt gerufen, und meistens führt er das Werk zu Ende, indem er den Patienten zur Ader läßt, bis er verblutet. Und dabei redet er die ganze Zeit lateinisch. Genau genommen wurde dein Vater von seinem Wundarzt getötet, dank eines Prozesses, welchen deine Mutter in Gang gesetzt hat. Merke dir das und hüte dich vor Wundärzten.« Sie lachte.

Das Gelächter hallte in meinem Kopf nach. Ihre Worte umschwirrten mich. »Arsenikpräparate«, »lachender Tod«, »zur Ader lassen, bis er verblutet«, »wutentbrannt«. Ich blickte auf meine Hände. Sie waren so fest verschränkt, daß die Knöchel weiß hervortraten.

»Sagt mir nur eines noch«, bat ich sehr leise. »Wollt Ihr mir Gift für meine Rache verkaufen?«

»Oh, gut. Endlich, meine Liebe, bist du eine von uns.«

La Voisin erhob sich, und ich folgte ihr in ihr kleines Kabinett. Ihr Antlitz war von einer seltsamen, gleichmütigen Ruhe, als sie die erste Türe des hohen Schrankes aufschloß. »Früher oder später wird deine Mutter nach dir schicken, ganz gleich, in welcher Verfassung sie ist. Sie hat es nie versäumt, sich an die beliebtesten Wahrsagerinnen zu wenden. Dann mußt du bereit sein, als rächender Arm Gottes zu dienen«, sagte sie ruhig. Sie nahm eines ihrer Hauptbücher vom Bord. Es war in dunkelgrünes Leder mit goldener Prägung gebunden. Sie legte es auf ihr Schreibpult und schlug es auf. »Laß sehen«, sagte sie und fuhr mit den Fingern die sauber geschriebenen Zeilen entlang. »Pasquier – P – nein, das ist R. Meine Güte, nicht nur, daß meine Taille auseinandergeht, ich glaube, meine Augen lassen nach. Wie wir uns auch verstecken, das Alter findet uns am Ende doch.« Sie stellte R zurück und zog das richtige Hauptbuch hervor.

Als sie das Buch durchblätterte und dabei hin und wieder innehielt, konnte ich einige Eintragungen lesen: Pajot, wünscht einen Pakt mit dem Teufel zu schließen. Perdrière, Madame, Erwerb von Pulvern, um Benehmen von Ehemann zu besänftigen. Vicomtesse de Polignac, Gifte für La Vallière, diverse Zaubereien für Liebhaber, Schatz; Rezeptur zur Vergrößerung der Brust. Poulaillon, Madame de, regelmäßig Käufe von langsam wirkendem Gift. Namen, Begehr, Zahlen: gekaufte Gifte, Menge, Art und Preis. Aphrodisiaka, Pulver, unter dem Kelch erstellt, weiße Messen für Sankt Rabboni, über Hemden gelesen, schwarze Messen mit dem Blut eines Säuglings im Kelch. Anzahl. Preis. Zweck. Die Geheimnisse der monströsen Welt des Sonnenkönigs, aufgeschrieben in einem dicken grünen Hauptbuch.

»Pasquier. Ja, hier ist es. Der Wunsch nach jugendlicher Haut – nein, Hautcreme wirkt zu langsam. Du hast nur eine einzige Chance, und die Spur darf nicht zu dir führen. Etwas, das sie in wöchentlichen Dosen nimmt. Steigernd. Allmähliches Handeln, damit sie keinen Verdacht schöpft.« Sie klappte das Buch zu. »Ein Mittel zur Wiedererlangung der Jugend – ein stärkender Sirup, um die Schönheit zur Geltung zu bringen – ich denke, das ist das richtige.« Sie stellte das Hauptbuch zurück und verschloß die Türe. Ihr alter grauer Kater erhob sich kurz aus dem Schlaf, um sich vor dem Feuer zu strecken und zu gähnen. La Voisin suchte den Schlüssel für die Innentüren des Schrankes an ihrem großen Schlüsselbund. Sie machte beide Türen weit auf, und es kamen mehrere Borde mit aufgereihten Flaschen jeder Größe zum Vorschein, alle säuberlich beschriftet. Zumeist waren es die bekannten grünen aus La Trianons Laboratorium, aber es waren auch andere darunter. Schachteln mit abgeschnittenen Haaren und Nägeln, Krüge mit seltsamen öligen Substanzen. Eine Schachtel mit schwarzen Kerzen. Etliche kleine Wachsfiguren. Größere Gefäße mit Glückshänden und anderen undefinierbaren Körperteilen, schwarz und verschrumpelt wie getrocknete Pilze. Gedörrte Kröten, Hahnenhoden. In der Stille konnte ich mein Herz klopfen hören.

»Hahnenfuß, der lachende Tod – zu auffällig; Eisenhut – nein; Krötendestillat – nein, zu charakteristisch; Diamantenpulver – zu unzuverlässig. Schierling – Salpetersäure –« Sie suchte zwei Flaschen heraus und stellte sie auf ein kleines Bord über den Schubfächern am Fuße des Schrankes. »In diesem Falle ist weißes Arsenik am besten, denke ich. Arsenik und Rosensirup – ein poetisches Flair.« Sie nahm eine grüne Flasche ohne Etikett und füllte sie mittels eines kleinen Trichters. Dann verkorkte sie sie und versiegelte den Korken mit Wachs. »Laß sehen. Ein Hauch Luxus –« Und sie schnitt ein Stückchen Goldfaden von einer hölzernen Spule, wickelte ihn um Hals und Korken der kleinen Phiole und drückte ihn in das Wachs, so daß ein Petschaft entstand. »Sehr elegant«, befand sie, als sie mir die Flasche in die kalte Hand drückte. »Denke daran«, setzte sie hinzu, »dies ist die

Gerechtigkeit. Nirgends sonst kannst du sie erwarten. Ich werde der Botschaft harren, daß das Werk vollbracht ist.«

Als ich das Haus der Hexenmeisterin verließ, zitterten meine Knie so sehr, daß ich des großen Spazierstocks dringend bedurfte. La Voisin war keine Stümperin, keine Hausfrau mit einem Krug Rattengift im Schrank. Sie war eine gewerbsmäßige Giftmischerin von hohem Rang, vielleicht die größte in Europa. Als ich auf die Kopfsteine stampfte, um meine wartende Kutsche herbeizurufen, fühlte ich mich nicht mehr anderthalb Jahrhunderte alt. Ich fühlte mich wie eine Fünfjährige, klein, verängstigt und verlassen. In der Kutsche betrachtete ich die Flasche in meiner Hand. Gerechtigkeit, hatte La Voisin gesagt. »Für Euch, Vater«, flüsterte ich, als der Kutscher mit der Peitsche knallte und der Wagen in den nebligen Herbstabend ratterte. An diesem Abend wollte mir nicht einmal das Labsal Schlaf bringen. Ich nahm eine Dosis und noch eine, und selbst dann war der Schlaf voll abscheulicher Träume. Jenseits der entsetzlichen Gestalten und fremden, verzerrten Gesichter konnte ich das ironische Gelächter der Schattenkönigin vernehmen. »Endlich eine von uns, endlich, endlich –«

Am nächsten Morgen war ich krank, und am Morgen danach ebenfalls. Ich vergaß das Versprechen, das ich mir gegeben hatte, und begann die Tage mit Opium. Die Stunden glitten vorüber wie Grünaale, wirr und glitschig, eine genau wie die andere. Doch selbst der entsetzlichste Gedanke wird irgendwann alltäglich, und die grüne Flasche in der Schublade des Toilettentisches wurde zu einem gewohnten Gegenstand, nicht anders als ein Fingerhut oder eine Schachtel mit Schönheitspflästerchen. Und so erschien ich eine Woche später mit eingesunkenen Augen zu einem amüsanten Abend bei der Duchesse de Bouillon. Mit mir war ein italienischer Horoskopsteller geladen. Die Damen, alle gewillt, sich in Erstaunen setzen zu lassen, umringten die Herzogin in ihrem vergoldeten Lehnstuhl, die Hündchen zu ihren Füßen. Marquis de Crillon hatte an diesem Abend Primi Visconti mitgebracht. Als ich die Gesellschaft betrachtete, sah ich die Duchesse de Vivonne mit einer Dame lachen, die mir den Rücken zukehrte. Mit einem Gefühl des Unbehagens erkannte ich Duc de Vivonne an seiner schweren blonden Perücke und an seinem scharfen Profil.

Der Klatsch war geistreich und erging sich in einer boshaften Schilderung des Kampfes um den Vorrang zwischen Renaudot, dem Leibarzt des Dauphin, und La Reynie. »Es ist wirklich nur eine Frage von Esel und Langohr«, bemerkte ein Herr, »da Renaudot der Oberaufseher über die Hoflatrinen und La Reynie dasselbe für die Stadt Paris ist!« Die witzige Bemerkung wurde mit allgemeiner Heiterkeit quittiert. Dann las Primi Physiognomien und verkündete, Marquis de Manicamp habe die »Visage eines Atheisten«, womit er abermals alle zum Lachen brachte: Manicamp war sowohl ein berüchtigter Gotteslästerer als auch ein Wundarzt, der die italienische Seuche behandelte.

»Nun, Primi, was sieht des Königs Lieblingswahrsager in meiner Visage?« Vivonnes verbindliche Stimme enthielt einen Anflug von Bedrohlichkeit.

»Einen Wüstling«, erwiderte Primi heiter, und die Gesellschaft applaudierte. Der italienische Horoskopsteller stand gänzlich im Schatten; Primis leises, hämisches Lachen ließ ihn vor Ärger über und über erröten. Auch ich hatte Erfolg, und ich sah Primi ein langes Gesicht machen, als meine Lesungen im Glase Laute des Erstaunens und Beifall hervorriefen.

»Kommt, Monsieur, auch Ihr solltet sehen, was die bekannteste Wahrsagerin von Paris Euch zu sagen hat«, bedrängte Primi den Duc de Vivonne. Der Teufel sollte diesen Primi holen. Er verstand es zu gut, in Gesichtern zu lesen, und wußte, daß ich Vivonne nicht in meiner Nähe haben wollte. Er wurde damit belohnt, daß mein Witz mich im Stich ließ, als Vivonne seine Hand auf das Glas legte.

»Ihr werdet bald eine neue Mätresse haben«, sagte ich leise, mein Gesicht so starr wie mein eisernes Rückgrat. Zum Glück wurde auch das als witzig aufgefaßt, und die Gesellschaft lachte aufs neue.

»Was ist Euch geschehen, kleine Marquise, daß Ihr mit einemmal so schweigsam wart?« Primi holte mich auf der Treppe ein, als ich mich am Ende des Abends verabschiedete. Sein Blick, neugierig wie der eines jungen Welpen, entwaffnete mich.

»Ich habe Blut im Glase gesehen«, erwiderte ich wie betäubt. »Er hat sie getötet.« Ich fühlte etwas Nasses mein Gesicht hinabrinnen.

»So, nun weiß ich ganz sicher, daß Ihr eine Fälschung seid, meine liebe Marquise de Morville. Wäret Ihr wirklich einhundertfünfzig Jahre alt, würdet Ihr nicht um Fremde weinen.« Ich wandte mein Gesicht ab und wollte mich entfernen.

»Nein, nein, bleibt noch einen Moment, und ich werde beweisen, daß ich immer noch der beste Wahrsager in Frankreich bin.« Er zog mich am Ärmel und richtete seine braunen Augen auf mich. Seine Stimme war sanft. »Ich will Euch sagen, was ich in Eurer Physiognomie sehe: Ihr seid verwegen und schlau, Kleine, doch es gebricht Euch an der Härte des Herzens, die erforderlich ist, um eine der großen Abenteuerinnen der Welt zu sein.«

»Er hat sie zum Comte de Longueval geschickt. Ich muß wissen, wo man sie abgeladen hat.« Ich konnte mich des Eindrucks nicht erwehren, daß er alles wußte.

»Zum Comte de Longueval? Das ist sehr schlimm, wenn sie eine Freundin von Euch ist. Nehmt meinen Rat, eine Suche wie diese solltet Ihr nicht allein unternehmen. Ich würde Euch begleiten, kleine Marquise, wenn ich könnte, aber ich bin ein Schoßhund. Ich bin mit Crillon gekommen und muß mit ihm gehen. Wehe dem Kerl, der mich um mein väterliches Erbteil gebracht und als Gaukler für die Erlauchten in die Welt geschickt hat! Wenn ich aber auf andere Weise behilflich sein kann, dann wendet Euch an mich.« Er wirkte glatt und geschliffen, und ich wußte nicht, ob ich ihm trauen konnte. In einer Minute von einer Gefühlsregung entflammt, in der nächsten vom Gegenteil. So italienisch. Ich wagte es nicht.

Auf dem Heimweg spähte ich aus dem Kutschenfenster in die Gassen, die wir passierten, als könnte ich etwas entdecken. Doch das war eine törichte Idee. Die Nacht hat dich närrisch gemacht, Geneviève, schalt ich mich. Morgen früh werde ich einen Plan erstellen und mit der Durchsuchung der Spitäler beginnen.

Aber am nächsten Morgen, noch ehe ich angekleidet war, führte Sylvie Marie-Angéliques kleine Zofe herein. Sie trug einen großen Vogelkäfig, ihre Augen waren geschwollen.

»Du weißt, wo sie ist«, rief ich, stellte meinen Becher mit Schokolade beiseite und warf die Decke zurück. »Geschwind, Sylvie, meine Kleider. Wir gehen zu ihr, wir holen sie zurück!« Sylvie eilte an den Schrank, um mein Kleid und meine Unterkleider zu holen.

»Sie sagte, ich soll den Vogel zu Euch bringen, wenn sie bis gestern abend nicht zurück ist, und sie ist nicht wiedergekommen.«

»Aber wo ist sie jetzt?« fragte ich. Sylvie zögerte an der Schranktüre.

»Das weiß ich nicht. Niemand weiß es. Sie kommen entweder zurück oder nicht – das ist alles.« Die kleine Zofe rieb sich mit den Fingerknöcheln die Augen.

»Was meinst du mit ›sie‹?« fragte ich bedächtig, als mein Verstand das Entsetzliche endlich begriff.

»Sie ist nicht die erste, müßt Ihr wissen. Aber ich hatte sie gerne, o ja. Mademoiselle Pasquier war nicht für dieses Leben geschaffen, das habe ich gemerkt. Sie war anders, gütiger. Aber was konnte ich machen? Sie ist zu ihm gegangen, am ganzen Leibe zitternd, und sagte, sie wollte eine Frau aufsuchen, die es machen würde. Aber er saß nur hinter seinem großen Schreibpult, ohne von seinen Papieren aufzusehen, und sagte ganz glatt und kühl: ›Ich hoffe, Ihr meint nicht La Voisin. Ich habe nicht die Absicht, mich von Euch erpressen zu lassen.‹ ›Im Namen der Liebe‹, sagte sie, ›etwas Derartiges würde mir niemals in den Sinn kommen. Nie würde ich mich zu einer solchen Ehrlosigkeit erniedrigen.‹ ›Nach meiner Erfahrung gibt es keine Ehrlosigkeit, zu der eine Frau sich nicht erniedrigen kann. Ihr könnt kaum behaupten, daß Ihr Euch nicht mehr als einmal erniedrigt habt.‹ Sie wurde ganz steif und verschränkte die Hände. ›Aber, aber‹, sagte er auf seine sanfte, schmeichelnde Art, ›wenn Eure Liebe ehrlich wäre, würdet Ihr meine Entscheidung in dieser Angelegenheit nicht in Frage stellen.‹ Sie senkte den Kopf und ging, wie ein Lamm zum Schlachter. ›Gott wünscht, daß ich für meine Sünden sterbe‹, sagte sie, als ich sie zu ihrer Kutsche brachte. ›Bringe den Vogel zu meiner Schwester. Er wird länger leben als wir beide.‹ Sie hat es gewußt, Madame. Gott weiß wie, aber sie hat es gewußt.«

»Ich werde sie in den Spitälern und im Keller des Châtelet suchen. Willst du mit mir kommen?« fragte ich.

»Ich wage es nicht, Madame. Ich kann nicht lange ausbleiben. Wenn er denkt, etwas könnte ihn mit – nun, Ihr wißt schon – in Verbindung bringen, wird er grausam. Dann könnte auch ich verschwinden, und er würde einfach allen erzählen, ich wäre heimgegangen, zu meinen Verwandten aufs Land.« Der Kopf unter den Dielenbrettern fiel mir ein. Ich hatte zuviel verlangt von einem Mädchen, das bereits eine Gefahr auf sich genommen hatte.

»Verzeih«, sagte ich leise. Erschrocken über die unerwartete Entschuldigung, stellte sie den Vogelkäfig ab und floh.

»Sylvie«, fragte ich, als ich die Hintertüre zuschlagen hörte, »kannst du mich begleiten?«

»Madame, Eure Logik hat Euch im Stich gelassen. Wenn Ihr gesehen werdet, wie Ihr Erkundigungen einholt, wird das die Abtreibung mit uns und La Voisin in Verbindung bringen. Ich habe eine Zauberformel gelernt, welche verhindert, daß ich unter der Folter rede – aber Ihr, wie könntet Ihr die Wasserfolter oder den spanischen Stiefel ertragen? Nein, durch Eure Torheit wegen einer verlorenen Freundin werden wir allesamt zugrunde gehen. Gebt sie auf. Ich will nicht wegen einer Abtreibung hingerichtet werden, die ein Fremder verpfuscht hat.« Sylvies Gesichtsausdruck war hart und durchtrieben, das Gesicht einer Bäuerin, die überlegt, ob es lohnt, einer zu alten Legehenne den Hals umzudrehen.

»Sylvie, sie ist meine Schwester.«

»Eure *Schwester*? Wie das? Sie ist nicht älter als zwanzig, würde ich meinen. Eure Mutter konnte unmöglich das ganze alchimistische Zeug genommen haben – oder sagt Ihr das nur so daher?« Noch auf der Bettkante sitzend, sackte ich vornüber und stützte den Kopf auf die Hände.

»Sie ist meine leibliche Schwester, Sylvie. Meine ältere Schwester. Erzähle Madame nicht, daß ich es dir gesagt habe. Sie würde mir nie verzeihen. Hilf mir, bitte. Sie war mehr für mich als irgendeine Mutter auf Erden.« Ich hörte Sylvie unwillig mit dem Fuß aufstampfen.

»Meine Güte, kleine Madame, Ihr habt mich wahrhaftig genarrt. Einhundertfünfzig Jahre alt! Ich dachte mir, daß Ihr lügt. Vielleicht sechzig oder siebzig mit der scharfen Zunge und dem Gehabe einer alten Dame. Es muß etwas auf sich haben mit dem Faltenmittel, dachte ich. Eines Tages werde ich es selbst wollen, es wirkt vorzüglich. Jetzt fehlt nur noch, daß Ihr mir erzählt, Ihr sagt nicht wirklich aus dem Glase wahr.«

»Wahrsagen tue ich wohl«, sagte ich mit matter Stimme, »ich bin nur nicht sehr alt. Nur mein Herz ist alt – vor der Zeit.« Ich spürte, daß sie mein Gesicht betrachtete, und als ich aufsah, stand sie dicht vor mir.

»Madame – erlaubt mir, einen Vorschlag zu machen. Laßt die Marquise de Morville heute zu Hause. Ganz Paris kennt sie. Wir kürzen den Saum meines Sonntagskleides, und Ihr könnt als Zofe gehen. Nicht als ihre. Sie werden alle Bedienten der Marquise für Mitverschwörer halten und ausfragen. Ihr seid geschickt genug, eine alte Dame zu spielen. Denkt Euch eine Verkleidung aus, eine plausible Geschichte.«

Und so kam es, daß selbigen Tages eine ramponierte Droschke eine verwachsene Dienstmagd des Hauses Matignon vor dem Châtelet absetzte. Sie wurde von der Polizei in den dumpfigen Keller geführt, wo alle Leichen, die in Paris aufgefunden werden, vor der Bestattung drei Tage liegen. Der Gestank hätte mich beinahe vertrieben, doch ich dachte an die Hingabe, welche Marie-Angélique auf der Suche nach mir wieder und wieder an diesen Ort geführt hatte, und näherte mich den Leichensockeln. Über ihnen hingen an Haken die Kleider der Opfer, um bei der Identifizierung der aufgeblähten, verwesenden Leichname zu helfen.

»War die Dienstmagd gut gekleidet, als sie verschwand?«

»Ja, mit den Kleidern meiner Gebieterin, diese Dirne. Aber meine Gebieterin ist eine christliche Frau und vergibt ihr. Sie wird ihr eine Tracht Prügel verabreichen, daß es ihr eine Lehre sei, aber sie will sie wieder aufnehmen.«

»Das ist mehr, als sie verdient, meine ich. Waren ihre Haare gelb?«

»Ja, gelb – aber nicht wie die da – die sind gefärbt.«

»Dann ist sie nicht hier – sie wird die Stadt längst mit einem Liebsten verlassen haben. Ich fürchte, deine Gebieterin wird sich eine neue Zofe suchen müssen.«

»Es ist nur, damit sie mir keine Vorhaltungen macht, Ihr versteht schon.« Beim Gehen grinste ich den Mann höhnisch an, und er bekreuzigte sich. Gut, dachte ich. Patzig und unansehnlich, genau, was Männer an einer Frau hassen. Es ist beinahe so gut, als wäre ich unsichtbar.

Als die Droschke im Parvis de Notre-Dame vor dem Hauptportal des Hôtel-Dieu anhielt, schmerzte mein Rücken ohne das stützende Stahlkorsett bei jedem schwankenden Schritt, den ich tat. Es ist vermutlich ein Fortschritt, dachte ich, daß ich nicht ohne Qualen in meinen alten humpelnden Gang zurückverfallen kann. Ein Bettler auf der Straße machte ein Zeichen, um das Auge des Bösen abzuwenden. Das war in den alten Tagen nie geschehen. Dann fiel mir ein, was es war. Ich hatte die Haltung, das Gewand und den Spazierstock der Marquise zurückgelassen, aber ihren gebieterischen, scharfsinnigen Blick beibehalten. Ich muß wie eine Hexe aussehen, dachte ich, indes ich geschwind die Augen senkte und den demutsvollen Blick der geringsten der Hausbedienten annahm.

Ich hatte nicht damit gerechnet, so bald zu finden, wonach ich suchte. Die Novizin an der Türe der Frauenstation wies in den langgestreckten steinernen Saal, in dem mit Vorhängen versehene Betten standen. »Sie ist dahinten«, sagte sie unwirsch, »auf der rechten Seite von Bett Numero vier. Aber warum ihre Familie sie haben will, ist mir unbegreiflich; es wäre besser, sie verschwinden zu lassen. Es ist ein Glück für sie, daß sie stirbt – das Beste, um der Strafe für Kindestötung zu entgehen. Aber Gottes Strafe wird sie nicht entgehen.« Ich nickte wie zustimmend, indes ich dachte, lieber hätte ich es jeden Tag mit Hexen zu tun.

Marie-Angélique lag mit vier anderen Frauen dicht gedrängt in einer Bettstatt. Eine Frau schien bereits tot zu sein, eine andere phantasierte in jenem Fieber, das auf eine Fehlgeburt folgt. Ein Mann in dem blauen Habit und dem breiten, weißen Federhut der Polizei beugte sich mit einem Notizbuch über das Bett.

»Halt, stehengeblieben.« Ein stämmiger Wachtmeister trat mir drohend entgegen. »Sie wird verhört, du mußt warten. Bist du ihre Zofe?« Ich spürte die Gefahr, die der Frage innewohnte.

»Nein, ich komme von ihrer Familie, Monsieur. Sie ging uns durch die Sünde verloren – doch als sie verschwand, schickte ihr Bruder uns alle auf die Suche nach ihr, auf daß er ihr vergeben könne, so ein guter Christ ist er, o ja.«

»Bruder, äh? Und wer wäre das?«

»Étienne Pasquier, der Advokat im Hause Marmouset.« Ah, vorzüglich. Ich werde meinen ehrbaren Bruder in einen grausigen Skandal verwickeln. Er wird sich aufblasen und schnauben, wenn die Polizei an seiner Türe erscheint und alle im Hause verhört.

Ich versuchte, am Wachtmeister vorbei einen Blick auf Marie-Angélique zu erhaschen. Ihre Lippen schienen sich nicht zu bewegen. Der Mann rüttelte an ihrer Schulter, um sie zu wecken; sie schlug kurz die Augen auf und verdrehte sie vor Schrecken, doch ihr entfuhr kein Laut. Ehre, dachte ich. Die Ehre des unwürdigen Vivonne. Wie verschwendet war deine Liebe, Schwester. Sage es, sage alles.

»Ich weiß, es ist falsch, aber ich kann nichts dafür, daß diese

Mädchen mich dauern«, murmelte der Wachtmeister. »Arme Kleine. Diese war noch dazu hübsch. Und nun wird sie den Tag nicht überleben. Glaube nicht, daß wir gefühllos sind – es ist unsere einzige Möglichkeit, den Namen des Abtreibers zu erfahren. Schweine wie ihn richten wir hin.«

»Gott gebe, daß Ihr ihn findet, den abscheulichen Mörder«, pflichtete ich ihm bei. Der Mann am Bett seufzte vor Enttäuschung; er stand auf und sah zu uns hinüber. Seine Miene veränderte sich nicht im geringsten, als er mir geradewegs ins Gesicht blickte. Es war Desgrez. Ich konnte nicht zurückweichen oder fliehen, so blieb ich stehen wie ein Vogel, der vom Blick der Schlange gelähmt ist. Nur Mut, sagte ich mir, und ein einfältiges Gesicht aufsetzend, schlurfte ich mit einem übertriebenen Hinken zum Bett.

»Kenne ich dich nicht?« fragte Desgrez verbindlich.

»Eine Dienstmagd der Familie, ausgeschickt, sie zu suchen«, unterbrach die Novizin, die mit einem Krug Wasser und mehreren Tüchern über dem Arm herantrat.

»Christliches Verzeihen ist löblich«, erwiderte Desgrez, seine Augen aber, die nicht von mir abließen, schienen mich bis aufs Rückgrat zu durchbohren.

»Laßt mich näher treten, ich muß ihr Gesicht sehen, um sicherzugehen«, sagte ich mit dem schwerfälligen, unfeinen Akzent der Pariser Gassen.

»Ja, ich kenne dich – das Lehrmädchen der *lingère*.«

»Ich hab' jetzt eine bessere Stellung – viel besseres Essen und weniger Arbeit.« Der Teufel sollte sein vortreffliches Gedächtnis holen. Ein wandelndes Polizeiregister.

»Im Hause –?«

»– Pasquier«, warf der Wachtmeister ein. Desgrez hob eine Augenbraue.

»Interessant, Wachtmeister. Das erklärt die Spitzen auf der Wäsche. Es erstaunt mich, daß man sie überhaupt aufgefunden hat. Sage mir, kleine *lingère* –«

»Annette, Monsieur –«

»Sage mir, Annette, ist diese Frau etwa die berühmte La Pasquier?«

»Davon weiß ich nichts. Sie ist bloß die Schwester meines Herrn.«

»Und wie bitte, sage mir, bist du ins Haus Pasquier gelangt?«

Sein Verhör behagte mir ganz und gar nicht. Es nahm eine gefährliche Wendung.

»Mein Freund – er kannte jemand und sorgte dafür, daß ich die Stelle bekam –« Ich zwinkerte. Desgrez sah mich lange von oben bis unten an. Seine Augen erfaßten den grellen Besatz des billigen Kleides, meine krumme Körperhaltung und die dümmliche Miene, die bekunden sollte, daß wir uns verstanden. Ein Ausdruck des Mißbehagens ging über sein Gesicht. Ein gesellschaftlicher Aufstieg der niederen Schichten freute ihn offensichtlich nicht. Ich wüßte gerne, wie Ihr über dieselbe Sache bei den Reichen denkt, dachte ich. Habt Ihr Euch vor La Pasquier verbeugt, wenn sie in ihrer Kutsche an Euch vorüberfuhr? Verbeugt Ihr Euch vor La Montespan?

Er zog den Wachtmeister beiseite, und ich hörte ihn leise sagen: »– kein Wort über das hier – Größeres im Spiele – gefährlich, sich einzumischen, muß zu La Reynie –« Ich machte mir ihre Unachtsamkeit zunutze und schlüpfte zu Marie-Angélique ans Bett.

»Hat sie Euch etwas gesagt?« Die tiefe Stimme des Wachtmeisters trug, obwohl er flüsterte. Ich kniete mich neben Marie-Angélique und legte meine Hand auf ihre Stirne. Sie war heiß von Fieber. Desgrez' Stimme antwortete leise, aber ich konnte ein paar Worte verstehen.

» – unzusammenhängend, seit der Priester nach mir schickte – kein Wort seit des Geständnisses der Abtreibung – er konnte ihr den Namen auch nicht entlocken – aber da sie nun identifiziert ist, habe ich meine Mutmaßungen –«

»Ich bin es, ich bin es«, flüsterte ich Marie-Angélique eindringlich zu. »Ich bin gekommen, dich zu holen. Stirb nicht, bitte. Du mußt wieder gesund werden. Wie kann ich weiterleben, wenn du stirbst?«

»Du da«, vernahm ich Desgrez' Stimme plötzlich über mir. Ich fuhr zusammen, von nackter Angst ergriffen, und sah auf. Angenommen, er hatte schon eine Weile stumm dagestanden und den Wechsel meines Akzentes gehört? »Vielleicht kann eine Frau es aus ihr herausbekommen.« Seine Stimme war forsch. »Frage sie, wer der Abtreiber war.«

Ich umarmte den schwitzenden Körper im Bett und flüsterte ihr das ins Ohr, was sie am liebsten auf der Welt zu hören wünschte. »Gott hat dir gewiß vergeben, Marie-Angélique.« Sie schlug die Augen halb auf. »Lebe um meinetwillen, lebe für die, die dich lieben.« Einen Moment schien sie zu sprechen. Ich brachte mein Ohr nahe an sie heran, konnte aber nichts hören.

»Nun?« Desgrez' Stimme über mir klang barsch.

»O Monsieur, sie nannte einen Namen, hörte sich an wie ›Longueval‹.«

»Der Comte de Longueval, wie? Der alte Kuppler. Ich dachte, er würde sich seit seiner letzten Vernehmung auf die Alchimie beschränken. Lebrun, wir müssen dem Comte so bald wie möglich einen Besuch abstatten.« Er verließ die Bettstatt und schritt von dannen, aber ich hörte noch, wie er dem Wachtmeister zuflüsterte: »Folgt der Dienstmagd, wenn sie von hier fortgeht. Ich will wissen, wohin sie geht, mit wem sie sich trifft.« Mein Herz blieb beinahe so still stehen wie das von Marie-Angélique.

»Du brauchst nicht mehr hier zu sitzen. Sie ist tot.« Die Stimme der alten Wärterin weckte mich. Sie beugte sich über mich und flüsterte vertraulich zwischen faulen Zähnen: »Wenn die Familie Anspruch auf den Leichnam erheben will, um sich die Schande zu ersparen, daß er auf der Straße ausgesetzt wird, kann ich es gegen ein Entgelt bewerkstelligen, daß er verschwindet –«

»Natürlich wollen sie ihn – könnt Ihr das auch wirklich?«

»Es ist nicht leicht – der Leichnam einer Verbrecherin – viele erheben Anspruch darauf – die Wundärzte zum Beispiel –«

»Um Gottes willen, wieviel?«

»Keinen Sou weniger als zwanzig Écus.« Die alte Frau sah verschlagen drein.

»Die sollt Ihr haben. Schwört mir nur, daß Ihr die Leiche sicher verwahrt, bis sie geholt wird.«

»Oh, das mache ich oft genug – ich habe meine Methoden. Aber lasse sie nicht trödeln. Sage ihnen, sie sollen vor morgen abend nach der alten Marie fragen. Merke dir, die alte Marie im Salle du Rosaire.«

Als ich die Spitalstation verließ und in die Rue du Marché Palu trat, hörte ich Schritte hinter mir. Erschrocken floh ich zu Fuß zum Parvis de Notre-Dame, und das Geräusch der Schritte verlor sich im Straßenlärm. Aber das unheimliche Prickeln in meiner Kopfhaut sagte mir, daß jemand hinter mir war. Es gab keinen Zweifel; ich wurde verfolgt.

Kapitel XXI

Zuweilen ist Kühnheit alles. Ich unterdrückte den Impuls, mich in den Schatten zurückzuziehen, und schritt zuversichtlich durch die Menge schreiender Träger auf dem Platz vor Notre-Dame zu den Droschkenkutschern. Ich wendete den Kopf nicht, sondern tat so, als hätte ich nicht den leisesten Verdacht, daß jemand mir folgte. Mit lauter Stimme wählte ich den Kutscher mit dem am kräftigsten aussehenden Pferd für die weite Fahrt zum Faubourg St. Honoré. Als der rüpelhafte Kutscher mein Geld zu sehen verlangte, erklärte ich mit jenem Hochmut, der nur den Bedienten der Erlauchten eigen ist, ich befände mich auf einem vertraulichen Botengang für meine Gebieterin, und er werde reichlich belohnt, wenn er flink sei. Meine Stimme trug weit, wenngleich ich sie wegen meines Herzklopfens kaum hören konnte. Ich habe ihn irregeführt, nun wird er umkehren und Bericht erstatten, hoffte ich. Aber als ich in die kleine Droschke stieg und mich umdrehte, sah ich den rotbestrumpften Wachtmeister von der Salle du Rosaire fluchend nach Geld kramen, um eine andere Droschke zu nehmen. Wir gelangten flugs zum Pont Notre-Dame, dort aber blieben wir zwischen den zahlreichen Sänften und Fußgängern auf dem schmalen Weg zwischen den eleganten Geschäften stekken. Ich spähte nach hinten und gewahrte erleichtert, daß die uns folgende Kutsche ihrerseits in einer Schar von Stutzern, die soeben eine Gemäldegalerie verließen, steckengeblieben war.

»Kutscher, ich habe es mir anders überlegt. Bringe mich zum Palais de Bouillon, ich zahle dir denselben Preis. Fährst du mich in der halben Zeit hin, verdoppele ich deine Gebühr.« Die lange Peitsche knallte links und rechts von uns, so daß eine Gruppe Lehrlinge davonstob, indes der Kutscher seinen Gaul zu einem geschwinden Trab antrieb. Wieder blickte ich nach hinten. Mein Gegner kam in der Menge nicht voran. Ich sah ihn seinem Kutscher mit der Faust drohen. Gut, er hat mich aus den Augen verloren, dachte ich. Aber ich atmete erst frei, als ich mich unter die Marktfrauen gemischt hatte, welche Vorräte in den Kücheneingang der weitläufigen Residenz brachten. Unauffällig schlich ich durch den Hintereingang zur Wohnstatt des einzigen Mannes in Paris, der mir helfen konnte.

Ich traf Lamotte an, als er, mit einem rotseidenen Schlafrock und einer persischen Mütze angetan, einem Hilfskoch Anweisungen erteilte.

»Merke dir«, sagte er, »Monsieur L'Évêque bekommt Ausschlag von Schellfisch, aber Madame wünscht bei diesem Mahl etwas Leichtes, überaus Leichtes. Wir dürfen die Laune unserer Gäste nicht trüben, nicht wahr?« Zur Demonstration der gewünschten Leichtigkeit ließ er seine Finger in der Luft flattern. Interessant, dachte ich. Aus dem gehätschelten Poeten und Stückeschreiber wurde ein *maître de plaisir*. Mit einem guten Profil konnte man es in den richtigen Kreisen wahrlich weit bringen.

»Monsieur de la Motte, eine Dienstmagd wünscht Euch zu sprechen, mit einer Botschaft von einer Mademoiselle Pasquier.« Der Lakai machte nicht gerade einen ehrerbietigen Eindruck. Lamotte blickte auf und sah mich in der hohen Flügeltüre des Salons, die nur auf einer Seite ein wenig geöffnet war.

»Oho, ich kenne diese Dienstmagd, Pierre. Und unterstehe dich, Mutmaßungen über Mademoiselle Pasquier anzustellen, die das Idol meines Herzens kränken würden. La Pasquier ist eine von zahllosen Frauen, die törichterweise für mich entbrannt sind und deren Gunst ich einer helleren, edleren Flamme wegen verschmähe. Nein, Pierre, lasse Madame wissen, daß sie allein meinem Herzen gebietet, ihr Sternenglanz allein meine Muse inspiriert.« Als Begleitung zu diesen Worten schlug er auf die bestickte Seide über seinem Herzen. Er hatte zugenommen. In wenigen Monaten war es ihm gelungen, noch eleganter auszusehen, und sein Schnurrbart war womöglich noch prachtvoller. Ich konnte die katzenhafte Anmut nur bewundern, mit der er, von einem Boudoir der Gesellschaft zum nächsten, bis zur höchsten Stufe aufgestiegen war. Nur zwei Dinge schienen gelitten zu haben: sein Name, der getrennt und mit einer Silbe mehr versehen worden war, und seine Passion für das Verfassen von Tragödien. Seit »Osmin« hatte er für die Pariser Bühne nichts von Bedeutung geschrieben. Doch der Chevalier de la Motte war groß in Mode wegen seiner leichten Verse und der reizenden kleinen Szenen, die er verfaßte, um sie für das Ballett vertonen zu lassen. Nun entließ er sowohl den Koch als auch den Leibdiener, doch es entging ihm nicht, daß letzterer hinter der Flügeltüre stehenblieb, um zu horchen.

»Welche Botschaft bringst du?« fragte er beiläufig mit lauter Stimme, auf daß sie hinter der Türe zu hören sei.

»Monsieur de la Motte, Mademoiselle Pasquier liegt tot im Hôtel-Dieu, das Opfer eines entsetzlichen Unglücksfalles. Bei allem, was Euch einst heilig war, bitte ich Euch, kehrt mit mir zurück und helft mir, den Leichnam zu holen.« Wir hörten das Rascheln hinter der Türe, als der Diener sich entfernte. Gut. Eine tote Frau war auch für die eifersüchtigste Schönheit keine Rivalin. Die blasierte Selbstgefälligkeit fiel von Lamottes Gesicht ab, seine Augen blickten plötzlich besorgt.

»Was – was ist geschehen?«

Ich sprach jetzt schnell und leise. Wer wußte, wie lange wir allein sein würden?

»Es war eigentlich kein Unglücksfall – eine – eine verpfuschte Abtreibung. Könnt Ihr ihr vergeben? Sie starb in großer Furcht vor dem Höllenfeuer, in meinen Armen, während sie sich um ihr verlorenes Kind grämte. Sie sagte, Gott wünschte, daß sie stürbe.« Ich wischte mir die Augen, und Lamotte zog ein großes Schnupftuch hervor und schneuzte sich geräuschvoll. »Ich brauche Euch, Monsieur Lamotte, sie braucht Euch, für diesen einen letzten Dienst. Ich habe die Bestechung eines Wärters in die Wege geleitet, um den Leichnam ausgehändigt zu bekommen. Einem Manne werden sie nicht mißtrauen – wenn er sich als Verwandter ausgibt. Aber mir – sie könnten mich für eine Komplizin des Abtreibers halten.« Lamottes Augen blickten beunruhigt. Die Beförderung der Leichen von Verbrechern war keine Arbeit für den aufsteigenden Günstling einer Gebieterin über den künstlerischen Geschmack.

»Ein Verwandter von ihr?« fragte er. »Was habt Ihr für eine unmenschliche Familie, daß sie sie nicht einmal begraben wollen?«

»Mein Bruder hat sie vor Jahren für tot erklärt. Er wird sich niemals um die Aushändigung ihres Leichnams bemühen. Er ist so kleinlich, es wäre ihm leid um das Geld für ein anständiges Begräbnis, auch wenn es ihm keine Schande bereitete. Er will unbedingt respektabel erscheinen, Lamotte. Aber ich habe Geld, wie Ihr wißt. Ich werde für ihr Andenken sorgen, ich lasse einen Grabstein setzen – aber Ihr müßt mir helfen. Denkt daran, was sie Euch einst bedeutete –« Hierauf legte sich sein Antlitz in Falten, und er sah plötzlich alt aus.

»Meine Jugend ist dahin, Geneviève. Der Mann, der ich einst war, ist mit ihr gestorben. Meine Träume, unsterbliche Größe zu erlangen, den Engel im Fenster zu erobern – dahin, tot, verloren. Versteht Ihr? Ich dichte fürs Ballett.«

»Und Ihr werdet umjubelt – ich habe ›Die Prinzessin des verzauberten Schlosses‹ in St. Germain gesehen.«

»Aber meine Tragödie – ich konnte sie nicht vollenden. Meine ›Sappho‹. Dahin, verdörrt. Und dieses Ende – wie schmutzig, wie gewöhnlich –« Er rieb sich entschlossen die Augen und schneuzte sich abermals. »Sie hätte den Tod einer antiken Tragödie verdient. Nichts Geringeres war ihrer würdig. Aber so – in einem schmutzigen Wohlfahrtsspital verblutet –« Er stützte den Kopf in die Hände und seufzte. Dann blickte er zu mir auf. »Was muß ich tun? Für einen Nachmittag ein habsüchtiger kleiner Bourgeois werden? Nun gut, es sei, für Euch.« Er band seinen Schlafrock enger um seine Leibesfülle und stand auf. »Pierre! Pierre!« Er klatschte in die Hände. »Wo ist der Halunke, wenn man ihn braucht?« Er ging zur Flügeltüre und rief erneut, schließlich erschien der Lakai, ganz außer Atem.

»Pierre, meine kleinste Tagesperücke. Und ein Trauerhabit. Keine Begräbnisbänder. Ich gehe zu einer bürgerlichen Beerdigung. Du verstehst.« Er winkte lässig mit der Hand, als sei er verstimmt über die langweilige Pflicht. Dann verschwand er in dem kleinen Kabinett hinter seinem Empfangssalon. Ich hörte seine Stimme durch die offene Türe. »Sage der Dienstmagd, sie möge hier warten, um mir den Weg zu weisen.« Lamotte war stets ein Mann des Theaters. Wenn einer einen bourgeoisen Advokaten vollendet spielen konnte, dann war er es.

Ich schauderte, während ich allein in einer der leichten Kutschen aus der Remise des Palais de Bouillon kauerte. Lamotte hatte mich in der Rue de Sablon verlassen, eine Straße vom Eingang des Hôtel-Dieu entfernt. Es war schon kalt draußen, die Herbstwinde hatten die feuchten grauen Wolken fortgeblasen, und über den spitzen Schieferdächern waren Flecken von klarem Blau zu erkennen. Solche Tage hatte Marie-Angélique geliebt. Sie sagte immer, ein Wetter, das einem die Wangen röte, dürfe man nicht schlecht nennen. Vor uns auf der Rue de Sablon warteten lustlos die Pferde des gemieteten Leichenwagens; der Kutscher hatte die Zügel an den Bock geknotet und döste.

»Du darfst bei diesem Wetter nicht im Hause Trübsal blasen, Schwester! Es wird bald genug Winter.« Ich vernahm ihre Stimme, als säße sie neben mir. »Höre, wir gehen im Park des Palais Royal Luft schöpfen, und du wirst deine schlechte Laune abschütteln. Zudem könnten wir jemand Interessantem begegnen –« Marie-Angélique, wir gehen ein letztes Mal Luft schöpfen, und ich bringe dich heim.

Jetzt trat die Gestalt in Schwarz aus dem Spital. Lamotte hielt den Kopf gesenkt und hatte den schwerfälligen Gang eines Bourgeois angenommen. Er ging langsam, ganz langsam an der Kutsche, in der ich wartete, vorüber zum wartenden Leichenwagen. Ich sah ihn eine geraume Weile mit dem Kutscher sprechen, welcher wild gestikulierte. Er drückte dem Manne Geld in die Hand. Darauf knallte der Kutscher mit der Peitsche, und der Leichenwagen fuhr auf der Rue du Sablon davon.

»Was ist geschehen? Warum ist er nicht durch das Kutschtor hineingefahren?« Lamotte setzte sich wortlos auf den Platz mir gegenüber und gab keine Antwort auf meine Frage.

»Fragt nicht«, sagte er schließlich. Sein Gesicht war eisern.

»Aber Ihr habt den Wärter bezahlt. Was ist fehlgeschlagen? Warum konntet Ihr sie nicht gleich mitnehmen?« Lamotte erteilte dem Kutscher Anweisungen. Er schloß die Augen und schwieg lange Zeit, bevor er wieder sprach.

»Jemand hat Euren Bruder verständigt«, sagte er. Die Worte kamen heraus wie schwere Steine. »Zum Glück war ich gewitzt genug zu sagen, ich sei ein Cousin von seiten Eurer Mutter.«

»Aber – was?«

»Euer Bruder sagte ihnen, sie seien einem Irrtum unterlegen. Er habe einst eine Schwester dieses Namens gehabt, aber sie sei vor Jahren gestorben.«

»Damit hatte ich nicht gerechnet.« Wer war zu ihm gegangen? Die Polizei. Sie mußte es gewesen sein. Nur sie konnte so flink sein. Lamotte aber hatte die Hände vors Gesicht geschlagen und schluchzte. Ich packte seinen Arm und schüttelte ihn.

»Ihr müßt mir sagen, was geschehen ist«, flüsterte ich ergrimmt.

»Der Leichnam einer Verbrecherin –«, hörte ich ihn sagen. Ich schüttelte ihn wieder. »Fragt mich nicht. Verlangt nicht von mir, es Euch zu sagen«, murmelte er.

»Aber ich muß es wissen – ich weiß nicht mehr ein noch aus, wenn ich es nicht erfahre«, rief ich. Er hob den Kopf und sah mich an; seine Augen waren gerötet.

»Das anatomische Institut im Collège Saint-Côme. Sie fanden die Idee einer septischen Abtreibung – interessant. Mein Gott. Interessant. Und ich sehe sie noch aus dem Fenster schauen – ihre schönen blauen Augen. Lachend. Versteht Ihr nun? Nichts ist von ihr geblieben – kein Nerv, kein Organ. Nichts. Aufgeschnitten, zerlegt, für den Fortschritt der Wissenschaft der Anatomie. Ich habe den Stationsarzt an der Kehle gepackt. ›Sie hatte eine Seele! Das könnt Ihr nicht tun!‹ ›Ich bedaure, Monsieur, was geschehen ist, ist geschehen‹, sagte er und rückte von mir ab, als sei ich ein Wahnsinniger. Ich fürchte, ich habe mich zum Narren gemacht. Ich hatte – in meiner Phantasie hatte ich mir vorgestellt, sie einmal zum Abschied zu küssen – nur einmal. Das einzige Mal. Um meiner Jugend adieu zu sagen. War das zuviel verlangt? Nur ein einziges Mal... Aber die Männer mit den Messern, die Wissenschaftler, sie waren zuerst da.«

So redete er noch ohne Zusammenhang daher, als das große Kutschtor des Palais de Bouillon geöffnet wurde. Er nahm sich zusammen, strich sich über das Gesicht und seinen sonst so flotten Schnurrbart. »Und heute abend diniere ich mit dem Schwein, Kopf im Trog, nicht besser als die übrigen.« Seine Stimme war ruhig, sein Blick bitter.

»Ist Euch nicht wohl, Monsieur de la Motte?«

»Nie und nimmer«, sagte er, als die Kutsche uns am Fuße der breiten Treppe absetzte, die vom *cour d'honneur* hinaufführte. Er sah zu den geschnitzten Balustraden und dem vergoldeten Portal darüber empor, als betrachte er die Pforte der Hölle. »Kommt einen Augenblick mit herein, Mademoiselle Pasquier. Sprecht mir von ihr. Mir – mir ist, als könne ich nicht atmen.« Er sah so erschüttert aus, ich konnte es ihm nicht abschlagen. Er führte mich durch die Korridore und offenen Staatsgemächer in seine bescheidene Wohnstatt auf der Rückseite des großen Hauses. Auf dem langen Wege wurde deutlich, wie viele Gefolgsleute, gehätschelte Schriftsteller und Künstler, Waisen, entfernte Verwandte das weitläufige Gebäude beherbergte. Eine Miniaturgesellschaft mit ihren eigenen Ständen, ihrem eigenen Hof, eine winzige Nachahmung des großen Hofes in Versailles. Ein Leben aus Schmeichelei, Falschheit und Aufstieg, und alle schätzten sich glücklich. Da hat man es doch als Hexenmeisterin der feinen Gesellschaft besser, dachte ich. Man kommt und geht durch den Vordereingang, wie es einem beliebt.

Wir durchquerten Lamottes Empfangssalon, und er führte mich in einen niedrigen, goldgetäfelten Raum voller Bücher. Ein Schreibpult und zwei bequeme Lehnstühle hatten gerade Platz inmitten des Durcheinanders von Manuskripten und Theatersouvenirs. Sein Schlafrock, den er so hastig abgeworfen hatte, lag über einem schmalen, zerwühlten, mit Brokatvorhängen versehenen Bett.

»Mein Versteck«, sagte er, das muffige kleine Gelaß mit einer Geste umfassend. »Selbst *sie* muß ihrem wilden Tier seine Höhle lassen.« Er kramte in einem Schränkchen und nahm eine Karaffe und zwei Gläser heraus.

»Ich habe außer Euch keine Menschenseele, um über sie zu sprechen«, sagte ich, als ich das Glas entgegennahm. »Wer sonst könnte ihre Güte, ihren Liebreiz würdigen? Ihre Schönheit war ihr Fluch.« Der Branntwein war stark, und ich mußte husten. Er füllte unsere Gläser aufs neue.

»Nicht ihre Schönheit, nein, ihre Familie. Euer Bruder, ich bitte um Pardon, Mademoiselle, ist ein Ungeheuer mit einem Herzen aus Stein.« Er blickte in sein Glas, als könne er auf seinem Grunde Bilder sehen. »Solche Menschen gibt es häufig heutzutage. Hätte ich die Feder von Molière, ich könnte ihn komisch gestalten. Das ist die Rolle der Kunst, nicht wahr? Ungeheuer komisch darzustellen, damit wir sie ertragen können, und unsere eigenen billigen Kümmernisse zu großen Tragödien zu gestalten, damit andere mit uns weinen.« Er blickte zu dem winzigen Fenster, als sehe er in eine andere Zeit: »Zwei Schwestern, wie weiße Rosen, blühten an einem düsteren, unnatürlichen Ort. Ich sehe Eure hübschen kleinen Gesichter vom Fenstersims spähen – Ihr zogt den Vorhang zurück, nur ein Stückchen – ich habe sie mir immer oben im Turm vorgestellt, wo sie, Romanzen lesend, auf ihren Königssohn wartete.« Er leerte sein Glas abermals und schenkte auch mir wieder ein. »Sagt mir, hat sie Romanzen gelesen?«

»Ja«, sagte ich und versank in dem weichen Lehnstuhl. »Und ich las ihr vor, wenn sie stickte.« Die Tränen rannen mir übers Gesicht.

»Und wenn ich im Sommer durch das geöffnete Fenster das

Klavichord vernahm und die süße Stimme singen hörte, war sie es?«

»Ja, sie hat Musik geliebt. Sie summte Weisen, wenn sie nähte. ›Wenn ich reich bin‹, sagte sie immer, ›lasse ich jeden Abend Violinen aufspielen.‹« Lamotte hatte sich etliche Male wieder eingeschenkt. Er saß vornübergebeugt auf dem unordentlichen Bett, den Kopf in die Hände gestützt, und schluchzte.

»Für sie hätte ich reich sein können. Für sie hätte ich alles sein können. Violinen. Mein Gott, sie hat nicht einmal eine Grabstätte.« Er sah zu mir hinüber, sein Antlitz fleckig von Tränen. »Sagt mir, hat sie jemals meine Briefe gelesen?« Bedrückt von seinem und meinem Kummer, log ich.

»Sie hat sie stets am Busen aufbewahrt, um sie oft lesen zu können.«

»Meine Süße, meine Angélique. Es hat nicht sein sollen.«

»Angélique?«

»Mein Engel – so nannte ich sie in meinen Träumen. D'Urbec hatte unrecht. ›Wenn ich die Wahl hätte‹, sagte er, ›ich würde die jüngere Schwester nehmen. Sie hat einen schärferen Verstand und ein aufrichtiges Herz.‹ Stets so selbstsicher. Aber diesmal hatte er unrecht. Ich habe ihm gesagt, daß er sich irrte, ich habe es immer gewußt. Angélique war aufrichtig im Herzen, trotz allen Leides, das sie erdulden mußte. Ein grausames Schicksal hat uns getrennt, ein Zufall der Geburt. Mein Engel!« Wieder dieser d'Urbec. Warum mußte er überall sein, warum sogar meine Trauer stören? Die Erinnerung an d'Urbecs Schweigen, seinen scharfen Blick, seine zynische Logik war wie ein Schauer eisigen Wassers. Lamottes leidenschaftlicher Erguß, seine theatralischen, in einem Augenblick echter Trauer nicht ganz so ausladenden Posen waren von jener verrückten Galanterie, welche einer Frau das Herz erwärmt. Ich erhob mich, um mir selbst aus der Karaffe auf dem Tischchen einzuschenken. Ich konnte mich kaum halten, als ich zum Lehnstuhl zurückkehren wollte.

»Tröstet mich, Geneviève, mir ist so kalt, als läge ich schon bei ihr im Grabe.« Heftig schaudernd ergriff er meine freie Hand; er brachte mich aus dem Gleichgewicht, so daß das Glas auf den Fußboden krachte. Er fing mich auf, als ich zu ihm auf das Bett fiel, und setzte mich auf seinen Schoß, die Arme um mich gelegt. Ich lehnte meinen Kopf an seine Schulter und weinte.

»Sie war alles, was ich hatte, alles, und nun ist sie tot.« Er streichelte mein Haar, als tröste er ein Kind.

»Tröstet mich«, sagte er. »Tröstet mich.« Seine Hand lag an meinem Hals. Sie fühlte sich warm an, menschlich.

»Nicht so«, sagte ich mit matter Stimme. Sein Gesicht war an meinem Busen; seine rauhe Wange an meiner zarten Haut machte mich schwach. Der schöne Kavalier vom Fenster. Mein. Um den entsetzlichsten Preis der Welt.

»Fühlt meine Tränen«, sagte er, als die warme Nässe sich über meinen Hals verbreitete. Eine winzige Schwingung in seiner Stimme schien auf den routinierten Verführer hinzudeuten, doch deswegen dauerte er mich um so mehr. Der Mann mit den unbedeutenden Amouren, des einzig Echten beraubt, das er je besaß. Oder besessen zu haben glaubte.

»Ich – ich kann das nicht tun. Um Gottes willen, haltet ein. Ich kann es nicht ertragen, schwanger zu werden, nachdem ich gesehen habe –«

»So glatt, so weiß. Wie Sahne.« Seine Hand hatte sich unter meinen Rock vorgearbeitet. »Warm. Menschlich. Lebendig.«

»Nein«, sagte ich, doch ich war zu schwach, zu trunken, zu sehr erfüllt von Jahren geheimer Träume, um ihn fortzustoßen. Mein Herz schlug flatternd gegen meine Rippen.

»So schön«, murmelte er, indes er mich auf den Rücken legte. Ich spürte sein Gewicht auf mir. »Habt keine Angst – in dieser langen Zeit – seit ich sie verlor – habe ich tausend Kniffe gelernt – die Damen zu beglücken. Bei mir laufen sie keine Gefahr. Ihr müßt keine Angst haben –« Die Nadeln meines Mieders waren auf dem Fußboden verstreut. Rock und Unterröcke lagen um mich wie ein Strauß bunter Blumen. Die Angst löste sich in der Hitze neuer Wonnen. Doch während seine Hände und Lippen über mich tasteten, waren seine Augen geschlossen. Sein Antlitz, feucht von Tränen und eingefallen vor Kummer, war noch immer schön.

»André«, flüsterte ich, als der Taumel ihn überkam.

»Angélique!« rief er, als der vergeudete Samen die Bettwäsche befleckte. Er hatte Wort gehalten. Aber es war Marie-Angélique, die er besessen hatte, nicht ich. Ich betrachtete sein Antlitz, das entspannt und voll Dankbarkeit war, als er allmählich in Schlaf sank, und ich spürte keine Reue, nicht die geringste. Das Nachglühen der Innigkeit durchrieselte noch meinen Körper. Der gute, schwere Geruch der männlichen Begierde haftete an mir. Oheim, dachte ich, Ihr hattet unrecht. Ihr wart falsch und niederträchtig. Der schönste Mann, der jemals in meinen Träumen umging, hat mich begehrt, hat mich erfüllt, ist mir dankbar. In diesem Augenblick war ich glücklich, ungemein glücklich. Schmort in der Hölle, Oheim, flüsterte ich im stillen. In diesem Augenblick gehört André Lamotte mir. Kein anderer Augenblick ist von Bedeutung. Nichts anderes zählt.

»André, André«, flüsterte ich, »nicht schlafen. Euer Gastmahl. Die Herzogin. Ihr müßt aufstehen.« Ich schüttelte ihn an der Schulter. Er schlug die Augen auf.

»Oh, Ihr seid es. Geneviève.« Wir tauschten einen langen Blick. Beide wußten wir alles. »Ich bin Euch dankbar. Was kann ich nun für Euch tun? Was kann ich Euch geben, arm, wie ich bin, Euch zu entgelten, daß Ihr gerettet habt, was von mir geblieben ist?«

»Ihr könnt mir helfen, das Kleid auszubürsten und es anzuziehen, und eine Sänfte herbeiholen, die mich nach Hause bringt. Und heute abend bei Eurem Gastmahl müßt Ihr ein Ausbund an Witz sein.«

»O mein Gott, das Gastmahl! Die Herzogin!« rief er, als habe sein Verstand die Situation endlich erfaßt. Ich strich Sylvies grellbunte Sonntagsunterröcke glatt.

»Gewiß mißgönnt nicht einmal sie Euch an Eurem freien Tag eine Buhlerei mit den Dienstmägden. Ich gehe hintenherum hinaus, und niemand wird vermuten, daß mehr als das vorgefallen ist.« Er sah verstört aus.

»Ihr – Ihr denkt an alles. Soviel Selbstbeherrschung – das ist unnatürlich. Es erinnert mich an –«

»Denkt nicht, daß ich *ihn* leiden mag, wenn Ihr mich nicht beleidigen wollt. André, ich weiß, es war Marie-Angélique, nach der Ihr gerufen habt. Glaubt Ihr, ich hätte nicht nach ihr gerufen? Ich stelle keine Ansprüche an Euch; ich werde Euch nicht in Verlegenheit bringen. Bleibt nur mein Freund. Das ist alles, worum ich bitte.« Er blickte mich niedergeschlagen an. Er wirkte gealtert und hatte Ringe unter den Augen. Der flotte Schnurrbart war schlaff. Lamotte erschlaffte unter dem Gewicht des guten Lebens, das ihn belastete. Das schwerfällige mittlere Alter der Müßiggänger war nicht mehr fern.

»Ihr habt die Ehre und das Herz eines Mannes«, sagte er. »In einer Welt der neidischen, boshaften Weiber und der verräterischen Höflinge werde ich Eure Freundschaft hochhalten. D'Urbec war klüger als ich. Ich scharwenzele um eine selbstsüchtige reiche Frau herum – und Ihr – ich hoffe, Ihr findet einen Mann, der Eures Herzens würdig ist, Geneviève.«

Nur ein Poet konnte etwas so Dummes wünschen, dachte ich, als die Träger mich vor meinem Haus absetzten. Dennoch, der gefühlvolle Augenblick tat mir wohl. Ich hätte es nicht anders haben wollen.

Eine morbide Traurigkeit haftete während des langen Herbstes an mir wie ein Nebel. Wohin ich mich auch wendete, sah ich Marie-Angéliques Antlitz. Ich mied Geschäfte und Jahrmärkte; Geld ausgeben machte keine Freude mehr. Sah ich eine Auslage mit Spitzen, einer silbernen Brosche, einem Ballen Brokat, so dachte ich unversehens: Das würde Marie-Angélique gefallen – ich muß es ihr erzählen. Ihr Geist war in der Galerie des Palais, auf den Gehwegen des Parks. Ich sah uns vor mir, zwei Mädchen im Frühling, die vorgaben, die Rosen zu bewundern, jedoch mehr die eleganten Spaziergänger bewunderten. »Sieh nur, Schwester, die entzückende Haube; wenn ich reich bin, möchte ich genau so eine. Oh! Meinst du, der schneidige junge Offizier mit dem karmesinroten Umhang sieht zu mir?« »Wenn ich reich bin, möchte ich genau so einen«, beendete ich ihren Satz mit meinem mürrischen Stimmchen. »O Geneviève, du bist so spaßig! Wir wollen jede einen haben!« Und ich hörte das Echo ihres Lachens, als ich die vom Regen überspülten Wege entlangstapfte und zwischen den toten Blättern und leeren Pavillons suchte, als hätte sie sich dort versteckt.

Ich gewöhnte mir an, mittags zu schlafen, meine Bedienten wiesen Klientinnen ab; Madame sei sehr krank, flüsterten sie. Nachmittags wanderte ich ziellos durch die Tuilerien oder durch den Park des Palais Royal. War ich des Gehens müde, nahm ich die Kutsche und fuhr gedankenlos durch die Stadt, oder ich nahm die Straße nach Versailles, kehrte aber unverrichteter Dinge zurück. Sogar mein Vogel, mein einziger Trost, blies mit aufgeplusterten Federn Trübsal auf seinem hohen Gestell, das oben in meinem Zimmer neben dem Tisch stand, er sprach nicht und verweigerte Brotkrumen aus meiner Hand. Einmal engagierte ich, tief verschleiert, Träger, um mich durch die Rue des Marmousets tragen zu lassen. Ich ließ sie an so vielen Stellen halten, daß ich ihr Trinkgeld verdoppeln mußte. Unser Haus sah unverändert aus, groß und düster, die kleinen Wasserspeier kauerten zu beiden Seiten des gotischen Portals. Ich sah meinen Bruder aus der Ferne mit einem Portefeuille unter dem Arm dem Palais de Justice zustreben. Die Träger stellten die Sänfte just an der Stelle ab, an der Lamotte mit seinen beiden Freunden gestanden hatte, und ich blickte hinauf, halb in der Erwartung, die schweren Vorhänge sich teilen und unsere beiden weißen Gesichter aus der Ecke des dunklen Fensters spähen zu sehen.

»Geht an den ›Drei Trichtern‹ vorbei, dann kehrt um und geht zum ›Tannenzapfen‹«, sagte ich, »aber bleibt dort nicht stehen, ich möchte nur die offene Türe sehen.« Einer der Träger tippte mit dem Zeigefinger an seine Schläfe, bevor er die Tragestangen ergriff.

Eines Tages dann geschah das Unvermeidliche. Kurz vor Mittag wurde ich wach gerüttelt. Ich sah die Hexe aus der Rue Beauregard wie einen bösen Traum vor meinem Bett aufragen, während Sylvie schuldbewußt im Hintergrund herumlungerte.

»Aufstehen, stehe auf, du elendes faules Mädchen. Es gibt zu tun! Glaubst du, ich habe dich eingestellt, damit du den ganzen Tag im Bett liegen kannst? Des Königs Augenmerk wandert wie ein Wetterhahn; jede Frau am Hofe läßt sich wahrsagen. Die Flut ist hoch, und du fängst keine Fische!« Ich murmelte etwas, aber das brachte sie nur noch mehr in Wallung.

»Es ist der Gipfel der Dummheit, sich über etwas zu grämen, das sich nicht ungeschehen machen läßt. Verdiene Geld, errichte ihr ein Denkmal, mache dich ans Werk. Du hast Bediente zu bezahlen, einen Haushalt zu bestreiten, und Schulden bei *mir*. Und was mich betrifft, wenn das elende Opiumelixier von La Trianon dein Hirn verrottet hat, so daß du nicht mehr arbeiten kannst, dann kannst du ebensogut ein Ende machen. Trinke die ganze Flasche auf einmal, sage ich!« Sylvie, die Augen vor Schrecken geweitet, versuchte sich der Flasche zu bemächtigen, doch ein einziger Blick von La Voisin ließ sie erstarren.

»Mein Hirn ist nicht verrottet, Ihr – Ihr Hexe! Es ist doppelt so scharf wie jedes andere, und wenn ich hundert Flaschen tränke!« Voller Wut richtete ich mich auf.

»Was du vermutlich schon getan hast –«

»Merkt Euch, ich schränke es ein! Und ich sitze zumindest nicht jeden Abend mit dem Scharfrichter beim Wein und trinke, bis ich rot im Gesicht bin, und singe schmutzige Sauflieder!«

»Ach, du meinst wohl, Opium ist vornehmer, wie? Ich suche mir meine Liebhaber selbst aus; ich hatte Grafen und Barone, merke dir das. Wenn ein Mann mir gefällt, nehme ich ihn. Ich bin mächtig genug, um meine Wahl zu treffen. Du hingegen bist zu feige, dich zur Herzogin zu machen. Oh, aber ich vergesse, du bist eine *Aristokratin* – ich nehme an, daß sich deswegen alles innerhalb deiner Familie abspielt?«

»Dafür werde ich Euch töten!« kreischte ich und sprang aus dem Bett, um sie anzugreifen. Sie trat zurück und zog ein tückisches kleines Messer aus dem Ärmel.

»Ha! Tritt näher, meine Süße, und sieh, wer wen tötet«, sagte sie; ihre schwarzen Augen blickten gebieterisch.

»Ich schwöre, ich tu's.«

»Alles nur Zeitverschwendung«, erklärte sie ruhig. »Du tätest besser daran, deinen Oheim zu töten, der deine Schwester verkauft hat und dich zu vernichten trachtete. Schicke ihm einen Almosenkorb mit Fleischpastetchen ins Gefängnis, und damit ist alles erledigt.« Sie steckte das Messer in ihren Ärmel zurück. Es machte ein merkwürdiges Geräusch, als es in seine verborgene Scheide glitt.

»Ihr – Ihr seid abscheulich –«

»Und du nicht?« höhnte sie. Sie neigte den Kopf zur Seite und stemmte die Hände in die Hüften. »Aber wenigstens bist du jetzt aus dem Bett. Sylvie, kleide sie an – das Grauseidene –, ich sehe indessen nach, ob Manon in der Küche fertig ist.«

Als ich sie durch die Schlafzimmertüre verschwinden sah, war ich ungeheuer aufgebracht. Vermaledeit. Wiederum benutzt. Gegängelt. Wann würde ich endlich lernen, mich nicht von ihr übertölpeln zu lassen? Diesmal hatte sie meinen Zorn ausgenutzt, um mich gegen meinen Willen aus dem Bett zu bekommen. Ich war überlistet worden; vielleicht wurde mein Hirn tatsächlich weich. Ich wollte mich nicht übertölpeln lassen von – von einer, die nicht einmal *Latein* lesen konnte.

»Was rieche ich da?« Ein seltsamer Geruch nach verbranntem Kork drang nach oben. »Sylvie – ist das Kaffee?«

Ein Rascheln von Taftunterkleidern kündete die Rückkehr der

Hexenmeisterin an, und ihre Stimme antwortete von der anderen Seite des Wandschirmes, hinter dem ich mich ankleidete: »Türkischer Kaffee. Ich genieße ihn in letzter Zeit reichlich. Ich habe Manon mitgebracht, dir eine Kanne voll zu brühen. Du wirst ihn trinken. Ich nehme selbst ein Schlückchen. Er mundet mir vorzüglich.«

»Aber – aber ist er nicht teuer?« fragte ich. Sie war nun zu mir getreten, um zu sehen, wie weit Sylvie mit meinem Korsett und meinen Unterkleidern vorangekommen war.

»Freilich. Aber er schärft den Verstand. Der deine ist recht stumpf geworden. Ich habe ein ganzes Viertelpfund genommen. Keine Sorge – ich schlage es einfach auf deine Rechnung.« Sylvie war unterdessen damit befaßt, die zahllosen Knöpfe an meinem grauseidenen Kleid zu schließen.

»Meine Haare –«, sagte ich und griff mit einer Hand nach dem Wirrwarr auf meinem Kopf.

»Fürs erste knote sie einfach im Nacken, Sylvie«, befahl La Voisin. »Die Spitzenhaube genügt. Die Marquise braucht heute nicht auszugehen, sie wird zu Hause empfangen –« Der Taft knisterte geschäftig, als sie uns hinter dem Wandschirm allein ließ. Ich vernahm ein Klappern, als Manon, La Voisins Stubenmädchen, ein Tablett auf den Tisch jenseits des Wandschirms stellte. Als ich hervorkam, sah ich zwei dampfende Kannen, zwei weiße Porzellantassen und La Voisin, die sich soeben in meinem besten Lehnstuhl niedergelassen hatte.

»Ihr versteht nicht«, sagte ich, als ich ihr gegenüber Platz nahm, »meine Schwester ist tot –« Manon schenkte mit geübter Hand zu gleicher Zeit heiße Milch und heißen Kaffee aus den kleinen Kannen ein. »Meine schöne Schwester. Getötet von –«

»Ich weiß, ich weiß. Duc de Vivonne. Nicht die erste, nicht die letzte. Bilde dir nicht ein, du könntest Rache an ihm nehmen – er ist nicht nur mächtig, er kennt zu viele Leute von der falschen Sorte.« Seltsame Worte von La Voisin, wenn man bedachte, daß sie selbst nicht ganz von der richtigen Sorte war.

»Ich weiß«, sagte ich seufzend. »Ich könnte mit dem Kopf in den Dielen der Zimmerdecke enden.«

»Sehr richtig. Merke dir, die wirklich Erlauchten sind für dich unerreichbar, es sei denn, wir handeln unter dem Schutze eines noch mächtigeren Gönners. Andernfalls bedeutet es den Tod, gewöhnlich von einer gänzlich unerwarteten Seite. Dies ist ein Gesetz des Handelns – eines, sollte ich hinzufügen, das La Bosse noch nie beherrscht hat.« Die Kaffeetasse klapperte, als die Wahrsagerin sie auf die Untertasse stellte. Das Geräusch veranlaßte den Papagei, seinen Kopf aus den Federn zu strecken. Er stieß einen leisen Laut aus, »örk, örk, örk«. Er streckte zuerst einen gelben Fuß vor, dann den anderen. Sodann neigte er den Kopf und beäugte La Voisin mit seinen alten schwarzen Augen, und sie erwiderte seinen Blick mit Augen, die plötzlich ebenso alt schienen. »Trinkt, trinkt«, sagte der Vogel. La Voisin machte ein amüsiertes Gesicht, stand unversehens auf und schnippte einige Tropfen Kaffee in sein Wasserschüsselchen. Der Vogel streckte seinen grünen Kopf vor und senkte den gelben Schnabel ins Wasser. Die Wahrsagerin kicherte. »Überlasse Vivonne seiner Gemahlin, meine Liebe. Sie wünscht sich seit geraumer Zeit ihre Freiheit.« Ich betrachtete die Hexenmeisterin mit neuen Augen. Sie lächelte begütigend und verschränkte die Hände auf dem Bauch. Ich nahm noch eine Tasse Kaffee.

»Und nun«, verkündete sie munter, »an die Arbeit. Du wirst sehen, sie ist äußerst heilsam. Zuvörderst mußt du über die Neuigkeiten bei Hofe ins Bild gesetzt werden. Erstens, der König fühlt sich alt, da er nun über vierzig ist. Er meint, eine neue Frau wird ihm seine schwindende Jugend zurückbringen. Daher schweift sein Augenmerk wieder einmal von La Montespan ab. Bislang hat sie ihren Einfluß behauptet, indem sie seine Affären innerhalb ihres Hauswesens lenkte. Nun aber ist Seine Majestät ihrer Kammerfrau, La des Œillets, überdrüssig. Nein, nein, sie ist nichts – er hat nicht einmal die Kinder anerkannt, die sie von ihm hat.«

»Höllenfeuer und Verdammnis«, ließ sich der Papagei vernehmen, indes er auf seiner Stange auf und ab hüpfte. Die Hexenmeisterin lächelte ihm wohlwollend zu.

»Und nun ist er von Madame la Princesse de Soubise gefesselt. Ihre Familie ist arm – sie bessert die Einkünfte mit dem Einverständnis ihres Gatten auf. Der Fürst verständigt sie, wenn er über Nacht außer Haus sein wird; bislang hat sie ihre Smaragdohrringe getragen, um dem König ein Zeichen zu geben. In letzter Zeit wurden die Ohrringe nicht gesehen; ich vermute, der König oder auch der Gemahl war des Spieles müde geworden.

Nun beginnt alles von neuem – du darfst mit einer Anzahl Konsultationen rechnen.«

»Das habt Ihr nicht in den Karten gelesen.«

»Nein. Aber heute nachmittag wird Madame de Ludres dich aufsuchen. Sylvie, die unser beider Interessen wahrt, besaß die weise Voraussicht, an deiner Stelle zuzusagen und mich zu verständigen. Ich wünsche, daß du mir erzählst, was du Madame de Ludres sagst, und auch, was du genau im Glase siehst.«

»Kurz und gut, sie ist eine Vorkämpferin, und La Montespan konsultiert Euch.«

»Gut, dein Hirn funktioniert wieder. Die Sterne sagen mir, daß die Zeiten heikel sind und daß eine ungeheure Menge Geld zu verdienen ist, wenn wir siegen. Und wenn Madame de Montespan zu dir kommt, muß ich ihre Lesung augenblicklich erfahren. Nun gib zu, es ist amüsant, und dein Kopf ist schon ganz mit Berechnungen beschäftigt.«

»Mein Kopf ja, aber nicht mein Herz.«

»Dann übergehe das Herz«, sagte sie und beugte sich vor, um ihre leere Tasse abzustellen. »Das Herz ist in dieser modernen Welt nur überschüssiger Ballast. Hier, ich überlasse dir die beiden Kannen und die Tassen. Nimm meinen Rat und mache dir das Kaffeetrinken zu eigen. Gib das Opium auf, bevor es dich umbringt. Nur Kaffee ist Nahrung für das Hirn.«

»Kaffee! Kaffee!« gluckste der Vogel, indes er mit seinen gelben Krallen auf und ab stolzierte. Die Hexenmeisterin schnippte noch einen Tropfen Kaffee in seine Wasserschüssel.

»Ich nehme an, Ihr habt auch bereits das Porzellan auf meine Rechnung gesetzt?«

»Natürlich. Was sonst? Adieu. Und vergiß nicht, ich wünsche einen vollständigen Bericht. Ich erwarte dich nach den Theatervorstellungen. Ich gehe heute abend ins Palais de Bourgogne. Während du herumgeirrt bist, hat Lamotte uns mit einer neuen Tragödie überrascht. Über eine Griechin, die sich auf einer Klippe über dem Meer erdolcht, sagt man. Kein Auge blieb trokken, als er den letzten Akt im Salon der Duchesse de Bouillon las. Nun hat er Claqueure zu seiner Unterstützung engagiert, und ich habe mir eine Loge genommen, um inkognito mit dem Vicomte de Cousserans, Coton und einigen anderen Freunden hinzugehen. Comte d'Aulnoy, dessen Gemahlin, wie man sagt, einst von Lamotte verführt wurde, hat seinerseits Claqueure engagiert, um das Stück niederzuschreien. Es verspricht ein amüsanter Abend zu werden.«

Lamotte. Und er hatte mich nicht einmal zu einer Lesung eingeladen. Diese verfluchte La Voisin. Sie verstand es vortrefflich, mich stets aufs neue zu erzürnen.

Kapitel XXII

Madame de Ludres war ein unvermähltes Hoffräulein, die schönste unter den Hofdamen der unscheinbaren Duchesse d'Orléans. »Madame« nannte sie sich, weil sie das fromme Gelübde einer Kanonisse abgelegt hatte. Das brachte ihr eine beträchtliche Pfründe aus einem fernen Kloster ein, welche sie für Lustbarkeiten und amouröse Tändeleien ausgab. Ihr Gelübde hatte sich weder auf ihre Kleidung noch auf ihr Gebaren nachteilig ausgewirkt, stellte ich fest, als man ihr vor meiner Türe aus der Kutsche half. Von dem Augenblick an, da ihre satinbeschuhten Füße mit arrogantem Schritt über meine Schwelle traten, haßte ich sie. Ich haßte ihre aufwärts gebogene gepuderte kleine Nase; ich haßte es, wie sie die Flecken auf ihrem Teint mit winzigen schwarzsamtenen, halbmondförmigen Schönheitspflästerchen verdeckte. Ich haßte den Diener, der ihre Schleppe trug, und die Kammerfrau, die ihr Schoßhündchen hielt. Marie-Angéliques kleiner Finger war schöner als ihr ganzer Körper. Ihr Ehrgeiz war schuld daran, daß die Knochen meiner Schwester im Collège de Côme zur Schau gestellt wurden. Vivonnes *maîtresse en titre*, ein erfreulicher Schritt nach oben für sie. Aber es war nur ein Schemel, auf den sie den Fuß für den weiteren Aufstieg setzte: zu der höchsten Macht, der *maîtresse en titre* Seiner Majestät, des Sonnenkönigs. Eher sehe ich Euch in der Hölle, dachte ich.

Das Bild war deutlich. Ich sah sie am Hofe in einem Vorzimmer, das ich nicht erkannte. Die Höflinge erhoben sich, als sie eintrat. Obgleich die Damen leuchtende Sommerkleider trugen, wie es der König befohlen hatte, sah ich an ihrem Zittern und an den dicken Uniformen der Lakaien, daß es Winter war. In dem schillernden Bild wütete Madame de Montespan in ihrem berühmten »wallenden Gewand«, das auf eine fortgeschrittene Schwangerschaft hinwies, lautlos hinter der Mauer der Höflinge. Deren Blicke jedoch waren auf die neue Favoritin gerichtet.

»Ihr werdet die höchste Gunst nicht sogleich erlangen«, sagte ich ruhig. »Madame de Montespan hat sich mit ihrem erlauchten Liebhaber versöhnt und wird bald ein Kind von ihm empfangen.

Wenn die Schwangerschaft fortgeschritten ist, wird sein Augenmerk wieder schweifen, und Ihr werdet die allerhöchste Anerkennung finden.«

»Wann?« fragte sie. Ihre harten kleinen Augen verrieten Habgier und Ehrgeiz. Ich wünschte, auch ich hätte einen Knochengarten, in den ich ihre Gebeine werfen könnte.

»Es könnte zur Mitte des Winters sein. Möglicherweise zu Beginn des neuen Jahres.«

»Und Mademoiselle de Thianges, was ist mit ihr?«

»Das erfordert eine zweite Lesung«, sagte ich verbindlich, »es ist sehr schwierig, für eine Person zu lesen, die nicht anwesend ist. Ich erhebe die doppelte Gebühr, und garantieren kann ich nichts.« Widerwillig zählte sie das Geld vor. »Habt Ihr etwas mitgebracht, das ihr gehört?« fragte ich.

»Ich habe ihre Zofe bestochen, mir eine Rosette von ihrem Schuh zu überlassen.« Sie holte eine schlaffe Rosette aus rosafarbenem Satin hervor. Sie hatte offensichtlich von meinen Methoden gehört. Ich befragte meine Wasservase aufs neue, hielt unter großem Getue die Rosette an das Glas.

»Mademoiselle de Thianges ist ohne Bedeutung. Sie wird sich nur einer flüchtigen Gunst erfreuen und alsbald vermählt werden.«

Ich war froh, als die unliebsame kleine Kanonisse sich mit ihrem Gefolge verabschiedete.

La Voisin hatte recht. In der folgenden Woche drängten sich Aspirantinnen mit ihren Müttern, Brüdern, Vätern oder sogar Ehemännern, und alle ersuchten um Auskunft aus dem Glase. Diejenigen, die selbst tätig werden wollten, schickte ich zu La Voisin, um *poudres d'amour* zu erstehen und sonst noch allerlei, von dem sie dachten, es könnte ihre Chancen vermehren. In diesen Wochen machte die Hexenmeisterin von Paris mit Wachspüppchen und Zaubersprüchen ein immenses Geschäft. Sonntags in Notre-Dame de Bonne Nouvelle wurden ausgefallene neue Hüte und seidengefütterte Umhänge vorgeführt; in den weniger feinen Vierteln hörte man heisere Frauenstimmen in den Hinterzimmern gewisser Kaschemmen singen, und der Schwarzmarktpreis für ausgesetzte Kinder stieg auf zwei Écus. Ich kaufte mir einige kuriose alte Bücher, die ich seit langem begehrte, und für meinen Empfangssalon ein italienisches Gemälde, »Susanna und die Greise« betitelt, aber mir blieb am Tage nicht ein Augenblick Zeit, um mich daran zu erfreuen. Mir war, als befände ich mich im Auge eines Sturmes der Habgier. Meine Arbeit kam mir vor wie das ehrenhafteste Unterfangen in einer Hölle der Gesellschaft, welche darauf versessen war, die Reichtümer der Krone durch des Königs Getändel zu verprassen.

Wenn der Sturm nachließ, wurde er durch eine neue Kunde wieder entfesselt. Nun ging das Gerücht, Prince de Soubis plane, mit den Einkünften seiner Gemahlin seine neue Stadtresidenz zu bauen, was den Hof vor Mißgunst lodern ließ. Ich sah das Gebäude einmal kurz in der Tiefe der Wasservase schimmern, einen riesigen Palast im Herzen der Stadt. Kein schlechtes Entgelt dafür, seine Gattin für ein paar ehebrecherische Nächte klaglos freizugeben.

Wenn ich mir meine Notizbücher aus jener Zeit ansehe, finde ich zwischen gekritzelten Eintragungen über die geheimen Wünsche der Erlauchten eine einzelne Anmerkung:

Wer hat heutzutage ein Recht auf ein reines Gewissen, bei allem, was die Menschen tun, um zu leben? Sogar Marie-Angélique fürchtete das Höllenfeuer, dabei war sie die Güte selbst.

Und dann sehe ich alles wieder vor mir, wie ich mich auf das Intrigenspiel einließ, um ihren Geist von mir fernzuhalten. Doch Nacht für Nacht hörte ich ihre Stimme: Schwester, du kennst zu viele garstige Menschen.

»Marie-Angélique«, murmelte ich dann halb im Schlaf, »garstig sind sie alle, daran läßt sich nichts ändern.«

»Dieser Lumpensack! Dieses Stück Kehricht! Wie kann sie es wagen, zu denken, sie könne mich bedrohen!« La Montespans Wutgeschrei war durch die halb geöffneten Türen ihrer weitläufigen Gemächer in Versailles bis ins Erdgeschoß zu hören. Ich hatte alle Verabredungen abgesagt, war in höchster Eile in ihrer schweren Kalesche über vereiste Straßen gefahren und wartete nun wie ein Lakai, während sie ihrer schlechten Laune freien Lauf ließ. Gut, dachte ich, als ich etwas aus Porzellan an die Wand krachen hörte, lieber draußen vor dem Zimmer als drinnen. Ich lugte hinein und sah sie wie eine Tigerin auf dem blaugoldenen Savonnerieteppich auf und ab rasen; wenn sie umkehrte und sich auf das Fenster zubewegte, stieß sie mit dem Fuß ihre Schleppe aus dem Weg. »Ich schwöre, sie wird ihn nicht bekommen«, schrie sie und hob die Faust zum Fenster. »Niemals!« Sogar die Glasscheiben schienen vor ihrem Zorn zu erzittern. Ihr Korsett kam mir lockerer vor. Ihre Schwangerschaft wurde sichtbar. Die kurzzeitige Versöhnung war vorüber, und der König war wieder auf der Jagd nach einer Frau. »Ich werde wegen dieser bleichgesichtigen, intriganten Kanonisse nicht alles verlieren!«

»Madame, die Wahrsagerin«, verkündete eine ihrer Damen vorsichtig, in großer Angst, sich ihr zu nähern. Sie drehte sich abrupt um.

»Ah, Ihr seid es! Die schwarzgewandete Verkünderin des Unheils.« Ihr Gesicht war verzerrt vor Wut und einer sich dahinter verbergenden Furcht. »Warum wende ich mich immer an Euch? Weil Ihr mir die Wahrheit sagt. Die anderen lügen alle. Wahrheit ist es, was ich jetzt brauche, um meine Pläne zu fassen.« Sie wirkte mit einem Mal ruhig und bedrohlich. Sie schritt mitten durch das Gemach und sprach zu ihrem wartenden Lakaien: »Bringe einen Schemel und Wasser für die Marquise de Morville. Dann hinaus mit allen.« Ihre Zofen flohen schweigend, wie Blätter, die der Sturm vor sich herfegt. Das Licht vom Fenster fing sich auf dem ausladenden Tisch aus massivem Silber. Eine Tischuhr, deren Zifferblatt von Nymphen gestützt wurde, tickte behäbig. Neben ihr rollte ich mein kabbalistisches Tuch aus. Ein Diener brachte einen vergoldeten Schemel mit einem blau-silbernen Tapisseriekissen an den Tisch, indes ein anderer aus einem silbernen Krug mit langem Schnabel mein Wasserglas füllte. Lautlos entfernten sie sich, die große Flügeltüre schloß sich hinter ihnen, und ich setzte mich, um im Wasser zu lesen.

»Madame hat die Ehre, das Kind Seiner Majestät zu erwarten«, sagte ich leise, so daß die an die geschlossene Türe gepreßten Ohren nichts hören konnten.

»Ja, ja, natürlich, das ist kein Wunder der Prophezeiung. Jetzt ist die Zeit, da er streunen geht, wie jeder Köter am Hofe weiß. Ich biete ihm meine Zofen, ich biete ihm meine Nichten, aber nicht einmal das stillt seinen unendlichen Appetit. Er verletzt mich. Er vernichtet mich. Die anderen lügen alle. ›Ich sehe in den Karten, daß Ihr nie die Gunst verlieren werdet. Ihr werdet für alles, was Ihr für ihn getan habt, zur Herzogin ernannt werden!‹« Sie ahmte den greinenden, schmeichelnden Tonfall einer alten Frau nach. La Bosse. Wie verzweifelt mußte sie sein, daß sie sich an La Bosse gewandt hatte. Welche Taten, welche Komplotte waren schon mit La Voisin und den anderen ersonnen worden, um die Kanonisse zu vernichten und die Leidenschaft des Königs aufs neue zu erregen?

»Keine Deutung«, befahl sie. »Nur was Ihr seht. Ich muß es wissen. Ich werde nicht scheitern. Wenn er nicht der Meine ist, wird er keiner gehören. Das schwöre ich. Wie viele Jahre habe ich diesem stinkenden Leib im Bette beigelegen? Er schuldet mir Dank, sage ich Euch. Er wird mich nicht einsperren, wenn er meiner überdrüssig ist. Ich kann ein ebenso unergründliches Spiel spielen wie er.« Sie zog einen silbernen Stuhl heran und setzte sich. Ich konnte ihren schweren Atem hören, und als ich meinen Blick vom Glase wandte, sah ich, daß ihre Hände zitterten.

»Ich sehe Madame de Ludres das Gemach betreten. Sie ist in mitternachtsblauen Samt gekleidet und trägt ein schweres Diamantcollier mit passenden Armbändern –«

»Mein Collier, der Teufel soll ihn holen. Ich bin es, der das Collier zusteht –«

»Der Hof erhebt sich –«

»Verflucht! Verflucht! Das teuflische kleine Weibsstück. Welchen Zaubers hat sie sich bedient, um die allerhöchste Gunst zu erlangen? Ich werde dem ein Ende machen. Ich werde sie vernichten. Wie dumm hat ihre Tante sich angestellt, als sie sie zu vergiften suchte – eine Stümperin, eine Törin. Sie hat versagt und fürchtete sich, es noch einmal zu versuchen. Man sagte mir, der ganze Körper der illustren Kleinen war darauf mit Pusteln übersät – und ich erzählte es natürlich Seiner Majestät, um seiner Gesundheit willen. Pusteln, ganz große, nach allem, was man hört. Unappetitlich, widerwärtig.«

»Offensichtlich nicht groß genug. Sie zeigen sich nicht in ihrem Décolleté.« Wie verzweifelt mußte Madame de Montespan sein, daß sie in ihrem Bemühen, das Augenmerk des Königs abzulenken, sogar dieses klägliche Gerücht aufgriff.

Madame de Montespan beugte sich auf dem silbernen Stuhl vor und sprach mit ruhiger, drohender Stimme: »Sagt mir, ist sie diejenige? Seht noch einmal hin. Ist sie es, die mich um meinen gerechten Lohn bringt, den Rang der Herzogin?«

Ich rührte das Wasser abermals. Als Madame de Montespan selbst in die Tiefe zu spähen suchte, spiegelte sich das Goldband auf ihrem Gewand schillernd in der Glaskugel. Hinter der geschlossenen Flügeltüre hörte ich das Rascheln von Kleidern und gedämpftes Schlurfen von Füßen. Aber Madame de Montespan nahm nichts wahr. Ihre aquamarinblauen Augen glitzerten in ihrem hageren, von den ersten Anzeichen der Schwangerschaft aufgedunsenen Gesicht.

»Ihr lächelt. Was seht Ihr?« flüsterte sie.

»Madame, ich sehe etwas, das Euch freuen wird. Madame de Ludres tritt in ein Kloster ein – in welches, kann ich nicht sagen. Sie kniet vor dem Altar, man schneidet ihr die Haare ab.« Madame de Montespan lachte laut heraus und preßte ihre Hand aufs Herz.

»Dann ist der Triumph mein«, sagte sie glücklich.

»Es sieht so aus, Madame.«

»Ihr scheint selbst recht erfreut. Sagt mir, fandet Ihr die kleine Kanonisse beleidigend?«

»Madame de Ludres ist nicht für ihre Freundlichkeit bekannt.«

Madame de Montespan erhob sich und wirbelte herum, fast wie ein junges Mädchen. »Eure Botschaft hat mich wieder jung gemacht, Madame«, rief sie. Sie lief zu einem hohen Spiegel und betrachtete ihr Gesicht. »Ah! Ich sehe bereits jünger aus! Schaut nur! Die Falten verschwinden!« Sie trat zurück und drehte sich vor dem Spiegel, verrenkte seitlich die Hüften, um die größte Illusion von Schlankheit zu erzielen. Immer noch sahen alle Spiegel für mich blutig aus, nur mied ich sie deswegen nicht mehr. In einer Stadt wie Paris, wo man in jedem Monat tausend erschütternde Dinge sieht, sind selbst bluttriefende Spiegel bald nichts Besonderes mehr. Meine Abneigung gegen Spiegel hatte sich herumgesprochen, und nun ging das Gerücht, ich hätte kein Spiegelbild, was erheblich zu meinem mysteriösen Flair beitrug. Und da dieses Gerücht dem Geschäft sehr zuträglich war, weitete ich es bei jeder Gelegenheit aus.

»Oh! Wenn ich nur nicht so unförmig würde!« Madame de Montespan strich ihr Gewand glatt, um ihre Taille schmaler erscheinen zu lassen. »Er sagte, ich werde zu dick. ›Dicke Beine sind so unschön‹, hat er gesagt. Ihr könnt Euch denken, das versetzte meinem Herzen einen Stich. Sechs lebende Kinder habe ich ihm geboren, und meine Taille ist so schlank wie ehedem, und er sagt, ich habe dicke Beine! Sein Bauch ist auch nicht eben schlank, wie Ihr wißt. Und er sackt allmählich ab wie die Brüste eines alten Weibes. Ein Kloster! Ha! Ich sage Euch, mich werdet Ihr niemals in ein Kloster gesperrt sehen.« Sie wandte sich von dem blutgefleckten Spiegel ab. »Öffnet die Türe, Madame. Laßt wieder Luft herein! Ich schicke nach meiner Masseuse. Bis das Kind geboren ist, werden meine Beine ihre Jugend wiedererlangt haben, genau wie heute mein Gesicht!«

Bediente und Gefolgschaft strömten mit verdächtiger Schnelligkeit durch die geöffnete Türe herein. Die Angst in ihren Gesichtern verflog, als sie ihre Gebieterin guter Dinge sahen. Reich belohnt und mit dem Versprechen von tausend Gefälligkeiten, wenn der Sturz von Madame de Ludres eintreten sollte, ging ich von dannen. Das Beste von allem aber ist, dachte ich, als ich in der Kutsche saß und auf das gleichmäßige Getrappel der Pferdehufe auf der vereisten Straße lauschte, daß ich jetzt jegliche Kränkung von Madame de Ludres ertragen kann. Es wird mir ein Vergnügen sein, in den kommenden Monaten zu beobachten, wie die tückischen Seelen bei Hofe ihren Sturz herbeiführen werden. Dieses Mal, Satinpantöffelchen, seid Ihr in ein Spiel eingetreten, das zu unergründlich für Euch ist. Ich wünschte, ich könnte es Marie-Angélique erzählen.

Kaum eine Woche später gab ein Botenjunge einen Brief an der Türe ab, der mein Herz fast vollends heilte.

»Mademoiselle«, stand da geschrieben, »ich schlafe nachts nicht mehr, so sehr verfolgen mich meine Träume. Wieder und wieder erlebe ich den süßen Augenblick der Zuneigung, der uns verband. Ich muß Euch um jeden Preis wiedersehen. André.«

»Sage ihm, daß ich zustimme«, trug ich dem Burschen auf. Und ehe der Tag sich neigte, brachte Sylvie mir seine Antwort.

»Trefft mich morgen um drei Uhr maskiert in den Tuilerien. Ich werde einen mit goldenen Litzen besetzten Militärrock tragen. A.«

»Madame wird doch gewiß nicht allein gehen?« meinte Sylvie, die ganz aufgeregt war bei dem Gedanken, Lamotte wiederzusehen.

»Natürlich nicht. Es könnte eine Falle sein. Ich bin in dieser Stadt nicht bei jedermann beliebt. Ich nehme dich mit, und Mustafa soll in der Nähe bleiben. Er versteht sich sehr gut darauf, sich unsichtbar zu machen.«

»Er schwirrt wie eine Libelle, vergeht wie ein Schatten und

beißt wie eine Schlange«, ergänzte Mustafa fröhlich. »Ich denke, ich verkleide mich als Lehrjunge – hol's der Teufel! Das bedeutet, ich muß mir morgen früh den Bart scheren. Wie gut, daß ich meine Arbeit so kunstfertig zu verrichten weiß.«

»Ich bin dir stets dankbar für deine Kunstfertigkeit, Mustafa«, erwiderte ich, indes ich mich setzte, um mir von Sylvie meine Kämme lösen und die Haare bürsten zu lassen. Nach außen hin war ich kalt wie Eis, aber mein Herz klopfte heftig. Ich verfolgte Lamotte in seinen Träumen. Ein gerechter Tausch. Er war jahrelang durch die meinen gegeistert. Der charmante Kavalier. Ein wenig abgenutzt, dennoch des Besitzens wert. Das Wunder war geschehen. Ich war es, die er begehrte, obwohl er von so vielen aristokratischen Schönen umringt war. Nach so langer Zeit. Wir würden miteinander reden. Wir würden gemeinsam Marie-Angéliques gedenken. Und dann würde er mir sagen, daß ich es war, die er stets geliebt hatte, ohne daß es ihm selbst bewußt war. Was sind schließlich blonde Locken, verglichen mit einem ernsthaften Verstand und einer innigen Zuneigung?

Am nächsten Morgen freilich, als ich im Bette saß, starken türkischen Kaffee trank und meiner rasenden Gedanken Herr zu werden suchte, war ich mächtig verstimmt über das, was ich Sylvie auf der Treppe sagen hörte.

»Gib es nur zu, Gilles – dieses Band bringt mein Haar gut zur Geltung. Das ist ihm ins Auge gefallen, weißt du. Ich habe so ungewöhnliches Haar. Und daß du es nicht Madame erzählst, aber ich habe ihn deutlich meine Fessel bewundern sehen, als er ehedem hier war. Es wäre wohl denkbar, daß es gar nicht sie ist, die er begehrt.« Gilles antwortete mit einer Reihe mürrischer Grunzlaute. Gott, dieser Lamotte. Wo er hinkam, entfachte er bei törichten Frauen wie Sylvie aussichtslose Illusionen. Ich darf nicht mit ihm hadern, dachte ich. Ich werde gütig sein wie eine Heilige, so, wie er sich Marie-Angélique vorgestellt hatte.

Ich nahm mir viel Zeit, meine Kleidung auszuwählen. Ich verweilte lange vor dem rosafarbenen Satinkleid, das noch jungfräulich neu in seiner Musselinhülle steckte. Aber es war nicht das richtige für einen feuchten Park im Herbst. Er wird mich später an einen eleganteren Ort einladen, und ich werde ihn darin blenden. Für heute aber etwas Warmes, Hübsches, Seriöses. Bunt. Oh, warum habe ich soviel Schwarzes? Ich brauche jugendliche

Kleider, hübsche Sachen mit Blumen, dachte ich, als ich fieberhaft den Schrank durchwühlte, jedes einzelne Kleid prüfend und aufs neue prüfend, indes Sylvie ungeduldig mit dem Fuß tappte. Am Ende entschied ich mich für ein dunkelgrünes Wollkleid mit einem Besatz aus schwarzen Bändern, das ich durch ein Schultertuch aus kostbarer weißer Spitze ergänzte, um ihm ein jugendlicheres Aussehen zu verleihen. Mein düsterer grauer Umhang, ein unauffälliger schlichter Hut mit breiter Krempe und eine schwarze Samtmaske vervollständigten das Bild.

»Euer Spazierstock, Madame?« Gilles hielt bereits den Wagenschlag auf, als Sylvie mit meinem großen, silberbeschlagenen Stock herbeirannte.

»Ich nehme ihn nicht mit, Sylvie.«

»Aber – aber dann hinkt Ihr stärker. Mit dem Stock sieht man das Hinken kaum.«

»Mit dem Stock sehe ich aus wie die Marquise de Morville, Sylvie. Wir werden zeitig genug dort sein, so daß ich ihn im Pavillon sitzend erwarte.«

Die Kieswege des Parks waren regennaß, und abgestorbene Blätter lagen in feuchten Klumpen unter den noch triefenden Bäumen. Aber als man mir vor dem Tor aus meiner Kutsche half, teilten sich die grauen Wolken, und unversehens spiegelte sich das Licht in den Pfützen und verwandelte sie in blendende silberne Flecken. Ein Zeichen, dachte ich. Nach allem Ungemach ist es mir nun bestimmt, glücklich zu sein.

Von unserem Aussichtspunkt in dem kleinen, zwischen Bäumen versteckten Pavillon konnten Sylvie und ich den Pfad überblicken, ohne gesehen zu werden. Heute waren nur wenige Besucher im Freien; selbst ein Garten, der für heimliche Stelldicheins berühmt war, erlitt bei kalter Witterung Einbußen. Lamotte verspätete sich. Ich hatte kein Buch mitgebracht, um mir die Zeit zu vertreiben, denn er sollte mich nicht lesend sehen. Daher vergnügten wir uns damit, die vereinzelten Passanten, die wir sahen, zu verkuppeln.

»Für den korpulenten Herrn da drüben und seinen Sohn – oh! Die Witwe Bailly und ihre jüngste Tochter, meine ich!«

»Ah, nein, Madame, die Tochter des Wurstmachers in der *boucherie*, und für den Vater eine ruinöse Affäre mit La de Brie, der Komödiantin!« Wir kicherten ohne Unterlaß. Ein Pärchen auf der Suche nach einem Platz für sein Rendezvous spähte hinein, erblickte uns und entschwand eilends, gekränkt von dem Gedanken, daß wir sie auslachten.

Endlich sahen wir eine hohe Gestalt in einem Militärrock, den Hut tief in das maskierte Gesicht gezogen, durch die Pfützen ausschreiten, als gelte es, verlorene Zeit aufzuholen.

»Oh! Er ist es!« Sylvie hielt sich die Hand vor den Mund.

»Sylvie, bitte warte draußen und halte mit Mustafa Wache – wir wollen nicht gestört werden.«

»Ja, Madame«, erwiderte sie, brachte es aber zuwege, ihren Fortgang lange genug hinauszuzögern, um Lamotte einen kurzen Blick auf ihren Fußknöchel zu gewähren.

»Mademoiselle, ich bitte tausendmal um Vergebung.« Lamotte schwenkte zur Begrüßung seinen scharlachroten Federhut. Mein Gesicht war heiß unter meiner Maske.

»Ich wurde von der Herzogin aufgehalten. Was für Besorgungen, was für Albernheiten sie mir aufträgt! Und doch habe ich Glück mit meiner Gönnerin. Wer kann ohne Gönnerschaft schöpferisch sein? Die edle Glut des Geistes, sie entflammt nicht bei Brot und Kohl –« Er brach ab und sah mich lange an. »Ich träume nachts von Euch. Jener Tag, jener entsetzliche Tag – und Ihr – verfolgt mich.«

»Ich – auch ich habe jenes Tages gedacht.« Wo waren meine Selbstsicherheit, mein Witz? André setzte sich neben mich auf die Marmorbank.

»Alles ist blaß seit jenem Tage. Die Unlauterkeit und Seichtheit meiner Welt werden überall offenbar. Für einen Augenblick dachte ich, ich sei der Wahrheit teilhaftig geworden.« Worte, die zu hören ich immer geträumt hatte. Ich versuchte zu antworten, doch kein Laut kam aus meinem Mund. »Ihr müßt es gefühlt haben, die Vollkommenheit jenes Augenblicks.« Seine Stimme schwang wie die eines Helden im Theater. »Lauterkeit, das ist es, was ich entbehrt habe, sagte ich mir. Auf der ganzen Welt gibt es nur eine lautere Frau, und deswegen verfolgt mich die Erinnerung an jenen Augenblick toller, köstlicher Leidenschaft.« Er rückte näher an mich heran. Ich spürte seinen warmen Atem auf meinem Hals.

Es ist nicht Lauterkeit, wisperte mein zynischer Verstand, der scharf und wach war vom türkischen Kaffee, es ist Rarität. Ich bin die einzige Frau, die er nicht jederzeit haben kann, die ihn nicht in den Salons umgurrt. Mache dich rar, wenn du willst, daß er dir nachstellt. Doch mein Herz, berstend in dem Wahn, ihm zu glauben, gebot meinem Verstand Schweigen.

»Fühlt Ihr es nicht?« fragte er, und sein Arm legte sich um meine Taille. »Zwei Herzen, dazu bestimmt, wie eines zu schlagen?« Er nahm meine Hand und preßte sie unter seinem schweren Rock an sein Herz. Mir schwindelte, als ich seinen Herzschlag fühlte. »Jener Augenblick der Zärtlichkeit – ich muß, wir müssen ihn wiederholen.«

»Nicht jetzt, nicht hier. Es ist unschicklich«, brachte ich krächzend hervor.

»Unschicklich? Dieser Pavillon könnte von tausend Geheimnissen flüstern, wenn er sprechen könnte. Wo Liebe ist, gibt es nichts Unschickliches.«

»Bitte, André, um Gottes willen, nein.« Ich wollte ihn fortstoßen, aber mir fehlte die Kraft.

»Sehr wohl, Mademoiselle. Ich füge mich Eurem Flehen. Von solchen weiblichen Launen werden Herzen gebrochen. Aber Ihr, Geneviève, ich dachte, Ihr hättet mehr frauliche Zuneigung in Euch. Sie ist nicht frivol und kokett wie die anderen, dachte ich. Dennoch, ich füge mich. Ich bitte Euch nur um eines, bevor wir scheiden – einen einzigen Kuß. Ich habe nicht das Recht, um mehr zu bitten.«

»Ich – ich wage es nicht.«

»Nur einen einzigen? Für mich, um ihn für immer in meinem Herzen zu bewahren? Die zärtliche Erinnerung – an ein – lauteres Herz –« Er war ganz nahe.

»Es sei – nur – nur einen.« Ich sah seine Augen hinter den Gucklöchern seiner Maske glitzern.

Ein Hexenmeister mußte ihn diesen Kuß gelehrt haben. Wie ein schrecklicher Zauber lähmte die Berührung seiner Lippen meinen Leib und raubte mir meinen Willen.

»Ihr werdet heute nacht bei mir sein«, murmelte er, indes seine Hände meinen Körper schwach machten. »Entlaßt Eure Kutsche und Bedienten, und wir gehen in eine ruhige kleine Herberge, die ich an der Straße nach Versailles weiß.«

»Ich – ich kann nicht«, flüsterte ich. Noch ein Kuß. »O ja«, sagte ich nahezu ohnmächtig. Aber während mein Mund zustimmte, rief mein Verstand, sage nein, du Närrin. Laß ihn nicht gewähren. Du wirst schwanger werden und sterben. Sei's drum, jubelte mein Herz, er begehrt dich, der stattlichste Mann der

Welt. Ein Unheil, flüsterte mein Verstand. Du wirst dein Leben verlieren, du wirst in den Gossen hinter der Herberge sterben. Aber er liebt dich, rief mein frohlockendes Herz. Er muß dich lieben. Was sonst ist von Belang? Törin, Törin, seufzte mein Verstand, als Lamotte meinen Arm nahm und ich mich zu seiner Kutsche geleiten ließ.

Die Kerzen brannten herunter; auf dem Tisch in dem winzigen Raum unter den Dachtraufen standen die Reste eines kleinen Soupers. Durch das geöffnete Fenster hörten wir nichts als das Zirpen der Grillen im Dunkel.

»Mademoiselle, nur selten wird solche Vollkommenheit der Liebe erreicht«, erklärte er, indes er seine wollene Kniehose zuknöpfte. Die Geste dünkte mich mit einem Mal routiniert. »Ich dachte, nie wieder würde ich ein solches Glück finden«, sagte er mit seiner warmen Baritonstimme und stopfte mit geübter Geste sein Hemd in sein Beinkleid. »Meine Liebe, meine Dankbarkeit sind unermeßlich.« Was war das in seiner Stimme? Nun das Herz gesättigt war, übernahm der Verstand wieder das Regiment. Höre ihn dir an, sagte der Verstand. Er hat dich benutzt. Jetzt wird er dich verlassen. Bereust du es nicht?

»Werden wir – uns wiedersehen?« fragte ich kleinlaut.

»Meine Liebe, mein Juwel, ich gedenke, mit Euch voranzustürmen. Meine Muse steht Euch zu Diensten.« Warum hörte es sich plötzlich so falsch an? Vor langer Zeit, vor der Maison des Marmousets, hatte er sich nie falsch angehört. Wahnsinnig, ja, aber nicht falsch. Doch dann schenkte er mir sein bezauberndes Lächeln, und alle meine Zweifel schwanden. Er liebte mich. Er fürchtete nur, es zu sagen. Zwar war er noch das Geschöpf der Herzogin, aber sein Herz gehörte mir.

»Mein Herz gehört Euch, und Euch allein«, sagte er, fast als könne er meine Gedanken lesen. »Meine Gönnerin ist jedoch eine mächtige Frau. Wir müssen vorsichtig sein, behutsam. Wenn wir uns in der Öffentlichkeit begegnen, was gewiß geschehen wird, müßt Ihr vorgeben, mich nicht zu kennen.«

»Ich weiß – André.« Ich zögerte bei dem Namen. Dem lieben Namen, den ich in meinen Träumen so oft unter genau diesen Umständen gesagt hatte. »Ich verstehe.«

»Ah, Ihr seid ein Schatz. In diesem Punkte hatte der Philosoph recht, in den übrigen hat er sich geirrt.« Der Philosoph? D'Urbec. Oh, dieser Störenfried. Sogar *in absentia* gelang es ihm, sich einzufinden.

»Der Philosoph?« fragte ich, als ob ich es nicht vermutet hätte.

»Eine lautere Frau ist die beste, sagte er immer. Aber er hat nie begriffen, daß Leidenschaft für eine Frau wichtiger ist als die Zusammenkunft großer Geister.«

»Für eine Frau?« Allmählich wurde ich ärgerlich. »Und nicht für einen Mann?« fragte ich.

»Aber ja – natürlich auch für einen Mann«, sagte er mit einem herablassenden Lächeln, als sei es ihm nicht ganz ernst.

»Ich dachte, Ihr seid Freunde.«

»Natürlich. D'Urbec und ich sind die allerbesten Freunde. Eng befreundet seit der Schulzeit, selbst als er darauf beharrte, seinen Verstand höher zu werten als meinen.«

»D'Urbec wertet seinen Verstand höher als den jedes anderen«, erwiderte ich.

»Ha! Wie wahr. Ärgerlich aber ist, wenn er Leute damit hänselt. Die Satire, die er über die Selbstmordszene in meinem ›Osmin‹ schrieb – ah, zuweilen ist es eine Plage, mit einem *libelliste* bekannt zu sein – dennoch, ein Freund ist ein Freund –«

»Satire – Ihr meint diesen kleinen Aufsatz in –«

»›Parnasse Satyrique‹, hol' ihn der Teufel, als ob ich nicht auf den ersten Blick gewußt hätte, wer das elende Werk verfaßt hat. Sein Stil ist unverwechselbar. Ich erkenne den Löwen an seiner Pranke. Natürlich würde ich ihn niemals verraten. Aber die ganze Stadt spricht davon. Ein Klassiker im Untergrund, seit es von der Polizei verboten wurde. Der Bischof von Nantes mußte wahrhaftig fünfunddreißig Livres dafür bezahlen. In dem Augenblick, als er es mir zeigte, wußte ich Bescheid. Wo ich hinkomme, zitieren die Leute mir das verfluchte Zeug, und ich muß gute Miene machen und lachen.« Lamotte erhob sich plötzlich und schritt wütend auf und ab. Er ballte die Fäuste, die Adern an seinen Schläfen traten hervor. Dann drehte er sich zu mir um, und seine Züge wurden sanft.

»Ah, genug davon. Ich bin jetzt ein anderer Mensch. Ihr habt mich erneuert, Ihr habt mich inspiriert. Mein nächstes Meisterwerk, weit großartiger als mein ›Osmin‹, vortrefflicher als meine ›Sappho‹, wird dem Leben abgeschaut sein. ›Theodora‹ – und Ihr werdet das Vorbild für die Heldin sein. Ihr, und Ihr allein, o göttliche Inspiration der Leidenschaften.« Ich spürte, daß ich vor

Wonne errötete. Es kümmerte mich nicht, wenn ich schwanger würde. Ich würde irgendwie damit fertig werden. Ich, eine Inspiration der Muse des Poeten! Ich konnte kaum atmen vor Glück. Doch selbst als mir das Herz aufging, sagte die böse kleine Stimme in meinem Kopf, er hat dich nur benutzt, um sich an d'Urbec zu rächen. Schämst du dich nicht, dich so leicht in die Falle locken zu lassen? Es ist mir einerlei, jubelte mein Herz. Ich werde ihn ganz für mich gewinnen, und unterdessen wird seine *amour* in der ganzen Stadt bekannt sein, der Klatsch über die heimliche Inspiration seines Stückes in jedes Schlafgemach eindringen. Sein Meisterwerk wird mir gehören. Man denke nur, ich – eine einflußreiche Schöne, die Inspiration der Musen, Gegenstand des Neides und der Bewunderung der Salons von Paris. Mein Verstand wollte sagen, glaubst du, er weiß nicht, daß dies der Traum eines häßlichen Mädchens ist? Wie vielen anderen Frauen sagt er genau dasselbe? Mein Herz aber brachte die Stimmen in meinem Kopf zum Verstummen. Es war schon immer ein lautes und dummes Organ.

Der Herbst verging im schimmernden Licht der Romanze. Die ziehenden grauen Wolken, der kühle Wind, der die Blätter durch die Gossen wirbelte, das melancholische Tröpfeln von den Schieferdächern – das alles war mir unendlich kostbar, nun da ich eine poetische Inspiration war. Wie zufrieden war ich mit mir, wenn ich mich oben aus dem Fenster lehnte und nach ihm Ausschau hielt oder, Horaz lesend, am Feuer saß und auf eine Botschaft des stattlichsten Mannes von Paris wartete. Ich sah ihn nicht oft. Er machte sich nur für wenige Minuten von seinen Verpflichtungen frei, von seiner Gönnerin, seinem Schreiben, seiner unumgänglichen Anwesenheit in diesem oder jenem Salon. Manchmal kreuzten sich unsere Wege bei einem Souper oder einer Lesung in einer aristokratischen Residenz. Dann gaben wir vor, uns nicht zu kennen, und ich nahm jedes mitangehörte Wort in mich auf.

»Meine Liebe, das ist der Chevalier de la Motte – sieht er nicht gut aus? Man sagt, er schafft ein Meisterwerk, das seiner ›Sappho‹ den Rang ablaufen wird. *Offiziell* ist es natürlich der Herzogin gewidmet, aber ich höre, eine Frau, für die er heimlich entbrannt ist, dient ihm als Vorbild –«

»Wißt Ihr, wer –?«

»Nein, sie ist sehr mysteriös; manche sagen aber, es ist Ninon de Lenclos.«

»Ninon? Sie ist viel zu alt, meine ich. Die Frau, die ihn inspiriert, soll eine große Schönheit sein –«

Musik hätte mir nicht lieblicher in den Ohren klingen können.

Eines Nachts kam er heimlich in mein kleines Haus in der Rue Charlot und deklamierte bei Kerzenlicht seine neuesten Verse, die *tirade* der tragischen Kaiserin, in gemessenen Alexandrinern. Die Weingläser schimmerten im Kerzenschein, indes er eine würdige Pose einnahm und sein Bariton liebevoll die Zeilen koste.

»Oh, das ist glänzend. Euer Talent kommt Racines gleich. Es stellt sogar den großen Corneille in den Schatten.« In Wahrheit wirkte sein Werk hie und da wohl etwas trocken, aber da es mich zum Gegenstand hatte, gewann es unendlich an Liebreiz. Ich konnte nicht genug davon bekommen. Als meine Menstruation auf den Tag genau einsetzte, war ich enttäuscht. Ich hätte sehr gerne ein Kind gehabt, selbst wenn es das Geschäft beeinträchtigte. Außerdem könnte es ihn vielleicht an meinem Kamin halten, um dort auf ewig Gedichte vorzulesen.

»Es kommt Racines gleich? Ei, ich bin viel besser als Racine. Er schafft sich mit seiner Feder tausend Feinde – überdies spüre ich eine gewisse Ungeschliffenheit in seiner Darstellung von Personen aristokratischen Geblütes. Etwa die Szene, wo Alexander nach der Fütterung seiner Pferde aus dem Stall kommt. Kein Edelmann würde seine Pferde eigenhändig füttern. Es riecht nach Bourgeoisie – es gebricht ihm an Kultiviertheit.«

»Lieber André, wie würde Euch ein Kind unserer Liebe gefallen?«

»Wie –? Ein Kind? Ihr seid nicht schwanger, nein? Um Gottes willen –«

»Noch nicht – aber angenommen, ich wäre es?«

»Oh, Ihr seid es nicht?« Er wirkte erleichtert. Er zog sein Schnupftuch aus dem Ärmel und wischte sich über die Stirne. Damals war ich von seiner Fürsorge gerührt.

»Madame, Ihr seht neuerdings viel zu rosig aus.« Sylvies Stimme klang enttäuscht und schroff. Sie war in letzter Zeit sehr schnippisch. »Ich habe nach La Trianon um dickere weiße Schminke geschickt.«

»Diejenige, die sie Frauen verkauft, die Blattern hatten? Die ist wie Gips!« Ich lachte.

»Lacht Ihr nur, aber wenn Ihr nicht wie ein Leichnam ausseht, werden Eure Einkünfte auf die Hälfte schrumpfen, und Madame wird wissen wollen, warum. Oh, Mustafa, wer ist jetzt an der Türe? Hoffentlich Kundschaft und nicht schon wieder ein Kaufmann mit einer Rechnung.«

»Diesmal ist es Kundschaft. Eine Dienstmagd mit der Bitte, Madame de Morville möge einen Hausbesuch abstatten. Morgen nachmittag, wenn der Herr des Hauses fort ist.«

»In welchem Haus?«

»In der Rue des Marmousets auf der Île de la Cité. Maison des Marmousets.« Es war soweit. Endlich.

»Wer ist die Dame, Mustafa? Ich kenne das Haus nicht.«

»Oh, aber ich, Madame«, warf Sylvie ein. »Sie war eine gute Klientin von Madame Montvoisin, aber nun ist sie krank und ans Haus gefesselt. Sie befaßt sich vornehmlich mit Astrologie. Die Witwe Pasquier. Ihr habt gewiß von ihr gehört. Sie war einst sehr elegant, wenn sie auch nie zur Hofgesellschaft gehörte.«

»Ich glaube, ich habe den Namen schon gehört.« Allerdings. Mutter. Eure Töchter habt Ihr im Stich gelassen, Euren Gemahl vergiftet. Ungeheuer. »Sage der Magd, ich werde morgen nachmittag um Punkt zwei Uhr dort sein.« Ja, ich werde dort sein, dachte ich. Mit einer Mixtur aus demselben Gift, das meinen Vater das Leben kostete und mein ganzes Glück zerstörte.

Kapitel XXIII

Dicht verschleiert ließ ich mich von der eingeschüchterten Suzette, die in den zwei Jahren um vieles älter und gesetzter geworden war, von der Kutscheneinfahrt in den Hof geleiten. Das Haus kam mir kleiner vor, finsterer und strenger; die blau-weißen Paneele an den Wänden des Empfangssalons und des Speisezimmers waren schweren Draperien gewichen. Das Haus eines erfolgreichen Advokaten, der eines Tages vielleicht ins Parlament aufsteigen würde. Das Haus eines konservativen jungen Mannes, der im Begriff war, vorteilhaft in eine fürnehme Familie von Rechtsgelehrten einzuheiraten. Ein Haus, das schreckliche Geheimnisse barg. Ich konnte mir in diesen Räumen keine lachenden Kinder vorstellen. War es möglich, daß Marie-Angélique dort am Fenster gestanden hatte, mit ihren goldenen Haaren, die im Frühlingslicht schimmerten, indes sie errötend über einen jungen Mann kicherte, der mit einer Mandoline drunten auf der Straße stand?

»Madame ist unpäßlich; ihr Sohn ist heute außer Haus. Sie hat gehört, daß Ihr der Comtesse du Roure und der Duchesse de Bouillon wunderbare Prophezeiungen gemacht habt. Sie hatte in letzter Zeit ein schweres Leben, eine seltsame Krankheit, die kommt und geht. Nicht einmal die Visiten der Wundärzte und des Priesters bringen ihr Erleichterung. Nur Astrologen und Handleser verschaffen ihr noch Seelenfrieden.« Suzettes Stimme klang freudlos und müde.

Als wir die Treppe zu Großmutters Kammer hinaufstiegen, durchlief mich eine Welle der alten Angst. Zwar hatte Suzette mich nicht erkannt, aber ich fürchtete die scharfen Augen meiner Mutter. Mein Beutel mit dem Glas, dem Rührstab, dem Tuch und der kleinen grünen Glasphiole schien sehr schwer geworden. Mein Herz klopfte heftig unter dem tiefschwarzen Kleid der Marquise de Morville.

»Bist du es, Suzette? Hast du die Wahrsagerin hereingeführt?« Ich erkannte die Frau kaum wieder, die auf dem Bette saß und aus dem Fenster starrte. Als ich sie zuletzt gesehen hatte, war sie eine gepflegte Frau mittleren Alters; nun hatte sie die Schwelle zum schlampigen Verfall überschritten. Etwas, eine

Krankheit des Leibes oder der Seele, hatte sie gezeichnet. Mutter war fett geworden. Sie trug kein Korsett unter ihrem alten gelbseidenen Morgenrock, dessen Ärmel ungeschickt geweitet worden waren, um den schlaffen Armen Platz zu bieten. Unter ihrer leuchtendgoldenen Perücke lugten graue Strähnen hervor. Sie wandte uns den Kopf zu, als wir eintraten. Ohne Schminke war ihr Gesicht zu einer knitterigen Masse von losem Fleisch zerfallen; wie Krater klafften die Poren auf ihren Wangen. Die Nase war dick und unförmig geworden; ein fettiger Glanz lag über der gelblichen Haut. Unter den wäßrigen Augen hingen Tränensäcke. Sie blickten in unsere Richtung, diese trüben, rollenden Augen, sahen uns aber nicht an.

»Madame sieht nicht gut; Ihr müßt näher herantreten.«

»Ich sehe sehr gut, Suzette. Ich sehe das Licht am Fenster. Führe die Wahrsagerin herein.«

Die Kammer war vollgestopft und staubig. Großmutters Sachen standen noch da, Mutters waren hinzugekommen. Ein zweiter Kleiderschrank war neben den ersten gezwängt, die Türen waren aufgeplatzt unter der Last von alten Kleidern. Eine zweite Frisiertoilette, vollgestellt mit Porzellantiegeln, Fläschchen und Schächtelchen, war an eine Wand gerückt, daneben ein Schränkchen aus Vaters Studierzimmer. Die Borde waren beladen mit Kinkerlitzchen, Porzellanfigürchen und einem halben Dutzend verstaubter Bücher. Ein widerwärtiger Geruch nach Krankheit erfüllte die Kammer und hatte sich in den Bettvorhängen festgesetzt. Die blutroten Wände waren bräunlich geworden, und das goldgestanzte Muster war zu schwärzlichem Grau verblaßt. Ich konnte mir schwerlich vorstellen, daß Großmutter mit ihrer adretten kleinen Haube und ihrem Linnen, das nach Lavendel duftete, einst in diesem schmutzigen Bette lag.

»Nehmt dort drüben Platz – nicht im Lehnstuhl, auf dem Schemel«, sagte die brüchige Stimme. Eines war an Mutter unverändert geblieben. Ich nahm den Lehnstuhl.

»Ich hörte Euch nicht den Schemel rücken«, sagte die Stimme mißtrauisch.

»Madame, ich bin die Marquise de Morville; ich habe den Lehnstuhl genommen.«

»Morville? Von dieser Familie habe ich nie gehört. Von Geblüt oder durch Heirat?«

»Durch Heirat. Ich bin jedoch Witwe.«

»Nur eine Witwe? Wie war Euer Mädchenname?« Ich sagte die falsche Ahnentafel auf, die ich mit Monsieur Bouchet eingeübt hatte. Meine Erfahrungen bei Hofe hatten mich zur Expertin in Kämpfen um die Rangordnung gemacht.

»Ich bin von Geburt eine Matignon. Eine erlauchte Familie der *noblesse de l'épée.*«

»Ich habe jedoch einen Titel. Ebenfalls *noblesse de l'épée.* Euer Lehnstuhl ist ungemein bequem und kommt mir sehr zupaß.«

»Meine liebe Marquise, es ist ein Vergnügen, sich wieder einmal mit einer Dame von Rang zu unterhalten. Menschen von adeliger Abstammung vermögen ihren Gedanken soviel feiner Ausdruck zu verleihen.« Sie neigte den Kopf und verdrehte die Augen, eine Karikatur ihrer einstigen Koketterie. Ihr silbriges »Gesellschaftslachen«, nun blechern geworden, rasselte durch die Kammer.

»Ich glaube, Ihr wünschtet mich darüber zu konsultieren, was das Schicksal bereithält –«

»Oh. O ja, richtig.« Sie blickte verwirrt. »Ihr lest die Zukunft in den Karten, nicht wahr?«

»Nein, Madame Pasquier. Gott hat mir die Gabe geschenkt, Bilder im Wasser zu sehen.«

»Suzette, verlasse uns jetzt«, befahl Mutter und lächelte nervös in freudiger Erwartung. Sie blickte verschwörerisch drein und fuhr sich mit der Zunge über die Lippen. Um so besser. Suzette könnte meine Stimme erkennen, wenn sie noch länger bliebe.

»Ich war nicht immer so, wie Ihr mich jetzt seht«, sagte Mutter, »dieses alte Negligé, diese ärmlichen Verhältnisse.« Sie strich sich mit der Hand über ihre verwüstete Wange. »Seht Ihr, wie weiß meine Haut ist? Ich war eine Schönheit. Ich hätte eine Herzogin sein können. Eine Zigeunerin las es mir aus den Karten. Doch bevor das Glück mir hold war, arrangierten meine Eltern eine Geldheirat mit einem Niemand. Dieses schreckliche Haus –« sie wies verächtlich in die Runde, »– ich habe ihm Licht, Kultur, Stil verliehen. Man tut, was man kann, selbst mit einem Niemand. Sagt mir, ist das Euer Glas, das Ihr auf den Toilettentisch stellt?«

»Ja, ich habe etliche Dinge vorzubereiten. Könnt Ihr sie hier sehen?«

»O ja, ich sehe sehr gut. Licht und Schatten. Ich sehe Euch als dunkle Silhouette. Ein Lichtschein kommt von Eurem Glase. Aber ich kann keine kleinen Gegenstände mehr erkennen. Briefe zum Beispiel. Wißt Ihr, was mein Sohn getan hat? Er hat mich hier mit einem Haufen Bücher eingesperrt, Gebetbücher. ›Du kleiner Bastard‹, habe ich ihn angeschrien, ›du weißt, daß ich kein Wort lesen kann!‹ ›Dann betet für die Erbauung Eurer Seele, Madame‹, sagte er. Aber ich habe es ihm heimgezahlt, o ja. Es gelte die Ehre der Pasquiers zu verteidigen, einer großen Familie von Rechtsgelehrten, sagte er. ›Und was macht dich glauben, du bist von meinem idiotischen Gatten gezeugt?‹ sagte ich. ›Du stammst aus besserem Geblüt. Handle nach dem, was du bist – gürte ein Schwert und suche Gunst bei Hofe zu gewinnen.‹ Ah, er war erschüttert. Aber jetzt ist er schlimmer denn je. Er will mir nicht einmal seine Braut vorstellen. Aber ich, *ich* weiß, was er sagt.« Mutter setzte eine durchtriebene Miene auf. Sie wandte den Kopf zur Türe, wie um zu horchen.

»Er sagt, ich bin verrückt«, flüsterte sie. »Verrückt. Seine eigene Mutter. Könnt Ihr Euch das vorstellen? Undankbares Ungeheuer. Ich hätte ihn in der Wiege erwürgen sollen.«

»Viele Dinge werden hernach bereut, Madame.«

»Eure Stimme kommt mir bekannt vor. Marie-Angélique, hast du mir Geld mitgebracht? Ich bin leider ganz ohne Geld. Nachdem ich dir so gute Verbindungen verschafft habe, solltest du an mich denken –«

»Euer Schicksal, Madame. Ich bin gekommen, Euch aus dem Wasser zu lesen.«

»O ja. Der Chevalier de la Rivière wird mich holen. Wie lange muß ich noch warten? Er hat geschworen, er werde mich heiraten, sobald ich Witwe sei. Sagt mir, höre ich ihn dort auf der Straße? Ist es seine Kutsche? Ich muß meinen Teint auffrischen, ich möchte so hübsch sein, wie ich kann. Er kommt mit einer sechsspännigen Kutsche. Ich sitze jeden Tag am Fenster und halte nach ihm Ausschau. Wüßte ich nur den Tag! Sagt mir – Ihr Wahrsagerinnen habt immer eine Kleinigkeit bei Euch –, habt Ihr mir etwas mitgebracht? Etwas, das meine Schönheit hervorhebt? Er sagt immer, er liebe mich in gelber Seide. Aber jetzt brauche ich etwas, etwas –«

Es war soweit. Ich könnte ihr die kleine Phiole geben. Trinkt es für einen jugendlichen Teint. Eure Augen werden funkeln. Mein Vater lag im Grabe, weil sie ihren Liebhaber hatte ehelichen wollen. Es ist ihr gerechter Lohn, Geneviève. Gib ihr die Phiole. Die leeren Augen forschten in meinem Gesicht. Ihre Lippen zitterten erwartungsvoll.

»Ich sage nur wahr, Madame. Wenn Ihr Schönheitsmittel wollt, müßt Ihr Euch an jemand anderen wenden. Auf dem Pont Notre-Dame gibt es einen exzellenten Parfümeur.«

»Es ist ein Glück, daß ich mir nach all meinen Leiden meine Schönheit bewahrt habe. Er kommt bestimmt. Ich habe eine sehr lange Zeit hier am Fenster gewartet, müßt Ihr wissen. Nun wird er bald hiersein. Er hat es gesagt. Nur eine kleine Weile, um seine Angelegenheiten in Portiers zu regeln. Das ist nicht weit. O ja, Ihr habt mir wunderbar wahrgesagt.« Sie sah sich mit verschlagener Miene um, als wolle sie einem unsichtbaren Beobachter ausweichen, dann stand sie auf und ging in die Zimmerecke. Unterwegs stieß sie gegen den Schemel. »Wißt Ihr«, flüsterte sie, »er gibt mir kein Geld. Ich habe schon genug ausgegeben, sagt er. Aber wann hätte ich je etwas ausgegeben, das nicht zum Wohle dieses Hauses war? Geld. O ja, Geld. Ich kann Euch keines anbieten. Ich bin jetzt arm, so arm. Ah, es ist der Frauen Los, arm zu sein. Ich habe meine Leibrente zu Geld gemacht. Was habe ich ihm für Opfer gebracht – alles im geheimen, alles im geheimen. Aber ich mußte es tun. Er ist so ein ungezogener Knabe! Ich werde La Reynie sagen, daß er ein schlimmer Knabe ist. Seht Ihr diese Bücher? Ihr müßt sie nehmen statt Geld. Sie sind gewiß sehr wertvoll. Ich kann sie ohnehin nicht lesen. Lest und betet, hat er gesagt. Was weiß er denn? Mit zwanzig ein verdorrter kleiner Stecken – vielleicht ist er ja doch von seinem Vater. So ein selbstgefälliger Mensch! Was weiß denn er, wie es bei Hofe zugeht. *Wir* wissen es, nicht wahr, Marquise?«

»O ja, gewiß.« Ich hatte mein Glas zugedeckt. Ich wollte nicht sehen, was darin war.

»Das sind die Bücher. Könnt Ihr heranreichen?« Sie streckte die Hand nach dem Bord aus, und eine Amorette aus Porzellan krachte auf den Fußboden. »Ja, ich habe sie, Hier. Es sind sechs Stück.« Sie ließen mein Herz stocken. Großmutters Bibel. Ein theologisches Traktat, »La mystique cité de Dieu«. Drei alte Bände aus Vaters Bibliothek, alle in Kalbsleder mit Goldprägung: Aristoteles' ethische Schriften. Seneca. Descartes. Und mein Petronius. Eine merkwürdige Zusammenstellung von Büchern für eine blinde eingesperrte Frau, um darüber zu meditieren. Sie rochen nach Staub und Schimmel. Ich steckte sie mitsamt meinem Glas in den Beutel.

»Ich bin es, deretwegen der Chevalier kommt, nicht Marie-Angélique«, erklärte Mutter. »Ich bin noch immer eine schöne Frau, findet Ihr nicht?« Sie blickte kokett aus den Winkeln ihrer zerstörten Augen, deren Weißes wäßrig-gelblich schimmerte wie ein Froschbauch, eine einstmals reizende, nun abschreckende Geste.

»Ja, natürlich.«

»Natürlich. Ja, Ihr habt recht. Marie-Angéliques Haar hat nicht die Farbe von meinem. Pures Gold. Und blaue Augen sind viel gewöhnlicher als grüne. Aber sie ist jünger. Jüngere sind bei ihnen begehrter. Aber dann sehen sie mich, und sie sind geblendet. Doch er hat mich bestraft, wißt Ihr.« Mir war, als müßte ich ersticken. Ich wollte entfliehen. Sie aber packte meinen Ärmel und flüsterte mir vertraulich ins Ohr: »So sind sie eben, diese unbedeutenden bourgeoisen Ehemänner. ›Und wenn man einen Affen in Seide kleidet, er ist und bleibt ein Affe – und *du* bist und bleibst ein Bourgeois‹, habe ich zu ihm gesagt. Und dann ging er hin und fand *sie*, die häßliche Kleine, und gab ihr alles, aus Rache. Rache, sage ich. Sie hätte sterben sollen. Die anderen sind alle tot. Heimlich habe ich durch meinen Bruder das Geld geschickt und ihm gesagt, sie sei auch gestorben.«

Etwas in meinem Inneren zitterte. »Warum habt Ihr das Geld geschickt, statt Eure Tochter sterben zu lassen?« fragte ich leise, jegliche Empfindung verbergend.

»Ach, was weiß ich. Es hat so lange gedauert bei ihr. Sie wurde krank, sie wurde gesund. Das dumme alte Weib schickte mir unentwegt Botschaften. Angenommen, er erfuhr davon und versuchte, sie zurückzuholen? Das Weib hätte womöglich angefangen, *ihm* zu schreiben, um ihn um Geld anzugehen. Ich habe es ihm ordentlich heimgezahlt. Aber er hat es erfahren. Wie? Der Teufel muß es ihm erzählt haben. Er hat ihr alles gegeben. Bastard. Aber sie ist gestorben, er hat nichts davon gehabt. Sie lasen seinen Letzten Willen, und ich lachte. ›Für meine Tochter Geneviève‹, verfügte er, und ich lachte. Die Advokaten sagen mir, ein Mann kann seiner Frau nichts vermachen, nur seinen Kindern. Ha! Nichts, niemandem. Ein Witz, ein Witz, Madame, die Hand aus dem Grabe – vereitelt.« Sie lachte schallend. Dann senkte sie verschwörerisch die Stimme. »So haben die Advokaten dafür gesorgt, daß mein Sohn alles bekam. Und was hat er getan? Undankbar.« Sie schüttelte den Kopf. »Undankbar.« Übelkeit und Haß schlugen wie Wellen über mir zusammen. Ich begann unbeherrscht zu zittern.

»Ich muß jetzt gehen, Madame«, sagte ich, alle Kraft zusammennehmend, die noch in mir war. Die alte Frau tappte wieder in der Kammer umher; sie tastete nach etwas. Sie verstellte die Türe.

»Du bist wirklich gekommen. Ich erkenne deine Stimme. Marie-Angélique, hast du das Geld mitgebracht?« Sie tastete sich wimmernd durch die Kammer, dorthin, woher sie meine Stimme vernahm.

»Ja, Mutter, ich habe das Geld mitgebracht.« Ich stülpte meinen Geldbeutel um und drückte ihr den Inhalt in die gelbgefleckte Hand. Fünf Louisdors und ein wenig Kleingeld. Sie befühlte die Münzen vorsichtig und hielt sie ins Licht des Fensters.

»Was ist das? Nur fünf Louisdors? Marie-Angélique, ich habe dich reich gemacht. Du bist eine niederträchtige Tochter. Du warst einst ein gutes Kind. Wo bleibt deine Dankbarkeit? Du böses, böses Mädchen, bringst deiner Mutter nur fünf Louisdors! Nach allem, was sie für dich getan hat – ah, ein Glück, daß ich noch schön bin. Ich werde meinen Weg ohne dich machen –«

Ich floh zu der wartenden Kutsche. Auf dem Pont-Neuf hieß ich den Kutscher anhalten. Am ganzen Leibe zitternd, zwängte ich mich zwischen einem Naschwerkverkäufer und einer Bettlerin an das Brückengeländer und warf die Giftphiole in die Seine.

Noch lange stand ich dort und blickte auf das strudelnde Wasser. Inmitten von Bettlern und Händlern pries ein Psalmensänger vor aufgestellten Heiligenbildern die Wege des Herrn. Es klimperte, wenn jemand ein Geldstück in seinen Becher warf. Das Geschrei der vorüberdrängenden Träger und Kutscher schien zu verklingen, und ich stand da wie in unendlicher Einsamkeit und stellte mir vor, wie die kleine grüne Phiole auf den Grund des Flusses sank. Hatte ich recht getan? Was war denn Recht oder Gerechtigkeit? Wie wiegen die Waagschalen der Logik Rache gegen Mitleid auf? Monsieur Descartes, Ihr habt mir keine Antworten gegeben.

»Mademoiselle, es ist ein Verbrechen, zu springen, und eine Vergeudung, einfach still in der Kälte zu stehen. Schickt Eure Kutsche fort, und ich bringe Euch nach Hause.« Ich drehte mich um. Ein Herr in einem karmesinroten Leibrock, nach der neuesten Mode geschneidert, und einem dicken Umhang mit Goldstickerei stand hinter mir und musterte mich. Unter einem funkelnagelneuen Federhut fiel eine dunkle Perücke bis auf seine Schultern. Selbst in diesen ungewohnten Kleidern waren die selbstgewisse Miene und die blitzenden, intelligenten dunklen Augen unverkennbar. Es war d'Urbec.

»Monsieur d'Urbec, ich kann in diesen Kleidern nicht weit gehen«, sagte ich.

»Ich habe neuerdings eine Equipage – monatlich gemietet bei demselben Unternehmen, aus welchem die Eure kommt.« Mit einem ironischen Lächeln zog er den Hut zu einem formvollendeten Gruß.

»Seid Ihr mir hierher gefolgt?« fragte ich argwöhnisch.

»Euch gefolgt? Nein. Aber Ihr müßt zugeben, eine Dame in Witwentracht aus der Zeit von Henri Quatre zieht die Blicke Neugieriger auf sich. Zumal wenn sie den Fischen eine recht kostspielige Parfümflasche zuwirft und dann länger als schicklich dasteht und ins Wasser starrt. Sagt mir – hattet Ihr die Absicht, es selbst zu trinken?« Seine Stimme war ruhig.

»Nein, der Duft war so vulgär, daß er nicht zu ertragen war, das ist alles.«

»Es gibt bessere Methoden, dem Kontrakt mit der Königin der Schatten zu entkommen.«

»Die Schattenkönigin? Nennt auch Ihr sie so?«

»Eine Bezeichnung, auf die ein intelligenter Beobachter von selbst verfällt. Die Göttin der Unterwelt. Die Kaiserin der Hexen. Die Königin der Zauberinnen. Das Reich des Sonnenkönigs hat seine dunklen Stätten, welche mir wohlbekannt sind. Wie viele Jahre hat sie von Euch gefordert für diesen – äh – Wohlstand?« Er deutete auf mein schwarzes Seidenkleid, die wartende Kutsche. »Zwanzig? Sieben?«

»Nur fünf, und das ist nur billig und recht angesichts dessen, was sie für mich getan hat.«

»Fünf? Und was geschieht nach den fünf Jahren?«

»Ihr denkt vielleicht, sie bemächtige sich meiner Seele wie Beelzebub in einer Legende aus dem Mittelalter? Nein – hier handelt es sich um eine moderne geschäftliche Beziehung. Sind wir fertig, gehen wir unserer Wege.«

»Seid Ihr dessen so sicher? In dieser Stadt sind Parfümeure,

Coiffeure, Wahrsagerinnen und auch weniger appetitliche Berufsstände an die eine oder andere der mächtigen Damen der Unterwelt gebunden, von denen die Eure wohl die Anführerin ist. Und allem Anschein nach sind sie zeit ihres Lebens gefesselt.«

»Das ist nur Freundschaft und gegenseitiger Beistand. Es sind geschäftliche Freundschaften, nicht anders als die des königlichen Konditors. Mächtige Gönner sind im Geschäft ebenso förderlich wie bei Hofe.«

»He, Ihr, fahrt die Kutsche beiseite, Ihr verstellt der Equipage des Kardinals Altieri den Weg.«

»So«, sagte d'Urbec, als er mir in seine Kutsche half und sich dann umwandte, um meinem Kutscher ein Trinkgeld zu geben, da er ohne mich nach Hause fuhr, »wir müssen unseren Disput über Geschäftsmethoden unterbrechen, sonst laufen wir Gefahr, um der Dienlichkeit des Kardinals willen zerstückelt zu werden.« Binnen kürzester Zeit waren wir zwischen Rollwagen, Arbeitern und Marktfrauen eingekeilt.

»Nun wir alleine sind, sagt mir ins Gesicht, daß die Phiole kein Gift enthielt.« Er lehnte sich auf seinem Sitz zurück und sah mich aus halb geschlossenen Augen an.

»Doch«, sagte ich schlicht. Er blickte finster. »Ich wollte es nicht mehr«, setzte ich hinzu. Als ich seinen Gesichtsausdruck sah, bemühte ich mich, heiter zu sein. »Es schickt sich einfach nicht für Philosophen.«

»Nur, wieviel von Euch ist gegenwärtig noch Philosoph, und wieviel ist Hexe?« fragte er in trügerisch gelassenem Ton.

»Zuviel Philosoph, zuwenig Hexe«, erwiderte ich.

»Kurzum, kleine Hexe, nichts hat sich geändert.«

»So könnte man sagen.«

»Nur, daß Ihr Euch mit Lamotte trefft.« Ich muß überrascht ausgesehen haben. »Aber, aber, Ihr habt doch nicht erwartet, daß ich das Geheimnis nicht sofort erriet, welches halb Paris zu ergründen versucht? Wie muß es Euch schmeicheln, eine Muse der Inspiration zu sein, und wie muß es ihn freuen, des Morgens in den Spiegel zu schauen und auszurufen: ›Wer ist jetzt der Klügere, d'Urbec? Selbst die Philosophie huldigt dem Liebreiz.‹« Seine Bitterkeit erschreckte mich.

»Aber Ihr – Ihr habt Euch verändert. Ihr seid so – so wohlhabend.«

»Das ist nur die Anwendung der Wissenschaft auf die Kunst

des Kartenspiels. Als ich die Notwendigkeit erkannte, außerordentlich reich zu werden, beschloß ich, eine geometrische Formel anzuwenden, die ich einmal in bezug auf die Wahrscheinlichkeit, daß eine bestimmte Karte ins Spiel kommt, aufgestellt habe. Entsprechend wette ich. Manchmal verliere ich, meistens gewinne ich. Mit zunehmendem Wohlstand werde ich in immer bedeutendere gesellschaftliche Kreise eingeführt. Spieler, die hohe Einsätze wagen, sind überall willkommen. Wenn ich genug angesammelt habe, werde ich mehrere Kontore für Steuereintreibung erwerben und in die Welt der Hochfinanz eintreten.«

»Ich dachte, Ihr haßt solche Leute.«

»Haß oder Liebe werden das Schicksal dieser Nation nicht ändern. Ich weiß nun, wo das schnelle Geld sich verbirgt. Das scheint mir der größte Vorteil des Studiums der politischen Ökonomie zu sein.« Der harte Ton seines kleinen Vortrags paßte so wenig zu ihm, daß ich erschrak.

»Etwas stimmt nicht mit Euch, Florent. Was ist aus Olivier geworden?«

»Scharfsichtig wie immer, Mademoiselle.« Seine Miene war hart. »Olivier ist tot. Der klügste von uns allen. Vergangene Woche in Marseille hingerichtet, trotz aller Einsprüche, die ich vorbringen konnte. Sein Vermächtnis, ein Schrank voller Pläne für neue Erfindungen an Uhrwerken, einschließlich eines selbstauslösenden Zünders für infernalische Maschinen. Sie haben ihn erhängt wie einen Bauern.«

Ich schlug mir die Hand vor den Mund. »Oh, das tut mir leid.« Jetzt konnte ich mir die Ringe unter seinen Augen erklären, die Hagerkeit in seinem Gesicht. Er saß nun stumm, mit den Gedanken weit fort, während ich auf meine verschränkten Hände sah. Als die Kutsche vor meinem Hause hielt, fragte ich: »Möchtet Ihr hereinkommen? Habt Ihr einen Wunsch?« Seine berechnenden Augen betrachteten mich, wie mich dünkte, eine Ewigkeit. Sein Blick schien geradewegs durch mich hindurchzugehen und sich in mein Rückgrat zu bohren.

»Ich *habe* einen Wunsch, und Ihr habt mir die Entscheidung abgenommen. Ich komme nicht herein. Ich werde mich für eine Weile in den Süden begeben. Mutter braucht mich. Vater ist ein unnützer Irrer geworden, die Arbeit schludert ohne Oliviers Anleitung, und die ganze Familie ist verwirrt. Erfreut Euch an Lamotte – wenigstens so lange, bis Euch diese Rübe langweilt, die er

Geist nennt.« Plötzlich überkam mich die kalte Gewißheit, daß Lamottes Interesse an mir schwinden würde, wenn d'Urbec nicht mehr da war. Gott, welch grausames Spiel hatte Lamotte getrieben. Der eitle, selbstsüchtige, wankelmütige, reizende Lamotte. Er hatte seinem Freund übel mitgespielt, um eine Kränkung zu rächen, und dazu hatte er mich benutzt. Meine Schwäche, meine Torheit, meine Illusionen. Und d'Urbec wußte alles.

Schweigend half er mir aus der Kutsche. »Bitte – bitte, denkt nicht schlecht von mir –« Als ich in sein grimmiges Gesicht blickte, brannten mir die Augen.

»Mademoiselle, Ihr habt selbst soviel Verzweiflung erlebt, daß Ihr sie gewiß bei anderen erkennt.« Er zog den Kopf ein und wandte sich ab, ohne Lebewohl zu sagen. Ich blieb lange Zeit auf der Türschwelle stehen und sah seiner Kutsche nach, die langsam auf der Rue Charlot entschwand. Als ich an diesem Abend im Bette saß, brachte mir Sylvie meine Bücher.

»Die habt Ihr heute nachmittag auf dem Sitz Eurer Kutsche liegenlassen, Madame. Soll ich sie auf das Bord stellen?«

»Nein, gib sie her, Sylvie. Ich lege sie auf meine Nachtkonsole.« Ich griff zu dem Petronius, doch als ich das Buch durchblätterte, begannen meine Augen zu tränen.

»Oh, diese verstaubten alten Dinger. Laßt mich sie abstauben, damit Ihr nicht niesen müßt.« Sylvie nahm Großmutters Bibel und wischte den Buchdeckel mit dem Zipfel Ihres Unterrocks sauber. Dann schüttelte sie das Buch, so daß die Seiten aufflatterten und eine Staubwolke aufflog.

»Oh! Was ist denn hier herausgefallen?«

»Sylvie, die Pest soll dich holen, du hast ein Blatt aus der Bibel meiner Großmutter gelöst.«

»O nein, Madame. Es ist etwas Handgeschriebenes.« Sie reichte es mir. Es war ein Blatt von Großmutters Briefpapier. In ihrer zittrigen Handschrift standen mit schwarzer Tinte die Worte geschrieben: *Cortezia et Benson, Banquiers à Londres.*

Kapitel XXIV

»Ah, meine liebe Marquise, herein, herein – ich möchte Euch mit jemandem bekannt machen«, ertönte die Stimme der Wahrsagerin aus den Tiefen ihres brokatenen Lehnstuhls. Manon, mit einer neuen Schürze und frischem Häubchen angetan, hatte mich an der Eingangstüre empfangen und in Madames schwarzen Salon geführt. Die blasse Wintersonne fiel durch die Fensterscheiben, und das Licht warf kleine Rechtecke auf die grotesken Figuren des dunkelroten Teppichs. Zwei prachtvolle brokatene Lehnstühle mit goldenen Fransen waren gegenüber Madames Stuhl an den vergoldeten Tisch gezogen, an dem Madame aus den Karten zu lesen pflegte. Ein widerwärtiger Weihrauchgeruch überlagerte den Bienenwachsduft der Kerzen vor der Muttergottesstatue. Zwei hagere Herren in blonden Perücken und kostspieligen, provinziell wirkenden Kleidern saßen in den Lehnstühlen und tranken Wein aus silbernen Kelchen. Ungehobelte Kerle, dachte ich. Schweden vielleicht – oder Engländer. Noch nicht lange an Land, sonst hätte sie bereits einen Schneider aufgesucht, um sich für ihren Auftritt bei Hofe etwas Anständiges machen zu lassen.

»Milord Herzog von Buckingham und Milord Rochester, gestattet mir, Euch mit der Marquise de Morville bekannt zu machen.« Das komische Paar erhob sich höflich.

»Die unsterbliche Marquise, äh? Ich habe bei meinem letzten Besuch von Euch gehört, Madame. Ich bin entzückt, Euch leibhaftig zu begegnen. Mein Kompliment.« Buckingham, der sich über meine Hand gebeugt hatte, hob den Kopf und betrachtete mit wollüstigen blauen Augen mein Gesicht. Ich konnte sein Alter nicht bestimmen; sein Gesicht war verwüstet, geisterbleich, und sein Schnurrbart so dünn, als habe ein Kind ihn mit einem Bleistift aufgemalt. Sein Gefährte holte ein Lorgnon hervor, mit dem er meinen Teint begutachtete. Ich gab mir alle Mühe, beim Anblick eines ungeheuer vergrößerten blauen Auges am Ende eines Stabes ernst zu bleiben. Während der gesamten Prozedur lächelte Madame wohlwollend.

»Bemerkenswert! Bemerkenswert!« Er ging um mich herum, um mich besser in Augenschein nehmen zu können. »Wie schade, daß das Geheimnis des Präparates mit dem alchimistischen Abbé verlorenging. Ihr könntet es in Eurem chemischen Laboratorium neu erschaffen, Mylord.« Der Lord, der wieder Platz genommen hatte, nickte nachdenklich.

»Der Lord ist Alchimist und Forscher von hohem Ansehen«, erklärte mir La Voisin, und sie blickte so zufrieden drein wie die Katze, die um ihre Füße strich. »Seine Gönnerschaft und sein Schutz erstrecken sich auf die berühmtesten Alchimisten und Kräuterheilkundigen in ganz Europa.«

»Von denen Madame Montvoisin eine ist«, bemerkte der Gefährte des Lords mit schmeichelnder Stimme und verneigte sich leicht vor ihr.

»Wir müssen nun gehen«, sagte der Lord, sich erhebend, und Manon beeilte sich, ihm seinen schweren Umhang und seinen Stock zu bringen. »Und Ihr, Madame, denkt über meinen Vorschlag nach.« Mit dem Auge eines Connaisseurs sah er sich in dem schwarzen Salon um. Als Madame Montvoisin sich erhob, war das Knistern von Seide zu hören.

»Ich habe ihn bereits erwogen und könnte nicht umhin, auf ein so großzügiges Angebot der Gönnerschaft einzugehen«, sagte sie. »Zuvor aber habe ich hier Geschäfte abzuschließen –« die Herren sahen einander verständnisvoll an, »– wonach ich, nun ja, ich sehne mich seit langem nach einer Seereise und einem gesünderen Klima.« Darauf wandte sich der Lord mit höflich interessierter Miene an mich.

»Und Ihr, Madame de Morville, seid eine Besonderheit ersten Ranges. Solltet Ihr jemals nach England reisen, seid meiner Gunst und Gönnerschaft versichert.« Ich dankte so huldvoll, wie es mir zu Gebote stand, indes er sich mit einer Flut von Artigkeiten empfahl. Schließlich hatte er es gut gemeint. Ausländer scheinen nie zu begreifen, welch geringen Reiz eine von jeder Zivilisation abgeschnittene Insel mit feuchten Nebeln und einem kleinen provinziellen Hof auf uns Pariser ausübt, die wir die kultivierteste, mächtigste Monarchie der Welt unser eigen nennen. Die Engländer sind so rückständig in der Mode, und überdies lebt man unter den aufrührerischen Königsmördern sehr gefährlich. Es könnte einfach alles geschehen. Doch dann fuhr mir ein Gedanke durch den Kopf: Was für ein delikater Ort, um gutes, französisches Gold vor Colbert zu verstecken. Das entsprach Vaters Sinn für Humor. Ja, es war durchaus plausibel.

Cortezia et Benson, Banquiers à Londres. Ohne Zweifel hatte er es Großmutter erzählt, als er im Sterben lag, da er damit rechnete, daß sie ihn überleben und es mir weitersagen würde. Ich fragte mich, ob etwas von seinem Schatz übriggeblieben war. Er war zweifellos unterdessen konfisziert oder veruntreut worden. Ein Spaß. Das Schicksal ist stets zu Späßen aufgelegt.

»So, das war es einstweilen, bis zum nächsten Besuch«, erklärte La Voisin und wandte sich mir zu. »Komm in mein Kabinett, Marquise, ich habe etwas mit dir zu besprechen. Sage mir, haben deine Einkünfte nachgelassen, seit du so skandalös herumtändelst?« Wir verließen den schwarzen Salon, und sie nahm mein kleines Rechnungsbuch zur Hand und blätterte es durch. »Ich sehe hier eine neue Hoftoilette. Neue Handschuhe. Einen samtenen Umhang. Einen Hut und passende Federn, sehr kostspielige Federn. Ich hoffe, sie sind schwarz.«

»Meine Einkünfte sind höher denn je, falls Ihr um Euren Anteil bangt. Zudem muß ich bei meiner neuen Klientel mehr auf meine Erscheinung achten. Niemand glaubt dem Rat einer ärmlich gekleideten Wahrsagerin.«

»Was mir Sorgen macht, ist mehr als das, meine Liebe«, sagte sie, während sie mit schnellen Schritten den großen Raum hinter dem Salon durchmaß. Antoine Montvoisin saß in seinem Schlafrock am Eßtisch und machte sich mit einer Pinzette und einer winzigen Zange an einem Collier zu schaffen, aus dem er die Steine entfernte. Mit einem »Klick« ließ er einen in ein Metallkästchen fallen. Sein dicker Sohn stand hinter ihm und verzehrte eine Leckerei. Seine Tochter Marie-Marguerite, deutlich schwanger, saß und strickte, die Füße auf einen Schemel gestützt. Sie hatte den Magier nicht geheiratet; so wurden die Dinge in diesem Hause gehandhabt.

»Und nun«, sagte La Voisin, indes sie die Türe ihres Kabinetts schloß, »zum eigentlichen Geschäft.« Ihre Miene behagte mir nicht, als sie Platz nahm und mir den Schemel zuwies.

»Die Duchesse de Bouillon hat mir einen Besuch abgestattet«, sagte sie bedeutsam.

»So? Was wollte sie? Ihr Schicksal erfahren? Ein Liebespulver für den König?«

»Sei nicht frech. Sie wünscht Gift für eine Rivalin: für die mysteriöse Inspiration des Chevalier de la Motte. Und sie wird sich an dich wenden, um herauszufinden, wer die Frau ist. Dieses Mal, meine Liebe, steckst du tiefer in der Bredouille als neulich, da du Brissac in diesem meinem Hause gekränkt hast.«

»Gekränkt? Ich war sehr höflich. Aber ich habe die Wahrheit gesagt.«

»Da sieht man, was für ein Närrchen du bist. Für Brissac ist die Wahrheit aus dem Munde einer Frau eine Kränkung. Es hat große Mühe gekostet, ihn davon abzuhalten, dich nach diesem Streich ermorden zu lassen. Und nun ist einer der kleinen Gespielen der Herzogin deinetwegen in ganz Paris in aller Munde. Ich sage dir, du kannst keine Feindin gebrauchen, die über soviel Macht gebietet.« Sie stand abrupt auf und sah mit harten Augen auf mich herab. »Sie wird dir den Garaus machen, mit so wenig Gefühl, wie sie einen Käfer zerquetschen würde. Vergiß nicht, Mademoiselle, magst du dich auch noch soviel in der großen Welt bewegen, du zählst nichts in ihr. Niemand würde auch nur die Polizei verständigen, wenn du morgen verschwändest.« Mir war auf einmal sehr kalt. Ich konnte das Blut in meinen Ohren sausen hören.

»Was soll ich denn tun?« Mein Mund war so trocken, daß ich kaum sprechen konnte.

»Höre ausnahmsweise einmal auf mich – was dich zweifelsohne ebenso hart ankommen wird wie die törichte Marie-Marguerite – ah! Gott bewahre mich vor aufsässigen Mädchen!« Sie nahm wieder Platz und sah mich eindringlich an, als könnten ihre schwarzen Augen meinem Willen gebieten. »Du mußt ihn aufgeben. Unverzüglich. Und wenn sie zu dir kommt, gib ihr die Beschreibung von Mademoiselle de Thianges. Sie wird wissen, daß Mademoiselle für ihn zu hoch und erhaben ist, als daß er sich Hoffnungen machen könnte, und überdies gelten La Thianges Bestrebungen dem Thron. Somit wird die Herzogin annehmen, daß es sich um eine platonische Affäre handelt. Ein gewisses Quantum Schmeicheleien von seiten der Damen wird bei einem Manne in seiner Position erwartet. Du wirst gerettet sein – und er desgleichen. Und wenn du schon nicht auf dich achtgibst, dann denke wenigstens an seine Laufbahn und an den Fortbestand der berühmten Waden, in welche du offensichtlich so vernarrt bist.«

»Ich – ich werde es versuchen.«

»Du wirst es *versuchen*? Nein, Mademoiselle, du wirst es *tun* – und zwar unverzüglich.« Sie stand abermals auf und trat an den verschlossenen Schrank, in dem sie ihre Hauptbücher und Zauberbücher verwahrte. »Und nun zu deinen Rechnungen – und mache nicht so ein finsteres Gesicht. Du kannst eine Mancini ebensowenig überlisten, wie es der englische Lord kann.«

»Hat er das vor?«

»Er intrigiert unaufhörlich. Seit er die Gunst des englischen Königs verwirkte, intrigiert er am französischen Hofe. Heute hier, morgen dort. In dem Bemühen, seine Macht zurückzuerlangen, durcheilt er ganz Europa.« Sie ließ ihre Fingerspitzen flattern, als wäre sie ein in Ungnade gefallener Höfling, der wie eine Zugschwalbe über den Städten Europas seine Kreise zieht. Madame hatte durchaus Sinn für Humor, wenn auch nicht von der gewöhnlichen Art. »Hin und wieder kommt er vorbei, um sich von einer schwarzen Messe beistehen zu lassen. Heute morgen habe ich ihm die Karten gelesen und ihm gesagt, daß er im Kerker landen wird, wenn er sich nicht zügelt. Aber Lords hören freilich nicht auf einen guten Rat, so wenig wie junge Mädchen.« Sie nahm das P-Hauptbuch aus dem Schrank, legte es auf ihr Schreibpult und seufzte. »Aber ich halte ihn bei Laune. Er ist meine Zuflucht, wenn die Lage hier brenzlig wird. Allerdings muß es für mich schon sehr brenzlig werden, ehe ich in so einem feuchten, rückständigen Land wie England leben möchte.«

Sie schlug das Hauptbuch auf und fuhr mit dem Finger eine Zahlenreihe entlang. »Meine Güte, hast du eine Rechnung auflaufen lassen. Was für Ausgaben«, bemerkte sie. »Die Miete für die Möbel, der Zins für das Haus, da kommt einiges zusammen. Du tätest besser daran, dich mit deinem Gewerbe zu befassen und mir höhere Raten zurückzuzahlen, sonst stehst du noch Jahre in meiner Schuld.« Noch Jahre? Ja, ja, d'Urbec hatte recht, wie immer. Seine verwirrendste Eigenschaft. Seine Art, so berechnend zu schauen und dann eine unangenehme Schlußfolgerung zu ziehen. Warum er aber über meinen Kontrakt besorgt war – abgesehen von seiner überaus aufdringlichen Natur –, das war mir unbegreiflich. Ich selbst machte mir keine Sorgen deswegen. Was spielte es für eine Rolle, solange ich gut lebte? Als ich ging, hatte ich meine Rechnungen geregelt und meine Entscheidung getroffen. Ich würde Lamotte nicht aufgeben. Schließlich hatte ich ihn mir mühsam erobert, indem ich meine Ehre in mehrfacher Hinsicht geopfert hatte, und er war mein, zumindest so lange, bis er erfuhr, daß d'Urbec die Stadt verlassen hatte. Je mehr ich darüber nachdachte, um so vernünftiger dünkte es mich. Er machte mein Inneres rasen. Ich hatte ihn seit Jahren begehrt, und es bestand kein Grund, jetzt Schluß zu machen. Ich wollte der Welt mit meiner Leidenschaft trotzen. Theodora hätte genauso gehandelt. Vielleicht floß wirklich eine Spur vom Blute der alten Kaiserin in meinen Adern.

»Schon wieder Eure Maske, Madame? Werdet Ihr es nicht müde, das Schicksal herauszufordern? Ich habe in den Karten gelesen, daß die Königin der Schwerter Euren Weg kreuzt. Laßt ab von dieser Leidenschaft. Ein Mann, der sich an ältere Frauen verkauft, ist nicht der richtige Liebhaber für Euch.«

»Schon wieder wahrsagen, Sylvie? Ich dachte, das sei mein Metier. Oder bezahlt Madame dich dafür, daß du in zweiwöchigen Abständen unheilvolle Warnungen verkündest? Reiche mir meinen Stock. Hast du die Kutsche gerufen, oder muß ich Gilles bitten?«

Meine Toilette war prachtvoll. Bernsteinfarbene Seide, zurückgerafft, so daß ein Unterkleid aus dunkelbraunem Taft sichtbar wurde, aus dessen Falten ein tiefgoldenes Licht schimmerte. Ein breitkrempiger Hut nach Art der Kavaliere, üppig mit grünen und braunen Federn verziert, saß keck auf meinen dunklen Locken. Ich glich ganz und gar nicht der Marquise de Morville in ihrem altmodischen schwarzen Brokat und der kleinen, mit einem Schleier versehenen Witwenhaube. Von der gebieterischen kleinen Dame war im Spiegel nichts zu sehen. Selbst in der blutroten Fläche sah die maskierte Dame jung, elegant, reich und verwegen aus. Der Anblick gefiel mir.

»Dann laßt wenigstens Mustafa Euch mit Abstand folgen. Wenn Ihr gemeuchelt werdet, wird Madame Euch die Hölle bereiten.«

»Aber Sylvie. Wer würde eine Frau auf der Straße ermorden? Königinnen der Schwerter sind raffinierter. Überdies, wenn ich tot bin, brauche ich mich kaum mehr vor Madame zu fürchten.«

»Dann bedient Euch bei Eurem Stelldichein eines Vorkosters. Mächtige Frauen haben überall Freunde, insbesondere in den Küchen.«

»Ich werde es mir überlegen – jetzt die Kutsche, ja?«

Sylvie seufzte. »Sie steht vor der Türe, Madame.«

Ihre Warnungen steigerten nur meinen Geschmack am Abenteuer. Meine Haut kribbelte, der Puls trommelte. Unlautere Beweggründe, Wahnsinn, Gefahr – nichts war von Belang. Ein wonnevoller Augenblick mit dem stattlichsten Mann von Paris gab mir das Gefühl, die schönste Frau der Welt zu sein. Ich liebte dieses Gefühl. Es war besser als Opium.

Meine Equipage ratterte an den flackernden Laternen des Marais vorüber und weiter, bis sie in den Irrgarten aus schmalen, unbeleuchteten Straßen um die Église de la Merci eintauchte, einen Bezirk mit Spielhöllen und Edelbordellen, welche die ganze Nacht geöffnet hatten. Hier gingen die Mitglieder der philanthropischen Gesellschaft der Schattenkönigin ihrem Gewerbe nach. Hier betrieben auch die stillen Teilhaber großer Financiers und Edelleute geldbringende Unternehmen in vollkommener Diskretion. Lamotte, der wenig von dieser Welt verstand, hatte unser Treffen in einem verschwiegenen Zimmer in Mademoiselle la Boissières elegantem Etablissement an der Rue du Chaume arrangiert. Die Polizei bezeichnete dieses Viertel lieblos als *un lieu de debauche*.

»Meine Liebste«, flüsterte der Mann mit der schwarzseidenen Maske, als er mir aus der Kutsche half und sie fortschickte; seine Hand hielt er stets in der Nähe des Heftes seines Degens. Lamottes leise schwingende Stimme, die rauhe Berührung seines Umhangs, sein unverkennbarer Geruch und das Gefühl seiner Gegenwart im Dunkeln beschleunigten meinen Pulsschlag. Das Licht flackernder Kerzen, das durch die geschlossenen Blendläden schimmerte, reichte aus, uns zu dem geheimen Eingang zu führen. Geschrei und Getöse im Innern überdeckten das Geräusch unserer Schritte in der Gasse hinter der Rue du Chaume. Verbotene Klänge in der Winternacht. Die Erinnerung daran entflammt mich noch heute. Die Fleischeslust wurde von den gefühlsseligen Anhängern der *carte de tendre* vollkommen unterschätzt. Und André war der Hohepriester der Fleischlichkeit. Ich habe ihn nie gefragt, wie viele andere Frauen er in das geheime Gemach geführt hatte – es kümmerte mich nicht. In diesem Augenblick gehörte er mir.

»Ein wenig Wein?« flüsterte er und deutete auf die Karaffe auf dem runden Tischchen am Bette.

»Heute abend wünsche ich nur eine Art von Wein«, gab ich flüsternd zurück. Und wir tranken uns satt aus dem Kelch der

Venus und ließen den Wein unberührt. Und ich, ich fühlte mich endlich schön – so schön, daß ich es kaum ertragen konnte. Die Briefe, die Liebesgedichte, die Monate der Verehrung unter dem Fenster, sie schienen jetzt alle mir zu gehören. Jetzt wurde ich geliebt, wie mein trauriges kleines Mädchenherz es sich immer ersehnt hatte.

»O verflucht, ich habe die Karaffe umgestoßen«, rief er aus, als er träge aus dem Bette nach dem Kelch langte. Dann wälzte er sich herum, um mich abermals anzusehen. »Sei's drum, ich will heute nacht nur von Euren Lippen trinken.« Nach einem neuen Zwischenspiel sah er mich an und sagte: »Meine Teure, auch der vollkommenste Augenblick muß ein Ende haben, und es wäre nicht klug, an dieser Stätte die Nacht zu verbringen.«

»Ihr seid ein Mann von Welt, André«, räumte ich ein. Ich wußte noch besser als er, daß jeder, der an einem solchen Orte schlief, die ewige Ruhe im Fluß finden konnte, entblößt und unkenntlich.

»Laßt mich Euch beim Ankleiden helfen«, erbot er sich galant. »Ich liebe es, Damenkleider anzufassen – die Knöpfchen, den köstlichen Druck der Stäbe, die duftende Seide –« Er kniete nieder, mir die Strümpfe anzuziehen, als hätte er es schon bei Hunderten anderer Frauen getan, und fuhr mit den Fingern so lässig an meinen Schenkeln entlang, daß es wie Zufall erschien. Dann fühlte ich, wie er zögerte. Seine Augen waren auf meinen entstellten Fuß gefallen.

»Laßt nur«, sagte ich, »das kann ich selbst.« Mit erleichterter Miene erhob er sich, um seine Beinkleider anzuziehen, während ich meine Strumpfbänder festmachte und den gepolsterten hohen Schuh zuschnürte.

»Habt Ihr d'Urbec in letzter Zeit gesehen?« fragte er wie von ungefähr. »Er scheint neuerdings fabelhaft reich zu sein. Letzthin traf ich ihn bei meinem Schneider, wo er ein Habit aus gemustertem Samt bestellte. Denkt Euch! D'Urbec in Samt! Und wenn man einen Hund noch so sehr kämmt, er ist und bleibt ein Hund, äh? Er besaß die Unverschämtheit, mich zu fragen, ob das Gerücht wahr sei, daß die Herzogin ein Muttermal auf dem Gesäß habe. Verflucht peinlich in Gegenwart meines guten Freundes Pradon.«

»Monsieur d'Urbec wird im allgemeinen nicht für seinen Takt gepriesen«, erwiderte ich in neckischem Ton. Aber mir schien, als wolle sich etwas Schweres, Kaltes in meinem Herzen einnisten.

»Ah, nun aber genug – sprechen wir lieber von uns. Wir sind zu behutsam gewesen, meine Liebste. Wenn ich bei Euch bin, ist mir, als müsse ich unsere Leidenschaft von den Dächern kundtun! Unsere Liebe spottet der Konventionen – wir müssen der Welt trotzen! Ja, wir müssen uns in der Öffentlichkeit zeigen, wir müssen die Klatschmäuler quälen!«

»André, denkt an Eure Laufbahn – wir können uns nicht in der Öffentlichkeit zeigen – Eure Gönnerin –« Doch noch während ich sprach, wurde ich gewahr, daß sein Tonfall gekünstelt war. Was hatte er im Sinn?

»Eine kurze Meldung, ein Hinweis – ein Leckerbissen für die *libellistes* – es kann meiner Reputation nur förderlich sein. Was gäbe es Besseres, meinen Namen zur Vorbereitung der Aufführung meiner ›Theodora‹ in aller Munde zu bringen? Inkognito in einer Loge am Premierenabend meines lieben Freundes Pradon. Eine geheimnisvolle Frau in der Gruppe um den Chevalier de la Motte – könnte sie es sein, die Inspiration? Es wird ein – Ereignis.« Aha. Das war es also. Wer könnte mich erkennen, maskiert und ohne meine Witwentrauer, außer d'Urbec? Und wir kannten beide seine Leidenschaft für das Theater. Er würde keine Premiere versäumen. Einerseits freute es mich, Lamotte nicht erzählt zu haben, daß d'Urbec die Stadt verlassen hatte. Als ehrbare Witwe, die ihren Stand zu wahren hatte, war ich in der Stadt nie im Theater gewesen. Es schickte sich einfach nicht. Und für die Vorstellungen bei Hofe, nun, da brauchte man Beziehungen. Ich hatte nur »Iphigenie« und eine Wiederaufführung von Molières »Le Médicin Malgré Lui« gesehen. Wenn Lamotte wüßte, daß d'Urbec Paris verlassen hatte, wäre mir diese Chance, meine Neugierde zu befriedigen, gewiß verwehrt. Doch andererseits kam ich mir gering und ausgenutzt vor.

Letztlich aber überzeugte mich eine Geste seiner Hände, die ein interessanteres Argument darstellte, als Lamotte es aussprechen konnte. Sie überwältigte meinen Verstand. Mein Kopf erfand weitere gute Gründe, wenngleich mein Herz vor der Erkenntnis zurückschreckte, daß André mich nicht um meiner selbst willen lieben konnte.

»Ich bin die Eure«, sagte ich.

»Natürlich seid Ihr das«, erwiderte er, indes sein Schnurrbart meinen Hals kitzelte. Das golden glitzernde Unterkleid raschelte, als es abermals hochgeschoben wurde und eines meiner Strumpfbänder zu Boden fiel, während er sich vergewisserte, daß ich außerstande sei, eine Verweigerung auch nur in Erwägung zu ziehen. Als wir schließlich bereit zum Aufbruch waren, bückte ich mich, mein Strumpfband aufzuheben. Erst jetzt bemerkte ich die eigenartigen Blasen, die der verschüttete Wein bildete, als er sich durch die Lasur der Dielenbretter tief in das Holz hineinfraß.

»Nun, Madame, gesteht, die neue Schminke ist sehr effektvoll.«

»Wirklich nicht übel, Sylvie. Ich sehe aus wie ein gut erhaltener Leichnam.« Ich war ausnahmsweise mit der Wirkung zufrieden. Adieu, verräterisch gerötete Wangen und leuchtende Augen. Noch zufriedener wäre ich gewesen, wenn ich mir einen Sack mit Gucklöchern hätte über den Kopf stülpen können. Zitternd vor Kälte war ich vor Morgengrauen aufgestanden, um mich für die *levée* der Duchesse de Bouillon herrichten zu lassen. Ich möchte nie eine Hofdame sein, dachte ich. Sie machen dies jeden Tag. Die Kerzen flackerten noch auf meinem Toilettentisch, im Wettstreit mit dem ersten fahlen Licht. An einem kalten Wintermorgen übte die Vorstellung, die Welt mit meiner Leidenschaft herauszufordern, nicht denselben Reiz aus wie an einem seligen Abend, der von wunderbaren Liebesspielen erfüllt war. Dies war die Frage, die mich quälte: Hatte sie nur gewußt, daß Lamotte ein Rendezvous hatte, oder wußte sie auch, mit wem? Wußte er, daß sie es wußte, und war seine Unachtsamkeit, als er die Weinkaraffe umstieß, gespielt? Und doch hatte die Vorstellung eine gewisse Faszination: auf dem Höhepunkt einer Affäre, nachdem ich den Neid der Frauen von halb Paris erregt hatte, zu erlöschen und gewissermaßen als fatale Schönheit unsterblich zu werden. Eine Idee, die einem unansehnlichen Mädchen sehr behagt. Zudem konnte Lamottes Interesse nicht von Dauer sein. Und etwas wie dieses würde sich vielleicht nie wiederholen.

Doch im kalten Morgengrauen sieht alles anders aus. Da denkt man ans leibliche Wohl: Frühstück, Pantoffeln, Schokolade, Wärme. Und vom leiblichen Wohl ist es nur ein Schritt bis zu dem Wunsch, lieber behaglich als unansehnliches Mädchen zu leben, denn als eine Aphrodite zu sterben.

»Mehr Schatten unter meine Augen, Sylvie. Ich möchte noch

ausgezehrter aussehen.« Sylvie beendete ihr Werk mit einem Hauch mattgrünem Gesichtspuder, dann nahm sie mir den Frisierumhang von den Schultern und befestigte die altmodische Halskrause.

»Ihr seht fürchterlich aus«, erklärte sie fröhlich, »wie eine gräßliche Hexenmeisterin.«

»Vortrefflich«, entgegnete ich. Damit stand ich auf und hieß sie mir meinen dicksten Umhang um die Schultern legen.

Ich weidete mich an dem Schauder des Entsetzens, der das Schlafgemach der Herzogin durchfuhr, als man mich hereinführte. Dem Flötisten blieb für einen winzigen Moment die Luft weg, doch die beiden Violinspieler übertönten den Mißklang. Die Hofdamen warfen sich Blicke zu. Die Herren Bittsteller rührten sich unbehaglich. Pradon, der aus seinem neuesten Werk rezitierte, hielt abrupt inne und starrte mich an. Die Hand der Zofe mit der Haarbürste verhielt mitten in der Luft über den dunklen, zerzausten Haaren ihrer Gebieterin. Nur die Augen der Herzogin, wie schwarze Steine auf dem Grunde eines schwarzen Teiches, diese kalten Mancini-Augen, blieben unverändert, als sie mir ihr Antlitz zuwandte und dann wieder in den hohen Spiegel ihrer Frisiertoilette blickte. Sie saß in einem vergoldeten Lehnstuhl mit niedriger Rückenlehne, und von meinem Standort sah es so aus, als ob die Falten der Schleppe ihres Morgenrokkes aus karmesinrotem Samt die Stuhlbeine völlig verdeckten. Der Stuhl vor dem mit Elfenbein und Perlmutt eingelegten Toilettentisch schien zu schweben. Zu ihren Füßen tummelte sich ein Paar gefleckter Schoßhündchen. Zwischen den Parfümflakons putzte Madame Carcan, ihre Lieblingskatze, zufrieden ihr weißes Fell, und ihre rätselhaften gelben Augen würdigten mich nur eines kurzen Blickes.

»Sehr gut, Pradon, Ihr könnt fortfahren«, sagte die Herzogin. Er sah verwirrt drein. Das Manuskript, aus dem er gelesen hatte, raschelte in seiner Hand. »Ihr hattet soeben Phaedras Erwiderung beendet«, half die Herzogin nach. Mit zaudernder Stimme setzte Pradon die Lesung seiner Verse fort. Sie waren wohl ordentlich gereimt, doch irgendwie mittelmäßig; elegant, aber ohne Substanz und Kraft. Und das Stück handelte – wie merkwürdig – von genau demselben Thema, über welches Racine bekanntermaßen sein lange erwartetes Meisterwerk verfaßte.

»Pradon, es ist einmalig. Ihr müßt morgen in meinem Salon

lesen, auf daß ganz Paris Euer Talent bejubele. Nun gesteht, ich hatte recht, als ich Euch dieses Thema vorschlug. Ich weiß Pradons Meisterschaft besser zu beurteilen als Pradon selbst.« Pradon verneigte sich tief, voller Demut.

»Madame verfügt über eine übermenschliche Wahrnehmungsgabe. Sie kann in die Seele blicken.«

Madames Coiffeur hatte unterdessen die Zofe abgelöst. Mit der Brennschere, die einen sengenden Geruch verbreitete, kreierte er eine symmetrische Anordnung von Locken, welche er mit diamantbesetzten Kämmchen voneinander trennte. Die Bittsteller traten nun vor, aber Madame, die es im Spiegel sah, gebot ihnen mit einer Handbewegung Einhalt.

»Zuvor«, sagte sie, »will ich mir wahrsagen lassen. Madame de Morville, ich bedarf Eurer berühmten Kunst. Jemand hat mich erzürnt; eine Frau, die sich einbildet, mir eine Rivalin sein zu können. Ich wünsche zu wissen, wer ihr Liebhaber ist.« Sie wandte den Blick nicht vom Spiegel.

»Madame, ein wahres Bild steigt nur aus dem Wasser empor, wenn die Person, deren Schicksal bestimmt werden soll, ihre Hände auf das Glas legt. Ich möchte Eure Gönnerschaft nicht aufgrund falscher Vorspiegelungen gewinnen.« Die Herzogin lachte – ein helles, kaltes, klirrendes Lachen.

»Nanu, wie ungewöhnlich! Madame, Ihr erhebt Euch doch gewiß nicht über den Rest der Menschheit? Sagt mir, könntet Ihr es mit einem Gegenstand probieren, welcher der Person gehört?«

»Ich könnte es versuchen, Madame«, sagte ich mit melancholischer Stimme. Sie zog eine Schublade ihres Toilettentisches auf und entnahm ihr den Handschuh eines Mannes. Dann wandte sie sich mir zu. »Ich wurde von dem Manne gekränkt, der diesen Handschuh trug. Sagt mir, was Ihr im Glase seht.« Während sie sprach, nahm eine Hofdame den Handschuh von ihr entgegen, um ihn mir zu reichen, und zwei Lakaien brachten einen niedrigen Schemel und ein Tischchen für meine Utensilien. Sie verlangte keinen Wandschirm und befahl nicht, daß sich alle entfernten. Sie will, daß alle Anwesenden die Geschichte weitertragen, dachte ich. Das ist ihre Art, jemandem eine Warnung zukommen zu lassen.

Ich legte Andrés Handschuh über die schmale Öffnung meiner runden Glasvase. Ich sang. Ich nahm den Handschuh fort. Er war noch nach seiner Hand geformt. Er trug seinen Geruch. Es verlangte mich, ihn in mein Mieder zu stopfen und an meinen Busen zu drücken, doch ich verzog keine Miene und legte den Handschuh neben das Glas, als sei er ein toter Frosch.

Ein Bild entstand. Wasser, graugrün. Darüber ein endloser Horizont, grau und kalt. Ein Gesicht. Mit Schrecken erkannte ich es. Das erste Bild, das ich vor Jahren in La Voisins schwarzem Salon gesehen hatte. Die Frau, die an der Reling des Schiffes auf die See hinausblickte. Es verschlug mir die Sprache. Dieses Mal erkannte ich das Gesicht der Fremden. Es war mein eigenes. Etwas schien anders, aber was, konnte ich nicht sagen. Die Frau raffte ihren Umhang um sich, und der Wind blies in ihr Haar. War es die Farbe, die anders war? Einst war mir der Umhang in einem hellen Blaugrau erschienen, jetzt war er dunkelgrau. Aus rauhem, dickem Stoff, und zu groß für sie. Ich sah genau hin, konnte aber nichts erkennen, das mir half, das Bild zu deuten. Was ging hier vor? Träumte ich, oder wandelte sich das Schicksal unmittelbar vor meinen Augen?

»Nun? Was seht Ihr?« Die Stimme der Herzogin unterbrach meine Gedanken. Ich sah auf. Alle Anwesenden warteten stumm und atemlos auf die Lesung.

»Madame, ich sehe eine Anzahl Höflinge und Hofdamen Madame de Montespans Gemächer in Versailles verlassen. Unter ihnen eine schöne junge Frau, klein, mit dunklen Haaren. Sie tändelt mit mehreren Herren. Der Besitzer des Handschuhs nähert sich ihr, sowie sich die Menge zerstreut, er stellt sich vor ihre Kammerfrau, um der Dame ein gefaltetes Blatt Papier zu übergeben. Sie lacht, nimmt ihren Fächer aus ihrem Mieder und schlägt ihm auf die Hand, um ihm ihr Mißfallen über seine Unverschämtheit kundzutun. Aber sie behält das Blatt Papier.«

»Mademoiselle de Thianges«, hörte ich eine Stimme flüstern. Die Herzogin sah mich an.

»Ja, es scheint Mademoiselle de Thianges zu sein«, beantwortete ich ihre unausgesprochene Frage.

»Und der Herr?«

»Der Herr scheint der Stückeschreiber zu sein, Chevalier de la Motte«, sagte ich. Die Miene der Herzogin blieb unbewegt.

»Dann habt Ihr wahr gelesen. Ich wäre über eine Täuschung sehr verstimmt gewesen«, sagte die Herzogin. Sie mag ja eine Mancini sein, dachte ich im stillen, aber auch ich weiß mich einiger Listen zu bedienen.

»Und?« fragte sie beinahe nonchalant. »Ging die Dame inkognito zu einem heimlichen Stelldichein?«

»Das, Madame, sagt das Glas nicht. Soweit ich es zu erkennen vermochte, könnte das gefaltete Blatt Papier schlicht ein bewunderndes Gedicht sein.«

»Wenn dem so ist, dann sind es zwei –«, sann sie vor sich hin. Ich hatte Herzklopfen. »Sei's drum«, sagte sie laut, »es gehört nicht viel dazu, einen kleinen Dichter zu erobern. Ihr könnt Euch entfernen, Madame de Morville.« Sie machte eine fast unmerkliche Handbewegung, und ein Lakai führte mich zur Türe und drückte mir eine Börse aus Brokatseide, schwer von Geldstücken, in die Hand. Beinahe, als wären es dreißig Silberlinge, dachte ich. Ich habe André verraten, diesen Narren.

Draußen fiel leichter Schnee, er bestäubte die Kutsche, den Hut und Umhang des Kutschers und die Rücken der Pferde mit weißem Puder. Nein, ich habe André nicht verraten, dachte ich, als ich mich unter die Pelzdecke kuschelte und die weißgepuderten Häuser zu beiden Seiten der Straße betrachtete. Sie war ja schon im Bilde. Dann fiel mir ein, wie er die Augen von meinem Fuß abgewendet hatte. Diese vielen Liebesschwüre – er hatte es nur getan, um einen Freund zu verletzen, der ihn öffentlich einen Gigolo geheißen und seinen Verstand brüskiert hatte. Er muß gedacht haben, d'Urbec und ich hätten dort in meinem Hause eine Affäre gehabt. Wer hätte das nicht gedacht? Wenn es nach seiner Tante gegangen wäre, waren wir praktisch verlobt. Aber eigentlich konnte ich es d'Urbec nicht verdenken. Auch ich hätte jemandem die Leviten gelesen, wenn er das für mein Begräbnis bestimmte Geld verschwendet hätte. Außerdem sollten wenig intelligente Leute nicht beleidigt sein, wenn ihnen jemand die Wahrheit sagt. Schließlich war die Todesszene in Lamottes »Osmin« stark übertrieben, und seine Verse waren stellenweise schwach. Und die schlichte Wahrheit war, daß Lamotte ein routinierter Liebhaber war, der wunderbar log und seinen Charme jeder Frau zuteil werden ließ, die seiner Sache förderlich sein konnte. Ich war ihm in dem Augenblick von Nutzen gewesen, als er mit einem Freund haderte, und so hatte er mich getäuscht. Da war es nur gerecht, was ihm nun geschehen würde, er hatte es verdient. Aber ich hatte diesen Charme angebetet, wenngleich ich wußte, wie falsch er war, und ich hatte die Lügen gewollt. War es unrecht, den Mann meiner Träume zu besitzen, und sei es aufgrund einer Lüge? Und was war, als wir Marie-Angélique verloren hatten? Wir hatten uns ihretwegen in Gefahr begeben. Er hatte sie geliebt. Was hernach geschah, war bestimmt nicht ausschließlich Lüge gewesen. Ein wenig eigennützig, das ja. Falsch, nein. Und wenn schon. Sollte ihm zuteil werden, was er verdiente. Aber, dachte ich, was hatte dann ich verdient? Der rasch fallende weiße Schleier schien alle Antworten vor mir zu verbergen.

Kapitel XXV

»Madame, Ihr macht Euch lächerlich, wenn Ihr so aus dem Fenster starrt. Er wird nicht wiederkommen, das wißt Ihr. Die Männer verschwinden immer, wenn sie ihre Kurzweil gehabt haben.«

»Ich sehe dem Schnee einfach gerne zu. Manche Leute finden das poetisch.« Es war am Silvesterabend; morgen würden wir das Jahr 1677 schreiben.

»Poetisch, ha! Der Mann fürchtet, die Gönnerschaft der Herzogin zu verlieren. Die Männer sind stets zuerst auf ihr eigenes Wohl bedacht. Er mag ja ein Weiberheld sein, aber er weiß, auf welcher Seite das Brot mit Butter bestrichen ist.«

»Männer hier, Männer da! Wer hat dich zu einer Philosophin über die Männer gemacht?«

»Die Männer, Madame. Und ich sage, wenn einer sich davonmacht, dann solltet Ihr es ihm gleichtun und Euch einen neuen Liebhaber nehmen. Brissac zum Beispiel. Ich, also ich meine, ein Mann von Stand ist besser als ein Niemand von Schreiberling, und wenn er noch so entzückende Waden hat.«

Ich wandte mich ihr ergrimmt zu. »Sylvie! Wer hat dich bezahlt?. Brissac oder La Voisin?«

»Oh, beide«, sagte sie gelassen, »aber da ich getreu zu Euch stehe, will ich es Euch nicht verbergen. Meine Meinung ist, nehmt Brissac, vergnügt Euch mit ihm und vergeßt die anderen.«

»Ich dachte, Brissac sei wütend auf mich.«

»Ach, das ist vorbei. Jetzt sucht er sich Nevers' Gunst wieder zu erschleichen. Aber er muß sich an den richtigen Orten sehen lassen, Ihr wißt schon – er muß gut ausstaffiert sein, ein paar neue Bonmots kreieren, kleine Gefälligkeiten erweisen –«

»Und für all das braucht er Geld. Wenn ich ihm also ein neues Habit kaufe, einen Dichter engagiere und seine Spielschulden begleiche, wird er mich an Stätten geleiten, wo ich nicht sein will, um mit Leuten zu verkehren, die ich nicht leiden kann. Das ist kein gutes Geschäft, Sylvie.«

»Aber – eine Herzogin – Ihr könntet einen erlauchten Titel haben, selbst wenn Brissac bankrott ist.«

»Mache dir nichts vor, Sylvie. Solange er hofft, aus der Familie der gegenwärtigen Herzogin auch nur einen Sou herauszuquetschen, wird sie bei guter Gesundheit bleiben. Und sobald er frei ist, wäre mein einziger Nutzen für ihn, ihm Geld zu verschaffen, damit er einem anderen hohen Geblüt nachstellen kann.«

»Aber Madame sagt, er ist schwach geworden. Er hat ihr gestanden, daß er eine heimliche Heirat in Erwägung ziehen würde.«

»Und was würde mir eine heimliche Heirat nützen? Das ist etwas für törichte Mädchen, die vorgeben wollen, sie seien nicht verführt worden. Ich benötige den Schutz einer anerkannten Ehe *und* seinen Titel, so zweifelhaft er auch sein mag. Er muß mich für einen Einfaltspinsel halten.«

»Aber sagt wenigstens, daß Ihr es Euch überlegen werdet. Dann brauche ich Madame nicht zu belügen.« Ihre Miene war ernst.

»Nun gut, ich habe es mir überlegt. So. Und jetzt sage mir, wer wird heute abend auf La Voisins Silvesterfeier sein? Brissac?«

»Selbstverständlich. Aber Madame hat auch die vortrefflichsten Violinspieler engagiert. Und es gibt Rebhühner und ein Spanferkel, und auch Hammel und Schinken.«

»Oh, wenn es Rebhühner gibt, fehlt es wirklich an nichts.«

»Das habe ich Madame auch gesagt, und sie sagte, ich sei ein verfressenes Frauenzimmer und es wundere sie, daß ich Euch nicht schon die Haare vom Kopf gegessen habe. Sie sagte außerdem, Ihr sollt das altmodische Schwarze anziehen, mit dem Mieder mit der Jettperlenstickerei. Ihr könntet einige wichtige neue Klienten gewinnen. Marquis de Cessac kommt mit seinen Freunden. Und ein italienischer Bischof, der gerade in der Stadt ist. Madame sagt, Ihr müßt Euch ausländische Verbindungen schaffen, wenn Ihr aufsteigen wollt.«

Als ich eintraf, war das Fest bereits in vollem Gange. Durch die vereisten Fenster flimmerten helle Lichter, und wann immer die Türe sich auf die verschneite Straße öffnete, waren Geplapper und Gelächter zu hören. Zwischen den dichtgedrängten Kutschen bahnte ich mir einen Weg zum Eingang, unmittelbar hinter einer maskierten Schauspielerin und ihrem neuesten Begleiter.

»Ei, das ist Madame de Morville, die Wahrsagerin! Habe ich

Euch nicht gesagt, *alle*, die interessant sind, werden heute abend hiersein?« quiekte eine geckenhafte Stimme hinter mir. Ich nickte einem maskierten Herrn mit Diamantohrringen und in Frauenkleidern freundlich zu. Er stützte sich auf einen geschminkten Begleiter, dessen Kinn unter der schwarzen Samtmaske ein sternenförmiges Schönheitspflästerchen zierte. Die Clique von Monsieur. La Voisin hatte recht. Es würde ein guter Abend fürs Geschäft werden. Ich drehte mich um und verneigte mich gemessen in Richtung eines berühmten Satanisten. Jetzt waren durch die geöffnete Türe Violinenklänge zu hören.

»War das Stück nicht verheerend? Wirklich, mein Lieber. Die besten Logen leer, von der Herzogin aufgekauft, und diese riesenhafte Schauspielerin mit der unförmigen Nase. Amüsant war nur der Empfang hernach, auch wenn Racine fortgegangen war, um zu schmollen.«

»Ungemein geschmacklos –«, hörte ich den Mann mit dem sternenförmigen Pflästerchen erwidern. Den Rest bekam ich nicht mehr mit, denn ich trat nun in das Gedränge im schwarzen Salon, der von Kerzenlicht erstrahlte.

»Achtung!« hörte ich Mustafas warnende Stimme, als ein betrunkener Herr mit verrutschter Perücke beinahe über meine Schleppe fiel.

»Ei, das ist ja Madame de Morville!« Comte de Bachimont schwenkte seinen Hut zum Gruße und riß sich dabei fast die Perücke herunter.

»Oh, Monsieur de Bachimont, es freut mich, Euch wieder in Paris zu sehen. Das Geschäft mit der Alchimie blüht und gedeiht, wie ich höre?«

»Es übersteigt meine kühnsten Träume, liebe kleine Prophetin. Und Ihr – Ihr seid nun die eleganteste Wahrsagerin von Paris, unsere verehrte Gastgeberin natürlich ausgenommen.« Kein geeigneter Gesprächsstoff für dieses Haus. Ich wechselte das Thema.

»Und Ihr, Monsieur de Bachimont, wart auch Ihr heute abend in der Aufführung von ›Phaedra‹?«

»Die hätte ich um nichts in der Welt versäumen mögen. *Das* Stadtgespräch. Schließlich hat uns Racine seit Jahren ein Meisterwerk versprochen.«

»Ein Mißerfolg. Verheerend. Die Duchesse de Bouillon hatte die besten Logen aufgekauft, damit sie leer blieben. Ich konnte vor lauter Buhrufen die Verse nicht verstehen – ihre Claqueure müssen das halbe Parkett gefüllt haben. Pardon, Madame –« Und er torkelte hinaus, um an die Mauer zu urinieren. Ich vernahm ein leises Kreischen, als ein Edelmann mit Samtmaske seine Hand in das Décolleté einer Schauspielerin versenkte.

»Hihi, ich bitte um Vergebung, Mademoiselle, ich glaube, ich habe meine Auster verloren.«

»Wenn Ihr meine Brust nicht von einer Auster unterscheiden könnt, seid Ihr vollkommen verrückt. Nehmt Eure Hand aus meinem Kleid und laßt Euch La Voisins Arznei gegen die italienische Seuche geben. Ich werde vom Marquis de Termes beschützt.«

»Nur von dem? Den fordere ich.«

»Ein Duell, entzückend!« quietschte der Mann im Frauenkleid.

Am Buffet schob Abbé Coton Gebäck in seine Taschen. Guibourg, überaus finster und muffig, war mit dem Mann mit dem sternenförmigen Pflästerchen in ein Gespräch vertieft.

»Die schwarzen Kerzen, Ihr versteht, müssen exakt dieselben Abstände haben, sonst ist die Anrufung des Teufels vergebens – Bachimont ist ein Dilettant. Es ist höchst gefährlich, keinen Fachmann zu konsultieren –«

»Ah, hier ist die zeitlos reizende Madame de Morville, welcher die Jahrhunderte nichts anhaben können –« Brissac. Zusammen mit La Voisin, die ihn zu mir führte, und seinem Günstling de Vandeuil, der im Hintergrund lungerte. Ich lächelte, doch nicht zu sehr. Brissac grüßte mich mit einer formvollendeten Verbeugung. Er trug einen neuen Hut, aber denselben Samtrock mit der angelaufenen Goldtresse und den versengten Stellen, die daher rührten, daß er bei einem Versuch, sich im Teufelskult zu üben, zu nahe am Feuer gestanden hatte.

»Monsieur de Brissac, ich bin entzückt, Euch wiederzusehen.« Ich nahm meine Maske ab.

»Ah! Ich bin überwältigt. Eure Züge strahlen mehr denn je, meine liebe Marquise.« Brissac trat zurück, als sei er geblendet. Wie lange soll das so weitergehen, dachte ich, indes ich ihm ein schelmisches kleines Lächeln schenkte.

»Meine liebe Freundin«, verkündete La Voisin mit falscher Herzlichkeit, »Monsieur le Duc hat eine glänzende Idee für einen Abend, den wir ungeheuer genießen werden.« Wir. O verflucht, ich konnte mich nicht herauswinden. La Voisin hatte für uns beide zugesagt.

»Ah – es ist nichts – eine Bagatelle – aber die kann ich Euch zu Füßen legen, Gnädigste.« Nur heraus mit der Sprache, Brissac, Kröte, die Ihr seid. Ich neigte den Kopf und klopfte mir mit meinem geschlossenen Fächer auf die Wange, um mein Interesse zu bekunden. La Voisin strahlte.

»Duc de Nevers hat mich mit einer reizenden kleinen Mission betraut. Er hat zusammen mit der Duchesse de Bouillon für die Aufführung des neuesten Elaborates von Monsieur Pradons Genius, ›Phèdre et Hippolyte‹, eine Anzahl Logen gekauft. Als Zeichen seiner Gunst will er die Plätze an Kenner der Kunst vergeben, die ein derartiges Meisterwerk aufrichtig zu schätzen wissen.« Ah, eine neue Mancinische Kabale. Diesmal mit Brissac als Mittler. Was für ein hübscher kleiner Plan von ihm, um Nevers' Gunst zurückzugewinnen! Die Duchesse de Bouillon ruiniert Racines Premiere und katapultiert Pradon mit Hilfe einer von Nevers rekrutierten Claque nach oben. Der Weg des Künstlers ist wahrlich steinig. Die Erinnerung an Lamotte vor so langer Zeit, hohlwangig und idealistisch, schoß mir durch den Kopf. Dann dachte ich an Racine. Was hatte er getan, womit hatte er sie gekränkt, diese Mancinis, daß sie sein Meisterwerk so beiläufig vernichteten, wie man eine Fliege zerquetscht?

»Ihr schlagt doch gewiß nicht vor, daß ich, eine Witwe, das Theater besuche?«

»Verkleidet, maskiert, mit einer Gruppe Damen und Herren von Stand. Welch ein Spaß, Zeuge von Pradons Triumph zu werden. Und nicht zuletzt, aufrichtige Seelen kommen einander im gemeinsamen Genuß hoher Kunst näher. Gebt mir Hoffnung, Marquise, daß ich, indem ich für Eure Kurzweil Sorge trage, mich Eurer Gunst erfreuen darf.« Ich öffnete meinen Fächer leicht und bewegte ihn träge. Vielleicht, bedeutete das.

»Madame Montvoisin hat sich freundlicherweise erboten, meinen lieben Freund Vicomte de Cousserans zu begleiten.« La Voisins neuester Liebhaber.

»Wer bin ich, mich der Aussicht auf einen so köstlichen Abend zu verschließen?«

La Voisins Augen glitzerten. Lamotte und d'Urbec waren besiegt. Sie hatte ihr Vorhaben in die Wege geleitet.

»Sagt mir, Madame«, fragte ich obenhin, als bedeute es mir

nichts, »weshalb begünstigt Ihr Pradon, wenn man allgemein Racine zuneigt und er Madame de Montespan zur Gönnerin hat?« Ihr Gesicht färbte sich dunkel in unvergessenem Haß.

»Hierin stehe ich zu den Mancinis. Seine Mätresse, die Schauspielerin La du Parc, war von Kind an meine Freundin. Er hat sie aus Neid vergiftet. Ihre Kinder werden im Palais Soissons großgezogen. Ich besuche sie noch gelegentlich, doch dank der Großzügigkeit der Comtesse fehlt es ihnen an nichts. Die Mancinis haben ein langes Gedächtnis, ich aber auch.« Sie rauschte davon, um den Tanz zu überwachen, der soeben begonnen hatte.

Als ich die anmutig gleitenden Gestalten vor dem großen Wandbehang, auf dem die Reue der Magdalena dargestellt war, betrachtete, sprach Brissac leise in mein Ohr: »Ihr tanzt nicht, nicht wahr, Madame?«

»Nein, Monsieur, ein altes Gebrechen –«

»Nun denn, Terpsichores Verlust ist mein Gewinn. Ich werde Euch eins von den köstlichen kleinen Törtchen besorgen, und wir werden über Philosophie diskutieren.« Der vertrauliche Tonfall erschreckte mich. Sie hat ihm geraten, wie er sich mir nähern soll. Sie hat ihm versichert, daß er am Ende siegen wird. Gelächter und Musik schrillten in meinen Ohren, als er sich mit mir auf eine kleine Chaiselongue setzte und seinem Günstling Monsieur de Vandeuil gebot, sich durch die Menge zum Tisch mit den Erfrischungen zu schlängeln.

Hinter mir lachte wieder die maskierte Dame. »Mein Lieber, sie ist absolut *hingerissen* von ihm!« Der Kavalier mit dem sternenförmigen Schönheitspflästerchen stimmte in ihr Gelächter ein. Brissac schwieg, verdrehte jedoch amüsiert die Augen. Er saß so dicht bei mir, daß es widerwärtig war.

»Er soll im Kerker seines guten Aussehens *ganz und gar* verlustig gegangen sein«, setzte der Mann mit den Diamantohrringen hinzu, »aber was eine Frau will, das bekommt sie. Sie hat mit ihren Lotteriegewinnen der letzten Woche alle seine Schulden bezahlt.« Brissac warf mir einen verschwörerischen Blick zu, als wolle er sagen, seht Ihr, das tut eine Dame von Welt für einen charmanten Herrn. Seine Hand begab sich auf die Suche nach meiner, worauf ich meinen Fächer öffnete und damit wedelte, als hätte ich Brissacs Absicht gar nicht bemerkt.

»Sie sollte sich rasch mit ihm verlustieren, bevor ihr Gemahl zurückkehrt. Er hat geschworen, dem nächsten Mann, den er bei ihr im Bette findet, die Ohren abzuschneiden.« Die Dame lachte wieder.

»Höchst ungeschlacht, meine Liebe. Aber so *interessant*«, rief der Mann mit den Ohrringen. Monsieur de Vandeuil erschien mit einem Teller voll Küchlein und kandierten Früchten. Sie muß ihm auch von meiner Vorliebe für Naschwerk erzählt haben, dachte ich, als Brissac mir eigenhändig eine kandierte Kirsche reichte.

»Mich dünkt, wir sitzen hier im Klatschwinkel«, erklärte Brissac und wies in die Richtung, aus der das Gespräch zu vernehmen war.

»– und was sie an einem Mitgiftjäger wie Saint-Laurent findet, ist mir unbegreiflich«, erklärte die Dame. Mein Magen fühlte sich plötzlich an wie Blei. Saint-Laurent. Ich konnte schwören, Saint-Laurent verstanden zu haben. Onkel war frei.

»Warum zögert Ihr, meine liebe Marquise?«

»Oh, eine plötzliche Schwäche. Die Hitze. Wir sind so nahe beim Feuer. Sagt mir, wie weit sind Eure Erforschungen der – äh – okkulten Wissenschaften gediehen?«

»Durch einen ganz außerordentlichen Zufall hat mir Comte de Bachimont eine vollkommen neue Methode zur Herbeirufung von Nebiros offenbart, um verborgene Schätze aufzuspüren.«

»Nebiros? Aber er bekleidet nur den Rang eines Feldmarschalls. Ihr solltet nur mit Höllengeistern von höherem Stande verkehren. Astaroth zum Beispiel, er steht im Range eines Großfürsten und ist der Gebieter von Nebiros –« So plauderten wir weiter, bis die Unmenge Wein, die er getrunken hatte, ihn nötigte, sich vorübergehend zu entfernen. In dem Augenblick, da er sich erhob, ergriff ich die Flucht, meine Schleppe gerafft in der Hand, Gilles dicht hinter mir. Mustafa und Sylvie hatten die Kutsche zum Vordereingang gebracht, als hätten sie meine Gedanken gelesen. Es hatte wieder zu schneien begonnen. Sylvie klopfte die schmelzenden Schneeflocken von meinem Umhang, als ich mich in das Dunkel der Kutsche rettete.

»Madame, was ist geschehen? Hat Brissac –?«

»Sylvie, es ist viel schlimmer. Chevalier de Saint-Laurent ist nicht mehr im Kerker.«

Nie habe ich mich weniger auf eine Geselligkeit gefreut. Der heitere Inkognito-Abend tat sich drohend vor mir auf wie der Tag des Jüngsten Gerichts. Wie hatte es geschehen können, daß ich, eine freie Frau mit eigenem Einkommen, so schamlos verkauft worden war? Vielleicht kann niemand von uns jemals frei sein. Wir müßten eine andere Welt haben, und ich kann mir nicht vorstellen, wie sie aussähe. Im Land der Amazonen vielleicht. Dort gäbe es keine Brissacs. Keine listigen Kupplerinnen und keine Furcht. Aber mich würden sie dort auch nicht haben wollen. Ich konnte nicht reiten, ich konnte nicht marschieren, ich konnte nicht mit Pfeil und Bogen schießen. Du wirst nirgends hinpassen, sagte die böse kleine Stimme in meinem Kopf.

»Madame, es ist jemand an der Türe. Brissac ist pünktlich. Er scheint es nicht abwarten zu können.«

»Er kann es nicht abwarten, mich im Morgenrock zu sehen, meinst du. Mustafa soll ihn bitten, Platz zu nehmen. Führe ihn nicht hinauf, bis ich fertig geschminkt bin.«

»Sehr wohl«, erwiderte Sylvie. Sie band mir das Haar mit einem blauen Satinband aus dem Gesicht und trug die dicke weiße Paste auf, die meinem Antlitz die geisterhafte Blässe verlieh. Aber sie war kaum fertig, als die Türe des Schlafgemachs krachend aufgestoßen wurde.

»Madame, ich schwöre, sie wollten nicht warten«, rief Mustafa. Ich drehte mich um, um Brissac mit kaltem Blick und gehobenen Brauen zu begegnen. Doch es war nicht Brissac, der in der Türe stand. Es war Hauptmann Desgrez mit zwei Gehilfen in den bauschigen blauen Kniehosen und schlichten blauen Wollröcken der Polizei. Desgrez verbeugte sich und nahm seinen weißen Federhut ab.

»Madame de Morville, ich bin Polizeihauptmann Desgrez«, sagte er.

Während mein Verstand geschwind eine Liste von Gründen durchging, die ihn hergeführt haben könnten, hörte ich meine Stimme sagen: »Monsieur Desgrez, bitte verzeiht mein Négligé und gebt mir die Ehre, in dem Lehnstuhl dort drüben Platz zu nehmen.« Er setzte sich, seine Gehilfen nahmen zu beiden Seiten des Stuhles Aufstellung. Er wirkte wie ein Richter, der mich für schuldig befand, noch bevor ich den Mund aufgemacht hatte.

»Höllenfeuer und Verdammnis«, verkündete der Papagei. Desgrez blickte zu dem Vogelgestell, und der Vogel erwiderte seinen Blick mit einem glänzenden Äuglein. Während ein Gehilfe seine Belustigung in einem Hüsteln erstickte, sah Desgrez mich argwöhnisch an.

»Seltsamer Wortschatz für einen Vogel.«

»Ich habe ihn von jemand bekommen, der ihn sprechen gelehrt hat. Ich spiele mit dem Gedanken, einen Hauslehrer zu engagieren, der ihm bessere Manieren beibringt«, entgegnete ich.

»Madame, ich bin gekommen, Euch ein paar Fragen zu stellen«, sagte er, und der Mann an seiner Seite zog ein Notizbüchlein hervor.

»Es wird mir ein Vergnügen sein, nach bestem Wissen und Gewissen zu antworten«, erwiderte ich mit einem herablassenden Nicken.

»Der Spiegel Eures Toilettentisches ist mit Musselin verhängt, Madame de Morville. Weshalb habt Ihr das größte Entzücken der Frauen verhüllt?«

»Monsieur, ich besitze die unselige Gabe, in Spiegelbildern Abbilder der Zukunft zu erblicken. Meine eigene Zukunft ist ein Totenschädel. Ich wünsche ihn nicht zu sehen.«

»Gewiß ist Euch bekannt, daß man denen, die sich dem Teufel verkaufen, nachsagt, sie hätten kein Spiegelbild. Gestattet Ihr, Madame?« Ich nickte stumm, und einer seiner Gehilfen zog die Musselinhülle herunter. Ich wandte den Kopf vom Spiegel ab und schlug die Hände vor die Augen.

»Ihr habt ein ganz gewöhnliches Spiegelbild, Madame«, stellte er fest, und seine Stimme klang erleichtert. »Warum haltet Ihr Euch dann die Augen zu – was seht Ihr?«

»Blut, Hauptmann Desgrez. Einen Blutstrom, der sich über den Spiegel ergießt.« Er erhob sich, trat näher und schob seine Hand zwischen mich und den Spiegel.

»Wessen Blut?« fragte er leise.

»Das weiß ich nicht, aber es ist sehr schlimm. Manchmal sehe ich es zwischen den Steinen der Place Royale sickern. Blut und noch mehr Blut, genug für ganz Frankreich«, erwiderte ich, vom Spiegel abgewandt, den Blick zu Boden gesenkt.

»Blut ist es, weswegen ich gekommen bin, Madame de Morville.« Seine Stimme klang beiläufig, entwaffnend. »Sagt mir, kanntet Ihr Monsieur Geniers, den Richter?«

»Monsieur Geniers?« Ich blickte erschrocken auf. »Ja, ich kenne ihn. Warum sagt Ihr ›kanntet‹?«

»Er ist tot, Madame, ermordet. Und bei seinen Papieren fanden sich Euer Name und eine Empfangsbestätigung für Geld – oh, Eure Hände zittern. Sagt mir, was wißt Ihr über diese verbrecherische Tat?«

»Chevalier de Saint-Laurent. Er muß es – o Gott, er ist rachsüchtig!«

»Chevalier de Saint-Laurent? Wie kommt es, Madame, daß Ihr diese Männer kennt? Habt Ihr ihnen wahrgesagt?« Es klang verbindlich, doch hinter dem sanften Ton verbarg sich eine Drohung. O Geneviève, du wirst nicht umhinkönnen, die Wahrheit zu sagen.

»Monsieur Desgrez, ich war eine stille Teilhaberin von Monsieur Geniers. Ich habe ihm Geld geliehen, um die Spielschulden des Chevalier de Saint-Laurent aufzukaufen, so daß Monsieur Geniers ihn in den Schuldturm bringen konnte. Monsieur Geniers wollte sich für die Verführung seiner Gemahlin rächen. Und mir, mir hatte Chevalier de Saint-Laurent Schlimmes angetan; so diente es auch meiner Rache, Monsieur Geniers beizustehen, indes ich das, was von meiner Reputation geblieben war, unter dem Schutzschild eines anderen Namens bewahrte.« Die Männer neben Hauptmann Desgrez sahen sich an, als sei etwas Wichtiges vorgebracht worden. Unversehens wurde mir bange. »Sagt mir, Monsieur Desgrez – habt Ihr Chevalier de Saint-Laurent schon in Gewahrsam genommen?« Entweder war er auf freiem Fuß, dann mußte ich beten, daß er mich nicht mit Monsieur Geniers in Verbindung brachte, oder er war im Kerker und wurde verhört, dann mußte ich beten, daß er mich nicht mit seiner verschwundenen Nichte in Verbindung brachte. Sie würden mich zum Verhör bringen. La Dodées Worte gingen mir durch den Kopf: »Du kannst ein polizeiliches Verhör nicht aushalten. Du hältst nicht einmal den Schmerz eines fest geschnürten Korsetts aus.«

»Leider ist er uns entkommen«, antwortete Desgrez.

»Weiß er –?« Meine Stimme war matt und heiser.

»Daß Ihr die andere Person seid, an der er Rache nehmen muß? Womöglich nicht. Das Papier war in Monsieur Geniers' Kabinett verschlossen, und Saint-Laurent hat ihn vor seiner eigenen Türe mit einem schweren Spazierstock zu Tode geprügelt. Die Bedienten des Richters schrien Zetermordio und verfolgten ihn eine ganze Strecke, ehe er entkam.«

Ich griff mir ans Herz. »Dann, Monsieur Desgrez, ist es vielleicht nicht mein Blut – zumindest vorerst nicht.«

Desgrez setzte eine onkelhafte Miene auf. »Dann werdet Ihr nichts dagegen einzuwenden haben, mitzukommen und vor einem Polizeischreiber eine Aussage zu machen.«

Gefahr, rief mein Verstand. »Monsieur, ich bin nicht angekleidet.«

»Dann kleidet Euch an. Ich kann warten.«

»Aber Monsieur, ich habe eine Verabredung.«

»Ihr seid es dem Frieden des Reiches Seiner Majestät schuldig, bei der Dingfestnahme eines Mörders behilflich zu sein. Es wird nur ein wenig von Eurer Zeit beanspruchen – und überdies ist eine kleine Verspätung fürnehm.« Er ließ sich tiefer in den Lehnstuhl sinken, als sei er sein Eigentum. Halte ihn auf, summte mein Verstand. Halte ihn auf, bis Brissac kommt. Das wird die Sache zumindest komplizierter machen.

»Wünscht Ihr eine Stärkung, während ich mich ankleide?«

»Es genügt mir, auf Euch zu warten, Madame.« Gräßlicher Jansenist. Über allem die Pflicht. Ich beriet mich ausführlich mit Sylvie über meine Toilette. Sollte ich für meine Haare die mit Edelsteinen besetzten Kämme nehmen oder sie, dem Nachthimmel gleich, mit Brillanten bestirnen? Meine Hände, sollte ich sie mit Armreifen schmücken, oder genügten die Ringe? Desgrez' gelangweiltes Auge schweifte durch das Zimmer, erfaßte den hohen Wandschirm neben dem Schrank, das kleine Schreibpult, das Bord mit erbaulichen klassischen Werken. Mit einem Seitenblick auf die Gehilfen nahm Sylvie mit Eifer meine Schachtel mit Schönheitspflästerchen in Augenschein.

»Der Halbmond ist nicht mehr in Mode, seit Madame de Ludres damit gesehen wurde. Ich würde Euch zu dem Schmetterling raten, Madame«, erklärte sie.

»Es ist Winter. Da sind Schmetterlinge nicht angezeigt.« Eine Korsettschnur riß und mußte erneuert werden. Meine grünen Seidenstrümpfe waren nur schwer aufzufinden. Hinter dem Wandschirm arrangierten wir die Anordnung der Unterkleider einige Male neu und wechselten die Schleifen an meinen Schuhen. Hin und wieder lugte ich auf die Rückenlehne des Stuhles, der durch das Gelenk des Wandschirmes zu sehen war. Da saß mein ungebetener Gast, steif wie eine Statue. Doch sein Nacken hatte sich gerötet. Seine Männer nahmen die Möbel in Augenschein und spähten aus dem Fenster.

»Das grüne Taftkleid, Sylvie.«

»Oh, Madame, mit dem lila Unterkleid? Aber das blaue Satinkleid ist weitaus extravaganter.«

»Es ist noch zerknittert vom letzten Fest. Du bist so nachlässig, Sylvie.«

»O bitte, Madame, bitte – ich kann es bestimmt in einer Minute richten«, jammerte Sylvie. Sie verstand es vorzüglich, eine unachtsame Zofe nachzuahmen.

»Sage ihr, sie soll das verdammte grüne Taftdings anziehen«, grummelte es von jenseits des Wandschirms.

»Duval, haltet Euch zurück«, erwiderte Desgrez' Stimme, angespannt von unterdrückter Wut.

»Hauptmann, eine Kutsche ist vor dem Hause vorgefahren.«

Sylvie und ich sahen uns hinter dem Wandschirm an.

»Ich denke, ich ziehe doch das blaue Satinkleid an«, erklärte ich.

»O ja, Madame. Habe ich Euch nicht gesagt, es ist entzükkend?« Sylvies wimmernder, kleinlauter Tonfall war reif für die Bühne. Es fiel mir schwer, ernst zu bleiben.

»Duval, wer ist es?« fragte Desgrez mit schneidender Stimme.

»Die Kutsche ist nicht gekennzeichnet. Die Insassen sind sehr gut gekleidet, aber maskiert.« Ich trat hinter dem Wandschirm hervor.

»Meine Theatergesellschaft, meine Herren. Wie findet Ihr das blaue Satinkleid? Ob es Monsieur le Duc gefallen wird?« Desgrez' Miene war eisern. Doch Duval und der andere Gehilfe wechselten einen bedeutsamen Blick.

Man führte Brissac herein, und Desgrez erhob sich. Als er dem Herzog vorgestellt wurde, verneigte er sich tief und lüftete seinen Hut. Brissac, darin geübt, Gerichtsvollziehern und Geldeintreibern auszuweichen, erfaßte die Lage mit einem Blick. Langsam nahm er seine schwarze Samtmaske ab und gab Desgrez mit hochmütiger Miene zu verstehen, daß es bedauerlich sei, wenn er Pläne für einen Abend vereitelte, den Duc de Nevers höchstpersönlich arrangiert habe. Raffiniert, wie er den Namen des allmächtigen Nevers in das Gespräch einfließen ließ und, als Freund der Gerechtigkeit, vorschlug, zu einem späteren Zeitpunkt, wann es mir genehm sei, einen Schreiber zu mir kommen zu lassen. Ein boshaftes kleines Lächeln huschte über sein Gesicht, als Desgrez sich unter Verbeugungen rückwärts aus dem Zimmer entfernte. Dann wandte Brissac sich mir zu und verbeugte sich, wobei er seinen Hut auf eine Weise schwenkte, die besagte, da seht Ihr, welche Vorzüge eine Verbindung mit mir hätte, Madame. Aber was ich in Desgrez' Gesicht gesehen hatte, behagte mir nicht. Verhaltene Wut. Er haßte die Erlauchten; ihr Geld, ihre Unantastbarkeit. Er würde warten, bis er mich allein antraf, dieser Mann, der die Marquise de Brinvilliers über Jahre durch Europa verfolgt hatte, dieser Mann, dem es gelungen war, ihr ein Geständnis abzuringen, so daß nicht einmal ein Titel sie hatte schützen können. Brissac wußte das auch. Jetzt war ich auf ihn angewiesen, so wie er auf Nevers angewiesen war.

Kapitel XXVI

Brissac war seinem Gönner vortrefflich zu Diensten gewesen; in den Logen drängten sich maskierte Damen und Herren der Demimonde, die laut schwätzend ihren Pomp zur Schau stellten und sich neugierig umblickten. In unserer Loge befanden sich ein satanistischer Abbé mit seiner Mätresse, La Voisin und ihr gegenwärtiger Liebhaber Vicomte de Cousserans, ein wollüstiger Mensch mit purpurroten Adern auf der Nase. Im Plätschern der Gespräche war der Name »Pradon« zu verstehen, auch Gemurmel über Racines Mißerfolg – die schreckliche blonde Schauspielerin, zu plump für die Rolle, die kunstlosen Verse, die vulgäre Bearbeitung eines Themas, das mit äußerstem Feingefühl behandelt werden mußte, sollte es nicht, nun ja, unanständig wirken. So läßt sich die Meinung der Welt kaufen, dachte ich. Im Parkett skandierten bezahlte Soldaten, Studenten und Gesindel »Pradon, Pra-don!« als übten sie die grölenden Hochrufe ein, mit denen sie hernach bei der Aufführung jede Zeile des Werkes begrüßen würden.

»Seht!« hörte ich eine Frau kreischen, »das ist zweifelsohne Mademoiselle Bertrand, die Komödiantin. Ihre Haare würde ich überall erkennen. Und dieses Kleid!« Ich sah genau hin, was für Haare diese Person hatte. Blond. Gefärbt. Ganze Berge, über und über mit Brillanten und Schleifen geschmückt. Keine so schöne Loge wie unsere, dachte ich verächtlich. Und tändelt in aller Öffentlichkeit mit diesem Menschen in karmesinrotem Samt. Schauspielerinnen haben keinen Geschmack. Es ist und bleibt ein ehrloses Gewerbe. Ein üppiger gepuderter Busen wogte über einem strammen Korsett. Ihre unbehandschuhten Hände schienen sich in den Kleidern ihres Begleiters verfangen zu haben. Er lachte, und seine Art, den Kopf zu neigen, kam mir bekannt vor.

»Ja wahrhaftig, es ist Mademoiselle Bertrand. Und wer ist ihr neuester Geldsack?« Der Vicomte beugte sich vor und hielt ein Lorgnon an das Guckloch seiner Maske. »Nanu, ich will verdammt sein! Das ist dieser elende Emporkömmling, der mich vorige Woche beim *lansquenet* ausgenommen hat. Wie war noch sein Name?«

»D'Urbec«, antwortete La Voisin mit einem Seitenblick auf

mich. Ich sah noch einmal hin. Diesmal wandte er mir sein Gesicht zu; er war nicht maskiert. D'Urbec, mit einer riesigen schwarzen Perücke, einem silbern beschlagenen Spazierstock, einer über ihn hingegossenen Schauspielerin und einer Loge voll rauher Begleiter. Ich hätte gerne gedacht, er sähe inmitten von alledem einsam aus. Doch dem war nicht so. Er strahlte selbstgefällig und zufrieden. Er nahm die Szenerie in sich auf, als sei dies alles sein Eigentum. Nicht eine Spur wehmütig sah er aus; nur blasiert, eitel. La Voisins Augen beobachteten mich hinter ihrer Maske.

»Emporkömmlinge sind mir zuwider«, ließ Brissac sich vernehmen.

»Der Mensch kommt aus dem Nichts. Seine Einnahmen stammen von den Spieltischen. Er gewinnt, als habe er einen Pakt mit dem Teufel geschlossen. Sagt mir, meine Liebe, Ihr seid Expertin, ist es so?« fragte der Vicomte, indes er La Voisins Taille drückte.

»Nicht durch Vermittlung von jemand, den ich kenne«, erklärte La Voisin.

»Ich kann ihn unfehlbar auf die Probe stellen«, verkündete Brissac lachend. »Was würdet Ihr sagen, wenn ich ihn in aller Öffentlichkeit vernichte?«

»Nun, daß er nicht mit dem Teufel im Bunde ist – psst – der Vorhang geht auf.«

Brissac flüsterte dem Vicomte etwas ins Ohr. Beide kicherten. »Es sei!« sagte der Vicomte, als die ersten von Pradons fragwürdigen Versen über die Bühne donnerten.

Der lange Abend wurde durch die zahlreichen Unterbrechungen des übertrieben enthusiastischen Pöbels im Parkett noch länger, doch schließlich gelang es Phaedra, von inzestuöser Leidenschaft gequält, alle zu töten, sich selbst eingeschlossen. Stürmischer Beifall, von Begeisterungsschreien ergänzt, toste durch das Theater, und die Schauspieler wurden wieder und wieder hervorgerufen. Meine Gönnerin klatschte in ihre behandschuhten Hände und neigte sich zum Vicomte.

»Wunderbar – diese Leidenschaft, dieses taktvolle Zartgefühl!« schwärmte sie. Das maskierte Gesicht des Vicomte drückte Überdruß aus – über sie, über ihre Meinung, über ihre Imitation der feinen Gesellschaft. Sie irrte sich, wenn sie glaubte, ihn in der Hand zu haben, und nur ich allein sah, daß er, wenn der Kitzel des Verbotenen, des Perversen und des Diabolischen verblaßte, sich von ihr abwenden würde. In diesem Augenblick haßte ich ihre Schwäche. Ihr seid unter ihnen, Gebieterin, aber Ihr gehört nicht zu ihnen, hätte ich ihr gerne gesagt. Ihr dürft Euch nichts vormachen. Eure Macht liegt in Eurer Skrupellosigkeit, Eurer Nüchternheit, Eurer Weigerung, Euch blenden zu lassen. Eure Träume, anerkannt zu werden, sind Euer Tod; seid grausam, Gebieterin, seid ungeheuerlich, seid frei.

Ich kam mit heftigen Kopfschmerzen nach Hause. Das Stück vielleicht, die überfüllte Loge, der Gestank aus dem Parkett. Oder war es die Limonade, die Brissac mir gereicht hatte? Die gelben Rosen fielen mir ein. Die Limonade, ganz bestimmt. Und La Voisins mütterlich beifälliger Blick. Wieder ein Liebespulver. Pulverisierter Hahnenkamm, getrocknete Taubenherzen und wer weiß was sonst noch für albernes Zeug. Kein Wunder, daß ich Kopfweh hatte. Ich dachte an Brissac. Abstoßend wie eh und je. Madames Liebespülverchen waren ungefähr so wirksam wie jenes unwiderstehliche Parfüm, das meine Mutter zu benutzen pflegte. Wie kann ich dies in einen Vorteil für mich verwandeln? Mir gebührt Rache für diese Kopfschmerzen. Ich werde so tun, als hätte es gewirkt; zunächst werde ich Brissac wachsende Zärtlichkeit bekunden – ich werde ihm ein neues Habit kaufen. Damit werde ich sie ablenken. Dann werde ich mich verhalten, als ließe die Wirkung von dem Zeug nach, und ihre Anstrengungen beobachten, wenn sie versuchen, mir eine weitere Dosis zu verabreichen. Ich werde sie hübsch an der Nase herumführen.

Ich erinnerte mich vage an eine Unterhaltung mit dem Vicomte über – ja, d'Urbec. Er wollte ihn vernichten. Ich dachte daran, wie d'Urbec auf der Kante meines Lehnstuhls gesessen hatte, als fürchte er, ihn zu beschmutzen, und seine Hände betrachtete, die rissig und schwielig waren vom Rudern. Wie oft kann ein Mensch vernichtet werden und dennoch unermüdlich vorwärts streben? Es hatte etwas Heldenhaftes. Die Szene in der Loge ärgerte mich nicht mehr. Diese lächerliche Komödiantin. Keine Frau, die er wirklich anziehend finden konnte. Nein, sie paßte zu seiner protzigen gemieteten Kalesche und zu den grellen Kleidern. Er blickte geringschätzig auf die Welt, als wollte er sagen: Ihr glaubt, Geld ist wichtig? Ich werde Euch Geld geben. Schnelles, grelles, vulgäres Geld. Der Mann mit Verstand verspottet auch das Geld. Sein Spott gefiel mir, ich kannte ihn gut, ich verstand den Spott, der Kränkung verbirgt, den Spott, der der Welt sagt, sie sei zu dumm und zu schwerfällig, um den rasenden Schritten eines glänzenden Geistes zu folgen. Und dann diese komische Zärtlichkeit, die sich hinter dem Spott verbarg, wenn er mich »Athena« nannte, wohl wissend, daß ich kaum Griechisch verstand. Und seine Verhöhnung Lamottes, scharf wie ein Degen, einen Freund durchbohrend, der zum Rivalen wurde. Rivale? Um wen? Nicht – nein, das konnte nicht sein – nicht um mich. Oh! Was war das für ein seltsames Gefühl, das mich überkam? Entsetzlich. Unvernünftig. D'Urbec erfüllte meine Gedanken, er machte, daß mir das Herz weh tat. Was habe ich nur für ein dummes Herz, dachte ich. Flüssig wie ein halb gekochtes Ei. Warum ist mein Herz so? Ich will kein Herz. Ich würde es mir herausschneiden, wenn ich könnte.

An diesem Abend saß ich bei Kerzenschein nachdenklich vor meinem aufgeschlagenen Notizbuch. Ich sah d'Urbec vor mir in dem lächerlichen Überzieher, den er früher zu tragen pflegte, sah seine glühenden dunklen Augen und die gestikulierenden Arme, wenn er seine Theorie über die fiskale Ohnmacht des Staates erläuterte.

Was ist mir geschehen? Ist es Mitgefühl, das so übermächtig wurde, daß es sich in etwas anderes verwandelt hat, oder war es immer da, und ich fürchtete mich, es zu erkennen? Warum hat es mich so geängstigt? Warum ängstigt es mich jetzt? Gott helfe mir, ich liebe Florent d'Urbec, und ich habe alles verdorben.

Ich löschte das Blatt und klappte das Buch zu. Dann nahm ich ein leeres Blatt Papier und schrieb: »Hütet Euch vor Brissac. Er hat einen Plan ersonnen, Euch zu vernichten«, und unterzeichnete mit: »Ein Freund.« D'Urbec war gewiß noch zu wütend auf mich, um es nicht fortzuwerfen, wenn er wüßte, woher es kam. Ich werde Mustafa mit der Übergabe betrauen. Er läuft damit wenigstens nicht gleich zu La Voisin. Dennoch könnte es in dieser intriganten Stadt geschehen, daß d'Urbec es niemals erhält. Ja, Mustafa. Sylvie nimmt von zu vielen Leuten Geld. Ich steckte das Billett unter mein Kopfkissen und sank in einen unruhigen Schlaf.

»Nun, Mustafa, hat er mein Schreiben erhalten?« Mustafa, noch dick eingemummelt, war zurückgekehrt. Nach außen hin hatte ich ihm den Auftrag erteilt, in La Trianons unerschöpflichem Laboratorium neues Labsal zu kaufen. Als ich die Treppe hinuntereilte, um ihm persönlich die Türe zu öffnen, sah Sylvie nicht einmal von ihrer Flickarbeit auf, dachte sie doch, mein Eifer rühre von meiner Gier nach Opium.

Mustafa sprach mit leiser Stimme: »Ja und nein, Madame.«

»Was soll das heißen? Hast du nicht gesehen, wie er es in Empfang nahm?«

»Ich fand seine Gemächer, indem ich mich beim Théâtre Guénégaud erkundigte, und habe einen alten Freund, einen Zwerg, der am Pont au Change bettelt, mit der Botschaft hingeschickt, damit Monsieur mich nicht erkennt. Mein Freund, der zuverlässig ist, wurde hereingeführt und traf ihn beim Frühstück mit La Bertrand, der Komödiantin. Er trug einen seidenen Schlafrock und eine pelzbesetzte Kappe aus Brokat. Offensichtlich schert er sich neuerdings den Kopf wie ein Aristokrat und bedient sich eines sehr exklusiven Perückenmachers.«

»Seine Perücke kümmert mich nicht. Sprich weiter.« Mustafa war verlegen.

»Madame, offenbar hat er die Handschrift erkannt. Er hat den Brief ungelesen zerrissen.« Er schüttelte seinen Umhang vor dem Feuer aus. »Und – das ist nicht alles. Als La Bertrand fragte, was für ein Brief das sei, zog er die Schultern hoch und sagte, es sei nur wieder so ein *billet doux* von einer der vielen Frauen, die in ihn vernarrt seien.«

»Mustafa, dich hat doch niemand bezahlt, um mir das zu erzählen, oder?«

»Ehrenwort, Madame. Ich habe Euch alles getreulich wiedergegeben.«

Ich atmete tief ein und stieß die Luft langsam aus. »Dann gibt es offensichtlich nichts mehr, was ich für ihn tun kann.«

»Offensichtlich. Aber was stand in dem Brief, Madame?«

»Eine Warnung, Mustafa.«

»Ich persönlich würde eine Warnung der berühmten Seherin Madame de Morville nicht in den Wind schlagen«, bemerkte Mustafa. »Unter anderem deswegen, weil Ihr Euch niemals irrt.«

»Ich wünschte, dieses Mal würde ich mich irren«, sagte ich. Doch noch während ich die Worte aussprach, dachte ich, er dauert mich nicht im geringsten. Was immer geschieht, Ihr habt es verdient, d'Urbec. Spottet der Welt, wenn es Euch gefällt, aber spottet nicht meiner, niemals. Unversehens war mir kalt. Ich stellte mich ans Feuer und hielt die Hände vor die züngelnden Flammen.

»Doch bei meinen Erkundigungen in der Stadt bin ich auf andere Skandale gestoßen, die Euch erheitern dürften, Madame.«

»Oh, erzähle. Ich bedarf der Aufheiterung.«

»Am Theater sprachen alle von diesem neuen Gedicht – ein Angriff auf Monsieur Racine, angeblich von Nevers persönlich verfaßt, zumindest aber von einem seiner Anhänger.« Er zog ein sorgfältig zusammengefaltetes Blatt Papier aus seiner Tasche und las:

»Dans un fauteuil doré, Phèdre tremblante et blême
Dit des vers où d'abord personne n'entend rien –

Ziemlich boshaft, findet Ihr nicht? Zumal wenn man bedenkt, daß bei den Buhrufen der bezahlten Claqueure niemand die Verse verstehen konnte«, warf er ein.

»Lies weiter – oder gib es mir«, sagte ich.

»– Une grosse Aricie au cuir noir, aux crins blonds,
N'est là que pour montrer deux énormes tétons
Que malgré sa froideur Hippolyte idolâtre.
Il meurt enfin, traîné par des coursiers ingrats,
Et Phèdre, après avoir pris de la mort aux rats,
Vient en se confessant mourir sur le théâtre.«

Mustafa schloß mit einer grandiosen Geste, indem er das Blatt Papier schwenkte und seine Hand aufs Herz legte.

»Oh, das ist wunderbar frech, nicht wahr? Die Naive ist nur da, um ihre großen Brüste zu zeigen, und Phædra nimmt Rattengift – alles höchst vulgär. Racine wird darauf antworten müssen. Du mußt mich über diesen Skandal auf dem laufenden halten.«

»Mit Vergnügen.« Mustafa verbeugte sich, und halbwegs aufgeheitert sah ich einem weiteren Tag geistlosen Geschwätzes in den Salons und Boudoirs der illustren Häuser im Marais entgegen.

Im Palais de Soissons wurde *bassette* gespielt, und alle befanden sich im Geldrausch. Am Haupttisch saß die Comtesse in ihrem großen Lehnstuhl, ein Dutzend ihrer Hündchen scharte sich um ihre Füße. Madame de Vertamon hob die Karten ab, während Marquis de Gordes die Anwesenden durch sein Lorgnon beäugte. An den anderen Tischen sah man die Spieler jubeln, wenn das Glück ihnen hold war, oder ihre Perücken raufen und mit den Fäusten auf den Tisch schlagen, wenn eine gewendete Karte Tausende von Pistoles dahinschwinden ließ.

»Mein Freund, das Geld ist mir ausgegangen. Habt Ihr fünfhundert Pistoles?« Madame de Rambures wandte sich an den hinter ihr stehenden Herrn, dem es oblag, ihr die Summe zur Verfügung zu stellen. Die Ritterlichkeit erforderte es, daß nur wenige Herren mit ihrem Gewinn von dannen zogen; man mußte das Spiel der Damen unterstützen. Und die Damen verloren. Es gebrach ihnen an Strategie, und sie ließen sich von den Gefühlsaufwallungen des Augenblicks fortreißen.

Durch den Raum schlendernd, schnappte ich Klatsch auf: die neuen Moden, Nachrichten von der Front; Heeresbefehlshaber wurden ebenso kritisiert wie elegante Damen, bekannte Wundärzte und Richter. Durch das Geplapper hörte ich eine lachende Frau: »Oh, mein Lieber, Ihr habt es nicht vernommen? Racine hat sich zu den Jansenisten geflüchtet. Ich fürchte, wir haben ihn verloren. Es war Nevers, er hat ihm erklärt, sein Leben sei nichts wert, wenn er bliebe.« Ich trat näher. Das letzte Kapitel. Ich wollte erfahren, wie es geendet hatte.

»Dann waren es die Sonette?« erkundigte sich die Stimme eines Herrn.

»O ja, ein veritabler Streit der Sonette. Aber Racines Erwiderung enthielt mehr als nur eine Andeutung, daß Nevers sich in Inzest ergehe – keine kluge Wortwahl, will mir scheinen. Und so zahlte Nevers es ihm mit gleicher Münze heim. Hübsch gereimt, ungefähr so:

›*On vous verra punir, satiriques ingrats*
Non pas en trahison d'un bol de mort aux rats
Mais de coups de bâton donnés sur le théâtre.‹

Darauf ist Racine freilich sogleich verschwunden.«

»Nevers ist vollkommen im Recht. Ich sage, das bringt garantiert tausend Peitschenhiebe –« Ich ging weiter, aus Furcht, beim Lauschen ertappt zu werden.

»Nun, Primi, Ihr spielt nicht?« Visconti war an meine Seite getreten, ganz der gelangweilte Beobachter.

»Ich habe vorgestern eine einzige Pistole gesetzt, Madame de Morville, und binnen eines Abends tausend gewonnen. Darauf sagten die Damen alle, ›Visconti, der Magier, wird für uns gewinnen‹, und ich mußte für sie spielen. Heute hat mich das Glück verlassen, und ich habe aufgehört, bevor ich mich in Schulden stürze, die ich nicht zurückzahlen kann.«

»Ungemein vernünftig.«

»Ah, aber es schadet meiner Reputation. Wie kann ein Prophet beim Kartenspiel versagen? Vielleicht ist es klüger, niemals zu spielen, so wie Ihr.«

»Primi, wer ist der dunkle Herr, der am Tisch dort drüben die Bank hält? Ich glaube nicht, daß ich ihn hier schon einmal gesehen habe.«

»Ach der? Das ist Monsieur d'Urbec. Kein sehr vornehm klingender Name, aber er soll an ausländischen Banken beteiligt sein. Man munkelt von einem ausländischen Titel, aber ich als Besitzer eines solchen kann Euch versichern, daß er wenig zählt. Nein, das Geld ist es, weswegen er hier willkommen ist. Er ist sehr großzügig zu den Damen, er weiß einem Herrn aus einer Verlegenheit zu helfen, und er hat teuflisches Glück bei den Karten.«

»Oh, er betrügt?«

»Nein, er ist wie Dangeau. Er spielt mit Strategie, ohne Gefühl, und damit ist er der Günstling des Schicksals geworden. Er kommt von nirgendwo und wird überall eingeladen. Er soll in Verhandlungen um den Erwerb eines Amtes stehen – Steuereintreiber in der Provinz, glaube ich. Ein Parvenue, aber nicht ohne Verstand. Ah, da ist Monsieur Villeroy – seht, wie er sich verstellt; er meint vor der Welt zu verbergen, daß er der Liebhaber der Comtesse ist, aber es steht ihm deutlich im Gesicht geschrieben. Die Wissenschaft der Physiognomie, sie ist unfehlbar.«

»Was lest Ihr in Monsieur d'Urbecs Gesicht, Primi?«

Er warf mir einen kurzen Blick zu. »Der ist nichts für Euch, kleine Füchsin, es sei denn, Ihr möchtet ein Leben in der Verbannung führen und zwischen den Höfen ausländischer Fürsten pendeln. Ich schätze, Ihr seid zu sehr Pariserin, um daran Geschmack zu finden. Er hat das Gesicht eines geborenen Abenteurers. Bitter, intelligent. Er kennt zu viele Geheimnisse. In einer

Welt von Narren und Dilettanten ersinnt er Pläne wie ein Schachmeister. Er wird Könige beraten, aber sie werden ihn nicht lieben.«

»Bravo, Primi. Und die anderen, gegen die er spielt?«

»Brissac, ein delikates Ungeheuer, ein Meister der Wollust. Und der Botschafter Giustiniani – oh, seht –«

An dem Tisch spielte sich ein Drama ab. Giustiniani hatte seine Karten verdeckt auf den Tisch gelegt. Brissac warf den Kopf zurück und lachte irre. D'Urbec stand plötzlich auf, die Hände flach auf dem Tisch, mit bleichem Gesicht.

»Kommt, den Tumult wollen wir nicht versäumen.« Visconti nahm meinen Arm.

»Hunderttausend Pistoles. Ich will sie sofort, Monsieur d'Urbec.«

»Ihr erwartet gewiß nicht, daß Monsieur d'Urbec morgen die Stadt verläßt«, mischte sich Giustiniani ein. »Unter Ehrenmännern –«

»Ehrenmänner? Und wer sagt, daß Monsieur d'Urbec ein Ehrenmann ist?« Brissacs Stimme war kalt und höhnisch.

»Oh, Monsieur d'Urbec, ich würde Euch Eure Gefälligkeit von gestern abend zurückzahlen, wenn ich nur heute abend nicht so viel verloren hätte. Mein Gemahl wird mir zürnen«, erklärte Madame de Bonelle seufzend.

»Ein Ehrenmann?« stieß d'Urbec zwischen den Zähnen hervor. »Ehrenmänner betrügen nicht beim Kartenspiel.«

»Dafür könnte ich Euch durchbohren. Ihr beleidigt das älteste Geblüt Frankreichs, Ihr elender Niemand.« Brissac stand plötzlich auf. Immer mehr Menschen drängten sich um den Tisch; die anderen Spieler ließen von ihren Spielen ab.

Im Nu hatte d'Urbec Brissac am Rock gepackt und ihn kräftig geschüttelt wie ein Terrier eine Ratte. Ein Kartenregen ergoß sich aus Brissacs Ärmeln.

»Ei, was ist das?« rief Madame de Bonnelle. »Monsieur Brissac, wie ungezogen!«

»*Canaille*«, knurrte Brissac, und er versetzte d'Urbec mit dem Handrücken einen Schlag ins Gesicht, wie man einen Lakaien schlägt.

»Monsieur de Brissac, die Würde meines Hauses –« Die helle Stimme der Comtesse de Soissons durchschnitt das erstaunte Gemurmel der Menge. Ich sah d'Urbec zuerst rot, dann weiß werden. Ein illegales Duell mit einem so hochstehenden Manne würde ihn entlarven und seinen Ruin bedeuten. Das Schlimmste, was dagegen Brissac für eine Versündigung gegen den König durch ein Duell zu gewärtigen hatte, waren ein paar Wochen in der Bastille. Brissac lachte. Die Comtesse sah d'Urbec an wie einen Straßenköter, der sich zwischen den Schoßhunden verirrt hat. Es war ein langer Blick, der selbst für Unbeteiligte demütigend war.

»Wie könnt Ihr es wagen, Monsieur le Duc in meinem Hause in Verlegenheit zu bringen?« Ihre Stimme war eisig. »Ihr könnt Euch unverzüglich entfernen –«

»Nicht ohne seine Schulden zu bezahlen«, warf Brissac ein. Seine barsche Stimme entbehrte jeglicher Höflichkeit. »Ich will es jetzt, d'Urbec. Eure Kutsche, den Leibrock, den Ihr tragt, alles.«

»Meine Bankiers werden es Euch morgen früh überbringen, Monsieur le Duc.«

»Monsieur de Brissac, ich wünsche diesen Streit nicht. Er soll sich augenblicklich entfernen. Wagt es nicht, mich zu beleidigen, indem Ihr wegen Belanglosigkeiten noch länger verweilt.«

»Der Schurke könnte fliehen – ich will es jetzt, oder er muß in den Kerker.«

»Ihr seid gewiß im Recht, Monsieur de Brissac, aber Ihr müßt verstehen, daß ich in meinem Hause keine gemeinen Vorgänge dulde.« Die Comtesse sah sich um. »Wer übernimmt bis morgen früh die Bürgschaft für die Schuld dieses – äh – Mannes?« Keine Menschenseele antwortete. Alle wichen vor d'Urbec zurück, der wie ein verwundetes wildes Tier im Kreise einer Meute Jagdhunde stand. In der Stille hörte ich meine Stimme wie von einem anderen Orte sprechen.

»Madame, gestern abend hatte ich eine entsetzliche Vision, die ungerufen kam, als ich in meinen Spiegel blickte. Blut tropfte über die Glasfläche. Ich nahm es als Omen für den folgenden Tag.«

»Hört auf die Prophetin«, sprach die Stimme eines Mannes hinter mir. Die Comtesse, ein unerschöpflicher Born des Aberglaubens, zuckte zusammen. Ich sah mehrere Damen sich bekreuzigen. »Um Euer vornehmes Haus, Eure illustre Person und Eure erlauchten Gäste vor diesem bösen Omen zu bewahren, will ich bis morgen früh für die Schuld dieses Mannes bürgen.« Brissacs Augen sahen mich haßerfüllt an. D'Urbec wandte sich langsam zu mir um. Sein Gesicht war teilnahmslos. Er verbeugte sich vor mir.

»Meinen Dank, Madame de Morville«, sagte er. Und mit einer Verneigung vor der Comtesse schritt er alleine durch die Eingangshalle hinaus, ohne sich ein einziges Mal umzudrehen.

»Er kommt allzu leicht davon«, brummte Brissac seinem Günstling, Monsieur de Vandeuil, zu. »Heißt meine Lakaien ihn auf dem Nachhauseweg verdreschen.« Als ich Monsieur de Vandeuil verschwinden sah, fiel mir ein, daß d'Urbec keinen Degen trug. Stumm folgte ich ihm hinaus, vorbei an dem Bediensteten, der die heruntergefallenen Karten auflas. Ich hörte gerade noch, wie die Comtesse schalt: »Vergeßt nicht, Monsieur de Brissac, was in meinem Hause geschieht, ist meine Sache –«

Mustafa folgte mir in einigem Abstand. Draußen auf der Treppe blieb ich stehen. De Vandeuil vertrat d'Urbec den Weg.

»Duc de Brissac ist über Eure Vermessenheit gekränkt, Lakai.« Vier mit schweren Knüppeln bewaffnete Männer lösten sich aus dem Schatten und nahmen leise auf der Hofseite des Kutschtores Aufstellung.

»Weil ich ihn in ganz Paris lächerlich gemacht habe? Karten im Ärmel – pah! Kleiner Köter, Euer Gebieter betrügt wie ein altes Weib.« D'Urbec wich dem Hieb aus. Sein Gelächter, irre und bitter, hallte durch den dunklen Hof. Gäste und Bediente hatten sich hinter mir auf der Treppe eingefunden, um zuzuschauen. Ein metallisches Gleiten war zu hören, als ein Degen aus der Scheide gezogen wurde.

»Ihr wißt, daß ich unbewaffnet bin«, vernahm ich d'Urbecs feste, ruhige Stimme.

»Ich würde meine Klinge nicht mit Euch beschmutzen, Monsieur d'Urbec von nirgendwo. Lakaien, los!« Die Schläger umkreisten d'Urbec. Hinter mir ertönte das schrille Gelächter einer Frau.

»Genug, Monsieur de Vandeuil«, rief ich mit gebieterischem Ton, und als er sich umwandte, um zu sehen, woher die Stimme kam, schritt ich die breite Treppe hinab. Kein Laut war zu hören außer dem Poch-poch meines Spazierstockes auf den vereisten Steinen. »Ich wünsche meine Bürgschaft nicht ruiniert zu sehen.« Ich blieb unmittelbar vor seiner gezogenen Klinge stehen und sah ihn kalt an. Mein leichenblasses Antlitz ließ ihn einen Moment verharren.

»Madame de Morville, habt die Güte, Euch aus diesem Streit herauszuhalten. Es wäre mir lieber, Monsieur de Vandeuil trüge die Konsequenzen seines Tuns.« D'Urbecs Stimme war ganz ruhig.

»Oh, welch ein Wandel. Ich dachte, einer wie Ihr würde es vorziehen, sich hinter dem Rücken einer Frau zu verschanzen«, höhnte de Vandeuil.

»Das hat er nicht nötig, Monsieur de Vandeuil«, sprach ich in einem Ton, von dem ich hoffte, daß er drohend und bedeutungsvoll klang. *»Er ist einer von uns.«*

»Einer von Euch? Der Vereinigung alter Damen?« De Vandeuils schrilles Gekicher verriet seine Nervosität.

»Astaroth versagt es sich nie, etwas heimzuzahlen. Richtet dies Brissac aus.« Ich sah die Spitze von Vandeuils Degen zittern und sich leicht senken. »Astaroth wartet nicht gerne, Monsieur. Ich muß Euch warnen.« De Vandeuil schob seinen Degen in die Scheide, und ich trat beiseite.

»Ich möchte die Pflastersteine dieses erlauchten Hauses nicht beleidigen, indem ich zulasse, daß Euer Blut darauf spritzt, Monsieur d'Urbec; aus Rücksicht auf unsere Gastgeberin und auf diese alte Dame werden wir uns anderswo treffen.« Mit gespielter Tapferkeit schwenkte de Vandeuil seinen Hut und verbeugte sich.

»Sehr wohl, Monsieur de Vandeuil, bei unserer nächsten Begegnung werde ich Vorsorge treffen, einen Degen zu tragen.« D'Urbec verbeugte sich ebenfalls. Als er sich umdrehte, sah er zum ersten Mal die bewaffneten Lakaien. Seine Miene war gleichmütig.

»Monsieur d'Urbec, habt Ihr Eure Träger hier? Ich schlage vor, Ihr entlaßt sie und fahrt mit mir in meiner Kutsche. Die Straßen sind heutzutage so voller Grobiane, daß es für eine alte Dame gefährlich ist.«

D'Urbec nahm förmlich meinen Arm. »Ich stehe Euch zu Diensten, meine liebe Marquise.« Als er mir aber in meine Kutsche half und Gilles hinten aufstieg, zischte er: »Schon wieder greift Ihr in mein Leben ein. Wann werdet Ihr des Einmischens müde? Was wollt Ihr überhaupt?«

»Dankbarkeit gewiß nicht, Florent«, erwiderte ich, indes ich mich in die Polster zurücklehnte und meine Hände in meinen

Muff schob. »Ich wünsche nicht, daß man meiner Bürgschaft auf dem Nachhauseweg auflauert.«

»Ich habe nicht um Eure Bürgschaft gebeten. Ihr hättet Euch den Wunsch versagen können, Euch in meine Angelegenheiten einzumischen. Jetzt verschlimmert Ihr das Dilemma, das Ihr verursacht habt.«

»Hättet Ihr die Warnung gelesen, die ich Euch zukommen ließ, würdet Ihr in keinem Dilemma stecken.«

»Ach was. Ich mußte heute abend im Palais Soissons sein.« Seine Stimme klang abweisend. Dieser Mann benahm sich nicht wie ein routinierter Spieler.

»Ihr habt heute abend ein Vermögen verloren, ohne mit der Wimper zu zucken. Würdet Ihr mich mehr interessieren, würde ich fragen, wer Euch deckt. Astaroth ist ungefähr der einzige, der es nicht sein kann.«

»Eure geistigen Kräfte und Eure Bosheit sind ungetrübt, Madame de Morville. Mein Kompliment.«

Jetzt war ich mir sicher. Ein *nouvelliste*, der in einer Kriegskapitale jeden und alles kannte. Einer, der einen Groll hegte. Einer, der sich mit wenig Fürsprache in jeden Kreis einschleichen konnte. Ich fragte mich, ob man seiner Familie als Gegenleistung Asyl gewährt hatte. Wohin waren sie geflohen? Nach Amsterdam? London? Aber warum ließ er mich im unklaren? Ich hatte das Gefühl, daß er mich auf die Probe stellte.

»Es ist nur ganz normale Logik, Florent. Astaroth ist für die meisten Männer ein zu kapriziöser Dämon, um ihnen zu gefallen, und überdies ist er ein Tyrann.«

»Kein größerer Tyrann als der König, der sich für die Sonne hält«, sagte d'Urbec ruhig.

»Dädalus hat es mit dem Leben bezahlt, daß er der Sonne zu nahe kam«, erwiderte ich.

»Und Persephone, von dem Genuß von sechs Granatapfelkernen in Versuchung geführt, war zur Unterwelt verdammt.«

»Ja, aber sie war die Königin des Hades. Manche glauben, daß gesellschaftlicher Rang immer etwas gilt, selbst in der Unterwelt.« D'Urbec schwieg, bis die Kutsche in die Straße einbog, in der er wohnte. Als ich ihm gute Nacht wünschte, konnte ich nicht umhin hinzuzufügen: »Erwartet Euch Euer blondes Flittchen? Oder vielleicht mietet Ihr sie nur zeitweise wie Eure Kalesche?« Ich fühlte seine Wut in der dunklen Enge der Kutsche.

»Geneviève Pasquier«, zischte er, »habt Ihr jemals geglaubt, daß man Liebe nicht kaufen kann?«

»O ja, Monsieur d'Urbec. Liebe hat viele Beweggründe. Rache zum Beispiel.«

»Und Grausamkeit, Mademoiselle. Jene unschuldige Grausamkeit, die Katzen bewegt, Mäuse zu zerreißen wie Spielzeug, und Kinder, Insekten die Beine auszureißen. Das Bedürfnis eines klugen Ungeheuers, zu sehen, wie die Dinge funktionieren.«

»Ihr müßt es wissen. Immerhin seid Ihr der Experte. Ich hatte nicht den Vorzug, die *carte de tendre* zu studieren.« Ich hörte ihn den Atem anhalten und dachte, er würde mich womöglich schlagen. Doch es folgte nur ein langes Schweigen. Ich wußte, er verstand, was ich nicht aussprechen konnte.

»Und so habt Ihr versucht, mich zu kaufen, nicht wahr, kleine Athena?« sagte er leise. »Werdet Ihr je verstehen, daß es außer Geld und Rache für einen Mann noch andere Gründe geben kann, sich für Euch zu interessieren?«

»Gott hat mich nicht hübsch geschaffen, Florent. Ich bin vernünftig genug, mich nicht zu täuschen.«

»Ja, Ihr seid stets vernünftig. Vielleicht werdet Ihr eines Tages lernen, Liebe als Geschenk anzunehmen. Bis dahin, lebt wohl, kleine Wahrsagerin.«

»Florent, wartet –« Aber er war schon ausgestiegen.

»Keine Sorge, Madame de Morville. Ich lasse Euch morgen eine Nachricht zukommen, wenn ich die Schuld beglichen habe. Ich bin Euch zu Dank verpflichtet.«

Am Nachmittag des folgenden Tages brachte ein Botenjunge einen Brief von d'Urbec. Die Vorkehrungen zur Überbringung des Geldes seien getroffen, und er verlasse Paris in Geschäften, welche mehrere Monate in Anspruch nehmen könnten.

»Mich dünkt, ich habe mich nach Eurem Eingreifen in der überaus heiklen Situation gestern abend undankbar gezeigt. Mit Eurer Erlaubnis werde ich Euch nach meiner Rückkehr aufsuchen, um Euch meinen Dank auf ehrenvollere Weise zu entbieten.« Ich las den Brief mehrere Male.

An diesem Abend schrieb ich in mein Notizbuch:

10. Januar 1677. Könnte d'Urbec sich einst etwas aus mir gemacht haben? Es muß so sein. Und nun ich ihn gefunden habe,

habe ich ihn verloren. Er wird niemals zurückkommen. Und nicht nur das – mit seinem Fortgang hat er Brissac wieder reich gemacht. Brissac hat es nun nicht mehr nötig, sich mit mir zu verbünden, und er ist voller Haß. In meinem Leben habe ich immer nur Liebe gegen Gefahr getauscht.

Ich muß meinen Weg allein gehen, dachte ich und wollte mich forsch und stark fühlen, statt dessen fielen salzige Tropfen auf das Blatt und verschmierten die Tinte. Was hätte ich überhaupt von Florent d'Urbec gewollt? Die Logik sagte, es hätte nur schlimm enden können. Die Logik sagte, er könnte mich nicht lange gern haben, wenn er mich erst sähe, wie ich wirklich bin. Die Logik sagte – ach, verflucht sei sie, die Logik.

Kapitel XXVII

»O Sylvie, sieh für mich hinaus – ich hatte einen entsetzlichen Traum.« Ich setzte mich im Bett auf. Sylvie hatte mir meine Morgenschokolade und frisches Brot gebracht. Sie zog die Vorhänge auf und sah in den Frühlingsmorgen hinaus. »Was siehst du auf der Straße?« fragte ich ängstlich.

»Einen großen Zugkarren, Madame, die Frau, die mir eben die Milch für Eure Schokolade verkaufte – sie schöpft jetzt Milch für die Frau gegenüber aus ihrer Kanne. Zwei Katzen, ein gelber Hund und ein Schwein sind draußen.«

»Sonst niemand? Bestimmt nicht?«

»O doch, Madame – ein Junge verkauft Küchlein auf einem Tablett. Soll ich welche holen?«

»Geh nicht fort – schau wieder hin – du siehst keinen Mann ohne Gesicht?«

»Natürlich nicht. Wir wohnen in einer anständigen Gegend. Was ist Euch, um alles in der Welt?«

»Mir träumte, er sei draußen und warte auf mich; er hat zum Haus hinaufgesehen. Es war ganz echt – und als du hereinkamst, bin ich aufgewacht.«

»Madame, das ist wieder das Opium. Wieviel habt Ihr gestern abend vor dem Schlafengehen genommen?«

»Fast nichts, siehst du?« Ich nahm die Flasche von der Nachtkonsole und hielt sie in die Höhe. »Ich versuche, es einzuschränken.«

»Ihr habt es schon öfter eingeschränkt und werdet immer wieder rückfällig. Es tut Euch nicht gut, das sehe ich.«

»Sylvie, du nimmst dir zuviel heraus.«

»Madame, was kümmert's mich? Hört auf mich – die Zeiten sind schwer, und gute Stellen sind rar. Es würde mir nichts nützen, einer Leiche zu dienen.«

»Diesmal ist es nicht das Labsal – sieh noch einmal hinaus.« Der Klang meiner Stimme bewog sie, mir eindringlich ins Gesicht zu sehen, bevor sie erneut ans Fenster trat.

»Ich sehe die erste Kutsche auf der Straße – Eure Kundschaft. Kleidet Euch geschwind an.«

»Schon recht, Sylvie, aber –«

»Keine Bange, Madame, ich lasse keinen Mann ohne Gesicht herein.«

An diesem Vormittag gab es ungewöhnlich viel zu tun: Ich prophezeite das Schicksal eines Sohnes an der Front, eines Geliebten zur See, riet zu einem Verlöbnis und empfahl einem Artillerieoffizier, sich wegen einer Salbe, die ihn gegen Kugelwunden unempfindlich machen sollte, an La Voisin zu wenden. Am späten Nachmittag ließ das Geschäft nach. Mustafa hatte mir ein Exemplar von »Le Mercure galant« gebracht, aus dem er mir zu meinem Vergnügen vorlas.

»Hört Euch das an, Madame, die Mode wechselt wieder: Bänder müssen von der Kleidung entfernt werden, und die Mode für Herren empfiehlt ›kostbarere Stoffe, Eleganz in der *coiffure*, den Schuhen, der Leibwäsche und der Weste‹. Mein Kostüm dagegen ist von zeitloser Eleganz, nicht wahr? Der wahrhaft elegante Mann ist über die Mode erhaben«, erklärte er, indes er die aufgebogenen Spitzen seiner bestickten türkischen Pantoffeln betrachtete.

»Dasselbe ließe sich auch von mir sagen«, meinte ich lachend. Mustafa reichte mir die Zeitung und schwebte zur Türe, um einen neuen Klienten einzulassen. Nur sein Hüsteln gemahnte mich, die Zeitung beiseite zu legen; denn der Klient wartete schon, und als ich aufsah, gewahrte ich einen entlassenen Soldaten, der, mit dem Rücken zu mir, meine Möbel in Augenschein nahm. Er trug einen breiten Hut und hielt in einer Hand einen schweren Spazierstock. Mit der anderen strich er mit einer besitzerischen Geste, die mir mißfiel, über die silberne Vase auf dem Buffet. Ich setzte mich aufrecht und zog den Schleier meiner Morgenhaube hinab, so daß mein Antlitz wieder geheimnisvoll verborgen war. Alles hatte seine Richtigkeit: das Wasserglas, das auf seinem silbernen Ständer schimmerte, die Rührstäbe, das kabbalistische Tuch. Mustafa blickte unbehaglich drein.

»Monsieur«, sagte ich, »in welcher Angelegenheit kann ich Euch helfen?«

Der Mann drehte sich um und durchmaß das Zimmer mit arrogantem Gehabe. Er starrte auf die Ringe an meiner rechten Hand, nahm unaufgefordert mir gegenüber Platz und lehnte seinen Spazierstock an meinen Tisch. Ich fuhr erschrocken zurück. Es war nicht die falsche Nase, die er trug, oder der Pestgestank seiner abgefressenen Nase und Ohren. Nein, ich hatte den Mann ohne Gesicht erkannt.

»Ich bin gekommen, um mich nach einer vermißten Verwandten zu erkundigen«, sagte er in anmaßendem Ton. Ja, es war auch seine Stimme. Die Stimme aus meinen Alpträumen. Chevalier de Saint-Laurent. Onkel.

»Ich kann die Vergangenheit nicht sehen. Nur die Zukunft. Ich werde keine Gebühr erheben, wenn ich keine Lesung über die vermißte Verwandte zustande bringe.« Meine Stimme war ruhig. Ich bin kein Kind mehr, Oheim, ich bin stark. Und sosehr ich diese Begegnung fürchtete, ich habe sie herbeigesehnt, um Euch zu sagen, was Ihr seid.

»Oh, ich denke, es wird gelingen, sie zu finden. Lüfte den Schleier, Geneviève Pasquier.«

»So, Oheim, endlich begegnen wir uns wieder. Welches Übermaß an verwandtschaftlicher Liebe führt Euch hierher? Wünscht Ihr, daß ich Euch Eure Zukunft lese?« Ich hob den Schleier und sah ihm, ohne mit der Wimper zu zucken, in sein abscheuliches Gesicht. Sein Atem stockte. Die Veränderung, welche Kunstfertigkeit, Geld und Liebe meinem Antlitz hatten angedeihen lassen, war unübersehbar. Ich wußte jetzt, daß ich schön war. Nicht golden-weiß und naiv wie Marie-Angélique, sondern dunkel, mächtig und weise.

»Du hast dich verändert«, sagte er, als er seine Fassung wiedergefunden hatte. »Du bist kein häßliches Mädchen mehr.«

»Geneviève Pasquier ist tot. Eure Vertraulichkeit behagt mir nicht. Bringt Euer Begehr vor oder entfernt Euch.«

»Aber, aber«, sagte er und beugte sich in abstoßender Vertraulichkeit über den Tisch, »laß uns Freunde sein. Verwandt ist verwandt, oder? Du schuldest deinen älteren Angehörigen Gehorsam.« Er stand auf und durchmaß das Zimmer. »Ich habe viel für dich getan. Sieh dich an! Du bist reich.« Er wies auf die kostspieligen Möbel. »Dieses Schreibpult – Intarsien – und der Wandbehang – ein Gobelin, nicht wahr? Und der Teppich – er sieht türkisch aus.« Türkisch – Mustafa war leise verschwunden, um Gilles zu holen, was er immer tat, wenn ihn ein Klient verdächtig dünkte.

»Das war kaum Euer Verdienst, Oheim. Ich schulde Euch nichts.« Seine schlauen Fuchsaugen warfen mir einen Seitenblick zu. Er setzte das selbstgefällige Lächeln auf, das einstmals die Damen so entzückt hatte. Jetzt war es ein häßliches Grinsen. Es verzerrte das zernarbte Gesicht, so daß die künstliche Nase, die von einer seidenen Kordel gehalten wurde, verrutschte.

»Ich denke doch«, sagte er.

»Es war mir klar, daß Ihr das denken würdet. Ihr seid nie etwas anderes gewesen als ein Schmarotzer. Es würde Eurem Charakter nicht anstehen, aus einem anderen Grunde als wegen Geld zu kommen«, entgegnete ich.

Er sprang knurrend vor und legte beide Hände auf mein Schreibpult. »Hüte deine Zunge, du kleines Luder, oder es wird dich alles kosten.«

»Alles, Oheim? Habt Ihr mir nicht bereits alles genommen? Und seht, was es Euch genützt hat. Seid gewarnt, Oheim, ich werde mich nie wieder berauben lassen.« Ich erhob mich, um ihm besser zu gebieten. Hart und unverwundbar im eisernen Habit der Marquise de Morville, berauschte ich mich an der Wildheit, die gleich einer Feuersbrunst aus meinem Innern emporstieg. »Bedenkt wohl, was Ihr verlangt, denn ich werde es Euch mit ebender Münze heimzahlen, welche Ihr verdient.« Mir war, als müsse mein Zorn ihn überfluten und ihn auflösen wie Vitriol, wenn er nur einen Zoll näher käme. Er konnte nicht sehen, wie Mustafa mit Gilles zurückkam. Ich bedeutete ihnen stumm, sich hinter dem Wandschirm zu verstecken, welcher die Küchentüre verdeckte.

Ich sah die Adern an Onkels Hals schwellen. Er atmete schwer. »Ich könnte dir auf der Stelle den Hals umdrehen, du grinsendes entstelltes Ungeheuer.«

»Kaum so entstellt wie Ihr«, erwiderte ich und lachte. »Hurenbock, Verderber der Unschuld, Vergifter von alten Frauen. Was gedenkt Ihr zu tun? Mich der Polizei melden? Der hätte ich auch einiges über Euch mitzuteilen.« Ich trat hinter meinem Tisch hervor. Er griff nach seinem schweren Spazierstock.

»Das Lachen wird dir vergehen, wenn ich dich anzeigen und, als Oberhaupt der Familie, in ein Kloster stecken und alles in Anspruch nehmen werde, was du besitzest«, zischte er.

»Ihr? Der Erbe der Pasquiers? Wohl kaum, Oheim. Ich bin kein unwissendes Mädchen mehr. Ihr vergeßt meinen Bruder, der alles nehmen wird. Wie töricht von Euch, nicht zu purer Erpressung zu greifen. Ihr werdet alles an die Habgier verlieren, wie ein Narr.«

»Ich will Vergeltung. Du stehst so kalt, so hochmütig da. Ich will jetzt alles, sage ich, du bist nichts! Ich habe dich genommen, du bist ein Niemand – und ich kann dich wieder nehmen. Mir widersetzt sich keine Frau.« Sein grimmiges Wolfsgrinsen legte seine spitzen Eckzähne frei. Wie Fänge. Was hatte er gemacht, seit die Polizei zuletzt von ihm hörte? Er wirkte grausam von jüngsten Untaten. Vorsicht, Vorsicht, sagte ich mir. Zeige ihm nicht, daß du Angst hast. Lähme ihn mit deiner Kälte, wie es die Viper tut mit ihrem starren, giftigen Blick. Lächelnd und ruhig schlenderte ich an ihm vorbei um den Tisch, streifte mit meinen beringten Fingern seinen Arm und stand nun einen Fuß weit von dem Wandschirm entfernt, hinter dem Gilles und Mustafa sich verbargen. Er fuhr bei meiner Berührung zusammen und fluchte, indes seine Augen meiner Hand folgten. Ich wußte, wie sehr er Geschmeide schätzte.

»Ein Niemand, Oheim? Nein, ich bin ein Jemand. Ihr seid es, der ein Niemand geworden ist. Sagt mir, Monsieur Niemand, wie beabsichtigt Ihr, wieder ein Jemand zu werden, da Erpressung Euch nicht genügt? Und welche Eurer betörten Damen hat diesmal dafür bezahlt, Euch aus dem Kerker zu holen? Hat sie sich abgewandt, als sie sah, was ihr Gemahl Euch angetan hat, Monsieur Liebhaber der Frauen? Und habt Ihr sie nun auf Eure Liste der Feindinnen gesetzt? Mich dünkt, Ihr hadert zuviel, Oheim.«

»Ich hadere nie lange, liebe kleine Nichte. Die Frau ist tot. Wie jeder, der mir im Wege steht. Was habe ich zu verlieren? Ich werde dein Geld und deine Juwelen nehmen, um aus dem Lande zu fliehen. Mit den Ringen an deinen Fingern werde ich mir die Frau kaufen, die ich will, wenn ich dich geschickt habe, deiner Mutter Gesellschaft zu leisten. Auch sie versuchte ihr Geld zu verstecken, aber ich wußte, daß sie es hatte. Sie wagte es, mich ein Ungeheuer zu nennen – sie, die jedes lebende Ungeheuer in den Schatten stellte. Mein Stock hat sie überzeugt. Wie töricht sie war. Und alles wegen fünf Goldlouisdors. Aber ich wurde nicht enttäuscht, denn sie führte mich zu dir. Und jetzt, Nichte, will ich wissen, wo deine Geldschatulle ist –« Mutter. Wie um alles in der Welt hatte eine blinde, schwachsinnige Frau mich erkannt? Und was hatte er dort in der Rue des Marmousets getan?

»Wie schlau von Euch, Oheim, mich hier aufzuspüren. Sicher hat Mutter Euch nicht gesagt, wo ich wohne.« Er lächelte, für kurze Zeit durch die Betrachtung seines glänzenden Verstandes abgelenkt.

»Wie dumm du warst, Nichte. Du ließest deine Maske fallen. Welche Wahrsagerin verschenkt lieber Geld, statt es zu nehmen? Sie sagte, mehr habe sie nicht für mich – Marie-Angélique sei zu Besuch gekommen und habe ihr kaum etwas gegeben. Der Stallbursche aber hatte die berühmte Marquise de Morville aus der Hintertüre fortgehen sehen. Es hätte selbst einem Narren eingeleuchtet. Die blinde Frau hatte die Stimme ihrer Tochter erkannt. Nur war es die falsche Tochter.«

Ich hörte das Atmen hinter dem Wandschirm. Wie eine Katze lugte Mustafa hervor. Ich mußte zusehen, daß Onkel die Augen nicht von mir wandte. »Was habt Ihr Mutter angetan?«

Onkel kam näher, sein Blick verschlagen, triumphierend. Mustafa durchquerte den Raum und trat hinter ihn, seine türkischen Pantoffeln machten auf dem dicken Teppich nicht das leiseste Geräusch.

»Ich half, ihrem Elend auf Erden ein Ende zu machen«, erwiderte Onkel, »wie ich jetzt – dir – helfen werde –« Ich sah ihn mit dem Stock ausholen, und instinktiv den Arm vor mein Gesicht hebend, schrie ich und stürzte, als der Knochen unter dem Hieb brach. Im nächsten Augenblick fiel Onkel auf mich.

»Faßt mich nicht an, zieht nicht an meinem Arm!« schrie ich, als Gilles Onkels Körper von mir wälzte und Sylvie mich aufrichten wollte. »Er hat ihn mir gebrochen. Ich schwöre, ich habe gehört, wie der Knochen brach.«

»Von nun an wird er nichts mehr brechen, das ist gewiß«, bemerkte Gilles ruhig, als er den Körper mit seinem Fuß umdrehte. Zwei Messer steckten tief im Rücken des Chevalier de Saint-Laurent. »Ich meine, das zweite Messer war vollkommen überflüssig, Mustafa – das erste ist, scheint mir, ins Herz gedrungen.«

»O Gott, du hast ihn getötet.«

»Gewiß ist es Madame nicht leid um ihn«, sagte Sylvie.

»Nein, Sylvie«, erwiderte ich, noch auf dem Fußboden liegend. »Das Problem ist, den Leichnam zu beseitigen.«

»Problem, Madame? Wir verscharren ihn heute nacht im Garten.«

»Auf daß die Nachbarn aufmerksam werden? Der Garten ist zu klein, und die Mauer ist direkt unter den Fenstern des Nachbarhauses.«

»Madame hat recht.« Sylvie seufzte.

»Und Gilles, glaube nur nicht, du könntest es riskieren, ihn heute nacht in den Fluß zu werfen. Du weißt, es interessiert die Polizei ungemein, wer des Nachts ein und aus geht, seit d'Urbecs Blut die Straße befleckt hat.« Gilles wußte, daß ich recht hatte. Meinen Arm haltend, richtete ich mich langsam auf und ging zu meinem Lehnstuhl. »Sylvie, bitte hole mir mein Labsal.« Eine Idee nahm Formen an, während Sylvie die Treppe hinauftappte. »Cleopatra – ha, die klassische Bildung hat doch etwas für sich. Gilles, würdest du mit Mustafa meinen Oheim in den Teppich rollen? Ich meine, wir müssen ihn zum Reinigen schicken. Ich will ihn aus dem Hause haben, bevor Chauvet kommt, meinen Arm zu schienen.«

Am späten Nachmittag sahen alle Nachbarn einen Karren vor der Haustüre vorfahren und zwei Lakaien unter Anleitung einer Dienstmagd einen schweren, zusammengerollten Teppich aufladen, um ihn zum Reinigen zu schicken. Der Klatsch der Nachbarschaft verbreitete die Nachricht von dem großen Glück, durch das ein schrecklicher Unfall verhütet wurde. Ein umgestürzter Leuchter, ein schlimmer Brandfleck, der eine Reinigung und Ausbesserung nötig machte.

»Man stelle sich vor, was das kostet! Es ist ein Jammer, der Teppich sieht so wertvoll aus!« Die Stimmen drangen zum geöffneten Fenster meines Schlafzimmers empor.

»Es ist eine Fügung Gottes, daß nur der Teppich gebrannt hat. Alle Häuser in der Nachbarschaft hätten in Flammen aufgehen können.« Ausgezeichnet, dachte ich, als ich sie dem Wundarzt Platz machen hörte, den sie für einen Edelmann hielten.

Chauvet wurde heraufgeführt, und er hieß seinen Lakaien ein Sortiment Schienen und Bandagen auspacken, während er meinen Arm untersuchte.

»Natürlich«, bemerkte er ironisch, »läßt sich nicht sagen, wie lange ein über hundert Jahre alter Knochen braucht, um zu heilen.«

»Ich trage einfach etwas von dem alchimistischen Mittel auf«, erwiderte ich kühl. Er kicherte beifällig, als er die Schiene anlegte.

»Aber sucht Euch nächstes Mal Eure Klienten sorgsamer aus – oh, macht nicht so ein erstauntes Gesicht. Ich habe noch nie gesehen, daß sich jemand bei einem Sturz den Arm an dieser Stelle gebrochen hat und sich obendrein eine Schwellung bildete. Ich würde sagen, ein Rohrstock, oder ein Degen. Eure Hand erhoben – so, vor dem Gesicht. Es muß ein Mann gewesen sein. Hätte eine von Euren Damen einen Anschlag auf Euch verübt, Ihr würdet die Woche nicht überleben, und es hätte keine sichtbare Spur hinterlassen. Folgt ihrem Beispiel, meine Liebe, oder er kehrt zurück.« Er beendete seine Behandlung, indem er ein großes viereckiges Stück schwarzer Seide für eine Schlinge hervorholte.

»Ich brauche Euren Rat nicht«, beschied ich ihn.

»Verzeihung, meine Liebe. Aber es ist nicht gut, daß Ihr alleine wohnt und bekanntermaßen Geld im Hause habt. Was ist eigentlich aus dem jungen Mann mit der Duellwunde geworden? Das ist ein zäher Bursche – sehr robust, und er hängt an Euch. Ihr solltet ihn heiraten und von diesem gefährlichen Gewerbe ablassen. Ich selbst würde Euch heiraten, wenn Ihr nicht zu alt für mich wäret – und ich nicht schon zwei Gemahlinnen hätte. Beide wirklich glücklich, aber Herrgott, die Kosten!« Sein Gelächter hallte von der Treppe wider, bis sich die Türe hinter ihm schloß.

Ich setzte mich auf und ließ meinen Gedanken freien Lauf. Es war kaum zu glauben, daß Onkel, der Beherrscher meiner Alpträume, tot war. Wie furchterregend, wie verderblich war er gewesen. Eine Naturgewalt, von der Strafe ereilt. Und zu mir geführt durch eine alte, blinde Frau, die mein Geschenk von fünf Louisdors zu verteidigen suchte. Hätte sie gar nichts gehabt, würde er ihr vielleicht geglaubt haben. Doch der kleine Betrag in Gold weckte in ihm die Überzeugung, daß mehr da war. Er hatte sie erschlagen, als er sie bewegen wollte, das Versteck zu verraten. Mein Mitleid war tödlicher als die Giftphiole, die ich ungeöffnet fortgeworfen hatte. Kein Wunder, daß die Menschen an den Teufel glauben. Wie könnte man es sonst erklären, daß sich ein flüchtiger Augenblick der Barmherzigkeit in Unheil verkehrt? Nein, alles ist logisch. Die Welt ist nach dem Gesetz der Vernunft geschaffen, nicht mehr, nicht weniger. Es gibt keine Barmherzigkeit und kein Unheil; alles folgt den objektiven Gesetzen der Natur.

»Madame, der Teppich ist fortgeschickt, Gilles ist mitgegangen. Mustafa ist vorausgeeilt und erwartet ihn dort, und ich habe die Kutsche bestellt. Meiner Seel, das sieht hübsch aus, die Schlinge paßt zu Eurem Kleid. Dieser Chauvet ist ein Künstler!« Sylvies Stimme schien aus dreitausend Meilen Entfernung zu kommen. »Guter Gott, Madame, was ist Euch? Ich dachte, Ihr hättet ihn gehaßt, und doch sitzet Ihr so trübsinnig da. Oder habt Ihr wieder zuviel Labsal genommen – nicht daß ich es Euch diesmal verdenken könnte.« Sie eilte an den Schrank, nahm meinen leichten Reiseumhang heraus, legte ihn auf das Bett und stieg dann auf den Schemel, um die Hutschachtel herunterzuholen.

»Sylvie«, sagte ich schwerfällig, ohne mich zu rühren, »meine Mutter ist auch tot. Ich habe sie getötet.« Mit einem Geschenk, zusammengestellt aus Schuldgefühl und guten Absichten. Wie töricht. Wie traurig. Verschwendung. Es war alles Verschwendung.

»Sie getötet? Aber freilich. Madame wird erfreut sein zu hören, daß das Gift endlich seine Wirkung tat. Es hat so lange gedauert! Dreimal hat sie Antoine schon geschickt, das Totenregister Eurer Pfarrei einzusehen. Nie sah ich sie so darauf erpicht, daß jemand endlich eine von uns wird. Aber Euch fehlte es an den grundlegenden Erfordernissen – und jetzt, endlich, habt Ihr es getan! Ihr habt Glück, wißt Ihr. Sie hält große Stücke auf Euch.« Sie nahm den breitkrempigen schwarzen Hut heraus und blies den Staub aus den schwarzen Federn. »Bewegt den Arm nicht. Ha, und es ist noch dazu der rechte. Wie wollt Ihr jetzt Eure Rechnungen schreiben?«

Im Arzneilaboratorium in der Rue Forez herrschte rege Geschäftigkeit, als ich aus dem schwarzen Salon über die Schwelle trat.

»Ah, liebe Marquise!« rief La Dodée. Sie schwitzte, denn unter dem großen Kessel auf dem Herd loderte ein Feuer. »Gut schaut Ihr aus – wenn man bedenkt, was alles geschehen ist. Meine Güte, ich kann nicht vergessen, wie Ihr am ersten Tag in unsere Werkstätte gekommen seid. Ihr seid jetzt so verändert, so elegant!« Ich wirkte wahrlich anders als das verlorene Mädchen im zerrissenen Kleid. Eine kleine aufrechte Gestalt in einem schwarzen Umhang und einem altmodischen, breitkrempigen Hut mit hoher Krone über einer Spitzenhaube. Ein schönes Gesicht, ganz weiß mit ein wenig Grün unter den Augen, wie ein Leichnam. Ein langer Spazierstock, mit einem silbernen Eulenkopf gekrönt und mit schwarzen Satinbändern geschmückt. Die Leute hielten mich für unheimlich und mächtig. Ich liebte theatralische Auftritte. O ja, ich hatte mich verändert. Und ich weidete mich daran. Gut gespielt, Geneviève.

Über mir schwebte die vertraute Harpyie. Eine Reihe großer, leerer Gefäße stand auf dem Arbeitstisch bereit, um das Erzeugnis der nächtlichen Mühen aufzunehmen. Eines der kleinen Mädchen, unterdessen gewachsen, beschriftete mit unbeholfener Hand die Etiketten: »Hirn eines Verbrechers«, »Herz eines Verbrechers« und so weiter. Das andere brühte Kaffee auf dem eigenartigen Ziegelofen, der mir inzwischen als Schmelzofen der Alchimisten bekannt war. Mustafa hatte sich einen Schemel herangezogen und kommentierte die Bemühungen des Mädchens.

»Nicht soviel Wasser – das erschlägt das Aroma. Hast du denn keine Ahnung, wie man türkischen Kaffee bereitet?«

»Woher willst du das wissen, da du doch kein Türke bist?« versetzte das Mädchen.

»Hiermit tue ich dir kund, daß ich ein Ehrentürke bin. Sieh dir meinen Turban an. Jeder, der so einen Turban trägt, ist ein Kaffeekenner«, erwiderte Mustafa mit seiner eigenartigen Altmännerstimme. Der starke Kaffeeduft erfüllte den Raum. Mitten auf dem Fußboden lag der zusammengerollte Teppich.

»Wir haben Kaffee aufgesetzt. Es wird eine arbeitsreiche Nacht. La Voisin schaut später vielleicht herein«, verkündete La Trianon und wischte sich die Hände an ihrer Schürze ab. »Wie nett von Euch, an den freien Platz in unserem Empfangssalon zu denken. Wollt Ihr wirklich nichts für ihn nehmen?«

»Nein. Er ist ganz umsonst, und ich bin froh, ihn los zu sein.«

»Ein alter Liebhaber?«

»Kaum«, versetzte ich.

»Oh, ich verstehe. Ein Verwandter. Er kommt uns sehr gelegen. Wir waren in letzter Zeit etwas knapp. So viele Kunden, und der Scharfrichter erhöht von Tag zu Tag die Preise! Leber ist so rar – schwört Ihr, daß er ein Verbrecher ist? Ich möchte meinen Kunden keine falsche Ware andienen.«

»Durch und durch. Er hat meines Wissens wenigstens zwei Mätressen getötet und erst heute eine alte blinde Frau totgeschlagen.«

»Ei, ausgezeichnet! Das ist fast so gut, als ob er hingerichtet worden wäre. Marie, heiße die beiden Faulenzer den Teppich ausrollen. Sie sehen etwas blaß aus – ein wenig Bewegung wird ihnen die Wangen röten.« Schweigend rollten Gilles und Mustafa den Teppich auf, und Onkels blaugrauer Leichnam rutschte heraus. »Meine Güte!« rief La Trianon. »Messer bis zum Heft!

Wer die geworfen hat, war ein Könner.« Mustafa verneigte sich stumm. Die Mädchen holten eine Schere und ein kleines Messer und begannen, Onkels Kleidung zu entfernen; zuerst schnitten sie die Knöpfe zum späteren Gebrauch ab, dann warfen sie alles übrige ins Feuer. Die Perücke zischte und stank, als sie qualmend neben der falschen Nase verbrannte.

»Wenn Ihr erlaubt, warte ich nebenan«, sagte ich matt. Sylvie warf mir einen vernichtenden Blick zu.

»Oh, wie heikel!« rief La Trianon. »Ich nehme an, Philosophen haben keinen Gusto für richtige Arbeit. Wahrlich, Marquise, wir dachten, Ihr hättet Eure Zimperlichkeit unterdessen überwunden.«

»Oh – es ist mein Arm, seinetwegen fühle ich mich matt. Er hat ihn mir gebrochen, müßt Ihr wissen, als er versuchte, mich zu – zu –«

»Marquise, Euch sollte nicht übel werden. Schließlich hat jeder ein, zwei unnütze Verwandte«, warf La Dodée ein. Sylvie hatte sich eine Schürze umgebunden und schürte rings um die schwelenden Kleider das Feuer.

»Ja, aber ich habe anscheinend so viele«, murmelte ich.

»Schön, jetzt ist er gewiß zu etwas nütze«, erklärte La Trianon. »Genug von diesem und jenem, um unser Geschäft für lange Zeit zu beleben, von der Verschönerung unseres Salons gar nicht zu reden.«

»Meine Liebe«, sagte La Dodée begütigend, indes sie ihren Arm um mich legte, »vielleicht möchtet Ihr Kaffee und wartet doch lieber draußen im Salon. Ihr seht blaß aus.«

»Ach ja, es wäre mir wirklich lieber«, antwortete ich erschöpft.

»Ich trage die Tasse für Madame«, erklärte Gilles, »da sie nur einen gesunden Arm hat.« Mustafa bemächtigte sich meiner Schleppe, als hätte er die ganze Zeit nichts anderes im Sinn gehabt. Im Gehen sah ich aus dem Augenwinkel La Trianon auf einem Schleifstein eine Anzahl Messer wetzen. Ich konnte ihre Stimme hören; sie summte.

Während des langen Schweigens sah ich Gilles auf seinem Platz in der Ecke den schwarzen Salon in Augenschein nehmen. Betrübt beäugte er das Bildnis des Teufels im Alkoven, das zum Teil von dem halb zugezogenen Vorhang verdeckt war. Er schüttelte den Kopf, richtete den Blick zur Decke, dann auf mich, die ich in dem kleinen Lehnstuhl nahe dem Fenster saß. Tasse und

Untertasse, die ich auf meinen zitternden Knien abgestellt hatte, klapperten leise.

»Der Fluß wäre eine sauberere Lösung«, meinte Gilles nachdenklich und blickte auf die Spitzen seiner abgetragenen Schuhe.

»Ich wollte nicht, daß du die Gefahr auf dich nimmst«, entgegnete ich. Der Kaffee bereitete mir Magenschmerzen.

»Diese Arbeit macht ihnen anscheinend Freude«, sagte Gilles nach abermaligem langem Schweigen. Er stand auf und ging leise umher, betrachtete die astrologischen Karten, befingerte den aus einem Katzenschädel gefertigten Kerzenleuchter, entfernte einen kleinen schwarzen Wachstropfen vom Tisch. Mustafas kluge Äuglein glitzerten belustigt.

»Du arbeitest offensichtlich noch nicht lange bei Hexen, Gilles. Ich dagegen – ich habe alle Sorten erlebt. Zwerge haben eine umfassendere Lebenserfahrung als *galériens*. Du kannst nicht leugnen, daß diese Damen einer gewissen Faszination nicht entbehren. Jede Arbeit gelingt besser, wenn sie mit Freude verrichtet wird.«

»Wenn sie fertig sind, werden sie dann die Reste verbrennen?« fragte Gilles, indes seine Finger an den Knöpfen seines Wamses zupften.

»O nein«, antwortete ich. »Sie wünschen sich schon so lange ein Skelett für den Salon. Das ist mir eingefallen, als Onkel uns – äh – solches Ungemach bereitete. Sie werden es dort drüben aufstellen, an dem freien Platz neben dem Vorhang, der vor das Bild gezogen ist.«

»Oh, ich verstehe«, sagte Gilles mit unglücklicher Miene.

»Du mußt zugeben, es ist brillant. Vor aller Augen verborgen. Unsere Gebieterin ist eine außerordentlich kluge Frau. Und für dies alles reinigen sie obendrein noch den Teppich.« Aus Mustafas Stimme klang Bewunderung.

»Ich vermute, das macht die Bildung«, murmelte Gilles.

»Ja, und ein großer Kreis von Bekannten«, sagte Mustafa. »Marquise, Euer Verstand ist ohnegleichen. Ich bin zeit meines Lebens der Eure.«

»Danke, Mustafa. Deine Dienste sind gleichermaßen geschätzt.«

»Madame«, warf Gilles ein, »darf ich es wagen, Euch eine Frage zu stellen?« Ich nickte stumm. »Ihr seid keine von denen – eine Hexe, nein?«

»Nein, Gilles. Ich hoffe, du bist darüber nicht enttäuscht. Ich kann nur wahrsagen. Ich habe noch nie jemanden eingekocht, und ich habe nicht die leiseste Ahnung von Giftmischerei. Ich gelte in ihren Kreisen als Versagerin. Es gebricht mir an Charakter, sagen sie.« Gilles wirkte erleichtert.

Die Glocke an der Eingangstüre schlug an, und gleich darauf stand La Voisin in ihrem Umhang und einem schwarzen Filzhut über der Spitzenhaube vor uns. Sie wirkte geschäftig. Eine Hausfrau beim Einkaufen. Wie um das Trugbild zu vervollständigen, folgte ihr Margot mit einem Korb am Arm. Nur die roten Stiefel, die unter La Voisins grünem Unterkleid hervorlugten, verliehen dem Bild bourgeoiser Tüchtigkeit eine grelle Note.

»So, so, der Geruch des Wohlstands! Und du sitzest hier im Salon und trinkst Kaffee, statt mitzuhelfen. Ah, Philosophen! Immer eine scharfe Zunge, aber eine zarte Haut! Meine Liebe, du solltest feiern, genießen, nicht bloß untätig herumsitzen. Heute hat sich deine Rache erfüllt! Eine Bestattung am anderen Ende der Stadt angekündigt – nein, du kannst mich nicht täuschen – sie hat es endlich benutzt, du kleine Zauberin. Stehe auf, ich möchte dich umarmen, kleine Philosophin, denn du hast dich als würdig erwiesen, eine der Unseren zu sein, trotz deines Milchgesichtes und deiner nutzlosen Hände.« Während ihres höhnischen Redeschwalles hatte ich die Kaffeetasse abgestellt. Jetzt stand ich auf und ließ mich an ihren parfümierten Busen drücken.

»Ah, du gleichst einem Gemälde!« rief sie aus, und sie hielt mich auf Armeslänge von sich, um mich gebührend zu bewundern. Ihr Blick ließ mich fühlen, wie malerisch ich geworden war. Mir fehlt nur noch ein Affe in Seide an einer Kette, dachte ich. »Mein köstlichstes Geschöpf. Und schreibst auch Griechisch! Ein elegantes Flair, darf ich behaupten! Kommt, meine Lieben, alle miteinander, ihr werdet zusehen, wie heute abend ein Skelett aufgestellt wird. Ich habe auf dem Wege hierher den Draht und die Stifte geholt. Nicht alle eignen sich dafür, müßt ihr wissen.«

Der Korb, viel zu groß für ein wenig Draht und ein paar Stifte, enthielt auch Verpflegung für die lange Nacht: Kuchen und Wein, gebratene Kapaune, mit Kastanien gefüllt, und Dampfwürste mit soviel Knoblauch, daß einem die Tränen kamen. Als es dunkelte, befahl La Trianon, die beiden schmiedeeisernen Kronleuchter unter der hohen Decke des Laboratoriums herabzulassen und die Kerzen anzuzünden. Im Lichte von Dutzenden flackernder Kerzen und des gelbroten Scheins des Feuers arbeiteten die Frauen unermüdlich, bis die Gefäße mit Pökelsud gefüllt und versiegelt waren. Als sie mit Einkochen fertig waren, stapelten sie die Gefäße säuberlich auf den Borden, wischten sich die Hände an ihren Schürzen ab und trugen das Festmahl auf. Der Deckel des großen Kessels über dem Feuer schlug klappernd und hüpfend den Takt zu ihren Liedern, indes sie die Flaschen herumreichten. Als sich am Osthimmel das erste Rosa der Morgendämmerung zeigte, hatte ich nicht nur gelernt, wie ein Skelett zusammengebaut wird, sondern auch erfahren, daß La Voisin über einen noch größeren Vorrat an schmutzigen Balladen verfügte als die unanständigsten Seeleute. Als die neue Errungenschaft, noch feucht, in der Nische neben dem Vorhang aufgestellt war und wir uns zum Gehen anschickten, seufzte La Trianon selig und verdrehte die Augen gen Himmel: »Endlich ist mein innigster Wunsch in Erfüllung gegangen, ein Abbild des Todes zur ständigen Erbauung meiner Seele vor mir zu haben.« La Voisin verdrehte die Augen in einer noch übertriebeneren Nachahmung von Frömmigkeit und bekreuzigte sich, worauf die beiden Hexen in schallendes Gelächter ausbrachen.

»Meine Güte«, rief La Dodée, »ich bin überzeugt, er hat niemals besser ausgesehen.«

»Jeder ist so schön, wie er kann«, entgegnete ich, indes ich meinen Umhang und meinen Hut vom Haken an der Wand nahm. An diesem Morgen ging ich zu Bett und schlief den Tag und die folgende Nacht über, und ich hatte nicht einen einzigen Traum.

Kapitel XXVIII

An einem der heißesten Tage im Sommer trat d'Urbec so plötzlich wieder in Erscheinung, wie er verschwunden war. Die Stadt schien von allen verlassen, die Armen ausgenommen. Wer von den Erlauchten mit dem Kriege zu schaffen hatte, war an der Front – die übrigen hatten sich auf ihre Landgüter zurückgezogen. Dieses Mal schickte er ein Billett, bevor er an meiner Türe erschien.

»Guten Tag, Madame de Morville, wie geht das Geschäft der Wahrsagerei?« Der Mann, den Mustafa hereingeführt hatte, war wie ein jansenistischer Geistlicher gekleidet, mit schlichter Perücke und breitem Filzhut, das Habit dunkel, schmucklos und staubig von der Reise.

»Sehr schleppend, Monsieur d'Urbec. La Montespan bekleidet wieder den höchsten Rang, somit haben die Geschäfte bei Hofe betrüblich nachgelassen. Darf ich Euch eine Limonade anbieten – oder ist Euch Wein lieber? Hattet Ihr eine weite Reise?« Ich läutete nach Sylvie, indes wir in meinen besten Lehnstühlen Platz nahmen.

»Ich war außer Landes«, gab er zur Antwort. »Es tut gut, wieder anständig gesprochenes Französisch zu hören.« Mustafa fächelte sich emsig und gab vor, nicht zu lauschen.

»Es wird Euch freuen zu vernehmen, daß niemand von Stand mehr mit Monsieur Brissac spielen will. Er muß sich auf die billigsten Spielhöllen beschränken.«

»Das habe ich gehört, Madame. Ich hörte außerdem, daß er einen Anschlag auf Euer Leben verübt hat.« Sein Blick ruhte auf der schwarzen Schlinge, die meinen Arm hielt.

»Ja, das ist wahr. Mein Arm wurde jedoch bei anderer Gelegenheit verletzt. Aber er ist schon fast wieder geheilt. Ihr braucht Euch keine Sorgen zu machen; am Ende hat sich alles zum Guten gewendet.«

»Möge sich für Euch am Ende immer alles zum Guten wenden«, sagte er und machte im Sitzen eine halbe Verbeugung.

»Aber wie ist es Euch ergangen, Monsieur d'Urbec? Habt Ihr im Ausland viel erreicht?«

»Eine Menge«, erwiderte er leise.

Um das unbehagliche Schweigen, das darauf folgte, zu brechen, plapperte ich drauflos: »Man erzählt sich, Ihr tätigt neuerdings internationale Bankgeschäfte, Monsieur d'Urbec. Ich benötige jemanden, der sich mit ausländischen Banken auskennt. Was könnt Ihr mir über die Londoner Bankiers Cortezia und Benson sagen?«

»Seltsam, daß Ihr die erwähnt. Warum interessiert Ihr Euch für sie?«

»In meiner Familie wurde immer gemutmaßt, daß mein Vater, bevor er starb, heimlich Gelder ins Ausland verbrachte. Meine Vermutung ist, daß es seine Absicht war, sie mir zu vererben.«

»Ah. Habt Ihr das Testament gelesen?«

»Nein. Ich bin durch das Benehmen meiner Familie zu diesem Schluß gekommen. Mein Vater hat klugerweise davon Abstand genommen, es mir vor seinem Tode zu erzählen.« D'Urbec lehnte sich zurück und bedachte mich mit einem berechnenden Blick.

»Und so bewahrte er Euer Erbe vor Euren habgierigen Verwandten. Euer Vater war ein kluger Mann.«

»Aber außerordentlich mißtrauisch. Er rechnete nicht damit, daß meine Großmutter unerwartet plötzlich sterben würde, bevor sie die Überweisung der Gelder veranlassen konnte.«

»Warum erzählt Ihr mir das, Athena?«

»Weil Ihr ein Mann voller Geheimnisse seid, der sich für Rätsel interessiert.«

»Und aus noch anderen Gründen, nehme ich an. Um mich an lange vergangene Tage zu erinnern, um mein verhärtetes Herz zu erweichen. Und weil Ihr immer noch glaubt, was einen Mann interessiere, sei Geld – aber, aber, nicht weinen, sonst zerläuft Euer gräßlicher weißer Puder.« Ich fühlte mich gedemütigt, als er mir sein großes Schnupftuch anbot. Es war, als hätte er damit unser beider Alter wieder ins richtige Licht gerückt. Er ist älter, besagte das Schnupftuch, und du bist noch ein Kind. Ich nahm es trotzdem.

»Alles ist verpfuscht«, sagte ich, indes ich mir die Augen wischte. »Ihr müßt nicht bleiben.«

»Ich mußte auch nicht zurückkommen, nicht wahr?« sagte er sanft. »Aber als ich hörte – da dachte ich –«

»Ach, es war nicht so arg. Bloß dieses ranzige Schlangendestillat, das Dufos für ihn bereitet. Er hatte es in eine Weinflasche gefüllt. Als ich es roch, brachte ich es sogleich zu Madame. Sie probierte es an einem Kater aus, und er fiel auf der Stelle um. Ihr könnt Euch denken, daß sie sehr aufgebracht war. Daraufhin – nun ja, er hatte einen kleinen Unfall in seinem Laboratorium, der ihn daran gemahnte, daß er sie nicht erzürnen dürfe –«

»Und Euer Arm, Athena, wer hat ihn gebrochen?« Seine Stimme war leise, hatte aber einen leicht drohenden Klang.

»Ein – ein Erpresser. Aber er braucht Euch nicht zu kümmern. Er ist verschwunden. O Sylvie, bitte schenke Monsieur d'Urbec noch einmal ein, sein Glas ist leer.« Sylvie, die in Hörweite herumgelungert hatte, verstand den Hinweis und verzog sich mit dem Glas in die Küche.

»Verschwunden in alle Ewigkeit, nehme ich an, da ich weiß, mit welchem Gesinde Ihr verkehrt. Erpresser, Giftmischerinnen – ist Euch je in den Sinn gekommen, daß Ihr die falschen Leute kennt?«

»Ihr redet wie meine Schwester. Sie hat nur mit feinen Leuten verkehrt, und sie haben sie getötet.«

»Ich habe nie gesagt, daß Aristokraten nicht auch Erpresser und Giftmischer sein können. Ich sagte nur, daß Erpresser und Giftmischer ein schlechter Umgang sind.«

»Ihr redet, wie es im Buch jenes Engländers steht. Utopia. Es ist eine Phantasie, Florent. Wir leben in einer verruchten Welt.«

»Das ist wahr, Geneviève. Aber habt Ihr bedacht, daß sie erträglicher sein könnte, wenn wir zusammen wären?« Ich starrte ihn an. Er wirkte verlegen, stand auf, trat ans Fenster und sah hinaus, indes er mit leiser Stimme sprach. »Was glaubt Ihr, weshalb ich zurückgekommen bin? Wegen des Wetters?« Er wandte sich um und sah mich an. Sein Gesicht war dunkel, von der Sonne gebräunt, ungeschoren; die Augen, eingesunken vor Erschöpfung, sprachen von tief verborgener Traurigkeit. »Auf Seereisen hat der Mensch Zeit zum Nachdenken«, fuhr er fort. »Die Luft kühlt das Gehirn, nehme ich an. Es gab eine Zeit, da brannte ich darauf, ein Vermögen zu verdienen, um es Euch zu Füßen zu legen. Dann brannte ich ebensosehr darauf, Euch tot und verdammt zu sehen. Das ist wohl der Makel im Charakter der Südländer – zuviel Hitze. In letzter Zeit habe ich mit den besonnenen Denkern des Nordens verkehrt. Das veranlaßte mich, über mein Leben nachzusinnen. Ich gehe auf das mittlere Alter zu – in zwei

Jahren werde ich dreißig. Ich habe genug vom Spielen. Nun sagt mir, Mademoiselle Pasquier, wollt Ihr mich nehmen, wie ich bin, oder muß ich Euch für immer verlassen?«

Meine gesunde Hand lag geballt auf meinem Schoß und umklammerte sein zu einer durchnäßten Kugel geknülltes Schnupftuch. Ich hörte mein Herz klopfen während des langen Schweigens, als ich ihn dort am Fenster betrachtete. Er sah abgehärmt aus, der Spott und die Tücke waren aus seinen grauen Augen gewichen. Um sie herum zeigten sich die ersten feinen Fältchen des nahenden Alters, vor dem ihm bangte. Plötzlich wünschte ich ihn mir zurück, wie er einst war, der unverschämte, ungeduldige Zyniker, der darauf brannte, die Welt zu verändern. Und ich wollte wieder das Mädchen sein, das nie etwas Schlimmeres gesehen hatte als die ungehörigen Werke, die es heimlich las, und dessen einzige Pläne waren, an jedem Abend mit seinem Vater Herodotos zu lesen. Jetzt hatten wir beide zuviel gesehen und zuviel getan, und ein jeder von uns wußte dies vom anderen, ohne daß darüber ein Wort gewechselt wurde.

»Ja, Florent, ich will Euch nehmen, wie Ihr seid, vorausgesetzt, Ihr könnt mir dasselbe gewähren.«

»Das ist schon immer so gewesen, Geneviève.«

»Ihr – Ihr könnt meine Hand nehmen«, sagte ich mit matter Stimme. Er setzte sich wieder neben mich.

»Sie ist ganz naß«, sagte er zärtlich. »Wir könnten uns statt dessen umarmen.«

»Ihr macht Euch Euren Rock voll Puder«, erwiderte ich.

»Dann ist eine nasse Hand vielleicht besser«, sagte er, und damit stand er auf, kniete sich vor mich hin und nahm meine Hand. »Würdet Ihr eine Heirat in Betracht ziehen, Mademoiselle Pasquier? Ich weiß nicht recht, bei wem ich um Euch anhalten soll – bei Eurem Bruder, dem es von Rechts wegen zusteht, Euch zu vermählen, der Euch jedoch für tot hält, oder bei Eurer Gönnerin, die ein gewisses – moralisches Recht zu haben scheint, sofern man von Hexen sagen kann, daß sie über dergleichen verfügen.«

»Wahrscheinlicher ist, Florent, daß sie es als einen Affront auf ihre Einkünfte betrachten und entsprechend handeln wird.«

»Dann werde ich Euch aus Eurem Kontrakt loskaufen müssen, nicht wahr, kleine Hexe?«

»Ich an Eurer Stelle würde das nicht gerade jetzt versuchen. Die Geschäfte gehen schleppend, und Madame ist gereizt. Außerdem habe ich – ich habe Schwierigkeiten mit dem Gedanken an Heirat. So viele Eheleute vergiften einander –« Er lachte, stand auf und strich über die Knie seines Beinkleides.

»Ihr seid wahrlich ungewöhnlich – die meisten Frauen denken nur an Heirat, koste es, was es wolle. Aber das macht einen Teil Eures Reizes aus: Ihr seid vollkommen exzentrisch. Ihr könntet mich niemals langweilen, Athena. Und wenn Ihr es vorerst so haben wollt, wer bin ich, daß ich dazu nein sagen könnte?« Damit zog er den Fußschemel vor meinen Stuhl, setzte sich darauf und nahm meine Hand. »Im Ernst, meine Liebe, bedenket dies: Meine Eltern finden noch immer großen Gefallen aneinander, trotz allem, was sie durchgemacht haben – das ist durchaus möglich, müßt Ihr wissen.«

Ich betrachtete ihn, wie er da saß, eine drollige Verspottung des althergebrachten Heiratsantrages, und ich wußte, er war der einzige Mann, den ich wollte. Ich mußte unwillkürlich lächeln. »Eure Eltern gefallen mir, Florent. Auch Eure Brüder würden mir gefallen, glaube ich. Ich hoffe, sie alle eines Tages kennenzulernen. Aber ich denke, noch bin ich nicht bereit, in die Fremde zu reisen.«

»Was? Glaubt Ihr, ich würde es wagen, Colbert zu trotzen und sie über die Grenze zu schmuggeln?«

»Das habe ich Euch zugetraut. Immerhin hatte ich einen Vater, der Colbert getrotzt hat. Und wie ich Euch kenne, ist es Euch gelungen, ihren letzten Franc sowie den ganzen Haushalt mitsamt Hund und Katze außer Landes zu bringen.«

»Nein, die Katze mußten wir zurücklassen. Sie war nicht protestantisch. Aber der Hund, der für die reformierte Religion in Frankreich keine Zukunft sah, ging nur zu gerne mit.«

Ich lachte laut heraus. Ich hatte seinen Charakter richtig beurteilt. Er war der Eine und Wahre, und nur er allein. »Colbert und Louvois sind Dummköpfe. Wenn sie die tüchtigen Arbeiter in Frankreich halten wollen, sollte der Staat Anreize zum Bleiben bieten, anstatt die Flucht zu bestrafen.«

»Und schon sprechen wir über Politik, statt uns der Liebe zu erfreuen.« Er seufzte. »Ich hätte wissen müssen, daß es so kommen würde. Mademoiselle, auf welche Stufe des Einvernehmens sollen wir uns einigen, da Euch so wenig an Heirat zu liegen scheint? *Constante amitié, tendre-sur-estime,* oder sollen wir zum *tendre-sur-inclination* vorpreschen?«

»Oh, die *carte de tendre*. – Ihr seid ein boshafter Mensch, Monsieur, mich so zu necken.«

»Euch necken, Mademoiselle? Inwiefern?«

»Nun ja – wißt Ihr –« und hier hielt ich inne, da ich fühlte, wie mein Gesicht heiß wurde, »– ich dachte nicht an eine – eine *platonische* Freundschaft –«

»Ich verstehe nicht, warum Ihr mir zürnt, Madame. Jemand mußte Madame Montvoisin erzählen, daß Ihr Euch wieder mit d'Urbec eingelassen habt, und hätte ich es nicht getan, hätte ich einen Haufen Scherereien bekommen.« Sylvie schüttelte das Plumeau heftig aus und schlug dann auf die Kopfkissen ein, bis kleine Daunen in der Morgenluft schwebten. Ich saß an meinem Schreibpult, den Federkiel in der Hand, und schrieb meine Rechnungen für die wöchentliche Abrechnung mit Madame. Null, null, null. Nichts, gar nichts. Fünfundzwanzig Prozent von nichts ist nichts. Es war eine wonnevolle Woche gewesen, gemächliches Frühstück im Bett, die »Gazette de France« zerknüllt zwischen den zerknautschten Laken und ein aufgeschlagener Band Ovid neben einer heruntergebrannten Kerze auf der Nachtkonsole.

»Höre, was der Dichter *hierzu* sagt«, meinte er kichernd und schlug die »Ars amandi« an der markierten Stelle auf. »Uff! Wie kann ich dir vorlesen, wenn du auf solchen Küssen beharrst? Hier, ich zeige dir etwas Besseres als *das* –« Und aufs neue ward die Dunkelheit von Süße erfüllt.

Wer vermag die Zufriedenheit zu beschreiben, welche Leib und Seele erfaßt, wenn die schreckliche Leere geistiger Einsamkeit und körperlicher Sehnsucht durch einen einzigen, vollkommenen Akt ausgefüllt wird? Mit einem Blick konnten wir tausend geheime Gedanken tauschen. Aus einem Wort wurden hundert ungesagte. Ein Zitat, ein Wortspiel, ein Scherz riefen einen geistigen Widerhall hervor wie Variationen über ein einziges Thema in der Musik. Tag und Nacht wurden gleich; wir waren trunken voneinander, von der Entdeckung unendlicher Reichtümer von Geist und Körper.

»Warum siehst du mich so an?« fragte ich, als er zufrieden in den Kissen lag, die Hände hinter seinem dunklen Haupt, indes die Mittagssonne ein leuchtendes Muster auf seinen breiten Brustkasten und die zerknitterte Bettdecke warf, die allzuwenig von uns verhüllte.

»Weil du so schön bist«, sagte er glücklich. »Dein Antlitz, wie die dunklen Locken darüber fallen, wie deine grauen Augen leuchten, dein Leib, dein Geist, deine Seele –«

Dann fühlte ich abermals die Wärme der Liebe aufwallen, bis sie mein ganzes Sein ausfüllte, bis in die Spitzen meiner Finger und meiner Haare hinein. Ich dachte, mein Herz würde von der Flut zerspringen.

»Als ich dich das erste Mal dort am Fenster des großen Hauses sah, da warst du wie das Licht einer kleinen Kerze, die tapfer in der Düsternis flackerte. Jetzt strahlst du wie die Sonne –«

»Auf ewig dein, Florent, was auch geschieht. Immerdar.« Ich legte meinen Kopf an sein Herz, um es klopfen zu hören, während er mein Haar streichelte. »Auf immer und ewig«, wiederholte ich seufzend.

»Und ich bin dein«, erwiderte er, »komme, was da wolle.«

Was kommen wollte, kam allzubald, wenngleich wir wußten, daß es sein mußte. Er brach wieder zu einer seiner mysteriösen Reisen auf, und ich fragte nicht, wohin er ging oder wer sein Gönner war, obwohl ich meine Mutmaßungen hatte. Was man nicht weiß, kann man schließlich nicht preiszugeben gezwungen werden. Und in der Zwischenzeit war er, dem seit der Brissac-Affäre der Zugang zu den Mancinis versagt war, bei den Feinden der Mancinis um so herzlicher willkommen. Zumal er sich gut kleidete und es sich angelegen sein ließ, große Beträge an die richtigen Leute zu verlieren, um sich an denen schadlos zu halten, die ihre Gunst verwirkt hatten.

»Heute ist der letzte Tag, bevor ich fort muß.« Er sagte es mir erst tags zuvor beim Frühstück, während er ein Brötchen mit Butter bestrich. Belustigung sprach aus seinen dunklen Augen, als er Großmutters Papagei ein Stückchen Kruste reichte. Der Vogel schnappte es und zerbröselte es zu Krümeln, die über seine gefiederte Brust rieselten. »Hübscher Vogel, hübscher Vogel. Kluger d'Urbec. Kluger d'Urbec – Geneviève, lernt dein Vogel nie etwas Neues?«

»Nur wenn es ihm gefällt.«

»Er ist ein stures Wesen – mir selbst nicht unähnlich, nehme ich an. Komm schon, Lorito. Sage ›hübscher Vogel‹. Es wird höchste Zeit, daß du aufhörst, nach Art der Protestanten Höllenfeuer und Verdammnis zu verkünden.«

»Feuer und Schwefel«, plapperte der Vogel und fuhr fort, seine Körner zu knacken.

»Starrköpfiger Vogel. Wirst du mich vermissen, wenn ich fort bin?«

»Hölle und Verdammnis.«

»Das ist auch eine Antwort«, fand ich. Herbst lag in der Luft, wenngleich die Tage noch warm waren.

»Wir wollen etwas besonders Schönes tun, Geneviève. Ich möchte dich heute nachmittag auf dem Cours de la Reine spazierenfahren, und später gehen wir inkognito in die Oper. Sie spielen eine neue Oper von Lully. Die Bühnenmechanik soll ein Wunderwerk sein. Was meinst du, würde dir das gefallen?«

»Oh, göttlich, Florent, und ich habe genau das richtige Kleid dafür. Ich bewahre es seit langer Zeit – alle haben gesagt, das sei dumm von mir, jetzt ist es einfach vollkommen.« Aber als ich Sylvie die Augen zusammenkneifen sah, während sie das rosa Seidenkleid aus seiner Musselinhülle nahm, da wußte ich, daß sie mich binnen eines Tages an die Schattenkönigin verraten würde. Doch es machte mir nichts aus, denn als ich das Kleid anzog, war etwas Merkwürdiges geschehen. Ich stand vor dem Spiegel und bewunderte die gestickten Blumen, die schimmernde rosa- und elfenbeinfarbene Seide, und plötzlich merkte ich, daß ich die Farben richtig sah, nicht durch eine blutrot überzogene Fläche. Ich sah nichts im Spiegel. Nichts als ein Mädchen mit einer hübschen Taille, dunklen Haaren und leuchtenden grauen Augen.

Am nächsten Morgen, als d'Urbec abgereist war und ich die neuen Schnallen aus Similisteinen an Sylvies Schuhen entdeckte, da wußte ich, daß die Tat vollbracht war. Die Hexenmeisterin hatte alles erfahren. Der Tag der Abrechnung. Er kommt immer. Aber ich dachte an Florents Gesicht, als er mich hinter dem Wandschirm hervorkommen sah in dem Kleid, das ich, wie ich nun wußte, für ihn aufbewahrt hatte. Und ich spürte noch seine Küsse auf meinem Hals, indes er murmelte: »– zu jung und liebreizend, um Schwarz zu tragen –« Der Tag der Abrechnung hatte nichts zu bedeuten. Ich konnte mit allem fertig werden.

Ich nahm an diesem Mittwoch nachmittag eine Sänfte zur Rue Beauregard, denn ich hatte meine Mietkutsche während der Wochen, in denen ich mit d'Urbec zusammen war, aufgegeben, um

Geld zu sparen. Madame war in ihrem schwarzen Salon mit der Aufstellung einer neuen Standuhr beschäftigt, die sowohl die Mondphasen als auch die Stunden anzeigte. Als die schwitzenden Träger sie in der Ecke neben dem Porzellanschrank abstellten, sagte sie: »Nein, ich habe es mir anders überlegt. Nicht da drüben. Lieber gegenüber dem Fenster. Hier lenkt sie von meinen *objets d'art* ab.« Die Blendläden waren geschlossen, um Hitze und Staub abzuhalten, und hüllten den Raum in Dämmerlicht. Der Geruch der parfümierten Kerzen, die ständig zu Füßen der Muttergottesstatue brannten, gemahnte mich an Begräbnisse. Madame jedoch war äußerst lebendig; Schweiß rann unter ihrer weißen Spitzenhaube hervor, indes sie sich mit einer Hand fächelte und mit der anderen gestikulierte.

»Oh, da bist du ja endlich, Madame Bleib-im-Bett«, rief sie mir zu. »Du wirst dich gedulden müssen. Ich erwarte Madame Poulaillon.« Ich schlenderte in die Küche, die Rechnungsbücher unter dem Arm, um zu sehen, ob vom gestrigen *jour fixe* noch Naschwerk übrig war.

»Es ist nichts mehr da«, begrüßte mich der alte Montvoisin an der Küchentüre. Krümel rieselten an seinem tabakfleckigen Hemd hinab. Seine alten Kniehosen sahen aus, als hätte er darin geschlafen. Er trug noch seine Pantoffeln, und seinen Kopf zierte ein Handtuch anstelle der glänzenden Roßhaarperücke, die er neuerdings an Werktagen zu tragen pflegte. »Hier, nehmt stattdessen etwas Schnupftabak.« Er griff in seine Tasche und zog eine billige Schnupftabaksdose aus Zinn hervor.

»Nein danke, das kitzelt so in meiner Nase«, erwiderte ich, und er schlurfte in den schwarzen Salon. Als die Haustüre geöffnet wurde, hörte ich ihn sagen: »Ah, guten Tag, Madame Poulaillon. Und wie geht es dem werten Herrn Gemahl? Ganz wiederhergestellt?«

»Antoine, entfernt Euch«, hörte ich Madame zischen, »Ihr stört meine Geschäfte.« Die Flügeltüre fiel hinter ihm zu, worauf er sich in Madames Lieblingslehnstuhl zurückzog und seine Füße auf ihren Schemel stellte.

»Marquise«, sagte er, hielt dann inne, um eine Prise zu nehmen und in ein schmutziges Schnupftuch zu niesen, »hat meine Tochter schon nach Euch geschickt? Ich sagte zu ihr: ›Marie-Marguerite, wende dich an die Marquise. Sie hat Geld zur Verfügung und ist verschwiegen.‹« Ich hatte ihm gegenüber auf dem kleineren Lehnstuhl Platz genommen. Nun sah ich ihn verwundert an und entfaltete meinen Fächer.

»Ich war beschäftigt«, sagte ich. »Ich habe nichts gehört.«

»Dann geht zu La Lepères neuer Wohnstatt, und nehmt Sylvie nicht mit. Sie wollte nach Euch schicken, dessen bin ich sicher.« Mit seinen blaßblauen Augen blickte er sich um, als sei die Welt viel zu kompliziert für ihn. Und als ließe sich damit alles lösen, nahm er noch eine Prise. »Fort von mir, dumme Katze«, sagte er, als der graue Kater von der Stuhllehne auf seinen Schoß sprang. Der Kater sah ihn kurz aus zusammengekniffenen Augen an und biß ihn in den Daumen, ehe es ihm gelang, das Tier mit fahrigen Gesten zu vertreiben. »Die Katzen hasse ich auch. Ich hasse alles hier«, sagte er, dann versank er in düsteres Schweigen, indes ich versuchte, aus alledem klug zu werden.

Ein Flügel der Salontüre ging plötzlich auf; Madame Poulaillon mußte mit ihrem wöchentlichen Quantum Arsenik schon gegangen sein. Aber Madame legte nicht die zufriedene Miene an den Tag wie sonst nach solchen Geschäften. Sie wirkte gereizt, als ich mich erhob, und sie nahm den Lehnstuhl, den der alte Montvoisin unter verärgertem Schnauben sogleich frei gemacht hatte. Sie klopfte mit den Fingern auf die Armlehne und forderte mich nicht zum Sitzen auf. Mein Anblick schien sie noch mehr zu erzürnen. Vorsicht, Geneviève, sagte ich mir.

»So, nun zu dir, du zweite kleine Undankbare. Ich vermute, du weißt, wo Marie-Marguerite ist – alle wissen es, nur ihre eigene Mutter nicht!«

»Marie-Marguerite? Was ist geschehen? Ich habe nichts gehört.«

»Ha, das kann ich mir denken. Warst zu sehr damit beschäftigt, dich mit dem aus der Gosse aufgelesenen *galérien* zu vergnügen und auf meine Kosten Wein und Austern zu schlürfen. Ich mache dich zur Marquise, und du wirfst dich weg an einen gebrandmarkten Verbrecher.« Ich war auf die Flut von Beleidigungen gefaßt. Madame liebte es ebensosehr, das Herz zu vergiften, wie sie es liebte, den Leib zu vergiften. Und d'Urbec machte ihr angst.

»Er ist nicht gebrandmarkt«, erwiderte ich.

»Was nicht ist, kann noch werden«, sagte sie verächtlich. »Brissac wird ihm vermutlich die Nase verunstalten, noch ehe der Monat vergangen ist.« Ich wechselte das Thema in der Hoffnung, ihren Zorn in eine andere Richtung zu lenken.

»Muß Marie-Marguerites Baby nicht bald kommen? Ich dachte, sie würde so kurz vor ihrer Zeit zu Hause sein.«

»Dieses Flittchen! Diese undankbare Göre! Ich habe Romani zehntausend Francs geboten, um sie zu einer ehrbaren Frau zu machen, und sie hat ihn verschmäht.« Mit hoher Stimme imitierte sie das Jammern einer Heranwachsenden. »›*Ich* werde keinen heiraten, der seinen Unterhalt mit Giftmischerei verdient, Mutter.‹ ›Ach, junge Dame, und woher kommt das Essen, das du dir zwischen die Zähne schiebst, äh? Zumal jetzt, wo du nur auf der faulen Haut liegst! Romani ist ein Genie, ein Mann mit tausend Masken.‹ ›Es kümmert mich nicht, ob er ein Genie ist; ich will einen braven Mann.‹ Brav, pah! Ein Konditor! Und nicht einmal mit einem eigenen Geschäft! Ein Konditor*geselle*! Ich lasse nicht zu, daß meine Tochter so einen heiratet! Und nun ist sie auf und davon und hält sich versteckt; wo sich allerdings ein Mädchen, fett wie eine Sau und langsam wie eine Schnecke, in *dieser* Stadt verstecken könnte, das geht über meinen Verstand! Ich sage dir, ich werde sie finden, und wenn ich jedes Haus in der Stadt durchsuchen lasse!«

Dazu war La Voisin durchaus imstande. Sie hatte überall Leute, die ihr zu Diensten waren, Frauen, die ihr eine Stellung als Zofe, als Köchin, als Verkäuferin, Weberei- oder Stickereilehrling verdankten. Und sie hatte ihre Bücher voller Geheimnisse. »Oh, mein liebes kleines Mädchen ist verschwunden! Könnt Ihr das Herz einer armen Mutter heilen?« Tränen, etwas Geld, die Andeutung einer Denunziation. Wer würde einer bekümmerten Mutter nicht beistehen und sich an der Suche beteiligen?

»Oh, das ist schlimm«, pflichtete ich ihr bei. »Sie sollte wirklich auf Leute hören, die es gut mit ihr meinen.« Die Schattenkönigin funkelte mich mißtrauisch an.

»Ich hoffe sehr, du meinst das nicht sarkastisch, Mademoiselle. Wann hast *du* je auf mich gehört? Und ich vermute, nach deinen jüngsten Ausschweifungen hast du nicht einen Sou für mich.«

Hier aber spielte ich meine Trumpfkarte aus. »In den letzten beiden Wochen war nichts, aber ich bin eingeladen, vor dem König zu erscheinen, wenn er nächste Woche nach St. Germain-en-Laye zurückkehrt. Man sagt, er liebt Neuheiten, und meine Reputation ist endlich bis zu ihm gedrungen.« La Voisin holte tief Atem.

»Buckingham«, flüsterte sie.

»Er oder Primi.«

»Nein, nicht Visconti. Er ist dein Rivale. Er würde dich nicht an so erlauchter Stelle empfehlen. Ah! So erlaucht! Ich habe es gewußt! Deine Redeweise! Deine Manieren! Es gibt keinen Ersatz für das Echte, habe ich immer gesagt. Und wer hat dich ausgestattet, daß du so hoch fliegen kannst?«

»Ihr, Madame, und ich bin Euch dankbar. Ich beabsichtige, das Beste aus der Gelegenheit zu machen.«

»Ah! Da spricht mein Mädchen, mein liebes Mädchen! Echter als meine eigene Tochter – oder besser Stieftochter. Gehe sorgfältig zu Werke, meine Liebe, und du wirst womöglich noch Visconti an seiner Seite ersetzen.« Was dies betraf, hatte ich meine Zweifel. Der König wollte sich nicht von einer Frau wahrsagen lassen. Er nahm nie einen Rat von Frauen an, das sagte zumindest Madame de Montespan, die es wissen mußte. Sie brachte einen Vorschlag behutsam auf den Weg, in einen Scherz verkleidet, oder sie mußte brav um einen Gefallen bitten, wie ein unbekümmertes Kind um Naschwerk bettelt. Und das, obwohl sie eine gewitzte Frau war. Natürlich half es, ihn mit Aphrodisiaka zu betäuben, aber dieser Weg stand mir nicht offen. Nein – doch sollte ich ihn amüsieren, würde man mich vielleicht wieder holen, wenn der Hof sich langweilte. Denn der König, umgeben von Protokollen und unterwürfigen Höflingen, litt schwer unter Langeweile. Auch deswegen hatte er Primi mit seinem blendenden, boshaften Witz und seiner Unverschämtheit gern an seiner Seite. An einem modernen Hof war der Hofnarr der alten Art aus der Mode geraten.

Aber die Schattenkönigin war überschwenglich. Eine Flasche erlesenen Weines mußte aus ihrem Keller geholt werden, und sogar der alte Antoine und ihr ältester Sohn bekamen ein Glas angeboten.

»O ja, und das Marzipan. Ich weiß, welche Vorliebe du dafür hegst, kleine Marquise!« Und mit einem listigen Seitenblick schloß sie den Geheimschrank auf, wo sie es versteckt hielt. Und sie weidete sich daran, daß ich nach beinahe fünf Jahren noch immer nicht herausgefunden hatte, woher sie es bekam. Das beste von Paris. Ich konnte Opium bekommen, ich konnte Arsenik bekommen, ich konnte Herzen von Schweinen und Zehennägel von Kröten bekommen, aber dieses Marzipan, das konnte ich nicht bekommen. Sie amüsierte sich jedesmal, wenn sie es holte. Eine Leckerei für das Kindchen. Höchst ärgerlich. Aber so köstlich, klebrig süß und schwer, mit dem Aroma von Mandeln und einer Spur von etwas anderem, Geheimnisvollem. Und die kleinen Formen, so geschickt gefärbt. Ich konnte nicht widerstehen.

Ich war beschwipst, als der zweitälteste Sohn der Montvoisins von der Ecke, an der die Sänften zu mieten waren, mit einem besonders heruntergekommenen Exemplar und zwei ebenso heruntergekommenen Trägern zurückkehrte.

»Ich sagte ihnen, Ihr seid leicht und gebt ein gutes Trinkgeld, sonst wären sie vielleicht nicht mitgekommen«, verkündete er, und ich verstand den Hinweis und gab auch ihm ein gutes Trinkgeld.

Einen Häuserblock von La Voisins Villa entfernt, beugte ich mich aus dem unverglasten Fenster der Sänfte und rief den Trägern zu: »Ich habe es mir anders überlegt. Zur Hauptstraße des Faubourg St. Antoine bitte.« Doch anstatt die Richtung zu wechseln, setzten die Träger die Sänfte ab.

»Unmöglich, Madame«, sagte derjenige, der vorne ging. »Das ist heute lebensgefährlich für uns.«

»Warum, um alles in der Welt?«

»Den ganzen Tag herrscht Aufruhr in der Gegend«, sagte der Träger, der hinten ging. »Die armen Frauen des Viertels fallen über alle Fremden her, prügeln sie halb tot und kreischen: ›Hexe, Hexe, geh zurück zu Satan!‹«

»Es geht schlimm zu, das ist sicher«, erklärte der erste Mann. »Sie haben geschworen, jeden auf der Straße, den sie nicht kennen, als Kindsdieb zu töten. Die Polizei ist zu Pferde angerückt, aber sie haben die Gassen verbarrikadiert.«

»Kindsdiebe?« fragte ich.

»O ja. Das sind die Zauberer und Hexen, sagen sie. Die bezahlen zwei Écus für ein getauftes Kind. Das ist eine Menge Geld, und die Zeiten sind schwer. Darum gibt es Leute, die arme Kinder stehlen, um sie zu verkaufen.«

Der zweite Träger, ein abstoßender Mann, pockennarbig und zahnlos, flüsterte verschwörerisch: »Die brauchen sie für die schwarze Messe. Schlitzen ihnen die Kehle auf, jawohl.«

»Aber das ist entsetzlich«, pflichtete ich ihnen bei. »Ich kann den Aufrührern keinen Vorwurf machen. Hört, ich zahle euch das Doppelte, wenn ihr mich bis an die Grenze des Aufruhrs bringt, dann kann ich den Rest des Weges zu Fuß zurücklegen.« Die Träger, die die Tragestangen der Sänfte losgelassen hatten, hoben zu einem lautstarken Streit an, indes ich verlegen dort saß und Passanten zu uns hinstarrten. Schließlich einigten sie sich und setzten mich an der Barrikade ab. Ich sah berittene Bogenschützen zwischen kreischende Frauen preschen, die aus den Gassen strömten. Immer aufs neue trieben die Männer ihre schäumenden Pferde in die Schwärme von Frauen, die sich laut fluchend zurückzogen und ihre Verwundeten mit sich schleppten. Am Ende trabten die Polizisten die Hauptstraße auf und ab, inmitten des Gerümpels, das ein Aufruhr jedesmal hinterläßt: Holz und Trümmer von den errichteten Barrikaden, Steine, Holzschuhe und hie und da eine zerknitterte Schürze oder ein altes Kopftuch, die in dem Tumult verlorengegangen waren. Und der Staub war mit Rot durchsetzt. Darauf wollte ich meinen Fuß nicht setzen.

»Ich glaube, ihr könnt mich gefahrlos hier zurücklassen«, sagte ich zu den Trägern, als ein Hauptmann heranritt, um meine Sänfte zu geleiten. Ich grüßte ihn mit der Gemessenheit, die einer alten Witwe ansteht.

»Ich bedauere außerordentlich, Madame. Ihr müßt verstehen, die Armen sind abergläubisch. Das bringt Scherereien mit sich.« La Reynies Polizisten waren stets höflich zu Edelleuten. Anders als in den alten Zeiten, da auf den Straßen Unordnung herrschte und man die Bogenschützen bestechen mußte, um einen Dieb zu fangen, und die, wenn er sie reichlicher bestach, ihn laufenließen.

La Lepère war in der Welt aufgestiegen, in übertragenem wie in wörtlichem Sinne. Sie bewohnte zwei Zimmer im vierten Stockwerk eines schmalen, schäbigen Hauses, das in der ersten Etage eine Bändermacherei beherbergte. Auf dem kleinen Balkon oben an der Außentreppe sah ich, daß sie ihre Türe bereits geöffnet hielt, nachdem sie meinen mühsamen Aufstieg auf den vielen baufälligen Treppenabsätzen gehört hatte.

»Antoine Montvoisin schickt mich.«

»Ich weiß«, erwiderte sie. »Marie-Marguerite ist hier. Das Kind kam diese Nacht heil und gesund zur Welt. Kommt herein.«

»Ich muß schon sagen«, bemerkte ich keuchend, »dies ist eine mühsame Adresse für eine Hebamme; die Treppe ist für eine Schwangere nicht leicht zu erklimmen und für eine junge Mutter nicht leicht hinabzusteigen.«

»Oh, meistens schicken sie nach mir, wenn sie es lebend wollen. Die anderen – die finden es nicht so mühsam. Sind sie allerdings sehr fürnehm, bieten wir ihnen in der Rue Beauregard mehr Luxus.«

Wir traten in das verdunkelte Zimmer, in dem Marie-Marguerite, deren Locken feucht am Kopfe klebten, ihren Säugling an der Brust hielt. »Schaut her«, sagte La Lepère, »sieht sie nicht gut aus? Es ist ein gesunder Knabe. Die Lebendigen geben einem mehr Befriedigung, obzwar ich heutzutage mehr mit den anderen zu schaffen habe. Oh, was für eine Welt! Ich muß es in meinem Leben mit zehntausend zu tun gehabt haben!« Zehntausend? Selbst in ihrem Leben – sie mußte an die achtzig Jahre alt sein – dünkte mich das eine erkleckliche Menge Abtreibungen. Geschwind multiplizierte ich diese Zahl mit der Anzahl von »Gewerbe treibenden« Frauen, von denen ich wußte, daß sie mit La Voisin in Kontakt standen. Kein Wunder, daß der Schornstein in ihrem Gartenpavillon ohne Unterlaß rauchte.

»Madame de Morville, Madame«, rief Marie-Marguerite durch das Zimmer, »ich muß Geld borgen. Ich brauche einen Plan. Ihr seid klug, Ihr müßt Euch etwas einfallen lassen. Ich möchte mein Kind heimlich in Pflege geben, wo Mutter es nicht finden kann. Ihr seid die einzige, die gewitzt genug ist, sie zu täuschen. Helft mir.«

»Marie-Marguerite«, sagte ich, indes ich mich zu ihr auf das Bett setzte, »deine Mutter wird dir nicht ewig zürnen, weil du Romani nicht geehelicht hast. Früher oder später wird sie einen neuen Plan aushecken und befinden, daß sich auf diese Weise alles zum besten gewendet hat.«

»Das eben ist es, was ich fürchte. Sie denkt an das Geld, und schon verliere ich mein Kind. Sie ist zu allem fähig, wenn die Habgier sie packt oder ein bedeutender Klient eine Messe wünscht. Es ist nicht ratsam, ein Neugeborenes im Hause meiner Mutter zu lassen.«

»Aber doch gewiß nicht – ihr eigenes Enkelkind?« fragte ich leise.

»Warum nicht? Der gräßliche alte Guibourg nimmt seine eigenen Kinder, die ihm seine Mätresse gebar, wenn sie knapp werden. Und jetzt sind sie knapp. Wenn der Hof zurückkehrt, blüht das Geschäft auf. Ihr habt keine schwarze Messe erlebt, Marquise, aber ich. Mehrere. Madame de Montespan, sie ließ etliche lesen, und ich half, den Raum für die Teilnehmenden herzurichten. Und sie ist nicht die einzige. Mutter tätigt eine Menge Geschäfte. Ich lasse nicht zu, daß man meinem süßen Kleinen die Kehle durchschneidet, bloß weil eine fette alte Hure ihren Liebhaber behalten will.«

Sie sah auf ihre Brust hinab, um das winzige rosige Geschöpf zu bewundern, und ich konnte nicht umhin, es ebenfalls zu tun. Das Kind des Konditors. Mit geschlossenen Augen trank es sich satt und wußte nichts von den Stürmen ringsum. Ein kleines Büschel hellbrauner Haare bedeckte die pochende weiche Stelle auf seinem Köpfchen. Eine winzige geballte Faust schob sich unter der Decke hervor, die es umhüllte. Vielleicht würde der Kleine eines Tages braune Ringellocken haben wie seine Mutter. Und wenn ihm das Glück beschieden sein sollte, am Leben zu bleiben, würde er nie erfahren, was sie gewagt hatte, wie sehr sie ihn geliebt hatte. Daß sie ihn aufgegeben hatte, um sein Leben zu retten. Ich überlegte, und ich hatte eine Erscheinung wie im Traum. Ein Meer von wilden Blumen auf den Feldern, und der Wind blies weiße Wolken über den Himmel.

»Ich kannte einst ein gutes Heim in Fontenay-aux-Roses, aber die Frau lebt vielleicht nicht mehr. Schicke ihn nicht mit einer Fuhre hin. Denn viele überleben die Fahrt nicht. Ich werde eine Kutsche für dich mieten und dir die Gebühr für ein Jahr geben. Kindspflegerinnen legen Wert darauf, im voraus bezahlt zu werden. Und wenn du glaubst, daß deine Mutter dich beobachtet, will ich ihn persönlich besuchen, um zu sehen, wie er gedeiht, und dir darüber berichten.« La Lepère sah mich mit ihren rotgeränderten Augen an. Verschwörerinnen.

»Ich wußte, daß Ihr mir helfen würdet. Ich weiß nicht, warum, mich dünkte einfach, Ihr würdet es tun«, sagte Marie-Marguerite. »Möchtet Ihr ihn einmal halten?« Ich kam mir unbeholfen vor, aber es wäre unhöflich gewesen, abzulehnen. Ich fürchtete, ich könnte ihn verletzen und wäre blamiert.

»O seht, so«, sagte sie. »Ihr müßt den Kopf halten, damit er nicht wackelt.« Behutsam schob ich meinen Arm unter das Köpfchen und betete, daß das Kind mein gutes Kleid nicht naß machte.

»Er ist sehr niedlich«, sagte ich verlegen. Ich fühlte mich zu knochig, zu unansehnlich, um einen Säugling zu halten. Dennoch wünschte ich, er wäre meiner.

»O ja, er ist entzückend«, erwiderte sie und nahm ihn zurück. »Ich habe ihn Jean-Baptiste genannt, nach seinem Vater.« Sie strahlte vor lauter Liebe zu ihm. Ich wünschte, ich könnte sie zeichnen, wie sie so im Bette saß. Wie würde ich die Zeichnung nennen? »Kleine Madonna von den Giften«, denke ich.

»Deine Mutter hat alles bekommen, was ich heute bei mir hatte. Ich muß morgen meinen Bankier aufsuchen – danach schicke ich eine Kutsche hierher; wir treffen uns vor St. Nicolas des Champs, dort händige ich dir das Geld aus. Ich gebe dem Kutscher eine Nachricht mit, um welche Stunde.«

»Oh, nicht dort. Mutter pflegt sich dort mit Frauen zu treffen, die nicht gesehen werden wollen, wenn sie zu ihr ins Haus kommen, um ihr Quantum Arsenik abzuholen. Treffen wir uns lieber vor Notre-Dame. Mutter setzt niemals einen Fuß dorthin.«

»Abgemacht«, stimmte ich zu. Und als Sylvie spitze Bemerkungen über meine Verspätung machte, erklärte ich, daß Madame, statt mich zu schelten, aufgrund meiner Einladung, vor dem König zu erscheinen, eine Feier anberaumt hatte. Und diese habe mich beträchtlich aufgehalten.

»Vor dem König?« staunte Sylvie. »Ei, das habe ich ja gar nicht gewußt! Ihr seid gerissen, meine Güte!«

»Wahrsagerinnen müssen ein paar Geheimnisse haben«, erwiderte ich, als ich meine Rechnungsbücher weglegte und meinen Hut auf das Bett warf.

Kapitel XXIX

Ende September setzten die herbstlichen Regengüsse ein, die Gossen flossen über von schmutzigem Wasser, Kälte und Feuchtigkeit drangen in jeden Winkel des Hauses. Ich bekam eine Erkältung, ging in ein dickes Umschlagtuch gehüllt zu meinen Lesungen und fühlte mich genauso alt, wie ich zu sein vorgab. Das einzig Erfreuliche in der trüben Zeit war ein Brief von Florent, mit vielen Siegeln versehen und lädiert von der weiten Reise aus der Fremde, worin er seine baldige Rückkehr ankündigte. Von da an spähte ich aus dem Fenster des Schlafgemachs hinunter auf die Kutschen und Passanten und hielt Ausschau nach seinem dunklen Hut und Umhang, seinem entschlossenen Gang; ich glaubte ihn in Hauseingängen oder in der Menge auszumachen, zu Pferde oder inkognito in einer vorüberfahrenden Kutsche.

Eines Nachmittags, als ein scharfer Wind die Tropfen eines leichten Regens wie eisige Nadeln vor sich hertrieb, erblickte ich draußen eine dick vermummte Gestalt, die vor der Türe aus einer kleinen Droschke stieg. Florent! Gott sei Dank hatte ich heute keine Klientel empfangen. Ich wollte für ihn nicht wie ein Leichnam aussehen. Ich trug ein schlichtes blaues Wollkleid mit spitzenverbrämtem Kragen und ein rosa Satinband im Haar. Ich spürte, wie ich errötete, als ich meine Locken hinter das Band schob und meinen Rock glattstrich. Ich eilte die Treppe hinunter. Er stand mit dem Rücken zu mir vor dem Feuer, seine dunkle Perücke glänzte vom Regen, er war noch in Hut und Umhang.

»Madame«, sagte Mustafa rasch, als wolle er mich hindern zu sprechen, »Hauptmann Landart von den Musketieren ersucht Euch um eine Unterredung.« Währenddessen wandte der Mann sich um. Ein Fremder, dessen goldbetreßter Militärrock unter seinem halb offenen Umhang zu sehen war. Sein Lächeln, als er meine Verwirrung, die Röte auf meinen Wangen gewahrte, war durchtrieben, raubtierhaft. Mit einem Mal erkannte ich ihn. Der Mann der Verkleidungen. Nicht Hauptmann Landart von den Musketieren, sondern Hauptmann Desgrez von der Polizei.

»Oh, ich bitte um Verzeihung, Hauptmann Landart, ich habe heute nachmittag keine Kundschaft erwartet, sonst hätte ich mich angemessener gekleidet, um einen Mann Eures Ranges zu empfangen.«

»Das will ich meinen, obwohl ich sagen muß, Ihr schaut überaus reizend aus, so wie Ihr seid, Madame de Morville.« Er hat alles gesehen. Gott helfe mir. Die Dienstmagd, die alte Dame – er wußte, sie waren ein und dieselbe. Einen Augenblick gedachte ich zu fliehen. Einen kleinen Moment, Monsieur, wollte ich saggen – dann zur Hintertüre hinauslaufen und die Postkutsche nach Calais nehmen. Buckingham würde mir Unterschlupf gewähren. Er hatte es bei Madame gesagt. Dann aber lächelte ich, als sei nichts Beunruhigendes geschehen, und erwiderte: »Ihr schmeichelt mir, Hauptmann. Ihr versteht Euch darauf, die Damen zu bezaubern. Doch nun sagt mir, was kann ich für Euch tun?«

»Ich möchte um einen Waffenbalsam ersuchen, Madame, mit wunderbaren Eigenschaften. Mehrere angesehene Wundärzte, mit denen ich sprach, schwören darauf.«

»Es gibt eine Anzahl verschiedener Rezepturen, welche von mir bekannten Personen hergestellt werden. Ich selbst bin in das Geheimnis nicht eingeweiht. Ich könnte Euch zwei Präparate verschaffen, doch in beiden Fällen wäre es ratsam, Ihr würdet Euch unmittelbar an die Quelle wenden: Die Anweisungen zur Behandlung der Wunde variieren je nach der Rezeptur, welche zur Salbung der Waffe angewendet wurde. Erlaubt mir, Euch die Anschrift von Monsieur Jordain, dem Apotheker, zu geben.« Monsieur Jordain, der mit so vielen von La Trianons fragwürdigen Erzeugnissen handelte, würde die Bestellung in ihrem kleinen Laboratorium aufgeben, wenn er die Kröten lieferte.

»Ihr selbst verkauft demnach keine Präparate, Madame de Morville?«

»Mein lieber Hauptmann, wenn mein verstorbener Gemahl, der Marquis de Morville seligen Angedenkens, wüßte, daß ich seinen Namen mit Geschäften besudelt habe, er würde in seinem Grabe keine Ruhe finden. Ich benutze mein Talent, um Damen aus guter Familie zu beraten, was die Zukunft für sie bereithält. Ich Ärmste«, klagte ich, »was einst eine harmlose Zerstreuung meiner Jugend war, ist jetzt der traurige Unterhalt meines Alters. Und doch kann ich Euch versichern, da Ihr Euch so abschätzend umschaut, durch die Güte ebendieser Damen ist es mir möglich, mir die einfachen Annehmlichkeiten zu vergönnen, um nicht unter meinen Stand zu sinken.« Blitzesschnell wandte sein

Kopf sich mir wieder zu – er hatte gedacht, ich hätte nicht bemerkt, wie er meine Gemälde, die Möbel, das Silber auf dem Buffet mit dem Auge eines routinierten Schätzers begutachtete.

»Dies alles – kommt einzig von der Wahrsagerei?« fragte er.

»Hauptmann Landart, Ihr seid offensichtlich lange Zeit an der Front gewesen, sonst wüßtet Ihr, daß die Wahrsagerei in Paris mit jedem Tag mehr in Mode kommt. Man ruft mich, um verlorene Gegenstände aufzufinden, Verstecke von Liebhabern aufzuspüren, über Verlöbnisse zu beraten und für tausend andere Dinge. Ich wäre eine Törin, würde ich meine Zeit auf weniger einträgliche oder auf riskantere Dinge verschwenden.« Er trat näher, als wollte er mir eine Frage stellen, doch da klopfte es abermals an der Türe.

»Ich bitte vielmals um Vergebung – meine Besuchszeit scheint ausgefüllter, als ich dachte. Wünscht Ihr, daß ich das Glas für Euch befrage, Hauptmann?« Mustafa führte einen Lakaien in anonymer grauer Livree herein.

»Madame de Morville«, verkündete der Lakai, »mein Gebieter schickt Euch dieses Schmuckstück mit seinen tiefst empfundenen Entschuldigungen und seiner glühendsten Hoffnung auf Erneuerung jener zärtlichen Gefühle, die Euch einst mit ihm verbanden.« Bevor ich antworten konnte, daß ich nicht einmal einen Gruß des Duc de Brissac entgegennähme, hatte er schon eine mit erlesenen Einlegarbeiten versehene Rosenholzschatulle aus einem Stück gewachster Seide ausgewickelt, auf mein Kaminsims gestellt und sich eilends entfernt. Mir fiel auf, daß er die Schatulle nicht mit bloßen Händen berührt hatte.

»Nicht schon wieder«, murmelte ich vor mich hin. »Der Mann muß mich für eine Idiotin halten.«

»Ihr habt gesprochen, Madame?«

Ich ließ von der Betrachtung der Schatulle ab und wandte mich Desgrez zu. »Nur laut gedacht, Hauptmann – äh, Landart. Sagt, wünscht Ihr, daß ich Euch im Glase wahrsage?« Ich wußte, meine Frage könnte ihn möglicherweise vertreiben. Die meisten Männer leiden es nicht, wenn man ihnen wahrsagt; sie halten es für weibischen Aberglauben der schlimmsten Art. Physiognomie, Graphologie und Waffenbalsam gelten jedoch als »Wissenschaft«, sind entsprechend männlich und haben nicht das geringste mit Aberglauben zu tun. Desgrez war offensichtlich ein Mann der Wissenschaft. Er wurde rot im Gesicht und fuhr sich mit dem Finger unter den Kragen, als müsse er vor Ärger erstikken. Ah, wäret Ihr wahrhaftig ein Wissenschaftler, Desgrez, Ihr würdet Euch wahrsagen lassen, genau wie Ihr mit Madame de Brinvilliers das Bett geteilt habt.

»Nicht jetzt. Die Anschrift genügt mir. Wünscht Ihr eine Vergütung?« Nein, er schwebte zwischen Aberglauben und Wissenschaft. Er möchte, daß ich ihm wahrsage, und wagt nicht zu fragen. Er will mich auf die Probe stellen, will beweisen, daß ich eine Schwindlerin bin. Aber was, wenn ich keine bin?

»Eine Vergütung verlange ich nur für Wahrsagen, Monsieur.« Beiläufig, wie um seine Gefühle zu verbergen, schlenderte er zum Kaminsims und befingerte die Schatulle; er schien im Begriff, sie zu öffnen.

»Um Gottes willen, nicht berühren!«

Der furchtsame Klang meiner Stimme veranlaßte ihn, sich umzudrehen und, als müsse er sich verteidigen, zu sagen: »Madame, es ist ein erlesenes Präsent. Vergebt mir meine Neugierde. Das Schmuckstück darin muß fabelhaft sein.«

»Fabelhaft fürwahr, Hauptmann. Wie so viele Geschenke der Erlauchten.« Er starrte mir ins Gesicht. Was er über mich entschieden hatte, erschien mit einem Mal zweifelhaft. »Laßt uns beide unsere Neugierde auf Brissacs Kostbarkeit stillen«, sagte ich. Ich ging zu meinem Tisch und entnahm einem Schubfach meine Handschuhe und einen Rührstab – den aus Stahl. Ich zog die Handschuhe an, nahm die Schatulle vorsichtig vom Kaminsims, drehte sie so, daß der Verschluß von mir abgewandt war. Dann stellte ich sie auf die Steine des Kamins und ließ mit der Spitze des Rührstabes den Verschluß aufschnappen.

»Merkwürdige Vorsichtsmaßnahmen, Marquise. Zumal bei der Handhabung eines Geschenkes eines Mannes von so hohem Stande – Brissac, sagtet Ihr?«

»Habt Ihr die kleine Stahlspitze unter dem Verschluß gesehen? Tretet zurück.« Als ich mit dem Rührstab den Deckel hob, war ein Klicken zu vernehmen, und schwirrend flog ein kleiner Pfeil, beinahe so fein wie eine Nadel, in die Steine des Kamins. Ich hielt Desgrez zurück, als er nach der Schatulle greifen wollte. »Faßt sie nicht ohne Handschuhe an. Ihr wißt nicht, ob die Schatulle nicht ebenso vergiftet ist wie der Pfeil.« Er zog ein Paar lederne Handschuhe aus seiner Tasche, streifte sie über, dann nahm er Pfeil und Schatulle an sich.

»Raffiniert«, sagte er. »Das Prinzip einer Armbrust, verkleinert. Sagt mir, Marquise, seid Ihr zuvor schon mit ähnlichen Gaben bedacht worden? Was hat Euren Argwohn geweckt?«

»Da ich die Quelle kannte, mußte es ein Mechanismus oder eine lebende Schlange sein. Ich bin froh, daß es keine Schlange war. Ich ekle mich vor Schlangen.«

»Gestattet Ihr, daß ich die Schatulle mitnehme?« fragte er beiläufig.

»Sie schießt gewiß nicht über eine genügend große Entfernung, um an der Front von Nutzen zu sein, Hauptmann Landart.«

»Madame de Morville, laßt uns mit der Verstellung aufhören. Ihr kennt mich so gut, wie ich Euch kenne. Im Namen des Königs ersuche ich Euch, mir die Schatulle zu überlassen. Ich wünsche außerdem, daß Ihr mir Eure Verbindung zu der verstorbenen Mätresse des Duc de Vivonne kundtut und mir sagt, warum Ihr sie in Verkleidung am Sterbebett aufgesucht habt.«

»Ach, es muß wohl sein«, sagte ich seufzend und ließ mich auf meinem Lehnstuhl zusammensinken, als hätte man mich verwundet. Doch mein Verstand stürmte drauflos wie ein Rennpferd. Als erstes mußte ich Zeit gewinnen, um meine Taktik zu planen: »Mustafa, hole Hauptmann Desgrez etwas, um die Schatulle einzuwickeln. Ich möchte nicht schuld sein, wenn er Ausschlag bekommt.« Als Mustafa gegangen war, sagte ich zu Desgrez: »Mademoiselle Pasquier war eine gute Klientin von mir – und eine Freundin. Wahrsagerinnen kennen viele Geheimnisse, Hauptmann Desgrez, und ich kannte das ihre. Ich riet ihr, nicht zu Longueval zu gehen, doch Monsieur le Duc kam ihre Schwangerschaft ungelegen, und so wandte er sich an ihn. Als ich nichts mehr von ihr hörte, ging ich zum Châtelet und in die Spitäler –« Bei dem Gedanken an Marie-Angélique traten mir die Tränen in die Augen.

»Und die Verkleidung?« Desgrez' Stimme klang beinahe wohlwollend. Sei auf der Hut, warnte mein Verstand, er will deine Schwäche ausnutzen und dich verleiten, zu viel zu sagen.

»Hauptmann Desgrez, ich fürchtete verdächtigt zu werden, die Abtreibung vorgenommen zu haben. Ein derartiger Verdacht fällt stets zuerst auf Frauen, und vornehmlich auf Frauen wie mich – eine alleinstehende Witwe –« Ich seufzte theatralisch. Er wirkte nicht überzeugt. Ich fuhr fort: »Verfolgt mich eine Woche lang, Monsieur Desgrez, und Ihr werdet sehen, meine Klientel ist so erlaucht, daß ich es nicht nötig habe, mich mit zwielichtigen Geschäften zu befassen. Meine Reputation ist mir teuer, und ich setze alles daran, sie zu bewahren.« Ja, beobachte mich, Polizeischnüffler, und folge mir nach St. Germain, wo ich vor dem König erscheinen werde, und du würdest nicht einmal in deinem Sonntagsstaat ins Vorzimmer eingelassen. Ich sah ihm ins Gesicht. Ich nehme die Herausforderung an, sagten seine Augen. Dann erhob er sich, augenscheinlich, um zu gehen. Er hielt kurz inne und sah mich an.

»Eine Frage noch, Madame de Morville. Wie alt seid Ihr wirklich?« Wenn ich jetzt lüge, wird er alles andere nicht glauben, dachte ich. Du mußt die Wahrheit sagen, auch wenn das neue Gefahren heraufbeschwört.

»Neunzehn, Hauptmann Desgrez.«

»Ihr seid ungeheuerlich, Marquise. Ihr habt halb Paris zum Narren gehalten.« Der Klang seiner Stimme gefiel mir nicht.

»Ich bitte Euch, verratet mich nicht – mein Gewerbe hängt von meinem hohen Alter ab, Ihr versteht.«

»Polizeiberichte werden nicht an Straßenecken feilgeboten, Madame. Die Leichtgläubigen werden sich weiterhin irreführen lassen.« Damit verabschiedete er sich. Ich war froh, daß es kein Gesetz gab, das die Wahrsagerei verbot. Sonst wäre er der erste, der mich in Gewahrsam nähme. Aber seine Neugierde war geweckt. Wenn es einem hartnäckigen Manne wie ihm nicht gelingt, eine Theorie zu beweisen, wird er so lange in den Berichten forschen, bis er eine andere aufstellt. Da er seine Theorie, daß ich eine Abtreiberin sei, nicht mehr aufrechterhalten konnte, würde er versuchen herauszufinden, wer ich wirklich war. Das war freilich ebenso fatal. Ein kalter Schauder durchfuhr mich. Ich wünschte, ich könnte mein eigenes Schicksal im Glase lesen.

Große Ereignisse verlaufen oft anders als erwartet, und mein Auftritt vor dem König war hierfür ein anschauliches Beispiel. Ich hatte ihn natürlich oftmals von ferne gesehen; ein Mann von mittelgroßer Statur mit dunklen, ja spanischen Zügen, im mittleren Alter füllig geworden, die Haut stark von Pocken genarbt. Wohin er auch ging, stets war er von einer Schar von Höflingen umringt. Sie begafften ihn in der Kapelle, sie begafften ihn bei den Mahlzeiten, sie begafften ihn auf Spaziergängen. Ein Mann, der sagen konnte, »des Königs Auge ist auf mich gefallen«, sah seine Gläubiger geduldiger werden; einer, der sagen konnte, »der König hat sich zu mir über das Wetter ausgelassen«, sah sich in glänzendere Häuser eingeladen; und wer sagen konnte, »gestern beim *petit coucher* hat der König –«, sah für seine Kinder bessere Heiratsaussichten. Daher genügte der an mich ergangene Befehl, so nebensächlich er auch sein mochte, um die Schattenkönigin in Verzückung zu versetzen, um meine Preise zu erhöhen und um die eiserne Hand der Polizei einhalten zu lassen.

Sobald ich in den hohen Salon mit den alten Tapisserien und schimmernden Lüstern trat, wußte ich, daß es Ungemach geben würde. Ich sah den König am anderen Ende des Raumes mit »Monsieur Primi« lachen. Ungefähr ein Dutzend Höflinge standen, ebenfalls lachend, dabei, die königliche Laune nachahmend. Ihre Damen kicherten hinter ihren Fächern. In der Mitte des Raumes stand ein eigenartiger Gegenstand, den ich sogleich erkannte: Maestro Petits magisches Klavichord von der Foire St. Germain. Es hatte dort einigen Aufruhr verursacht, ließ es doch ohne sichtbare Klöppel und ohne Berührung durch eine menschliche Hand, allein auf Befehl des Maestros, seine Melodien erklingen. Er verdiente seinen Unterhalt, indem er mit dem Instrument durch die Jahrmärkte des Königreiches tingelte, und niemandem war es gelungen, den Mechanismus zu ergründen. Das heißt, bis jetzt. Ein rotgesichtiger Maestro verbeugte sich betreten vor dem König. An seiner Seite verneigte sich ein kleiner Knabe, der aus dem Klavichord herausgekrochen war. Der König trat an das Instrument, um das System der im Inneren angebrachten Klöppel zu erkunden, mittels deren der Knabe, des Maestros frühreifes Söhnchen, die Weisen gespielt hatte. Die Höflinge rangelten um die besten Plätze und bemerkten, dem Beispiel Seiner Majestät folgend: »Raffiniert!« »Oh, wie schamlos!« »So eine Unverschämtheit!« und dergleichen. Diesen Abend des Amüsements und der Demaskierung hatte zweifellos Primi vorbereitet. Ich hatte immer gemutmaßt, daß er in mir seine Rivalin sah; jetzt könnte er mir mit einem harmlosen Scherz auf einen Schlag das Geschäft verderben.

Ich versank in einen tiefen Knicks, als Primi mich Seiner Majestät vorstellte, und als ich mich erhob, faßte mich der Sonnenkönig eindringlich ins Auge. Er war angetan mit einem *justaucorps* aus blauem, mit Gold und Diamanten besticktem Samt, einem dunkelblauen, goldverbrämten Hut mit roten Federn, rehbraunen samtenen Kniehosen und rotseidenen Strümpfen. Seine Schuhe hatten hohe rote Absätze und rote Seidenschleifen. Das Spitzengeriesel an Hals und Handgelenken ließ an einen Wasserfall denken.

»Unser Primi sagt uns, Ihr seid mehr als ein Jahrhundert alt, Madame de Morville. Gewiß werdet Ihr im Dienste der Schönheit in unserem Königreiche Euer Geheimnis mit den unglücklichen Damen teilen, die nur ein Drittel Eures Alters zählen.«

»Majestät, ich fühle mich geehrt durch das Kompliment, das Ihr dem Zustand meiner Erhaltung zollt, aber zu meinem Leidwesen ist die Rezeptur, welche die Verlängerung meines Lebens und meiner Jugend bewirkte, verlorengegangen.«

»Das ist sehr bedauerlich, zumal wir sowohl von Monsieur de Nevers als auch von Milord Buckingham vernahmen, daß Ihr auch im Besitze des Geheimnisses der Wiedererlangung der Jungfräulichkeit seid. Dies allein sollte Euch einen Platz in der Geschichte der Weltwunder sichern.« Ich fühlte, wie ich unter der dicken Schicht weißer Schminke errötete. Es ließ sich nicht gut an.

»In einem Königreich, in dem es um die Tugendhaftigkeit so gut bestellt ist wie im Reiche Eurer Majestät, ist dieses Talent zumeist überflüssig –«, des Königs Augen umflorten sich vor Langeweile ob dieser Schmeichelei, »wenngleich ich im Ausland damit vielleicht mein Glück machen könnte.« Des Königs Augen blitzten tückisch-vergnügt.

»Primi, was meint Ihr, wo sich dieses Geheimnis mit dem größten Profit verkaufen ließe? In Mailand?«

Primi, der schräg hinter Seiner Majestät stand, lächelte erfreut bei der Erwähnung seiner Heimatstadt und erwiderte: »Besser in Rom, Majestät.« Die Umstehenden schwiegen ob dieser Verwegenheit. Der König jedoch kicherte wohlwollend. Der Klang der königlichen Stimmbänder ließ alle Höflinge in ähnliche Laute der Belustigung ausbrechen. Als der König sah, wie rasch die Stimmung der Höflinge sich wandelte, lachte er abermals, dieses Mal über sie, und verfolgte dann, wie das Lachen im Raum immer weitere Kreise zog, bis es selbst diejenigen erreichte, welche den kurzen Wortwechsel unmöglich gehört haben konnten. Der König amüsierte sich. Alles war gut.

»Nun, Madame de Morville, Primi sagt uns, Ihr vermögt vorauszusagen, welche Karte gezogen wird, und andere Wunder der Zukunft zu nennen.«

»Das ist richtig, Majestät, und aus diesem Grunde spiele ich niemals Karten, obwohl es meine Lustbarkeiten schmerzlich beschneidet.«

»Man denke nur, keine Karten! Solltet Ihr Euch jemals wieder vermählen, Madame, wird Euer Gemahl Euch für einen Schatz halten. Bedenkt nur die Einsparungen, Primi! Wir sollten es vielleicht unter den Damen in Mode bringen.«

»Ah, aber, Majestät, so mancher würde sagen, es ist der harmloseste Zeitvertreib, den die Damen sich vergönnen«, erwiderte Visconti mit verschlagenem Lächeln.

Und so las ich unter allgemeiner Heiterkeit aus der Vase und sagte voraus, welche Karte gezogen werden würde, ein Trick, den ich im Laufe der Jahre in den Pariser Salons vervollkommnet hatte. Ich ließ einen Herrn mischen, einen anderen geben und den König selbst die Karten anschauen. Es rief Beifall und Erstaunen hervor, und man erklärte, ich sei sogar besser als die Magier auf der Foire St. Germain, und das, obwohl ich nur eine Frau sei.

»Primi unterhält uns, indem er den Charakter aus der Handschrift liest«, sagte der König. »Ich schlage einen Wettstreit zwischen dem Meister und der neuen Rivalin vor.« Er wandte sich mit höflicher Miene Visconti zu, der vor Ärger rot geworden war.

»Monsieur Primi gebührt die Meisterschaft«, erwiderte ich, »denn ich verstehe mich nicht auf Graphologie. Daher schlage ich für diesen Abend ein Gemeinschaftswerk vor. Gelegentlich kann ich im Glase das Bild des Verfassers eines Briefes sehen, selbst wenn das Schreiben versiegelt und keine Schrift zu erkennen ist. Ich erbiete mich, den Verfasser eines versiegelten Briefes zu beschreiben, danach kann Monsieur Visconti ihn öffnen und den Charakter des Schreibers deuten.«

»Glänzend, glänzend, ein fürtreffliches Spiel«, murmelten die Höflinge. Mit amüsierter Miene wies der König einen Adjutanten an, einige Briefe aus seinem Kabinett zu holen.

Seine Majestät reichte mir eigenhändig den ersten Brief, nachdem er ihn zuvor gelesen und lächelnd wieder zusammengefaltet hatte.

Dieses Spiel war schwieriger als das mit den Karten. Ich drückte den Brief mit einer Hand an die Vase und umschloß mit der anderen den Fuß des Glases. Ich atmete tief, um ruhig zu werden, und mit diesem merkwürdigen Gefühl der Entspannung, welches das Bild emporsteigen läßt, blickte ich tief in das Wasser. Ich sah einen aufgeputzten kleinen Mann, dick geschminkt, mit einer immensen, elegant gelockten Perücke. Er trug Schuhe mit Absätzen von erstaunlicher Höhe. Er suchte sich soeben bei einem Damenschneider, der eine Anzahl Zeichnungen in die Höhe hielt, ein Ballkleid aus. Es war Monsieur, des Königs Bruder.

»Majestät, der Schreiber dieses Briefes war Duc d'Orléans.« Ehrfürchtiges Gemurmel erhob sich. Primi Visconti entfaltete den Brief. Seine Miene war verärgert.

»Da er unterschrieben ist, Majestät, besteht kein Zweifel an der Herkunft des Briefes. Meine Deutung wäre überflüssig. Laßt mich den nächsten Brief nehmen.« Mit einem seltsamen Lächeln händigte der König ihm den nächsten Brief aus, nachdem er zuvor die untere Hälfte so gefaltet hatte, daß die Unterschrift nicht zu sehen war. Visconti betrachtete blinzelnd das Schreiben, spähte bald hierhin, bald dorthin. Er verstand es vortrefflich, sich in Szene zu setzen.

»Dies ist das Schreiben eines eitlen alten Mannes, der sich für viel erlauchter hält, als er ist«, verkündete Primi.

»Seht Euch die Unterschrift an«, drängte der König. Ein entsetztes Raunen ging durch den Raum. Es war des Königs eigene Unterschrift.

»Wir wollen sehen, was Madame de Morville dazu zu sagen hat«, ließ sich der König vernehmen. O Tücke, dachte ich. Wenn ich hier fortgehe, habe ich mir ohne Zweifel mächtige Feinde gemacht. Aber ich drückte den Brief an das Glas und wartete auf das Bild.

»Ein älterer Herr – in schlichtem Schwarz, kein Schnurrbart. Er trägt eine immense, aber altmodische Perücke und hat schlecht sitzende falsche Zähne –«

»Des Königs Sekretär!« rief ein Höfling. »Ja, wahrhaftig, das ist er, wie er leibt und lebt!« rief ein anderer. »Er brüstet sich damit, des Königs Unterschrift täuschend nachzuahmen«, verkündete ein Dritter. Ich sah Primi an. Er wirkte unendlich erleichtert. Des Königs dunkle Augen aber waren auf mich gerichtet.

Sein Gesicht war reglos vor Argwohn und stummem Entsetzen. Das ist schlecht, dachte ich. Er denkt entweder, daß seine schlimmsten Vermutungen wahr sind oder daß ich, eine Außenstehende, über ein Netz von Spitzeln verfüge, die in seine engsten Kreise eingedrungen sind.

»Nun, Monsieur Primi, habe ich Euch übertroffen?«

»Kaum«, erklärte Visconti theatralisch.

»Ah, aber sie hat Euch vor dem Vergehen der Majestätsbeleidigung bewahrt, nicht wahr?« sagte der König, von seinem plötzlichen Argwohn abgelenkt und über Primis Unbehagen amüsiert. »Sagt mir, Madame de Morville, macht Ihr auch Voraussagen ernsterer Art?«

»Zuweilen, aber ich ermahne die Klienten stets zur Vorsicht. Ich glaube nicht, daß die Zukunft unvermeidlich ist, sondern nur, daß etwas geschehen könnte, wenn die Umstände bleiben, wie sie sind. Und je weiter etwas von der Gegenwart entfernt ist, um so mehr ist es nur eine Wahrscheinlichkeit.«

»Somit wären die Karten höchst genau, da sie der Zukunft am nächsten sind?«

»So ist es, Majestät.« Er zog einen Brief aus seiner Tasche und legte ihn vor mich auf den Tisch.

»Sagt mir, was dem Schreiber dieses Briefes zustoßen wird.«

»Majestät, ich kann Euch nur das Bild beschreiben – die gesamte Zukunft des Schreibers ist auch mir verborgen.«

»Beginnt«, sagte Seine Majestät mit einer ungeduldigen Gebärde seiner beringten Hand. Das Bild stieg ungewöhnlich deutlich empor.

»Der Schreiber dieses Briefes ist ein kleinwüchsiger Mann, etwas buckelig, mit einer schlechtsitzenden Perücke. Seine Kleider sehen kostspielig aus, sind aber von provinziellem Zuschnitt. Er hat eine überaus große Adlernase, einen kleinen verkniffenen, eingefallenen Mund und ein fliehendes Kinn.« Der König lächelte über meine Beschreibung. Die anderen mußten den Beschriebenen ebenfalls erkannt haben, denn auch sie lächelten. »Er steht offenbar in einer Privatkapelle – es scheint sich um seine Vermählung zu handeln.«

»Mit wem?« flüsterte Seine Majestät.

»Auch die Frau ist mir unbekannt. Es ist offensichtlich eine sehr wohlhabende Dame, jung, hübsch anzuschauen, dunkle Haare, auffallend groß. Der Mann reicht ihr kaum bis an die

Schultern. Sie überragt auch ihre Kammerfrauen und etliche andere anwesende Herren.« Des Königs Miene war erbost.

»Eure Unverschämtheit, Madame de Morville, übertrifft selbst die von Monsieur Primi.«

»Ich bedaure zutiefst, wenn ich Eure Majestät gekränkt habe, aber ich habe keine Ahnung, wer die Personen in dem Bilde sind.«

»Gar keine Ahnung?« Der König richtete seine Augen starr auf mich – er war zweifellos daran gewöhnt, die Leute mit diesem starren Blick derartig einzuschüchtern, daß sie die Wahrheit sagten.

»Nicht die geringste«, erwiderte ich.

»Dann, Madame de Morville, muß ich wohl abseits von den anderen mit Euch sprechen – Primi, unterlaßt es, mir zu folgen, ich möchte mit Madame de Morville alleine sprechen.« Er führte mich hinter einen großen, verzierten Wandschirm, welcher den Raum vor Luftzug schützte, wenn die Flügeltüren geöffnet wurden. »Mein Sekretär sagt mir, daß das Marquisat Morville seit zweihundert Jahren erloschen ist.« Er wollte meine Ehrlichkeit auf die Probe stellen.

»Das trifft zu, Majestät.«

»Eure Ahnentafel, ist sie echt?«

»Sie wurde von Monsieur Bouchet erstellt, dem Ahnenforscher. Sie ist so echt wie viele andere am Hofe.«

»Danach habe ich nicht gefragt, Madame. Ich will die Wahrheit wissen. Antwortet mir aufrichtig, und ich gewähre Euch eine Pfründe von zweitausend Livres. Versucht Ihr, mich zu täuschen, lasse ich Euch auf der Place de Grève verbrennen.« Ich sah ihn an. Ein Betrag von zweitausend Livres war nicht zu verachten, aber ich nahm mehr als zweitausend Livres im Monat ein. Die Annahme seiner Großzügigkeit erschien mir ein äußerst übertriebenes Opfer. Dennoch, die andere Möglichkeit war schlechter. »Wie alt seid Ihr wirklich?« fragte er.

»Majestät, ich bin neunzehn Jahre alt.« Er wirkte überaus erleichtert.

»Und Euer wirklicher Name, Eure Herkunft?«

»Mein Name ist Geneviève Pasquier, ich wurde hier in Paris geboren. Mein Vater war der Financier Mathieu Pasquier, der 1661 sein Vermögen verlor. Er starb, ohne mir eine Mitgift zu hinterlassen, und seither verdiene ich meinen Lebensunterhalt mit meinem Verstand.« Des Königs Augen verengten sich. Er schätzte keine Namenlosen. »Auf seiten meiner Mutter ist die Familie mit den Matignons verwandt.« Auf diese Kunde wandelte sich sein Blick, und seine Augen zeigten echte Neugierde.

»Warum ersucht Eure Mutter nicht um eine Pfründe, um ihre Tochter vor dem Sturz in die Schande zu bewahren?«

»Majestät, sie ist tot.«

Der König sann einen Augenblick nach. »Sagt mir, wer ist Euer Spitzel, der Euch über meine Briefe und meine Angelegenheiten unterrichtet?«

»Niemand, Majestät. Im Verlaufe meiner Wahrsagerei erfahre ich viele Geheimnisse von Frauen, aber sie handeln von Liebe, nicht von Staatskunst.«

»Ja, ja, so muß es wohl sein.« Er schritt auf und ab und murmelte vor sich hin. »Ihr bleibt dabei, daß Ihr keine Ahnung habt, wer den Brief geschrieben hat?«

»Ja, Majestät.«

»Dann seht her.« Er hielt den Brief kurz in die Höhe, so daß ich die Unterschrift sehen konnte. Er war von dem protestantischen Fürsten Wilhelm von Oranien, Statthalter in den Niederlanden, Ludwigs XIV. größtem Feind und Rivalen. Ich erhaschte nur einen Blick darauf, bevor er den Brief wieder in seine Tasche steckte, doch es war deutlich, daß es eine Absage an den König war, der ihm seine mit Madame de Montespan gezeugte Tochter zur Braut angeboten hatte. Der Satz, auf den mein Blick fiel, lautete: »Die Fürsten von Oranien sind gewohnt, die ehelichen Töchter großer Fürsten zu heiraten, nicht deren Bastarde.« Ach du meine Güte.

»Die Frau, die Ihr beschreibt, kann niemand anders sein als Prinzessin Maria von England, die sowohl für ihre Schönheit als auch für ihre Größe berühmt ist.« Noch schlimmer. Es ging das Gerücht, daß der König die englische Prinzessin für seinen Erben, den Dauphin gewünscht hatte, um so seinem Machtbereich ein weiteres Königreich einzuverleiben und es in den Schoß der katholischen Kirche zurückzuführen. Der König sah mir ins Gesicht. »So, jetzt scheint Ihr zu verstehen. Entweder seid Ihr die unverschämteste Frau in diesem Königreich, oder Ihr habt richtig vorausgesagt, daß mein schlimmster Feind eines Tages König von England wird.« Einerlei, für mich bedeutet es Ungemach, dachte ich. »Wie dem auch sei«, fuhr er fort, »Ihr verdient, zeit

Eures Lebens eingesperrt zu werden. Aber ich habe Euch eine Pfründe versprochen. Jetzt sagt mir aufrichtig, phantasiert Ihr, was Ihr im Wasserglas zu sehen behauptet?«

»Majestät, die meisten Wasserwahrsagerinnen sind Schwindlerinnen. Es ist ein leichtes, eine Komplizin zu plazieren, die geheime Handzeichen über die Personen gibt, welche ihre Hände auf das Glas legen. In meinem Falle jedoch steigen die Bilder aus dem Wasser empor wie kurze Träume, die aus Bruchstücken von Spiegelbildern zusammengesetzt sind. Ich deute sie, so gut ich kann, ganz so, wie man Bilder in den Wolken zu sehen vermag. Und ich muß Euch auch sagen, daß meine Bilder durch Opium verstärkt werden.« Er nickte, als würde letzteres alles erklären. »Meistens ergeben die Bilder keinen Sinn, und ich deute sie meiner Klientel zu Gefallen.«

»Und ist vorhin Eure Voraussage durch Deutung zustande gekommen?«

»Nein, Majestät. Ich habe die Szene gesehen: den Mann, die Frau, den Priester, die Trauzeugen.«

»Dann habt Ihr Eure Pfründe verdient, Mademoiselle Pasquier, denn Ihr hattet mein Versprechen, das Versprechen eines Königs. Doch wenn mir jemals wieder zu Ohren kommt, daß Ihr durch einen Blick ins Wasser politisch geartete Voraussagen macht, lasse ich Euch zeit Eures Lebens im Pignerol einsperren. In Isolierhaft. Und auch dies ist das Versprechen eines Königs.«

Der Abend war vorüber. Als ich aus der Halle geleitet wurde, hielt Primi mich auf.

»Oh, geht mir aus dem Wege, Monsieur Visconti. Ihr habt genug angerichtet«, fauchte ich.

»Ha – er wollte Euch Eure Wahrsagerei abkaufen, dort hinter dem Wandschirm, nicht wahr?« Ich versuchte, Primi beiseite zu schieben, er aber wich mir aus und stellte sich mir abermals in den Weg.

»Ich weiß nicht, was Ihr meint«, erwiderte ich.

»Er hat mir achttausend Livres angeboten, wenn ich ihm sage, wie meine Handschriftendeutung zustande kommt.«

»Achttausend? Mir hat er nur zweitausend geboten!« Ich war empört.

»Weil Ihr eine Frau seid, Marquise.«

»Ihr habt gut lachen, elender Italiener; Ihr habt mir das Geschäft verdorben.«

»Aber das ist ganz und gar ungerecht. Immerhin ist es eine Ehre, wenn einem der König persönlich das Geschäft untersagt.«

»Ich möchte Euch nicht mehr sehen, Primi.« Ich schritt an ihm vorbei zu der Sänfte, die im äußeren Korridor auf mich wartete. Schöne Ehre, dachte ich. Als die Träger mich zu meiner wartenden Kutsche brachten, schlug mir der kalte herbstliche Abendwind ins Gesicht. Ich fuhr zu meiner Herberge zurück. Zum zweiten Mal in meinem Leben bin ich durch Ludwig XIV. ruiniert worden, dachte ich. Wie soll ich das der Schattenkönigin erklären?

Ein neuer Gedanke: Man muß sich vor der Großzügigkeit von Königen beinahe so in acht nehmen wie vor ihrem Zorn.

Als ich zu meinem Hause kam, war ich vor Schlaflosigkeit beinahe so bleich, als hätte ich eine doppelte Schicht der weißen Schminke aufgelegt. Und hier erwartete mich eine noch größere Überraschung. Das Polizeisiegel war an meiner Haustüre angebracht worden. Während ich es ungläubig betrachtete, trat Hauptmann Desgrez mit drei hünenhaften Wachtmeistern aus einem geschützten Torweg.

»Madame de Morville, würdet Ihr bitte mit uns kommen«, erklärte er. Und ehe ich wußte, wie mir geschah, wurde ich für die Fahrt zum Châtelet mitsamt Beutel und allen Utensilien in eine wartende Kutsche verfrachtet.

Kapitel XXX

Desgrez musterte mich schweigend. Ich saß ihm gegenüber zwischen den beiden Polizisten, mit dem Rücken zur Fahrtrichtung, so daß ich, als wir uns dem Châtelet näherten, die *boucherie* nicht sehen konnte. Aber riechen konnte ich sie, die Abfallberge, die von Tierblut und Schmutz überfließenden Gassen. Die Schlachthäuser von Paris stellten keine gute Nachbarschaft dar – außer für ein Gefängnis. O Gott, was gab es nicht alles, weswegen ich eingesperrt werden konnte! Wenn ich es nicht getan hatte, dann hatte ich es gesehen oder davon gehört. Ich wußte genügend, um lebenslänglich eingekerkert zu werden. Und man hatte das Haus versiegelt. Ich bezweifelte, daß man meine Schatulle und das Versteck mit den verbotenen Büchern hinter der Wandtäfelung finden würde. Doch das letzte meiner in Geheimschrift abgefaßten »Rechnungsbücher« lag noch im Schubfach meiner Nachtkonsole. Ich zerbrach mir den Kopf, um mich zu besinnen, was darin stand. War ich vorsichtig genug gewesen? Und dann dieses Gespräch mit dem König. Angenommen, er hatte beschlossen, meiner politischen Wahrsagerei mit einem *lettre de cachet* ein Ende zu machen? In diesem Falle würde ich nicht einmal erfahren, weswegen ich festgehalten wurde. Ich werde schweigen, bis sie die Anklage verlesen, dachte ich.

Ein verdeckter Karren – der Leichenwagen vom Châtelet – kam uns entgegen. Der Gestank war so bestialisch, daß der Kutscher und die Begleiter sich Tücher vor die Gesichter gebunden hatten. Die nicht abgeholten Toten wurden zum Kloster Les Filles Hospitalières de Sainte Cathérine befördert. Die Nonnen betrachteten es als ihre heilige Pflicht, die verwesenden Leichname für die Bestattung auf dem Cimetière des Innocents herzurichten. Ein Bild ging mir durch den Kopf – d'Urbec, der meinem Sarge folgte –, und meine Augen brannten. Würde er, wenn er zurückkehrte, jemals erfahren, was aus mir geworden war? Desgrez hatte sein Schnupftuch hervorgezogen und hielt es sich vor das Gesicht. Sogar der Mann, der eine ganze Nacht teilnahmslos bei einem brennenden Leichnam sitzen konnte, mußte ob des Gestanks der verlorenen Seelen von Paris würgen. Mein Verstand schien zu flackern wie eine Kerze im Luftzug.

Ich hatte erwartet, daß die Kutsche in die Unterführung einbiegen und uns am Eingang des Gefängnisses absetzen würde. Aber nein, wir fuhren weiter, vorbei an den Zwillingstürmen mit dem Torbogen dazwischen, den ausgerechnet eine Statue der Muttergottes krönte, und kamen auf die Seite des Gebäudes mit den Gerichtssälen und Aufenthaltsräumen für Wachen und Gerichtsdiener. Taumelnd stieg ich im Innenhof aus der Kutsche. Als die Polizisten mich auf der Treppe, die in die höhlenartige Festung führte, stützen mußten, lächelte Desgrez. Unser Nervenkrieg hat begonnen, schien seine Miene zu verkünden, und Ihr werdet ihn verlieren.

Nachdem wir einen langen, stickigen Korridor passiert hatten, wurde ich in ein Vorzimmer geführt, wo mehrere Schreiber an hohen Pulten saßen und Berichte in Hauptbücher kopierten. An den Wänden waren Musketen und Spieße aufgereiht, und Männer in dem blauen Habit und den weißen Federhüten der Polizei rekelten sich auf Holzbänken. Das Zentrum des Bienenhauses der Polizei, dachte ich. Aber es gab noch ein Zentrum innerhalb des Zentrums. Durch einen verborgenen Korridor gelangten wir in ein schmales, getäfeltes Gelaß mit einem erhöhten Sitz und einem großen Tisch hinter einer niedrigen hölzernen Barriere. Die geheime Verhörkammer für Verdächtige höchsten Grades. »Wartet«, sagte Desgrez. »Die Sitzung im Saal ist noch nicht beendet.«

Kurz darauf öffnete sich eine Innentüre, und ein Mann mit der hellen Vollperücke, dem langen roten Gerichtstalar und den weißen Linnenbändern des Polizeipräfekten trat ein, gefolgt von einem Schreiber.

»Monsieur de la Reynie.« Desgrez zog seinen Hut vor dem Manne, der mich lange ansah, als suche er mich einzuschätzen. Ich betrachtete die harten, klugen Augen in dem faltigen Gesicht. Eine lange, gebogene Nase saß über einem schmalen Schnurrbart und einem grimmigen, doch sonderbar sinnlichen Mund. Sein vorstehendes Kinn war feist und zeugte von Selbstzufriedenheit. Der Mann, der die Folterung der Marquise de Brinvilliers angeordnet hatte. Mit dem war gewiß nicht zu spaßen, schon gar nicht auf seinem eigenen Territorium.

»Hauptmann Desgrez, ich sehe, Ihr habt die sogenannte Madame de Morville hergebracht. Vortrefflich.« La Reynie bedeutete Desgrez, auf einem der Stühle Platz zu nehmen, die ringsum aufgestellt waren; mich aber ließ er stehen. Kalter Schweiß rann meine Schläfen hinab. Ein Zittern rieselte durch meine Gliedmaßen. Mein Magen brannte. Nein, ich war nicht krank. Ich hatte mein Labsal nicht genommen. Und hier brauchte ich all meinen Verstand. Fast konnte ich das liebe grüne Fläschchen unten in meinem Beutel liegen sehen, der sich in Reichweite jenes Rüpels von Polizisten befand.

»Madame, Ihr seht bleich aus«, sagte La Reynie. »Müßt Ihr Euch setzen?« Der Klang seiner Stimme gefiel mir nicht, dieses falsche Mitgefühl, welches das genaue Gegenteil überdeckte. Sage ihm, du willst das Zeug, schrie mein Leib, als mein Magen zu schmerzen begann. Sei still, rief mein Verstand. Willst du dich ihm auf Gedeih und Verderb ausliefern? Plötzlich wurden meine Knie schwach. Ich spürte, wie jemand einen harten Holzschemel hinter mich schob, und ließ mich darauf plumpsen.

Mein Körper, der bei diesen inneren Streitgesprächen gewöhnlich zu siegen pflegte, bewog meinen Mund zu sprechen: »Monsieur de la Reynie, Monsieur Desgrez, ich bitte um Vergebung, aber ich leide an einem alten Gebrechen und brauche ein paar Tropfen von meiner – Herzmedizin, welche sich dort drüben in meinem Beutel befindet.« Ich saß gekrümmt und hielt mir die Seiten. Der Schmerz durchströmte meinen Körper. Die beiden sahen einander an, dann mich. La Reynie gab einem der Polizisten ein Zeichen, der daraufhin meinen Beutel auf einer Bank ausleerte. Als das kabbalistische Tuch, die Rührstäbe mit den seltsamen Figuren und die runde Glasvase ausgepackt waren, konnte Desgrez nicht widerstehen, sie in die Hand zu nehmen und zu betrachten. Dann reichte der Polizist ihm die grüne Flasche und das Dosiergläschen.

»Gift?« fragte Desgrez La Reynie.

»Gebt mir die Flasche«, verlangte der Polizeipräfekt. Er entkorkte die Flasche, hielt sie sich an die Nase, und ein seltsames kleines Lächeln huschte über sein Gesicht. Unterdessen zitterte ich unbeherrscht.

»Kein Gift, Desgrez. Madame ist opiumsüchtig. Seht nur, wie begierig sie die präzise Dosis einschenkt. Das macht uns unsere Arbeit um so leichter.« La Reynies Stimme war ruhig, sein dünnes Lächeln ironisch. Jetzt hat er dich in der Hand, dachte ich. Aber das Zittern verging, der Schmerz ließ nach, ich hatte mich wieder in der Gewalt.

»Madame de Morville, wir beobachten Euch seit geraumer Zeit. Ihr seid ein Scharlatan, Ihr gebt Euch als Person von aristokratischer Geburt aus, und ihr seid durch Betrug reich geworden – nein, widersprecht nicht. Wir haben die Berichte. Das Marquisat Morville ist seit langem erloschen. Eure einzige Möglichkeit, den Titel zu beanspruchen, wäre, wenn Ihr in der Tat mehr als ein Jahrhundert alt wäret. Ich bin kein abergläubisches Weib, Madame. Ich finde Eure Behauptung, so hochbetagt zu sein, unsinnig, wenngleich nicht ungesetzlich. Eure übrigen Tätigkeiten jedoch, Madame, die sind etwas ganz anderes.« Der Schreiber reichte ihm ein kleines grünes Notizheft, dasjenige, das ich abends zuvor in das Schubfach meiner Nachtkonsole gelegt hatte. Mit zufriedener Miene blätterte La Reynie es beiläufig durch. Es war ihm durchaus bewußt, wie verzweifelt ich mir unterdessen den Kopf zerbrach und mich zu erinnern suchte, was darin stand. Namen von Klienten, Daten, Gebühren, eine Berechnung von La Voisins Anteil. »Griechische Lettern – für einen gebildeten Mann nicht schwer zu entziffern, doch zweifellos verwirrend für die Sorte Leute, mit denen Ihr Umgang pflegt. Warum führt Ihr Eure Bücher verschlüsselt, Madame?«

»Um meine Klientel vor Klatsch zu schützen und meine – äh, persönlichen Beobachtungen –«

»Persönliche Beobachtungen, die mancherorts als ketzerisch gewertet werden könnten, wie?« La Reynie legte das Buch auf den Tisch, strich eine Seite glatt und las laut: »›Wenn Gottes Natur sowohl allmächtig als auch gut ist, warum schuf Er dann eine Welt so voller Bosheit? Entweder ist Er nicht allmächtig, oder Er ist nicht gut. Im ersten Falle könnte Er dann nicht der Gott sein, als der Er definiert ist, im zweiten Falle wäre Er, da Er Böses geschaffen hätte, schwer vom Teufel zu unterscheiden. Daher muß ein geometrischer Beweis von der Existenz Gottes zuerst auf der präzisen Definition des Bösen beruhen –‹ Habt Ihr genug gehört?«

»Meine Gedanken waren nicht für die Öffentlichkeit bestimmt.«

»Ah, aber sie sind der schriftliche Beweis für eine äußerst gottlose Geisteshaltung. Ihr wißt, welche Strafen Freidenker erwarten? Gut. Soll ich nun von anderen Angelegenheiten sprechen? Mord zum Beispiel?« Er hielt inne und sah mir in die Augen. Jetzt weiß ich, wie einem Vogel zumute ist, wenn er unter dem

Blick einer Schlange erstarrt, dachte ich. Es ist Onkel. Oder der Vollzug einer Abtreibung. Das eine wie das andere könnte mein Tod sein, selbst wenn er keinen Beweis für Freidenkertum hätte. Er weiß alles. Aber von mir bekommt er nichts. Ich lasse mich von ihm nicht so weit einschüchtern, daß ich ihm ein Geständnis liefere. Er wird bis zum Äußersten gehen müssen, um etwas von mir zu erfahren.

»Warum spielt Ihr so mit mir?« fragte ich. »Ihr wollt etwas von mir. Was ist es?«

»Ah, sehr klug, Madame de Morville. Mich dünkte, daß Eure Reputation als Wahrsagerin auf einer gewissen angeborenen Intelligenz beruhen müsse. Und Ihr seid irgendwo unterrichtet worden, wenngleich ich in Eurem Latein viele Fehler gefunden habe. Ja, ich will etwas von Euch. Und Ihr müßt einsehen, daß Euer Leben in meinen Händen ist. So werdet Ihr nicht zögern, meiner Bitte nachzukommen.«

»Was für eine Bitte wäre das?«

»Madame de Morville, ich habe in dieser turbulenten Stadt für Ruhe zu sorgen. Ich muß es tagtäglich mit Intrigen, Verschwörungen, Mordanschlägen aufnehmen. Dazu benötige ich Hinweise auf die Tätigkeiten verdächtiger Personen.« Er hielt inne und lehnte sich zurück, um meine Reaktion zu beobachten. »Ich habe viele Informanten unter den Beichtvätern dieser Stadt, aber ihre Hinweise gelangen oft erst nach dem Geschehen zu mir – die Tat ist getan, das Verbrechen begangen, den Täter plagt schließlich das Gewissen, und er geht zur Beichte, um sich Gott anzuvertrauen. Aber eine Wahrsagerin –« er beugte sich über den Tisch und sah mich an, »– eine Wahrsagerin vernimmt die geheimen Wünsche der Stadt, bevor sie zu Taten werden, sie hört sie in dem Moment, da sie geplant werden. Eine Wahrsagerin mit einer erlauchten Klientel ist genau die richtige, um eine Verschwörung aufzudecken, *bevor* sie in die Tat umgesetzt wird.«

Er hielt inne und blätterte in meinem Rechnungsbuch. »Hier«, und wieder las er laut: »›Madame de Roure wünscht sich die Rückkehr ihres Geliebten, letzter Besuch am 13. April, v. Voraussage, 100 Francs. Madame Dufontet wünscht, daß Duc de Luxembourg ihrem Gatten einen Posten gibt, n. v., sie schwört, sie wird es auf jeden Fall erreichen. Comtesse de Soissons wünscht sich einen Liebhaber höchsten Ranges –‹ den König, nehme ich an? Diese Niederschrift allein könnte Euch lebenslänglich in die Bastille bringen, wenn sie in den richtigen Kreisen bekannt würde. Muß ich noch weiterlesen?« Ich schwieg.

»Nicht nur, daß Ihr die Geheimnisse der Stadt kennt, bevor sie in die Tat umgesetzt werden, Ihr könnt mittels Eurer Voraussagen die Taten gestalten«, fuhr er fort. »›v.‹ bedeutet ›sehe ich‹, nicht wahr? Und ›n. v.‹ für ›sehe ich nicht‹? Eure Voraussagen im betreffenden Falle, nicht wahr? Ich will diese Leidenschaften kennen, diese Prophezeiungen, diese Fehden.« Sein Gesichtsausdruck gefiel mir nicht. Hart, unfreundlich, überheblich, als hielte er eine Spinne in der Hand, die er gleich zerquetschen würde. Ich blickte mich in dem dunkel getäfelten Raum um, sah die nicht angezündeten Kerzen in eisernen Leuchtern an den Wänden. Ich gewahrte denselben Gesichtsausdruck bei Desgrez, bei dem Schreiber, den Polizisten.

»Ihr wollt, daß ich Polizeispitzel werde? Und wenn ich es nicht tue?«

»Dann werdet Ihr feststellen, daß die Strafe für Mord rasch und gewiß ist. Ich bin stolz darauf, daß meine Reformen die Rechtsprechung in dieser Stadt zu einer Sache von Tagen gemacht haben.«

»Und was für ein Mord soll das sein?« fragte ich. Ich mußte erfahren, was sie wußten.

»Ha, ich sehe, Ihr erfordert einen straffen Zügel. Ihr seid ebenso kühn wie klug. Aber ich denke, wir werden uns verstehen. Von diesem Augenblick an werde ich Euch, solltet Ihr mich ein einziges Mal zu täuschen versuchen, wegen der Ermordung von Geneviève Pasquier hängen lassen.« Er machte eine wirkungsvolle Pause. Desgrez verengte die Augen. Ich konnte es nicht fassen. Bei allem, was ich getan hatte, bei allem, was ich mit angesehen oder woran ich teilgehabt hatte, wollten sie mich wegen der Ermordung meiner selbst in Gewahrsam nehmen! Ich begann zu lachen. Der Klang hallte unheimlich in dem fast leeren Gelaß. Ich beugte mich vornüber, Tränen liefen mir übers Gesicht. Ich erstickte fast vor Heiterkeit. Mein Gesicht wurde heiß und fiebrig, ich konnte kaum atmen. La Reynie erhob sich wütend und ballte die Fäuste.

»Madame, wenn Ihr Euch nicht beherrschen könnt, sperre ich Euch ein, bis Ihr Euch wieder in der Hand habt.«

Als der Anfall vorüber war, wischte ich mir mit dem Handrükken die Augen. Das Gelächter war in Schluckauf übergegangen.

»Ich bitte um Vergebung – Monsieur de la Reynie – hicks – seht Ihr, es ist unmöglich – hicks – weil ich selbst – hicks – Geneviève Pasquier bin.«

»Das ändert nichts«, fauchte Desgrez.

»Gewiß, Desgrez, obwohl es die Lage ein wenig komplizierter macht. Sagt mir, Madame, welchen Beweis habt Ihr für Eure Behauptung?« La Reynies Stimme klang unheilvoll.

»Beweis? Seine Majestät persönlich weiß es. Als ich vor ihm erschien, verlangte er meine wahre Identität zu wissen, sodann verhieß er, mich hinrichten zu lassen, wenn er je wieder höre, daß ich aus dem Wasser wahrsage. Ihr kommt leider zu spät, Monsieur de la Reynie. Der Sonnenkönig hat mir bereits das Handwerk gelegt.« La Reynie blickte wütend.

»Leider müssen wir Euch festhalten, bis wir Eure Aussage überprüft haben, Madame. Oder Mademoiselle, je nachdem.«

»Dann laßt mir mein Labsal, ich bitte Euch.«

»Euer Labsal und einen Band mit Père Clements exzellenten Predigten zur Heilung Eures störrischen Geistes. Und ich versichere Euch, falls Ihr die geringste Täuschung verübt habt, lasse ich Euch Euer Opium fortnehmen, bis Ihr mir die ganze Wahrheit enthüllt habt. Bringt sie fort, Desgrez. Einzelhaft. Gebt den Wärtern Anweisung, daß sie mit niemand sprechen darf, auch nicht mit ihnen.«

Eine Woche später kam ich mit erheblich erleichtertem Geldbeutel hinaus, denn in Pariser Kerkern ist es Brauch, für eine anständige Unterbringung zu kassieren, gerade so, als handele es sich um eine teuflische Herberge. Nur Brot und Wasser sind kostenlos, und ein Strohbündel auf den Steinen. Ich konnte mir nicht vorstellen, in solch unzivilisierten Umständen zu leben, zumal wenn ich ohnehin bald sterben würde. So zahlte ich zusätzlich zum *droit du géôlage* die unverschämte Gebühr für anständigen Wein und gutes Geflügel und ließ mir zu einem noch höheren Preis eine Bettstatt mit Leintüchern hereinschaffen. La Reynie hielt Wort und ließ mir neues Labsal bringen, und ich nahm dies als Zeichen, daß er mich zu entlassen beabsichtigte und meine Mitarbeit wünschte. Was er mir schickte, war indessen von minderer Qualität und hatte weder das Aroma noch die Wirkungskraft von La Trianons göttlichem Produkt, dessen Rezeptur eigens für mich erstellt wurde. Die Wärter waren bärbeißige, ungeschlachte Grobiane, die die Anweisung, kein Wort zu dulden, sehr genau nahmen, wie ich um den Preis von Prellungen herausfand, als ich mich über einen viel zu teuren Wein beklagte. Père Clements Predigten, La Reynies kleiner Scherz, erwiesen sich als ungemein fade. So verbrachte ich meine Zeit damit, sie so zu behandeln, als seien sie ein Code, indem ich verschiedene mathematische Methoden des Überspringens von Wörtern und Buchstaben anwandte, um seiner schalen, bombastischen Prosa neue, fesselnde Botschaften zu entnehmen.

Als ich schließlich wieder in die geheime Verhörkammer gebracht wurde, waren meine Kleider zerdrückt, mein Haar strähnig, meine Stimmung fatal. Ich hatte viel Zeit gehabt, über meine Lage nachzudenken, und war infolge der Behandlung, die mir zuteil wurde, zu dem Schluß gekommen, daß der Polizeipräfekt von Paris mich dringender brauchte, als er erkennen ließ. Ich wollte mein Spiel mit ihm treiben und, wann ich es für ratsam hielt, aus der Stadt fliehen. Wenn ich erst wieder zu Hause war, wollte ich meine Pläne fassen. Zuerst ein Banktransfer ins Ausland, am besten durch einen Mittelsmann, sodann die Umsetzung einiger meiner Besitztümer und größeren *objets d'art* in Juwelen – »Nun, Mademoiselle, fandet Ihr die Predigten erhellend?« La Reynie hatte Papiere unterzeichnet, die ihm sein Schreiber vorlegte, während er wartete, daß ich zu ihm gebracht wurde. Ich konnte die Schriftstücke auf dem Kopf entziffern. Es handelte sich anscheinend um seinen täglichen Bericht an den König über die Zustände in Paris. Verbrechen, Gerüchte, Intrigen – der Bericht schien eigens darauf angelegt, das Interesse eines gewohnheitsmäßig gelangweilten Mannes zu wecken.

»Unendlich erhellend, Monsieur. Sie sind in einem Code abgefaßt, der auf der Ziffer sechs basiert.« La Reynie hob die Augenbrauen. »Wenn Ihr Euch die sechste Zeile des sechsten Abschnittes der sechsten Predigt anseht und jedes sechste Wort auslaßt, werdet Ihr auf die wirkliche Meinung des Verfassers stoßen.« Ich reichte ihm das Buch. Er schlug es auf der richtigen Seite auf und fuhr mit dem Finger die Zeile entlang.

» – der – Teufel – beherrscht – Frankreich – Rebell – gegen – Sünde – zerquetscht – Schlange – Tyrann.«

»Wirklich ganz leicht zu entziffern. Wie jeder weiß, ist 666 die Zahl des Tiers in der Offenbarung. Der brave Priester sendet geheime Botschaften an die anderen Frondeure und Mörder seiner Bande.« Ich beobachtete La Reynie, der die Stelle sorgsam markierte und das Buch beiseite legte. Es erwärmte mich durch und durch, mir vorzustellen, wie der schwülstige Père Clement verhört wurde. »*Huitième coin*, nun sagt uns bitte noch einmal, warum habt Ihr die Botschaft in einer Predigt versteckt?« Und der Gehilfe des Scharfrichters würde den achten Keil in den Stiefel treiben, indes der abscheuliche Père Clement schreiend um Gnade flehte dafür, daß er die Öffentlichkeit mit seinem frommen Gewäsch behelligt hatte. Vollkommen gerecht.

»Wir sind nicht hier, um über Predigten zu sprechen. Wir sind hier, um über Eure Zukunft zu sprechen –«

»Als Euer Spitzel? Natürlich werde ich Euch informieren. Ich komme mit den Geheimnissen eines jeden Boudoirs in Paris zu Euch, sofern Ihr eine Methode ersinnen könnt, den König daran zu hindern, mich in der Minute hinrichten zu lassen, da er hört, daß ich wieder aus dem Glase lese.«

»Ihr seid nach der vergangenen Woche unverschämt wie eh und je, Mademoiselle. Vielleicht benötigt Ihr mehr Zeit dort unten, um Bescheidenheit zu lernen. Weniger angenehme Umstände – ah, da werdet Ihr nachdenklich. Nun hört Euch meine Bedingungen an und sprecht nicht, bis ich Euch auffordere –«

Das Feuer flackerte zwischen den schwarzen Kaminböcken in Katzengestalt, und Regen trommelte an das Fenster des kleinen Kabinetts der Schattenkönigin. Sie stand auf und schenkte noch ein Glas süßen Weines ein, das sie mir gütig lächelnd reichte. Ihre Kutsche hatte mich unmittelbar vom Châtelet zur Rue Beauregard gefahren, und dort saß ich nun, naß, knittrig und elend, neben ihrem kleinen Schreibpult.

»Nur zu, nimm noch etwas, meine Liebe – was genau hast du La Reynie über mich erzählt?«

»Nur daß Ihr mich in der Kunst des Wahrsagens unterwiesen habt, daß Ihr mich im Schnee fandet und ich Euch mein Leben verdanke und daß die in dem Buch aufgeführten Gebühren Lehrgeld waren –«

»Sie haben deine Bücher in die Hände bekommen?«

»Nur das letzte – es stand nichts darin – ich bin vorsichtig gewesen –« Sie tat meine Entschuldigungen mit einer Handbewegung ab.

»Und warum ließ er dich gehen?«

»Er konnte mich nicht gut wegen der Ermordung meiner

selbst belangen – außerdem wünschte er, daß ich mich als Polizeispitzel betätige.« La Voisins Augen verengten sich. »Er wünscht, daß ich ihn einmal in der Woche mit einem Bericht aufsuche – deswegen brauche ich Eure Hilfe. Ich muß ihm Sachen liefern, die durchaus wahr scheinen, aber keinen Schaden anrichten können.« La Voisin trommelte mit den Fingern auf den Tisch.

»Verflucht!« sagte sie. »Er wird dir einen Spitzel ins Haus setzen, um ganz sicherzugehen. Jemanden, der so leicht zu überreden ist wie du –« Sylvie, schienen ihre Lippen lautlos zu sagen, und gleichzeitig schoß mir der Name durch den Kopf. Die Schattenkönigin brach ab und sah mich kopfschüttelnd an. »Wie leicht du zu gängeln bist. Ich nehme an, er hat zuerst gedroht und dich dann mit dem Versprechen zu locken versucht, dich in den Schoß deiner liebenswerten Familie zurückzuführen. Und bei dem bloßen Gedanken daran hast du vollkommen kapituliert.« Sie brach in Lachen aus.

»Er hat der Wache meine Beschreibung gegeben. Ohne seine schriftliche Genehmigung kann ich die Zollschranken nicht passieren, um aus der Stadt zu gelangen. Ich bin hier gefangen.«

»Aber der König – dein großer Triumph – du mußt doch aus der Stadt heraus, wenn du wieder an den Hof gerufen wirst –«

»Ich bin überzeugt, er hat sich mit dem König besprochen. Schließlich berichtet er ihm täglich. Meine Identität war zu schnell nachgewiesen, um deswegen nicht beim König vorzusprechen. Und ich darf wieder aus dem Glase lesen, vorausgesetzt, ich melde alle Wünsche nach politischen Lesungen und mache selbst keine politischen Prophezeiungen.«

»Somit hält er buchstabengetreu sein Wort –«, murmelte La Voisin.

»Ganz recht«, pflichtete ich ihr bei.

»Wenn er Politik wünscht, wird er Politik bekommen. Wir können gewiß genügend Verschwörungen erfinden, um die Polizei irrezuführen.« Ich nickte stumm. Ich konnte ihr nicht erzählen, daß die Polizei auch Informationen über verschuldete Leute wünschte, über Leute, die verzweifelt eine Erbschaft wünschten und die zu Gift greifen würden, um ihre Lage zu verbessern. Die Beichtväter von Paris hatten ihre Arbeit allzu gut gemacht. Durch sie war die Polizei schließlich dem Handel mit »Erbschaftspulvern« auf die Spur gekommen.

Kapitel XXXI

Es ist bedrückend, ein Haus aufzuräumen, das von der Polizei durchsucht wurde. Papiere, Bücher und Kleidungsstücke lagen überall umher. Im Weinkeller herrschte großes Durcheinander, die Hälfte der Flaschen fehlte. Wir warfen das zerbrochene Porzellan fort und schickten die aufgeschlitzten Wandbehänge zum Flicken.

»Nicht stöhnen, Madame. Der Stuhl kann wieder aufgepolstert werden.«

»Ich denke, ich lasse nur den Bezug stopfen, Sylvie. Und ich werde meine Gemälde verkaufen. Es wird nicht mehr so gut um uns bestellt sein, nachdem ich nun nicht mit dem Hofe reisen kann.« Der trübe Tag paßte zu meiner trüben Stimmung. Das neue Jahr war angebrochen, doch der Lenz schien weit entfernt. Ich hatte meinen mit Elfenbein eingelegten Beistelltisch und die größten Silberteile verkauft und dafür zwei Diamantarmbänder erstanden. Doch als ich La Reynie in der Verkleidung eines Fischweibes aufsuchte, hatte er beim Lesen meines Berichtes die Nase kraus gezogen und gesagt: »Ah, vortrefflich, genau was ich wollte. Aber sagt mir, was will ein Fischweib mit Diamantarmbändern? Ich hoffe, Ihr denkt nicht daran, uns zu verlassen. Mein Desgrez ist ein Bluthund, der über Grenzen nur lacht.« Während er mit der Hand den fauligen Fischgestank fortwedelte, dachte ich: Sylvie. Sie steht auch bei der Polizei im Sold. Ich muß vorsichtiger sein.

»O seht, Madame, eine Kutsche hält vor dem Haus. Ein Zeichen. Eure erlauchte Klientel kehrt zurück.« Ich sah aus dem Fenster. Eine bekannte Gestalt in einem schweren, goldbetreßten Umhang und einem breiten Federhut war aus der Kutsche gestiegen.

»Nein – es ist Florent! Er ist wieder da!« jubelte ich und eilte, ihm die Türe zu öffnen.

Nach zahllosen Umarmungen sah d'Urbec sich um und bemerkte sachte: »Mich dünkt, hier hat sich etliches verändert, nicht wahr? Nun ja, ganz Europa verändert sich. Hast du von der Vermählung des Prinzen von Oranien mit der englischen Prinzessin Maria gehört? Gänzlich unerwartet. Es heißt, sie seien mit nur wenigen Zeugen in die Kapelle geeilt. Aber es ist plausibel. Der König hatte ein Komplott geschmiedet, die Prinzessin nach Frankreich entführen zu lassen, um sie zur Vermählung mit dem Dauphin zu zwingen.«

»Florent, ich habe die Hochzeit vor Monaten prophezeit. Damit hat all mein Verdruß begonnen.«

D'Urbec machte ein unduldsames Gesicht, als glaubte er kein Wort. »Weißt du«, sagte er, »halb Europa war überrascht, wie ruhig der König die Kunde aufnahm, beinahe, als hätte er es schon gewußt. ›Die Bettler haben sich gefunden‹, sagte er, das war alles. Wirklich verblüffend, wenn man bedenkt, wie enttäuscht er gewesen sein muß. Er hatte geplant, die Gunst des Heiligen Vaters zu gewinnen, indem er England wieder zum Katholizismus bekehrte. Erstaunlich –« D'Urbec schüttelte den Kopf. »Der König muß überall Spione haben. Wenn der Prinz von Oranien in seinem eigenen Kabinett einen Schluckauf hat, wird es dem König vor Ablauf der Woche zugetragen.«

»Auch das hat mit meinem Verdruß zu tun, Florent. Laß dir beim Mahle alles erzählen.«

»Nun«, erklärte d'Urbec heiter, indes er die letzten Knochen des Kapauns abnagte und sich die Finger an der Serviette abwischte, »es gibt nur einen Ausweg aus deinem Problem.«

»Ja, hinaus aus Paris, ich bin hier gefangen wie ein Hund an der Leine.« Wir befanden uns in einem Séparée im rückwärtigen Teil eines eleganten Restaurants. Es hatte mich erleichtert, erzählen zu können, was sich zugetragen hatte. Ich legte es dar wie ein Puzzlespiel, um seinen Geist anzuregen: die Drohungen der Polizei, die Intrigen, der Hang der Schattenkönigin, Personen, die ihr mißfielen, verschwinden zu lassen, die Spione, des Königs gefährliches Versprechen.

»Nein«, sagte er, »zuallererst mußt du dich vermählen – vorzugsweise mit mir.«

»Was könnte das helfen? Ich dachte, du seist ein brillanter Geist, aber jetzt zeigt sich, daß du nur denkst wie ein Mann.«

»Und das ist eine sehr gute Art zu denken«, meinte er lachend. »Lasse es dir beweisen. Erstens: Wenn du verheiratet bist, hat dein Bruder als Oberhaupt der Familie keinen Anspruch mehr auf deinen Besitz, noch hat er das Recht, dich wegen des skandalösen Lebenswandels, den du, nebenbei bemerkt, führst, in ein

Kloster einzusperren. Damit ist La Reynie keine Bedrohung mehr für dich. Zweitens: Als dein Ehemann kann ich deinem Erbe nachspüren, da es meines wird. In Frankreich würde dies jahrelange Prozesse und Bestechungen bedeuten. Doch im Ausland wäre es viel einfacher, da dein Bruder keinen Zugriff hat – tatsächlich weiß er nichts von Cortezia und Benson.«

»Aber – aber –«

»Nein, höre mich zu Ende an. Es gibt noch einen dritten Punkt. Die Wachleute an der Grenze richten ihr Augenmerk hauptsächlich auf Güter, die ins Land hinein-, nicht auf Verbrecher, die aus dem Land herausgeschmuggelt werden. Du könntest die Stadt jederzeit verlassen, wenn du einverstanden wärst, verkleidet und nur mit dem, was du am Körper versteckt tragen kannst, zu fliehen. Madame de Morville, ihre Kutsche, ihre Bedienten, die sind überall bekannt. Geneviève Pasquier zu Fuße wäre nahezu unsichtbar, vor allem dann, wenn sie ihrem Verlangen, zwei Ringe an jedem Finger zu tragen, widerstehen könnte. Aber du schreckst vor dem Zigeunerleben zurück, Athena; du hegst eine sehr verständliche Furcht, in einem fremden Land in einem Straßengraben zu sterben –«

»Und wenn ich es tue?«

»Die Liebe zum Materiellen hat dir deine Fluchtwege versperrt, Athena. Du hättest die exzellente geistige Materie, die dir Monsieur de la Reynie geboten hat, genauer studieren sollen.«

»Das ist es nicht – aber meine Bücher, mein Silber – allein der Wert der Möbel –« Hier legte er seinen Finger auf meine Lippen und brachte mich zum Verstummen.

»Da haben wir den Beweis, meine Liebste. Nun darfst du nicht vergessen, ich bin ein Experte, wenn es gilt, Güter heimlich ins Ausland zu schaffen. Ich kann jedoch nichts unternehmen, solange ich nicht von Rechts wegen zum Umgang mit deinem Eigentum ermächtigt bin.« Er legte den Kopf auf die Seite und sah mich mit amüsierter Miene aus dem Augenwinkel an.

»Florent –«

»Ja, ich weiß, was du sagen willst. Du müßtest mir vertrauen. Einen Menschen lieben, das ist eine Sache, aber ihm trauen, das ist etwas anderes, vor allem bei dir, nicht wahr, kleine Hexenmeisterin?« Lächelnd trank er den Rest aus seinem halb geleerten Weinkelch und wartete auf meine Antwort.

»Nein, das ist es nicht – aber du würdest dein Leben aufs Spiel setzen –«

»Das hat nichts zu bedeuten. Ich setze mein Leben stets aufs Spiel. Warum nicht für dich?«

»Florent, du versuchst mich zu überlisten, damit ich dich heirate.« Meine Hände zitterten.

»Natürlich. Und wie lautet deine Antwort?« Ich sah auf den Grund meines Weinkelches, versuchte, mich zu entscheiden, und die Angst packte mich wie Fieber.

»Ich – ich muß nachdenken. Ich sage es dir morgen.«

»Ich wußte, daß du so antworten würdest. Schicke mir Bescheid, wenn du dich entschieden hast. Doch zögere nicht zu lange, wir wissen nicht, wieviel Zeit dir noch bleibt. Wochen, Monate – bedenke das, wenn du über das entsetzliche Thema Ehe nachsinnst.«

In dieser Nacht erwachte ich wohl ein Dutzend Male und zitterte am ganzen Leibe.

Großmutters Papagei war es, der mir die Entscheidung abnahm. Er hatte sich erkältet und hockte auf seiner Stange, die Federn aufgeplustert, die schwarzen Augen trübe. Als ich ihn zum Aufwärmen ans Feuer brachte, gluckste er unglücklich.

»Lorito, dir ist genauso zumute wie mir«, sagte ich zu ihm.

»Hölle und Verdammnis«, krächzte er trübselig.

»Sehr richtig. So ein Schlamassel. Sage mir, soll ich fortgehen oder bleiben?«

»Sodom und Gomorrha«, verkündete der Vogel und reckte das Köpfchen.

»Du bist mir eine feine Hilfe. Ich muß mich entscheiden, ob eine Wahrsagerin, die mit der halben Welt Verdruß hat, einen Abenteurer heiraten soll, der mit der anderen Hälfte Verdruß hat. D'Urbec heiraten – das kann nicht gutgehen.«

»D'Urbec heiraten«, entschied der Vogel und guckte mich mit einem Auge an. »Kluger Lorito. Hübscher Lorito.« Das Gesicht des Vogels erinnerte mich an Großmutter in ihrem Häubchen. Ich nahm Papier und Tinte, setzte mich und schrieb einen Brief. Er enthielt nur ein einziges Wort:

Ja.

Sobald er die Botschaft erhalten hatte, kam er, um mir eifrig zu erörtern, welche Maßnahmen er nunmehr zu ergreifen gedenke.

»Das wichtigste ist im Augenblick, alles geheimzuhalten – vor der Polizei ebenso wie vor deiner Gönnerin. Niemand darf merken, daß der Vogel davonfliegen will. Sage nichts zu Sylvie. Ich besorge Trauzeugen und einen Priester, die bei niemand im Sold stehen; damit gewinnen wir Zeit, wenngleich ich nicht weiß, wieviel.«

»Florent, du hast mir noch nicht gesagt, daß du glücklich bist«, sagte ich. Er zögerte einen Moment und sah mich mit ernsten Augen an.

»Geneviève, du bist alles, was ich mir je gewünscht habe. Vergib mir meine schreckliche Angst, du könntest entfliehen, nachdem ich so lange gewartet habe.«

»Wenn ich mein Wort gebe, dann ist es für immer; mein Herz wird sich niemals wandeln. Denke daran – und sei gütig.«

»Du meinst, wenn ich mich wandeln sollte? Denke das nicht von mir. Niemals.«

Am nächsten Tag legte ich unter dem Vorwand, zu einem Souper eingeladen zu sein, freudig mein rosafarbenes Seidenkleid an, und wir fuhren durch den grauen Nebel zu einem entlegenen Sprengel am Rande der Stadt, wo wir von einem halbtauben alten Geistlichen und zwei maskierten Trauzeugen empfangen wurden. Es dunkelte bereits, doch die frisch angezündeten Kerzen im Mittelschiff offenbarten den armseligen Zustand des Gebäudes. In den dämmerigen Bögen über uns regte es sich, und schrilles Pfeifen war zu hören: In dem bröckelnden Gemäuer hatten sich Fledermäuse eingenistet. Dicker Staub lag auf der abblätternden Farbe der Heiligenstatuen. Die Holzpaneele des Beichtstuhles waren rissig. Ramponierte Eisengitter riegelten die privaten Kapellen ab. Dies war offensichtlich ein Sprengel, dessen Pfarrer dringend Geld brauchte.

In der Seitenkapelle, die von einer grellbunt bemalten Muttergottes mit einer Glitzerkrone beherrscht wurde, nahmen die Trauzeugen die Masken ab. Lucas, der Untergrundpoet, und – Lamotte. Florent lächelte ironisch, als er mich zusammenzucken sah. Es gibt gewisse Dinge, an die man an seinem Hochzeitstag nicht gerne denkt, so wenig förmlich er auch begangen wird.

»Dies sind die Männer, denen wir vertrauen können, Geneviève. Wir haben miteinander zuviel durchgemacht, als daß es anders sein könnte.«

»– aber die Herzogin –«, brachte ich hervor.

»– wird entzückt sein, sollte es ihr je zu Ohren kommen«, ergänzte Lamotte. »Sie verabscheut La Reynie und alles, was er tut.«

»Eine Familienfehde zwischen den La Reynies und den Bouillons – um Land und Steuern, glaube ich«, fügte Florent hinzu. Lamotte, noch fülliger geworden, aber immer noch prachtvoll, in reichbestickten weiten Kniehosen und einem blauen Samtumhang mit feuerrotem Satinfutter, trat einige Schritte vor.

»Und –«, sagte er zögernd, »ich schulde Euch eine Entschuldigung. Euch beiden. Es ist das wenigste, das ich tun kann, um Abbitte zu leisten. Neid, d'Urbec, macht einen Menschen zum Narren. Und ich habe – viele Male – einen schrecklichen Preis gezahlt, schlimmer gar als den, den mir mein Gewissen auferlegte.« In dem rasch verdämmernden Licht sah sein Gesicht abgespannt und traurig aus. »Alles, worum ich bitte, ist, wenn Ihr meine Sünden aufzählt, rechnet Hartherzigkeit nicht dazu.«

»Nun aber Schluß mit der Gewissenserforschung, mein lieber Chevalier«, sprach Florent, »wir müssen zur Sache kommen, und Père Tournet läßt sich nicht gerne aufhalten.« Von seiner Flasche abhalten, dachte ich, während der alte Priester stolpernd und stotternd die Zeremonie vollzog. Panik wallte in mir auf, als er die Worte herunterleierte. Mein Mund war so trocken, daß fast kein Laut herauskam, und tonlos gab ich die Antworten. Des Priesters Knollennase und seine mottenzerfressenen Gewänder, Florents dunkles, von Sorge gezeichnetes Gesicht in dem flakkernden Licht, der Kerzenschein, der sich in Gitter und Vergoldung spiegelte, das alles schien gar seltsam durcheinanderzuwirbeln. Ich hatte ein furchtbares Gefühl im Magen, und meine Knie wurden schwach.

Als ich wieder zu mir kam, flößte man mir Branntwein ein, und ich würgte. »Ah, sie hat die Augen geöffnet«, sagte jemand. »Ihr wart ohnmächtig, Madame d'Urbec«, vernahm ich die Stimme des Priesters, »ein nicht ungewöhnliches Vorkommnis bei Vermählungen. Freilich, peinlicher ist es, wenn es dem Bräutigam widerfährt.«

»Madame d'Urbec? Ich bin vermählt?«

»Allerdings. Regelrecht. Rechtmäßig. Verbrieft und besiegelt.« Florent half mir vom Fußboden auf. Sein Gesicht war besorgt. »Geneviève, ist dir wohl?« fragte er sanft.

»O Florent – vermählt – es kann nicht sein – ich liebe dich zu sehr – was wird nun aus uns werden?«

»Ich kann für dich sorgen, und wir werden glücklich sein, das ist alles«, sagte er, indes er die Locken zurückstrich, die mir ins Gesicht gefallen waren.

»Aber – aber, wie soll –«

»Es kann gutgehen, wenn du es willst, Geneviève. Versuche es, ja? Laß uns um meinetwillen versuchen, glücklich zu sein.« Aber ich konnte mich nur an seinen Umhang klammern und weinen. Und als er mich in seine Arme nahm, vernahm ich Lucas' Bemerkung:

»Dies, mein lieber de la Motte, ist ohne Zweifel die merkwürdigste Braut, der ich je begegnet bin.«

Nach der Heirat führte ich ein eigenartiges Leben: Florent behielt sein Quartier, und ich führte meinen eigenen Haushalt weiter. Alle mutmaßten, wir hätten eine schamlose Affäre. La Reynie wurde meiner nichtssagenden Berichte überdrüssig und überließ mich einem Untergebenen, den ich in einem Hinterzimmer des Palais de la Reynie traf, einer weitläufigen Privatresidenz, die als zweites Zentrum polizeilicher Tätigkeiten diente. Wenn ich in meiner stinkenden Verkleidung über die Hintertreppe kam, begegnete ich anderen verkleideten Spitzeln aus allen Ständen, maskierten Damen und wuterfüllten Seelen, die auf Rache sannen. Der Innenhof war oftmals gedrängt voll von den Kutschen von Baumeistern und Planern, denn die Polizei befaßte sich auch mit Bauarbeiten für öffentliche Einrichtungen, mit der Speisung der Armen und mit Gewerbeverordnungen.

Eines Tages im Spätfrühling des Jahres 1678 aber sah ich mich wieder einmal dem Polizeipräfekten persönlich gegenüber. Diesmal war er wie ein Edelmann gekleidet, er trug ein Habit aus braunem Samt mit Spitzen an Hals und Ärmeln, und er wirkte unwillig.

»Ich würde meinen, Mademoiselle, daß jemand von Eurem Stande des Geruchs dieser abscheulichen Kostümierung überdrüssig würde«, sagte er und befahl einem Lakaien, ein Fenster zu öffnen. Es muß etwas Wichtiges vorgefallen sein, dachte ich, sonst würde er seine Zeit nicht mit mir verschwenden. »Und setzt Euch bitte nicht auf den gepolsterten Stuhl«, fügte er hinzu. Er ist nervös, dachte ich. Ein gutes Zeichen. Er braucht mich nach wie vor. Ich sah mich in dem langgestreckten Raum um, an dessen bemalter Decke sich Nymphen und andere halb bekleidete mythologische Wesen tummelten. Ein schlichter hölzerner Schemel ohne Kissen war für Besucher von niederem Rang vorgesehen. Ich setzte mich.

»Milord Buckingham ist mit zwei Begleitern nach Paris gekommen. Ich habe erfahren, daß er in der Stadt Verbindungen hat. Heute abend wird er an einer spiritistischen Sitzung teilnehmen.« Zwei Wachtmeister in blauem Habit und roten Strümpfen standen an der in Weiß und Gold gehaltenen Türe zum Vorzimmer.

»Ja, bei Madame Montvoisin. Ich habe eine Einladung. Geister sind nicht meine Spezialität, wie Ihr wißt.«

»In jüngster Zeit scheinen Gewinnvoraussagen beim Glücksspiel und ein lockerer Lebenswandel Eure Spezialität zu sein«, bemerkte La Reynie trocken. »Diesmal erwarte ich einen vollständigen Bericht: was Buckingham wünscht, wer ihm dort Gesellschaft leistet und was die Geister verheißen. Einen *vollständigen* Bericht, versteht Ihr?«

»Ja, Monsieur de la Reynie«, erwiderte ich und nickte.

»Dann könnt Ihr Euch entfernen. Latour, öffne die anderen Fenster, bevor ich in dem widerlichen Fischgestank ersticke.«

Es war schon später Nachmittag, als ich den Fischgeruch abgewaschen und mein elegantestes Hofkleid angelegt hatte. Sylvie begleitete mich, auch sie in ihrem besten Staat, und Mustafa trug meine Schleppe. Ich hatte Florent versprochen, vor dem Dunkelwerden zurück zu sein, da die Geister selten mehr als eine Stunde beanspruchen. Madame verbrennt Weihrauch und singt, und Manon flüstert hinter der Tapisserie im Nebenzimmer durch ein Sprachrohr in den schwarzen Salon hinein. Die Klientel erstarrt in Ehrfurcht, die Geister reden doppelzüngig, und Madame wird gut bezahlt.

Die Milords waren schon eingetroffen und tranken Wein am Eßtisch vor dem Wandbehang. Madame saß bei ihnen und erteilte Manon Anweisungen.

»Ah, das ist sie – die liebe Marquise. Jetzt ist unsere Zahl komplett. Sylvie, du mußt dich zu Manon gesellen. Mustafa, du wartest in der Küche; unsere Mysterien sind nur für Eingeweihte.«

»Ich muß sagen«, meinte Milords pummeliger blonder Begleiter, »ich habe eine große Schwäche für dämonische Séancen. Sagt, wird eine Jungfrau geopfert?«

»Unsere Mysterien dürfen nicht sorglos preisgegeben werden«, erwiderte La Voisin mit tiefer, erregt klingender Stimme. »Ihr habt um den Beistand eines der mächtigsten Fürsten der Hölle ersucht. Es genügt, wenn Ihr wißt, daß das Opfer vollkommen angemessen ist. Astaroth steht nicht zu Diensten, wenn er nicht mit einer menschlichen Seele entlohnt wird.« Beide Milords erschauerten vor Wonne, und sogar Buckinghams abgestumpftes Gesicht leuchtete in neu entfachtem Interesse auf.

»Sagt mir, sind – orgiastische Exzesse inbegriffen?« fragte der andere Milord. Die bizarre Lust in seinen Augen verwirrte mich. »Besonders liebe ich Zeremonien ohne Bekleidung.« Ach du meine Güte, dachte ich, was La Voisin nicht alles für Geld tut. Geld und eine Zuflucht im Ausland. Man sollte meinen, bei ihrer Neigung zur Eleganz müßte es ihr gelingen, eine Zeremonie in Würde durchzuführen.

»Oh, *Ihr* dürft Euch entblößen, wenn Ihr es wünscht«, sagte La Voisin streng. »Ich aber bin die Herrscherin dieses Schattenreiches, und ich kleide mich entsprechend.«

»Blöde französische Henne«, hörte ich ihn Buckingham zuflüstern.

»Dann ist es abgemacht – wir drei sind Zeugen, und ich stelle das Gesuch an den Dämon. Was müssen wir zuerst tun?« fragte Buckingham.

»Zuerst müssen wir in meinem Kabinett eine kurze Schutzanrufung durchführen, da meine Lakaien den Salon bereits für die Zeremonie herrichten.« In diesem Augenblick erschienen zwei Bediente mit einem aufgerollten Teppich in der Türe des schwarzen Salons. »Dann muß ich die Gewänder der Macht anlegen. Bei dieser Zeremonie dürft Ihr nicht zugegen sein. Läuterung, Hingabe, sie müssen makellos sein, wenn wir Macht über den Dämon erlangen wollen.«

»Hmm – ein echter türkischer Teppich. Eure Geschäfte müssen gut gehen«, bemerkte der zweite Milord.

»Selbstverständlich. Bei jedem Vorhaben stehen mir infernalische Mächte bei, so wie sie Euch bald beistehen werden«, erwiderte La Voisin seelenruhig. Dann wandte sie sich mit einem seltsamen Lächeln an mich. Das kleine V, zugespitzt, die Augen gütig. »Meine liebe Marquise, darf ich Euch die Überwachung der Arbeit der Dummköpfe in meinem Salon übertragen? Die Fenster müssen mit Pech abgedichtet werden. Ich wünsche keine übersehenen Ecken. Gebt acht, daß die Diener mein Schreibpult nicht beschädigen, wenn sie es durch die Türe tragen, Blattgold zu ersetzen ist sehr kostspielig. Die Leuchter in den Ecken des Raumes müssen exakt dieselben Abstände haben, und die Statuen und die Front des Schrankes mit den Figurinen müssen mit schwarzen Tüchern verhängt werden. Ah, gut – ich bin Euch so dankbar, Madame.« Sie befahl Marie-Marguerite zu sich, und ich hörte sie sagen, als alle im Kabinett verschwanden: »Meine Tochter, Adeptin der höheren Mächte – vor langer Zeit dem Dämon geweiht – Reichtum und Macht – Euer Ersuchen ist ein leichtes für einen so hochstehenden Fürsten der Hölle –«

»Ja, ja –«, hörte ich Buckingham sagen, das Weitere konnte ich nicht verstehen, da sich die Türe des Kabinetts hinter ihnen schloß. Was für ein Ersuchen? Ich mußte es wissen. Jetzt muß ich der langweiligen Zeremonie beiwohnen, um es zu erfahren, dachte ich. Und welchen Zinnober würde La Voisin ihm diesmal auftischen? Wer sie kannte, wußte, daß ihre Geheimnisse viele Häute hatten, wie eine Zwiebel. Gelegenheitskunden bekamen stilvollen Hokuspokus serviert. Tarot. Seltsame Gegenstände, in Kerzenflammen verbrannt. Stammkunden bekamen Pulver, die in der schwarzen Messe unter dem Kelch hergestellt waren, das Verbrennen des Reisigs, Messen für Sankt Rabboni. Und die vertrauenswürdigsten Klienten bekamen die Geheimnisse des Zauberbuches und die schwarze Messe. Verflucht, dieser lästige Polizeimensch. Dies würde die halbe Nacht dauern, und ich wäre lieber zu Hause bei Florent.

Endlich war das unter meiner Aufsicht ausgeräumte und abgedichtete Zimmer bereit. Die Leuchter an den Wänden wurden mit schwarzen Kerzen bestückt, die schweren Brokatvorhänge vor die hohen Fenster gezogen. Die verbliebenen Möbel wurden mit schwarzen Tüchern verhängt und nahmen gespenstische Formen an. Auch die Gesichter der Muttergottes und der vielen kleinen Cherubim auf dem Bord waren mit schwarzen Tüchern verdeckt. Die schwarz gekachelte Mitte des Fußbodens, sonst stets unter dem Teppich verborgen, war sauber geschrubbt und spiegelte das Glitzern der Kerzenflammen wider. Marie-Marguerite, noch recht blaß und angegriffen, aber anscheinend in Gnaden wieder aufgenommen, erschien in der offenen Türe.

»Ist das Zimmer bereit? Gut. Mutter ist angekleidet.« Die Worte klangen irgendwie bedrohlich. »Sie wünscht Euch vor der Zeremonie in ihrem Kabinett zu sehen. Sylvie und ich kommen gleich nach, wenn wir uns umgekleidet haben.«

In Madames Kabinett traf ich auf zwei schaudernde Milords, angetan mit Gewändern, die wie übergroße, schwarz gefärbte Bettlaken anmuteten und mit schwarzen Kordeln um ihre Mitte gebunden waren. Sie hatten kabbalistische Zeichen auf der Stirne, ihre Pupillen waren groß und glitzernd. Rauschmittel, dachte ich. Sie werden mit Sicherheit Erscheinungen haben.

Eine kleine Schale mit Asche stand neben dem Tintenfaß auf dem Schreibpult. Ich sah ein Pergament mit gezeichneten schwarzen, seltsamen Figuren und Ziffern. In der Mitte standen eine Flasche Likör, mehrere kleine Gläser und ein Teller mit buntem Marzipan. Wie eine Kaiserin saß Madame in ihrem brokatenen Lehnstuhl. Um die Schultern hatte sie eine Robe aus scharlachrotem Samt, wie eine Dalmatika geschnitten, reich in Gold mit Hunderten von doppelköpfigen Adlern mit ausgebreiteten Schwingen bestickt. Darunter trug sie einen Rock aus meergrünem Samt mit reichem Spitzenbesatz. Ihre Füße steckten in scharlachroten Samtpantoffeln, ebenfalls mit doppelköpfigen Adlern in Gold bestickt. Auf ihrem Kopf saß eine mit Totenköpfen verzierte Krone.

»Nehmt Platz, meine Liebe. Wir haben eine arbeitsreiche Nacht vor uns, und Ihr wißt, es ist mir zuwider, ohne eine kleine Stärkung ans Werk zu gehen.« Ich sah genau hin, als sie den Likör in die Gläser schenkte. Ein jedes war sauber, sie selbst nahm auch eines. Gut, er war nicht mit Rauschmitteln versetzt. Die Milords hoben ihre Gläser. Ich desgleichen. Das Marzipan wurde herumgereicht, mein liebstes Naschwerk. Einige Stücke waren wie Birnen, Äpfel und Kirschen geformt, andere wie kleine Hörner und Trommeln. Ich nahm dasjenige, das die Form eines Häuschens hatte. Zu meiner Schande muß ich gestehen, es sah etwas größer aus als die anderen, aber ich wollte nicht habgierig erscheinen, indem ich ein zweites nahm.

Wir saßen eine Weile schweigend, was mir nur recht war, denn ich war nach den Strapazen sehr müde. Zudem langweilte der Abend mich jetzt schon.

»Es ist Zeit«, verkündete die Schattenkönigin. »Meine Kräfte sind auf dem Höhepunkt. Der Mond ist aufgegangen. Mein Blut ist mit der mächtigen Saat entflammt.« Die Milords schauderten. »Ich werde den Kreis zeichnen.« Wie durch einen Nebel sah ich sie Schachteln und Krüge aus den Schränken nehmen, den Inhalt sorgsam abmessen und in einer großen Messingschale mischen. »Für die Kohlenbecken«, sagte sie. Opium, Johanniskraut, Alraune und wer weiß was noch. Dann entnahm sie einer Schachtel Kreide, eine geknotete Kordel und fünf Kerzen. In einer Metallkiste hatte sie einen mumifizierten Kopf. »Der Kopf eines Muttermörders«, verkündete sie.

»Si – sind die Kerzen aus Menschenfett?« fragte ein Milord.

»Selbstverständlich. Für eine machtvolle Zeremonie würde ich nichts anderes nehmen«, erwiderte sie. Sein Gefährte schauderte. Sie nahm ihr silbernes Glöckchen zur Hand und läutete. Zwei Lakaien erschienen schwarz gekleidet an der Türe. »Bringt das Opfer in das Gemach«, sagte sie und wies mit einer gebieterischen Geste auf mich. Jetzt merkte ich, daß ich nicht stehen konnte. Ich suchte den Kopf zu wenden, um zu sehen, was vorging, doch er wollte mir nicht gehorchen.

»Wieviel haben sie Euch bezahlt?« versuchte ich zu krächzen, bevor meine Zunge schwer wurde und den Dienst versagte.

»Wehre dich nicht zu sehr gegen den Rausch, meine Liebe. Du wirst sonst deine Atmung überlasten, die im Augenblick sehr geschwächt ist.« Ich konnte mich nicht rühren, um sie anzusehen. Sie beugte sich zu mir vor. »Sie bezahlen mir eine Menge, Marquise. Und du mußt wissen, daß ich mit dir nach dem Vorfall beim König kein Geschäft mehr machen kann. Und wie könnte ich dir auch trauen, nachdem La Reynie dich in Gewahrsam hatte? Dennoch, es wird sich alles zum Guten wenden.« Sie tätschelte meine Hand und lächelte. »Hat Astaroth sich erst an deinem Geiste gütlich getan, wirst du vollends verläßlich sein. Eine von uns – du solltest dich wirklich freuen.« Eure Tochter hatte recht, dachte ich. Ihr würdet alles opfern, wenn es Euch gelegen käme.

»O ja, ich lese es in deinen Augen. Du fragst dich, wie ich dir das Rauschmittel verabreicht habe, nicht wahr? Wo du doch so vorsichtig warst? Nun, es war nicht im Likör, es war im Marzipan. Du nimmst dir *immer* das größte Stück.« Sie kicherte, und alles tanzte irre vor meinen Augen, als die Lakaien mich aufhoben und in dem schwarzen Gemach unter dem Fenster an die Wand lehnten.

»Ich erblicke Satan als einen Pfeil, der vom Himmel fällt. Du bist es, der uns die Macht gab, Drachen zu zermalmen, Skorpione –« Singend zog La Voisin mit der Spitze eines großen Schwertes den äußeren Kreis gegen den Uhrzeigersinn, in der Richtung des Teufels. Marie-Marguerite und Sylvie, in enganliegende rote Gewänder gekleidet, die Haare offen unter schweren Diademen, standen hinter ihr und hielten etwas in Händen. Dann folgten der innere Kreis, mit Kreide gezeichnet, die kabbalistischen Zeichen, das Dreieck, das Siegel Salomons. Die Gehilfinnen der Schattenkönigin zündeten die Mixtur in den Kohlenbecken und der Messingschale an, und stinkender Rauch verbreitete sich im Raum. Dann legte La Voisin den Inhalt der anderen Schalen, einen Katzenkopf und den mumifizierten Kopf, außerhalb des Kreises als Opfer nieder, um den Dämon anzulocken.

»Muß die Katze immer schwarz sein?« murmelte einer der englischen Herren.

»Ja. Und mit Menschenfleisch gefüttert. Der Schädel muß von einem Muttermörder sein. Die Macht muß konzentriert sein –«

»Muß Blut vergossen werden?«

»Ja. Das Opfer, das eigens für Astaroth dargebracht wird, ist ein auf einen Menschennamen getaufter junger schwarzer Hahn. Haltet Eure Hände an Euch. Wenn Ihr sie über den Kreis hinausstreckt, könnten wir Euch verlieren.« In stummem Entsetzen taten die Milords wie geheißen. Die Schattenkönigin verfiel wieder in Gesang, während ihre rotgekleideten Gehilfinnen die Kerzen aus Menschenfett anzündeten und sie in den Kreis stellten.

Der Gesang schien kein Ende zu nehmen. Madame las aus ihrem Zauberbuch, sie rief Astaroth mehrere Male an, aber er erwies sich als ziemlich störrisch. Mittlerweile hatte der erstickende Rauch aus den Kohlenbecken den ganzen Raum erfüllt. Die Milords schwitzten und würgten.

»Mutter, Ihr müßt ihn bei Luzifer, seinem Gebieter, beschwören –« Hierauf reckte der auf Orgien versessene Milord den Kopf. Buckingham zog sein Schnupftuch hervor und hielt es sich zum Schutz gegen den Rauch vors Gesicht.

»Noch nicht. Es ist zu gefährlich. Einmal noch.« Die Schattenkönigin las abermals: »Ich rufe dich an und beschwöre dich, o

Geist Astaroth, und gestärkt mit der Macht der allerhöchsten Majestät, befehle ich dir strengstens bei Baralamensis, Baldachiensis, Paumachie, Apoloresedes und den allermächtigsten Fürsten Genio, Liachide, Abgesandte der Unterwelt, Oberfürsten des Siegels von Apologia in der neunten Region –«

Mir war furchtbar übel. Eine böse Vorahnung quälte mich. Marie-Marguerite fiel auf die Knie. La Voisins Haare, die sich über ihre scharlachrote Robe breiteten, schienen lebendig wie Schlangen. Mit einer gebieterischen Geste hob sie die Hand, die einen Stab hielt.

»Erscheine!« rief sie.

»O mein Gott, ich sehe es!« rief der pummelige blonde Milord. »Ein infernalisches Weib – aus ihren Fängen tropft Blut!«

»Ungeheuerlich, oh, ungeheuerlich – dieses Entsetzen –« Der zweite Milord fiel in dem Kreis auf alle viere und zerrte an seinem schwarzen Gewand.

»Ein König – ein König in einem Triumphwagen aus Flammen – mit Menschenköpfen behängt –«, flüsterte Buckingham.

»Erscheine in schicklicher Menschengestalt –«, sang La Voisin weiter.

»Mutter, Mutter, der Kreis – er hat ihn durchbrochen, wie er so umeinanderkriecht –« Marie-Marguerites Stimme hatte einen dringlichen Klang. Aber La Voisin sang weiter, erregt, und beachtete sie nicht.

Ich glaubte, in den Schatten etwas erkennen zu können. Meine Gliedmaßen kribbelten und schmerzten. Der Rausch ließ allmählich nach. Aber ich schwitzte, mein Inneres brannte. Mir war entsetzlich übel. Herrgott, schaffe mich hinaus aus diesem stickigen Zimmer mit den Verrückten und den Fremdlingen. Hätte ich nur mein Labsal – als mir dieser Gedanke durch den Kopf schoß, wurde mir bewußt, daß ich seit gestern abend kein Opium zu mir genommen hatte. Schlaff hob ich eine Hand und betastete mein taubes Gesicht. Mein Kopf schmerzte fürchterlich. Die sich im Kreis befanden, wanden sich auf der Erde zu Füßen der Schattenkönigin, die, den Stab in der Hand, aufrecht stand.

»Offenbare dich, Dämon. Fahre in den Leib der Frau außerhalb des Kreises und sage deinen Namen.«

Der Rauch hatte sich nun auf Bodenhöhe gesenkt, wo ich ihn einatmen konne. Opiumrauch, mit dem bitteren Aroma übelriechender Kräuter durchsetzt. Als ich ihn in tiefen Zügen einatmete, dachte ich, nicht genug, verflucht. Genug, um alle anderen im Raum vollkommen verrückt zu machen, und nicht genug, meine innere Qual zu stillen.

»– nimm sie, fahre in sie, besitze sie, beherrsche sie. Nimm dieses Opfer an, o Astaroth. Nimm ihren Geist und ihre Seele, gib ihr die Macht, gib ihr –«

»*Nein!*« ertönte ein Schrei aus dem Kreis. La Voisin blickte entsetzt. Sie hatte endlich die Bruchstelle im Kreis bemerkt. Sylvie wand sich mit fliegenden Haaren auf der Erde. Aus ihrem Munde knurrte eine Baßstimme: »Hier bin ich. Was ist dein Begehr?«

»Nimm die dir geweihte Seele in Besitz und verlasse diesen Kreis«, befahl La Voisin und griff zu dem Schwert, um den durchbrochenen Abschnitt neu zu ziehen.

»Ich will sie nicht.«

»Was soll das heißen, du willst sie nicht? Sie wurde eigens für dich bereitet. Dämonen wollen immer Seelen.« La Voisin war erbost.

Buckingham hatte seine Fassung wiedergefunden. Er angelte sein Lorgnon unter seinem Gewand hervor. Er betrachtete Sylvie durch das Glas und sagte: »Wunderbar.«

»Was bietest du mir für eine unwürdige, lumpige Seele? Ein dummes, überhebliches Mädchen, das nicht an den Teufel glaubt und sich *Rechnungsbücher* hält statt Liebhaber?« Sylvies Stimme tönte tief und voll. Ungerecht, dachte ich. Das ist Sylvies Art zu denken. Der Dämon in Sylvie fuhr fort: »Ich will diese schöngestaltete Frau hier, die weiß, was sie verlangen muß, wenn der Teufel um sie wirbt: Paläste, Kleider, Liebhaber, Verdammnis! Ich habe die richtige Frau genommen, nicht die kaltblütige Philosophin, die nicht genug Blut und Knochen für ein anständiges Mahl hat.«

»Ich sage«, sprach Buckingham dazwischen, »befolgt den Rat des Dämons und belästigt ihn nicht weiter. Das ist wahrlich eine Frau, hihi –« Er spähte wieder durch sein Lorgnon. »Der Dämon hat einen guten Geschmack.« Ich fand die Milords über die Maßen widerwärtig, wie sie so die Sensation, für die sie bezahlt hatten, beglotzten.

»Ich beschwöre dich im Namen des Satans Beelzebub, verlasse den Kreis –«

»Der Satan hat sich in Geschäften nach Konstantinopel begeben«, verkündete Sylvie mit ihrer neuen tiefen Stimme. »Ich bin es, der über Paris herrscht. Ich habe diese Frau genommen. Sie hat die Macht. Betet sie an. Ich bin in ihr.« Ich konnte nicht umhin, Sylvies Dreistigkeit zu bewundern. Auch La Voisin sah, was sie getan hatte. Wütend begann die Schattenkönigin zu husten. Von dem Rauch überwältigt, verließen die Milords die Kräfte, und einer wurde ohnmächtig. Verzweifelt stimmte La Voisin den Gesang zur Entlassung des Dämons an, doch Sylvie blieb standhaft und knurrte wie ein erboster Wolf.

»– ich gestatte dir, dich zurückzuziehen, wohin du es für gut befinden magst, doch es sei ohne Lärm und ohne Hinterlassung eines üblen Gestankes –«

»*Niemals!*« schrie Sylvie. »Ich, Astaroth, habe meine Wahl getroffen!« La Voisin sprengte etwas in die brennende Masse in der Messingschale, worauf dichter weißer Rauch aufstieg. Sylvie sank schwer atmend starr auf die Erde, und meine Augen begannen zu tränen. Das letzte, woran ich mich erinnerte, bevor ich das Bewußtsein verlor, war La Voisin, die sich über mich beugte, die schwarzen Augen wutentbrannt.

»Wie kannst du es *wagen*, wie kannst du es wagen! Nicht einmal der Dämon wollte dich haben, du fürchterliche, kaltblütige – *Maschine*, du! Du bist nicht einmal eine Schlange an meinem Busen – ich habe ein verdammtes *Uhrwerk* genährt!«

Kapitel XXXII

»Es ist ganz einfach«, erklärte Florent am nächsten Morgen, während er Kaffee in zwei Tassen schenkte. »Du hast dich an Opium gewöhnt, wie die italienischen Fürsten sich an Gift gewöhnen – Tropfen für Tropfen. Sie können nicht ermordet werden, und du kannst nicht besessen werden. Alle anderen hatten Halluzinationen, und du saßest nur da und warst verärgert über die schlechte Beschaffenheit des Rauschmittels.«

Ich saß in meinen Morgenrock gekuschelt. Mein Kopf tat noch höllisch weh. Ich hatte schwarze Ringe unter den Augen und merkwürdige Schwellungen am ganzen Körper, als sei ich von einem unsichtbaren Tier gebissen worden. Trotz einer gründlichen Wäsche konnte ich den Schlamm von Paris noch an mir riechen und die Panik noch spüren, welche die erstickenden Rauchwolken in dem abgedichteten Raum in mir erzeugt hatten. Soweit ich wußte, waren alle noch dort. Sylvie war nicht nach Hause gekommen. Florent hatte mich in den frühen Morgenstunden gefunden, wie ich durch die Straßen von Bonne Nouvelle irrte. Aber Kaffee, Kaffee heilt alles. Ich dachte über Florents Erklärung nach. Sie hatte durchaus etwas für sich.

»Aber Opium erklärt nicht alles, Florent. Ich meine, daß Besessenheit von dem Wunsch zu glauben bestimmt ist. Montaigne sagt, der Glaube kann den Körper gesund oder krank machen – warum soll man nicht ›besessen‹ hinzufügen können?«

»Hmm. Das klingt vernünftig. Aber welcher Mensch kann so dumm sein, daß er sich wünscht, besessen zu sein?«

»Ich nicht«, erwiderte ich. Er schenkte noch Kaffee ein.

»Mustafa«, rief er, »du hast einen Fehler gemacht. Du hast nur zwei Tassen gebracht. Du mußt noch eine bringen und mit uns trinken. Wenn du nicht aus dem Hause geflohen wärst und mich geholt hättest, wäre deine Gebieterin womöglich tot.«

»Mit Bedienten trinken erzeugt Vertraulichkeit«, sagte der kleine Mann, als er die dritte Tasse brachte und auf einen Stuhl kletterte.

»Kaffee zählt nicht, Mustafa. Und was würdest du von einem Mann von solch fragwürdigem gesellschaftlichem Rang anderes erwarten?« Etwas Starkes, Belebendes ging von Florent aus. Von der Art, wie er schwungvoll den Kaffee einschenkte, wie er aufstand, um eigenhändig das Fenster zu öffnen und die kalte, frische Luft einzulassen, indes ich den schmutzigen Rauch der vergangenen Nacht aus meinen Lungen hustete.

»Soso, Mustafa, Sylvie ist vermutlich noch bei Madame Montvoisin und verkündet dämonische Orakel. Aber wohin ist Gilles gegangen?«

»Sie holen, glaube ich«, sagte Mustafa. Er trank einen Schluck Kaffee.

»Er liebt sie, nicht wahr?« sagte Florent. Ich war verblüfft. Das hatte ich nicht geahnt.

»Hoffnungslos«, erwiderte der kleine Mann. »Aber sie will diesen Romani, den Giftmischer. Sie hat zu Gilles gesagt, sie wolle sich verbessern. Ich bin froh, daß mir die Schicksalsschläge unerwiderter Liebe erspart geblieben sind.«

»Ich glaube, das stimmt nicht ganz«, sagte Florent ruhig. Er blickte zuerst auf mich und dann mit einem seltsamen, tiefen Mitgefühl wieder auf den kleinen Mann. »Aber das ist ein Teil des Menschenlebens, nicht wahr?« fuhr er fort. »Gott schont keinen von uns.« Ich blickte in den Kaffeesatz auf dem Boden meiner Tasse.

»Pardon«, sagte Mustafa, wie um das Thema zu wechseln, »ich glaube, da ist jemand an der Türe.«

Aber es war wirklich jemand an der Türe. Als ich die Geräusche unten hörte, rief ich: »Wer immer es ist, führe ihn herauf, Mustafa, ich bin nicht in der Verfassung hinunterzukommen.«

Die vermummte Frau, die ins Schlafgemach geführt wurde, schlug ihre Kapuze zurück, nahm ihre Maske ab, sah sich um und sprach: »Ei, Eure oberen Gemächer sind hübsch eingerichtet, Madame de Morville. Ich habe sie noch nie zu Gesicht bekommen.« Es war Mademoiselle des Œillets, Madame de Montespans Hofdame. »Und wer ist dieser Herr?« fragte sie, als sie d'Urbec erblickte, der sich erhoben hatte, um sie zu begrüßen. »Ein Magier?« Florent bejahte es ernsthaft mit einem Kopfnikken.

»Ich bitte um Vergebung, daß ich Euch nicht drunten empfangen kann. Ich war diese Nacht bei einer Besitzergreifung durch einen Dämon zugegen und bin noch ganz erschöpft.«

»O ja. Dergleichen kann ermüdend sein. War es ein Dämon hohen oder niedrigen Ranges?«

»Ein hochrangiger. Astaroth. Und jemand hat den Kreis durchbrochen.«

»Ach du meine Güte! Ich bin erstaunt, daß Ihr überhaupt empfangt! Ich müßte sicherlich eine Woche das Bett hüten, wenn ich dort gewesen wäre!« Nachdem die Artigkeiten ausgetauscht waren, zog Mademoiselle des Œillets mich hinter den Wandschirm, um mit mir ungestört zu sein, und kam geradewegs zur Sache.

»Madame de Montespan braucht Euch, um für sie im Glase zu lesen – in strengster Vertraulichkeit.«

»Aber ich dachte, Madame de Montespan sei mit dem König und der Königin nach Flandern an die Front gezogen, um Seiner Majestät glorreiche Siege zu beobachten. Kehrt sie nach St. Germain zurück? Ihr wißt, ich darf nicht mehr bei Hofe erscheinen, seit – jenem Vorfall. Und mir ist jede Art von politischen Lesungen untersagt.«

»Madame hat das Lager vor den Toren von Gent vorige Woche verlassen; die Zeit ihrer Niederkunft naht, und sie wünscht nicht, unterwegs zu entbinden. Sie ist soeben in Paris angekommen. Sie möchte, daß Ihr heimlich zu ihr ins Haus kommt. Niemand darf wissen, daß sie Euch konsultiert.«

»Dann geht es um Politik.«

»Nein, nur um Liebe.«

»Bei Madame de Montespan ist die Liebe politisch.« Ich erwog, was schlimmer war – Madame de Montespans sichere Rache oder des Königs mutmaßliche Strafe. Hinzu kam die Hoffnung, daß sie Schweigen bewahren und mir einen Betrag zukommen lassen würde, den ich in Schmuckstücke umsetzen könnte. Die Schmuckstücke siegten.

»Habe ich recht gehört, du gehst zu einer Lesung zu Madame de Montespan?« fragte Florent, als sich die Türe hinter Mademoiselle des Œillets geschlossen hatte.

»Ja. Vermutlich ist eine neue Rivalin am Horizont aufgetaucht.«

»Sie sollte aufhören, den Horizont abzusuchen, und sich in ihrem eigenen Haushalt umsehen. Ich würde auf die Gouvernante setzen.«

»Madame de Maintenon? Sie ist viel zu alt – der König liebt junge blonde Mädchen. Was bringt dich auf den Gedanken, daß die Gouvernante eine Chance hat?«

»Ich spiele Karten mit den größten Klatschmäulern im Königreich«, erwiderte Florent. Ich lächelte, hatte ich doch soeben die Antwort auf eine Frage bekommen, die mich seit langem beschäftigte. Florent betrieb das Geschäft des Kartenspielens nicht für Geld. Er betrieb das Geschäft des Kartenspielens für Informationen.

»Astaroth wünscht zu wissen, warum Ihr nicht in Eurer vortrefflichen Verkleidung als Fischweib auftretet«, erklärte Sylvie, als sie mir das triste Habit einer *dimesse* brachte, einer Spendensammlerin für Klöster.

»Sage Astaroth, daß La Reynie der Gestank zuwider war«, fuhr ich sie an. Es gibt nichts Ärgerlicheres als eine Zofe, die meint, von einer der hochrangigen Mächte der Hölle besessen gewesen zu sein. Ich zog die schwere Kutte über, den kratzigen Schal, den langen weißen Schurz, und befestigte den schlichten Rosenkranz an meiner Taille. Es sah wirklich nicht schlecht aus, befand ich. Astaroth wußte freilich nicht, daß ich zu Madame de Montespan ging.

»Astaroth sagt, wenn Ihr vom Châtelet zurückkehrt, müßt Ihr zu Madame gehen, seiner getreuen Dienerin.«

»Sage Astaroth, daß Mademoiselle Pasquier kein Bedürfnis hat, noch einmal Gift ausgesetzt zu werden. Madame kann hierherkommen, wenn sie über Geschäfte zu sprechen hat.«

»Astaroth hat zu Madame gesagt, sie muß Euch huldvoll empfangen. Astaroth wird Euch begleiten und auf Eure Sicherheit achten. Astaroth spürt große Wandlungen in der Welt. Große Gefahren für die Gläubigen.«

»Sylvie, wann wirst du diesen Astaroth leid werden und ihn vertreiben?«

»Astaroth würde zürnen, wüßte er nicht, daß Ihr eine Törin seid. *Gehorche Astaroth, Sterbliche, und Sylvie darf den Leib wieder besitzen.*« Sylvies Stimme nahm einen tiefen, knurrenden Baß an, da der Dämon unmittelbar durch sie sprach. Ihre Augen blickten sehr seltsam, ja irre. Aber Verrückte haben mich nie bekümmert. Ich war schließlich bei einer Verrückten aufgewachsen.

Aber Gilles war bekümmert. Er sah aus, als bräche es ihm das Herz. Einmal fragte er mich: »Dieser Astaroth, er ist schlimmer als ein Geliebter. Glaubt Ihr, eine Teufelsaustreibung wäre hilfreich?«

»Zweifelsohne, Gilles«, meinte ich, »aber denke daran, Astaroth ist sehr listig. Du wirst ihn täuschen müssen, wenn du sie bewegen willst, zum Teufelsaustreiber zu gehen.«

»Ich werde daran denken, Madame. Es ist ein guter Rat.« Aber bislang hatte Astaroth uns alle drangsaliert, sogar La Voisin, die es zweifellos aus tiefstem Herzen bereute, ihn auf die Welt losgelassen zu haben.

Ich mußte im Vorzimmer von Madame de Montespans Schlafgemach warten, bis ihre Masseuse fertig war. Es dauerte sehr lange. Manche Dinge ändern sich nie, dachte ich. Selbst wenn sie in Ungnade war, ließ diese Frau jedermann warten. Endlich ging die Masseuse hinaus, und nach einer schicklichen Pause wurde ich hereingeführt. Madame de Montespan hatte ungeheuer zugenommen, und das lag nicht allein daran, daß sie ein Kind erwartete. Ein weiter Morgenrock aus goldbesticktem grünem Samt bedeckte die Fettrollen, die ihre einst berühmte Taille umgaben. Ihr Gesicht war abgespannt, Falten zeichneten die vielbesungene, elfenbeinfarbene Haut, und ihre Augen lagen eingesunken inmitten dunkler Ringe. Sie saß auf der Kante ihrer Bettstatt und sah mich an. Ihre aquamarinblauen Augen waren getrübt von monatelanger Verzweiflung und unendlichem Haß.

»Ich habe eine Rivalin«, sagte sie.

»Das habe ich vermutet«, erwiderte ich.

»Sie ist neunzehn, noch ganz frisch, und hat nie ein Kind geboren.«

»Ich war fern vom Hofe. Ich bin über nichts mehr im Bilde«, sagte ich.

»Es scheint Euch gutgetan zu haben. Ihr seht nicht mehr so bleich aus und wirkt jünger denn je. O Gott, daß ich doch wieder jung sein könnte! Ich verbringe drei bis vier Stunden täglich mit meiner Masseuse, aber nichts scheint zu fruchten. Es ist vorbei. Meine Herrschaft von Geist und Geschmack. Er hat eine lächerliche Kleine gefunden, eine Aufsteigerin mit dem Verstand einer Eselin.« Sie schüttelte verzweifelt den Kopf. Dann sah sie mich an und sprach: »Aber mich wird er niemals einsperren. Das habe ich geschworen. Er wird es nicht erleben. Ich bin eine Mortemart. Verglichen mit dem Blut der Mortemarts sind die Bourbonen Emporkömmlinge. Ein Emporkömmling soll eine Mortemart einsperren? Niemals, sage ich! Selbst die Götter sind dagegen!« Sie stand auf und ging zu ihrem Lehnstuhl, der neben ihrem kleinen Schreibpult stand. »Zieht Euch den Hocker heran, holt Euer Wasserglas hervor – nur eines muß ich noch wissen: Nimmt mir diese elende, provinzielle Ignorantin den Herzoginnenrang?«

Ich stellte meine Utensilien zurecht, wie sie es verlangt hatte, und Mademoiselle des Œillets brachte eigenhändig einen Krug mit Wasser.

»Hier«, sagte Madame de Montespan, »dies habe ich von ihr genommen, als ich sie vorigen Monat geschnürt habe. Ich habe sie für den König hergerichtet. So wie La Vallière einst mich, so mußte ich nun die verhaßte kleine Mademoiselle de Fontanges schnüren. So schließt sich der Kreis, nicht wahr? Es machte mir Freude, La Vallière zu demütigen. Und es würde mir wieder Freude machen, wenn alles noch einmal geschehen sollte. Sie war eine Törin und hatte die große Ehre, die ihr zuteil wurde, nicht verdient. Aber daß dieses kleine Landfräulein sich nun mir gegenüber aufspielt, einer Frau von Geist, Kultur, Bildung – sagt mir, sagt mir: Wird sie einen gesellschaftlichen Fauxpas begehen wie La Ludres, wird sie sich selbst vernichten?« Madame de Montespan reichte mir eine winzige Rosette, die sie von einem bestickten Hemd abgeschnitten hatte. Gehorsam drückte ich sie an das Glas.

»Madame, ich sehe ein junges Mädchen mit blonden Haaren, einem kleinen Mund, einer geraden Nase und einfältigen blauen Augen – ist sie das?«

»Ja, lebensecht.«

»Ihre Augen sind eingesunken – sie sieht müde aus oder krank –«

»Gut«, unterbrach Madame de Montespan.

»Sie fährt in einer perlgrauen Kalesche –«

»Mit dem König?«

»Alleine.« Madame de Montespan stieß einen Seufzer der Erleichterung aus.

»Aber wie viele Pferde?«

»Laßt mich sehen – sie umfahren eine Kurve auf dem Lande – Bäume sind im Weg – sie nähern sich einer Gruppe von Gebäuden – einem Kloster? Ich kann es nicht sagen, ich habe diese Häuser nie gesehen. Eins, zwei, drei – ja, vier Paar Pferde. Acht Pferde ziehen die Kalesche, Madame.«

»Acht, acht! Ich habe es gewußt. Sie wird die Herzogin sein. Ich schwöre es hier vor Euch, sie wird nicht lange genug leben, um sich daran zu erfreuen!«

»Madame, bitte faßt Euch. Vergeßt nicht, Ihr habt Geheimhaltung gelobt.«

»Geheimhaltung?« Ihre Stimme wurde verschlagen. »O ja. Strengste Geheimhaltung. Für Euch und auch für mich, denn würde dieses Treffen bekannt, es wäre Euer Tod. Ja, wir werden ganz, ganz still sein, nicht wahr? Adieu, Madame de Morville, Ihr sollt hierfür gut belohnt werden.« Ich verließ sie in der Hoffnung, daß die einzige Belohnung, die sie meinte, der pralle Geldbeutel war, der mir im Vorzimmer übergeben wurde.

Die Fahrt zur Rue Beauregard war alles andere als erfreulich. Ich schwieg bedrückt, während Astaroth sich darüber ausließ, daß es unter seiner Würde sei, in einer Kutsche mit nur zwei Pferden zu fahren, während er in der Hölle auf einem goldenen, mit Edelsteinen besetzten Thron auf dem Rücken von tausend feurigen Kobolden getragen werde, und so weiter, und so fort.

»Sylvie«, erklärte Mustafa, »wenn du diesen Teufel nicht los wirst, fange ich wieder an, zur Messe zu gehen.«

»Astaroth hofft, du scherzest.«

»Natürlich, natürlich, Astaroth. Du willst nur sichergehen, daß Madame uns keine gemeinen Streiche spielt, nicht wahr?« Ich bin stets dafür, Verrückte versöhnlich zu stimmen.

»Madame ist eine Untergebene. Astaroth kann sie mit einem Fingerschnippen verschwinden lassen.«

In den Vorhängen und Polstern des schwarzen Salons hing noch ein schwacher Geruch nach dem widerwärtigen Rauch. Er entflammte Sylvie: Ihre Nasenlöcher blähten sich, um das Aroma einzuatmen, und ihre Augen schossen umher, als sähen sie unsichtbare Dinge in der Luft. Mir dagegen drehte sich der Magen um. Manon führte uns in das Hinterzimmer. Der alte Montvoisin kam soeben mit einem Brötchen in der Hand aus der Küche geschlurft. »Nun, wie befindet sich der Höllenfürst heute, geht es ihm gut?« fragte er.

»Astaroth grüßt den Gemahl seiner Verehrerin.« Montvoisin kicherte über die Begrüßung, dann setzte er sich und verzehrte sein Brötchen. Sylvie ließ sich in Madames bestem Lehnstuhl nieder, ich nahm den schlichten Stuhl. Manon kniff die Augen zusammen, als sie sah, daß Sylvie sich gesetzt hatte, dann entfernte sie sich, um ihre Gebieterin zu holen. Bald darauf erschien La Voisin. Ihre schwarzen Taftunterkleider raschelten; darüber trug sie ihr dunkelgrünes Satinkleid, das am Saum gerafft war und das hellgrüne Seidenfutter sehen ließ. Ihre Zöpfe steckten unter ihrer Spitzenhaube, Löckchen lugten darunter hervor und hingen über ihren Ohren, so daß sie fast ihre Smaragdohrringe verbargen. Ihre dunklen Augen sprühten Zorn, als sie Sylvie erblickte.

»Astaroth nimmt den Lehnstuhl«, verkündete Sylvie, und ihre Augen glühten von einem seltsamen Feuer. La Voisin wirkte verblüfft, sie sah von einer zur anderen, dann schüttelte sie langsam den Kopf.

»Verflucht«, hörte ich sie vor sich hin murmeln. »Nun, meine Lieben«, fuhr sie mit heiterer Stimme fort, »lassen wir das Vergangene ruhen. Ein Glas Wein gefällig?«

»Astaroth trinkt nicht«, erklärte Sylvie. Ich biß mir auf die Lippen, um das Gesicht nicht zu verziehen. Astaroth war ein feiner Kumpan. Aus der Ecke hörte ich des alten Montvoisins schrilles Kichern.

»Antoine! Genug! Mademoiselle, ich habe in meinem Kabinett mit dir über Geschäfte zu sprechen.«

»Astaroths Macht kontrolliert alle Geschäfte.« Madame funkelte Sylvie böse an, als sie uns voran in das Kabinett schritt und sich in ihren einzigen großen Lehnstuhl hinter dem Schreibpult setzte, bevor Astaroth sich seiner bemächtigen konnte. Ich nahm den schlichten Stuhl auf der anderen Seite des Pultes und Sylvie, deren Augen glühten, den Lehnstuhl am Kamin.

La Voisin sah mich über das Schreibpult hinweg an. Ihr Gesicht war von Erschöpfung und Verdruß gezeichnet.

»Ich bedarf deiner noch – und doch hat der Dämon dich abgewiesen. Warum? Du warst richtig vorbereitet. Ich selber habe dich zu der erforderlichen machtvollen Tat geleitet. Ich gab dir eigenhändig die Giftphiole. Du warst das vollkommene Opfer: geistreich, gebildet. Du wärest eine von uns geworden. Die größte unter uns. Unbarmherzig. Und doch hat der Dämon dich nicht gewollt –« Sie schüttelte ungläubig den Kopf. »Das kann nur sein, weil du eine von *ihnen* bist, eine von La Reynies Verräterinnen.« Sylvie saß auf der Stuhlkante, ihre glitzernden Augen schossen hin und her, während sie jedes Wort in sich aufnahm. La Voisins Stimme dünkte mich nur mehr ein sinnloses Geplapper. Wie konnte ein Mensch die reale Welt an die unmöglichen Phantasien einer imaginären Welt verraten?

»Ihr solltet wissen, daß ich niemals eine von *ihnen* sein kann. Wer möchte schon als Untermensch behandelt werden? Dafür nämlich halten sie die Frauen. Ich werde niemals Untermensch sein – das hättet Ihr Euch überlegen müssen, bevor Ihr mich verrietet.«

»Ich habe dich nur an deine höhere Bestimmung verraten. Was wird aus dir, wenn du nicht Königin wirst? Die flüchtige Liebschaft eines Spielers! Tot. Verschwendet.«

»Ich werde ich selbst sein.«

»Dann bist du wahrlich verloren. Kein Mensch kann ohne einen Meister leben, und du dienst weder Himmel noch Hölle.« Die Hexenmeisterin erhob sich, warf Sylvie einen strengen Blick zu, um sich ihren Stuhl zu sichern, dann schloß sie ihren Schrank auf und entnahm ihm das mit P gekennzeichnete Hauptbuch. Sie blätterte es durch, hielt bei »Pasquier, G.« an und schüttelte den Kopf, wohl weil sie den sinkenden Profit abschätzte, den ich ihr einbrachte.

»In zwei Jahren«, sagte sie, »läuft dein Kontrakt aus. Dann bist du frei. Ich denke, es wäre das beste für dich, dein Gewerbe außerhalb der Reichweite des Sonnenkönigs neu einzurichten. Italien ist gut; hüte dich vor Spanien und der Inquisition. Gib dich nicht mit den Holländern ab. Ein Fürstenhof wäre geeignet – eine königliche Stellung und eine Pfründe. Es ist schade um dich. Du hättest bis an die Spitze gelangen können. In den kommenden Monaten werde ich dich von Zeit zu Zeit für eine Lesung konsultieren. Ich denke, wir können in diesen Angelegenheiten aufeinander bauen, auch wenn wir uns nicht mehr trauen. Schließen wir Frieden?«

»Ja«, sagte ich. »Immerhin verdanke ich es Euch, daß ich nie ohne Einkünfte sein werde. Das ist mehr, als die meisten Frauen von sich sagen können.«

Sie sah sich suchend auf ihrem Schreibpult um. Ihre Augen leuchteten auf, als ihr Blick auf das kleine Katzengesicht aus Bernstein fiel, das auf einem Stapel halb erstellter Horoskope lag.

»Hier«, sagte sie und nahm das seltsame Gesicht in die Hand,

»ein Unterpfand für unseren Waffenstillstand. Es ist sehr alt. Meine Mutter bekam es von ihrer Mutter. Und davor? Wer weiß? Es wurde seit uralten Zeiten weitergegeben. Doch wir leben in einer neuen Zeit – und ich habe keine leibliche Tochter, der ich es vermachen könnte.«

»Madame, ich habe kein Unterpfand von gleichem Wert, das ich Euch geben könnte.«

»Von gleichem Wert? Oh, du bist eine kleine Maschine.« Die Schattenkönigin kicherte. »Die neue Frau, die denkt wie ein Mann. Aber auch ich glaube an das Moderne. Es hat Vorteile gegenüber den alten Zeiten. Wir müssen nicht enden wie unsere Mütter. Meine Großmutter wurde bei lebendigem Leibe verbrannt. Meine Mutter ist alt und verkrüppelt, von ihren Liebhabern verlassen, und zu blind, um die Künste auszuüben, in denen sie mich unterwiesen hat. Ich schicke ihr Geld. Aber ich schwöre, ich werde nicht enden wie sie, in meinen alten Tagen verspottet von Kretins und Bauern. Nein, ich habe das Neue erschaffen – Hexerei als großes Unternehmen, wie die Handelsgesellschaften der Neuen Welt. Welche Hexe hätte sich jemals mit meinem Reichtum und meiner Macht messen können? Und wenn die Zeit kommt, werde ich mich unter dem Schutz des englischen Milord ins Ausland zurückziehen.« Sie sah auf den Kamin, als blickte sie in die Zukunft, und meinte sinnend, mehr zu sich selbst: »Ich denke, ich werde Bienen züchten. Sie werden mich an dieses Königreich erinnern: ein Schwarm von Sklavinnen, die einer von Stolz geschwellten Herrscherin dienen, und eine Unzahl Drohnen. Die Bienen sind uns weit überlegen. Ihr Reich wird von einer Königin beherrscht.«

»Aber Euer Vergleich hält nicht stand, Madame. In der Gesellschaft der Bienen sind alle Mitglieder nützlich, oder sie werden verstoßen.« Die Wahrsagerin sah mich kopfschüttelnd an.

»Meine Liebe, du bist hoffnungslos verdorben. Kein Wunder, daß der Dämon dich nicht haben wollte. Zuviel Gelehrsamkeit aus Büchern, und nicht genug Beobachtung. Ich hätte es wissen müssen. Nun, du und unser Astaroth hier, ihr werdet jetzt gewiß froh sein, nach Hause zu kommen. Ich schicke dir Bescheid, wenn ich dich brauche – immerhin bist du nach wie vor die beste Wasserleserin im Königreich. Ansonsten komme nur einmal im Monat. Selbst dann, denke ich, wirst du mir wenig genug bringen.« Sylvie und ich erhoben uns, und die Schattenkönigin hielt uns die Türe ihres Kabinetts auf. »Viel Glück im Fischgewerbe«, sagte sie. Aber das letzte, was wir hörten, als sich die Türe hinter uns schloß, war der Schattenkönigin bitteres Gelächter.

Kapitel XXXIII

Zuweilen lassen sich große Ereignisse auf unbedeutende Anfänge zurückführen, und später, viel später, fragt man sich: Was, wenn es nie geschehen wäre? Eine Sekunde oder zwei, und eine Begegnung hätte nicht stattgefunden; ein Wetterwechsel, und Pläne wären nicht ausgeführt worden. Im Herbst des Jahres 1679 wurde ich zu Madame la Marquise du Roure gerufen, um für sie zu lesen. Es war die Zeit der rauhen Witterung vor der bitteren Kälte des Winters. Als ich vor dem Feuer stehenblieb, um mich zu wärmen, sah ich ihre Tochter durch den Raum gehen. Sie trug ein Winterkleid, das nach der neuesten Mode gearbeitet war, mit kurzen, weiten Überärmeln aus Samt, die hübsch geraffte Unterärmel freigaben. Der pelzverbrämte Rock war hinten hochdrapiert, um die schmale Taille zu betonen. Das in Karmesinrot und Weiß gehaltene Kleid brachte ihre dunklen Haare und ihr fuchsartiges Gesicht dergestalt zur Geltung, daß sie beinahe liebreizend aussah. Wahrlich eine vortreffliche Mode. Als ich mit einer ansehnlichen Vergütung von dannen ging, war ich von dem Wunsche beseelt, ein nach dieser Mode gearbeitetes Kleid zu besitzen. Seit Tagen trug ich Florents Brief an meinem Busen. Auf dem Nachhauseweg zog ich ihn hervor und las ihn aufs neue.

»– meine Geschäfte sind erfolgreich abgeschlossen, und ich kehre nach Hause zurück, sobald das Wetter sich aufklärt und eine gefahrlose Überfahrt gestattet. Sei vorsichtig, sei klug. Bald werden wir für immer zusammensein –«

Ich lasse mir so ein Kleid nähen, dachte ich, für seine Rückkehr. Es wird mir gut zu Gesicht stehen und ihm gefallen. Ich malte mir aus, wie ich ihn an der Türe empfing und wie er ausrief, ich sei noch liebreizender geworden. Zu Hause skizzierte ich das Kleid auf einem Blatt Papier, um damit zu Mathurin Vigoreux, dem Damenschneider, zu gehen.

Mit Sylvie durchstreifte ich mehrere Tage die Tuchhandlungen nach dem geeigneten Stoff, und am Montag darauf fand ich mich bei dem Schneider ein, um Maß nehmen und den Stoff zuschneiden zu lassen. Ich traf Marie Vigoreux, des Schneiders Ehefrau, in den Räumlichkeiten hinter der Schneiderei an, wo sie Marie Bosse bewirtete.

»Karmesinroter Samt, wie? Kein Kleid für eine Witwe – wohl auf der Suche nach einem neuen Liebhaber, hm?« meinte La Vigoreux lachend. Sie hatte ihren massigen Leib in einen schäbigen Lehnstuhl gequetscht. La Bosse saß ihr gegenüber. Zwischen ihnen züngelte das Feuer im Kamin, auf dem Sims ruhten mehrere Porzellankatzen unterschiedlicher Größe. Ich gewahrte außerdem eine merkwürdig aussehende Schatulle, einen schmalen Kerzenleuchter sowie Schnupftabak. Unwillkürlich sah ich nach, ob die Kerze schwarz war. Es war eine billige gelbe Unschlittkerze.

»Oh, wie ich höre, hat sie schon einen. Und La Voisin ist ihm nicht wohlgesonnen.« Der verschlagene Blick, mit dem La Bosse dies sagte, gefiel mir nicht. Puder und Rouge wurden rissig, als ihr faltiges Gesicht sich zur Andeutung eines Lächelns verzog.

»Ich weiß nicht, was Ihr meint«, erwiderte ich steif.

»Ach, nehmt Platz und seid nicht so muffig«, sagte La Vigoreux. »Hier, rückt Euch den kleinen Stuhl ans Feuer. Und nun wollen wir offen reden.« La Vigoreux beugte sich ganz nahe zu mir, als wolle sie mir ein großes Geheimnis anvertrauen. »Er ist keiner von uns. Das paßt ihr nicht. Eine Frau wie Ihr sollte sich mit einem Mann verbinden, der ein wenig Klasse besitzt – ein Alchimist oder ein Magier. Diesen Menschen aber wird sie nicht lange neben sich dulden.«

Nun war es an La Bosse, sich vorzubeugen und in vertraulichem Flüsterton zu sprechen: »Wenn Euch wirklich an ihm liegt, mögt Ihr vielleicht eine andere Beschützerin in Erwägung ziehen. Eine, die mehr Verständnis für Eure persönlichen Bedürfnisse hat. Eine, die ebenfalls über eine bedeutende Organisation verfügt, die großzügig ist und eine weitaus größere Anhänglichkeit erwecken könnte.«

»Ihr meint –?«

»Meine Liebe, habe ich Euch nicht immer gesagt, die alten Methoden sind die besten?« sagte La Bosse. »Die große La Voisin wird bald passé sein. Ihr Ehrgeiz wird ihr Untergang sein, wie wir beide wissen, liebe kleine Marquise. Man kann sich nicht der Erlauchten bedienen und gleichzeitig versuchen, unter ihnen aufzusteigen. Sie bildet sich ein, einige von ihnen seien ihre Freunde. Und wie wir wissen, kann das nicht sein. Man muß stets zunächst an sich selbst denken. Diese Freundschaft mit einer großen Dame – dafür begibt man sich in Gefahr und wendet sich Leuten außerhalb der Schwesternschaft zu. Kommt zu mir, wenn Ihr ihrer überdrüssig seid. Ich weiß, wie Eure gottgegebene Begabung sich am besten verwenden läßt, Ihr liebes kleines Ding. Denkt daran, Ihr seid jederzeit willkommen –«

»Ich werde darüber nachdenken«, erwiderte ich zurückhaltend.

»So ist's recht, meine Liebe. Man soll nichts tun, ohne es zuvor bedacht zu haben.« Ihre Stimme ließ mich frösteln.

»Um dieses Nachdenken ein wenig voranzutreiben, erlaubt mir, Euch für den kommenden Donnerstag zum Abendessen einzuladen«, fügte La Vigoreux hinzu. »Es kommen nur ein paar Freunde, aber es wird eine sehr elegante Gesellschaft sein. Ihr müßt einige von uns näher kennenlernen und sehen, wie groß unser Kreis von Freunden des Okkulten ist«, fuhr sie fort.

Aber La Bosses listige Schweinsäuglein hatten meine verborgenen Gefühle wahrgenommen. »Ah, ich sehe Euren kühlen Blick. Sie hat Euch gut unterrichtet, in Überheblichkeit ebenso wie in der Wahrsagerei. Aber sie ist nicht die einzige, die große Unternehmungen aufzubauen vermag. Auch ich habe eine erstklassige Klientel, Herzöge, Fürsten – allein für meinen nächsten Auftrag hat man mir zehntausend Écus versprochen. Was hat *sie* dem gleichzusetzen? Ha, sie kann ja nicht einmal diesen langweiligen alten Kerl loswerden, den sie zum Ehemann hat.« Vorsicht, Vorsicht, dachte ich. Wenn du zwischen diese beiden rivalisierenden Hexen gerätst, wirst du nie wissen, welche dich vergiftet hat.

»Oh, ich würde liebend gerne kommen – bitte mißversteht meinen Blick nicht. Ich bin nur enttäuscht, weiter nichts. Ich habe bereits eine Einladung für den Abend. Astrologie bei Madame de Villedieu. Es ist bedauerlich, wenn das Geschäft dem Vergnügen im Wege steht.« Unter tausend Entschuldigungen wand ich mich heraus, ohne zu ahnen, daß meine Überheblichkeit meine Rettung sein sollte.

Eine Woche nach dem Gastmahl, dem ich mich hatte entziehen können, erhielt ich eine Vorladung ins Palais de la Reynie. Ich trat als Marquise de Morville auf, schwarze Seide und Trauergeschmeide aus Onyx. Diesmal wurde ich, zweifellos dank meiner eleganten Erscheinung, durch den Vordereingang in La Reynies mit Büchern gesäumtes Kabinett geführt. Er trug eine helle Vollperücke und die Alltagskleidung eines Edelmannes – ein schlichtes Habit aus rehfarbenem Samt mit einer silbern bestickten blauseidenen Weste, blauen Seidenstrümpfen und braunen Lederschuhen mit hohen Absätzen. Er saß an einem großen Pult, darauf lag ein amtlich aussehender Stapel Papiere unter einem Briefbeschwerer mit dem eingestanzten Abbild des Königs. Neben La Reynie standen Desgrez und zwei untergeordnete Amtleute, die ich nicht kannte. Ihre Mienen waren grimmig und angespannt. La Reynies Augen weiteten sich beim Anblick der Marquise. Er hatte sie nie zuvor in ihrer ganzen Pracht gesehen, noch dazu mit einer besonders gelungenen leichenhaften Schminke.

»Mademoiselle Pasquier, Ihr seid ein erstaunlicher Anblick. Jetzt verstehe ich Euren Einfluß auf die Leichtgläubigen von Paris.«

Geneviève Pasquier schickte sich an, etwas Freundliches zu sagen, doch die Marquise kam ihr zuvor: »Man hat in diesem Gewerbe keinen Erfolg, wenn man ein Dummkopf ist«, fauchte sie.

»Das glaube ich gerne – und die Wahrsagerei ist es, über die wir etwas erfahren möchten. Laßt uns die einleitenden Förmlichkeiten überspringen. Zuallererst, wer ist die fürnehmste Wahrsagerin der Stadt?«

»Das bin ich, natürlich.«

»Ah, natürlich. Und an welche Stelle würdet Ihr Marie Bosse setzen?«

»La Bosse? Sie ist ein ungebildetes Weib mit einem gewissen Geschick, die Leute mit Karten zu betrügen. Das ist alles. Feine Leute gehen nicht zu ihr.«

»Eine Rivalin«, murmelte Desgrez.

»Offensichtlich. Das ist gut – so werden wir mehr erfahren«, meinte einer der Amtleute leise.

»Und wer ist die Frau, die als La Vigoreux bekannt ist?«

»Auch eine Wahrsagerin – ihre Spezialität ist Handlesen.«

»Kennt Ihr sie?«

»Freilich. Sie ist die Ehefrau des Schneiders, bei dem ich nähen lasse. Aber was meine Profession betrifft, so würde ich mit einer solchen Frau nicht verkehren. Sie ist eine Dilettantin.« Ein dünnes Lächeln erschien unter La Reynies Schnurrbart, als er die Verachtung in meiner Stimme vernahm.

»Schön, schön, mir scheint, jede Hausfrau, die etwas Taschengeld benötigt, betätigt sich als Wahrsagerin.«

»So könnte man sagen. Waschweiber, die sich gegenseitig die Wäsche waschen.« La Reynie sah Desgrez an, und Desgrez nickte grimmig.

»Kennen sich La Bosse und La Vigoreux?«

»Natürlich. Sie sind gute Freundinnen.«

»Speisen sie oft zusammen? Wer, würdet Ihr sagen, nimmt an ihren Abendgesellschaften teil?« Die Abendeinladung fiel mir ein. Wer war dort gewesen? Was war gesprochen worden?

»Gewiß speisen sie oft zusammen, aber ich kenne ihre anderen Bekannten nicht – zweitklassige Magier, Kartenbetrüger, Fälscher, Falschmünzer und dergleichen. Mit solchen Leuten wünsche ich keinen Umgang zu pflegen.«

Einer der Amtleute beugte sich vor und stellte mir seinerseits eine Frage: »Würdet Ihr sagen, daß Wahrsagerinnen in Zünften zusammengeschlossen sind wie die achtbareren Gewerbe?«

»Mehr oder weniger; das Gewerbe wird gerne innerhalb von Familien weitergegeben, genau wie alle anderen. Der Unterschied ist, daß hier noch weniger Außenstehende als Lehrlinge angenommen werden, und auch, daß die Vereinigung von Frauen geführt wird.«

»Und was wißt Ihr über *poudres de succession*, Mademoiselle Pasquier?« warf Desgrez ein. Eine komische Frage, dachte ich. Irgend jemand muß ihnen Informationen geliefert haben, die sie mit meiner Hilfe überprüfen wollen.

»Das, was ganz Paris weiß. Sie sollen allgegenwärtig sein. Wenn jemand unerwartet stirbt, heißt es, der Tod sei durch Gift verursacht worden. Ich mache ein gutes Geschäft, indem ich Klienten, die Angst vor Gift haben, ihre Feinde nenne, wie Ihr aus unseren – äh – früheren Gesprächen wißt.«

»Und was würdet Ihr über den Charakter von La Bosse sagen?« wollte La Reynie wissen. Ja. Zweifellos. Jemand hat die Polizei informiert. Vor wem hat sich La Bosse gebrüstet?

»Darüber weiß ich nicht viel. Ich sehe sie gelegentlich auf der Straße, aber ich habe nichts mit ihr zu schaffen. Sie ist die Witwe eines *Pferdehändlers*«, sagte ich mit meiner überheblichsten Stimme.

»Greift diese Pferdehändlerswitwe gerne zur Flasche oder nach etwas Fürnehmerem – sagen wir, Opium?« fragte La Reynie ruhig. Einen Augenblick war ich starr vor Entrüstung. Wie konnte er es wagen, uns miteinander zu vergleichen? Wie konnte er es wagen, so etwas Ordinäres wie Trunksucht mit meinem Nerventonikum zu vergleichen?

Ich entgegnete kalt: »Wenn sie wie die anderen von ihrer Sorte ist, dann säuft sie wahrscheinlich wie ein Fisch.«

»Das ist alles, Mademoiselle Pasquier. Wie immer erwarte ich, daß Ihr zu niemandem ein Wort hierüber sagt.«

»Ihr wißt, daß ich das nicht kann, wenn ich im Geschäft bleiben will.« Während einer der Amtleute einem Lakaien bedeutete, mich hinauszuführen, hörte ich Desgrez leise zu La Reynie sagen: »Ja, Monsieur, unverzüglich. Ich veranlasse, daß Lebrun seine Frau zu ihr schickt –« Mir gefror das Blut. La Bosse würde wahrhaftig so töricht sein, der Ehefrau eines Polizisten Gift zu verkaufen, dachte ich, als der Lakai mich durch die Korridore des Gebäudetraktes geleitete, in dem die Amtsräume lagen. Ich erkannte Polizeibeamte, Zensoren des Buchhandels und Rechtsgelehrte mit Aktenmappen. Zwei Inspektoren für Gewichte und Maße in ihren Amtsroben waren stehengeblieben, um einen Baumeister zu begrüßen, der einen aufgerollten Plan unter dem Arm trug. Ich erkannte den Mann und lächelte in mich hinein. Es war Fauchet, *architecte du roi*, einer von La Voisins Liebhabern. Ein sehr gerissener Mann – er nahm immer sein eigenes Geschirr, wenn er bei La Voisin speiste.

Du warst ein Dummkopf, du warst ein Dummkopf, brummte mein Verstand, während ich zu meiner im Hof wartenden Kutsche ging. Plötzlich wurde mir heiß vor Scham über die Befragung, die soeben stattgefunden hatte. Zu der Demütigung kam der Zorn darüber, übertölpelt worden zu sein, und der erste Anflug kalter Furcht. Meine Gedanken schwirrten durcheinander. Wie konntest du nur so schwach sein und zulassen, daß dieser Polizist sich über dich lustig machte? Er wird dich mit deiner eigenen Schwäche vernichten. Aber er hat auch seine Fehler, er sollte nicht so anmaßend sein. Nein, du hast ihm die Gelegenheit gegeben. Fürnehme Gewohnheit, wahrhaftig. Oh, wie konnte er es wagen? Nein, nein, sei ehrlich. Früher oder später wird es das Opium sein, das dich ihm ausliefert. Diesmal, diesmal werde ich mich davon befreien. Ich beginne mit – mit – nein, auf neue Weise. Ich lasse es jedesmal schwächer zusammensetzen, dann kann ich die Gewohnheit, es zu nehmen, beibehalten und gleichzeitig den Opiumgehalt vermindern. Diesmal wird es anders sein.

Wutentbrannt und entschlossen begab ich mich zu La Trianons Laboratorium in der Rue Forez. Eine Schar munterer Mädchen in Schürzen und Holzpantinen kam heraus; sie kicherten und verbargen etwas. Einen Liebestrank, ohne Zweifel.

Der kleine schwarze Empfangssalon war prachtvoller dekoriert denn je. Daß das Geschäft der Damen florierte, war deutlich zu erkennen. Im Alkoven war der Vorhang vor das Abbild des Teufels gezogen, und Onkel, der an seinem Draht hing, war hübsch bleich geworden. Ein Skelett hat etwas Unpersönliches; im Verlauf meiner zahlreichen Besuche hatte ich festgestellt, daß ich ihn ohne jegliches Gefühl betrachten konnte, abgesehen vielleicht von einer gewissen Befriedigung.

»Ah«, sagte La Trianon, von der Ladenglocke aus ihrem Laboratorium gerufen, »die kleine Marquise! Meine Liebe, was verschafft uns die Ehre? Eure Nervenmedizin ist Euch doch gewiß noch nicht ausgegangen?«

»Wegen des Labsals muß ich Euch sprechen. Ich muß es aufgeben.«

»Ah, das habt Ihr Euch schon oft vorgenommen. Was ist diesmal geschehen? Sagt wieder ein Wundarzt, Ihr werdet daran sterben? Das haben wir Euch auch gesagt. Ihr nehmt mehr davon zu Euch als irgendein Lebewesen, das ich kenne.«

»Es ist eine Schwäche. Sie macht mich anfällig. Die Zeiten sind gefährlich. Ich will nicht anfällig sein.« La Trianon kniff die Augen zusammen.

»Ihr *wißt* es«, sagte sie. Was? dachte ich. Es muß etwas sehr Schlimmes sein. »Hat *sie* es Euch gesagt?« flüsterte La Trianon. »Ich hätte wissen müssen, daß es sich nicht vor Euch verbergen läßt, solange Ihr in der Wasservase lest.« Ich verhielt mich abwartend. Wenn ich Fragen stellte, würde ich meine Unwissenheit kundtun. Was immer Madame vorhatte, es war sichtlich gefährlich für mich, Mutmaßungen anzustellen.

»Ich schnüffle nicht«, erwiderte ich, »aber ich kann nicht umhin, *etwas* zu erfahren. Doch ich bin aus einem anderen Grunde hier. Mir ist eine gute Idee gekommen: Ich möchte, daß Ihr das Opium im Labsal verdünnt, aber so, daß die Lösung genauso stark schmeckt. Ich zahle Euch denselben Preis, aber Ihr vermindert das Opium jede Woche um ein Viertel. So kann ich mich selber überlisten und es einschränken.« La Dodée war hereingekommen, um einige Papiere zu holen, und lächelte mir zu. Sie hatte meinen Vorschlag offensichtlich gehört.

»Daß Ihr nur nicht am Ende Blut spuckt, wie letztes Mal. Sonst denkt Madame noch, wir hätten Euch vergiftet«, meinte sie munter. Mir fiel auf, daß La Trianon in Gegenwart der jüngeren Frau still wurde. Aha, sie hat nicht einmal ihrer Teilhaberin etwas erzählt. La Voisin muß wahrlich etwas sehr Ernstes vorhaben. Als La Dodée hinausging, stand La Trianon auf, legte eine Hand auf das Kaminsims und winkte mich mit der anderen zu sich.

»Ich muß mit Euch reden – vertraulich«, flüsterte sie. »Ich kann La Voisin nicht überzeugen, aber sie hatte immer eine Schwäche für Euch. Vielleicht hört sie auf Eure Warnung.«

»Erzählt mir alles. Ich schwöre, daß ich es für mich behalte.«

»Ich weiß nicht alles. Aber vorige Woche kam sie zu mir und wollte ein Gift, das Stoff durchdringen kann. Sie wollte einen Fußschemel vergiften, auf daß jeder stürbe, der seine Füße darauf stützte. Ich sagte ihr, das sei unmöglich. ›Ich brauche es aber‹, sagte sie, ›es darf nicht mißlingen.‹ Sie wirkte abwesend – beinahe irre.« La Trianon sprach hastig.

»La Bosse macht ihr gegenwärtig schwer zu schaffen«, erwiderte ich. »Dieses Weib versucht, La Voisins Leute anzuwerben – sogar mich. Marie Bosse brüstet sich mit ihrer erlauchten Klientel. Ich befürchte so etwas wie ein Duell zwischen beiden. La Bosse will Königin sein. Sie begreift nicht, daß heutzutage mehr erforderlich ist als Hexerei, um Königin eines so großen Reiches zu sein.«

»Dann ist es ein Duell auf den Tod, denn ich habe gestern die Karten gelegt. Die Königin der Stäbe kreuzte den König der Schwerter. Ich deckte den Tod auf, und den vom Blitz getroffenen Turm. La Montespan sinnt auf Rache.«

»Das weiß ich; ich vernahm es aus ihrem eigenen Munde.«

»Aber Ihr wißt vielleicht nicht, daß, seit der König Madame de Montespan seine Gunst entzog, La Voisin Romani auf die Spur der neuen Mätresse, Mademoiselle de Fontanges, gesetzt hat«, sprach La Trianon mit leiser Stimme. Mit einem Mal erkannte ich das gesamte Komplott. Es war so gewaltig, so atemberaubend gewagt, daß es La Voisins Macht über ihre Rivalinnen auf immer festigen würde. Die Person, der La Voisin den Tod zu bringen gedachte, war keine Frau.

»Aber obwohl der König nicht mehr mit Madame de Montespan speist oder trinkt, stattet er ihr jede Woche einen kurzen förmlichen Besuch ab, von seinen Höflingen umringt. In ihren Gemächern sitzt er in dem großen Lehnstuhl, den sie für ihn bereithält, und stellt seine Füße auf den Schemel, der ihm alleine vorbehalten ist.«

»So ist es«, flüsterte La Trianon, »und die Karten sagen, daß La Voisin, wenn sie den Weg, den sie gewählt hat, weiterhin beschreitet, sterben und alles mit sich zu Fall bringen wird. Mir geht es nur um die eine Frage, nämlich, ob der vom Blitz getroffene Turm das ganze Königreich ist oder unsere ›Vereinigung‹.«

»Ich vermute, Ihr wünscht eine Wasserlesung.«

»Ja – Eure beste. Die absolute Wahrheit.« Sie bedeutete mir zu warten und ging in das Laboratorium, aus dem sie mit einem Glasgefäß mit Wasser zurückkehrte.

»Die anderen Dinge brauche ich nicht«, sagte ich. »Die dienen nur dem Effekt.«

»Ich weiß«, sagte La Trianon. Sie setzte sich an ihren Kartenlesetisch, auf den sie die Wasservase gestellt hatte. »Sie hat Euch gut unterrichtet. Es ist ein Jammer, wißt Ihr. Selbst ohne jemals wieder zu lesen, hättet Ihr Königin werden können, die größte Königin von allen. Aber Ihr habt Euch an die falschen Dinge verschwendet: Männer zum Beispiel.«

Mich überkam die schummerige Schwäche, die das emporsteigende Bild begleitete, und ich konnte nur noch murmeln: »Es ist nicht von Belang – wenn wir alle verloren sind –« Ich starrte ins Wasser. Meine Augen schienen ihre Schärfe zu verlieren. Aus dem Wasser stieg das vertraute Bild empor. Das Mädchen mit den grauen Augen, in dem ich mich selbst erkannte, blickte aufs Meer. Aber der Umhang, den es um seine Schultern raffte, war nun ein anderer. Ein dicker Umhang in Blau, mit Goldlitze besetzt und mit einem karmesinroten Futter, das hell aufblitzte, wenn der Wind daran zerrte. Ich kannte diesen Umhang gut – ich hielt nach ihm Ausschau in der Menge, von meinem Fenster im oberen Stockwerk, vom Fenster meiner Kutsche, wenn der Kutscher die Pferde durch die überfüllten Straßen trieb. Das Bild, das viele Jahre dasselbe war, hatte sich verändert! Hinter dem Mädchen tauchte eine zweite Gestalt auf, ein Mann. Der Wind spielte mit den Federn seines Hutes, und er hielt ihn mit einer Hand fest. Den anderen Arm legte er um das Mädchen, das seinen Umhang trug. Sie sah ihn an, und beide lächelten.

»Mein Gott«, flüsterte ich. »Kausalität. Freier Wille. Wir sind alle Toren, wir Wahrsagerinnen. Schicksal und Schöpfung – aber wie, wann ist dies geschehen?«

»Was redet Ihr da? Was seht Ihr?« flüsterte La Trianon bange.

»Wir gestalten unser Schicksal selbst, aber – ich kann nicht begreifen, wie –«

La Trianon seufzte. »Jetzt verstehe ich, was La Voisin gemeint hat. Zu viele Bücher. So ein Talent, verschwendet an einen Bücherwurm. Einen weiblichen noch dazu. Hat man so etwas je gehört? Sagt mir nur das Bild.«

»Es ist das Meer. Ich sehe so oft dasselbe Bild, wenn ich nach etwas anderem suche. Ich will es noch einmal versuchen.« Meine Knie wurden schwach, mein Inneres fühlte sich an wie ausgetrocknet. Ich tauchte einen Finger in das Wasser, um das Bild zu zerstören, und sah noch einmal hin.

»Ich sehe La Voisin in vollem Hofstaat, ihrem dunkelgrünen Seidenkleid. Sie trägt einen großen Smaragdring und hält eine kleine Phiole in der Hand, eine von Euren, glaube ich. Sie kratzt an einer Flügeltüre – weißes Holzpaneel, das Schnitzwerk vergoldet – am Ende eines marmornen Korridors. Ah, jetzt erkenne ich es, es ist der Eingang zu Madame de Montespans Gemächern in St. Germain. Die Türe öffnet sich halb. Mademoiselle des Œillets steht dort und bedeutet ihr zu schweigen. Madame übergibt ihr die Phiole, und Mademoiselle des Œillets schließt rasch die Türe.«

La Trianon sah plötzlich aus, als sei sie um hundert Jahre gealtert. »Ich habe es gesehen«, sagte sie. »Das ist der Tod. Ich will noch einmal zu ihr gehen und sie bitten, von ihrem Vorhaben abzulassen. Welcher stolze Dämon verleitet sie zu diesem Wahnsinn?«

»Montespan«, erwiderte ich.

»Wenn sie nicht selbst entschlossen wäre, könnte nicht einmal La Montespan sie dazu bewegen – es ist Selbstmord, und sie wissen es beide.«

»Ihr wißt so gut wie ich, daß sie niemandem untergeordnet sein will – jetzt hält sie ihre Zeit für gekommen. Sie will die Tore der Hölle öffnen und alleine das Chaos beherrschen, als Königin.«

La Trianon seufzte abermals. »Und sie war immer so ein *praktischer* Mensch – das macht dieser Mystizismus. Er hat ihr Visionen beschert. Wer sonst hätte wagen können zu träumen, daß unsere Profession so groß werden würde? Sie hat mit ihren Träumen ein Reich geschaffen – aber jetzt –«

»Jetzt werden sie sie vernichten«, ergänzte ich, und während ich das sagte, merkte ich, daß ich Florents lange zurückliegende Prophezeiung wiederholte.

»Genauer gesagt, sie werden uns vernichten.« La Trianon stand entschlossen auf. »Wenn der Polizei ihre Hauptbücher in die Hände fallen, dann ist es aus mit mir – und mit Euch auch, kleine Marquise. Ich werde mit ihr reden. Es gibt ungefährlichere Methoden, Geld zu verdienen, als La Montespans hoffnungslose Träume von Rache zu erfüllen.«

»Aber gibt es eine bessere Methode, Madames Verlangen nach Ruhm zu erfüllen? Das ist das Problem.« Ruhm, o ja, dachte ich. Aber als ich an das Glitzern des Smaragdringes in dem Bild dachte, da wußte ich, es war mehr als Ruhm. Es war auch La Voisins Rache. Gestaltlose, schwarze, absolute Rache. Bei dem bloßen Gedanken daran konnte ich die Ungeheuerlichkeit ihres Hasses fühlen. Eines Hasses, der die Welt zu Fall bringen, uns alle mit ihr in den Tod reißen konnte. Als ich mich zum Gehen erhob, rasten meine Gedanken wie eine überdrehte Uhr. Ich mußte meinen Kontrakt und das mit P gekennzeichnete Hauptbuch der Schattenkönigin in die Hände bekommen. Sonst könnte es geschehen, daß, wohin auch immer ich floh oder obgleich ich meinen Namen und mein Aussehen änderte, eines Tages Desgrez vor meiner Türe stünde. Wohin konnte er mir nicht folgen? Nur in die Neue Welt. Dann aber dachte ich an Musik, an das Theater, an meine Bücher. Wie könnte ein Schwächling wie ich unter Wilden leben, selbst wenn er eine Vorliebe für sie hatte? Ach, lieber die Wilden, die ich kenne, als die, die ich nicht kenne. Vielleicht fällt Florent etwas ein, wenn er nach Hause kommt. Vielleicht würde diese Geschichte aber auch bewirken, daß der Zauber von seinen Augen schwindet. Er würde mich sehen, wie ich wirklich war, und sich von mir abwenden. Wenn ich ihm von den Hauptbüchern erzählte, würde er mich verlassen.

Kapitel XXXIV

»Madame, der Schneider hat einen Jungen geschickt und läßt Euch sagen, daß Euer Kleid fertig ist für die letzte Anprobe.« Sylvie kam in die Küche, wo Gilles die spärliche Ausbeute unseres morgendlichen Einkaufs forträumte. Sie begutachtete die Päckchen, die er mir nach Hause getragen hatte, und meinte verächtlich: »Schokolade, Salzheringe, ein paar kümmerliche alte Winterzwiebeln, Brot – und was ist das für ein Wein? Nichts Besonderes. Astaroth sagt, wir wären besser daran, wenn Ihr Euer Gewerbe ernster nehmen würdet. Ach, wäre es doch wie vordem – gut zubereitete Mahlzeiten, bei reichen Leuten tafeln. Jetzt haben wir fast kein Feuerholz mehr, und bis zum Frühjahr ist es noch lange hin. Was ist eigentlich mit Euren Ersparnissen geschehen? Ihr könnt nicht alles für dieses Kleid aufgewendet haben.«

»Richte dem Jungen aus, er soll das Kleid zur Anprobe herbringen – ich habe mich erkältet und mag nicht ausgehen. Und sage Astaroth, er möge das Haus selbst heizen, mit Feuer und Schwefel, wenn ihm die Temperatur nicht behagt.«

»Feuer und Schwefel!« kreischte der Papagei auf seiner Stange.

»So ein starrköpfiger Vogel«, meinte Gilles. »Ich bemühe mich seit Monaten, seinen Wortschatz zu verbessern.«

»Ja«, entgegnete ich, »das ist mir nicht entgangen. Sollte es dir je gelingen, ihm deine Flüche beizubringen, werde ich ihn oben verstecken müssen, und dann wird er schmollen.«

»Nur nicht aufgeben, Gilles«, meinte Mustafa, der in einer Ecke saß und Silber putzte. »Mir ist es gelungen, ihm ›kluger Mustafa‹ beizubringen.«

Bis Mathurin Vigoreux und sein Gehilfe am Nachmittag mit dem Kleid kamen, hatte ich lediglich eine alte Frau empfangen, die etwas über die Heiratsaussichten ihrer Tochter erfahren wollte, und eine Frau, die von ihrem Liebsten an der Front keine Briefe mehr bekam und wissen wollte, ob er noch lebte, und wenn ja, was für eine andere Frau er gefunden hatte.

»Dreht Euch noch einmal um«, sagte der Schneider. Er maß die Taille erneut und markierte den karmesinroten Samt mit einem Heftfaden. »Aha! Das ist es. Ihr steht diesmal gerader.« Gerader? Und ich schlief auch nicht mehr in dem Stahlkorsett. Es hatte seinen Zweck erfüllt. Zuweilen sind es Kleinigkeiten wie diese, die das Gefühl auslösen, die Welt werde mitten im Ungemach besser. Unterdessen machte sich der Gehilfe des Schneiders zu meinen Füßen zu schaffen, wo er den Saum mit Heftfaden markierte.

»Sagt, wie war die Abendeinladung? Richtet Eurer Gemahlin aus, wie betrübt ich bin, daß ich das Mahl versäumt habe.«

»Betrübt? Ach was, Ihr habt Glück gehabt«, sagte Vigoreux. »La Bosse war volltrunken, und jetzt werden wir nie erfahren, wie es ausgegangen ist.«

»Wie das?«

»Ach, Ihr kennt sie doch, ›ah, ich habe eine überaus erlauchte Klientel, Herzöge, Comtes, Marquisen; noch drei Vergiftungen, und ich kann mich zur Ruhe setzen‹. So hat sie in einem fort geredet. Ihr wißt, wie neidisch sie auf La Voisin ist, sie kann einfach nicht still sein. Meine Frau warf ihr einen bösen Blick zu, trotzdem wollte sie den Mund nicht halten. Zum Glück dachten alle, es sei ein Scherz; sogar Maître Perrin, der alte Griesgram, hat gelacht. Aber hinterher ist meine Frau schier verrückt geworden. ›Wie *konnte* sie!‹ schrie sie, ›wenn nun jemand redet?‹ Aber unterdessen sind zwei Wochen vergangen, und nichts ist geschehen, darum denke ich, es wird sich geben, wie alles andere.«

»Maître Perrin, ist das ein Advokat?«

»Ah, mehr noch, er ist ein *avocat au parlament*. Und geldgierig. Er trinkt es geradezu! Das meiste verwendet er darauf, Schemen zur Schatzsuche zu erproben, die La Bosse und meine Frau ihm verkaufen. Ein aufgeblasener Tor – Ihr könnt froh sein, daß Ihr ihn nicht kennt.«

Das ist es, dachte ich. Ein Advokat, der zusehen muß, daß er seine Stellung behält, und der geldgierig genug ist, um sich für Spitzeldienste bezahlen zu lassen. Er muß entsetzt gewesen sein, als er entdeckte, mit wem er sich eingelassen hatte! Kein Wunder, daß die Polizei sich über La Bosse erkundigt hat. In diesem Augenblick waren sie vermutlich dabei, ihr Netz behutsam einzuziehen. Sie wollten alle einfangen. Bei diesem Gedanken sträubten sich meine Nackenhaare. Wen suchten sie? La Bosses

»Vereinigung«, ohne Frage, und ihre Familie. Und sonst? Ich gehe zur Schattenkönigin, dachte ich. Sie muß es erfahren. Sie muß gewarnt werden.

Die Schattenkönigin war erbost, als sie mich sah. »So«, sagte sie, und ihre Stimme war kalt und spöttisch, »du meinst, jemand hat der Polizei erzählt, womit La Bosse im trunkenen Zustand geprahlt hat? Und du verdächtigst Maître Perrin? Pah! Du bist eine Memme, die beim kleinsten Lüftchen zittert.« La Voisin hatte heute keinen Empfangstag, dennoch war sie in vollem Hofstaat. Entweder geht sie aus, dachte ich, oder sie ist soeben heimgekommen. Sie stand in ihrem Kabinett am Feuer; das rotgelbe Licht glitzerte in den Falten ihres grünen Seidenkleides. Ich hatte sie gestört; ihre Augenbrauen waren zornig zusammengezogen, die Arme vor der Brust verschränkt. Ihre schwarzen Augen sahen mich abschätzig an.

»Du weißt, daß ich an meinem größten Werk arbeite, dennoch bedrängst du mich, alles hinzuwerfen und zu fliehen. Wer hat dich dazu angestiftet? La Trianon, die sich in alles einmischen muß? Nein – nein. Es ist La Bosse selbst. Du hast sie gesehen, nicht wahr?«

»Freilich – das habe ich Euch doch gesagt.«

»Du warst bei ihr, und sie wünscht, daß ich meinen großartigen Plan aufgebe – wieviel hat sie dir gezahlt, du Närrin? Was hat sie dir geboten, du gescheiterte Wahrsagerin? Dir wieder zu Einfluß zu verhelfen? Das kann nur ich allein – sie ist nichts, nichts!« La Voisin schritt in ihrem kleinen Kabinett auf und ab; der bloße Gedanke an La Bosses Machenschaften brachte sie in Wut.

»La Bosse hat mir nichts geboten – und auch sonst niemand. Ihr wißt, daß wir alle verloren sind, wenn man sie ergreift. Deswegen mußte ich Euch meinen Verdacht mitteilen.« La Voisin blieb stehen und sah mich unverwandt an. In der Stille konnten wir das Geschrei und das Getrappel der Kinder hören, die in einem anderen Zimmer spielten.

»Ja«, sagte sie, »ja, das ist bezeichnend für deinen Charakter. Du bist wahrhaftig töricht genug zu denken, du müßtest etwas Gutes tun.« Sie lächelte ihr unheimliches kleines Lächeln. »Dumme, dumme Kleine. Weißt du nicht, daß ich deinen Mutmaßungen nur Glauben schenken würde, wenn du selbst die Flucht ergriffest? Dann wüßte ich, daß du daran glaubst und es mir nicht nur erzählst, weil du einen hinterlistigen Zweck verfolgst. Jetzt aber werde ich nachdenklich. Du hast nie gelernt, wie eine Hexe zu denken – oder auch nur wie eine Hofdame. Nicht einmal der Dämon wollte dich haben. Deine Seele hat einen Makel. Du bist innerlich wie äußerlich fehlerhaft. Ach, es ist ein Jammer! Soviel Verstand, ein so großes Talent – verschwendet.«

»Das müßt Ihr mir nicht sagen. Ich gehe jetzt.« Ich erhob mich von dem kleinen gepolsterten Schemel, den sie mir angeboten hatte.

»Und nun bist du gekränkt. Lerne, dich mit der Wahrheit abzufinden, und höre mir zu. La Bosse ist eine ungehobelte Alte, deren sich ein paar mindere Hofleute und eifersüchtige Liebende bedienen. Selbst wenn man sie ergreift, werde ich nicht betroffen sein. Ich bin durch tausend Verpflichtungen und Ängste mit den allerhöchsten Familien des Landes verbunden. Aus Furcht vor Bloßstellung werden sie niemals zulassen, daß man mich ergreift. Und mein Einfluß reicht über Grenzen hinweg, in Gefängnisse hinein, in Verhörkammern. In ganz Paris stehen Leute in meinem Sold. Sollte es jemals an der Zeit sein zu fliehen, werden meine Leute es mir sagen. Der Milord wird ein Schiff zur Verfügung stellen, für mich und die Meinen – auch für dich. Also höre auf, dich zu grämen und mich mit deinen Einbildungen und Ängsten zu belästigen.«

»Madame, ich flehe Euch an, Ihr dürft La Reynie nicht unterschätzen. Ihr hattet nicht wie ich Gelegenheit, ihn kennenzulernen. Er ist unversöhnlich, unbestechlich und – und – nicht dumm, obwohl er ein Mann ist.«

»Schöner Vogel! Kluger Lorito!« Großmutters Papagei stolzierte auf und ab und besah sich in seinem Neujahrsgeschenk, einem Spiegelchen, das an seiner Stange befestigt war. Wie bezeichnend für d'Urbec, zu wissen, was einem Vogel Freude macht.

»Florent, seit du zurück bist, ist der Vogel eitel wie ein Pfau! Schämst du dich nicht, ihn dermaßen verdorben zu haben?«

»Eitler Vogel. Schöner Vogel«, erklärte der Papagei, während er sich vor dem Spiegel putzte.

D'Urbec, noch im Schlafrock, die Füße auf einen Schemel gestützt, stellte seine Tasse neben sich auf den Tisch und betrachtete den Papagei mit selbstzufriedener Miene. »Papageien und Schoßhunde können mir nicht widerstehen. Nur Katzen und ich kommen nicht miteinander aus. Findest du das nicht bedeutsam?«

»Du meinst, deswegen könnt ihr euch nicht leiden, Madame und du? Ich denke, Katzen sind nicht der einzige Grund. Und du hast mir immer noch nicht erzählt, warum sie dich in Gegenwart von Madame de Poulaillon aus dem Hause werfen ließ.«

»Ich hatte gehofft, du würdest es nicht erfahren. Das zeigt, daß ich dich niemals unterschätzen sollte.«

»Ich will es wissen, Florent. Ich muß es wissen, für den Fall, daß ich merkwürdige Geschenke erhalte. Parfümierte Handschuhe zum Beispiel, oder eine Flasche Wein. Und du müßtest womöglich deine Hemden zu einer anderen Wäscherin tragen.«

»Ach, sei unbesorgt. Ich habe ihr nur meine Absichten kundgetan, weiter nichts. Ich wollte dich aus deinem Kontrakt loskaufen. Man sollte meinen, sie würde ihn gerne veräußern, schließlich ist sein Wert in letzter Zeit gesunken. Aber das lastet sie mir an. Sie weigerte sich, und es gab eine Szene. Sie hat mich gewarnt, ich solle nur ja nicht die Absicht hegen, dich zu heiraten. Aber ich habe über Recht und Gesetz geredet, bis ich mein Ziel erreichte. Sie holte den Kontrakt hervor, um mir zu zeigen, daß er rechtmäßig war. Und so fand ich heraus, wo sie ihn aufbewahrt.«

»Florent«, sagte ich erschrocken, »versuche um Gottes willen nicht einzubrechen, um ihn zu stehlen – das kann dich dein Leben kosten. Schlimm genug, daß sie glaubt, wir haben eine Affäre –«

»Sylvie, bitte noch eine Schokolade – die erste war vorzüglich«, sagte d'Urbec nonchalant, und als sie hinausging, bedeutete er mir, vorsichtig zu sein. »Du mußt mir schon zutrauen«, sagte er leise, »daß ich die Schattenkönigin überlisten kann. Wenn ich Desgrez mit all seinen Leuten zum Narren halten und dich aus den Stadtmauern von Paris herausbringen kann, dann kann ich gewiß auch ein paar Papiere beschaffen.«

»Florent, ich bitte dich – du mußt nichts übereilen – es ist nicht wichtig.«

»Im Gegenteil, es ist sehr wichtig, und das weißt du. Es ist die einzige schriftliche Verbindung zwischen dir und La Voisin. Alles übrige sind Gerüchte. Halb Paris ist in ihrem Hause gewesen, und nicht einmal La Reynie wird halb Paris verfolgen. Ich will den Kontrakt, und ich will das Hauptbuch, das mit P bezeichnet ist.« Ich war entsetzt. Wie sollte er mich noch lieben können, wenn er sähe, was darin stand?

»Das weißt du?« stieß ich hervor.

»Ich muß über alles Bescheid wissen, was dazu führen könnte, daß ich dich für immer verliere, Geneviève. Ich habe zu lange gewartet, um nun auf alles verzichten zu müssen.«

»Aber es kann nicht dringend sein. Sie haben La Bosse und La Vigoreux vor über einem Monat ergriffen, und Madame haben sie nicht behelligt, auch keine von den Ihren. Es ist genau wie vor zwei Jahren, als sie de Vanens wegen Falschmünzerei festnahmen. Sie entdeckten, daß er ein Giftmischer war, aber es wurde nicht weiter verfolgt. Die Wolke zieht vorüber, Florent. Es wäre besser, meine Gemälde zu verkaufen, statt Zeit zu vergeuden mit dem Versuch, ein Buch in die Hände zu bekommen, das sie nicht herausgeben wird.« Florent nickte, und ich dachte, damit sei es abgetan.

Der Februar ging vorüber, und waren die ersten Märzwinde auch rauh, so spürte man doch schon einen Hauch von Frühling. Nicht mehr lange, nicht mehr lange, sagte der Wind, und es wird Blumen geben, und Fisch wird einen Platz auf dem Speisezettel einnehmen. Florent kam – zu meinem Bedauern – mit dem Verkauf meiner Gemälde trefflich voran, und er veräußerte auch ein großes Buffet, das keinem Zweck mehr diente, nachdem es kein silbernes Service mehr enthielt.

Eines späten Vormittags, nachdem meine einzige Klientin sich verabschiedet hatte, wischte Sylvie vor sich hin summend Staub. Das war eine Abwechslung. Astaroth staubte nicht gerne ab, weil er sich weigerte, sich zu bücken.

»Sylvie, du bist so heiter heute morgen, wo ist Astaroth?«

»Astaroth? Oh, er besucht seine Familie.«

»Dämonen haben Familie?«

»Natürlich – wäret Ihr von einem besessen gewesen, dann wüßtet Ihr es. Astaroth hat Dutzende Ehefrauen und noch mehr Geliebte, ganz zu schweigen von Kindern, Cousins und Cousinen, Brüdern, Onkeln und Tanten, und obendrein hat er eine sehr wichtige Stellung zu behaupten – er ist der Herr über *Legionen* von Teufeln. Das alles kann einer nicht ohne Arbeit bewältigen – obwohl er eigentlich lieber in Paris ist.«

»Jeder, der bei Verstand ist, ist lieber in Paris«, erwiderte ich. »Hast du das schwarze Taftkleid herausgelegt? Ich gehe heute nachmittag zu einer privaten Lesung ins Palais de Soissons.«

»Das ist ein Zeichen, daß es Frühling wird – alle wollen einen neuen Liebsten und eine Lesung. Ihr werdet wieder wohlhabend. Ihr wäret es jetzt auch, wenn Ihr diesen Berufsspieler nicht aushalten würdet – nicht daß ich ihn nicht leiden könnte, bewahre! Aber so etwas! Das Bild, das Ihr so gerne hattet! Eine regelrechte Liebessklavin seid Ihr geworden. Wäre Madame nicht so beschäftigt, sie würde ein Wörtchen mit Euch reden.«

»Ich werde ein Wörtchen mit *dir* reden, wenn du die Türe nicht öffnest. Mustafa! Wo steckt er, wenn ich ihn brauche?« Als ich mich umwandte, sah ich, daß Sylvie zwei gesetzte Bürger hereingeführt hatte, Advokaten, ihren langen Roben und Vollperücken nach zu urteilen. Einer stand mit dem Rücken zu mir und betrachtete meine Möbel. Der andere fuhr mit der Hand über den hellen Fleck, wo das Bild gehangen hatte, dann prüfte er, ob seine Fingerspitzen staubig waren.

»An dieser Stelle scheint ein Bild entfernt worden zu sein. Man hat Euch offenbar gerade noch rechtzeitig benachrichtigt, Maître Pasquier.« Als ich den Namen hörte, gefror mir das Blut in den Adern. Der Angesprochene drehte sich zu mir um. In nur fünf Jahren war er stark gealtert. Sein Gesicht war dicker geworden, seine Augen waren stumpf vor Rechtschaffenheit, wie zwei Rüben, die im Winter zu lange in der Vorratskammer gelegen haben. Seine Haut ließ mich an die aufgeblähten rosa Würmer denken, die man nach einem heftigen Regen ertrunken auf der Erde findet. Seine Profession hatte ihn geprägt.

»Sieh mal einer an, Étienne, der Blutsauger. Was verschafft mir die Ehre dieses Besuches, Bruder? Sind die Gewinne aus dem Verkauf unserer Schwester verbraucht?« Ich weidete mich an seinem aufsteigenden Zorn.

»Zumindest leugnet sie nicht, wer sie ist«, sagte sein Begleiter, der ihn zurückzuhalten suchte.

»Du hattest stets eine boshafte Zunge, Schwester. Daran würde ich dich erkennen, auch wenn sonst nichts an dir wie früher wäre. Schweigen in einer einsamen Klosterzelle, das wird deiner Seele guttun. Eines Tages wirst du zu mir kommen und mir danken, daß ich dich aus einem so schandbaren Leben erlöst habe.«

»Danken? Wofür? Daß du dich in meine Geschäfte einmischst und ihr mein Haus in Augenschein nehmt wie zwei Pfandleiher?« Nun war es an Étienne, seinen Begleiter zurückzuhalten.

Hinter mir hörte ich Sylvie flüstern: »Mustafa, laufe zur Kunstgalerie auf dem Pont Notre-Dame und hole Monsieur d'Urbec. Sage ihm, es gibt argen Verdruß.«

»Laßt sie gewähren. Wir haben bewiesen, daß unser Informant recht hatte. Sie kann nirgends hin. Und ich werde alsbald imstande sein, diese – diese furchtbare Schande für die Ehre der Familie fortzuschaffen.«

Ich trat einen Schritt vor und starrte ihm in sein korruptes Gesicht. Er wich zurück. »Wer hat dich informiert, daß ich hier bin?« fragte ich mit kalter Stimme.

»Ich habe Mittel und Wege. Spitzel bei der Polizei, Informanten, denen die Methoden sogenannter Reformer wie La Reynie nicht behagen.« Ah, jetzt verstand ich alles. Korrupte Informanten, die über einen Reformer verstimmt waren, durch dessen Neuerungen sämtliche traditionellen Quellen der Bestechung zu versiegen drohten. Sie würden alles tun, um La Reynie zu behindern. Schön, sie würden eine Menge Hexen finden, die ihnen beipflichteten. »Und worüber haben dich diese Informanten informiert? Daß Mademoiselle Pasquier in der Rue Charlot wohnt, daß sie reich ist und daß du es deiner Ehre schuldig bist, sich ihres Besitzes zu bemächtigen?«

»Mir wurde zugetragen, daß meine Schwester, die von zu Hause fortgelaufen ist, dem Namen der Familie Schande bereitet, indem sie sich als Wahrsagerin betätigt und sich auf eine Affäre mit einem Spieler eingelassen hat, der sie in den Ruin treibt.«

»Und alles ausgibt, bevor du es in die Hände bekommen könntest, wie? Welch unziemliche Hast, Bruder.«

»Mit deinen Kränkungen gräbst du dir nur dein eigenes Grab, Schwester.« Er verschränkte die Arme und sah mich hochmütig an.

»Und meine Eheschließung hat wohl auch nichts zu bedeuten, vermute ich?« Er fuhr zurück. Sylvie wirkte erschrocken. Ihre Augen nahmen einen abwesenden Ausdruck an.

»Eheschließung? Du lügst. Wer würde ein so schändliches Ungeheuer wie dich nehmen?« In meinem eleganten Kleid mit den kostspieligen Spitzen fühlte ich mich sicher genug, um ihn auszulachen.

»Alle möglichen Mitgiftjäger würden mich nehmen. Hat dir das dein Informant nicht erzählt? Er müßte dir eigentlich dein Bestechungsgeld zurückzahlen. Armer Bruder, du kamst am Ende der Schlange. Du bist zu spät gekommen. Mein Vermögen ist dir entschlüpft. Und nun beleidigst du eine verheiratete Frau in ihrem eigenen Hause.« Ich setzte mich schutzsuchend auf meinen karmesinroten Lehnstuhl hinter dem vergoldeten Pult, auf welchem meine Wasservase in ihrem Drachenständer ruhte.

»Du kleine Kanaille«, schrie er, sich dem Pult nähernd, »du würdest alles sagen, nur um mich abzulenken, nicht wahr? Aber mich kannst du nicht täuschen. Ich glaube dir nicht eher, als bis ich den Ehekontrakt sehe. Ich werde dafür sorgen, daß man dich ergreift, und was diesen Abenteurer angeht, den lasse ich einsperren –« Er hatte zu schreien begonnen, als könnte dies den Mangel an Logik ausgleichen. Gilles hatte sich unterdessen für alle Fälle mit verschränkten Armen am Fuße der Treppe hinter den beiden Männern aufgestellt.

»Und störst die Reinheit der von unserem Monarchen so geliebten Familie?« versetzte ich mit äußerst sarkastischer Stimme. »Du weißt es vielleicht nicht, ich habe für ihn persönlich gelesen –« Bei der Erwähnung des Königs bekam der zweite Advokat einen ehrfürchtigen Gesichtsausdruck, doch Étienne ließ sich nicht aufhalten, so heftig begehrte er meinen Besitz. »Nimm dich in acht, du scheinheiliger Mensch«, zischte ich. »Wenn du mich noch länger belästigst, werden sich Fragen zu deinem Benehmen erheben, die du nicht freudig beantworten wirst –«

Doch da drehten sich beide Männer plötzlich um. Sie hatten ein Geräusch an der Haustüre und schwere Schritte gehört. Étiennes Begleiter zupfte ihn am Ärmel, bemüht, ihn zum Gehen zu bewegen.

»Oh, bleibt doch, Messieurs, ich möchte Euch mit meinem *Ehemann* bekannt machen.« Ich sprach das Wort mit verhaltenem Triumph. Sylvie lief, Florent den Umhang abzunehmen, und ich bemerkte erneut den eigentümlichen Ausdruck in ihrem Gesicht. Mustafa war nicht bei ihm. Florent mußte ohne Warnung zurückgekommen sein. Doch seine dunklen, klugen Augen erfaßten die Szene mit einem Blick. Ein seltsames Lächeln erschien in seinem Antlitz.

»Ei, welche Ehre«, sagte er freundlich. »Advokaten. Könnten es Verwandte sein? Ich glaube nicht. Keine Familienähnlichkeit. Wenn sie behaupten, zur Familie zu gehören, müssen sie unehelich sein.« Er hielt inne, um die Wirkung seiner Worte zu genießen. Étiennes Gesicht rötete sich höchst befriedigend. »Messieurs, es ist mir ein Vergnügen, Euch hier zu sehen«, fuhr er wie beiläufig fort, »ich hatte vor, wegen eines Vermächtnisses, das meiner Gemahlin zufallen wird, um Beistand zu ersuchen. Ihre Familie, müßt Ihr wissen, hat sie mitten im Winter mit nichts als einem zerrissenen Kleid aus dem Hause geworfen, sie dann für tot erklärt und Anspruch auf ihr Erbe erhoben. Ist das nicht furchtbar? Denkt Euch, sie sind sogar so weit gegangen, statt ihrer einen anderen Leichnam zu beerdigen. Zum Glück besitzt die Polizei einen sicheren Beweis ihrer Identität. Vielleicht könnt Ihr mir raten, wie ich vorgehen soll? Oder soll ich Euch zuvor für Eure Beratung bezahlen?«

»Schurke –«, rief Étienne.

»Und wie liebenswürdig von Euch, auch einen Zeugen mitzubringen, Maître – ah, Ihr müßt Pasquier sein, habe ich recht?«

»Maître Pasquier«, ließ sich sein Begleiter vernehmen, »Ihr habt mich getäuscht – meine Reputation – ich muß mich zurückziehen –«

»Ihr Narr, seht Ihr nicht, daß er lügt? Bleibt hier, ich hole unterdessen die Wache.«

»Maître Pasquier«, drohte Florent, »wenn Ihr dieses Haus nicht verlaßt, sehe ich mich gezwungen, mir einen lange gehegten Wunsch zu erfüllen – nämlich einen Advokaten auszupeitschen.« Étienne funkelte ihn erbost an.

»Ihr würdet es nicht wagen, Ihr Herumtreiber, Ihr Abenteurer –«

»Ach nein? Welch ungebührliche Fragen würden sich erheben, wenn Ihr diesen furchtbaren Affront auf Eure Ehre melden würdet! Könnt Ihr es Euch leisten, zur Zielscheibe des Spottes zu werden, Maître Pasquier?«

»Kommt fort von hier, kommt – den Anspruch könnt Ihr später regeln.« Étiennes Begleiter zupfte ihn abermals am Ärmel.

»Ah, und welch ein Anspruch – ich wünsche mir schon lange eine vornehme Residenz in der Stadt. Ich glaube, ein kleiner

Landbesitz gehört auch dazu. Oho, das macht Euch nervös, wie? Geht, geht, kleiner Mann, ehe Ihr sowohl beraubt als auch schmerzhaft verdroschen werdet.« D'Urbec wandte sich kurz zur Treppe und rief: »Ah, Gilles, gehe hinauf und hole meine Peitsche – ich muß ein wenig üben.« Étienne, der die Gefahr abschätzte, es mit einem kräftig aussehenden Gegner aufzunehmen, machte ein ehrlich erschrockenes Gesicht, als er sich umdrehte und den hünenhaften Gilles gewahrte, der die Treppe herunterkam und mit der Peitsche lässig gegen seine Hand knallte. »Ah, vortrefflich, die Herren Advokaten haben mich verstanden. Lebt wohl, Messieurs.«

Als die Türe sich hinter ihnen schloß, klatschte Sylvie in die Hände und rief: »Bravo, Monsieur d'Urbec. Genau wie im Theater, vortrefflich!« Er verbeugte sich wie ein Schauspieler vor dem Publikum.

»O Florent, das war glänzend, glänzend!« Ich stand auf, um ihn zu umarmen. Florent aber schüttelte den Kopf und legte mir seine Finger auf die Lippen.

»Anders als im Theater schließt sich der Vorhang im wirklichen Leben nicht. Der Mann kommt vielleicht wieder. Und wenn er Nachforschungen über deine Ansprüche anstellt, dann wird, sofern nichts Schlimmeres geschieht, zumindest unsere Eheschließung den falschen Leuten bekannt. Das ist nicht gut. Hiermit hatte ich nicht gerechnet.« Florent schritt auf und ab, seine Stirn war gerunzelt. »Verdammt soll er sein! Wäre er doch einen Monat später gekommen! Jetzt muß ich mir etwas anderes einfallen lassen.«

»Astaroth sagt, er wird alles regeln«, erklärte Sylvie.

»Wollt ihr wohl still sein, du und dieser elende Dämon? Ich denke nach!« rief d'Urbec aufgebracht. Sylvie brach in Tränen aus.

»Nimm's nicht so schwer, Sylvie«, tröstete ich, »Monsieur d'Urbec ist nur verärgert. Er wollte den Dämonenfürsten bestimmt nicht kränken.« Plötzlich mußte ich mich setzen. Étienne hatte eine Reihe häßlicher Erinnerungen geweckt, Erinnerungen, bei denen mir übel und schwach wurde. Ich legte die Hände vors Gesicht. Ich wünschte, ich wäre weit fort, wo Erinnerungen mich nicht finden könnten. Ich fühlte mich vor Erschöpfung transparent wie ein Geist, wie ein Nebelstreif. »Oh, wie soll ich heute nachmittag eine Lesung für die Comtesse de Soissons zustande bringen?« Ich lehnte den Kopf an die Stuhllehne. »Ich bin zu erschöpft, um im Glase zu lesen.«

»Was? Die Comtesse ist in der Stadt?« fragte Florent. »Warum ist sie um diese Jahreszeit nicht am Hof? Jeder, der auf sich hält, ist in St. Germain.«

»Die Mancinis lieben Paris, und sie sind mächtig genug, sich nicht um den Unmut des Königs zu scheren, wenn sie den Hof verlassen, um ihre Kurzweil in der Stadt zu suchen, das ist alles.« Ich zog die Schultern hoch.

Aber ich irrte mich. Als man mir im Hofe des Palais de Soissons aus der Kutsche half, kam Visconti die große Treppe herunter. Er ging zusammengekrümmt, den Umhang hatte er zum Schutz vor dem scharfen Märzwind fest um sich gezogen, den Kopf hielt er gesenkt: Ein Bild der Verzagtheit.

»Monsieur Primi!« rief ich in den Wind, und er hob den Kopf und setzte eine heitere Miene auf, als hätte er keinerlei Sorgen.

»Ei, guten Tag, Madame de Morville. Meinen Glückwunsch, Ihr seht mit jedem Tage jünger aus.«

»Was ich nicht Euch zu verdanken habe, Primi. Sagt mir, was erwartet mich heute? Wieder ein Duell der Wahrsager? Oder werde ich zusammen mit einer Uhrwerksfigurine und einem Tanzbären zur Schau gestellt?«

»Ich sollte mich wohl entschuldigen, Marquise. Des Königs liebster Zeitvertreib ist es, Wahrsagerinnen, Zauberer und Quacksalber zu entlarven. Vor welche Wahl hatte er Euch damals gestellt? Bei mir war es die Schlinge des Henkers.«

»Mir bot er den Scheiterhaufen an, wenn ich ihm mein Geheimnis nicht verkaufe.«

»Ah, ich habe immer gesagt, Ihr seid eine Hexe – doch das spielt nun keine Rolle mehr.« Er seufzte.

»Was habt Ihr nur? Ihr braucht Euch nicht zu grämen. Er hat Euch zu seinem Günstling gemacht – aber mich hat er ruiniert.«

»Wir sind alle ruiniert, kleine Marquise. Ich würde fliehen, aber ich liebe eine Frau – ihretwegen bleibe ich und setze alles aufs Spiel.«

»Ich erfriere noch, ehe ich verhungert bin. Stellen wir uns in den Torbogen.«

»In diesem Falle ist frieren vorzuziehen. Man darf uns nicht hören.« Er wies auf den livrierten Wächter vor dem großen Portal des Palais. Es schien, als wolle der kalte Wind uns auseinanderblasen, als wir so auf der breiten Treppe beisammenstanden. »In der Stadt geht das Gerücht um, daß die Wahrsagerinnen von Paris den Wert ihrer Prophezeiungen mittels Gift gesteigert haben. Eine gräßliche Alte, von der ich nie gehört habe, wurde in Gewahrsam genommen. Sie hat eine Wahrsagerin namens La Vigoreux mit hineingezogen. Dieser Frau bin ich einmal bei Madame de Vasse begegnet – sie las mir aus der Hand. Jetzt ist sie im Château de Vincennes, und es heißt, daß sie unter der Folter die Namen ihrer Komplizen preisgibt.«

»Primi, Ihr seht zu schwarz. Man wird Euch für unschuldig befinden, genau wie alle die törichten Frauen, die sich von ihr aus der Hand lesen ließen.«

»Wenn es nur so wäre«, sagte er bedrückt. »Aber, Marquise, für mich ist es schlimmer, als Ihr Euch vorzustellen vermögt. Die Frau, die ich liebe – o Marquise, Ihr solltet sie sehen! Sie ist eine Göttin!« Seine Stimmung wechselte unvermittelt. Er küßte beim Gedanken an diese Frau seine Finger und fuhr dann fort: »Wir lernten uns kennen, als sie mich kommen ließ, um ihr aus der Hand zu lesen. Ich liebte sie auf den ersten Blick! Diese Augen! Diese entzückende Taille! Ich mußte sie einfach erobern! Ich sagte ihr wahr. Ich prophezeite, daß sie sich bald leidenschaftlich in mich verlieben und meine Braut werden würde. Zu meinem Leidwesen war sie bereits vermählt. Und zu allem Unglück wurde ihr Gemahl krank und starb, und ich geriet in Verdacht –«

»Und da habt Ihr sie aufgegeben?«

»Sie aufgeben? Ihr seid von Sinnen! Natürlich nicht. Jeden Abend lieben wir uns leidenschaftlich. Ich bin durch Cupidos Ketten gefesselt – es ist mir bestimmt, aus Liebe zugrunde zu gehen.«

»Primi, Ihr seid wahnsinnig.«

»Natürlich. Was könnte man in dieser irren Welt anderes sein? Adieu, Marquise. Vielleicht begegnen wir uns erst in der nächsten Welt wieder –«

»Primi – wartet –«, rief ich in den Wind, als er die Treppe hinabstieg.

Er drehte sich um, und der Wind trug mir seine Worte zu: »Es ist vorbei; mit unserer Welt ist es zu Ende. Geht, tröstet die Comtesse, aber seht zu, daß Ihr Eure Vergütung sogleich erhaltet.« Der schlanke Italiener stieg in die wartende Kutsche. Als der Kutscher die Zügel ergriff und davonfuhr, sah ich Primi zusammengesunken auf dem Sitz, den Hut über die Augen gezogen.

Ich wartete lange in dem kalten, mit Marmor ausgelegten Vorzimmer der Gemächer der Comtesse. Die Glasscheiben in den hohen Fenstern klirrten, und ich spürte den Luftzug unter den Türen mit den vergoldeten Paneelen. Was mochte sie wollen, die Comtesse? Sie ließ sich von mehreren Leuten wahrsagen – etwas mußte am Hofe vorgefallen sein. Sie hatte etwas vernommen, das sie bewog, sich wieder dem Okkultismus zuzuwenden. Etwas, das sie sich wünschte, oder etwas, vor dem sie sich fürchtete?

Das Antlitz der Comtesse war abgespannt; sie hatte versucht, die Falten, die ihre verlebten Wangen durchzogen, unter dicker weißer Schminke zu verstecken. Ihre Augen in dem schmalen Gesicht huschten hin und her, ihr Lächeln war so verzerrt, daß es wie ein lautloser Schrei anmutete. Diesmal ist es kein Wunsch, sagte ich mir. Dies ist Angst.

»Madame de – wie immer Ihr Euch jetzt nennt, ich weiß, Ihr lest wahr. Visconti sah eine Unterbrechung meiner Schicksalslinie, er sah in den Karten Ungnade, einen Sturz. Ein Geheimnis aus meiner Vergangenheit wird ans Licht kommen.« Ah, das war es. Die Gerüchte, vor denen Visconti mich gewarnt hatte. Er hatte mir damit wohl einen Gefallen tun wollen, ein Akt der Wiedergutmachung des Schadens, den er mir zugefügt hatte. Die Comtesse war eine gute Klientin von La Voisin, aber nicht nur von ihr. Hatte sie das Gift, mit dem sie ihren Gemahl beseitigt hatte, von La Voisin oder von La Bosse bekommen? La Bosse redete nun seit zwei Monaten unter der Folter, und durch die geschwätzigen Amtleute war etwas aus La Reynies geheimen Verhören an den Hof gedrungen. Und wenn es nicht um ihren Gemahl ging, welche Personen waren sonst noch mit Hilfe der kleinen weißen Hand der Comtesse von dieser Erde geschieden? Vielleicht genug, um selbst eine Dame ihres Ranges zu verurteilen.

»Ihr wünscht Eure Zukunft zu erfahren«, sagte ich, indes ich mein Tuch ausrollte.

Sie beugte sich über das Glas, während ich rührte. Die Diamanten an ihrem Busen spiegelten sich im Wasser wie kleine Regenbögen.

»Madame, bitte – die Farben Eures Kleides, Eure Juwelen, sie stören das Bild.«

»Ich muß es wissen«, sagte sie und trat ein wenig zurück.

»Ich sehe dasselbe Bild, das ich vor Jahren für Euch sah: Eure Kutsche bei Nacht, Eure Lakaien in schlichtem Grau, Eure Pferde preschen in rasender Geschwindigkeit durch die Dunkelheit. Marquise d'Alluye ist bei Euch. Ihr sprecht nicht – Eure Gesichter sind angespannt.«

»Dann ist es kein heimliches Stelldichein – nein, es ist Flucht. Und denkt nur, jahrelang hielt ich diese Lesung für Euren einzigen Irrtum! Ach, wie bitter! Ihr habt alles vorausgesehen. Warum habt Ihr mich nicht gewarnt?«

»Wartet, Madame, ein anderes Bild steigt empor. Ihr seid – es muß im Ausland sein, die Kleidung ist eigenartig, sie scheint mir nicht französisch. Ihr besucht die Messe in einer fremden Kirche –«

»Dann bin ich gerettet –«

»Wartet – zwei Männer sind hinten in der Kirche, einer mit einem großen Sack. Der erste – ich glaube, ich erkenne ihn – gibt ein Zeichen, indem er die Hand sinken läßt. Der zweite – oh, und da ist noch einer, auf der anderen Seite der Kirche – sie öffnen ihre Säcke. Guter Gott! Die Säcke sind voll mit schwarzen Katzen. Sie rennen kreuz und quer durch die Kirche. Die Leute wenden sich gegen Euch – sie scheinen zu denken, die Katzen seien Teufel, die Ihr mitgebracht habt. Sie schreien, sie drohen, sie zerren an Eurem Kleid, wollen Euch in Stücke reißen – Eure Lakaien wehren sie ab, und Ihr flieht nach draußen zu Eurer Kutsche.«

»Der eine Mann – Ihr sagt, Ihr erkennt ihn?«

»Ein Abgesandter der Pariser Polizei, Madame.« Um genau zu sein, Desgrez. Der Mann, der sich als Abbé verkleidete, um Madame de Brinvilliers aus ihrer Zuflucht in einem ausländischen Kloster hervorzulocken.

»Sie werden mich töten! Sie wiegeln den Pöbel gegen mich auf! Oh, wie bequem so ein Tod für sie wäre, und niemandem wäre etwas vorzuwerfen! Diese Schurken von niederer Geburt wagen es nicht, unmittelbar Hand an eine Mancini zu legen. Ich schwöre, es ist Louvois. Er haßt mich. Er haßt uns alle, die wir von höherer Abstammung sind als er. Ich kenne ihn, er wird seinen Vasallen La Reynie benutzen, um unter dem Deckmantel des Gesetzes Rache zu üben. Das ist seine Art – er ist verschlagen, und er wartet seine Zeit ab. Niemand ist vor ihm sicher, nicht einmal die Mancinis. Sagt mir, mein Tod –«

»Das erfordert Bezahlung im voraus, Madame.« Ich nahm die Vergütung entgegen und blickte wieder ins Wasser. »Ihr werdet hochbetagt sterben«, sagte ich.

Die Luft in dem kalten Gemach wurde von dem irren Gelächter der Comtesse erschüttert. Sie erhob sich plötzlich, streckte die Arme über den Kopf und schrie: »Hochbetagt, hochbetagt, ich werde Euch zum Trotze leben, Louvois!« Dann fiel ihr ein, daß ich zugegen war; sie sah mich mit glühenden irren Augen an und sagte: »Was kümmert mich Louvois? Ha! Er ist nichts, nicht einmal soviel –« Sie schnippte mit den Fingern, um seine Bedeutungslosigkeit zu demonstrieren. »Oh, der häßliche kleine Bourgeois, ich werde an ihm Rache nehmen!«

Als meine Kutsche in die Rue de Picardie einbog, lehnte ich mich in die Polster; mir war nahezu übel von der Erschöpfung, die sich nach zu vielen aufeinanderfolgenden Lesungen einstellt. Noch ein paar von dieser Art, und sie werden mich töten, dachte ich. Ich mußte sogar eingenickt sein, denn ich vermeinte schaudernd zu erwachen, als die Kutsche in der Rue Forez hielt. Meine letzte Verrichtung des Tages. Um mein Opiumlabsal zu holen, das nur noch ein Viertel so stark war wie ehedem.

La Dodée ließ mich ein. Ihr sonst so fröhliches Gesicht blickte kummervoll unter der weißen Linnenhaube hervor. Sie wischte sich die feuchten Hände an ihrer Schürze ab und sagte: »Oh, Ihr seid doch noch gekommen! Eure Bestellung ist fertig, aber noch nicht in Flaschen gefüllt. La Trianon möchte Euch im Hinterzimmer sprechen. Sie ängstigt sich zu Tode und benötigt eine Lesung.« Ich stöhnte.

»Ich habe es nicht in mir. Ich habe den ganzen Nachmittag gelesen, und ich glaube, ich werde ohnmächtig, wenn ich das Glas noch einmal ansehe.«

»Kommt ins Laboratorium und legt die Füße hoch. Wir kochen Euch Kaffee, der wird Eure Kräfte wiederbeleben. Es sind schreckliche Dinge im Gange. Es blitzt rings um uns, und wir müssen wissen, wo es als nächstes einschlägt.«

Sie zogen einen Lehnstuhl ans Feuer, ich ließ mich hineinfallen und schloß die Augen. Eines der Mädchen mußte wohl einen Fußschemel gebracht haben, denn das letzte, was ich wahrnahm, bevor ich in Schlaf sank, war, daß jemand meine Füße hochlegte.

»Aufwachen, wacht auf!« La Trianon rüttelte mich an den Schultern.

»Ich habe gar nicht geschlafen – nur meine Augen ein bißchen ausgeruht.«

»Eine komische Art auszuruhen – dann sind es wohl Eure Augen, die schnarchen.«

»Ich und schnarchen? Niemals!« Ich setzte mich aufrecht. La Trianon stand an meiner Seite, die Hände in die Hüften gestemmt, die Ärmel ihres schwarzen Kleides bis zu den Ellenbogen aufgekrempelt, als habe sie soeben ihren Arbeitstisch verlassen.

»Ich denke, das wird Euch aufwecken – es bringt Euch wieder zu Kräften. Und dann machen wir eine Lesung. Es geht um Leben und Tod.« Der türkische Kaffee war stark und süß, besser als Medizin. Ich hielt das Täßchen zwischen den Händen und wärmte sie, während ich den schweren Duft einatmete.

»Ah, wunderbar. Ihr seht schon viel wacher aus. Wir haben das Wasser auf dem Arbeitstisch neben dem Schmelzofen bereitgestellt.« Ich sah hinüber. Die Wasservase schimmerte in dem verblassenden Licht, das durchs Fenster fiel. Ein Mädchen kehrte den Fußboden; in einer Kiste hinter dem Ofen säugte eine Katze ihre Jungen. La Dodée und ein anderes Mädchen gossen mein letztes Labsal durch einen Trichter in Flaschen und versiegelten die Korken. Sie waren fast fertig.

»Oh, seht nur, Eure Harpyie löst sich auf – das müssen die Motten sein«, bemerkte ich.

»Heutzutage löst sich mehr auf als nur die Harpyie. Wer kann, verschwindet im Versteck. Wir können uns nicht verstecken – wir verdienen hier unseren Unterhalt. Aber noch kann alles gut werden. Madame hat einen großen *coup* geplant, der uns alle retten wird. Wir müssen wissen, wie es ausgeht, damit wir unsere Pläne fassen können.«

»Die Bittschrift?«

»Ja«, flüsterte La Trianon. »Nicht einmal La Dodée weiß davon. Nächste Woche will sie sie in St. Germain überreichen. Sie wurde letztes Mal von der Menge um den König abgedrängt und brachte die Bittschrift wieder mit zurück. Doch nächstes Mal wird es gelingen. Und nun – nun ist es für uns lebenswichtig, daß sie Erfolg hat.«

»Aber wie kann Gift von einem Stück Papier in die Augen des Lesers gelangen?«

»Nicht in die Augen, in die Tasche. Die Bittschrift ist mit einem feinen Pulver überzogen. Der König pflegt Bittschriften ungelesen in die Tasche zu stecken, wo er sein Schnupftuch verwahrt. Wenn er tot ist, werden die Verhöre beendet sein, bevor wir alle mit hineingezogen werden.«

»Und wenn es mißlingt?«

»Dann werden wir alle sterben – Ihr, ich, Madame de Montespan, die Mancinis und alle übrigen.«

»Nun gut, ich werde lesen.« Ich zog einen Schemel an den Arbeitstisch. La Trianon scheuchte die Mädchen fort und beschied sogar La Dodée unwirsch: »Später, später. Die kleine Marquise darf nicht gestört werden. Die Lesung muß makellos sein.«

Das Wasser schien sich zu verdunkeln, als nähme es die draußen hereinbrechende Dämmerung in sich auf. Dann sah ich in der Mitte einen rotgelben Schimmer, zuerst klein, dann größer, bis er die Vase ausfüllte.

»Was seht Ihr?«

»Ein Feuer – wartet, ich sehe noch etwas –« Über den Flammen die Spitze eines Scheiterhaufens. Inmitten der Flammen eine lebendige Gestalt, sitzend, in Ketten. Ein verzerrtes Gesicht, das lautlos im Herzen des Feuers schrie.

»Da sitzt jemand – er wurde gefoltert – die Beine sind gebrochen – es ist – wartet, ich kann es nicht erkennen –« Ich sah nahe hin, so nahe, daß mein Atem das Wasser kräuselte. Das Bild wakkelte und schwankte. Ich fuhr zurück. Es war eindeutig.

»Es ist Madame, die bei lebendigem Leibe verbrannt wird.«

»Seid Ihr sicher?«

»Ganz sicher. Ihre Haare sind verkohlt. Ihr Gesicht ist schwarz, aber ich würde es überall erkennen. Die Gehilfen des Scharfrichters ziehen den Leichnam mit Haken auseinander – aber – ich glaube, sie ist nicht tot – die Gliedmaßen bewegen sich –« Eine entsetzliche Schwäche befiel mich. Die Zimmerdecke mit der Harpyie begann über mir zu kreisen. Ich schwankte.

»Kommt rasch! Rasch!« La Trianon stützte mich, die anderen kamen herbei und halfen mir in den Lehnstuhl. »Es ist das Schlimmste, das Allerschlimmste. Marie, laufe an die Ecke und hole eine *portechaise*. Ich muß noch heute abend zu Madame. Ich muß es ihr ausreden. Sie darf nächste Woche nicht nach St. Germain –« Ein Mädchen hatte La Trianon schon ihren breiten schwarzen Filzhut und ihren dunklen Umhang gebracht, aber als ein anderes zur Türe ging, hielt ich es zurück.

»Meine Kutsche wartet draußen. Wir gehen zusammen zu Madame. Wenn jemand sie zurückhalten kann, dann bin ich es. Schickt nur jemanden zu mir nach Hause, um auszurichten, daß ich später komme. Sie erwarten mich.« La Trianon rümpfte die Nase. »Ihr meint, der *Mann*, mit dem Ihr schlaft, wartet dort. Laßt ihn warten – das tut den Mannsbildern gut.«

»Ihm nicht – er wird sich auf die Suche nach mir machen, und er ist so gerissen, daß er am Ende Eure Pläne aufdeckt.«

»Nicht nur ein Mann, sondern auch noch ein schlauer – Ihr habt Euch auf Ungemach eingelassen«, erklärte La Trianon.

»Genug, genug, die Zeit drängt.« Und ich besaß gerade noch genug Geistesgegenwart, um meine Flaschen vom Arbeitstisch zu nehmen, bevor wir zu meiner Kutsche eilten.

Kapitel XXXV

»Nanu«, sagte die Schattenkönigin, »was verschafft mir die Ehre?« Die Hände in die Hüften gestemmt, den Kopf zur Seite geneigt, stand sie vor ihrem großen Wandbehang mit der Magdalena und betrachtete uns, als seien wir Händler mit einer verspäteten Lieferung. Ein Kindermädchen führte ihr jüngstes Kind am Gängelband; es spielte mit einem Holzvögelchen an einer Stange, das die Flügel ratternd auf und ab bewegte. Eine von Madames getigerten Katzen rieb sich an meinen Füßen. Der alte Montvoisin und seine Tochter saßen in der Ecke und sahen uns mißtrauisch an.

»Cathérine, wir müssen dich alleine sprechen.« La Trianons Stimme klang dringlich. Antoine Montvoisin sah uns nach, als La Voisin in ihr Kabinett voranging. Sie schloß die Türe hinter uns, dann zündete sie mit Glutstückchen aus dem Kamin die Kerzen in den Wandhaltern an und zog die karmesinroten Vorhänge vor das kleine Fenster.

»So«, sagte sie, »jetzt sind wir ganz ungestört. Hoffentlich seid ihr nicht gekommen, um mir mein großes Werk auszureden.« Im Licht der Kerzen glühten ihre Augen wie brennende Kohlen. Dieses Glühen verursachte mir eine Gänsehaut. Mir schien es wie Irrsinn.

»Cathérine, die kleine Marquise hatte eine Vision im Glase. Du wirst brennen.«

»Eine Vision? Du elendes kleines Ding, wer hat dir erlaubt, dich in meine Geschäfte einzumischen?« In ihrem Antlitz flakkerte der Zorn des Wahnsinns.

»Nein, nein, Cathérine. Das war ich. Dein Wohl liegt mir am Herzen. Ich bin deine älteste Freundin.«

»Gewesen, meinst du. Du wolltest immer, daß ich klein und ungefährlich bleibe. In deiner Reichweite. Wann hättest du es je unterlassen, mich davor zu warnen, groß zu werden? Erinnerst du dich an die erste schwarze Messe, die ich für La Montespan ausgerichtet habe? Sie bescherte ihr den König – und begründete mein Vermögen. Du aber hast versucht, mich zurückzuhalten – von Ruhm und Glanz.«

»Madame, ich bitte Euch. Rettet Euch. Rettet uns!« rief ich.

»Und da spricht unsere kleine Memme, die für weiche Betten und Linnen schwärmt, für edlen Wein und leicht zu erobernde Geliebte. Du warst nie für Größe bestimmt. Es war töricht von mir, dich aus dem Schnee ins Haus zu holen.«

»Madame, ich sah Euch in Flammen.«

»Aber *wann* sahst du mich in Flammen? Morgen, nächstes Jahr, oder vielleicht in einem Jahrzehnt? Deine Visionen sind unvollständig – sie zeigen zuviel und zuwenig zugleich. Merke dir, ich werde nicht wegen dieses großen Unterfangens brennen, sondern wegen etwas ganz anderem. Warum soll ich mich gegen mein Schicksal auflehnen? Nein, ich begrüße es – und mit ihm meinen ewigen Ruhm.«

»Aber Madame, die Bilder lassen sich ändern. Schlagt einen neuen Weg ein. Gott gibt uns nicht nur ein Schicksal, sondern auch einen freien Willen, wir haben die Wahl –«

»Pah! Was soll dieses Gefasel? Kein Wunder, daß der Dämon dich nicht wollte. Du lebst in Büchern, Mademoiselle, und nicht im Leben. Gott, wahrhaftig! Und nun bist du auch noch Expertin für Theologie, zu allem anderen! Nein, ich werde mich sputen mit dieser großen Tat, und ich werde belohnt mit –«

»Dem Tode, Madame.«

»Nein, du Närrchen. Mit *Achtung*.« Die Hexenmeisterin stand hoch aufgerichtet, den Kopf zurückgeworfen, die Nasenlöcher gebläht, mit glühenden Augen. Ihre Worte hallten in der Stille wider.

»Achtung!« hielt La Trianon ihr entgegen. »*Dafür* bringst du uns alle in Gefahr?«

La Voisin lächelte verschwörerisch und winkte mit der Hand, als wolle sie unsere Zweifel bannen. »Aber, aber, es bringt auch ein Vermögen ein.« Nun hörte sie sich wieder an wie ehedem, eine praktische Hausfrau, die jeden Sou zweimal umdreht, wenn es gilt, Seife oder Kerzen günstig zu erstehen. »Die Zeiten sind schwer – ich habe zehn Mäuler zu stopfen. Glaubt ihr, ich kann eine Familie von Luft ernähren? Von Philosophie? Von guten Vorsätzen? Nein, ich sorge für die Meinen und für euch. Der Milord erwartet mich, wenn dies vollbracht ist. La Montespans Geld wird mir die Verbannung versüßen –«

»Du meinst, du willst fliehen, obwohl wir es nicht können?« La Trianon war empört über den Verrat.

»Ich bitte dich, ich sehe es als Ruhestand. Sie werden ihre

Hunde hinter mir herhetzen, wenn ich fliehe, und euch in eurer Höhle in Ruhe lassen. Aber der ausländische König und seine Edelleute werden mich beschützen. Dann wird die Polizei aufgeben. Der Dauphin, dieser idiotische Fettkloß, wird regieren, und die Ermittlungen werden eingestellt. Die Politik wird sich wandeln. Nein, hierfür werde ich nicht brennen. Und überdies, sobald ich mich im Ausland zur Ruhe gesetzt habe, ist genügend Zeit, das Bild zu verändern.« Sie schien selbstzufrieden. Dann sah sie mich an und schüttelte den Kopf. »Die kleine Marquise hat wieder einmal alles durcheinandergebracht.«

»Dann kann ich nichts mehr tun, um es dir auszureden?« La Trianons Stimme klang wehmütig.

»Nein. Gehe nach Hause, gehe schlafen. Deine Nerven sind überreizt. Du hast nie über die geistige Kraft verfügt, große Werke zu planen. Und du, Mademoiselle – gehe nach Hause zu deinem Opium und deinem weichen Bett mit diesem unnützen Spieler, und belästige mich nicht weiter mit deinen Visionen. Hinaus mit euch beiden. Ich habe Pläne zu machen.« Sie öffnete die Türe ihres Kabinetts und scheuchte uns hinaus, wie man Küken scheucht. Dann schloß sie die Türe hinter uns und blieb alleine in ihrem Kabinett zurück.

»Ihr habt sie nicht überzeugt«, flüsterte der alte Montvoisin, als wir aus dem Kabinett traten, und zupfte mich am Ärmel.

»Nein«, erwiderte ich. La Trianon sah den knitterigen kleinen Mann böse an und rauschte in den großen Salon, um auf mich zu warten.

»Dann sind wir verloren. Meine Tochter, mein Enkel. Ich habe nicht einen Sou bares Geld. Sie hat alles eingeschlossen, aus Angst, daß wir sie an die Polizei verraten und fliehen. Sie verraten? Wie sollte mir das in den Sinn kommen? Aber fliehen, ja, das würde ich. Mit meinem Kind, an einen sicheren Ort auf dem Lande. Meine Frau ist wahnsinnig, sie wird uns vernichten. Habt Ihr nicht ein wenig Geld? Einhundert Livres? Ich will es von Euch leihen, ich habe ungefaßte Edelsteine als Sicherheit. Smaragde, Diamanten. Sie sind mehr wert als der Betrag, das versichere ich Euch.« Seine Mitleid heischende Jammergestalt verursachte mir eine Gänsehaut.

»Ich habe nicht soviel bei mir, aber ich werde nachsehen, ob ich es zu Hause habe. Ich bin nicht mehr so wohlhabend wie einst –«

Ich mußte fort von seinem Gewinsel. Ich war zu allem bereit, wenn er nur meinen Ärmel losließ.

»Ah, Gott segne Euch. Kommt morgen hierher – Sonntagmorgen, da geht sie zur Messe. Sie wird nichts merken.« Ich befreite mich und floh mit La Trianon in die Kutsche.

»Oh, wie habt Ihr Euch verspätet, Madame. Euer – Gemahl wollte uns schon auf die Suche nach Euch schicken. Aber wir haben ihm gesagt, Ihr wüßtet meistens, was Ihr tut.« Sylvie hatte mein Korsett aufgeschnürt und bürstete nun mein schwarzes Kleid aus, ehe sie es weghängte. D'Urbec rekelte sich auf dem Bette, er tat, als lese er beim Schein einer Kerze Marcus Aurelius, doch er hörte genau zu.

»O Sylvie, es war entsetzlich. Ich habe klar und deutlich gesehen, wie Madame bei lebendigem Leibe verbrannt wurde. La Trianon und ich gingen zu ihr, um sie zu warnen, aber sie sagte, es sei Unsinn, und hat uns hinausgescheucht. Und dieser gräßliche Antoine hielt mich am Ärmel fest, so daß ich nicht fortkonnte. Er möchte hundert Livres, um sie zu verlassen und sich mit seiner Tochter und seinem Enkel in der Provinz zu verstekken. Ich habe ihm gesagt, ich wolle es mir überlegen, nur um ihn loszuwerden, und er hat mir aus Dankbarkeit die Hand geküßt.«

»Da ist es kein Wunder, daß Ihr Euch so gründlich die Hände gewaschen habt, als Ihr nach Hause kamt.«

»Soso«, meinte Florent vom Bett aus, »du behauptest weiterhin, Visionen zu haben? Würdest du das Opium aufgeben, hättest du diese Probleme nicht.«

»Ach du! Ich schränke es ja längst ein. Ich wollte dich damit überraschen, aber nun hast du es verdorben.«

»Einschränken? Eine schöne Einschränkung. Ich sehe am Ende des Monats noch genauso viele leere Flaschen.« Florents Ton war neckend, aber ich hörte seine Enttäuschung heraus.

»Nein, ich habe mich selbst überlistet. Jedesmal, wenn ich mir einen neuen Vorrat hole, lasse ich die Rezeptur schwächer machen. Sie ist jetzt nur noch ein Viertel so stark wie früher. In einem Monat kann ich vielleicht ganz darauf verzichten. Ich habe die Kopfschmerzen vor dir verborgen – ich wollte, daß du mit mir zufrieden bist.«

»Weil du dachtest, daß ich es nicht schon wäre? Wann wirst du mir glauben, daß meine Liebe zu dir umfassend ist? Was muß ich tun, dich zu überzeugen, daß du allein es bist, du, wie du leibst und lebst, die ein Teil meines Herzens geworden ist?« Er legte die Betrachtungen des Römischen Kaisers beiseite, kam zu mir und legte seine Arme um mich.

»Was du tun mußt?« entgegnete ich. »Es gäbe da eine wunderbare Sache –«

»Gute Nacht, Monsieur, Madame«, sagte Sylvie. Sie schloß die Türe, und Florent blies die Kerze aus.

Als am nächsten Morgen in der ganzen Stadt die Sonntagsglokken läuteten, stand Florent auf und kleidete sich an. Wir schrieben den 12. März 1679.

»Florent«, rief ich träge aus dem Bette, »du gehst zur Messe? Ich dachte, zweimal im Jahr würde dir genügen.«

»Nicht zur Messe. Besorgungen machen«, erwiderte er. »Ich habe einiges in meinem Quartier zu erledigen und ein paar Aufträge für meinen Diener.« Irgendwie glaubte ich ihm nicht. Doch war es nicht meine Gewohnheit, ihn über seine merkwürdigen Geschäfte auszufragen. Zuweilen verbrannte er Briefe, die er erhielt. Und er hatte ein eigenartiges Messingrad mit zwei Reihen beweglicher Buchstaben, das er manchmal auf sein Pult stellte, wenn er schrieb. Je weniger ich weiß, dachte ich, desto weniger kann ich weitersagen.

Als er aber zur Treppe ging, hörte ich, wie Sylvie ihm mit einer eigentümlichen, tiefen Stimme zurief: »Bleibe, Sterblicher. Astaroth hat Pläne mit dir.«

»O verflixt«, hörte ich ihn antworten. »Nur ein Momentchen, du lästiger alter Teufel. Ich bin in Eile.«

»Du wirst noch mehr in Eile sein, hat Astaroth dich erst beraten –« Ich war verärgert. Florent mochte ja getrost ohne Frühstück davoneilen, aber ich wollte meines, und Astaroth war womöglich zu hochnäsig, um es heraufzubringen.

Es zeigte sich, daß genau dies der Fall war. Ich rief Gilles und ging im Morgenrock hinunter, um nachzusehen, was sich im Küchenschrank befand. Keine Butter. Brot von gestern. Ein halber Käse, der schon schimmelte. Eine getrocknete Wurst. Ein Gefäß mit Marmelade mit einem verdächtigen Schaum obenauf. Ich kratzte den Schaum herunter, nahm einen Löffelvoll heraus und schnitt ein Stück Brot ab.

»Madame, ich mahle den Kaffee.«

»Und Milch ist nicht da? Nun gut, dann trinke ich ihn auf türkische Art.«

»Astaroth ist eine arge Plage«, sagte Gilles.

»Seht am besten auch im Wasserbehälter nach«, ließ sich Mustafa von der Küchenbank vernehmen. »Astaroth schleppt auch kein Wasser.« Ich hob den Deckel des Küchenbehälters und spähte in die grüne Tiefe.

»Es ist genug da –« Doch während ich sprach, sah ich in dem Wasser verschwommen und dunkel ein Bild emporsteigen.

»Madame, ich habe die Kelle –«

»Pst, Gilles, sieh nur ihr Gesicht. Sie hat eine Vision«, flüsterte Mustafa.

Eine schwarze Kutsche stand vor dem offenen Portal einer Kirche. Notre-Dame de Bonne Nouvelle. Eine Frau wurde mit Gewalt in die Kutsche gedrängt, während ein halbes Dutzend Musketiere die Menschenmenge fernhielt. Als der Mann sie hineinstieß und sich ihr gegenübersetzte, sah ich ihre Gesichter. Desgrez. Und La Voisin.

»Es ist heute«, flüsterte ich. »Ich muß sie warnen. Sie darf nicht zur Messe gehen. Sie warten vor der Kirche auf sie.« Jeder Gedanke an Frühstück war vergessen. »Bringt die Kutsche. Sylvie! Ich muß mich ankleiden!«

»Madame, Monsieur d'Urbec hat die Kutsche genommen.«

»Dann ruft mir, was immer ihr rufen könnt. Oh, es ist Sonntag! Es ist hoffnungslos. Findet mir irgend jemand, tut etwas! Ich muß vor der Spätmesse nach Notre-Dame de Bonne Nouvelle!« Gilles verschwand aus der Küche.

»Astaroth schnürt keine Frauen«, ertönte die unverschämte Stimme aus dem Nebenzimmer.

»Die Pest soll dich holen, Sylvie, und Astaroth dazu!« rief ich und eilte die Treppe hinauf. Ich fuhr in mein Hemd und zog ein loses indigoblaues Wollkleid über, das ich nur im Hause trug. Dann steckte ich mein Haar notdürftig auf und verbarg es unter einer weißen Linnenhaube. Ich nahm meinen breitkrempigen Hut und den Umhang und eilte zur Haustüre, wo Gilles neben einer wartenden *portechaise* stand.

»Ich habe ihnen gesagt, daß es eine heilige Pflicht ist, eine arme gebrechliche Frau zur Messe zu bringen«, erklärte er.

»Notre-Dame de Bonne Nouvelle«, wies ich die Träger an.

»Wenn ihr mich vor der Spätmesse hinbringt, verdopple ich eure Gebühr.«

Aber wir erreichten die Rue de Bonne Nouvelle just, als die Glocken läuteten. Während ich die Männer bezahlte und ihnen gebot zu warten, wurde das Portal aufgestoßen, und die ersten Kirchgänger schlenderten heraus. Ich versuchte, mich zwischen ihnen in die Kirche zu drängen, doch da fuhr die schwarze Kutsche vor und hielt vor dem Kirchenportal. Ich verkroch mich hinter einer stattlichen Frau in Halbtrauer, indes die Musketiere Aufstellung nahmen und Desgrez mit einem Begleiter entschlossen zum Portal schritt.

Madame trug ihr elegantes grünes Kleid, darüber einen pelzverbrämten Umhang mit Kapuze. Ihre Hände steckten in einem Pelzmuff, und ein Paar geschickt gefertigter schmiedeeiserner Stelzen schützte ihre hübschen Glacéschuhe vor dem Straßenschmutz. Sie blieb nicht stehen, als sie Desgrez erblickte, sondern reckte das Kinn und blickte verächtlich drein, wie es eine Hausfrau tun mag, wenn sie eine Maus durch die Küche einer anderen Frau laufen sieht. Die Leute waren stehengeblieben, um die Szene zu beobachten.

»Madame Montvoisin, nehme ich an?« sagte Desgrez.

»Die bin ich«, erwiderte La Voisin.

»Ich verhafte Euch im Namen des Königs«, verkündete Desgrez.

Da erhob sich ein Murren unter der Menge, und eine Frau rief: »Was tut Ihr? Sie ist eine anständige Frau!«

»Ja, ja!« rief eine andere Stimme. »Sie unterstützt ihre alte Mutter!«

»Verhafte deine eigene Mutter, Polizeihund!« schrie ein Mann.

»Musketiere!« rief Desgrez. Und an die Menge gewandt: »Zerstreut euch, bevor ihr alle als Aufrührer erschossen werdet. Ihr behindert die Gerechtigkeit des Königs!« Indes die Musketiere die Menge zurücktrieben, drängten Desgrez und sein Begleiter La Voisin in die Kutsche. Plötzlich packte mich die Angst. Die Rechnungsbücher, fuhr es mir siedendheiß durch den Kopf. Ich kämpfte mich durch die Menschenmenge und stellte fest, daß meine Sänfte verschwunden war – der Anblick der Polizei mußte die Träger vertrieben haben. Ohne auf meine Schuhe zu achten, eilte ich durch den Frühjahrsschlamm zum Haus in der Rue Beauregard. Zu spät. Die Siegel waren angebracht. Zwei Wächter standen vor der Haustüre. Als ich zum Seiteneingang wollte, wurde ich kräftig von hinten gepackt; jemand hielt mir den Mund zu und zog mich in eine Gasse.

»Leise, du Dummkopf. Ich wußte, daß ich dich hier finden würde.«

»Flo –«, murmelte ich, aber seine Hand brachte mich zum Schweigen.

»Sprich meinen Namen nicht«, zischte er. »Die Polizei ist überall. Die Kutsche ist in der nächsten Straße versteckt. Hier entlang, und sei leise.«

Wir eilten durch die Gasse und von dort auf die Rue de la Lune. Er schob mich in die Kutsche und schwang sich neben mich.

»Die Bücher, Florent, der Kontrakt. Ich bin verloren.«

»Keine Bange, wir verlassen die Stadt trotzdem.«

»Das kann ich nicht, Florent. Die Polizei kennt mich, an der Grenze haben sie meine Beschreibung. Bestimmt haben sie schon Befehl, mich zu verhaften. Es gibt nur eine Möglichkeit. Nimm alle Sachen und gehe ohne mich. Gott weiß, ich brauche nichts mehr davon.«

»Geneviève, was redest du da?«

Ich klammerte mich an ihn und sagte unter Tränen: »Du mußt auf der Stelle fort. Verliere nicht meinetwegen dein Leben. Und wenn du dich wieder vermählst, nenne eine Tochter nach mir und denke daran, ich habe dich geliebt –«

»Geneviève, meine Liebste«, sagte er zärtlich und nahm mich in seine Arme. »Gott weiß, wie sehr ich mich nach einem Beweis gesehnt habe, daß deine Liebe so stark ist wie meine. Nun trockne deine Tränen. Ich könnte und wollte nicht ohne dich fortgehen. Ich habe den Kontrakt und den Band P von ihren Hauptbüchern. Ich bin heute morgen hergekommen, um sie Antoine Montvoisin für hundert Livres abzukaufen. Als ich gestern abend hörte, was du erzähltest, da wußte ich, daß das meine größte Chance war.«

»Du hast sie *gekauft*? Du *hast* sie?« Mein Herz fing heftig zu klopfen an, und ich sah ihm ungläubig ins Gesicht.

»Nun ja, mehr oder weniger gekauft. Ich habe ihn bestochen und sodann den Schrank aufgebrochen. Die Schlösser waren nicht schwierig – ich bin schließlich der Sohn eines Uhrmachers und kenne mich mit Mechanismen aus.«

»Dann ist Montvoisin geflohen? Und Marie-Marguerite?«

Er schüttelte den Kopf. »Beide in Gewahrsam, leider. Montvoisin hielt vor dem Kabinett Wache. Als ich das Klopfen an der Eingangstüre hörte, stopfte ich das Zeug in mein Hemd und ließ mich aus dem Fenster fallen. Dabei hätte ich mir die Beine brechen können. Aber ich hatte recht daran getan, denn die Polizei war bereits am Vorder-, am Seiten- und am Hintereingang. Das Haus war umzingelt. Ich kletterte über die Mauer in den Nachbargarten und verschwand durch die Gasse – siehst du? Ich habe meine Beinkleider zerrissen.«

»O Florent.« Als ich ihn so sprechen hörte, blieb mir beinahe das Herz stehen.

»Und als ich gerade verschwinden wollte, fiel mir etwas ein. Nach allem, was du in jüngster Zeit zu sehen behauptet hast, war es durchaus möglich, daß du selbst zu ihr gehen und versuchen würdest, aus dem Kontrakt freizukommen –«

»Ich bin gekommen, um sie zu warnen – ich sah, wie man sie nach der Messe ergriff –«

»Das ist dasselbe. Zwei gleichermaßen törichte Unterfangen, und beide bezeichnend für dich, wenn dich die Panik packt. Du kannst das Schicksal nicht wandeln – o sieh, wir sind gleich zu Hause.«

Zu Hause traf ich Sylvie beim Packen (offenbar mit Astaroths Einverständnis), während Mustafa in meinem großen Lehnstuhl saß und nörgelte: »Zuviel, Sylvie, zuviel. Wir nehmen kein Fuhrwerk.«

»Nur zwei kleine Truhen und die Schatulle mit Madames Juwelen. Du mußt Platz lassen für den Vogelkäfig«, erklärte Florent.

»Aber Madames Kleider –«

»Lasse alle Sachen der Marquise de Morville zurück, Sylvie. Packe nur mein Linnen ein, meine Hofgewänder und das neue Kleid. Ich muß mein hohes Alter hinter mir lassen.«

»Sehr wohl, Madame.« Sie packte die Witwenkleidung aus, die spanische Krinoline, die Halskrausen und schwarzen Schleier. Sie schüttelte den Kopf, ein Jammer, schien sie zu denken. Das schöne Geld.

»Sylvie, ist eine Nachricht von Chevalier de la Motte eingetroffen?«

»Noch nicht, Monsieur.« Darauf begann Florent, wütend auf und ab zu schreiten.

»Florent, was fehlt dir?« fragte ich.

»Nichts, nichts. Komm mit, ich erkläre es dir.« Er führte mich ins Vorzimmer und schloß die Türe. »Meine Pläne wurden zerschlagen, aber Lamotte hat geschworen, sein Bestes zu tun.«

»Lamotte?«

»Ja, Lamotte, dessen Gunst mit jedem Tag höher steigt und der mir mehr schuldet, als er erstatten kann. Oh, er hatte Tränen in den Augen, als er versprach – doch Lamottes Tränen sind nie ganz verläßlich! Hätten wir bis Ostern warten können, dann wäre es leicht gewesen. Sein neues Stück wird bei Hofe aufgeführt. Er wird Paris verlassen müssen, um die Vorbereitungen zu beaufsichtigen, und man hat ihm für die Fahrt an den Hof eine Kutsche aus den Stallungen des Palais de Bouillon zur Verfügung gestellt.«

»Aber das ist vortrefflich. Kutschen mit den Wappen großer Häuser werden weder angehalten noch durchsucht. Sie würden nicht einmal bitten, die Vorhänge an den Fenstern zurückzuziehen.«

»Sehr richtig. Aber wir müssen fort, bevor Madame Montvoisin unter der Folter verhört wird.«

»Aber es ist Fastenzeit – da werden keine Stücke aufgeführt.«

»Daher meine Unruhe. Ich habe Lamotte gebeten, sich eine Ausrede einfallen zu lassen.« Doch der Morgen des 13. März dämmerte, und noch immer kam keine Antwort. Der 14. März verging. Am Mittwoch nachmittag, dem 15. März, brachte ein Botenjunge einen Brief.

Mein Freund, ich habe alles versucht, was ich mir ausdenken konnte, aber ich kann nichts tun. Ich habe in der Kathedrale eine Kerze für Euch angezündet. Möge Gott Euch von Eurem Ungemach erlösen.

»Dieser elende André!« rief Florent, zerknüllte den Brief und warf ihn ins Feuer. »Alles, was sein winziges Hirn sich ausdenken konnte! Kurzum, gar nichts!«

Er wütete noch, als Mademoiselle des Œillets in Reisekleidung hereingeführt wurde. Sie setzte ihre Maske ab, während Sylvie ihr den Umhang abnahm. »Madame de Montespan ist soeben vom Hofe in ihr Haus in Vaugirard zurückgekehrt. Wir sind in größter Eile gefahren, sobald wir die Kunde von La Voisins Verhaftung vernahmen.«

Ich gab mich ruhig. »Und was wünscht sie von mir?«

»Sie benötigt eine Lesung.« Sylvie verließ das Zimmer.

»Über ihre Zukunft?«

»Ja – und sie muß etwas finden, was verlorenging.«

»Worum handelt es sich? Ich habe nicht mit allen verlorenen Gegenständen Glück. Geschmeide, Leichen, da gelingt es mir am besten.«

»Es handelt sich um, äh, Papiere. Vielleicht ein Buch. Madame muß wissen, wo sie sind.« La Voisins Aufzeichnungen. Sie wollte wissen, ob die Polizei sie hatte.

»Ich habe im Augenblick keine Zeit, um nach Vaugirard zu gehen. Morgen vielleicht –« Florent, der am Fuße der Treppe stand, suchte meinen Blick.

»Madame de Morville, Ihr müßt diese Arbeit unverzüglich verrichten«, rief Florent mit falscher Munterkeit. »Es geht nicht an, eine große Dame warten zu lassen. Kommt einen Augenblick mit mir, ich werde Euch tausend Gründe für die Erfüllung Eurer Pflicht nennen!« Mademoiselle des Œillets lächelte. Selbst in einer verzweifelten Lage sonnte sie sich darin, die Vertraute der mächtigen La Montespan zu sein.

»Geneviève«, flüsterte Florent, »gehe sogleich. Sage ihr, daß du die Aufzeichnungen über ihren Umgang mit der Schattenkönigin besorgen wirst, wenn sie dir dafür einen Gefallen tut – daß die Kutsche dich, dein Gepäck und deine Bedienten aus Paris schafft.«

»Aber – das kann ich nicht – sie würde Betrug wittern.«

»Es ist kein Betrug, Geneviève. Ich habe nicht nur den Band mit P genommen, sondern auch den mit M.«

»Den mit M? Du hast ihn? Was um alles in der Welt hat dich auf diese Idee gebracht, da wir gerade jetzt ihre Hilfe brauchen?«

»Astaroth«, sagte er schlicht.

»Astaroth?«

»Geneviève, halte dich nicht auf. Eines aber sage ich dir: Obwohl Sylvie an allen Ecken horcht, ist sie nicht immer scharfsinnig. Man kann sie täuschen. Aber dieser Astaroth, der ist ein schlauer Teufel. Ich habe sogleich erkannt, worauf er hinauswollte.«

»Was soll ich tun?«

»Bitte Madame de Montespan, dir einen vertrauenswürdigen Mittelsmann mitzuschicken, oder besser noch, sich selbst zur

Herberge Saint-Pierre zu begeben, die sich zwei Meilen von Paris an der Straße nach Calais befindet. Dort werde sie einen Mann antreffen, der ihre Papiere hat, und sie könne sie, wenn sie will, eigenhändig verbrennen. Lasse sie auf keinen Fall denken, daß du sie hast.«

»Ich verstehe. Ich mache es, wie du gesagt hast.«

»Gut. Ich reise unverzüglich ab, mit Gilles und meinem Diener, dem Gepäck der Bedienten und der Schatulle mit dem Schmuck. Mustafa und Sylvie bleiben bei dir. Merke dir, Herberge Saint-Pierre. Ich warte auf dich, einerlei, wie lange es dauert.«

Ich begleitete Mademoiselle des Œillets zur Residenz in Vaugirard und wurde sogleich zu Madame de Montespan in den grünen Salon geführt. Sie schritt händeringend vor einem großen Wandbehang, der Joseph und seine Brüder zeigte, auf und ab. Aus ihrer gewöhnlich makellosen Coiffure hatten sich Strähnen gelöst, die ihr in die Stirne fielen. Ihre Kleider waren staubig von der Reise. Sie hatte die Hände so fest verkrampft, daß ich fürchtete, ihre Ringe würden ihr in die Finger schneiden.

»Madame«, sagte ich und verneigte mich tief. »Ich glaube, ich kann Euer Ungemach lindern. Ihr sucht, äh, verlorene Papiere?«

»Ja – ganz besondere – es heißt, Ihr könnt verlorene Gegenstände auffinden. Ich muß wissen – wo etwas ist, das verlorenging –«

»Könnte es sich bei diesen Papieren um La Voisins Rechnungsbücher handeln?«

Sie trat nahe an mich heran und packte mich grimmig an den Schultern. »Ja«, flüsterte sie.

»Ich könnte sie Euch unter bestimmten Bedingungen verschaffen«, sagte ich leise.

»Ich gehe selbst«, flüsterte sie, als sie mich angehört hatte. »Ich kann es nicht riskieren, daß sie in andere Hände fallen.« Sie wirkte jetzt ruhiger, ihre Augen blickten berechnend. »Ihr seid schlau, Madame de Morville.«

»Nein, ich habe nur Glück mit meinen, äh, Verbindungen. Und ich bin von dem starken Wunsche beseelt, mich auf dem Lande zur Ruhe zu setzen. Ich gedenke ein Häuschen zu erwerben und Bienen zu züchten.« Sollte sie annehmen, meine Verbindungen seien die Amtleute, welche die Beweise unter Verschluß hielten. Sie verkauften dergleichen oft genug. Madame de Montespan lachte, es war ein kurzer, scharfer Laut.

»Ich glaube, Ihr liebt die Bienenzucht ebenso wie ich, Madame de Morville. Aber auf alle Fälle wünsche ich Euch Glück für Eure wahren Pläne, wie immer sie beschaffen sein mögen. Und – eines möchte ich noch wissen.«

»Eure Zukunft?«

»Meinen Tod. Wie werde ich sterben?«

»Dafür verlange ich stets Bezahlung im voraus.«

Ich setzte mich mit Bangen vor meine Wasservase, denn wenn ihr Tod sehr schmerzlich wäre, würde sie die Papiere vielleicht nicht mehr haben wollen. Aber ich hätte mir keine Sorgen zu machen brauchen. Sie wirkte sehr alt in dem Bild, das emporstieg.

»Ihr seid sehr alt«, sagte ich. Ihr berühmter Teint war verwüstet wie zerknülltes Papier, das Kinder nach dem Spiel weggeworfen hatten. Sie schien in einem großen Himmelbett zu schlummern.

»Ihr liegt zu Bett in einem Gemach eines Schlosses, das ich nicht erkenne. Dem Bette gegenüber hängt ein Porträt des Königs.«

»Ah!« rief sie aus. »Dann ist er noch mein!«

»Ihr habt reichlich Gesellschaft: Damen spielen Instrumente und singen. Andere nähen und plaudern.« Es war eine seltsame Szenerie am späten Abend. Das Gemach erstrahlte im Kerzenlicht, als fürchte sich Madame de Montespan vor der Dunkelheit. Die Damen nickten mit den Köpfen. Plötzlich öffneten sich Madames alte Augen mit ängstlichem Blick – sie schrie die Damen tonlos an, die sogleich wieder zu singen anhoben. Bezahlte Gesellschafterinnen, um mit fröhlichen Tönen die Nacht abzuwehren.

»Somit werde ich geliebt«, sagte Madame de Montespan.

»Augenscheinlich«, pflichtete ich ihr bei.

»Dann muß Euer Plan gelingen. Ich werde keine Zeit verlieren. Mademoiselle des Œillets, ruft meine große Kalesche. Ich wünsche vier Lakaien und drei Kutscher in der blausilbernen Livree. Und meine berittene Wache – geschwind! Und zieht Euer bestes Kleid an. Ich habe eine wichtige Besorgung auf dem Lande zu erledigen und benötige Eure Gesellschaft.«

»Sagt mir«, bat sie, als wir in ihre Kutsche stiegen und uns auf den Samtpolstern niederließen, »woher wußtet Ihr, was ich wünschte, und wie könnt Ihr es so rasch beschaffen?«

»Das Glas«, sagte ich. »Es zeigte mir Eure und meine Rettung.« Sie nickte, als glaubte sie jedes Wort.

Wir hielten kurz vor meinem Hause an und waren im Nu von lärmenden Knaben umringt, die die große Equipage und die Bedienten in ihren glänzenden silberblauen Livreen begafften. Die Kutscher scheuchten sie warnend von den kräftigen, tückischen Kutschpferden fort, indes die Lakaien mein Gepäck heraustrugen. Sylvie, die einen Beutel an sich gedrückt hielt, reichte mir den Vogelkäfig, während Mustafa in vollem türkischen Staat die Haustüre abschloß. Als die Kutsche zu den Festungswällen ratterte, überwand Madame de Montespan ihre Abneigung gegen den Vogel gerade genug, um zu fragen: »Sagt – kann diese – Kreatur – sprechen?«

»Höllenfeuer und Verdammnis«, verkündete der Vogel, während man uns durch die Zollschranke winkte.

»Ein sonderbarer Wortschatz«, bemerkte Madame de Montespan. Sie zog die Vorhänge zurück, um Licht und Luft hereinzulassen. Die Kutsche schwankte und klapperte, als die Pferde in einen schnellen Trab verfielen und uns ins offene Land trugen.

»Was würdet Ihr anderes von einem Vogel erwarten, der La Voisin persönlich gekannt hat?« erwiderte ich.

In meinem Innern aber jubelte mein Herz, er wartet auf dich, und ich dachte an seine schwarzen Augen.

Anmerkungen zur Geschichte

La Voisin und die Hexen von Paris sind historische Gestalten, deren Leben und Taten in den Aussagen dokumentiert sind, die sie während der berühmten »Affaire des Poisons« unter der Folter gemacht haben. Diese Berichte riefen zahlreiche Kontroversen unter Historikern vieler Länder hervor, welche die Zugehörigkeit beziehungsweise Nichtzugehörigkeit der einen oder anderen Person zu dem Netz aus Gift, Konspiration und Hexerei zu beweisen suchten. Bei einigen Autoren finden sich Belege für den klassischen Hexensabbat, andere widersprechen ihnen. Meines Erachtens handelte es sich bei der Organisation um eine Kreuzung zwischen den »Gesellschaften«, welche die Tagesgeschäfte regelten, und einer Art Franchise-Struktur, und so habe ich sie geschildert.

Die Beweise gegen Madame de Montespan wurden zusammen mit den Hinweisen auf andere hochstehende Personen in einer versiegelten Truhe verwahrt und vom König eigenhändig verbrannt. Madame de Montespan verlor jedoch nach der »Affaire des Poisons« ein für allemal die Gunst des Königs und starb in der Verbannung vom Hofe. Madame de Maintenon, die neue Favoritin, die ihre Nachfolge antrat, wurde nach dem Tode der Königin heimlich mit dem König vermählt. Ihr Aufstieg leitete eine Herrschaft der Bigotterie, Konformität und verbissenen religiösen Verfolgungen ein.

Mademoiselle de Fontanges starb kurz nach der Geburt eines Kindes, das ebenfalls starb. Um die Gerüchte zum Schweigen zu bringen, die aus den Aussagen der Zeugen vor der Kommission hervorgingen, daß nämlich Madame de Montespan Romani beauftragt habe, Mademoiselle de Fontanges zu vergiften, stimmte der König einer Autopsie zögernd zu. Die Ärzte, die ohnehin über keine wirksamen Mittel zum Nachweis von Gift verfügten, erklärten, sie sei eines natürlichen Todes gestorben, womit sie eine Menge Ärger verhinderten.

Comtesse de Soissons wurde vom König gewarnt, daß ihre Verhaftung bevorstehe, und floh bei Nacht. Fortan durchstreifte sie Europa, und mysteriöse Todesfälle kennzeichneten ihren Weg.

Duchesse de Bouillon kam mit zwanzig Kaleschen voll aristokratischer Anhänger zu ihrer Gerichtsverhandlung. Beschuldigt, ihren Ehemann vergiften zu wollen, um ihren Liebhaber zu heiraten, erschien sie mit ihrem Gemahl an einem Arm und ihrem Liebhaber am anderen und verkündete, sie habe wahrhaftig den Teufel gesehen, und der sehe genauso aus wie La Reynie. Der König schickte sie mit einem *lettre de cachet* in die Verbannung.

Primi Visconti überlebte den Skandal und schrieb Klatschgeschichten über den Hof.

La Trianon und La Dodée haben im Gefängnis Selbstmord begangen.

La Bosse wurde bei lebendigem Leibe verbrannt, aber La Voisin starb unter der Folter.

Marie-Marguerite Montvoisin, der Abbé Guibourg, Le Sage, Romani und andere, die Zeugen der Handlungen von Madame de Montespan waren, wurden nicht vor Gericht gestellt, wo ihre Aussagen womöglich öffentlich bekanntgeworden wären, sondern lebenslänglich in Isolierhaft gesperrt. Dasselbe geschah mit allen, die das Pech hatten, vorübergehend eine Zelle mit ihnen geteilt zu haben.

Gabriel Nicholas de la Reynie gilt als Begründer der ersten modernen Polizeiorganisation.

Wilhelm von Oranien und Prinzessin Maria bestiegen den englischen Thron, nachdem der katholische König Jakob II. während der Glorious Revolution von 1688 in die Verbannung getrieben wurde.

König Ludwig XIV. starb 1715, nachdem er drei Thronerben überlebt hatte. Sein Urenkel wurde als Ludwig XV. sein Nachfolger.

Der fiskalische Zusammenbruch des Staates, 1709 von dem großen Patrioten, Soldaten und Administrator Sébastien le Prestre de Vauban eingeleitet, war vor Ablauf des Jahrhunderts vollendet.